LES
GRANDS ÉCRIVAINS
DE LA FRANCE

NOUVELLES ÉDITIONS

PUBLIÉES SOUS LA DIRECTION

DE M. AD. REGNIER

membre de l'Institut

SUR LES MANUSCRITS, LES COPIES LES PLUS AUTHENTIQUES
ET LES PLUS ANCIENNES IMPRESSIONS
AVEC VARIANTES, NOTES, NOTICES, LEXIQUES, PORTRAITS, ETC.

MOLIÈRE

TOME VI

PARIS

LIBRAIRIE HACHETTE ET Cⁱᵉ

BOULEVARD SAINT-GERMAIN, 79

M DCCC LXXXI

LES

GRANDS ÉCRIVAINS

DE LA FRANCE

NOUVELLES ÉDITIONS

PUBLIÉES SOUS LA DIRECTION

DE M. AD. REGNIER

Membre de l'Institut

ŒUVRES

DE

MOLIÈRE

TOME VI

PARIS. — IMPRIMERIE A. LAHURE

Rue de Fleurus, 9

ŒUVRES

DE

MOLIÈRE

NOUVELLE ÉDITION

REVUE SUR LES PLUS ANCIENNES IMPRESSIONS

ET AUGMENTÉE

de variantes, de notices, de notes, d'un lexique des mots et locutions remarquables,
d'un portrait, de fac-simile, etc.

PAR MM. EUGÈNE DESPOIS ET PAUL MESNARD

TOME SIXIÈME

PARIS

LIBRAIRIE HACHETTE ET Cie

BOULEVARD SAINT-GERMAIN, 79

1881

LE
MÉDECIN MALGRÉ LUI

COMÉDIE

REPRÉSENTÉE POUR LA PREMIÈRE FOIS A PARIS

SUR LE THÉÂTRE DU PALAIS-ROYAL

LE VENDREDI 6e DU MOIS D'AOUT 1666

PAR LA

TROUPE DU ROI

MOLIÈRE. V   I

NOTICE.

Le *Registre de la Grange* nous apprend que *le Médecin malgré lui* fut joué pour la première fois le vendredi 6 août 1666, sur la scène du Palais-Royal. Cette date, comme nous l'avons dit dans la *Notice* de la pièce précédente[1], réfute Grimarest, lorsqu'il prétend que Molière, dès la quatrième représentation de son *Misanthrope* (il faudrait que ce fût dès le 11 juin 1666), fut obligé de le soutenir par les scènes facétieuses du *Fagotier*. Les deux comédies, si peu comparables, ne parurent l'une à côté de l'autre que le 3 septembre : alors la première avait été déjà représentée vingt et une fois ; mais on a trouvé piquant de nous montrer Alceste, lorsqu'il ne pouvait plus se tenir sur son trop haut brodequin, allant chercher Sganarelle pour qu'il lui prêtât l'épaule. L'un obtenant grâce pour l'autre, « c'est peut-être à la honte de la nature humaine, » a dit Voltaire[2]. Honte ou non, il aurait fallu commencer par vérifier le fait.

Tout ce qu'il serait permis de croire, si l'on voulait absolument que *le Médecin malgré lui* eût été comme appelé par *le Misanthrope*, ce serait que Molière, après avoir contenté le goût des plus délicats, aurait jugé que cela même l'obligeait de travailler, presque en même temps, pour celui de la foule. C'était l'intérêt de son théâtre ; mais il pouvait ici y satisfaire sans pénible sacrifice ; car fort naturellement son génie avait fait adoption égale des deux comédies, de celle dont le masque sourit, de celle qui rit aux éclats. Aussi doutons-nous beaucoup qu'il ait voulu se venger d'un froid accueil fait à sa

1. Voyez au tome V, p. 361 et 364.
2. Voyez ci-après, p. 32.

pièce sérieuse, lorsqu'il a mis ces paroles dans la bouche d'un des personnages du *Médecin malgré lui*[1] : « Palsanguenne ! velà un médecin qui me plaît ; je pense qu'il réussira, car il est bouffon. » Entendue comme une allusion au méchant goût littéraire des spectateurs, la saillie a certainement plus de sel encore ; mais donner à l'épigramme ce sens détourné, ce serait admettre que la petite comédie tout entière n'a été qu'une ironie de l'auteur irrité, un reproche adressé aux contemporains. Dans une pièce qui aurait été écrite par dépit, il serait bien étonnant de trouver une telle franchise de bonne humeur. Cette verve n'est-elle pas la marque d'une œuvre à laquelle Molière a, tout le premier, pris grand plaisir ? Esprit méditatif et profond, mais que nul ne surpassait en gaieté, à peine vient-il de porter la comédie jusqu'au point où, sans perdre terre, elle est près d'atteindre à la hauteur tragique, que tout à coup il la ramène aux joyeusetés les plus folles des vieilles farces gauloises : pour dérider le parterre sans doute ; mais aussi pour se délasser lui-même. Passer si vite du sévère au bouffon, parcourir d'un moment à l'autre tout le clavier, rien ne devait lui être plus agréable, et il n'est besoin de supposer ni ressentiment d'une injustice, ni condescendance dédaigneuse.

Si nous accordions à Voltaire qu'il avait fallu « que le sage se déguisât en farceur[2], » voilà du moins un déguisement pris de très-bonne grâce et paré de tout ce que l'esprit a de plus étincelant. Il y avait de quoi charmer non-seulement ceux que Voltaire appelle « le peuple grossier, » mais aussi cette partie plus raffinée du public à qui *le Misanthrope* avait plu. La gazette rimée de Robinet et celle de Subligny attestent également le grand succès. Dans leurs vers, datés du mois des premières représentations, on croit entendre les éclats de rire dont retentit alors la salle du Palais-Royal, et auxquels nos théâtre n'ont pas aujourd'hui cessé de faire écho. Citons d'abord Robinet, dans l'apostille de sa *Lettre.... à Madame,* du 15 août 1666 :

Les amateurs de la santé

1. Voyez tout à la fin du premier acte, ci-après, p. 67.
2. Voyez ci-après, p. 32.

Sauront que dans cette cité
Un médecin vient de paroître,
Qui d'Hippocrate est le grand maître.
On peut guérir en le voyant,
En l'écoutant, bref, en riant.
Il n'est nuls maux en la nature
Dont il ne fasse ainsi la cure.
Je vous cautionne du moins
(Et j'en produirois des témoins,
Je le proteste, infini nombre)
Que le chagrin tout le plus sombre
Et dans le cœur plus retranché
En est à l'instant déniché.
Il avoit guéri ma migraine,
Et la traîtresse, l'inhumaine
Par stratagème m'a repris;
Mais en reprenant de son ris
Encore une petite dose,
Je ne crois vraiment pas qu'elle ose
Se reposter dans mon cerveau.
Or ce *medicus* tout noùveau
Et de vertu si singulière
Est le propre *Monsieur Molière*,
Qui fait, sans aucun contredit,
Tout ce que ci-dessus j'ai dit,
Dans son *Médecin fait par force*,
Qui pour rire chacun amorce;
Et tels médecins valent bien,
Sur ma foi, ceux.... Je ne dis rien.

La Muse Dauphine de Subligny, à la date du 26 août 1666,
se met d'accord, et ne célèbre pas moins gaiement ce grand
succès de gaieté :

. . . . . . Dites-moi, s'il vous plaît,
Si le temps vous permet de voir la comédie.
Le Médecin par force étant beau comme il est,
Il faut qu'il vous en prenne envie.
Rien au monde n'est si plaisant,
Ni si propre à vous faire rire;
Et je vous jure qu'à présent

Que je songe à vous en écrire,
Le souvenir fait, sans le voir,
Que j'en ris de tout mon pouvoir.
Molière, dit-on, ne l'appelle
Qu'une petite bagatelle ;
Mais cette bagatelle est d'un esprit si fin,
Que, s'il faut que je vous le die,
L'estime qu'on en fait est une maladie
Qui fait que dans Paris tout court au *Médecin*.

Nous ne pouvons, en témoignage de l'empressement du public, demander au *Registre de la Grange* le chiffre des recettes, comme nous l'avons fait pour quelques-unes des pièces précédentes : ce chiffre n'aurait qu'une signification très-douteuse, parce qu'avec *le Médecin malgré lui* l'on donnait toujours quelque grande pièce. On voit du moins par ce *Registre* que depuis le 6 août jusqu'à la fin de l'année 1666, il n'y eut presque pas une représentation au Palais-Royal où la nouvelle comédie ne fût jouée, et qu'elle continua à l'être fréquemment les années suivantes. Dans le tableau des représentations de Molière, que l'on trouve à la fin de notre premier volume, on en relève 59 du *Médecin malgré lui*, de 1666 à 1673, et 282 pendant le reste des années de Louis XIV ; sous Louis XV, 470 ; puis de 1774 à 1870, 669, sur la scène du Théâtre-Français.

C'est comme *pièce nouvelle de M. de Molière*, suivant sa formule ordinaire, que la Grange, dans son *Registre*, annonce pour la première fois *le Médecin malgré lui*, à la date que nous avons dite. Subligny et Robinet, on l'a vu, parlent aussi de cette comédie comme d'une nouveauté, sans aucune allusion à une pièce antérieure dont celle-ci n'aurait été que la refonte. Pour que l'on eût si entièrement oublié, quoique peu ancien, un petit fait dont les registres de la comédie ont gardé la trace, il faut qu'à son moment il eût été peu remarqué. Assez longtemps avant *le Médecin malgré lui*, l'on avait joué, sur le théâtre du Palais-Royal, une farce où il se trouvait en germe ; le sujet en était le même : nous ne croyons pas qu'on en puisse douter. Voici d'abord le *Registre de la Grange* : à la date du 14 septembre 1661, avec *le Cocu imaginaire*, on représente *le Fagotier ;* à celle du vendredi 20 avril 1663, avec *les Fâcheux*, une *Farce*. Cette dernière indication resterait

vague, si le *Registre de la Thorillière*, sous la même date, ne
nommait cette farce, qui était *le Fagoteux*. Dira-t-on que s'il y
a fagots et fagots, il a bien pu y avoir *Fagotier* et *Fagotier?*
Mais ailleurs le même registre de la Thorillière nous apprend
que, le mardi 9 septembre 1664, on donna *l'Héritier ridicule*[1]
et *le Médecin par force*. Cette fois, et deux ans seulement
avant *le Médecin malgré lui*, le personnage de comédie qui
s'appela d'abord le Fagotier ou Fagoteux s'annonce sans équivoque comme une première épreuve de notre Sganarelle. Suivant toutes les vraisemblances, nous avons toujours affaire,
sous trois titres, dont le dernier seul est réellement différent,
à une même farce, plus ou moins imparfaite ébauche du *Médecin malgré lui*. Le titre du *Médecin par force* est clair; il
l'est d'autant plus, que bientôt après on le donna aussi à la
pièce plus nouvelle : les vers déjà cités de Robinet et de Subligny en font foi; et beaucoup plus tard, Bossuet, qu'on ne
s'attendait pas à rencontrer en cette affaire, peut être aussi
pris à témoin. Trop célèbre est le passage de ses *Maximes et
Réflexions sur la comédie* (§ v), où, foudroyant Molière dans sa
tombe, il le représente recevant la dernière atteinte de sa maladie « en jouant son *Malade imaginaire* ou son *Médecin par
force*. » Peu importe qu'avec un dédain, tout oratoire peut-
être, de la connaissance précise des choses du théâtre, il n'ait
pas su laquelle des deux pièces avait épuisé les dernières forces
du malheureux comédien, ou qu'il n'en ait fait qu'une seule du
Malade imaginaire et du *Médecin malgré lui* : de toute façon
c'est bien de celui-ci qu'il avait entendu parler sous le titre qui
était encore en usage[2]. Quant au titre de *Fagotier*, il est remarquable que Grimarest[3] le donne au *Médecin malgré lui*, et
plus remarquable encore que, dans le *Registre de la Grange*,
aux dates des 7 et 9 octobre 1679, on trouve *le Fagotier*

----

1. Ou *la Dame intéressée*, de Scarron, représenté d'abord en
1649.

2. Mme de Sévigné, qui avait vu jouer *parfaitement bien* à Vitré
« la farce de Molière, » en 1671 (tome II, p. 355), la nomme, en
1675 (tome IV, p. 192), « la comédie du *Médecin forcé*, » et y fait
allusion ailleurs sous ce même titre (tome VI, p. 302 et 408).

3. *La Vie de M. de Molière* (1705), p. 182 et 183.

joué, le premier de ces deux jours, avec *le Désespoir extrava-gant*[1], le second, avec *le Cid*. L'ancienne petite farce, depuis longtemps si bien remplacée, est, en 1679, hors de question, et l'on ne saurait reconnaître là que *le Médecin malgré lui*. Dans cette persistance du nom, que le *Registre* fait ainsi reparaître, il y a une nouvelle preuve que notre comédie avait eu sa pre-mière forme dans l'ancien *Fagotier*. On ne nous dit pas que cette ébauche fût de Molière; mais comment ne pas le croire? Ce devait être une de ces petites comédies qu'il « avoit faites, dit l'éditeur de 1682, sur quelques idées plaisantes, sans y avoir mis la dernière main, » et que, suivant Jean-Baptiste Rousseau, il donnait comme de simples canevas à ses acteurs, qui les remplissaient sur-le-champ, à la manière des Italiens[2]. Il est regrettable que celle-ci ne se soit pas retrouvée : il y aurait eu un intéressant sujet d'étude dans la transformation que Molière lui avait fait subir pour en tirer une pièce d'un comique achevé. Nous pouvons tenir pour certain que cette transformation a été grande. On a fait remarquer le peu de traces qu'avait laissé dans les souvenirs le premier *Fagotier*. Ce qui n'est pas moins significatif, la Grange le mentionne sans nom d'auteur; puis, en un autre endroit, le désigne sim-plement comme *une farce*, trop peu importante sans doute pour être enregistrée sous son titre : si bien que, cette fois-là, nous ne saurions pas de quoi il s'agit, sans le *Registre de la Thorillière;* et quand la petite pièce est jouée en 1664, avec *l'Héritier ridicule*, et que la Thorillière l'intitule *le Médecin par force*, la Grange la passe sous silence. Ce ne pouvait donc être qu'une bien faible esquisse, qui ne laissait soupçonner à personne ce que plus tard la main du maître en saurait faire.

Lorsque Molière reprit un des sujets qu'il avait essayés autrefois, et probablement dès le temps où sa troupe parcourait encore la province, il fit, dira-t-on, un pas en arrière; mais ne dédaignons pas ces retours au point de départ, surtout quand il s'y marque, en même temps, un grand progrès. Il ne faut pas avoir le goût plus exclusif et plus superbe que Molière,

1. Comédie de Subligny, jouée le 1er août 1670 (*Registre de la Grange*).

2. Voyez au tome I, p. xiv, 10 et 11.

à qui il ne répugna jamais de revenir un moment à sa première manière, et aussi à la tradition si franchement gaie de notre ancien théâtre : alors il ne se faisait pas scrupule de nous la rendre jusque dans sa liberté souvent fort crue.

La guerre qu'il avait, depuis peu, déclarée aux médecins continuait cette vieille tradition, qui, dans ce sujet-là, ne s'était jamais fait faute de bouffonneries ; c'était une guerre qui, s'attaquant surtout aux côtés grotesques, demandait des armes moins fines que celles de la comédie de caractère ; et ce put être une des raisons qui engagèrent Molière à rajeunir une de ses anciennes farces. Dans ce comique d'ailleurs, d'un genre moins élevé, mais plein d'entrain, il sentait bien qu'il restait un maître encore, et que, ne fût-il jamais sorti de cette voie toute populaire, il n'en eût pas moins, quoi qu'en pût penser Boileau, remporté le prix de son art ; car nul avant lui, si l'on excepte Rabelais, rieur souvent grossier, souvent aussi très-fin, n'avait su donner tant de piquant au sel gaulois.

La littérature plaisante de nos aïeux, dont Molière, dans *le Médecin malgré lui*, comme dans ses premières petites pièces, a exploité l'héritage, a toujours eu à son service un fonds très-ancien de facéties, qui avaient cours on ne peut dire depuis quel temps, nées souvent sans doute sur notre sol, quelquefois venues de l'étranger. En les empruntant, nous nous les étions appropriées par le tour que nous excellions à leur donner.

Voici, par exemple, celle du rustre qui bat sa femme, et dont celle-ci se venge, en le dénonçant comme un médecin d'humeur bizarre, dont on ne peut obtenir aucun secours sans lui faire, à coups de bâton, confesser sa science. Un fabliau du moyen âge nous fait en vers ce petit conte. On y trouve indiqué le dessin du *Médecin malgré lui* dans son premier acte. Il y a toutefois des différences. Le paysan du fabliau ne fait pas de fagots : c'est un riche et avare laboureur, qui a épousé la fille d'un chevalier, tandis que Sganarelle a une femme de même condition que lui ; de là, dans Molière, des scènes de ménage populaire qui sont d'une vérité parfaite. Le vilain, chez le vieux conteur, craint, comme George Dandin, d'avoir fait une sottise, et de s'être exposé aux infortunes que n'évitera pas le gendre des Sotenvilles. Pour n'avoir rien à redouter de sa femme, il imagine de la si bien battre, chaque matin, qu'elle ne songera tout le jour qu'à pleurer : recette oubliée par Ovide dans ses *Remèdes d'amour*. Tandis que, régulièrement accablée de coups, la malheureuse se lamente, surviennent deux messagers, chargés par le Roi de lui trouver un médecin pour sa fille, qui a avalé une arête de poisson. La femme du paysan comprend qu'elle tient sa vengeance. « Mon mari, dit-elle aux messagers, est bon médecin, je vous en donne ma foi. Mais il est de telle nature, qu'il ne ferait rien pour personne si on ne le battait bien. » Alors vient la scène entre le vilain et les messagers, toute semblable, au fond, à celle où Valère et Lucas prennent les bons moyens pour obtenir de Sganarelle l'aveu de la science qu'il ne se connaissait pas.

Ce fabliau a pour titre : *du Vilain mire*[1], c'est-à-dire histoire *du Paysan médecin*. La courte analyse que nous venons de donner de sa première partie fait voir toute la ressemblance qu'il a avec notre comédie. Comme cette ressemblance d'ailleurs n'est que dans la situation, sans qu'il y ait aucun détail, aucune saillie plaisante à rapprocher, nous croyons inutile de citer ici le texte assez long du conte. Barbazan l'a donné au commencement du tome I des *Fabliaux et Contes des poëtes françois des XII, XIII, XIV et XV*[e] *siècles*, publiés en 1756[2]. Il a depuis gardé sa place dans les divers recueils qui ont suivi et complété cette collection, la première en date. *Le Vilain mire* est connu encore sous un autre titre. Cailhava pourrait induire en erreur à ce sujet : « *Le Médecin malgré lui...*, dit-il, paraît imité d'un fabliau intitulé *le Médecin de Brai;* mais je le crois plutôt pris dans un conte, *le Vilain mire*[3]. » Où il distingue deux contes, on n'en doit reconnaître qu'un seul. Notre Bibliothèque nationale possède une copie des fabliaux du manuscrit de Berne, dans laquelle *le Vilain mire* a pour titre *do Mire de Brai*[4]. Legrand d'Aussy devait avoir cette copie sous

1. Voyez au *Fonds français* des manuscrits de notre Bibliothèque nationale, le n° 837 (ancien 7218), f°s 139 r° à 141 r°.

2. A Paris, 3 volumes in-12. — M. Moland (*OEuvres complètes de Molière*, tome IV, p. 158-166) a inséré *le Vilain mire* dans sa *Notice préliminaire* du *Médecin malgré lui*, et a mis en regard du texte une traduction dans la langue de nos jours.

3. *Études sur Molière*, 1802, p. 152.

4. Voyez, à la Bibliothèque nationale, la copie du manuscrit 354

les yeux, lorsqu'il publia, en 1779, ses *Fabliaux ou contes....
du XIIe et du XIIIe siècle, traduits ou extraits*. Au tome I
(p. 398 et suivantes), où il imite en français moderne notre
fabliau, il l'intitule : *le Médecin de Brai*, alias *le Vilain devenu
médecin*. Cailhava avait sans doute lu ce Recueil de Legrand
d'Aussy; mais il l'avait lu avec distraction.

Au dix-septième siècle, les fabliaux n'avaient pas encore
été imprimés. Qu'ils y fussent cependant inconnus, ce serait
assez de la Fontaine pour ne pas permettre de le croire. Le
souvenir s'en était conservé, non dans la forme originale, mais
dans des ouvrages de seconde main : ils avaient passé, avec
plus ou moins d'altérations, dans des auteurs du seizième siècle,
français et étrangers. Voilà de quelle manière *le Vilain mire*
a pu arriver jusqu'à Molière. Mais à laquelle des sources indi-
rectes l'auteur du *Médecin malgré lui* a-t-il puisé? Comment
le savoir? Nous voyons qu'il y a un rapport incontestable entre
le fabliau et notre comédie, sans pouvoir dire quel intermédiaire les a rapprochés : le conte qui fait le fond du *Vilain
mire* courait depuis longtemps avec des variantes.

Ainsi, dans la *dixième Serée* de Guillaume Bouchet[1], il y a
l'histoire d'une « Damoiselle, fille de grande maison, » qui
était en grand danger de mourir, ayant dans le gosier l'arête
que nous connaissons déjà. Après avoir en vain consulté beaucoup de médecins, on a recours à Messire Grillo, qui guérit la
malade en la faisant rire par une grossière bouffonnerie. Ce
personnage de Grillo est le héros d'un petit poëme italien, dont
l'auteur inconnu est plus ancien que Bouchet[2], et où sont ra-
contées, en octaves rimées, les aventures d'un paysan laboureur (*villano lavoratore*) qui voulut devenir médecin. Là nous
retrouvons un peu plus encore du *Vilain mire* que dans le

de Berne (collection Moreau, n° 1720, fabliau 18; ancienne collection Mouchet, n° 46). M. A. de Montaiglon nous a signalé
ce fait, dont il avertit dans une note, à la page 370 du tome III
(1878) de son *Recueil général et complet des Fabliaux des XIIIe et
XIVe siècles* (Paris, librairie des Bibliophiles, 3 volumes in-8°).

1. Edition de M. Roybet, tome II, p. 192-194 ; les trois livres
des *Serées* parurent de 1584 à 1598.

2. Le *Manuel du libraire* cite de ce petit poëme une édition

conte de Bouchet : la femme du paysan, ayant à se venger de lui, fait savoir au Roi qu'il est un médecin habile, mais que, pour vaincre son obstination à cacher son savoir, il faut le menacer de mort. Ajoutons qu'après avoir délivré de son arête la fille du Roi, Grillo opère, à l'aide d'une excellente ruse, une autre cure fort plaisante sur les malades de l'hôpital de Saint-Benoît. C'est là encore une des facéties de la vieille légende.

Il faut, en effet, remarquer que, dans *le Vilain mire*, il y a trois actions distinctes, nous dirions volontiers trois actes de la petite comédie. D'abord le rustre est dénoncé comme médecin par sa femme aux envoyés du Roi et passe docteur à coups de bâton ; puis il expulse l'arête du gosier de la fille du Roi en la faisant rire ; enfin, sommé de guérir les malades du pays, il a recours au même stratagème que dans le conte italien pour leur faire dire qu'ils n'ont plus aucun mal. Nous avons vu que la *dixième Serée* de Bouchet reproduit le second acte. Le troisième a trouvé place dans la *trentième Serée* du même Bouchet[1], où nous lisons l'histoire d'un cardinal qui, à Verceil, fait habiller un de ses serviteurs en médecin et l'envoie à l'aumônerie pour qu'il l'y débarrasse des trop nombreux malades. Là tout se passe comme dans le poëme italien et dans *le Vilain mire*. Le même épisode est dans une des *Facéties* du Pogge[2] et aussi dans l'*Histoire de Till Eulenspiegel*[3], au chapitre XVII, et dans quelques autres livres de vieux contes.

Molière n'ayant rien de pareil à la scène de la guérison burlesque de la princesse, ni à celle de l'hôpital, ces contes, où nous reconnaissons des parties du fabliau auxquelles il n'a

---

de 1521, imprimée à Venise. Celle que nous avons vue est de 1622. En voici le titre, qui n'offre que de légères différences avec le titre de 1521 : *Opera nova piacevole et da ridere, in ottava rima..., di uno villano lavoratore nominato* GRILLO, *il qual volse diventar medico.* In Pavia, e ristampata in Torino, 1622.

1. Édition de M. Roybet, tome IV, p. 273 et 274.

2. Celle qui a pour titre : *Facetum cujusdam Petrilli, ut liberaret hospitale a sordidis.* Voyez l'édition de ces *Facéties* imprimée à Venise, le 10 avril 1487 (sans pagination) ; ou celle d'Anvers, datée du 3 août 1487, feuille *f*, f° 5 r° et v°.

3. Voyez, dans la nouvelle collection Jannet, *les Aventures de Til*

pas touché, n'ont d'intérêt pour nous que parce qu'ils attestent
combien les plaisanteries de ce fabliau ont été répétées. Si,
comme nous venons de le constater, elles étaient connues dans
ce que Molière a laissé de côté, elles l'étaient aussi dans ce
qui se retrouve chez lui.

Le médecin que le bâton agrége à la Faculté, c'est, comme
l'a fait remarquer une addition au *Menagiana*[1], une histoire
qui nous est contée fort sèchement dans la *Table philosophique*
(*Mensa philosophica*) de l'Irlandais Thibaut Anguilbert, écrite
au quinzième siècle[2]. On y lit : *Quædam mulier, percussa a
viro suo, ivit ad castellanum infirmum, dicens virum suum esse
medicum, sed non mederi cuiquam nisi forte percuteretur, et
sic eum fortissime percuti procuravit.* « Une femme, battue par
son mari, alla vers un châtelain malade, disant que son mari
était médecin, mais ne soignait personne s'il n'était fortement
battu, et de cette façon elle le fit battre bien fort. »

Nous pouvons remonter plus haut encore qu'au temps d'Anguilbert. Parmi les manuscrits de la Bibliothèque de Tours, il
y a[3] un recueil de fables, de contes, d'historiettes, auquel on a
donné le titre de *Compilatio singularis exemplorum*. M. Léopold
Delisle, qui l'a décrit et en a cité de curieux extraits[4], dit que
l'écriture du manuscrit est du quinzième siècle, mais que la
rédaction du recueil est du treizième. N'est-ce pas à peu près
l'âge qu'on doit supposer au *Vilain mire?* Au folio 174 du manuscrit se trouve toute la légende que ce fabliau nous a fait
connaître. Aucune des diverses aventures que l'auteur du *Vi-*

Ulespiègle, première traduction complète faite sur l'original allemand
de 1519..., par M. Pierre Jannet, Paris, 1866, p. 26 et suivantes.

. Tome III, p. 105 et 106 (édition de 1715).

2. *Tractatus quartus et ultimus. De honestis ludis et jocis*, au chapitre XVIII, *de Mulieribus*, fº lviij rº, dans l'édition gothique de
Paris (Denis Roce, sans date) : c'est celle que nous avons sous
les yeux. La Monnoye, dans son addition au *Menagiana* (tome III,
p. 105), dit qu'il avait en sa possession une édition gothique de
1507. Le *Manuel du libraire* en cite une, également gothique, de
1489, imprimée à Heidelberg.

3. Sous le numéro 205.

4. Voyez la *Bibliothèque de l'École des chartes*, 6ᵉ série, tome IV
(1868), p. 601 : on y trouvera le texte latin du conte.

lain mire a rimées n'y est omise : la femme battue chaque jour par son mari, les messagers de la cour qui cherchent un médecin pour la fille du Roi étranglée par une arête, la vengeance de la femme, qui leur confie en secret que son mari est très-savant dans l'art de guérir, mais qu'il faut le battre pour qu'il en convienne ; l'investiture par le bâton donnée au nouveau médecin ; celui-ci devenu le sauveur de la princesse, en provoquant son rire par une indécente folie ; enfin les malades qui arrivent de toutes parts, et que le rusé effraye si bien, qu'ils se disent tous guéris.

C'est au treizième siècle aussi que prêchait Jacques de Vitry[1], dont les sermons, dit Daunou dans l'*Histoire littéraire de la France*[2], « étaient à distinguer dans la foule de ceux du même âge,... parce qu'on y trouve un peu moins d'argumentations scolastiques et un peu plus d'exemples empruntés des chroniqueurs et des légendaires. » Dans un de ces sermons, qui justifie la remarque de Daunou, le livre de *la Chaire française au moyen âge*[3] par M. Lecoy de la Marche signale la même anecdote d'une fille de roi guérie par un médecin malgré lui[4]. Rien n'a donc manqué à la célébrité de l'amusante histoire, pas même l'honneur de nous être attestée par l'éloquence sacrée.

Si nous nous rapprochons du temps de Molière, on a, depuis longtemps, noté un récit qui rappelle singulièrement *le Vilain mire* dans le *Voyage en Moscovie* d'Adam Olearius[5], soit qu'il y ait eu rencontre fortuite d'un fait véritable avec le vieux

1. Mort cardinal, le 30 avril 1240.
2. Tome XVIII, p. 219.
3. Publié en 1868 : voyez p. 280.
4. Le texte de ce sermon est donné dans le manuscrit latin 17 509 de la Bibliothèque nationale, f° 139 r°.
5. Ce voyage a paru pour la première fois en 1647 (1 volume in-folio, Schleswig). Nous avons sous les yeux une autre édition, de 1656 (Schleswig, in-4°) : *Vermehrte neue Beschreibung der Muscowitischen und Persischen Reyse :* voyez aux pages 187 et 188. — Nous renvoyons, pour la traduction, à la *Relation du voyage d'Adam Olearius en Moscovie, Tartarie et Perse..., traduit de l'allemand par A. de Wicquefort, résident de Brandebourg,* Paris, M DC LIX, in-4°. Une première version française, un peu différente, avait paru dès 1656 ;

conte, soit plutôt qu'il se présente là un exemple, entre beaucoup d'autres, de la facilité qu'ont les légendes à se propager dans les divers pays, en y prenant une couleur locale. Dans Olearius, le médecin par force est un boyard dont l'aventure aurait eu pour théâtre la cour de Boris Godunow, au commencement du dix-septième siècle. Le Grand-Duc se trouve être un Géronte un peu rude, à la façon tartare. Wicquefort[1] a ainsi traduit ce passage :

« Martin Baar, pasteur de Narva, qui demeuroit déjà à Moscou sous le règne du grand-duc Boris Gudenou, nous conta un jour que, de son temps, le Grand-Duc se trouvant fort affligé de la goutte, fit promettre de très-grandes récompenses à toutes sortes de personnes, de quelque qualité ou condition qu'elles fussent, qui lui indiqueroient un remède capable de soulager son mal. La femme d'un boïare, outrée du mauvais traitement qu'elle recevoit de son mari, alla déclarer que le boïare savoit un fort bon remède pour la goutte, mais qu'il avoit si peu d'affection pour Sa Majesté, qu'il ne le vouloit point communiquer. On envoya querir l'homme, qui fut bien étonné quand il sut la cause de sa disgrâce; mais quelque excuse qu'il pût alléguer, on l'attribuoit à la malice : on le fit fouetter jusqu'au sang, et on le mit en prison, où il ne put pas s'empêcher de s'emporter et de dire qu'il voyoit bien que c'étoit sa femme qui lui avoit joué ce tour, et qu'il s'en vengeroit. Le Grand-Duc s'imaginant que ces menaces ne procédoient que du dépit que le boïare avoit de voir que sa femme avoit révélé son secret, le fit fouetter plus cruellement que la première fois, et lui fit dire qu'il employât son remède, ou qu'il se disposât à mourir présentement. Le pauvre diable, voyant sa perte inévitable, dit enfin, dans le dernier désespoir, qu'en effet il savoit quelque remède, mais que ne le croyant pas assez certain, il ne l'avoit pas osé employer pour Sa Majesté; et que, si on lui vouloit donner quinze jours de temps pour le pré-

---

elle était sans doute aussi de Wicquefort, que, sur le titre, paraissent bien désigner les initiales L. R. D. B. (le résident de Brandebourg).

1. Tome I, p. 147 et 148 de l'édition de 1659; p. 94 et 95 de celle de 1656.

parer, il s'en serviroit. Après avoir obtenu ce délai, il envoya
à Czirbach, à deux journées de Moscou, sur la rivière d'Occa,
d'où il se fit amener un chariot plein de toutes sortes d'herbes, bonnes et mauvaises, et en prépara un bain pour le Grand-
Duc, qui s'en trouva bien. Car, soit que le mal fût au déclin,
ou que, parmi une si grande quantité de toutes sortes d'herbes,
il s'en trouvât de propres pour son mal, il en fut soulagé. Ce
fut alors que l'on se confirma dans l'opinion que l'on avoit eue,
que le refus du boïare n'étoit procédé que de sa malice : c'est
pourquoi on le fouetta encore plus fort que les deux premières
fois, et après on lui fit un présent de quatre cents écus, et de
dix-huit paysans, pour les posséder en propre, avec défenses
bien expresses et très-rigoureuses de s'en ressentir contre sa
femme, qui en profita si bien, que, depuis ce temps-là, ils vécu-
rent ensemble en une très-parfaite amitié. » La réconciliation
du médecin par force avec sa femme, à qui il pardonne les
coups de bâton, comme le lui fait dire Molière, en faveur de la
dignité à laquelle elle l'a élevé, est également à la fin du *Vilain
mire*, et au dénouement du *Médecin malgré lui*.

Malgré ces ressemblances, ce n'est assurément pas dans le
Voyage en Moscovie que Molière a été chercher sa comédie;
mais le récit d'Olearius, s'il n'est, comme nous le croirions volontiers, qu'une réédition moscovite de la très-ancienne fable,
était bon à citer comme l'une des preuves qu'elle a fait le tour
du monde. L'anecdote reparaît à la cour de François Ier, et
l'auteur de la Vie de Molière qui est en tête de l'édition de
1725 (Amsterdam)[1] nous dit même qu'elle est du temps de
ce prince, qu'il « fut lui-même une des personnes de l'intrigue. » Il ajoute qu'elle fut racontée en présence de Louis XIV,
et que Molière, l'ayant ainsi connue, en fit son profit. C'est ce
qu'il serait difficile d'admettre. La première ébauche que Molière donna de sa pièce est de trop ancienne date pour faire
penser au temps où il avait accès à la cour.

Pour conclure, notre comédie a, sans hésitation possible,
fait quelque part un emprunt. Mais à quelle source directement? On ne le découvrira jamais avec certitude. Voici la con-

---

1. Tome I, p. 70 : sur cette édition et cette *Vie de l'Auteur*,
voyez notre tome III, p. 123, note 3.

jecture que nous proposerions. La plupart des fabliaux, quand
ils furent passés de mode sous leur vieille forme, prirent celle
de farces, jouées sur notre théâtre naissant. C'est ce qui dut
arriver au *Vilain mire*, dont notre auteur aurait connu la
légende de ce côté. Ou bien encore d'un conte italien analogue
fut tirée quelque farce italienne. Molière, on le sait, empruntait beaucoup à ces farces-là dans ses premières petites pièces ;
ainsi dans *le Médecin volant*[1], suivant Somaize ; probablement,
dans *la Jalousie du Barbouillé*, comme M. Despois en a fait la
remarque[2]. Il n'est pas invraisemblable qu'il se soit, ici encore,
inspiré de quelque canevas italien. Il ne faudrait pas d'ailleurs
parler, comme on l'a fait[3], de l'*Arlecchino medico volante*.
Évidemment de cette arlequinade, qui paraît avoir précédé,
mais sans avoir été imprimée[4], son *Médecin volant*, Molière
n'a tiré que ce dernier sujet, et quelques traits dont il a, pour
la seconde fois, fait usage dans *le Médecin malgré lui*[5].

Ticknor, dans son *Histoire de la littérature espagnole*[6],
signale des ressemblances entre *le Médecin malgré lui* et la
comédie de Lope de Vega qui a pour titre *el Acero de Madrid*,
« l'Acier de Madrid, » et qui a été écrite au commencement du
dix-septième siècle. Voici comment Ticknor expose le sujet de
la pièce. Des préparations pharmaceutiques dans lesquelles
entrait l'acier étaient alors la grande mode à Madrid. Une
jeune fille, d'humeur vive et gaie, trompe son père et particulièrement une vieille tante hypocrite, en contrefaisant la malade

1. Voyez à la page 47 de notre tome I.

2. Page 17 du même tome.

3. Voyez le *Mercure de France* de décembre 1739, p. 2904. Il y
est dit que Molière avait tiré sa comédie du canevas italien ; ce qui
a été répété sous la forme d'interrogation dans l'*Histoire littéraire de
la France*, tome XXIII, où l'on cite, page 197, les diverses imitations du *Vilain mire*.

4. Voyez aux pages 47-50 de notre tome I.

5. On peut voir dans le manuscrit de la Bibliothèque nationale
intitulé : *Recueil de sujets de pièces tirées de l'italien* (celui dont
il a été parlé au tome I, p. 48 et 49), le fragment qui nous reste
du *Medico volante*. Ce recueil est d'ailleurs d'une date bien posté-
rieure à celle du *Médecin malgré lui*.

6. *History of Spanish literature* by George Ticknor, 3 volumes
in-8°, New-York, MDCCXLIX : voyez au tome II, p. 181.

et recevant l'acier médicinal des mains d'un faux docteur qui est l'ami (il eût été plus exact de dire le suivant) de son amoureux. Ce prétendu médecin, « à la poste » du galant, suivant l'expression de Molière[1], prescrit à la demoiselle des promenades et autres occasions de liberté, très-commodes pour se laisser conter fleurette. « Il ne peut, ajoute Ticknor, y avoir guère de doute que nous trouvons dans cette pièce quelques-unes des idées mises en œuvre dans *le Médecin malgré lui.* » Le rapprochement, ce nous semble, se ferait aussi bien pour le moins avec *l'Amour médecin.* Est-ce Lope qui a suggéré à Molière, dans ses deux comédies, la maladie feinte de l'une et de l'autre Lucinde, et le complot amoureux caché sous la robe du docteur ou sous le déguisement de l'apothicaire? Nous ne pouvons dire que ce soit impossible. Mais alors qu'on fasse remonter chez Molière l'imitation de *l'Acier de Madrid* jusqu'à son *Médecin volant ;* et si Lope est là pour quelque chose, peut-être est-ce par l'intermédiaire des farces italiennes. Au reste, dans *le Médecin malgré lui*, l'intrigue amoureuse n'est qu'en apparence le sujet même de la pièce : c'est réellement un ressort secondaire.

Un autre historien de la littérature espagnole, mais qui n'y a étudié que le théâtre, de Schack[2], qui est d'avis que Molière s'est beaucoup inspiré de ce théâtre, et qu'on n'en trouve pas seulement des preuves dans les comédies dont il lui doit tout le plan, mais aussi dans d'autres où il ne lui a pris que quelques scènes et quelques situations, cite, comme exemple, *le Médecin malgré lui ;* et, non content de dire, de même que Ticknor, que l'intrigue en est tirée de l'*Acero de Madrid*, il ajoute que, dans la scène où Sganarelle fait passer Léandre pour un apothicaire, afin de lui ménager une entrevue avec Lucinde, il y a également ment un souvenir de quelque chose de semblable qui se rencontre dans la *Fingida Arcadia* de Tirso de Molina. Nous dirons, comme pour l'imitation, plutôt supposée que prouvée, de Lope de Vega, que celle-ci encore aurait peu d'importance.

1. Voyez tome I, p. 54, et la citation faite à la note 1.
2. *Geschichte der dramatischen Literatur und Kunst in Spanien*, von Adolph Friedrich von Schack, Berlin, 1845 : voyez au tome II, p. 684 et 685.

Au surplus, en indiquant deux sources, on les rend l'une et
l'autre fort incertaines. Elles le sont d'autant plus que le stratagème imaginé en faveur des deux amants devait être comme
un lieu commun à l'usage de tous les théâtres.

Dans l'histoire des œuvres de Molière, cette question des
emprunts dont on peut chercher la trace aura toujours de l'intérêt pour les curieux; mais il n'en faut pas exagérer l'importance. La rivière ne se souvient plus de la petite source d'où elle
est sortie, et dont la découverte n'importe qu'à l'érudition. Pour
les juges littéraires, il nous semble à peu près indifférent qu'un
fabliau, ou, plus directement, quelques farces qui avaient mis
ce fabliau en dialogue, aient fourni l'idée du premier acte du
Médecin malgré lui. Qui avait pu, avant Molière, tirer de cette
idée des scènes d'une plaisanterie si excellente ?

C'est d'abord, au début, la querelle de Sganarelle et de
Martine. On a prétendu[1], avec une vraisemblance douteuse,
que le perruquier Didier l'Amour, et sa première femme,
« clabaudeuse éternelle, dit la Monnoye, qu'il savoit étriller
sans s'émouvoir, » y ont servi de modèles; ce serait Boileau
qui les aurait indiqués à Molière; mais celui-ci n'en avait certes
pas besoin. On trouve dans sa pièce une peinture plus générale,
faite par un observateur des mœurs du peuple. Non moins prise
sur le fait est l'intervention mal récompensée du voisin Robert.
Voilà des tableaux aussi vrais que pleins de force comique, dont
l'invention ne paraît pouvoir être réclamée par aucun devancier. Si le dialogue entre le Fagotier et les domestiques de
Géronte développe la scène indiquée dans *le Vilain mire*, c'est
avec une merveilleuse abondance de traits plaisants. Qui donne
une vie si nouvelle à l'imitation, invente.

Les deux derniers actes continuent la pièce avec une verve
qui ne se ralentit pas un moment; et la bouffonnerie la plus
abandonnée en apparence à ses caprices, si elle y grossit les
traits du masque comique, les laisse pourtant bien reconnaître
encore pour ceux de la nature humaine. Là Molière s'éloigne

---

1. Voyez une note de l'édition de 1713 des *OEuvres de Nicolas
Boileau Despréaux*, sur le vers 216 du chant 1er du *Lutrin*; le *Menagiana*, tome III, p. 18 (addition de la Monnoye); et ci-après,
p. 47, note 1.

des données du fabliau, comme des autres contes sur le paysan
changé en docteur, et lui prête des aventures toutes différentes
dans l'exercice de sa nouvelle profession. Par suite, il n'est pas
probable que les farces du théâtre, qui devaient avoir suivi de
plus près la légende, aient rien donné à imiter à notre auteur
dans cette partie de sa comédie : elle paraît être toute de son
imagination. On ne la jugera pas moins nouvelle parce qu'il
y a repris à son *Médecin volant* quelques traits qui seront indiqués dans les notes de la pièce, et parce qu'un des petits res-
sorts du dénouement (Molière, avec grande raison, dénouait
ces légères comédies à la diable) rappelle quelque chose de
semblable dans la *Zélinde* de Donneau de Visé. Des emprunts
faits à un passage de Rabelais méritent qu'on en tienne plus de
compte. Molière doit à ce passage une des plus amusantes
plaisanteries de sa pièce, et sans doute l'idée même du mutisme,
simulé chez lui, de sa Lucinde. Par là, c'est encore à une
ancienne farce (celle-ci jouée, au seizième siècle, à Montpellier)
que se rattache sa comédie. Rabelais, en effet, n'est que le
narrateur de cette farce, de « ce patelinage, » comme il l'appelle.
Molière en a tiré seulement ce qui lui convenait, en regrettant
peut-être ce qu'il avait fallu laisser de côté ; car la bouffonnerie est, d'un bout à l'autre, bien réjouissante, telle que Rabelais la fait connaître au chapitre xxxiv du livre III de *Pantagruel*[1] : « Je ne vous avois onques puis vu que jouâtes à Montpellier, avecque nos antiques amis Ant. Saporta, Guy Bouguier,
Balthasar Noyer, Tollet, Jan Quentin, François Robinet, Jan
Perdrier et François Rabelais, la morale comédie de celui
qui avoit épousé une femme mute.... Le bon mari voulut
qu'elle parlât. Elle parla par l'art du médicin et du chirurgien, qui lui coupèrent un encyliglotte qu'elle avoit sous
la langue. La parole recouverte, elle parla tant et tant, que
son mari retourna au médicin pour remède de la faire taire.
Le médicin répondit en son art bien avoir remèdes propres
pour faire parler les femmes, n'en avoir pour les faire taire ;
remède unique être surdité du mari, contre cestui interminable parlement de femme. Le paillard devint sourd, par
ne sai quels charmes qu'ils firent. Sa femme, voyant qu'il

1. Tome II, p. 167, de l'édition de M. Marty-Laveaux.

étoit sourd devenu, qu'elle parloit en vain, de lui n'étoit entendue, devint enraigée. Puis, le médicin demandant son salaire,
le mari répondit qu'il étoit vraiement sourd et qu'il n'en-
tendoit sa demande. Le médicin lui jeta on dours (*dos*) ne sai
quelle poudre, par vertus de laquelle il devint fol. Adonques
le fol mari et la femme enraigée se rallièrent ensemble, et
tant battirent les médicin et chirurgien, qu'ils les laissèrent à
demi morts. Je ne ris onques tant que je fis à ce patelinage. »

Il y a, au même chapitre de *Pantagruel*[1], le médecin Rou-
dibilis, qui, de même que Sganarelle, prend l'argent, en s'é-
criant comme indigné : « Hé, hé, hé, Monsieur, il ne failloit
rien. »

Voilà comment Molière a été un « grand et habile picoreur[2] ; »
voilà, dans son *Médecin malgré lui*, tous ses larcins, ou, pour
parler comme Somaize, toutes ses *singeries*[3]. On ne peut que
rire des envieux qui s'efforçaient, de son temps, de le faire
passer pour un plagiaire. Est-ce qu'il n'y a pas eu toujours
comme un fonds commun de plaisanteries, dans lequel ont eu
le droit de puiser les auteurs de satires, de comédies, ou de
contes? Rien de plus légitime, quand elles ne sont pas ame-
nées de force et se trouvent si bien à leur place, qu'elles semblent venues là pour la première fois. C'est ainsi que, dans *le
Médecin malgré lui*, il y a un torrent de gaieté dans lequel
toutes les imitations sont entraînées et se fondent.

Les accusations de plagiat font ici penser à celle qu'une
anecdote, souvent redite, attribue au président Rose, et qui
n'aurait été qu'une innocente plaisanterie. Le président, a-t-on
raconté, s'amusa à réciter devant Molière une traduction
latine de la chanson de Sganarelle, et à la donner pour anciennement imitée de l'*Anthologie*. Le vol de Molière était
manifeste. D'Alembert, enjolivant l'historiette, dans son éloge
de l'académicien secrétaire du Roi, dit que l'auteur de la chanson des glouglous « resta confondu. » Avait-il tant de bon-

1. Tome II, p. 168, de l'édition de M. Marty-Laveaux.
2. Addition de la Monnoye au *Menagiana*, tome II, p. 25 (dans
l'édition de 1715).
3. Voyez au commencement de la *Notice* de M. Despois sur *le
Médecin volant*, tome I, p. 47.

homie? et s'y connaissait-il assez peu pour trouver, comme
d'Alembert, le goût antique à une prose rimée? Les *Ana* nous
content maintes mystifications de ce genre, dont quelques-
unes auraient pu être plus inquiétantes pour les auteurs que
des rieurs voulaient embarrasser. Ce ne sont là, sans doute,
que des exemples d'une plaisanterie traditionnelle, reparaissant
de temps en temps avec une date nouvelle. Nous n'insistons
pas : il ne serait pas très-sage de déployer contre une anecdote d'un si léger intérêt l'appareil de la critique. Tous les
détails qui peuvent être désirés au sujet de la petite malice du
président Rose sont donnés ci-après dans les notes de la
pièce.

Dans la première distribution des rôles, ceux qui furent
joués par Molière et par sa femme nous sont seuls incon-
testablement connus. Molière fut, comme toujours, Sganarelle;
c'était d'ailleurs ici le personnage principal : cela va donc de
soi. Si l'on exige un témoignage positif, celui de Robinet pourrait être allégué, dans les vers déjà cités :

> .... Ce *Medicus* tout nouveau
> Et de vertu si singulière
> Est le propre *Monsieur Molière.*

Cela paraît bien clair, et l'on ne peut guère douter que Robinet ne nomme Molière comme acteur dans le rôle du *Medicus*,
et non comme auteur de la pièce. Si pourtant l'on hésitait sur
le sens, voici un document encore plus incontestable. Dans
l'inventaire fait le 15 mars 1673, après la mort de Molière,
son costume de Sganarelle est décrit : « Un coffre de bahut
rond, dans lequel se sont trouvés les habits pour la représentation du *Médecin malgré lui*, consistant en pourpoint,
haut-de-chausses, col, ceinture, fraise et bas de laine et es-
carcelle, le tout de serge jaune, garni de radon[1] vert; une
robe de satin avec un haut-de-chausses de velours ras ci-

---

1. Nous ne trouvons ce mot de *radon* dans aucun lexique. Ne
faut-il pas lire *padou?* On bordait les étoffes avec du padou, ruban
tissu moitié de fil et moitié de soie. — L'Académie (1694) et Furetière (1690) écrivent *padoue*, orthographe qui rappelle le lieu de
fabrication; mais, dès 1679, Richelet a la forme actuelle *padou*.

selé[1]. » Il est superflu de faire remarquer que le personnage
ainsi vêtu est bien celui qui est dépeint dans la pièce : « Un
homme qui a une large barbe noire, et qui porte.... un habit
jaune et vert[2]. » Les différents comédiens qui ont été chargés
du rôle de notre Sganarelle n'ont jamais manqué de porter ces
couleurs du « médecin des perroquets. » Quant à la robe de
satin, elle était réservée pour le moment où le Fagotier paraît
en docteur.

Le même inventaire, énumérant les habits de théâtre de
Mlle Molière, a cet article : « L'habit du *Médecin malgré lui*,
composé en une jupe de satin couleur de feu, avec trois gui-
pures et trois volants, et le corps de toile d'argent et soie verte[3]. »
Ce brillant costume ne peut être que celui de Lucinde, dont,
par conséquent, le rôle fut joué par Mlle Molière.

Le *Mercure de France* de décembre 1739 dit[4] que *le Médecin malgré lui*, « après la mort de Molière,... fut représenté
par les sieurs de Rosimond, du Croisy, de la Grange, Hubert,
et par les Dlles de Brie et Guérin. » Ces acteurs, à l'exception
de Rosimond, étaient tous dans la troupe de 1666; il est donc
assez vraisemblable qu'ils avaient créé les rôles joués par eux
à l'époque dont parle le *Mercure;* et l'on peut conjecturer que
la Grange fut le premier Léandre, du Croisy le premier Géronte.
Il n'y a pas de doute que Rosimond avait pris le rôle de Sganarelle, puisque c'est à lui que furent donnés, en 1673, tous les
rôles que Molière s'était réservés. Mlle Molière, devenue Mlle
Guérin, avait probablement conservé le rôle de Lucinde; s'il
en était ainsi, il faut croire que Mlle de Brie jouait Martine,
et peut-être que le rôle lui avait appartenu dès la première
distribution de la pièce.

Il y a lieu de passer ici plus rapidement que dans les *Notices*
des grandes comédies de Molière, sur le souvenir des représentations, sur les noms des acteurs qui y ont brillé : non
pas qu'il ne faille aussi beaucoup d'art, et qu'il ne se soit produit des talents dignes de notre première scène, dans les pièces

1. *Recherches sur Molière....* par Eud. Soulié, p. 278.
2. Acte I, scène iv, ci-après, p. 51.
3. *Recherches sur Molière*, p. 279 et 280.
4. Page 2904.

de notre auteur auxquelles le nom de farces ne saurait convenir que si ce nom n'exclut pas l'idée du vrai comique. Combien, non-seulement de verve, mais de finesse et de naturel jusque dans la fantaisie ne demande pas un rôle comme celui de Sganarelle, pour que l'acteur y soit véritablement l'interprète de l'auteur!

Au même passage du *Mercure de France* que déjà nous avons eu à citer, nous trouvons[1] que, le 11 décembre 1739, un des rôles de début de Dugazon fut celui du Médecin malgré lui, qu'il joua avec applaudissement. Ce Dugazon est le premier de ce nom; le second, plus célèbre, et qui était son fils, ne parut au Théâtre-Français qu'en 1771; il représenta aussi Sganarelle avec grand succès. Vers le même temps que le plus ancien Dugazon, et sans doute un peu avant lui, on rencontre le Sage, dit de Monménil, qui mérite de n'être pas oublié ici, parce qu'il semble que le fils de l'auteur de *Gil Blas* devait, de naissance, s'entendre avec Molière, et parce qu'il était en effet un comédien de talent. Il fut sans doute remarqué dans le rôle de Sganarelle, puisque une estampe du temps le représente revêtu de l'habit du fantastique médecin. Un des souvenirs qu'a laissés l'excellent acteur Préville, dont les débuts sont de 1753, est la perfection de son jeu dans le même personnage. Plus tard, la Comédie-Française n'a pas manqué non plus de bons Sganarelles. Thénard (1807-1825) est un de ceux que l'on cite. Dans la collection des costumes de théâtre publiée chez Martinet (n° 364), il est représenté dans la scène v de l'acte I, embrassant la bouteille jolie. Depuis on a vu successivement et fort goûté dans ce rôle Cartigny, Monrose, Samson, Regnier, qui, tout le monde s'en souvient, fut un de ceux qui le jouèrent le mieux, enfin, très-dignes de leurs devanciers, M. Got, et, pour arriver jusqu'au moment présent, M. Coquelin.

Le rôle moins marquant de Géronte était, il y a quelque quarante ans, rempli à merveille par Duparai. Il était particulièrement plaisant dans la dernière scène de la pièce, lorsque, tenant le bâton levé sur Léandre, il l'abaissait tout à coup, à la nouvelle que le séducteur était devenu un riche héritier, et le

1. Page 2903.

saluait en lui disant avec conviction[1] : « Monsieur, votre vertu
m'est tout à fait considérable. »

Nous n'avons pas coutume de parler des représentations des
comédies de Molière sur d'autres théâtres que celui qu'on
appelle encore aujourd'hui sa maison. Qu'une exception nous
soit permise ici pour un théâtre étranger où l'on nous rapporte
qu'un des rôles du *Médecin malgré lui* fut joué par le grand
poëte de l'Allemagne. C'est un petit fait anecdotique assez
curieux que Goethe représentant, dans cette comédie, le personnage de Lucas devant la cour de Weimar[2].

Imitateurs et traducteurs ont voulu faire connaître *le Médecin malgré lui* en tous pays. Parlons d'abord des imitateurs.
Dans le théâtre de Mrss Susanna Centlivre on trouve une
comédie intitulée LOVE'S CONTRIVANCE [*Stratagème d'amour*]
or LE MÉDECIN MALGRÉ LUI, jouée sur le théâtre royal de Drury-
Lane, et imprimée en 1703[3]. La comédienne-auteur dit dans
sa *Préface :* « Quelques scènes, je le confesse, ont été en partie
empruntées à Molière, et j'ose me vanter que l'imitation n'y a
pas fait de tort. Elles m'ont semblé agréables en français, et
je n'ai pu m'empêcher de penser qu'elles pourraient divertir
sous le costume anglais. » On voit que Mrss Centlivre portait
sans trop d'humilité le poids de sa dette, et affrontait le voisinage de l'esprit de Molière, sans craindre d'en être écrasée.
« Les Français, dit-elle encore, ont dans le tempérament une
gaieté si légère, que la moindre lueur d'esprit les fait rire aux
éclats, tandis qu'elle nous ferait tout juste sourire. » Celle qui

---

1. Nous devons le souvenir de ce jeu de Duparai à M. François
Regnier.

2. Voyez à la page 8 de la thèse présentée à la Faculté des
lettres de Paris par M. A. Legrelle, sous ce titre : *Holberg considéré comme imitateur de Molière*, Paris, Hachette, 1864. — N'était
l'improbabilité d'une erreur dans cette thèse si bien étudiée, nous
nous demanderions si cette représentation du *Médecin malgré lui* n'a
pas plutôt dû avoir lieu sur le théâtre de Francfort, où Goethe,
dans sa jeunesse, joua quelquefois dans des pièces françaises.

3. Cette comédie en cinq actes est au commencement du tome II
(1760) des *OEuvres* de l'auteur : *the Works of the celebrated Mrss Centlivre*, Londres, M DCC LX et MDCC LXI, 3 volumes in-12.

entrait si peu dans notre manière de sentir la force comique pouvait-elle assez bien comprendre Molière pour lui dérober le secret de sa franche gaieté? Dans *Love's contrivance*, les charmantes plaisanteries du premier acte du *Médecin malgré lui* mêlées à celles du *Mariage forcé* de Molière (les anciens nommaient cela *contaminare fabulas*) sont noyées dans une intrigue qui ne fait beaucoup rire ni sourire la légèreté française. Les personnages de Molière ont perdu leur vrai caractère. Le Fagotier, valet intrigant qui a été au service de l'amant de la Lucinde anglaise, ne saurait plus rien avoir de la piquante originalité de Sganarelle.

Une moins incomplète et beaucoup meilleure imitation, sur le théâtre anglais, est celle du célèbre Fielding, dont on a pu dire, non sans raison, que « son esprit semblait naturellement en sympathie avec celui de Molière[1]. » Fielding fit jouer, en 1732, sur le théâtre de Drury-Lane, *the Mock Doctor, or the Dumb lady cur'd, a comedy done from Moliere*, « le Docteur pour rire, *ou* la Muette guérie, comédie d'après Molière[2]. » L'auteur de *Tom Jones* avait été charmé par l'étincelante gaieté du *Médecin malgré lui*, « celle des pièces fantasquement plaisantes (*humourous*) de Molière, disait-il dans la *Préface* de son imitation (p. 105), qui a toujours passé en France pour la meilleure. » Quoique nous ne soyons pas d'avis de compter, comme on l'a fait quelquefois, le *Mock Doctor* parmi les traductions de notre comédie, Fielding s'écarte peu des traces de son auteur, en conserve les spirituelles saillies, mais les accommode quelquefois aux mœurs anglaises. Pour en donner un exemple dès la première scène, *Dorcas* (Martine), après avoir reproché à *Gregory* (Sganarelle) d'être un débauché, qui mange tout son bien, ajoute : « et qui, du matin au soir, ne sort pas du cabaret à bière (*alehouse*). » Gregory répond : « C'est vivre en gentilhomme, puisque le squire en fait autant. » Marquer

---

1. Dibdin, *a Complete history of the stage*, Londres (s. d., mais de 1800, date de la dédicace au tome Ier), in-8° ; voyez au tome V, livre IX, chapitre II, p. 41 : l'auteur y parle du *Mock Doctor* de Fielding.

2. *The Works of Henry Fielding*, Londres, 1771, tome II, p. 101 et suivantes.

ainsi de son propre cachet ce que, d'une scène étrangère, il transporte sur la sienne est le droit d'un homme d'esprit.

Fielding a d'ailleurs rendu hommage à son modèle en n'usant que modérément des libertés d'un imitateur. Une des plus grandes qu'il ait prises, c'est d'avoir ajouté une scène entière de son invention, la xiiie, entre Gregory et Dorcas : c'était une complaisance pour une actrice, Miss Raftor, qui trouvait son rôle trop court. Il a fait chanter à ses personnages quelques couplets mêlés au dialogue. A d'autres imitateurs en France *le Médecin malgré lui* a aussi inspiré des chansons : Molière s'était contenté de celle du Fagotier.

Beaucoup plus récemment que Fielding, le poëte espagnol don Leandro Fernandez de Moratin, mort en 1828 à Paris, où sa tombe a été longtemps près de celle de Molière[1], a fait représenter sur le théâtre de Barcelone, le 5 décembre 1814, *le Médecin à coups de bâton* (*el Medico a palos*), comédie en trois actes et en prose. Ce n'était pas la première fois qu'il imitait Molière : deux ans auparavant, il avait introduit en Espagne *l'École des maris* par son *Escuela de los maridos*. Dans ces deux pièces, il n'a pas été simple traducteur. Nous n'avons à parler ici que de la première. Là il abrége : la scène ii de l'acte Ier, la scène ii de l'acte III sont supprimées. Ainsi disparaissent trois personnages, M. Robert et les deux paysans, Thibaut avec son fils Perrin. Il est pourtant difficile de croire qu'ils faisaient longueur, et qu'il importait beaucoup de rendre l'action plus rapide. Ce que nous ne voudrions pas critiquer, c'est la suppression de quelques plaisanteries trop hardies, d'expressions trop salées, qui n'auraient pas trouvé un bon accueil sur la scène pour laquelle Moratin écrivait. Sur la nôtre, nous passons davantage à Molière, par respect pour l'archaïsme. La plaisanterie gauloise garde pour nous ses franchises dans ses pièces. Nous nous rappelons qu'elle n'offensait pas les oreilles au dix-septième siècle, où la morale du théâtre n'était pas après tout plus mauvaise que de notre temps.

Au nombre des imitations du *Médecin malgré lui* doit-on mettre une pièce du célèbre poëte danois Holberg, dont le théâtre appartient à la première moitié du dix-huitième siècle ?

---

1. Les restes du poëte ont été ramenés en Espagne en 1853.

Ce ne serait pas du moins au même titre que le *Medico a palos*
et que le *Mock Doctor*. En général, Holberg, qui a gardé une
véritable originalité, s'est montré beaucoup moins imitateur, à
proprement parler, de Molière que disciple pénétré de son
génie[1], disciple indépendant, qui n'a pas cherché à s'appro-
prier tel ou tel de ses ouvrages. On note cependant chez lui
un assez grand nombre de réminiscences de scènes de Molière,
par exemple dans *le Voyage à la source*[2], qui est la comédie
qu'on a souvent rapprochée du *Médecin malgré lui*. Là, point
de fagotier, point de médecin par force. La pièce danoise, au
fond très-différente de la nôtre, est une satire des réunions
populaires qui, chaque année, vers la Saint-Jean, se tenaient
autour d'une source. Les caractères appartiennent en propre
à Holberg; ils présentent les types presque invariables que
son théâtre aime à reproduire constamment sous les mêmes
noms, à peu près comme le théâtre italien. Il n'en est pas
moins vrai que *le Voyage à la source* se prête à des com-
paraisons avec *le Médecin malgré lui*, non-seulement par des
détails, mais aussi par quelques-unes des données du sujet.
Nous y trouvons une Léonora qui est, comme Lucinde, con-
trariée dans son amour pour un autre Léandre. Si Lucinde
feint d'être muette, Léonora simule aussi une maladie, non
pas tout à fait la même; elle n'a perdu la parole que pour la
remplacer par le chant : inquiétant symptôme de folie, qui dé-
sole son père Jeronimus, notre Géronte. Jeronimus fait appeler
le docteur Bombastus. Un valet de Léandre, Heinrich, s'introduit sous le nom du grand médecin, afin d'ordonner un
voyage à la source, qui procurera aux deux amants une occasion de rendez-vous. Il amène avec lui, pour l'assister,
Léandre, qu'il donne pour un licencié, comme Sganarelle le
donne pour un apothicaire. Dans la séance où le faux docteur vient examiner la malade (scène VII de l'acte Ier), il étale

1. Voyez à ce sujet la thèse de M. Legrelle, ci-dessus citée à la
note 2 de la page 25.

2. On trouvera une traduction allemande de cette comédie aux
pages 39 et suivantes du tome III du théâtre danois de Holberg,
die Dänische Schaubühne, Copenhagen und Leipzig, 5 vol. in-8°,
1750. OEhlenschläger a publié en 1822 une traduction complète des
comédies de Holberg.

son savoir à la façon de notre fagotier. Son latin extravagant,
les bribes de rudiment qu'il débite, plusieurs autres des plus
amusantes plaisanteries de cette scène sont des emprunts faits
à Molière. Holberg y mêle quelques traits facétieux qui sont à
lui, comme cette parole qu'en arrivant Heinrich adresse à Jeronimus : « C'est bien, n'est-ce pas, à la personne qui est
folle que je parle? » Il est permis de se demander si, dans
cette scène, et dans d'autres endroits de sa comédie, Holberg
n'a pas été moins directement imitateur de Molière, que de
Regnard, dans *les Folies amoureuses*, jouées pour la première
fois en janvier 1704. Là, en effet, nous avons Agathe qui, en
chantant, contrefait la folle, et Crispin, valet de l'amant d'Agathe,
qui se donne pour médecin, et dit au tuteur d'Agathe[1] :

> Je voudrois qu'à la fois vous fussiez maniaque,
> Atrabilaire, fou, même hypocondriaque,
> Pour avoir le plaisir de vous rendre demain
> Sage, comme je suis, et de corps aussi sain.

Le tuteur répond :

> Je vous suis obligé, Monsieur, d'un si grand zèle.

Et dans *le Voyage à la source*, Heinrich : « Je souhaiterais,
Monsieur, que vous eussiez vous-même un demi-cent d'in-
firmités et de maladies, afin que je pusse faire sur vous la
preuve de mon savoir. » Jeronimus : « Grand merci, Monsieur le Docteur. » Il est évident d'ailleurs que nous revenons
par un détour au *Médecin malgré lui*, dont Regnard a mis à
profit la scène ii de l'acte II.

A côté des imitations étrangères nous avons nous-mêmes nos
imitations du *Médecin malgré lui*, qui ne mériteraient pas
toutes qu'on s'en souvînt, si l'on n'y trouvait un témoignage
de la popularité de la pièce de Molière.

Sur le théâtre des Marionnettes d'Alexandre Bertrand, à la
foire Saint-Germain[2], on représenta, en 1715, un vaudeville
imité du *Médecin malgré lui*; c'est la même pièce, dit-on, qui

---

1. Acte III, scène vii (v dans les anciennes éditions).

2. A Paris, sur l'emplacement où se trouve aujourd'hui le mar-
ché Saint-Germain.

plus tard fut retouchée par de Montbrun (pseudonyme de
François Decomberousse), et jouée sur le théâtre de l'Odéon,
en décembre 1814.

Le 26 janvier 1792, on donna sur le théâtre de la rue Fey-
deau *le Médecin malgré lui*, opéra français en 3 actes[1]. Les
paroles de cet opéra-comique étaient du gai chansonnier Désaugiers, alors très-jeune; la musique, de son père. L'ouvrage,
dit l'auteur d'une *Notice sur.... Désaugiers*[2], « eut beaucoup
de succès. La plupart des airs, que Désaugiers a employés
depuis dans plusieurs de ses pièces, sont devenus vaudevilles. »
Ce n'est probablement pas comme très-bons révolutionnaires
que les Désaugiers avaient eu l'idée d'introduire dans leur
pièce, d'une façon plaisante, l'air populaire *Ça ira*.

« *Le Médecin malgré lui*, comédie de Molière, arrangée en
opéra-comique par MM. Jules Barbier et Michel Carré, musique de M. Charles Gounod, » a été entendu pour la première
fois au Théâtre-Lyrique de Paris, le 15 janvier 1858. La prose
de Molière a été scrupuleusement respectée dans le dialogue.
On a même conservé, autant qu'on l'a pu, les paroles du
texte, dans les morceaux de chant, ou bien on a pris tantôt
des couplets entiers, tantôt des vers, dans *Mélicerte* et dans *la
Princesse d'Élide*.

L'édition originale du *Médecin malgré lui* porte la date de
1667. C'est un in-12 (de 152 pages et 2 feuillets liminaires
précédés d'une estampe), dont voici le titre :

LE

MEDECIN

MALGRÉ-LVY.

COMEDIE.

Par I. B. P. DE MOLIERE.

A PARIS,

Chez IEAN RIBOV, au Palais, fur le
Grand Peron, vis à vis la porte de l'Eglife
de la Saincte Chapelle, à l'Image S. Louis.

M. DC. LXVII.

Auec Priuilege du Roy.

1. Il n'a pas été imprimé. Voyez la *Bibliographie moliéresque*,
p. 350, n° 1703.

2. M. Merle, au tome IV des *Chansons et poésies diverses* (Ladvocat,

L'Achevé d'imprimer est du 24 décembre 1666 ; le Privilége, du 8 octobre, est donné pour sept années à Molière, qui
a cédé et transporté son droit « à Jean Ribou, marchand libraire
à Paris, pour en jouir suivant l'accord fait entre eux. »

Une seconde édition détachée a paru bien peu de temps
après la mort de Molière : l'Achevé d'imprimer pour la seconde fois est du 21 mars 1673 ; on lit sur le titre : *Et se vend
pour la veuve de l'Auteur. A Paris, chez Henry Loyson.*

Le Médecin malgré lui a été souvent traduit et dans beaucoup d'idiomes. Sans parler des langues les plus répandues,
nous en citerons une version en danois (1842) ; trois en suédois
(1801, 1842, 1860) ; deux en russe (1685, 1788) ; deux en
serbo-croate (1870 et *s. d.*) ; huit ou neuf en polonais (1754,
1779, 1780 (?), 1782, 1822, et quatre *s. d.*) ; une en tchèque
(1825) ; une en dialecte de Maestricht (1856), outre quatre
néerlandaises, dont deux en vers, l'une de 1671, l'autre de
1711 ; une en grec ancien (1875) et une en grec moderne
(1862) ; une en arménien (1851) ; une en magyare (1792) ;
une en turc (1869) : sur cette dernière, voyez la *Bibliographie
moliéresque*, p. 206, n° 976.

1827), p. xxvii et xxviii. M. Merle met la représentation à l'année 1791 ; c'est une erreur : voyez la *Gazette nationale* ou le
Moniteur universel du 26 janvier 1792.

SOMMAIRE

DU *MÉDECIN MALGRÉ LUI*, PAR VOLTAIRE.

Molière ayant suspendu son chef-d'œuvre du *Misanthrope*, le
rendit quelque temps après au public, accompagné du *Médecin
malgré lui*[1], farce très-gaie et très-bouffonne, et dont le peuple
grossier avait besoin : à peu près comme à l'Opéra, après une musique noble et savante, on entend avec plaisir ces petits airs qui ont
par eux-mêmes peu de mérite, mais que tout le monde retient aisément. Ces gentillesses frivoles servent à faire goûter les beautés
sérieuses.

Le Médecin malgré lui soutint *le Misanthrope ;* c'est peut-être à
la honte de la nature humaine, mais c'est ainsi qu'elle est faite :
on va plus à la comédie pour rire que pour être instruit. *Le Misanthrope* était l'ouvrage d'un sage qui écrivait pour les hommes
éclairés ; et il fallut que le sage se déguisât en farceur pour plaire
à la multitude.

[1]. Voyez ci-dessus, au début de la *Notice*, p. 3 et 4. *Le Misanthrope* avait
déjà été représenté vingt et une fois et *le Médecin malgré lui* onze fois,
lorsqu'ils parurent ensemble sur l'affiche, le vendredi 3 septembre ; ils furent
rent ainsi probablement joués toute la semaine suivante, les 5, 7, 10, et
encore le dimanche 12. Mais c'était là un spectacle extraordinaire, que
Molière ne donna plus et que sans doute on n'a jamais revu. Quel autre
acteur se serait senti de force, après avoir rempli le grand rôle d'Alceste, à
jouer encore, avec toute la verve qu'il demande, le rôle du Fagotier? Et
même pour pouvoir tout à fait affirmer que Molière renouvela quatre fois, à
de si courts intervalles, un tel effort, il faudrait être absolument sûr que
l'*idem* de la Grange qui (on l'a vu, tome V, p. 363) se lit dans le tableau des
représentations du 5 au 12 septembre, s'applique à la composition entière du
spectacle indiqué pour le 3. Nous le croyons très-vraisemblable, surtout à
cause du chiffre des recettes ; il faut néanmoins remarquer que très-souvent,
dans son *Registre*, la Grange a constaté une double répétition par deux *idem ;*
et quand, après deux pièces, son *idem* est unique, on ne peut distinguer s'il y
a attaché un sens collectif, ou bien s'il s'est contenté de rappeler la pièce qui,
à ses yeux et à tel jour, était la plus importante, oubliant ou négligeant
l'autre qui avait complété le spectacle : ce dernier cas n'est pas toujours, il
s'en faut, le moins vraisemblable. Il se pourrait donc que l'*idem* des 5, 7, 10
et 12 septembre représentât, non les deux comédies, mais une seule, c'est-à-
dire ou *le Misanthrope* ou *le Médecin malgré lui*.

ACTEURS.

SGANARELLE, mari[1] de Martine[2].
MARTINE, femme de Sganarelle.
M. ROBERT, voisin de Sganarelle.
VALÈRE, domestique[3] de Géronte.
LUCAS, mari de Jacqueline.
GÉRONTE, père de Lucinde.
JACQUELINE, nourrice chez Géronte, et femme de Lucas.
LUCINDE, fille de Géronte[4].
LÉANDRE, amant de Lucinde.

1. Il y a ici, et encore quatre lignes plus bas, dans la 1re édition, la singulière faute *maris*, pour *mari*.

2. On a vu ci-dessus, à la *Notice*, p. 22 et 23, d'après un inventaire publié par M. Eud. Soulié, le détail du costume que portait Molière dans ce rôle; il y faut ajouter le « chapeau des plus pointus » : voyez ci-après, acte II, scène II, p. 73.

3. *Domestique*, au dix-septième siècle, se disait de toute personne engagée, dans quelque position, même élevée, que ce fût, au service de quelqu'un. Molière n'a pas jugé nécessaire de déterminer plus nettement le titre qui attache Valère à Géronte. Par ce nom même qui lui est donné et par son costume (autant que permet d'en juger la gravure de 1682, qui le montre avec épée, gants, rubans et chapeau à plumes), le personnage se distingue bien d'un simple valet, un peu moins cependant par le langage qu'il tient à Lucas dans son premier couplet (ci-après, p. 48).

4. C'est la seconde fois que Molière donne ce nom à une jeune fille qui feint d'être malade, et dont un faux médecin sert les amours : voyez aux *Personnages* de *l'Amour médecin*, tome V, p. 298. — Le même inventaire rappelé plus haut nous a seul appris, en décrivant un costume dont le luxe ne pouvait convenir qu'à Lucinde, que ce rôle fut joué d'original par la femme de Molière : voyez la *Notice*, p. 23.

THIBAUT, père de Perrin[1].

PERRIN, fils de Thibaut, paysan[2].

1. *Perin*, ici et à la ligne suivante, dans l'édition originale ; mais *Perrin*, dans la scène II de l'acte III.

2. Voici comment la liste des acteurs est disposée dans l'édition de 1734 :

GÉRONTE, père de Lucinde. — LUCINDE, fille de Géronte. — LÉANDRE, amant de Lucinde. — SGANARELLE, mari de Martine[a]. — MARTINE, femme de Sganarelle. — M. ROBERT, voisin de Sganarelle. — VALÈRE, domestique de Géronte. — LUCAS, mari de Jacqueline[b]. — JACQUELINE, nourrice chez Géronte, et femme de Lucas. — THIBAUT, père de Perrin ; PERRIN, fils de Thibaut, paysans.

Cette même édition ajoute, à la suite de la liste : « La scène est à la campagne. » Au second et au troisième actes cependant, on peut supposer que l'action se passe dans une maison ou un jardin de ville plutôt qu'à la campagne.

Le *Mémoire de.... décorations* (Manuscrits français de la Bibliothèque nationale, n° 24 330) n'indique cette fois que les accessoires nécessaires à la mise en scène : « Il faut du bois, une grande bouteille, deux battes, trois chaises[c], un morceau de fromage, des jetons, une bourse[d]. »

[a] SGANARELLE, *mari de Martine, domestique de Géronte,* dans quelques exemplaires non corrigés de l'édition de 1734.

[b] LUCAS, *mari de Jacqueline, domestique de Géronte.* (1773.)

[c] Le chiffre, très-négligemment tracé, est peut-être un 4 ; mais il semble qu'il ne faut que trois siéges pour la scène de la consultation (la IVe de l'acte II : voyez ci-après, p. 81), la seule où des chaises puissent être utiles.

[d] Des jetons pour remplir la bourse, comme dans *l'Amour médecin :* voyez tome V, p. 299, note 1.

LE
MÉDECIN MALGRÉ LUI.

COMÉDIE.

ACTE I[1].

SCÈNE PREMIÈRE.

SGANARELLE, MARTINE, paroissant sur le théâtre
en se querellant[2].

SGANARELLE.

Non, je te dis que je n'en veux rien faire, et que c'est
à moi de parler et d'être le maître.

MARTINE.

Et je te dis, moi, que je veux que tu vives à ma
fantaisie, et que je ne me suis point mariée avec toi
pour souffrir tes fredaines.

SGANARELLE.

O la grande fatigue que d'avoir une femme! et
qu'Aristote a bien raison, quand il dit qu'une femme
est pire qu'un démon!

---

1. Le théâtre, pour cet acte, doit représenter un lieu voisin des maisons de
Sganarelle et de M. Robert, et peu éloigné du bois où Sganarelle façonne ses
fagots. Voyez la fin de la scène II de l'acte I.

2. Cette indication n'est pas dans l'édition de 1734. — SGANARELLE, MAR-
TINE, *en se querellant.* (1673, 74, 82.)

MARTINE.

Voyez un peu l'habile homme, avec son benêt d'Aristote!

SGANARELLE.

Oui, habile homme : trouve-moi un faiseur de fagots qui sache, comme moi, raisonner des choses, qui ait servi six ans un fameux médecin, et qui ait su, dans son jeune âge, son rudiment par cœur[1].

MARTINE.

Peste du fou fieffé!

SGANARELLE.

Peste de la carogne!

MARTINE.

Que maudit soit[2] l'heure et le jour où je m'avisai d'aller dire oui!

SGANARELLE.

Que maudit soit le bec cornu[3] de notaire qui me fit signer ma ruine!

MARTINE.

C'est bien à toi, vraiment, à te plaindre de cette affaire. Devrois-tu être un seul moment sans rendre grâce au Ciel[4] de m'avoir pour ta femme? et méritois-tu d'épouser une personne comme moi?

SGANARELLE.

Il est vrai que tu me fis trop d'honneur, et que j'eus lieu de me louer la première nuit de nos noces! Hé! morbleu! ne me fais point parler là-dessus : je dirois de certaines choses....

---

1. Voyez p. 98. On appelle *rudiment*, dit l'Académie, dès sa première édition : « Un petit livre qui contient les premiers principes de la langue latine. »

2. Ce défaut d'accord est dans toutes nos éditions.

3. *Becque-cornu*, dans l'édition originale et dans nos trois éditions étrangères. — Sur ce terme d'injure, voyez au vers 1162 de *l'École des femmes*, tome III, p. 242, note 3.

4. Grâces au Ciel. (1673, 74, 82, 92, 97, 1733, 34.)

MARTINE.

Quoi? que dirois-tu?

SGANARELLE.

Baste[1], laissons là ce chapitre. Il suffit que nous savons ce que nous savons[2], et que tu fus bien heureuse de me trouver.

MARTINE.

Qu'appelles-tu bien heureuse de te trouver? Un homme qui me réduit à l'hôpital, un débauché, un traître, qui me mange.tout ce que j'ai?

SGANARELLE.

Tu as menti: j'en bois une partie.

MARTINE.

Qui me vend, pièce à pièce, tout ce qui est dans le logis.

SGANARELLE.

C'est vivre de ménage[3].

---

1. Suffit. C'est le sens étymologique du mot (en italien *busta*). Voyez *l'Étourdi*, vers 1262, tome I, p. 191.

2. Nous savons bien ce que nous savons; je m'entends bien et je suis sûr de mon fait. Lucas emploie plus loin cette phrase proverbiale (p. 61).

3. *Ménage* était alors un mot beaucoup plus usité dans son sens d'*économie*, témoin ce passage de *la Rubrique et fallace du monde, pasquin excellent*, de 1622[a].

> .... S'il advient qu'on appréhende
> Des filles la charge trop grande,
> Par forme de dévotion
> On les met en religion.
> Mais c'est plutôt un bon ménage
> Pour épargner leur mariage (*pour n'avoir pas à les doter*);

et ce passage de la Fontaine (fable XVIII du livre VIII, publiée en 1678, vers 42-44) :

> Lui berger, pour plus de ménage,
> Auroit deux ou trois mâtineaux,
> Qui lui dépensant moins, veilleroient aux troupeaux.

Sganarelle redit probablement une assez vieille équivoque; elle se trouve, avec

---

a Réimprimé par M. Édouard Fournier : voyez au tome I de ses *Variétés historiques et littéraires*, p. 347 et la note.

MARTINE.

Qui m'a ôté jusqu'au lit que j'avois.

SGANARELLE.

Tu t'en lèveras plus matin.

MARTINE.

Enfin qui ne laisse aucun meuble dans toute la maison.

SGANARELLE.

On en déménage plus aisément.

MARTINE.

Et qui, du matin jusqu'au soir, ne fait que jouer et que boire.

une autre de ses plaisanteries qu'on vient de lire, dans ces deux petites pièces[a], extraites du volume des *Joyeux épigrammes du sieur de la Giraudière*, qui avait paru en 1634 :

DE BOUTITON (p. 82).

On dit que Boutiton se ruine,
Qu'il ne déjeune, qu'il ne dîne
Et ne soupe qu'aux cabarets;
Mais s'il y vend ou laisse en gage
Chaires, tables et tabourets,
Est-ce pas vivre de ménage?

A LUI-MÊME (p. 83).

Denise est une mensongère :
Vous n'avez depuis son départ
Mangé tout le bien de son père;
Vous en avez bu la plupart.

Ce dernier trait était déjà dans *la Comédie des proverbes* d'Adrien de Montluc (1633, acte II, scène III) : « Ils ont la mine de ne manger pas tout leur bien, ils en boivent une bonne partie. »

[a] Auger, qui a heureusement rencontré la seconde, avait probablement, dans sa lecture, sauté la première, tout aussi intéressante ; il est vrai que les exemples de l'équivoque qu'elle contient ne manquent pas. M. de Parseval, dans ses *Notes à ajouter au commentaire des comédies de Molière* (voyez la *Revue de Marseille et de Provence*, n° de juin 1874, p. 316), en cite, entre autres, un de 1557. Dans une comédie récente de Chevalier, jouée au Marais en 1662, imprimée en 1663, *l'Intrigue des carrosses à cinq sous*, le valet Ragotin avait dit en parlant de son maître, joueur (acte I, scène III) :

Diable ! quel ménager ! On voit sur son visage
Qu'il vendra tout dans peu pour vivre de ménage.

SGANARELLE.

C'est pour ne me point ennuyer.

MARTINE.

Et que veux-tu, pendant ce temps, que je fasse avec ma famille ?

SGANARELLE.

Tout ce qu'il te plaira.

MARTINE.

J'ai quatre pauvres petits enfants sur les bras.

SGANARELLE.

Mets-les à terre.

MARTINE.

Qui me demandent à toute heure du pain.

SGANARELLE.

Donne-leur le fouet : quand j'ai bien bu et bien mangé, je veux que tout le monde soit saoul[1] dans ma maison.

MARTINE.

Et tu prétends, ivrogne, que les choses aillent toujours de même ?

SGANARELLE.

Ma femme, allons tout doucement, s'il vous plaît.

MARTINE.

Que j'endure éternellement tes insolençes et tes dé-bauches ?

SGANARELLE.

Ne nous emportons point, ma femme.

MARTINE.

Et que je ne sache pas trouver le moyen de te ranger à ton devoir ?

---

1. Tel est le texte : le mot, écrit *saou* dans le vers 80 du *Dépit amoureux* (tome I, p. 407), et *soû* dans le vers 229 de *l'École des maris* (tome II, p. 373), rime, en ces deux endroits, avec *fou* ; ailleurs (tome IV, p. 137), il est écrit *sou*.

SGANARELLE.

Ma femme, vous savez que je n'ai pas l'âme endu-
rante, et que j'ai le bras assez bon.

MARTINE.

Je me moque de tes menaces.

SGANARELLE.

Ma petite femme, ma mie, votre peau vous démange,
à votre ordinaire.

MARTINE.

Je te montrerai bien que je ne te crains nullement.

SGANARELLE.

Ma chère moitié, vous avez envie de me dérober
quelque chose[1].

MARTINE.

Crois-tu que je m'épouvante de tes paroles?

SGANARELLE.

Doux objet de mes vœux, je vous frotterai les oreilles.

MARTINE.

Ivrogne que tu es!

SGANARELLE.

Je vous battrai.

MARTINE.

Sac à vin!

SGANARELLE.

Je vous rosserai.

MARTINE.

Infâme!

SGANARELLE.

Je vous étrillerai.

---

1. Façon de parler populaire; le *quelque chose* est bien expliqué par ce
passage, que cite Auger, de *la Comédie des proverbes* (acte II, scène v) :
« Si tu m'importunes davantage, tu me déroberas un soufflet. » Soufflet ou
coups de bâton.

MARTINE.

Traître, insolent, trompeur, lâche, coquin, pendard,
gueux, belître[1], fripon, maraud, voleur...!

SGANARELLE.

(Il prend un bâton[2], et lui en donne.)

Ah! vous en voulez donc?

MARTINE[3].

Ah, ah, ah, ah!

SGANARELLE.

Voilà le vrai moyen de vous apaiser.

SCÈNE II.

M. ROBERT, SGANARELLE, MARTINE.

M. ROBERT.

Holà, holà, holà! Fi! Qu'est-ce ci[4]? Quelle infamie!
Peste soit le coquin, de battre ainsi sa femme!

MARTINE, *les mains sur les côtés, lui parle en le faisant reculer,*
et à la fin lui donne un soufflet[5].

Et je veux qu'il me batte, moi.

M. ROBERT.

Ah! j'y consens de tout mon cœur.

MARTINE.

De quoi vous mêlez-vous?

1. Mot d'origine douteuse, peut-être bien allemande, d'abord synonyme de
gueux, truand, mendiant : voyez le *Dictionnaire de M. Littré* et le *Supplément.*
2. SGANARELLE *prend un bâton.* (1673, 74, 82, 92, 97, 1710, 18, 30.)
3. SGANARELLE *prend un bâton et bat sa femme.* — MARTINE, *criant.* (1734.)
4. Qu'est-ceci? (1692, 1718.) — Qu'est ceci? (1675 A, 84 A, 94 B, 1773.) —
Nous suivons, pour la division des syllabes, les autres éditions anciennes; elles
ont, à commencer par l'édition originale, un second tiret inutile : *Qu'est-ce-ci?*
Voyez tome I, p. 465, note 2; tome IV, p. 134, note 4; ci-après, p. 64,
note 2; et le *Lexique de la langue de Corneille*, à Ci.
5. MARTINE, *à M. Robert.* (1734.)

M. ROBERT.

J'ai tort.

MARTINE.

Est-ce là votre affaire?

M. ROBERT.

Vous avez raison.

MARTINE.

Voyez un peu cet impertinent, qui veut empêcher les maris de battre leurs femmes.

M. ROBERT.

Je me rétracte.

MARTINE.

Qu'avez-vous à voir là-dessus[1]?

M. ROBERT.

Rien.

MARTINE.

Est-ce à vous d'y mettre le nez?

M. ROBERT.

Non.

MARTINE.

Mêlez-vous de vos affaires.

M. ROBERT.

Je ne dis plus mot.

MARTINE.

Il me plaît d'être battue.

M. ROBERT.

D'accord.

MARTINE.

Ce n'est pas à vos dépens.

---

1. On disait autrefois, comme l'atteste le *Dictionnaire de l'Académie*, édition de 1694[a] : *Vous n'avez rien à voir sur moi*, vous n'avez.... aucun droit d'inspection sur ma conduite. On pouvait donc dire : *Qu'avez-vous à voir là-dessus?* (*Note d'Auger.*)

a Et éditions suivantes, jusqu'à celle de 1762 inclusivement.

M. ROBERT.

Il est vrai.

MARTINE.

Et vous êtes un sot de venir vous fourrer où vous
n'avez que faire.

M. ROBERT.

(Il passe ensuite vers le mari, qui pareillement lui parle toujours en le faisant reculer, le frappe avec le même bâton [1] et le met en fuite; il dit à la
fin [2] :)

Compère, je vous demande pardon de tout mon cœur.
Faites, rossez, battez, comme il faut, votre femme; je
vous aiderai, si vous le voulez.

SGANARELLE.

Il ne me plaît pas, moi [3].

M. ROBERT.

Ah ! c'est une autre chose.

SGANARELLE.

Je la veux battre, si je le veux; et ne la veux pas
battre, si je ne le veux pas.

M. ROBERT.

Fort bien.

SGANARELLE.

C'est ma femme, et non pas la vôtre.

M. ROBERT.

Sans doute.

SGANARELLE.

Vous n'avez rien à me commander.

---

1. Le même bâton avec lequel il a battu sa femme.

2. Il finit par dire. — M. ROBERT *passe ensuite vers le mari, qui pareillement lui.... avec le même bâton, le met en fuite, et dit à la fin.* (1673, 74,
82.) — *Et M. Robert dit à la fin.* (1710, 18, 33.) — Dans l'édition de 1734
ce long jeu de scène est omis; on y lit ainsi ce passage : « .... Que faire. (*Elle
lui donne un soufflet.*) — M. ROBERT, *à Sganarelle.* Compère.... »

3. Voilà la troisième fois que revient dans Molière cette phrase avec cette
construction de *moi*; voyez tome IV, p. 437, le vers 575 de *Tartuffe* et la
note 2, et tome V, p. 525, le vers 1356 du *Misanthrope*.

M. ROBERT.

D'accord.

SGANARELLE.

Je n'ai que faire de votre aide.

M. ROBERT.

Très-volontiers.

SGANARELLE.

Et vous êtes un impertinent, de vous ingérer des affaires[1] d'autrui. Apprenez que Cicéron dit qu'entre l'arbre et le doigt il ne faut point mettre l'écorce[2].

---

1. Sur l'emploi à peu près indifférent des prépositions *dans* ou *de* avec le verbe *s'ingérer*, auquel Bossuet a joint aussi *à* devant l'infinitif, voyez le *Dictionnaire de M. Littré*. L'Académie, dans sa première édition (1694), Richelet (1680) et Furetière (1690) ne donnent d'exemples que de la construction avec *de*; mais M. Littré en cite avec *dans* qui sont du dix-septième siècle.

2. Auger rappelle que le proverbe dont Sganarelle fait ici une si juste application, tout en le citant de travers, a été recueilli et longuement *exposé* par Henri Estienne dans son *Projet du livre intitulé* [DE LA PRÉCELLENCE DU LANGAGE FRANÇOIS (1579, p. 194). « *On ne doit mettre le doigt entre l'écorce et le bois :* contre ceux qui mettent des noises et débats entre les personnes qui sont proches les unes aux autres, j'entends entre lesquelles il y a un lien fort étroit de prochaineté, comme entre le père et l'enfant, le mari et la femme. Et cette similitude est fort belle; car comme, si le doigt se mettoit entre l'écorce et le bois, il seroit à craindre que, ces deux venants à se rejoindre naturellement, il ne se trouvât enserré, non sans sentir douleur : ainsi celui qui vient à mettre des noises et dissensions entre telles personnes, est en danger, quand elles retournent à leur naturelle alliance et conjonction de volontés, qu'il ne soit comme enserré et pressé de la haine que lui porte tant l'une que l'autre. Or plus donne de peine l'exposition de ce proverbe (laquelle est selon que j'en ai ouï user), plus faut-il qu'il soit excellent, à cause mêmement de sa brièveté, au lieu qu'il faudroit user de beaucoup de paroles. » — Dans *le Mystère de saint Christofle*, rimé en quelque vingt mille vers par maître Chevalet, qui fut imprimé à Grenoble en 1530[a], et qui a pu tomber sous les yeux de Molière, il y a (feuille C, f^{os} i v° et ij r°) une scène épisodique, d'un dialogue court et assez insignifiant, mais où la même moralité a été mise en action. Un messager égaré de sa route, aussi malencontreux témoin que M. Robert d'une querelle

---

a On lit sur le premier feuillet : « S'ensuit la *Vie de saint Cristofle*, élégamment composée en rime françoise et par personnages, par maître Chevalet, jadis souverain maître en telle compositure.... »

(Ensuite il revient vers sa femme, et lui dit, en lui pressant la main :)
O çà[1], faisons la paix nous deux. Touche là.

MARTINE.

Oui! après m'avoir ainsi battue!

SGANARELLE.

Cela n'est rien, touche.

MARTINE.

Je ne veux pas.

SGANARELLE.

Eh!

MARTINE.

Non.

où un paysan se laisse battre par sa femme, tente d'intervenir, et s'attire à lui-même, des deux parts, les coups de bâton :

SAUTEREAU (*le messager*).
Et qu'est ceci ? êtes-vous folle ?
Faut-il battre votre mari ?
LANDURÉE (*la paysanne*).
Venez-vous au charivari ?
Par tous nos dieux vous en aurez :
Tenez....
LANDUREAU (*le paysan*).
Empoigne ce coup de quenoille.
. . . .
SAUTEREAU.
Le diable m'en fit bien mêler ;
Jamais ne fus à telle feste.
LANDURÉE.
Retourne : tu auras ta reste.
SAUTEREAU.
Je quitte la reste et le jeu.
. . . .
Ce vilain-là m'a abusé,
Qui m'a fait des horions prendre,
De sa femme pour le défendre.

Voyez la note d'Aimé-Martin et l'analyse moins fidèle des frères Parfaict, tome III, p. 3.

1. L'écorce. (*Il bat M. Robert et le chasse.*)

SCÈNE III.

SGANARELLE, MARTINE.

Sganarelle, Oh çà. (1734.)

SGANARELLE.

Ma petite femme!

MARTINE.

Point.

SGANARELLE.

Allons, te dis-je.

MARTINE.

Je n'en ferai rien.

SGANARELLE.

Viens, viens, viens.

MARTINE.

Non : je veux être en colère.

SGANARELLE.

Fi! c'est une bagatelle. Allons, allons.

MARTINE.

Laisse-moi là.

SGANARELLE.

Touche, te dis-je.

MARTINE,

Tu m'as trop maltraitée.

SGANARELLE.

Eh bien va, je te demande pardon : mets là ta main.

MARTINE.

Je te pardonne; (elle dit le reste bas) mais tu le payeras[1].

SGANARELLE.

Tu es une folle de prendre garde à cela : ce sont
petites choses qui sont de temps en temps nécessaires
dans l'amitié; et cinq ou six coups de bâton, entre gens
qui s'aiment, ne font que ragaillardir l'affection[2]. Va, je

1. MARTINE, *bas.* Je te pardonne; mais tu le payeras. (1673, 74, 82.) —
MARTINE. Je te pardonne; (*bas à part*) mais tu le payeras. (1734.)

2. Aimé-Martin rappelle ici un vers de Térence (il a été cité dans la *Notice
du Dépit amoureux*, tome I, p. 385) dont la maxime de Sganarelle semble être
en effet une traduction plaisante :

Amantium iræ, amoris integratio.

m'en vais au bois, et je te promets aujourd'hui plus d'un cent de fagots[1].

SCÈNE III[2].

MARTINE, seule.

Va, quelque mine que je fasse, je n'oublie pas[3] mon ressentiment; et je brûle en moi-même de trouver les moyens de te punir des coups que tu me donnes[4]. Je sais bien qu'une femme a toujours dans les mains de quoi se venger d'un mari; mais c'est une punition trop délicate pour mon pendard : je veux une vengeance qui se fasse un peu mieux sentir; et ce n'est pas contentement pour l'injure que j'ai reçue.

1. Pour ce Sganarelle des premières scènes, Boileau paraît avoir pensé que Molière mit à profit différents traits qu'il lui avait fait connaître du perruquier-barbier[a] l'Amour, devenu plus tard, ainsi que sa seconde femme (bien différente celle-ci de Martine), un des personnages du *Lutrin*[b]. Brossette donne sur lui et sa première femme, dans ses remarques à la fin du Ier chant de ce poëme, des renseignements qu'il tenait vraisemblablement de Boileau. « Le perruquier l'Amour, dit-il (sous le vers 216), avoit été marié deux fois. Sa première femme étoit extrêmement emportée et d'une humeur très-fâcheuse. Molière a peint le caractère de l'un et de l'autre dans son *Médecin malgré lui*..., sur ce que M. Despréaux lui en avoit dit. » Voyez encore ce qui est cité, ci-dessus à la *Notice*, p. 19, d'une addition de la Monnoye au *Menagiana*.

2. SCÈNE IV. (1734.)

3. Je n'oublierai pas. (1673, 74, 82, 1734.)

4. Que tu m'as donnés. (1734.)

[a] Les barbiers et même les perruquiers étaient confrères des chirurgiens, et devaient passer des examens d'anatomie : voyez le chapitre VI des *Médecins au temps de Molière* par M. Raynaud, particulièrement page 315 : peut-être, par quelques prétentions qu'il avait au savoir médical, l'original dépeint par Boileau était-il encore reconnaissable dans le Fagotier, ancien serviteur d'un fameux médecin (voyez p. 36).

[b] Boileau ne les désigna tous deux sous leur vrai nom qu'à partir de l'édition de 1701. Brossette notant, au sortir d'un entretien avec Boileau, la date de leur mort, appelle le mari *le sieur de Lamour* et *Didier de L'amour* (ms. autographe, f° 28 r°, 21 octobre 1702).

SCÈNE IV[1].

VALÈRE, LUCAS, MARTINE.

LUCAS[2].

Parguenne! j'avons[3] pris là tous deux une gueble[4] de commission; et je ne sai pas, moi, ce que je pensons attraper.

VALÈRE[5].

Que veux-tu, mon pauvre nourricier? il faut bien obéir à notre maître; et puis nous avons intérêt, l'un et l'autre, à la santé de sa fille, notre maîtresse; et sans doute son mariage, différé par sa maladie, nous vaudroit[6] quelque récompense. Horace, qui est libéral, a bonne part aux prétentions qu'on peut avoir sur sa personne; et quoiqu'elle ait fait voir de l'amitié pour un certain Léandre, tu sais bien que son père n'a jamais voulu consentir à le recevoir pour son gendre.

MARTINE, rêvant à part elle[7].

Ne puis-je point trouver quelque invention pour me venger?

1. SCÈNE V. (1734.)

2. LUCAS, à *Valère, sans voir Martine. (Ibidem.)*

3. Parguienne! (1773.) — Sur ce bizarre désaccord du pronom et du verbe, fort à la mode au seizième siècle dans le jargon des courtisans, voyez à la scène II de l'acte II de *Dom Juan*, tome V, p. 103, note 4.

4. Gareau, dans *le Pédant joué* de Cyrano Bergerac[a] (acte II, scène II, p. 37, de l'édition de 1671), dit aussi *guiebe* pour *diable* : « Jarnigué! je ne sis pas un guinais : j'ay esté sans repruche marguillier, j'ay esté beguiau, j'ay esté portofrande, j'ay esté chasse-chien, j'ay esté Guieu (*Dieu*) et Guiebe, je ne sçay pus qui je sis. »

5. VALÈRE, à *Lucas, sans voir Martine.* (1734.)

6. Nous vaudra. (1673, 74, 82, 1734.)

7. Rêvant à part. (1697, 1710, 18, 33.) — *Rêvant à part, se croyant seule.* (1734.)

a Voyez tome V, p. 101, note 2.

LUCAS[1].

Mais quelle fantaisie s'est-il boutée là dans la tête,
puisque les médecins y avont tous pardu[2] leur latin[3]?

VALÈRE[4].

On trouve quelquefois, à force de chercher, ce qu'on
ne trouve pas d'abord; et souvent, en de simples
lieux....

MARTINE[5].

Oui, il faut que je m'en venge à quelque prix que ce
soit: ces coups de bâton me reviennent au cœur, je ne
les saurois digérer, et.... (Elle dit tout ceci[6] en rêvant, de sorte
que ne prenant pas garde à ces deux hommes, elle les heurte en se
retournant, et leur dit:) Ah[7]! Messieurs, je vous demande
pardon; je ne vous voyois pas, et cherchois dans ma tête
quelque chose qui m'embarrasse.

VALÈRE[8].

Chacun a ses soins dans le monde, et nous cherchons
aussi ce que[9] nous voudrions bien trouver.

MARTINE.

Seroit-ce quelque chose où je vous puisse aider[10]?

VALÈRE.

Cela se pourroit faire; et nous tâchons de rencontrer
quelque habile homme, quelque médecin particulier,
qui pût donner quelque soulagement à la fille de notre
maître, attaquée d'une maladie qui lui a ôté tout d'un
coup l'usage de la langue. Plusieurs médecins ont déjà
épuisé toute leur science après elle; mais on trouve par-

1. LUCAS, à *Valère*. (1734.) — 2. Perdu. (1674, 82, 1734.)
3. Puisque tous les médecins y avont perdu leur latin? (1734.)
4. VALÈRE, à *Lucas*. (*Ibidem.*)
5. MARTINE, *se croyant toujours seule*. (*Ibidem.*)
6. *Elle dit ceci*. (1673, 74, 82.)
7. Je ne saurois les digérer, et.... (*Heurtant Valère et Lucas*.) Ah! (1734.)
8. Par erreur, MARTINE, pour VALÈRE, dans l'édition originale.
9. Et nous cherchons ce que. (1673, 74.)
10. Où je vous pusse aider. (1734.)

fois des gens avec des secrets admirables, de certains
remèdes particuliers, qui font le plus souvent ce que les
autres n'ont su faire; et c'est là ce que nous cherchons.

MARTINE.

(Elle dit ces premières lignes bas[1].)

Ah! que le Ciel m'inspire une admirable invention
pour me venger de mon pendard! (Haut.) Vous ne pouviez
jamais vous mieux adresser pour rencontrer ce que vous
cherchez; et nous avons ici un homme[2], le plus merveilleux homme du monde, pour les maladies désespérées.

VALÈRE.

Et[3] de grâce, où pouvons-nous le rencontrer?

MARTINE.

Vous le trouverez maintenant vers ce petit lieu que
voilà, qui s'amuse à couper du bois.

LUCAS.

Un médecin qui coupe du bois!

VALÈRE.

Qui s'amuse à cueillir des simples, voulez-vous dire?

MARTINE.

Non : c'est un homme extraordinaire qui se plaît à
cela, fantasque, bizarre, quinteux, et que vous ne pren-
driez jamais pour ce qu'il est. Il va vêtu d'une façon
extravagante, affecte quelquefois de paroître ignorant,
tient sa science renfermée, et ne fuit rien tant tous les
jours que d'exercer les merveilleux talents qu'il a eus du
Ciel pour la médecine.

VALÈRE.

C'est une chose admirable, que tous les grands hommes

---

1. Notre impression nous oblige à modifier ici le texte des anciennes éditions.
Elle dit ces trois premières lignes bas. (1667.) *Elle dit* (ou MARTINE *dit*) *ces
deux premières lignes bas.* (1673, 74, 75 A, 82, 84 A, 94 B.) — MARTINE, *bas,
à part.* (1734.)
2. Et nous avons un homme. (1673, 74, 82, 1734.)
3. Hé! (1730, 33, 34.)

ont toujours du caprice, quelque petit grain de folie
mêlé à leur science[1].

MARTINE.

La folie de celui-ci est plus grande qu'on ne peut
croire, car elle va parfois jusqu'à vouloir être battu pour
demeurer d'accord de sa capacité ; et je vous donne avis
que vous n'en viendrez point à bout[2], qu'il n'avouera
jamais qu'il est médecin, s'il se le met en fantaisie, que
vous ne preniez chacun un bâton, et ne le réduisiez, à
force de coups, à vous confesser à la fin ce qu'il vous
cachera d'abord. C'est ainsi que nous en usons quand
nous avons besoin de lui.

VALÈRE.

Voilà une étrange folie !

MARTINE.

Il est vrai ; mais, après cela, vous verrez qu'il fait des
merveilles.

VALÈRE.

Comment s'appelle-t-il ?

MARTINE.

Il s'appelle Sganarelle ; mais il est aisé à connoître :
c'est un homme qui a une large barbe noire[3], et qui porte
une fraise, avec un habit jaune et vert.

---

1. *Si.... Aristoteli* (credimus), *nullum magnum ingenium sine mixtura
dementiæ fuit.* (Sénèque, *de la Tranquillité de l'âme*, vers la fin du dernier
chapitre : voyez Aristote, dans les *Problèmes*, section xxx, question i.)

2. Pas à bout. (1673, 74, 82, 1734.)

3. Cette *large barbe* (non plus que celle qu'Orgon portait sans doute à
l'antique : voyez le vers 474 du *Tartuffe*) ne pourrait s'entendre d'une barbe
entière, du moins si l'on s'en rapporte aux gravures de 1667 et de 1682 :
dans la seconde, Sganarelle, en fagotier, a seulement d'épaisses moustaches,
rabattues et étalées aux coins de la bouche, ainsi fort différentes des très-
fines et courtes moustaches, séparées sous le nez, que les gens de la ville
retroussaient au-dessus de la lèvre ; dans la première, qui ne montre pas le
personnage que décrit Martine, mais le Sganarelle médecin du IIIe acte, ses
moustaches et sa mouche ne semblent plus rien avoir de rustique.

LUCAS.

Un habit jaune et vart! C'est donc le médecin des paroquets[1]?

VALÈRE.

Mais est-il bien vrai qu'il soit si habile[2] que vous le dites?

MARTINE.

Comment? C'est un homme qui fait des miracles. Il y a six mois qu'une femme fut abandonnée de tous les autres médecins : on la tenoit morte il y avoit déjà six heures, et l'on se disposoit à l'ensevélir, lorsqu'on y fit venir de force l'homme dont nous parlons. Il lui mit, l'ayant vue, une petite goutte de je ne sais quoi dans la bouche, et, dans le même instant, elle se leva de son lit, et se mit aussitôt à se promener dans sa chambre, comme si de rien n'eût été.

LUCAS.

Ah!

VALÈRE.

Il falloit que ce fût quelque goutte d'or potable[3].

MARTINE.

Cela pourroit bien être. Il n'y a pas trois semaines

---

1. Un habit jaune et vert!... des perroquets? (1682.) — Et vert!... des paroquets? (1692, 94 B.)

2. Aussi habile. (1730, 34.)

3. L'or potable, dit M. Littré (à Or, 15°), est « un liquide huileux et alcoolique qu'on obtient en versant une huile volatile dans une dissolution de chlorure d'or, et qu'on regardait autrefois comme un cordial et un élixir de santé. » Il y en avait diverses recettes; on peut voir celle que donne Furetière, reproduite au tome IV des *Lettres de Mme de Sévigné* (p. 509, note 22), et plusieurs autres dans la *Pharmacopée royale, galénique et chymique* de Moyse Charas (1753), p. 914-917. Ce remède était sans doute fort en crédit dans ce temps-là. « Quel plaisir j'aurois..., écrivait Mlle des Jardins en avril 1667[a], si votre médecin vous ordonnoit Bruxelles (*où elle était*) comme on ordonne l'usage de l'or potable! » Mme de Sévigné en parle plusieurs fois, en 1676 et 1677 (tomes IV, p. 509, et V, p. 331, 357, 373).

a. Page 17 d'un *Recueil de quelques lettres ou relations galantes* publié par elle, en 1668, chez Barbin, qui l'a dédié à Mlle de « Sévigny ».

encore qu'un jeune enfant de douze ans tomba du haut
du clocher en bas, et se brisa, sur le pavé, la tête, les
bras et les jambes. On n'y eut pas plus tôt amené notre
homme, qu'il le frotta par tout le corps d'un certain
onguent qu'il sait faire; et l'enfant aussitôt se leva sur
ses pieds, et courut jouer à la fossette [1].

LUCAS.

Ah!

VALÈRE.

Il faut que cet homme-là ait la médecine universelle [2].

MARTINE.

Qui en doute?

LUCAS.

Testigué [3]! velà [4] justement l'homme qu'il nous faut.
Allons vite le charcher.

VALÈRE.

Nous vous remercions [5] du plaisir que vous nous
faites.

MARTINE.

Mais souvenez-vous bien au moins de l'avertissement
que je vous ai donné.

LUCAS.

Eh, morguenne! laissez-nous faire: s'il ne tient qu'à
battre, la vache est à nous [6].

---

1. Au jeu de billes qu'aujourd'hui, à Paris, les enfants appellent *la bloquette*.
— Mme de Sévigné a plus d'une fois fait allusion à ce passage; pour donner l'idée
de personnes merveilleusement vite guéries et remises sur pied, elle dit qu'elles
sont allées ou iront bientôt *jouer à la fossette;* ainsi, au 17 janvier 1680
(tome VI, p. 198) : « Monsieur de Saint-Omer a été à toute extrémité...; le médecin anglois.... avec son remède..., l'a ressuscité, et dans trois jours il jouera
à la fossette. » Voyez encore tome IV de ses *Lettres*, p. 518, et tome IX, p. 30.
2. Ait trouvé quelque panacée, possède le remède universel.
3. Testegué! (1682, 97, 1710, 18.) — Tètegué! (1730, 33, 34.)
4. Vlà. (1734.)
5. Nous vous remarcions. (1682; faute évidente, Valère ne parlant point
paysan; elle n'a pas été reproduite dans les éditions suivantes.)
6.   S'il ne tient qu'à cela, va, la vache est à nous,
dit Rosette à Philipin, dans la scène 1 de l'acte III de *l'Amant indiscret* ou le

VALÈRE[1].

Nous sommes bien heureux d'avoir fait cette rencontre; et j'en conçois, pour moi, la meilleure espérance du monde.

SCÈNE V.

SGANARELLE, VALÈRE, LUCAS.

SGANARELLE entre sur le théâtre en chantant et tenant une bouteille[2].

La, la, la.

VALÈRE.

J'entends quelqu'un qui chante, et qui coupe du bois.

SGANARELLE[3].

La, la, la.... Ma foi, c'est assez travaillé pour un

Maître étourdi, la seconde comédie de Quinault, jouée en 1654, imprimée deux ans après[a]. — Dans le fabliau du *Vilain mire* (vers 160-164 : voyez la *Notice*, p. 10), à la dame, qui vient de dire que son mari

> .... est de telle nature,
> Qu'il ne feroit por nului rien,
> S'ainçois (*si d'abord*) ne le battoit-on bien,

les messagers du Roi répondent :

> .... Or i parra :
> Jà por battre ne remaindra ;

« c'est ce que nous allons voir : s'il n'y a qu'à battre, qu'à cela ne tienne. »

1. VALÈRE, *à Lucas*. (1734.)

2.   SCÈNE VI.

SGANARELLE, VALÈRE, LUCAS.

SGANARELLE, *chantant derrière le théâtre*. (*Ibidem.*)

3. SGANARELLE, *entrant sur le théâtre avec une bouteille à sa main, sans apercevoir Valère ni Lucas*. (*Ibidem.*)

[a] Et non pas seulement en 1664. Plus heureux que ne l'avait été M. Fournel, et que nous ne l'avons été lors de l'impression de notre tome V (voyez la note 2 de la page 529), nous venons de voir l'édition originale de cette pièce : elle porte un Achevé d'imprimer pour la première fois daté du 26 juin 1656.

coup[1]. Prenons un peu d'haleine. (Il boit, et dit après avoir
bu[2] :) Voilà du bois qui est salé[3] comme tous les
diables. [4]

> *Qu'ils sont doux,*
> *Bouteille jolie,*
> *Qu'ils sont doux*
> *Vos petits glou-gloux!*
> *Mais mon sort feroit bien des jaloux,*
> *Si vous étiez toujours remplie.*
> *Ah! bouteille, ma mie,*
> *Pourquoi vous vuidez-vous[5]?*

1. Pour boire un coup. (1673, 74, 82, 1734.)

2. Un peu d'haleine. *Après avoir bu.* (1734.)

3. Ce *bois salé* est aussi heureux pour le moins que le *dormir salé* de Gargantua (livre I, chapitre XXII, tome I, p. 84) : « De ma nature je dors salé, et le dormir m'a valu autant de jambon. » M. de Parséval rappelle à propos ce passage de Rabelais [a]; Auger l'avait tout à fait oublié et cite seulement l'emploi qu'en a fort adroitement fait Desmarres, dans une petite comédie intitulée *la Dragonne* ou *Merlin Dragon* et représentée avec quelque succès en 1686 [b]; le valet Merlin, travesti en capitaine de dragons, y chante (scène dernière) :

> En me réveillant, je veux toujours boire :
> Pour moi, je crois que je dors salé.

4. *Il chante.* (1734.)

5. L'air sur lequel Molière chanta cette jolie chanson, et qu'il avait sans doute demandé à Lully, ne s'est point perdu; il fait bien valoir les paroles, et eut du succès auprès des amateurs du temps; il figure, pour servir à des couplets nouveaux, mais désigné par les premiers vers du couplet original, dans *la Clef des chansonniers*, recueil de vaudevilles célèbres publié, en 1717, par Ballard, l'éditeur de Lully et « seul imprimeur du Roi pour la musique; » il a été noté, avec les mêmes vers pour titre et avec quelques changements qu'explique sa popularité même (jamais air ainsi adopté par le public ne se transmet bien fidèlement), en tête d'une des *Chansons critiques et historiques* qui, réunies autrefois en six volumes pour un grand seigneur, se trouvent actuellement à la bibliothèque de la Sorbonne (tome II, n° 12, des Manuscrits littéraires grand in-folio, f° 101 r°) ; enfin il se lit, avec d'autres différences, mais une attribution expresse à Lully, dans un volume fort rare, publié en 1753, et intitulé *Recueil complet de vaudevilles et airs choisis qui ont été chantés à la*

[a] Page 321, note 1, de l'article cité plus haut, p. 33, note *a*.

[b] Cette pièce, l'unique de son auteur, a été imprimée au tome VIII (1737) du *Théâtre françois* ou *Recueil des meilleures pièces du théâtre;* les frères Parfaict en parlent dans leur tome XIII, p. 18.

Allons, morbleu ! il ne faut point engendrer de mélancolie.

Comédie-Françoise depuis l'année 1659 jusqu'à l'année présente 1753, avec les dates de toutes les années et le nom des auteurs [a]. On trouvera ci-après, à l'Appendice, p. 121 et 122, cette vieille musique ; personne n'en avait sans doute plus gardé souvenir, lorsque M. Fr. Regnier, au temps où il jouait ce rôle de Sganarelle, composa lui-même un air, qui ne s'est pas trouvé sans ressemblance avec celui de Lully. — Au sujet de cette chanson, lit-on dans le *Mercure de France* de décembre 1739 (Ier volume, p. 2094 et 2095), « il y a une anecdote assez plaisante.... M. Rose [b], de l'Académie françoise et secrétaire du cabinet du Roi, fit des paroles latines sur cet air, d'abord pour se divertir, et ensuite pour faire une petite malice à Molière, à qui il reprocha, chez le duc de Montausier, d'être plagiaire, ce qui donna lieu à une fort vive et fort plaisante dispute ; M. Rose soutenoit, en chantant les paroles latines, que Molière les avoit traduites en françois d'une épigramme latine, imitée de l'*Anthologie* [c], dont l'air en question semble fait exprès [d]. Voici ces paroles :

> *Quam dulces,*
> *Amphora amœna,*
> *Quam dulces*
> *Sunt tuæ voces !*
> *Dum fundis merum in calices,*
> *Utinam semper esses plena !*
> *Ah ! ah ! cara mea lagena,*
> *Vacua cur jaces ?* »

Ce récit a passé tel quel dans la Notice des frères Parfaict (tome X, 1747, p. 123, note) et dans les *Récréations littéraires* de Cizeron Rival (1765, p. 22 et 23) ; d'Alembert en a donné, dans son *Éloge du président Rose* [e], une répétition plus élégante, mais sans l'accréditer beaucoup par la manière dont il en a tourné la fin. « La latinité, dit-il, avoit assez le goût antique pour en imposer aux plus fins connoisseurs en ce genre ; Ménage et la Monnoye y eussent été trompés : aussi Molière resta confondu. » Cette histoire, évidemment arrangée à plaisir, n'est peut-être pas toute d'invention, mais il est bien impossible d'en admettre toutes les circonstances. Que Molière, querellé par ce personnage sur l'originalité de sa chanson, fût entré de

[a] Nous devons à l'obligeance de M. Monval, archiviste de la Comédie-Française, d'avoir pu prendre connaissance de ce recueil, dont il conserve un exemplaire, peut-être unique.

[b] Voyez, tome II, p. 422 et 423, de l'édition de 1873, le portrait qu'a fait de lui Saint-Simon : il mourut vieux en 1701.

[c] De l'anthologie grecque, ainsi du moins que l'a entendu d'Alembert à l'endroit que nous allons citer.

[d] Le sens est évident, mais l'expression peu claire ; *dont* peut équivaloir ici à *d'où, d'après laquelle épigramme :* « l'air en question semble fait exprès d'après cette épigramme, en procéder, en dériver ; » ce qui revient à dire : « une épigramme latine..., pour laquelle on diroit que cet air a été expressément composé. »

[e] Voyez l'*Histoire des membres de l'Académie françoise morts depuis 1700 jusqu'en 1771...,* tome I (1779), p. 500 et 501.

VALÈRE[1].

Le voilà lui-même.

LUCAS[2].

Je pense que vous dites vrai, et que j'avons bouté le nez dessus.

VALÈRE.

Voyons de près.

SGANARELLE, les apercevant, les regarde en se tournant vers l'un et puis vers l'autre, et abaissant sa voix, dit[3]:

Ah! ma petite friponne! que je t'aime, mon petit bouchon [4]!

---

bonne grâce dans la plaisanterie, que se gardant de confondre trop tôt son jovial accusateur, il eût d'abord joué l'embarras, cela n'aurait rien d'invraisemblable; mais comment aurait-il pu éprouver une vraie surprise? D'ailleurs, pour l'étonner un moment par ce feint reproche de plagiat, peu importait l'âge, l'origine et le plus ou moins pur latin du modèle qu'on produisait, et ce n'est pas le président Rose, un homme « de beaucoup de lettres, » au dire de Saint-Simon, qui eût parlé ici d'épigramme antique ou imitée de l'antique; le couplet, par sa forme, n'est rien moins qu'un tel pastiche; il est, comme le dit Auger, « mesuré et rimé à la manière des *proses* qui se chantent à l'église. » Il n'est pas moins difficile de croire que le président prononçât le latin de façon à s'imaginer que sa traduction pût s'adapter à l'air tel que Molière le chantait : entre les accents de ses mots latins et ceux des notes, presque toute correspondance était rompue. Ce qui ne veut pas dire qu'il ne réussit point à accorder ces deux rhythmes qui se contrariaient; mais, bien loin que l'air eût été fait d'après la prétendue épigramme, c'est le mystificateur, moins exact musicien que bon latiniste, qui, en introduisant d'instinct quelques variantes dans cet air, l'accommoda à ses paroles latines, sans beaucoup se douter qu'il l'altérait. — Du tendre reproche qu'expriment les derniers vers, Cailhava a voulu rapprocher[a] cette espèce d'invocation plutôt que couplet de chanson que, dans *la Veuve* de Larivey (1579), prononce une vieille ivrognesse, et qui ne sort guère de la prose du reste de la comédie (acte II, scène II) :

« GUILLEMETTE. Je le veux d'abord beneistre (*bénir, le vin qu'elle va boire*) :
    Ma bouteille, si la saveur
    De ce vin répond à l'odeur,
    Je prie Dieu et sainte Hélène
    Qu'ils te maintiennent toujours pleine. »

1. VALÈRE, *bas, à Lucas.* (1734.) — 2. LUCAS, *bas, à Valère. (Ibidem.)*
3. SGANARELLE, *embrassant sa bouteille. (Ibidem.)*
4. Sur ce « nom de cajolerie », voyez au vers 769 de *l'École des maris,*

^a Page 154 de ses *Études sur Molière.*

.... *Mon sort.... feroit.... bien des.... jaloux,*
   Si....

Que diable[1]! à qui en veulent ces gens-là?

VALÈRE[2].

C'est lui assurément.

LUCAS.

Le velà[3] tout craché comme on nous l'a défiguré.

SGANARELLE, à part.

(Ici il pose sa bouteille[4] à terre, et Valère se baissant pour le saluer, comme il croit que c'est à dessein de la prendre, il la met de l'autre côté; ensuite de quoi, Lucas faisant la même chose, il la reprend, et la tient contre son estomac, avec divers gestes qui font un grand jeu de théâtre[5].)

Ils consultent en me regardant. Quel dessein auroient-ils?

VALÈRE.

Monsieur, n'est-ce pas vous qui vous appelez Sganarelle?

SGANARELLE.

Eh quoi?

VALÈRE.

Je vous demande si ce n'est pas vous qui se nomme Sganarelle[6].

SGANARELLE, se tournant vers Valère, puis vers Lucas.

Oui et non, selon ce que vous lui voulez.

---

tome II, p. 410, note 3, et comparez, tome III, p. 267, la fin de la note sur le vers 1595 de *l'École des femmes.*

1. *Il chante.* Mais mon sort.... *Apercevant Valère et Lucas qui l'examinent, il baisse la voix....* feroit bien.... des jaloux, si.... *Voyant qu'on l'examine de plus près.* Que diable! (1734.)

2. VALÈRE, à Lucas. (*Ibidem.*)

3. LUCAS, à Valère. Le vlà. (*Ibidem.*)

4. *La bouteille.* (1673, 74, 82.)

5. *Sganarelle pose la bouteille à terre.... de l'autre côté; Lucas faisant la même chose que Valère, Sganarelle reprend sa bouteille, et,... avec divers gestes qui font un jeu de théâtre.* — SGANARELLE, à part. (1734.)

6. Nous avons trouvé une construction analogue, dans les vers 945 du *Dépit amoureux* et 68 de *Sganarelle.* On peut remarquer que Valère vient de dire autrement la première fois : « N'est-ce pas vous qui vous appelez...? »

VALÈRE.

Nous ne voulons que lui faire toutes les civilités que
nous pourrons.

SGANARELLE.

En ce cas, c'est moi qui se nomme Sganarelle.

VALÈRE.

Monsieur, nous sommes ravis de vous voir. On nous
a adressés à vous pour ce que nous cherchons ; et nous
venons implorer votre aide, dont nous avons besoin.

SGANARELLE.

Si c'est quelque chose, Messieurs, qui dépende de
mon petit négoce, je suis tout prêt à vous rendre service.

VALÈRE.

Monsieur, c'est trop de grâce que vous nous faites.
Mais, Monsieur, couvrez-vous, s'il vous plaît ; le soleil
pourroit vous incommoder.

LUCAS.

Monsieu, boutez dessus [1].

SGANARELLE, bas [2].

Voici des gens bien pleins de cérémonie.

VALÈRE.

Monsieur, il ne faut pas trouver étrange que nous
venions à vous : les habiles gens sont toujours recher-
chés, et nous sommes instruits de votre capacité.

---

1. On a vu (tome IV, p. 18) un Sganarelle citadin dire dans le même sens :
« Mettez dessus. » Une formule populaire un peu plus ancienne était « Boutez
sus ; » Tallemant des Réaux la donne dans son historiette du duc de Guise [a],
petit-fils du Balafré (tome V, p. 340) : « À propos de sa civilité, on dit qu'un
savetier qu'il salua (car, par une tradition de sa famille, il salue volontiers)
lui dit : « Boutez sus, boutez sus : ce n'est plus le temps, » voulant dire qu'il
n'y avoit plus lieu de faire une ligue. »

2. Cette indication n'est pas dans l'édition de 1682. — SGANARELLE, à part.
Voici, etc. Il se couvre. (1734.)

[a] Celui qui figura, un mois avant sa mort, dans les cavalcades de l'Ile
enchantée : voyez tome IV, p. 113 et note 2.

SGANARELLE.

Il est vrai, Messieurs, que je suis le premier homme du monde pour faire des fagots.

VALÈRE.

Ah! Monsieur....

SGANARELLE.

Je n'y épargne aucune chose, et les fais d'une façon qu'il n'y a rien à dire[1].

VALÈRE.

Monsieur, ce n'est pas cela dont il est question.

SGANARELLE.

Mais aussi je les vends cent dix sols le cent.

VALÈRE.

Ne parlons point de cela, s'il vous plaît.

SGANARELLE.

Je vous promets que je ne saurois les donner à moins.

VALÈRE.

Monsieur, nous savons les choses.

SGANARELLE.

Si vous savez les choses, vous savez que je les vends cela.

VALÈRE.

Monsieur, c'est se moquer que....

SGANARELLE.

Je ne me moque point, je n'en puis rien rabattre.

VALÈRE.

Parlons d'autre façon, de grâce.

SGANARELLE.

Vous en pourrez trouver autre part à moins : il y a fagots et fagots; mais pour ceux que je fais....

VALÈRE.

Eh! Monsieur, laissons là ce discours.

1. Rien à redire. (1730, 33, 34.)

SGANARELLE.

Je vous jure que vous ne les auriez pas, s'il s'en falloit
un double[1].

VALÈRE.

Eh fi!

SGANARELLE.

Non, en conscience, vous en payerez cela. Je vous
parle sincèrement, et ne suis pas homme à surfaire.

VALÈRE.

Faut-il, Monsieur, qu'une personne comme vous
s'amuse à ces grossières feintes? s'abaisse à parler de la
sorte? qu'un homme si savant, un fameux médecin,
comme vous êtes, veuille se déguiser aux yeux du
monde, et tenir enterrés les beaux talents qu'il a?

SGANARELLE, à part.

Il est fou.

VALÈRE.

De grâce, Monsieur, ne dissimulez point avec nous.

SGANARELLE.

Comment?

LUCAS.

Tout ce tripotage ne sart de rian[2]; je savons çen
que[3] je savons[4].

SGANARELLE.

Quoi donc? que me voulez-vous dire[5]? Pour qui me
prenez-vous?

VALÈRE.

Pour ce que vous êtes, pour un grand médecin.

---

1. Deux deniers, moins d'un quart de sou : voyez au vers 1548 de *l'École
des femmes*, tome III, p. 264, note 3.

2. Ne fait de rian. (1697, 1710, 18, 30, 33.)

3. Ç'en que, *avec cédille comme dans l'édition originale*. (1694 B, 1734.)

4. Cette façon de parler populaire s'est déjà rencontrée dans la bouche de
Sganarelle : voyez ci-dessus, p. 37 et note 2.

5. Que voulez-vous dire? (1682, 97, 1710, 18, 30, 33, 34.)

SGANARELLE.

Médecin vous-même : je ne le suis point, et ne l'ai[1]
jamais été.

VALÈRE, bas.

Voilà sa folie qui le tient. (Haut.) Monsieur, ne veuillez
point nier[2] les choses davantage ; et n'en venons point,
s'il vous plaît, à de fâcheuses extrémités.

SGANARELLE.

A quoi donc ?

VALÈRE.

A de certaines choses dont nous serions marris.

SGANARELLE.

Parbleu ! venez-en à tout ce qu'il vous plaira : je ne
suis point médecin, et ne sais ce que vous me voulez
dire.

VALÈRE, bas.

Je vois bien qu'il faut se servir[3] du remède. (Haut.)
Monsieur, encore un coup, je vous prie d'avouer ce que
vous êtes.

LUCAS.

Et[4] testigué[5] ! ne lantiponez[6] point davantage, et
confessez à la franquette que v'estes[7] médecin.

1. Et je ne l'ai. (1730, 33, 34.)
2. Nous dirions plutôt maintenant : « Veuillez ne point nier. » Mais *veuillez*,
ajouté par politesse, forme, avec *nier*, une sorte d'impératif composé, ce qui
explique que *ne* précède.
3. Qu'il se faut servir. (1682, 92, 97, 1710, 30, 33, 34.) — 4. Hé ! (1734.)
5. Testegué ! (1682, 97, 1710, 18.) — Tètegué ! (1730, 33, 34.)
6. Dans l'édition originale et dans deux étrangères, 1684 A, 94 B, *l'anti-
ponez.* — Ce mot de paysans, dit M. Littré, « est probablement un dérivé de
lent, peut-être avec le verbe des patois *poner*, pondre ; » il paraît tout à fait
synonyme de *lanterner*, et s'emploie aussi avec un régime. Dans la phrase suivante, donnée par M. Littré, des *Aventures d'Italie* de d'Assoucy (1677, chapitre xviii, p. 331 et 332 de l'édition de M. Colombey), c'est un valet qui
parle, se servant sans doute d'une expression de la campagne : « C'est trop
lantiponer le beurre, il faut mettre la main à l'œuvre et expédier besogne. »
Plus loin (p. 78), Lucas emploie le dérivé *lantiponages.*
7. Que vs'estes. (1697, 1710, 18.) — Que v'êtes. (1730, 33.) — Que v'sétes.
(1734.)

SGANARELLE[1].

J'enrage.

VALÈRE.

A quoi bon nier ce qu'on sait ?

LUCAS.

Pourquoi toutes ces fraimes-là[2] ? à quoi est-ce que ça vous sart ?

SGANARELLE.

Messieurs, en un mot autant qu'en deux mille, je vous dis que je ne suis point médecin.

VALÈRE.

Vous n'êtes point médecin?

SGANARELLE.

Non.

LUCAS.

V'n'estes pas médecin?

SGANARELLE.

Non, vous dis-je.

VALÈRE.

Puisque vous le voulez, il faut s'y résoudre[3].

(Ils prennent un bâton[4], et le frappent.)

SGANARELLE.

Ah! ah! ah! Messieurs, je suis tout ce qu'il vous plaira.

VALÈRE.

Pourquoi, Monsieur, nous obligez-vous à cette violence ?

1. SGANARELLE, *à part*. (1734.)
2. Pourquoi toutes ces façons-là? — « La, la, vous moquez-vous? dit Gareau (acte II, scène III, du *Pédant joué*, p. 51 de l'édition de 1771), rafubez vostre bonnet : entre nous autres, il ne faut point tant de fresmes ny de simonies. » *Fraime* est pour *frime*, comme *daigne*, *Jacquelaine*, *médecaine* et *vaigne*, qu'on trouvera plus loin, sont pour *digne*, *Jacqueline*, *médecine* et *vigne*.
3. Il faut donc s'y résoudre. (1682.) — Il faut bien s'y résoudre. (1734.)
4. *Ils prennent chacun un bâton.* (1682, 1734.)

LUCAS.

A quoi bon nous bailler la peine de vous battre?

VALÈRE.

Je vous assure que j'en ai tous les regrets du monde.

LUCAS.

Par ma figué[1]! j'en sis fâché, franchement.

SGANARELLE.

Que diable est-ce ci[2], Messieurs? De grâce, est-ce pour rire, ou si tous deux vous extravaguez, de vouloir que je sois médecin?

VALÈRE.

Quoi? vous ne vous rendez pas encore, et vous vous défendez d'être médecin?

SGANARELLE.

Diable emporte[3] si je le suis!

LUCAS.

Il n'est pas vrai qu'ous[4] sayez médecin?

SGANARELLE.

Non, la peste m'étouffe! (Là il recommence de le battre[5].) Ah! ah! Eh bien[6], Messieurs, oui, puisque vous le voulez, je suis médecin, je suis médecin; apothicaire encore, si vous le trouvez bon. J'aime mieux consentir à tout que de me faire assommer.

---

1. Voilà encore, ici et un peu plus loin, une écriture nouvelle de l'affirmation patoise dont on a vu, tome V, p. 106 et notes 7 et 8, une assez grande variété de formes.

2. *Est-ceci* dans l'édition originale et dans celles de 1675 A, 84 A, 92, 1718. — Est-ce-ci. (1673, 74, 82, 97, 1710, 30, 33, 34.) — Est ceci. (1694 B, 1773.) Voyez ci-dessus, p. 41, note 4.

3. Voyez ci-après, p. 65, et p. 98 et note 1.

4. Qu' vous. (1682, 97, 1710, 18, 30, 33.) — Que vous. (1734.)

5. *Là ils recommencent de le battre.* (1673, 74, 82.) — *Ils recommencent à le battre.* (1734.)

6. Et bien. (1667.) — Hé bien. (1673, 74, 82, 1734.)

VALÈRE.

Ah! voilà qui va bien, Monsieur : je suis ravi de
vous voir raisonnable.

LUCAS.

Vous me boutez la joie au cœur, quand je vous voi
parler comme ça.

VALÈRE.

Je vous demande pardon de toute mon âme.

LUCAS.

Je vous demandons excuse de la libarté que j'avons
prise.

SGANARELLE, à part.

Ouais! seroit-ce bien moi qui me tromperois, et se-
rois-je devenu médecin, sans m'en être aperçu?

VALÈRE.

Monsieur, vous ne vous repentirez pas de nous montrer ce que vous êtes; et vous verrez assurément que
vous en serez satisfait.

SGANARELLE.

Mais, Messieurs, dites-moi, ne vous trompez-vous
point vous-mêmes? Est-il bien assuré que je sois médecin?

LUCAS.

Oui, par ma figué!

SGANARELLE.

Tout de bon?

VALÈRE.

Sans doute.

SGANARELLE.

Diable emporte si je le savois!

VALÈRE.

Comment? vous êtes le plus habile médecin du
monde.

SGANARELLE.

Ah! ah!

LUCAS.

Un médecin qui a gari[1] je ne sai combien de maladies.

SGANARELLE.

Tudieu !

VALÈRE.

Une femme étoit tenue pour morte il y avoit six heures ; elle étoit prête à ensevelir, lorsque, avec une goutte de quelque chose, vous la fîtes revenir et marcher d'abord par la chambre.

SGANARELLE.

Peste !

LUCAS.

Un petit enfant de douze ans se laissit choir du haut d'un clocher, de quoi il eut la tête, les jambes et les bras cassés ; et vous, avec je ne sai quel onguent, vous fîtes qu'aussitôt il se relevit sur ses pieds, et s'en fut jouer à la fossette.

SGANARELLE.

Diantre !

VALÈRE.

Enfin, Monsieur, vous aurez contentement avec nous ; et vous gagnerez ce que vous voudrez, en vous laissant conduire où nous prétendons vous mener.

SGANARELLE.

Je gagnerai ce que je voudrai ?

VALÈRE.

Oui.

SGANARELLE.

Ah ! je suis médecin, sans contredit : je l'avois oublié ; mais je m'en ressouviens. De quoi est-il question ? Où faut-il se transporter ?

---

1. L'orthographe de l'édition originale est ici *guari* ; plus bas, p. 68, *gari* ; p. 70, *garit* ; p. 100, *garir*. — Qui a guéri. (1682, 97, 1730.)

VALÈRE.

Nous vous conduirons. Il est question d'aller voir une
fille qui a perdu la parole.

SGANARELLE.

Ma foi! je ne l'ai pas trouvée.

VALÈRE.

Il aime à rire. Allons[1], Monsieur.

SGANARELLE.

Sans une robe de médecin ?

VALÈRE.

Nous en prendrons une.

SGANARELLE, *présentant sa bouteille à Valère.*

Tenez cela, vous : voilà où je mets mes juleps[2].

(Puis se tournant vers Lucas en crachant.)

Vous, marchez là-dessus, par ordonnance du médecin.

LUCAS[3].

Palsanguenne ! velà[4] un médecin qui me plaît ; je
pense qu'il réussira, car il est bouffon[5].

1. VALÈRE. *Bas, à Lucas.* Il aime à rire. *A Sganarelle.* Allons. (1734.)
2. Sur la prononciation du mot, voyez tome V, p. 329, note 2.
3. VALÈRE. (1673, 74, 82, 92, 97, 1730.) Les termes de patois rustique :
« Palsanguenne! velà, » ne s'accordent pas avec ce changement de personnage; aussi l'édition de 1730, qui a reproduit cette faute, a-t-elle remplacé
velà par *voilà.*
4. Vlà. (1734.)
5. On peut croire que ces derniers mots étaient à double entente et faits
pour être lancés aux spectateurs, comme une sorte de *plaudite*, auquel Molière
était bien sûr qu'ils seraient déjà tout disposés à répondre joyeusement. —
Sur une autre interprétation, qui est celle d'Aimé-Martin, lequel voit là un
reproche de la froideur avec laquelle venait d'être reçu *le Misanthrope*, voyez
la *Notice*, p. 3 et 4.

FIN DU PREMIER ACTE.

ACTE II[1].

SCÈNE PREMIÈRE.

GÉRONTE, VALÈRE, LUCAS, JACQUELINE.

VALÈRE.

Oui, Monsieur, je crois que vous serez satisfait ; et nous vous avons amené le plus grand médecin du monde.

LUCAS.

Oh ! morguenne ! il faut tirer l'échelle après ceti-là, et tous les autres ne sont pas daignes de li déchausser ses souillez.

VALÈRE.

C'est un homme qui a fait des cures merveilleuses.

LUCAS.

Qui a gari des gens qui estiants[2] morts.

VALÈRE.

Il est un peu capricieux, comme je vous ai dit ; et parfois il a des moments où son esprit s'échappe et ne paroît pas ce qu'il est.

LUCAS.

Oui, il aime à bouffonner ; et l'an diroit par fois, ne v's en déplaise, qu'il a quelque petit coup de hache à la tête[3].

---

1. Le théâtre doit représenter, comme le dit Auger, une chambre de la maison de Géronte.

2. Estiant. (1674, 82, 97.) — Étiant. (1692, 1710, 18, 30, 33, 34.)

3. La locution ordinaire, aujourd'hui du moins, est : « avoir un petit coup de marteau. » Le *coup de hache* allait mieux au bûcheron.

VALÈRE.

Mais, dans le fond, il est toute science[1], et bien souvent il dit des choses tout à fait relevées.

LUCAS.

Quand il s'y boute, il parle tout fin drait[2] comme s'il
lisoit dans un livre.

VALÈRE.

Sa réputation s'est déjà répandue ici, et tout le monde
vient à lui.

GÉRONTE.

Je meurs d'envie de le voir ; faites-le-moi vite venir.

VALÈRE.

Je le vais querir.[3]

JACQUELINE.

Par ma fi ! Monsieu, ceti-ci fera justement ce qu'ant
fait les autres. Je pense que ce sera queussi queumi[4] ;
et la meilleure médeçaine que l'an pourroit bailler à
votre fille, ce seroit, selon moi, un biau et bon mari,
pour qui elle eût[5] de l'amiquié[6].

GÉRONTE.

Ouais ! Nourrice, ma mie, vous vous mêlez de bien
des choses.

1. Tout science. (1675 A, 84 A, 94 B, 1718, une partie du tirage de 1734,
et 1773.)

2. Comparez tome V, p. 102 et 103, et voyez la note 2 de la page 102.

3.   SCÈNE II.

GÉRONTE, JACQUELINE, LUCAS. (1734.)

4. Tout à fait de même. Covielle, dans la scène x de l'acte III du *Bourgeois
gentilhomme*, emploie *queussi queumi* au sens de : « J'en dis autant; prends
que j'en ai dit autant. » M. Littré, dans son *Dictionnaire*, rapproche cette
locution de l'ancien anglais *ka me ka thee*.

5. Alle eût. (1773.)

6. Gros-René dit la même chose à Gorgibus, dans la scène III du *Médecin
volant :* voyez tome I, p. 56 et 57, et la note 1 de cette dernière page. —
Il y a ici *amiqué*, mais, plus loin, p. 72, *amiquié*, dans toutes nos éditions,
sauf dans l'édition de 1692, qui a la première fois *amitié*, et dans celle
de 1734, qui a, ici et plus bas, *amiquié*.

LUCAS.

Taisez-vous, notre ménagère[1] Jaquelaine : ce n'est pas à vous à bouter là votre nez.

JACQUELINE.

Je vous dis et vous douze[2] que tous ces médecins n'y feront rian que de l'iau claire ; que votre fille a besoin d'autre chose que de ribarbe et de sené, et qu'un mari est une emplâtre[3] qui garit tous les maux des filles.

GÉRONTE.

Est-elle en état maintenant qu'on s'en voulût charger, avec l'infirmité qu'elle a ? Et lorsque j'ai été dans le dessein de la marier, ne s'est-elle pas opposée à mes volontés ?

JACQUELINE.

Je le crois bian[4] : vous li vouilliez bailler eun homme[5]

---

1. Minagère. (1734.) — Gareau appelle aussi sa défunte femme sa *ménagère*, et du même nom de *Jaquelaine*, dans la dernière scène du *Pédant joué*.

2. Le calembour rustique dont se sert ici Jacqueline pour redoubler son affirmation (comme si *dis* était le nombre *dix* sur lequel *douze* renchérirait) paraît avoir été du langage courant entre villageois[a]. Il avait déjà été employé. en 1649, par l'auteur de *la Suite de l'Agréable conférence de deux paysans de Saint-Ouen et de Montmorency ;* on y fait ainsi parler l'un des interlocuteurs (p. 5) : « Ouy, je vou le di et vou le douze quan y mange (*qu'on y mange, et cela en carême*) de la ché (*chair*), de la voulaye (*volaille*) et dé reux (*des œufs*) queme (*comme*) en charnage. »

3. Un emplâtre. (1674, 82, 1734.) — « Le genre d'*emplâtre*, dit M. Littré, a été longtemps indécis entre le genre du latin et la terminaison féminine ; » et il fait remarquer qu'en 1713 encore Hamilton faisait le mot féminin (*Mémoires de la vie du comte de Grammont*, chapitre VII, p. 167, de l'édition originale, 1713) : Milord Arlington « avoit une cicatrice au travers du nez, que couvroit une longue mouche, ou, pour mieux dire, une petite emplâtre en losange ; » et un peu plus loin : « cette emplâtre.... » Voyez le *Lexique de Racine*.

4. Bien. (1675 A, 82, 84 A, 94 B, 97, 1730.)

5. Eun homme. (1673, 74, 82, 1734, 73.) — Un homme. (Une partie du tirage de 1734.) — Ce *c* devant *un* représente *qu'* : « vous *ne* lui vouliez bailler

---

a Il n'en est pas de même de certains quolibets, peut-être du cru de l'auteur, et assez mal amenés par lui, dont Cyrano Bergerac a farci les longs narrés de son paysan Gareau, de celui-ci par exemple (scène dernière, p. 164) : « Or un jour qu'il plut tant : « Jaquelaine, ce l'y fis-je tout en gaussant, il « fait cette nuit clair de l'eune, il fera demain clair de l'autre. »

qu'alle n'aime point. Que ne preniais-vous ce Monsieu Liandre, qui li touchoit au cœur ? Alle auroit été fort obéissante ; et je m'en vas gager qu'il la prendroit, li, comme alle est, si vous la li vouillais donner.

GÉRONTE.

Ce Léandre n'est pas ce qu'il lui faut : il n'a pas du bien comme l'autre.

JACQUELINE.

Il a[1] un oncle[2] qui est si riche, dont il est hériquié.

GÉRONTE.

Tous ces biens à venir me semblent autant de chansons. Il n'est rien tel que ce qu'on tient ; et l'on court grand risque de s'abuser, lorsque l'on compte sur le bien qu'un autre vous garde. La mort n'a pas toujours les oreilles ouvertes aux vœux et aux prières de Messieurs les héritiers ; et l'on a le temps d'avoir les dents longues[3], lorsqu'on attend, pour vivre, le trépas de quelqu'un.

JACQUELINE.

Enfin j'ai toujours ouï dire qu'eu mariage, comme ailleurs, contentement passe richesse. Les bères[4] et les mères ant cette maudite couteume[5] de demander tou-

---

qu'un homme...; » Lucas dit de même, à la fin de la scène, ci-après, p. 72, en supprimant également le *ne* devant le verbe : « T'es cune impartinante. »

1. Il y a. (1697, 1710, 18.) — 2. Eun oncle. (1673, 74, 82, 1734.)

3. *Avoir long dent*, avoir faim, était une locution usitée dès le quatorzième siècle et peut-être plus tôt. M. Littré en donne cet exemple, de la *Chronique de Bertrand du Guesclin* par Cuvelier[a] (vers 11 386-11 388) :

> Ne pueent plus duré, car chascun a lone dent ;
> Par rage de famine, qui si fort les sousprent,
> Voldront livrer bataille tost et incontinant.

4. Les pères. (1673, 74, 82, 84 A, 94 B, 1734.)
5. Ont cette maudite coutume. (1734.)

[a] Publiée par M. E. Charrière dans la *Collection de documents inédits sur l'histoire de France* (1839).

jours : « Qu'a-t-il ? » et : « Qu'a-t-elle ? » et le com-père Biarre[1] a marié sa fille Simonette au gros Thomas pour un quarquié de vaigne qu'il avoit davantage que le jeune Robin, où alle avoit bouté son amiquié ; et velà que la pauvre creiature[2] en est devenue jaune comme un coing[3], et n'a point profité tout depuis ce temps-là. C'est un bel exemple pour vous, Monsieu. On n'a que son plaisir en ce monde ; et j'aimerois mieux bailler à ma fille un bon mari[4] qui li fût agriable[5], que toutes les rentes de la Biausse[6].

GÉRONTE.

Peste ! Madame la Nourrice, comme vous dégoisez ! Taisez-vous, je vous prie : vous prenez trop de soin, et vous échauffez votre lait.

LUCAS.
(En disant ceci, il frappe sur la poitrine à Géronte[7].)

Morgué ! tais-toi, t'es cune impartinante[8]. Monsieu n'a que faire de tes discours, et il sait ce qu'il a à faire. Mêle-toi de donner à teter à ton enfant, sans tant faire la raisonneuse. Monsieu est le père de sa fille, et il est bon et sage pour voir ce qu'il li faut[9].

GÉRONTE.

Tout doux ! oh ! tout doux !

1. Piarre. (1673, 74, 82, 84 A, 94 B, 1734.)
2. Créature. (1675 A, 84 A, 94 B.) — Et vlà que la pauvre criature. (1734.)
3. Eun coin. (1673, 74, 82, 1734.) — Le mot est écrit *coin* dans toutes nos éditions.
4. Eun bon mari. (1673, 74, 82, 92, 1730, 33, 34.)
5. Agréable. (1682, 94 B, 97, 1710, 18, 30, 33.)
6. La richesse du sol de la Beauce était proverbiale. « L'on fait passer la Beauce pour le grenier de la France, » disait en 1667 du Val, géographe ordinaire du Roi, dans *la France sous le roi Louis XIV*, 1re partie, p. 125.
7. LUCAS, *en disant ceci, frappe sur la poitrine de Géronte*. (1673, 74, 82.) — *Sur la poitrine de Jacqueline*. (1733 ; faute évidente.) — LUCAS, *frappant, à chaque phrase qu'il dit, sur l'épaule de Géronte*. (1734.)
8. Eune impartinante. (1673, 74, 82, 92, 1730, 33, 34.) — Une Imparti-nante. (1697, 1710, 73.) — Une impartinante. (1718.)
9. Ce qu'il y faut. (1682, 97, 1710, 18, 30, 33.) — Ce qui li faut. (1734.)

LUCAS[1].

Monsieu, je veux un peu la mortifier, et li apprendre
le respect qu'alle vous doit.

GÉRONTE.

Oui; mais ces gestes ne sont pas nécessaires.

SCÈNE II[2].

VALÈRE, SGANARELLE, GÉRONTE, LUCAS,
JACQUELINE.

VALÈRE.

Monsieur, préparez-vous. Voici notre médecin qui
entre.

GÉRONTE[3].

Monsieur, je suis ravi de vous voir chez moi, et nous
avons grand besoin de vous.

SGANARELLE, en robe de médecin, avec un chapeau
des plus pointus.

Hippocrate dit.... que nous nous couvrions tous deux.

GÉRONTE.

Hippocrate dit cela?

SGANARELLE.

Oui.

GÉRONTE.

Dans quel chapitre, s'il vous plaît?

SGANARELLE.

Dans son chapitre des chapeaux[4].

---

1. LUCAS, *frappant encore sur l'épaule de Géronte*. (1734.)
2. SCÈNE III. (*Ibidem.*)
3. GÉRONTE, *à Sganarelle*. (*Ibidem.*)
4. Dans son chapitre.... des chapeaux. (1682, 1734.) — Hippocrate était la
grande autorité, et sans cesse alléguée : voyez tome I, p. 55, la note 3 (de
M. de Parseval), et *les Médecins au temps de Molière*, de M. Maurice Raynaud,

GÉRONTE.

Puisque Hippocrate le dit, il le faut faire.

SGANARELLE.

Monsieur le Médecin, ayant appris les merveilleuses
choses....

GÉRONTE.

A qui parlez-vous, de grâce ?

SGANARELLE.

A vous.

GÉRONTE.

Je ne suis pas médecin.

SGANARELLE.

Vous n'êtes pas médecin ?

GÉRONTE.

Non, vraiment.

SGANARELLE.

(Il prend ici [1] un bâton, et le bat comme on l'a battu.)

Tout de bon ?

GÉRONTE.

Tout de bon. [2] Ah ! ah ! ah !

SGANARELLE.

Vous êtes médecin maintenant : je n'ai jamais eu
d'autres licences [3].

---

p. 349 et 350. — Dans *les Plaideurs*, qui sont de 1668, l'Intimé fait (acte III,
scène III, vers 776 et 777), en termes plus précis encore, une citation ridicule
du *Digeste*. Il y a dans Rabelais plus d'un exemple analogue de ces plaisantes
attributions, entre autres au chapitre VIII du *Gargantua*.

1. SGANARELLE *prend ici*. (1673, 74, 82, 92, 97, 1710, 18, 30.)

2. *Sganarelle prend un bâton et frappe Géronte*. (1734.)

3. D'autres lettres, d'autre diplôme de licence; aucune autre cérémonie ne
m'a fait licencié : comparez, au tome I, p. 56 (voyez aussi note 2), une
autre plaisanterie faite sur le même mot par le Sganarelle du *Médecin
volant*. La licence, qui était alors très-solennellement conférée, après quatre
années d'études et de nombreuses épreuves, donnait dans sa plénitude le
droit de pratiquer la médecine. Au doctorat étaient plutôt attachés des
droits et des honneurs universitaires. Voyez *les Médecins au temps de Molière*,
p. 38-55.

GÉRONTE [1].

Quel diable d'homme m'avez-vous là amené ?

VALÈRE.

Je vous ai bien dit que c'étoit un médecin gogue-
nard.

GÉRONTE.

Oui ; mais je l'envoirois promener avec ses goguenar-
deries.

LUCAS.

Ne prenez pas garde à ça, Monsieu : ce n'est que
pour rire.

GÉRONTE.

Cette raillerie ne me plaît pas.

SGANARELLE.

Monsieur, je vous demande pardon de la liberté que
j'ai prise.

GÉRONTE.

Monsieur, je suis votre serviteur.

SGANARELLE.

Je suis fâché....

GÉRONTE.

Cela n'est rien.

SGANARELLE.

Des coups de bâton....

GÉRONTE.

Il n'y a pas de mal.

SGANARELLE.

Que j'ai eu l'honneur de vous donner [2].

---

1. GÉRONTE, *à Valère*. (1734.)

2. Après les coups de bâton ainsi rendus, vient bien naturellement cette
amusante répétition des excuses, faites de même, plus haut, à Sganarelle. Aimé-
Martin rappelle ici la fin des *Fourberies de Scapin*. Mais c'est avec une tout
autre intention, une bien plus malicieuse insistance que Scapin implore là, d'un
autre Géronte, l'oubli des deux *ondées* qu'il a fait pleuvoir sur lui.

GÉRONTE.

Ne parlons plus de cela. Monsieur, j'ai une fille qui
est tombée dans une étrange maladie.

SGANARELLE.

Je suis ravi, Monsieur, que votre fille ait besoin de
moi ; et je souhaiterois de tout mon cœur que vous en
eussiez besoin aussi, vous et toute votre famille, pour
vous témoigner l'envie que j'ai de vous servir[1].

GÉRONTE.

Je vous suis obligé de ces sentiments.

SGANARELLE.

Je vous assure que c'est du meilleur de mon âme
que je vous parle.

GÉRONTE.

C'est trop d'honneur que vous me faites.

SGANARELLE.

Comment s'appelle votre fille ?

GÉRONTE.

Lucinde.

SGANARELLE.

Lucinde ! Ah ! beau nom à médicamenter[2] ! Lucinde !

GÉRONTE.

Je m'en vais voir un peu ce qu'elle fait.

SGANARELLE.

Qui est cette grande femme-là ?

---

1. « Ce souhait, dit Auger,… rappelle celui de Sganarelle, du *Festin de Pierre*
(acte IV, scène III), qui voudrait que quelqu'un, en bâtonnant M. Dimanche, lui
fournît l'occasion de prouver son zèle pour cet honnête marchand. C'est ainsi
que, dans *le Mercure galant*[a], M. Boniface Chrétien, reconnaissant des bontés
d'Oronte, l'assure qu'il se feroit un plaisir d'imprimer des billets d'enterrement
pour lui et pour tous les siens. » Regnard aussi, comme on l'a vu à la
Notice (p. 29), a imité ce passage dans *les Folies amoureuses* (1704).

2. Ici, par une tradition d'un goût douteux, la plupart des acteurs qui
jouent ce rôle ont coutume de décliner le nom de Lucinde : *Lucindus,
Lucinda, Lucindum !*

[a] De Boursault (1683) : voyez acte II, scène VII.

GÉRONTE.

C'est la nourrice d'un petit enfant que j'ai.

SGANARELLE[1].

Peste! le joli meuble que voilà![2] Ah! Nourrice, charmante Nourrice, ma médecine est la très-humble esclave
de votre nourricerie, et je voudrois bien être le petit
poupon fortuné qui tetât le lait (il lui porte la main sur le
sein) de vos bonnes grâces. Tous mes remèdes, toute
ma science, toute ma capacité est à votre service, et....

LUCAS.

Avec votte parmission[3], Monsieu le Médecin, laissez
là ma femme, je vous prie.

SGANARELLE.

Quoi? est-elle votre femme[4]?

LUCAS.

Oui.

SGANARELLE.

(Il fait semblant[5] d'embrasser Lucas, et se tournant du côté de la Nourrice,
il l'embrasse.)

Ah! vraiment, je ne savois pas cela, et je m'en réjouis pour l'amour de l'un et de l'autre.

LUCAS, en le tirant[6].

Tout doucement, s'il vous plaît.

SGANARELLE.

Je vous assure que je suis ravi que vous soyez unis
ensemble. Je la félicite d'avoir (il fait encore semblant d'em-

____

1.   SCÈNE IV.

SGANARELLE, JACQUELINE, LUCAS.

SGANARELLE, à part. (1734.)

2. *Haut.* (1773.)

3. Votre. (1692, 97, 1710, 18, 33, 34.) — Pormission. (1682.) — Permission. (1692, 97, 1718, 30, 34, mais non 1773.)

4. Quoi? elle est votre femme? (1710, 18, 34.)

5. SGANARELLE *fait semblant.* (1673, 74, 82.)

6. *Il fait semblant de vouloir embrasser Lucas, et embrasse la Nourrice.*
LUCAS, *tirant Sganarelle, et se remettant entre lui et sa femme.* (1734.)

brasser Lucas, et passant dessous ses bras, se jette au col de sa femme)
un mari comme vous ; et je vous félicite, vous, d'avoir
une femme si belle, si sage, et si bien faite comme elle
est.[1]

LUCAS, en le tirant encore[2].

Eh ! testigué[3] ! point tant de compliment[4], je vous
supplie.

SGANARELLE.

Ne voulez-vous pas que je me réjouisse avec vous
d'un si bel assemblage ?

LUCAS.

Avec moi, tant qu'il vous plaira ; mais avec ma
femme, trêve de sarimonie.

SGANARELLE.

Je prends part également au bonheur de tous deux ;
et (il continue le même jeu[5]) si je vous embrasse pour vous
en témoigner[6] ma joie, je l'embrasse de même pour lui
en témoigner aussi.

LUCAS, en le tirant derechef[7].

Ah ! vartigué, Monsieu le Médecin, que de lantiponages[8].

1. *Il fait encore semblant d'embrasser Lucas, qui lui tend les bras; Sganarelle passe dessous et embrasse encore la Nourrice.* (1734.)
2. Lucas, *le tirant encore.* (*Ibidem.*)
3. Hé ! tétegué ! (1773.)
4. Point tant de compliments. (1674, 75 A, 82, 84 A, 94 B, 1734.)
5. Cette indication est placée à la fin de la phrase dans l'édition de 1734.
6. Pour vous témoigner. (1682, 97, 1710, 18, 30, 33, 34.)
7. Lucas, *le tirant pour la troisième fois.* (1734.)
8. Dans l'édition originale et dans nos trois étrangères, *l'antiponages.* —
Que de lantiponage! (1773.) — Voyez ci-dessus, p. 62, note 6.

SCÈNE III.

SGANARELLE, GÉRONTE, LUCAS, JACQUELINE [1].

GÉRONTE.

Monsieur, voici tout à l'heure ma fille qu'on va vous amener.

SGANARELLE.

Je l'attends, Monsieur, avec toute la médecine.

GÉRONTE.

Où est-elle ?

SGANARELLE, se touchant le front.

Là dedans [2].

GÉRONTE.

Fort bien.

SGANARELLE, en voulant toucher les tetons de la Nourrice [3].

Mais comme je m'intéresse à toute votre famille, il faut que j'essaye un peu le lait de votre nourrice, et que je visite son sein. [4]

LUCAS, le tirant, et lui faisant faire la pirouette.

Nanin, nanin [5] ; je n'avons que faire de ça.

SGANARELLE.

C'est l'office du médecin de voir les tetons des nourrices.

LUCAS.

Il gnia office qui quienne, je sis votte sarviteur.

1.   SCÈNE V.
GÉRONTE, SGANARELLE, LUCAS, JACQUELINE. (1734.)
2. Dans les éditions de 1682, 97, 1710, 18, 33, *Là dedans* est suivi de points de réticence.
3. Ce jeu de scène n'est pas dans l'édition de 1734.
4. *Il s'approche de Jacqueline.* (1734.)
5. Nanain, nanain. (1673, 74, 82, 1734.) — Nannain, nannain. (1773.)

SGANARELLE.

As-tu bien la hardiesse de t'opposer au médecin ?
Hors de là !

LUCAS.

Je me moque de ça.

SGANARELLE, en le regardant de travers.

Je te donnerai la fièvre.

JACQUELINE, prenant Lucas par le bras, et lui faisant aussi faire[1]
la pirouette.

Ote-toi de là aussi ; est-ce que je ne sis pas assez
grande pour me défendre moi-même, s'il me fait quelque chose[2] qui ne soit pas[3] à faire ?

LUCAS.

Je ne veux pas qu'il te tâte, moi.

SGANARELLE.

Fi, le vilain, qui est jaloux de sa femme !

GÉRONTE.

Voici ma fille.

SCÈNE IV.

LUCINDE, VALÈRE, GÉRONTE, LUCAS,
SGANARELLE, JACQUELINE[4].

SGANARELLE.

Est-ce là la malade ?

GÉRONTE.

Oui, je n'ai qu'elle de fille ; et j'aurois tous les regrets
du monde si elle venoit à mourir.

---

1. *Et lui faisant faire aussi.* (1734.)
2. Queuque chose. (*Ibidem.*) — 3. Qu'il ne soit pas. (1730.)
4.   SCÈNE VI.
LUCINDE, GÉRONTE, SGANARELLE, VALÈRE, LUCAS, JACQUELINE. (1734.)

SGANARELLE.

Qu'elle s'en garde bien ! il ne faut pas qu'elle meure
sans l'ordonnance du médecin[1].

GÉRONTE.

Allons, un siége.

SGANARELLE[2].

Voilà une malade qui n'est pas tant dégoûtante, et je
tiens qu'un homme bien sain s'en accommoderoit assez.

GÉRONTE.

Vous l'avez fait rire, Monsieur.

SGANARELLE.

Tant mieux : lorsque le médecin fait rire le malade, c'est le meilleur signe du monde.[3] Eh bien[4] ! de
quoi est-il question ? qu'avez-vous ? quel est le mal que
vous sentez ?

LUCINDE répond par signes[5], en portant sa main à sa bouche[6],
à sa tête, et sous son menton.

Han, hi, hom[7], han.

SGANARELLE.

Eh ! que dites-vous ?

LUCINDE continue les mêmes gestes[8].

Han, hi, hom, han, han, hi, hom.

SGANARELLE.

Quoi ?

1. « GORGIBUS. Monsieur le Médecin, j'ai grand'peur que *ma fille* ne meure.
SGANARELLE. Ah! qu'elle s'en garde bien! il ne faut pas qu'elle s'amuse à
se laisser mourir sans l'ordonnance du médecin. » (*Le Médecin volant*, scène IV,
tome I, p. 60 : voyez là, note 2, le même trait dans les passages cités du
scenario de Dominique et du *Médecin volant* de Boursault.)
2. SGANARELLE, *assis entre Géronte et Lucinde*. (1734.)
3. *A Lucinde*. (*Ibidem*.)
4. *Et bien*, dans l'édition originale et dans les trois étrangères.
5. *Pour signes*, dans l'édition originale.
6. LUCINDE, *portant sa main à sa bouche, etc.* (1734.)
7. Hon. (1673, 74, 82, 1734 ; de même plus bas, quatre fois.)
8. *Les menus gestes*, dans l'édition originale, faute à peu près évidente.
— *Continuant les mêmes gestes*. (1734, mais non 1773.)

LUCINDE.

Han, hi, hom.

SGANARELLE, la contrefaisant[1].

Han, hi, hom[2], han, ha : je ne vous entends point.
Quel diable de langage est-ce là ?

GÉRONTE.

Monsieur, c'est là sa maladie. Elle est devenue
muette, sans que jusques ici[3] on en ait pu savoir la
cause ; et c'est un accident qui a fait reculer son mariage.

SGANARELLE.

Et pourquoi ?

GÉRONTE.

Celui qu'elle doit épouser veut attendre sa guérison
pour conclure les choses.

SGANARELLE.

Et qui est ce sot-là qui ne veut pas que sâ femme
soit muette ? Plût à Dieu que la mienne eût cette maladie ! je me garderois bien de la vouloir guérir.

GÉRONTE.

Enfin, Monsieur, noús vous prions d'employer tous
vos soins pour la soulager de son mal.

SGANARELLE.

Ah! ne vous mettez pas en peine. Dites-moi un peu,
ce mal l'oppresse-t-il beaucoup ?

GÉRONTE.

Oui, Monsieur.

SGANARELLE.

Tant mieux. Sent-elle de grandes douleurs ?

---

1. Cette indication n'est pas dans l'édition de 1734.

2. Par exception, ici *hon*, et deux lignes plus haut *Ham*, dans l'édition
originale et dans les trois éditions étrangères.

3. Jusqu'ici. (1730, 33, 34.)

GÉRONTE.

Fort grandes.

SGANARELLE.

C'est fort bien fait[1]. Va-t-elle où vous savez?

GÉRONTE.

Oui.

SGANARELLE.

Copieusement?

GÉRONTE.

Je n'entends rien à cela.

SGANARELLE.

La matière est-elle louable[2]?

---

1. Ce trait de plaisant optimisme, sur lequel la répétition appuie, et qui reviendra encore (acte III, scène v, p. 108), était déjà indiqué dans le canevas qui nous reste de la farce du *Médecin volant* (scène v, tome I, p. 61 et 62) : « SGANARELLE. Sentez-vous de grandes douleurs à la tête, aux reins? LUCILE. Oui, Monsieur. SGANARELLE. C'est fort bien fait. » Molière se souvenait sans doute d'un petit conte inséré parmi les fables d'Esope [a], et dont la traduction se trouve dans un chapitre de Montaigne qu'il avait maintes fois lu (le xxxvii[e] du livre II des *Essais* [b], tome III, p. 156) : « Ésope.... est plaisant à nous représenter cette autorité tyrannique que *les médecins* usurpent sur ces pauvres âmes affoiblies et abattues par le mal et la crainte; car il conte qu'un malade étant interrogé par son médecin quelle opération il sentoit des médicaments qu'il lui avoit donnés : « J'ai fort sué, » répondit-il. « Cela est bon! » dit le médecin. Une autre fois, il lui demanda encore comme il s'étoit porté depuis : « J'ai eu un froid extrême, fit-il, et si ai fort tremblé. » « Cela est bon! » suivit le médecin. A la troisième fois, il lui demanda derechef comment il se portoit : « Je me sens, dit-il, enfler et bouffir comme d'hydropisie. » « Voilà « qui va bien! » ajouta le médecin. L'un de ses domestiques venant après à s'enquérir à lui de son état : « Certes, mon ami, répond-il, à force de bien « être, je me meurs. » — Comme l'indique Auger, Cyrano Bergerac a renouvelé tout ce récit, en s'y donnant le rôle du malade, dans la xviiie de ses *Lettres satiriques*, intitulée *Contre les Médecins* (p. 172 et 173 de l'édition de 1663).

2. C'est le terme employé dans le *Journal de la santé du Roi* (publié par M. A. le Roy en 1862), par exemple, p. 120 : « Le Roi prit à son réveil un bouillon purgatif..., duquel il fut purgé..., jusques à neuf fois, de matière très-louable. »

[a] Numéro 43 de l'édition de Coray, *le Malade et le Médecin*.
[b] Voyez notre tome V, p. 337, note 2.

GÉRONTE.

Je ne me connois pas à ces choses.

SGANARELLE, se tournant vers la malade[1].

Donnez-moi votre bras.[2] Voilà un pouls qui marque que votre fille est muette.

GÉRONTE.

Eh oui, Monsieur, c'est là son mal; vous l'avez trouvé tout du premier coup.

SGANARELLE.

Ah, ah!

JACQUELINE.

Voyez comme il a deviné sa maladie!

SGANARELLE.

Nous autres grands médecins, nous connoissons d'abord les choses. Un ignorant auroit été embarrassé, et vous eût été dire : « C'est ceci, c'est cela ; » mais moi, je touche au but du premier coup, et je vous apprends que votre fille est muette[3].

CÉRONTE.

Oui; mais je voudrois bien que vous me pussiez dire[4] d'où cela vient.

SGANARELLE.

Il n'est rien plus aisé[5] : cela vient de ce qu'elle a perdu la parole.

GÉRONTE.

Fort bien; mais la cause, s'il vous plaît, qui fait qu'elle a perdu la parole?

1. SGANARELLE, à *Lucinde*. (1734.)
2. *A Géronte*. (*Ibidem.*)
3. « Le curé.... fit consulter sa gravelle par les médecins du Mans, qui lui dirent en latin fort élégant qu'il avoit la gravelle, ce que le pauvre homme ne savoit que trop. » (Scarron, *le Roman comique*, 1re partie, de 1651, chapitre xiv, tome I, p. 128, de l'édition de M. V. Fournel.)
4. Que vous pussiez dire. (1682.) — Que vous me puissiez dire. (1684 A, 94 B.)
5. Il n'est rien de plus aisé. (1673, 74, 82, 1734.)

SGANARELLE.

Tous nos meilleurs auteurs vous diront que c'est
l'empêchement de l'action de sa langue.

GÉRONTE.

Mais encore, vos sentiments sur cet empêchement de
l'action de sa langue ?

SGANARELLE.

Aristote, là-dessus, dit.... de fort belles choses[1].

GÉRONTE.

Je le crois.

SGANARELLE.

Ah ! c'étoit un grand homme !

GÉRONTE.

Sans doute.

SGANARELLE, levant son bras depuis le coude[2].

Grand homme tout à fait : un homme qui étoit plus
grand que moi de tout cela. Pour revenir donc à notre
raisonnement, je tiens que cet empêchement de l'action de sa langue est causé par de certaines humeurs,
qu'entre nous autres savants nous appelons humeurs
peccantes ; peccantes, c'est-à-dire[3].... humeurs peccantes[4] ; d'autant que les vapeurs formées par les exha-

---

1. « SGANARELLE. Oui, ce grand médecin, au chapitre qu'il a fait de la
nature des animaux, dit.... cent belles choses. » (*Le Médecin volant*, scène v,
tome I, p. 62.)

2. Ce jeu de scène est placé un peu plus bas, après les mots : *qui étoit plus
grand*, dans l'édition de 1734. — *Levant le bras depuis le coude.* (1773.)

3. Nous appelons humeurs peccantes, c'est-à-dire. (1734.)

4. Sur la doctrine, alors universellement régnante, de l'humorisme, voyez
M. Maurice Raynaud, p. 179 et suivantes, p. 363 et suivantes. Un certain
nombre de principes étaient, dit-il (p. 179 et 181), « passés à l'état d'axiomes ;
à savoir : que toute maladie provient d'une surabondance d'humeurs ; que ces
humeurs peuvent pécher par quantité et par qualité... ; qu'il s'agissait avant
tout d'évacuer *l'humeur peccante.* » C'était là un terme que tout le monde
avait appris des médecins ; il est venu bien naturellement sous la plume de
saint François de Sales, dans son *Introduction à la vie dévote* (1608, 1re partie,
chapitre v, tome I, p. 25, de l'édition de M. Silvestre de Sacy) : « C'est le
commencement de notre santé que d'être purgé de nos humeurs peccantes. »

laisons des influences qui s'élèvent dans la région des maladies, venant.... pour ainsi dire.... à.... Entendez-vous le latin ?

GÉRONTE.

En aucune façon.

SGANARELLE, se levant avec étonnement[1].

Vous n'entendez point le latin !

GÉRONTE.

Non.

SGANARELLE, en faisant diverses plaisantes postures[2].

Cabricias arci thuram, catalamus[3], *singulariter, nominativo hæc Musa*, « la Muse, » *bonus, bona, bonum, Deus sanctus, estne oratio latinas ? Etiam*, « oui. »

---

1. *Se levant brusquement.* (1734.)

2. SGANARELLE, *avec enthousiasme.* (*Ibidem.*)

3. Ces quatre premiers mots sont forgés à l'aide de syllabes latines, assemblées au hasard. Les autres qui vont suivre sont des réminiscences de ce rudiment que Sganarelle se vantait d'avoir su par cœur au temps de sa sixième, c'est-à-dire du très-court livre, rédigé tout en latin, par demandes et par réponses, et intitulé *Rudimenta*, que Jean Despautère a placé au-devant des huit traités de ses *Commentarii grammatici*[a]. Après quelques termes de cette petite grammaire qui lui reviennent isolément, Sganarelle finit par en rattraper deux phrases entières. Voici le texte, que n'avait pas entièrement désappris maint spectateur, et qu'il pouvait d'autant plus s'amuser d'entendre ainsi défigurer dans cette folle récitation[b] : *Poeta, cujus numeri?* — *Singularis.* — *Quare?* — *Quia singulariter profertur....* — *Musa, cujus generis?* — *Fœminini.* — *Quare?* — *Quia declinatur cum hæc : ut nominativo hæc musa* (p. 4).... — *Deus sanctus, estne oratio bene latina? — Etiam.* — *Quare?* — *Quia adjectivum et substantivum concordant in genere, numero, casu* (p. 8).

[a] Nous avons déjà eu l'occasion de les citer (tome I, notes 5 de la page 33, et 1 de la page 448), et aurons encore à le faire (à la scène VII de *la Comtesse d'Escarbagnas*) : c'est à l'édition donnée par Robert Estienne en 1537 que nous renvoyons.

[b] « Ces affreux *singulariter, nominativo* de mes premières déclinaisons, dit un contemporain, de seize ans plus jeune que l'auteur du *Médecin malgré lui*, ces *indicativo modo, tempore præsenti* de mon Donat, ces *omne viro soli* de mon Despautère étoient pour moi autant de spectres et de monstres. » Voyez les *Mémoires* de Jean Rou, publiés par M. Francis Waddington (1857), tome I, p. 4.

Quare, « pourquoi? » *Quia substantivo et adjectivum concordat in generi, numerum, et casus* [1].

GÉRONTE.

Ah! que n'ai-je étudié?

JACQUELINE.

L'habile homme que velà [2]!

LUCAS.

Oui, ça est si biau, que je n'y entends goutte.

SGANARELLE.

Or ces vapeurs dont je vous parle venant à passer, du côté gauche, où est le foie, au côté droit, où est le cœur, il se trouve que le poumon, que nous appelons en latin *armyan* [3], ayant communication avec le cerveau, que nous nommons en grec *nasmus,* par le moyen de la veine cave, que nous appelons en hébreu *cubile,* rencontre en son chemin lesdites vapeurs, qui remplissent les ventricules de l'omoplate; et parce que lesdites vapeurs.... comprenez bien ce raisonnement, je vous prie; et parce que lesdites vapeurs ont une certaine [4] malignité.... Écoutez bien ceci, je vous conjure.

GÉRONTE.

Oui.

SGANARELLE.

Ont une certaine malignité, qui est causée.... Soyez attentif, s'il vous plaît.

---

1. Auger, constatant, en 1820, une tradition sans doute assez ancienne et suivie encore aujourd'hui, dit que l'acteur, se rasseyant à ce dernier mot et jouant sur son double sens, s'arrange pour tomber avec son fauteuil à la renverse. Ce lazzi remontait-il à Molière, tel qu'il s'exécute? Rien ne permet de l'affirmer ni de le nier absolument, et il en est de même de plus d'un autre.

2. Que vlà! (1734.)

3. S'enhardissant tout à fait, Sganarelle crée librement les mots savants dont, pour prendre le mot de Léandre (ci-après, p. 97), il pare sa consultation. Le seul reconnaissable est le latin *cubile,* « lit, gîte, » donné, deux lignes plus loin, pour hébreu.

4. Ont certaine. (1682, 1734.)

GÉRONTE.

Je le suis.

SGANARELLE.

Qui est causée par l'âcreté des humeurs engendrées dans la concavité du diaphragme, il arrive que ces vapeurs.... *Ossabandus, nequeys*[1], *nequer, potarinum*[2], *quipsa milus.* Voilà justement ce qui fait que votre fille est muette.

JACQUELINE.

Ah! que ça est bian dit, notte homme!

LUCAS.

Que n'ai-je la langue aussi bian pendue?

GÉRONTE.

On ne peut pas mieux raisonner, sans doute. Il n'y a qu'une seule chose qui m'a choqué : c'est l'endroit du foie et du cœur. Il me semble que vous les placez autrement qu'ils ne sont; que le cœur est du côté gauche, et le foie du côté droit.

SGANARELLE.

Oui, cela étoit autrefois ainsi; mais nous avons changé tout cela[3], et nous faisons maintenant la médecine d'une méthode toute nouvelle.

1. *Nequei.* (1734.) — Auger s'est souvenu que dans *la Sœur* de Rotrou (1645, achevée d'imprimer le 3 septembre 1646, acte III, scène v), le valet Ergaste fait sonner, dans le faux turc qu'il parle, trois mots assez approchants de ceux-ci : *Ossasando, nequei, nequet.* — M. de Parseval a remarqué (p. 330-331), un peu plus haut dans cette scène de *la Sœur*, un *Cabrisciam* peu différent du *Cabricias*, premier mot latin de la fabrique de Sganarelle.

2. *Potarium.* (1682, 97, 1710, 30, 33, 34.)

3. Le 17 décembre 1650, on avait lu dans la *Gazette* (p. 1619) : « Et pour ce qu'on ne vous doit pas moins informer des étranges changements qui se rencontrent dans le corps humain que dans celui des États, cette semaine s'est ici trouvé, en la dissection faite publiquement, par un docteur en médecine de cette Faculté, du cadavre d'un homme exécuté à mort, le foie où devoit être la rate, à savoir du côté gauche, et la rate au côté droit, où devoit être le foie, le cœur inclinant du côté droit, et la plupart des vaisseaux autrement disposés qu'à l'ordinaire [a]. » Le souvenir d'un fait qui avait causé un si grand

[a] Cette particularité « fort extraordinaire » est attestée par Gui Patin dans

GÉRONTE.

C'est ce que je ne savois pas, et je vous demande
pardon de mon ignorance.

SGANARELLE.

Il n'y a point de mal, et vous n'êtes pas obligé d'être
aussi habile que nous.

GÉRONTE.

Assurément. Mais, Monsieur, que croyez-vous qu'il
faille faire à cette maladie ?

SGANARELLE.

Ce que je crois qu'il faille faire ?

GÉRONTE.

Oui.

SGANARELLE.

Mon avis est qu'on la remette sur son lit, et qu'on lui
fasse prendre pour remède quantité de pain trempé dans
du vin[1].

GÉRONTE.

Pourquoi cela, Monsieur ?

étonnement en 1650, de cette circonstance surtout, qu'on relevait, du *cœur
inclinant à droite*, a bien pu suggérer à Molière le paradoxe anatomique de
son Fagotier. — *Le cœur à gauche*, inséparable de l'idée railleuse de *cœur à
droite*, avait, ce semble, passé en proverbe : « Voyez, je vous prie, écrit
Mme de Sévigné le 9 mai 1680, comme tout s'est raffiné sur notre Loire, et
comme nous étions grossiers autrefois que *le cœur étoit à gauche*. » Et le
8 juillet 1685 : « Nous avons changé tout cela, comme *le cœur à gauche*. »
(Tomes VI des *Lettres*, p. 387, et VII, p. 419.)

1. Trempé dans le vin. (1734.)

sa lettre à Falconnet du 30 décembre 1650 (tome II, p. 578, de l'édition
Réveillé-Parise). — Une note qui nous a été transmise signale encore dans
un manuscrit de la Bibliothèque Mazarine, au tome III (1650) des *Mémoires....
des guerres civiles* de Dubuisson-Aubenay, p. 242 et 252, « deux passages
relatifs à des mémoires de médecins sur des pendus auxquels on a trouvé le
cœur à droite et le foie à gauche; » ceci renchérissait déjà sur la nouvelle de
la *Gazette*. La note ensuite nomme comme auteurs de ces mémoires scienti-
fiques, Pecquet et la Mothe le Vayer, le philosophe ami de Molière ; nous
n'avons malheureusement pu vérifier : le volume manuscrit, prêté au dehors,
a été détruit par le feu, pendant la guerre civile, en 1871.

SGANARELLE.

Parce qu'il y a dans le vin et le pain, mêlés ensemble, une vertu sympathique qui fait parler. Ne voyez-vous pas bien qu'on ne donne autre chose aux perroquets, et qu'ils apprennent à parler en mangeant de cela ?

GÉRONTE.

Cela est vrai. Ah ! le grand homme ! Vite, quantité de pain et de vin !

SGANARELLE.

Je reviendrai voir, sur le soir, en quel état elle sera.[1] (A la Nourrice.) Doucement, vous. Monsieur, voilà une nourrice à laquelle il faut que je fasse quelques petits remèdes.

JACQUELINE.

Qui ? moi ? Je me porte le mieux du monde.

SGANARELLE.

Tant pis, Nourrice, tant pis. Cette grande santé est à craindre, et il ne sera mauvais[2] de vous faire quelque petite saignée amiable, de vous donner quelque petit clystère dulcifiant.

GÉRONTE.

Mais, Monsieur, voilà une mode que je ne comprends point. Pourquoi s'aller faire saigner quand on n'a point de maladie ?

SGANARELLE.

Il n'importe, la mode en est salutaire ; et comme on boit pour la soif à venir, il faut se faire aussi saigner[3] pour la maladie à venir[4].

SCÈNE VII.

GÉRONTE, SGANARELLE, JACQUELINE.

1. SGANARELLE. (*A Jacqueline.*) Doucement, vous. (*A Géronte.*) Monsieur. (1734.)

2. Et il ne sera pas mauvais. (1673, 74, 82, 1734.)

3. Il faut aussi se faire saigner. (Une partie du tirage de 1734, et 1773.)

4. Voyez sur ce passage, dans le numéro cité de la *Revue de Marseille et*

JACQUELINE, en se retirant[1].

Ma fi! je me moque de ça, et je ne veux point faire
de mon corps une boutique d'apothicaire [2].

SGANARELLE.

Vous êtes rétive aux remèdes; mais nous saurons

de Provence (p. 334-336), l'une des plus intéressantes notes de M. le docteur
Ludovic de Parseval. Nous n'en emprunterons ici que quelques lignes, qui se
rapportent au dix-septième siècle. « Nous voyons figurer, dit-il, parmi les
thèses des bacheliers soutenues en 1625 devant la Faculté de médecine de
Paris [a], la thèse suivante : *An speciosa sanitas suspecta?* Affirmative.... Les
médecins du temps de Montaigne et de Molière croyaient en effet, avec les anciens, qu'une exubérance de santé et de force conduit à la maladie [b]..., A cette
époque, on saignait et on purgeait *pour la maladie à venir*.... L'abbé le Dieu [c]
nous montre (*en* 1702) Monsieur de Meaux « se *portant* à merveille et
« *songeant* néanmoins à se purger pour précaution. » Mademoiselle de Montpensier.... raconte dans ses *Mémoires* [d] qu'avant d'accompagner le Roi en
Flandre, en 1670, elle «*fut (se rendit)* à Paris trois ou quatre jours pour y faire
« *des remèdes* » de précaution. Pendant qu'on la saignait, Vallot purgeait
Louis XIV *pour le préparer à son voyage de Flandre* [e]. Du reste, le grand roi
subit, durant tout le cours de sa vie, la dure loi des remèdes de précaution.
Assujetti à d'incessantes purgations, souvent menacé de la saignée, qu'il re-
doutait beaucoup..., il se révoltait quelquefois contre les ordonnances de ses
médecins; mais ceux-ci revenaient à la charge, et le royal malade, effrayé
de se voir abandonné à *l'intempérie de ses entrailles, à la corruption de son
sang, à l'âcreté de sa bile et à la féculence de ses humeurs* [f], finissait le plus
souvent par vaincre sa répugnance, et s'il ne se résignait pas à être saigné, il
accordait au moins à son premier médecin une bonne purgation. »

1. JACQUELINE, *en s'en allant.* (1734.)

2. M. de Parseval (p. 337) a relevé, dans la *X[e] Serée* de Bouchet (tome II,
p. 179, de l'édition de M. Roybet), une variante de la phrase proverbiale employée par Jacqueline : il est parlé là de « ceux qui font de leur estomac une
boutique d'apothicaire. »

[a] « Baron, *Quæstionum medicarum series chronologica.* »

[b] M. de Parseval fait connaître les idées des anciens sur ce point par de
nombreuses citations. De Montaigne, il vient de rapporter ce passage d'un chapitre des *Essais* auquel nous avons eu souvent occasion de renvoyer (le XXXVII[e]
du livre II, tome III, p. 151) : « Les médecins ne se contentent point d'avoir la
maladie en gouvernement; ils rendent la santé malade, pour garder qu'on ne
puisse en aucune saison échapper leur autorité : d'une santé constante et entière, n'en tirent-ils pas l'argument d'une grande maladie future? »

[c] « *Mémoires et Journal sur la vie et les ouvrages de Bossuet*, publiés par
M. l'abbé Guettée,... tome II, p. 274 et 275. »

[d] « Tome IV, p. 104, de l'édition de M. Chéruel. »

[e] « *Journal de la santé du roi Louis XIV*, p. 104. »

[f] Voyez les imprécations de M. Purgon, à la scène v de l'acte III du *Malade
imaginaire*.

vous soumettre à la raison.[1] (Parlant à Géronte.) Je vous
donne le bonjour.

GÉRONTE.

Attendez un peu, s'il vous plaît.

SGANARELLE.

Que voulez-vous faire?

GÉRONTE.

Vous donner de l'argent, Monsieur.

SGANARELLE, tendant sa main derrière, par-dessous sa robe,
tandis que[2] Géronte ouvre sa bourse.

Je n'en prendrai pas, Monsieur.

GÉRONTE.

Monsieur....

SGANARELLE.

Point du tout.

GÉRONTE.

Un petit moment.

SGANARELLE.

En aucune façon.

GÉRONTE.

De grâce!

SGANARELLE.

Vous vous moquez.

GÉRONTE.

Voilà qui est fait.

SGANARELLE.

Je n'en ferai rien.

GÉRONTE.

Eh!

SCÈNE VIII.

GÉRONTE, SGANARELLE.

1. SGANARELLE. Je vous. (1734.)
2. Tendant sa main par derrière, tandis que, etc. (Ibidem.)

SGANARELLE.

Ce n'est pas l'argent qui me fait agir.

GÉRONTE.

Je le crois.

SGANARELLE, après avoir pris l'argent.

Cela est-il de poids?

GÉRONTE.

Oui, Monsieur.

SGANARELLE.

Je ne suis pas un médecin mercenaire.

GÉRONTE.

Je le sais bien.

SGANARELLE.

L'intérêt ne me gouverne point [1].

GÉRONTE.

Je n'ai pas cette pensée. [2]

SCÈNE V.

SGANARELLE, LÉANDRE.

SGANARELLE, regardant son argent.

Ma foi! cela ne va pas mal; et pourvu que....

LÉANDRE.

Monsieur, il y a longtemps que je vous attends, et je viens implorer votre assistance.

1. Comparez à cette scène la fin de la scène VIII du *Médecin volant*, tome I, p. 66, et voyez la note 1 de cette dernière page.

2. SGANARELLE, *seul, regardant l'argent qu'il a reçu*. Ma foi! etc.

SCÈNE IX.

LÉANDRE, SGANARELLE.

LÉANDRE. Monsieur. (1734.)

SGANARELLE, lui prenant le poignet [1].

Voilà un pouls qui est fort mauvais.

LÉANDRE.

Je ne suis point malade, Monsieur, et ce n'est pas
pour cela que je viens à vous.

SGANARELLE.

Si vous n'êtes pas malade, que diable ne le dites-vous
donc ?

LÉANDRE.

Non : pour vous dire la chose en deux mots, je m'appelle Léandre, qui suis amoureux de Lucinde, que vous
venez de visiter; et comme, par la mauvaise humeur
de son père, toute sorte d'accès m'est fermé auprès
d'elle, je me hasarde à vous prier de vouloir servir mon
amour, et de me donner lieu d'exécuter un stratagème
que j'ai trouvé, pour lui pouvoir dire deux mots, d'où
dépendent absolument mon bonheur et ma vie.

SGANARELLE, paroissant en colère [2].

Pour qui me prenez-vous? Comment oser [3] vous
adresser à moi pour vous servir dans votre amour, et
vouloir ravaler la dignité de médecin à des emplois de
cette nature ?

LÉANDRE.

Monsieur, ne faites point de bruit.

SGANARELLE, en le faisant reculer.

J'en veux faire, moi. Vous êtes un impertinent.

LÉANDRE.

Eh! Monsieur, doucement.

---

1. *Lui tâtant le pouls.* (1734.)

2. Ce jeu de scène n'est pas dans l'édition de 1734.

3. Ceci est ponctué très-diversement dans les anciennes éditions : Comment!
oser. (1673, 1733.) — Comment : oser. (1674, 82.) — Comment, oser. (1675 A,
84 A, 92, 94 B.) — Comment? oser. (1697, 1710, 18, 30, 34.) — Nous ponctuons comme l'édition originale.

SGANARELLE.

Un malavisé.

LÉANDRE.

De grâce !

SGANARELLE.

Je vous apprendrai que je ne suis point homme à
cela, et que c'est une insolence extrême....

LÉANDRE, tirant une bourse qu'il lui donne[1].

Monsieur....

SGANARELLE, tenant la bourse.

De vouloir m'employer....[2] Je ne parle pas pour vous,
car vous êtes honnête homme, et je serois ravi de vous
rendre service ; mais il y a de certains impertinents au
monde qui viennent prendre les gens pour ce qu'ils ne
sont pas ; et je vous avoue que cela me met en colère.

LÉANDRE.

Je vous demande pardon, Monsieur, de la liberté
que....

SGANARELLE.

Vous vous moquez. De quoi est-il question ?

LÉANDRE.

Vous saurez donc[3], Monsieur, que cette maladie que
vous voulez guérir est une feinte maladie. Les médecins
ont raisonné là-dessus comme il faut ; et ils n'ont pas
manqué de dire que cela procédoit, qui du cerveau,
qui des entrailles, qui de la rate, qui du foie[4] ; mais il

1. *Tirant une bourse.* (1734.)
2. SGANARELLE. De vouloir m'employer.... *Recevant la bourse.* (*Ibidem.*)
3. Vous savez donc. (1682, 97, 1710 ; faute évidente.)
4. Auger dit qu'il y a peut-être ici une allusion à la scène *d'altercation* que
donnèrent les quatre médecins de Mazarin, et qu'une lettre de Gui Patin nous
a fait connaître ; mais voyez, à la suite de la citation de cette lettre, tome V,
p. 275, la *Notice* de *l'Amour médecin.* — Cet emploi familier de « *qui*, répété
plusieurs fois, pour dire *les uns...*, *les autres....* » (ou plutôt, comme ici,
l'un..., *un autre....*), n'était pas approuvé de Vaugelas : « C'est, dit-il, une

est certain que l'amour en est la véritable cause, et que
Lucinde n'a trouvé cette maladie que pour se délivrer
d'un mariage dont elle étoit importunée. Mais, de crainte
qu'on ne nous voye ensemble, retirons-nous d'ici, et je
vous dirai en marchant ce que je souhaite de vous.

SGANARELLE.

Allons, Monsieur : vous m'avez donné pour votre
amour une tendresse qui n'est pas concevable; et j'y
perdrai toute ma médecine, ou la malade crèvera, ou
bien elle sera à vous.

façon de parler qui est fort en usage, mais non pas parmi les excellents écri-
vains. » Voyez les exemples de Regnier, de Balzac, de Bossuet, qu'en rapporte
le *Dictionnaire de M. Littré.*

FIN DU SECOND ACTE.

ACTE III[1].

SCÈNE PREMIÈRE.

SGANARELLE, LÉANDRE[2].

LÉANDRE.

Il me semble que je ne suis pas mal ainsi pour un
apothicaire; et comme le père ne m'a guère vu, ce
changement d'habit et de perruque est assez capable,
je crois, de me déguiser à ses yeux.

SGANARELLE.

Sans doute.

LÉANDRE.

Tout ce que je souhaiterois seroit de savoir cinq ou
six grands mots de médecine, pour parer mon discours
et me donner l'air d'habile homme.

SGANARELLE.

Allez, allez, tout cela n'est pas nécessaire : il suffit
de l'habit, et je n'en sais pas plus que vous.

LÉANDRE.

Comment?

---

1. L'action, nous l'avons dit (ci-dessus, p. 34), a été vraisemblablement, au
second acte, transportée de la campagne à la ville. Dans ce troisième acte, le
théâtre doit représenter soit une chambre, soit le jardin de la maison de Géronte ; Léandre peut pénétrer dans ce jardin, comme il a pu pénétrer dans la
maison même ; il est clairement indiqué, au début de la scène vi, que Lucinde
y vient faire un tour de promenade, et c'est bien dans un tel lieu que la gravure de l'édition originale montre les personnages de cette scène vi; il n'y a
aucune nécessité de supposer avec Auger un changement de décor à la troisième
scène de l'acte.

2. LÉANDRE, SGANARELLE. (1734.)

SGANARELLE.

Diable emporte si[1] j'entends rien en médecine ! Vous
êtes honnête homme, et je veux bien me confier à vous,
comme vous vous confiez à moi.

LÉANDRE.

Quoi ? vous n'êtes pas effectivement....

SGANARELLE.

Non, vous dis-je : ils m'ont fait médecin malgré mes
dents[2]. Je ne m'étois jamais mêlé d'être si savant que
cela ; et toutes mes études n'ont été que jusqu'en
sixième. Je ne sais point sur quoi cette imagination leur
est venue ; mais quand j'ai vu qu'à toute force ils vou-
loient que je fusse médecin, je me suis résolu de l'être,
aux dépens de qui il appartiendra. Cependant vous ne
sauriez croire comment l'erreur s'est répandue, et de
quelle façon chacun est endiablé à me croire habile
homme. On me vient chercher de tous les côtés[3] ; et si
les choses vont toujours de même, je suis d'avis de
m'en tenir, toute ma vie, à la médecine. Je trouve que
c'est le métier le meilleur de tous ; car, soit qu'on fasse
bien ou soit qu'on fasse mal, on est toujours payé de
même sorte : la méchante besogne ne retombe[4] jamais
sur notre dos ; et nous taillons, comme il nous plaît,
sur l'étoffe où nous travaillons. Un cordonnier, en faisant des souliers, ne sauroit gâter un morceau de cuir
qu'il n'en paye les pots cassés[5] ; mais ici l'on peut gâter

1. Il y a ellipse de *me* ou de *vous*, mais bien plutôt de *me*. Avec quelque
semblable ellipse, on dit : « Au diable *ou* du diable si...! » C'est une affirmation,
avec imprécation contre soi-même, comme le tour latin : *Interceam si...*, « que je
meure si.... » : voyez, entre autres exemples, Horace, livre I, satire IX, vers 38.
On a déjà vu plus haut (p. 64 et 65) Sganarelle, niant avec mauvaise humeur
ou vivacité, employer cette même locution. Comparez tome IV, p. 451, note 1.

2. Quelque défense que j'aie faite : voyez tome II, p. 201, note 1.

3. De tous côtés. (1682, 1734.)

4. Ne tombe. (1682, 97, 1710, 18, 30, 33.)

5. « Morceau de cuir » et « pots cassés » font une métaphore plaisamment

un homme sans qu'il en coûte rien. Les bévues ne sont
point pour nous ; et c'est toujours la faute de celui qui
meurt. Enfin le bon de cette profession est qu'il y a
parmi les morts une honnêteté, une discrétion la plus
grande du monde ; et jamais [1] on n'en voit se plaindre
du médecin qui l'a tué [2].

LÉANDRE.

Il est vrai que les morts sont fort honnêtes gens sur
cette matière.

incohérente, ou plutôt montrent que la locution familière : « en payer les pots
cassés, » a pris le sens propre et abstrait de « payer les frais du dommage
qu'on a causé, » et l'a pris si bien, qu'elle s'emploie sans égard à l'origine
métaphorique. Voyez les exemples de Regnier et de Voltaire cités par M. Littré
à l'article Pot, fin de 1°.

1. Du monde : jamais. (1682, 97, 1710, 18, 30, 33, 34.)

2. Molière a construit la phrase et fait accorder le participe comme s'il y
avait : « jamais on n'en voit un se plaindre, etc. » — Petitot (tome III des
OEuvres de Molière, p. 489 et 490) cite et traduit un passage d'une nouvelle
de Cervantes, intitulée le Licencié Vidriera, où il lui semble qu'ont été
puisées ces réflexions de Sganarelle. C'est une des boutades du licencié, du
héros de la nouvelle, devenu fou, mais resté d'ailleurs fort sérieux en son langage [a]. « Le juge peut violer la justice ou la retarder ; l'avocat peut, par intérêt,
soutenir une mauvaise cause ; le marchand peut nous attraper notre argent ;
enfin toutes les personnes avec lesquelles la nécessité nous force de traiter peuvent nous faire quelque tort ; mais aucune ne peut nous ôter impunément la
vie. Les médecins seuls ont ce droit ; ils peuvent nous tuer sans en craindre les
suites, et sans employer d'autres armes que quelques remèdes ; leurs bévues
ne se découvrent jamais, parce que, au moment même, la terre les couvre et
les fait oublier. » Il n'y a guère là que le développement un peu lent de
deux mots que Montaigne rappelle dans ce chapitre xxxvii du livre II, tout
rempli de la satire de la médecine et des médecins : « Un médecin vantoit à
Nicoclès son art être de grande autorité : « Vraiment c'est mon (c'est mon
avis [b]), dit Nicoclès, qui peut (un art qui peut) impunément tuer tant
« de gens » (tome III, p. 157). Et un peu plus haut (p. 154) : « Ils (les médecins)
ont cet heur, selon Nicoclès, que « le soleil éclaire leur succès et la terre cache
« leur faute [c]. » Si Sganarelle dit la même chose, c'est du moins bien à sa manière.

[a] Voyez dans le Cervantes de la collection Rivadeneyra, p. 152, colonne 1.
[b] Voyez le Lexique de Corneille, à l'article Mon.
[c] D'après Coste, c'est dans le recueil des moines grecs Antonius et Maximus,
joint aux premières impressions de Stobée, qu'ont d'abord été rapportés les
deux traits satiriques de ce Nicoclès : voyez, dans le Stobée de Gesner (Francfort, 1581), le sermo ccxlv (mis sous le nom des deux moines), au haut de la
page 805. La seconde de ces épigrammes « se trouve dans les Talmudistes, »
dit M. de Parseval (p. 340, note 3).

SGANARELLE, voyant des hommes qui viennent vers lui[1].

Voilà des gens qui ont la mine de me venir consulter.[2] Allez toujours m'attendre auprès du logis de votre maîtresse.

SCÈNE II.

THIBAUT, PERRIN, SGANARELLE.

THIBAUT.

Monsieu, je venons vous charcher, mon fils Perrin et moi.

SGANARELLE.

Qu'y a-t-il?

THIBAUT.

Sa pauvre mère, qui a nom[3] Parette, est dans un lit, malade, il y a six mois.

SGANARELLE, tendant la main comme pour recevoir de l'argent.

Que voulez-vous que j'y fasse?

THIBAUT.

Je voudrions[4], Monsieu, que vous nous baillissiez quelque[5] petite drôlerie[6] pour la garir.

SGANARELLE.

Il faut voir de quoi est-ce qu'elle est malade[7].

---

1. *Qui viennent à lui.* (1673, 74, 82, 1734.) — 2. *A Léandre.* (1734.

3. Qui a pour nom. (*Ibidem.*)

4. Je voudrois, (1682, 97, 1710, 18, 30, 33.)

5. Queuque, (1730, 34.)

6. Dans *le Bourgeois gentilhomme*, M. Jourdain n'emploie pas moins plaisamment le mot, quand, s'adressant, à son entrée (acte I, scène II), au maître de musique et au maître à danser, il leur dit : « Hé bien ! Messieurs ? qu'est-ce? me ferez-vous voir votre petite drôlerie ? »

7. Il faut voir. De quoi est-ce qu'elle est malade? (1734.) — L'éditeur de 1734 s'est imaginé à tort que l'original avait été mal ponctué. La réunion en une seule phrase, comme la fait Sganarelle, est un tour populaire, plus vif que cet autre, populaire aussi et peut-être plus grammatical : « Il faut voir de quoi c'est qu'elle est malade. »

THIBAUT.

Alle est malade d'hypocrisie, Monsieu.

SGANARELLE.

D'hypocrisie?

THIBAUT.

Oui, c'est-à-dire qu'alle[1] est enflée par tout; et l'an dit que c'est quantité de sériosités qu'alle a dans le corps, et que son foie, son ventre, ou sa rate, comme vous voudrais l'appeler, au glieu de faire du sang, ne fait plus que de l'iau. Alle a, de deux jours l'un, la fièvre quotiguenne, avec des lassitules[2] et des douleurs dans les mufles des jambes. On entend dans sa gorge des fleumes[3] qui sont tout[4] prêts à l'étouffer; et par fois[5] il lui prend[6] des syncoles et des conversions, que je crayons qu'alle est passée. J'avons dans notte village un apothicaire, révérence parler[7], qui li a donné je ne sai combien d'histoires; et il m'en coûte plus d'eune douzaine de bons écus en lavemcnts, ne v's en déplaise, en apostumes[8] qu'on li a fait prendre, en infectious[9] de jacinthe,

1. Qu'elle. (1674, 82, 92, 97, 1730.)
2. Des lassitudes. (1673, 74, 82, 1734.)
3. « On voit par l'historique (*du mot*), dit M. Littré à la fin de l'article FLEGME, que *fleume* ou *flume* du peuple est, non une faute, mais un archaïsme. »
 4. Il y a bien ici *tout*, et non, comme à l'ordinaire, *tous*, dans nos anciennes éditions.
5. A l'étouffer; par fois. (1682.) — 6. Il li prend. (1734.)
7. Ce petit correctif de la civilité villageoise est ici d'un effet tres-comique. Tout à l'heure, dans la scène v, le nom d'apothicaire paraîtra inspirer un semblable scrupule de pudeur à Sganarelle, qui le fait seulement entendre par ses gestes.
8. Cyrano Bergerac, dans sa lettre *Contre les médecins*[a] (p. 179), a employé *aposume* pour *apozème* (décoction). On sait que la Fontaine (fable VIII du livre VIII, *le Cheval et le Loup*, vers 23) a en quelque sorte consacré la forme *apostume* au lieu d'*apostème* (abcès), qui eût été plus régulier. Ces deux formes *aposume* et *apostume* étant ainsi en usage, la confusion que fait Thibaut paraît toute naturelle.
 9. Veut-il dire *injections?* plutôt peut-être *infusions:* voyez cependant les

  [a] Citée ci-dessus, p. 83, note 1.

et en portions cordales. Mais tout ça, comme dit l'autre[1],
n'a été que de l'onguent miton mitaine. Il veloit li bailler
d'eune certaine drogue que l'on appelle du vin amétile[2];
mais j'ai-s-eu peur, franchement, que ça l'envoyît à
patres ; et l'an dit que ces gros médecins tuont je ne sai
combien de monde avec cette invention-là.

SGANARELLE, *tendant toujours la main et la branlant, comme
pour signe qu'il demande de l'argent.*

Venons[3] au fait, mon ami, venons au fait.

THIBAUT.

Le fait est, Monsieu, que je venons vous prier de
nous dire ce qu'il faut que je fassions.

SGANARELLE.

Je ne vous entends point du tout[4].

---

exemples cités par M. Littré à l'historique du mot INJECTION, surtout celui
d'Ambroise Paré.

1. *Comme l'on dit.* Cette phrase proverbiale a été employée par le Pierrot
de *Dom Juan* (tome V, p. 103); il y en a des exemples dans l'*Agréable conférence de deux paysans*[a] (p. 8), et dans *le Pédant joué* (p. 39 et p. 49); Racine
l'a employée sans *comme* dans le vers 6 des *Plaideurs* :

On apprend à hurler, dit l'autre, avec les loups.

2. Sur le vin émétique, dont parle ici Thibaut, voyez tome V, p. 137, note 3.

3. SGANARELLE, *tendant toujours la main.* Venons. (1734.)

4. M. Despois a noté que ce trait de comédie se trouve nettement indiqué
dans de vieux vers, bien longtemps inédits, et assurément inconnus de Molière,
dans une *Lettre sur l'état d'avocation* d'Eustache Deschamps : voyez page XLVI
du *Précis historique et littéraire sur Eustache Deschamps* mis en tête du choix
de ses *Poésies morales et historiques* publié par Crapelet en 1832. S'adressant
aux trois avocats auxquels il envoie son épître, le poëte leur dit :

Chacun va votre sens requerre
Et votre aide demander
Pour l'argent ; car qui truander[b]
Là voudroit, bien sauriez répondre :
« Amis, fai ta geline pondre,
Et apporte assez, c'est de quoi[c];
Car en ton fait goutte ne voi. »

— On trouve un même dessin de scène (un souvenir peut-être de quelque

[a] Que nous avons citée au tome V, p. 106, note 7.

[b] Mendier seulement votre avis, vous le voler, ne le pas payer.

[c] C'est de l'argent (*du quibus*) que je veux dire ; ou bien : c'est de quoi il
est question, c'est ce qu'il s'agit de faire?

PERRIN.

Monsieu, ma mère est malade; et velà[1] deux écus
que je vous apportons pour nous bailler queuque remède.

SGANARELLE.

Ah! je vous entends, vous[2]. Voilà un garçon qui parle
clairement, qui s'explique[3] comme il faut. Vous dites
que votre mère est malade d'hydropisie, qu'elle est
enflée par tout le corps, qu'elle a la fièvre, avec des
douleurs dans les jambes, et qu'il lui prend parfois
des syncopes et des convulsions, c'est-à-dire des éva-
nouissements?

PERRIN.

Eh! oui, Monsieu, c'est justement ça.

SGANARELLE.

J'ai compris d'abord vos paroles. Vous avez un pere
qui ne sait ce qu'il dit. Maintenant vous me demandez
un remède?

PERRIN.

Oui, Monsieu.

SGANARELLE.

Un remède pour la guérir?

PERRIN.

C'est comme je l'entendons.

ancienne farce) dans *les Plaisantes journées du sieur Favoral* : voyez l'histoire, assez platement contée d'ailleurs, *des Deux vers de l'Avocat envers une
partie* (p. 114 et 115 de l'édition de 1644).

1. Et vlà. (1734.)

2. Aimé-Martin rappelle ici ce joli passage de Montaigne (livre II, chapitre xⅡ, tome II, p. 365 et 366) : « Vous récitez simplement une cause à
l'avocat : il vous y répond chancelant et douteux; vous sentez qu'il lui est
indifférent de prendre à soutenir l'un ou l'autre parti. L'avez-vous bien payé
pour y mordre et pour s'en formaliser (*s'y appliquer*), commence il d'en être
intéressé, y a il échauffé sa volonté : sa raison et sa science s'y échauffent quand
et quand; voilà une apparente et indubitable vérité qui se présente à son
entendement; il y découvre une toute nouvelle lumière.... »

3. Et qui s'explique. (1682, 1734.)

SGANARELLE.

Tenez, voilà un morceau de formage[1] qu'il faut que vous lui fassiez prendre.

PERRIN.

Du fromage, Monsieu?

SGANARELLE.

Oui, c'est un formage préparé, où il entre[2] de l'or, du coral[3], et des perles, et quantité d'autres choses précieuses[4].

PERRIN.

Monsieu, je vous sommes bien obligés; et j'allons li faire prendre ça tout à l'heure.

SGANARELLE.

Allez. Si elle meurt, ne manquez pas de la faire enterrer du mieux que vous pourrez[5].

1. Par cette forme, qui s'est conservée dans quelques-unes de nos provinces, et qui, au reste, est plus fidèle à l'étymologie, forme que Sganarelle va maintenir dans sa réplique, et qu'il a peut-être apprise de son grand médecin, il croit sans doute relever déjà son fromage médical. C'est, avec une petite variante, la forme employée, au seizième siècle, par Olivier de Serres (voyez chez M. Littré, l'historique du mot FROMAGE), et par Henri Estienne, qui rappelle en ces termes un de nos vieux proverbes emprunté aux préceptes des médecins de Salerne : « Tout fourmage est bien sain Qui vient de chiche main. » (*De la Précellence du langage françois*, 1579, p. 170.) — Dans les éditions de 1692, 1710, 18, 30, 33, 34, on a, ici et dans la réplique suivante de Sganarelle, imprimé *fromage*. C'est à Perrin que celle de 1692 fait dire *formage*, comme terme de son patois.

2. Où il y entre. (1673, 74, 82.) — 3. Du corail. (1684 A, 94 B, 1734.)

4. Dans un curieux spécimen des compositions pharmaceutiques du temps que donne M. Raynaud, p. 335, on remarque aussi de l'émeraude, du saphir, de l'or et argent pur en feuilles, des perles, du corail blanc et rouge. Entre autres remèdes qu'il faisait prendre à son maître en 1655, Vallot a noté celui-ci (p. 46 du *Journal de la santé du Roi*) : « Je me suis servi d'autres tablettes, que j'ai fait préparer avec mon or diaphorétique, les perles préparées et mon *specificum stomachicum.* »

5. « Cette scène n'est qu'épisodique, dit Auger en 1820; elle ralentit l'action.... Les comédiens la passent à la représentation. » On ne la passait ni du vivant de Molière ni encore assez longtemps après : cela est prouvé par la mention qui est faite, dans le *Mémoire de.... décorations* (ci-dessus, p. 34, note 2), du morceau de fromage que Sganarelle remet aux paysans.

SCÈNE III.

JACQUELINE, SGANARELLE, LUCAS[1].

SGANARELLE.

Voici la belle Nourrice. Ah! Nourrice de mon cœur,
je suis ravi de cette rencontre, et votre vue est la rhu-
barbe, la casse, et le séné qui purgent toute la mélancolie de mon âme.

JACQUELINE.

Par ma figué! Monsieu le Médecin, ça est trop bian
dit pour moi, et je n'entends rien à tout votte latin[2].

SGANARELLE.

Devenez malade, Nourrice, je vous prie; devenez
malade, pour l'amour de moi : j'aurois toutes les joies
du monde de vous guérir.

JACQUELINE.

Je sis votte sarvante[3] : j'aime bian mieux[4] qu'an[5] ne
me guérisse[6] pas.

SGANARELLE.

Que je vous plains, belle Nourrice, d'avoir un mari
jaloux et fâcheux comme celui que vous avez!

JACQUELINE.

Que velez-vous[7], Monsieu? c'est pour la pénitence
de mes fautes; et là où la chèvre est liée, il faut bian
qu'alle y broute[8].

1. JACQUELINE, SGANARELLE, LUCAS *dans le fond du théâtre.* (1734.)
2. Votre latin. (1674, 82, 1734.)
3. Votre servante. (1718.) — Votre sarvante. (1692, 97, 1710, 33, 34.)
4. Bien mieux. (1675 A, 84 A, 94 B.) — 5. Qu'on. (1718.)
6. Guarisse. (1673, 74, 82, 92, 1730, 33.) — Garisse. (1697, 1710, 34.)
7. Que voulez-vous. (1682.) — Que vlez-vous. (1734.)
8. Voyez dans les *Variétés historiques et littéraires* de M. Édouard Fournier.

SGANARELLE.

Comment? un rustre comme cela! un homme qui vous observe toujours, et ne veut pas que personne vous parle!

JACQUELINE.

Hélas! vous n'avez rien[1] vu encore, et ce n'est qu'un petit échantillon de sa mauvaise humeur[2].

SGANARELLE.

Est-il possible? et qu'un homme ait l'âme assez basse pour maltraiter une personne comme vous? Ah! que j'en sais, belle Nourrice, et qui ne sont pas loin d'ici, qui se tiendroient heureux de baiser seulement les petits bouts de vos petons! Pourquoi faut-il qu'une personne si bien faite soit tombée en de telles mains[3], et qu'un franc animal, un brutal, un stupide, un sot...? Pardonnez-moi, Nourrice, si je parle ainsi de votre mari.

JACQUELINE.

Eh! Monsieu, je sai bien[4] qu'il mérite tous ces noms-là.

SGANARELLE.

Oui, sans doute, Nourrice, il les mérite; et il mériteroit encore que vous lui missiez quelque chose sur la tête, pour le punir des soupçons qu'il a.

JACQUELINE.

Il est bien vrai que si je n'avois devant les yeux que

---

tome IX, p. 175 et note 1, deux anciens exemples de ce proverbe, et tome IV, p. 9, du même ouvrage, une variante très-voisine. Il est aussi dans Brantôme, mais avec une autre application (*Discours sur les couronnels de l'infanterie de France*, tome VI, p. 148, de l'édition des *OEuvres complètes* publiée, pour la Société de l'histoire de France, par M. Lalanne) : « Là où la chièvre est attachée, il l'y faut laisser brouter. »

1. Rian. (1773.) — 2. Himeur. (1734.)
3. En de pareilles mains. (*Ibidem.*)
4. Bian. (1682, 1734.)

son intérêt, il pourroit m'obliger à queuque étrange
chose.

SGANARELLE.

Ma foi! vous ne feriez pas mal de vous venger de lui
avec quelqu'un. C'est un homme, je vous le dis, qui
mérite bien cela; et si j'étois assez heureux, belle
Nourrice, pour être choisi pour....

(En cet endroit, tous deux apercevant Lucas qui étoit derrière eux et enten-
doit leur dialogue, chacun se retire de son côté, mais le Médecin d'une manière fort plaisante [1].)

SCÈNE IV.

GÉRONTE, LUCAS.

GÉRONTE.

Holà! Lucas, n'as-tu point vu ici notre médecin?

LUCAS.

Et oui, de par tous les diantres [2], je l'ai vu, et ma
femme aussi.

GÉRONTE.

Où est-ce donc qu'il peut être?

LUCAS.

Je ne sai; mais je voudrois qu'il fût à tous les
guebles [3].

GÉRONTE.

Va-t'en voir un peu ce que fait ma fille.

1. *Dans le temps que Sganarelle tend les bras pour embrasser Jacqueline,
Lucas passe sa tête par-dessous, et se met entre eux deux. Sganarelle et Jacqueline regardent Lucas, et sortent chacun de leur côté.* (1734.)

2. Diantes. (1673, 74, 82, 92, 97, 1710, 18.)

3. A tous les guiebles. (1697, 1710, 18, 33.) — A tous les diables. (1734,
mais non 1773.) — Voyez ci-dessus, p. 48, note 3.

SCÈNE V.

SGANARELLE, LÉANDRE, GÉRONTE.

GÉRONTE.

Ah! Monsieur, je demandois où vous étiez.

SGANARELLE.

Je m'étois amusé dans votre cour à expulser le superflu de la boisson. Comment se porte la malade?

GÉRONTE.

Un peu plus mal depuis votre remède.

SGANARELLE.

Tant mieux: c'est signe qu'il opère.

GÉRONTE.

Oui; mais, en opérant, je crains qu'il ne l'étouffe[1].

SGANARELLE.

Ne vous mettez pas en peine : j'ai des remèdes qui se moquent de tout, et je l'attends à l'agonie.

GÉRONTE[2].

Qui est cet homme-là que vous amenez?

SGANARELLE, faisant des signes avec la main que c'est[3] un apothicaire.

C'est....

GÉRONTE.

Quoi?

SGANARELLE.

Celui....

GÉRONTE.

Eh?

1. Voyez ci-dessus, p. 83 et note 1.
2. GÉRONTE, *montrant Léandre.* (1734.)
3. .... *avec la main, pour montrer que c'est,* etc. (*Ibidem.*)

SGANARELLE.

Qui....

GÉRONTE.

Je vous entends.

SGANARELLE.

Votre fille en aura besoin.

SCÈNE VI.

JACQUELINE, LUCINDE, GÉRONTE, LEANDRE, SGANARELLE[1].

JACQUELINE.

Monsieu, velà votre fille qui veut un peu marcher.

SGANARELLE.

Cela lui fera du bien.[2] Allez-vous-en, Monsieur l'Apothicaire, tâter un peu son pouls, afin que je raisonne tantôt avec vous de sa maladie.

(En cet endroit, il tire Géronte à un bout du théâtre, et, lui passant un bras sur les épaules, lui rabat la main sous le menton, avec laquelle il le fait retourner vers lui, lorsqu'il veut regarder ce que sa fille et l'apothicaire font ensemble, lui tenant cependant le discours suivant pour l'amuser[3] :)

Monsieur, c'est une grande et subtile question entre les doctes[4], de savoir si les femmes sont plus faciles à guérir que les hommes. Je vous prie d'écouter ceci, s'il vous plaît. Les uns disent que non, les autres disent que

1. LUCINDE, GÉRONTE, LÉANDRE, JACQUELINE, SGANARELLE. (1734.)

2. *A Léandre.* (1734, mais non 1773.)

3. *Sganarelle tire Géronte dans un coin du théâtre, et lui passe un bras sur les épaules pour l'empêcher de tourner la tête du côté où sont Léandre et Lucinde.* (1734.) — « Léandre déguisé en apothicaire pour parler à Lucinde, dit Aimé-Martin, est dans la même situation que le Clitandre de *l'Amour médecin* (acte III, scène VI). Le jeu de Sganarelle, qui empêche Géronte d'entendre l'entretien des deux amants, est le même que celui d'Hali dans *le Sicilien* (scène XII). »

4. Entre les docteurs. (1673, 74, 82, 1734.)

oui; et moi je dis que oui et non: d'autant que l'in-congruité des humeurs opaques qui se rencontrent au tempérament naturel des femmes étant cause que la partie brutale veut toujours prendre empire sur la sensitive[1], on voit que l'inégalité de leurs opinions dépend du mouvement oblique du cercle de la lune; et comme le soleil, qui darde ses rayons sur la concavité de la terre, trouve....

LUCINDE[2].

Non, je ne suis point du tout capable de changer de sentiments[3].

GÉRONTE.

Voilà ma fille qui parle! O grande vertu du remède! O admirable médecin! Que je vous suis obligé, Monsieur, de cette guérison merveilleuse! et que puis-je faire pour vous après un tel service?

SGANARELLE, se promenant sur le théâtre, et s'essuyant le front[4].

Voilà une maladie qui m'a bien donné de la peine!

LUCINDE.

Oui, mon père, j'ai recouvré la parole; mais je l'ai recouvrée pour vous dire que je n'aurai jamais d'autre époux que Léandre, et que c'est inutilement que vous voulez me donner Horace.

GÉRONTE.

Mais....

---

1. Sganarelle répète ici des expressions employées par Gros-René, dans son interminable raisonnement sur la femme (vers 1261 et 1262 du *Dépit amoureux*, tome I, p. 484) :

> La partie brutale alors veut prendre empire
> Dessus la sensitive.

2. LUCINDE, *à Léandre*. (1734.)
3. De sentiment. (1674, 82, 92, 97, 1710, 30, 33, 34.)
4. .... *sur le théâtre, et s'éventant avec son chapeau.* (1734.)

LUCINDE.

Rien n'est capable d'ébranler la résolution que j'ai
prise.

GÉRONTE.

Quoi...?

LUCINDE.

Vous m'opposerez en vain de belles raisons.

GÉRONTE.

Si....

LUCINDE.

Tous vos discours ne serviront de rien.

GÉRONTE.

Je.,...

LUCINDE.

C'est une chose où je suis déterminée.

GÉRONTE.

Mais....

LUCINDE.

Il n'est puissance paternelle qui me puisse obliger à
me marier malgré moi.

GÉRONTE.

J'ai....

LUCINDE.

Vous avez beau faire tous vos efforts.

GÉRONTE.

Il....

LUCINDE.

Mon cœur ne sauroit se soumettre à cette tyrannie.

GÉRONTE.

Là[1]....

---

1. La.... (1673, 74, 82, 1734.)

LUCINDE.

Et je me jetterai plutôt dans un convent[1] que d'épouser un homme que je n'aime point.

GÉRONTE.

Mais....

LUCINDE, parlant d'un ton de voix à étourdir[2].

Non. En aucune façon. Point d'affaire[3]. Vous perdez
le temps. Je n'en ferai rien. Cela est résolu.

GÉRONTE.

Ah! quelle impétuosité de paroles! Il n'y a pas
moyen d'y résister.[4] Monsieur, je vous prie de la faire
redevenir muette.

SGANARELLE.

C'est une chose qui m'est impossible. Tout ce que
je puis faire pour votre service, est de vous rendre
sourd, si vous voulez[5].

GÉRONTE.

Je vous remercie.[6] Penses-tu donc....

LUCINDE.

Non. Toutes vos raisons ne gagneront rien sur mon
âme.

GÉRONTE.

Tu épouseras Horace, dès ce soir.

---

1. Sur cette forme, alors très-fréquente, du mot, et sa prononciation, voyez
au vers 1299 du *Tartuffe*, tome IV, p. 486.

2. Cette indication n'est point dans l'édition de 1734. — LUCINDE, *avec
vivacité*. (1773.)

3. Point d'affaires. (1682, 1734.)

4. *A Sganarelle.* (1734.)

5. On se rappelle, dans le récit de Rabelais [a], cette scène de la *femme mute*
trop bien guérie : « La parole recouverte, elle parla tant et tant, que son mari
retourna au médicin pour remède de la faire taire. Le médicin répondit en son
art bien avoir remèdes propres pour faire parler les femmes, n'en avoir pour
les faire taire; remède unique être surdité du mari, contre cestui interminable
parlement de femme. »

6. *A Lucinde.* (1734.)

a Voyez ci-dessus, à la *Notice*, p. 20.

LUCINDE.

J'épouserai plutôt la mort.

SGANARELLE[1].

Mon Dieu ! arrêtez-vous, laissez-moi médicamenter
cette affaire. C'est une maladie qui la tient, et je sais le
remède qu'il y faut apporter.

GÉRONTE.

Seroit-il possible, Monsieur, que vous pussiez[2] aussi
guérir cette maladie d'esprit ?

SGANARELLE.

Oui : laissez-moi faire, j'ai des remèdes pour tout, et
notre apothicaire nous servira pour cette cure. (Il appelle
l'Apothicaire et lui parle[3].) Un mot. Vous voyez que l'ardeur qu'elle a pour ce Léandre est tout à fait contraire
aux volontés du père, qu'il n'y a point de temps à perdre,
que les humeurs sont fort aigries, et qu'il est nécessaire
de trouver promptement un remède à ce mal, qui
pourroit empirer par le retardement. Pour moi, je n'y
en vois qu'un seul, qui est une prise de fuite purgative,
que vous mêlerez comme il faut avec deux drachmes[4]
de matrimonium[5] en pilules[6]. Peut-être fera-t-elle quelque difficulté à prendre ce remède ; mais, comme vous
êtes habile homme dans votre métier, c'est à vous de
l'y résoudre, et de lui faire avaler la chose du mieux
que vous pourrez. Allez-vous-en lui faire faire un petit

---

1. SGANARELLE, *à Géronte*. (1734.)

2. Que vous puissiez. (1682, 84A, 94B, 1718, 30, 33, 34, mais non 1773.)

3. *A Léandre.* (1734.)

4. Deux dragmes. (*Ibidem.*) — Ce nom grec, *drachme* ou *dragme*, était employé par les anciens pharmaciens, comme « synonyme, dit M. Littré, du
gros ou huitième partie de l'once. »

5. Cette traduction latine du mot *mariage* donne bien, par sa physionomie,
l'idée de quelque drogue. — Dans *les Folies amoureuses* de Regnard (acte II,
scène VI) il y a un semblable jeu, à double entente, avec des termes, non de
médecine, mais de musique.

6. De matrimonium de pilules. (1682, 97, 1710, 30, 33.)

tour de jardin, afin de préparer les humeurs, tandis que j'entretiendrai ici son père ; mais surtout ne perdez point de temps : au remède, vite, au remède spécifique !

SCÈNE VII.

GÉRONTE, SGANARELLE.

GÉRONTE.

Quelles drogues, Monsieur, sont celles que vous venez de dire ? il me semble que je ne les ai jamais ouï nommer.

SGANARELLE.

Ce sont drogues dont on se sert dans les nécessités urgentes.

GÉRONTE.

Avez-vous jamais vu une insolence pareille à la sienne ?

SGANARELLE.

Les filles sont quelquefois un peu têtues.

GÉRONTE.

Vous ne sauriez croire comme elle est affolée de ce Léandre.

SGANARELLE.

La chaleur du sang fait cela dans les jeunes esprits.

GÉRONTE.

Pour moi, dès que j'ai eu découvert la violence de cet amour, j'ai su tenir toujours ma fille renfermée.

SGANARELLE.

Vous avez fait sagement.

GÉRONTE.

Et j'ai bien empêché qu'ils n'aient eu communication ensemble.

SGANARELLE.

Fort bien.

GÉRONTE.

Il seroit arrivé quelque folie, si j'avois souffert qu'ils
se fussent vus.

SGANARELLE.

Sans doute.

GÉRONTE.

Et je crois qu'elle auroit été fille à s'en aller avec lui.

SGANARELLE.

C'est prudemment raisonné.

GÉRONTE.

On m'avertit qu'il fait tous ses efforts pour lui parler.

SGANARELLE.

Quel drôle !

GÉRONTE.

Mais il perdra son temps.

SGANARELLE.

Ah ! ah !

GÉRONTE.

Et j'empêcherai bien qu'il ne la voye.

SGANARELLE.

Il n'a pas affaire à un sot, et vous savez des rubriques
qu'il ne sait pas. Plus fin que vous n'est pas bête[1].

---

1. Il y a dans les *Adelphes* de Térence (acte III, scène iv, vers 395 et suivants) un passage, qu'Aimé-Martin a pu rapprocher de celui-ci, où Syrus flatte
Demea, aussi dupe que Géronte, des mêmes compliments ironiques :

SYRUS.

Tu, quantus quantus, nil nisi sapientia es.
.... Sineres vero tu illum tuum
Facere hæc !

DEMEA.

Sinerem illum ? An non sex totis mensibus
Prius olfecissem quam ille quidquam cœperit ?

SYRUS.

Vigilantiam tuam tu mihi narras ?

« SYRUS. C'est que toi, d'un bout à l'autre de ta grande personne, tu n'es que
sens et prévoyance.... Vraiment c'est bien toi qui laisserais ton fils en venir
là ! DEMEA. Laisser mon fils...? Est-ce que, six mois à l'avance, je n'aurais pas
tout flairé ? SYRUS. C'est à moi que tu veux apprendre ta vigilance ? »

SCÈNE VIII.

LUCAS, GÉRONTE, SGANARELLE.

LUCAS.

Ah! palsanguenne, Monsieu, vaici[1] bian[2] du tinta-
marre : votte fille[3] s'en est enfuie avec son Liandre.
C'étoit lui[4] qui étoit l'Apothicaire; et velà[5] Monsieu le
Médecin qui a fait cette belle opération-là.

GÉRONTE.

Comment? m'assassiner de la façon[6]! Allons, un
commissaire! et qu'on empêche qu'il ne sorte. Ah,
traître! je vous ferai punir par la justice.

LUÇAS.

Ah! par ma fi! Monsieu le Médecin, vous serez pendu[7] :
ne bougez de là seulement.

SCÈNE IX.

MARTINE, SGANARELLE, LUCAS.

MARTINE[8].

Ah! mon Dieu! que j'ai eu de peine à trouver ce
logis! Dites-moi un peu des nouvelles du médecin que
je vous ai donné.

1. Veci. (1734, mais non 1773.)
2. Bien. (1718, et une partie du tirage de 1734.)
3. Votre fille. (1682, 94 B, 1734.) — 4. C'étoit ly. (1718.) — 5. Et vlà. (1734.)
6. De cette façon-là, comme au vers 204 du *Misanthrope*.
7. Dans la réalité, la peine capitale menaçait les auteurs de rapt et leurs
complices. Nous pourrions, à propos de ce joyeux espoir qu'exprime Lucas,
citer ici les historiens de notre législation criminelle, si ces graves autorités
n'étaient de trop dans le commentaire d'une farce.
8. MARTINE, *à Lucas*. (1734.)

LUCAS.

Le velà[1], qui va être pendu.

MARTINE.

Quoi? mon mari pendu! Hélas! et qu'a-t-il fait pour cela?

LUCAS.

Il a fait enlever la fille de notte maître.

MARTINE.

Hélas! mon cher mari, est-il bien vrai qu'on te va pendre?

SGANARELLE.

Tu vois. Ah!

MARTINE.

Faut-il que tu te laisses mourir en présence de tant de gens?

SGANARELLE.

Que veux-tu que j'y fasse?

MARTINE.

Encore si tu avois achevé de couper notre bois, je prendrois quelque consolation.

SGANARELLE.

Retire-toi de là, tu me fends le cœur.

MARTINE.

Non, je veux demeurer pour t'encourager à la mort, et je ne te quitterai point que je ne t'aie vu pendu[2].

---

1. Le vlà. (1734.)

2. Molière se souvenait-il, comme le pense Auger, d'avoir lu dans Voiture cette plaisanterie, que lui avait écrite Mlle de Rambouillet? « Voici, Mademoiselle, dit Voiture[a], où j'en étois, quand j'ai reçu votre seconde lettre, qui m'a fort adouci, en m'apprenant que vous ne desireriez pas que je fusse pendu sans que vous y fussiez. Véritablement c'est une grande marque de bonne volonté, et une preuve qu'il vous reste encore quelque tendresse pour moi, de ce que vous ne voudriez pas que cet accident m'arrivât sans que vous eussiez le plaisir de le voir. » C'est bien à ce trait de la comédie, non au mot de Voi-

a Le dernier juin 1634 : tome I, p. 233, de l'édition de M. Ubicini.

SGANARELLE.

Ah!

SCÈNE X.

GÉRONTE, SGANARELLE, MARTINE, LUCAS.

GÉRONTE[1].

Le Commissaire viendra bientôt, et l'on s'en va vous mettre en lieu où l'on me répondra de vous[2].

SGANARELLE, le chapeau à la main[3].

Hélas! cela ne se peut-il point changer en quelques coups de bâton?

GÉRONTE.

Non, non : la justice en ordonnera.... Mais que vois-je?

SCÈNE XI ET DERNIÈRE[4].

LÉANDRE, LUCINDE, JACQUELINE, LUCAS, GÉRONTE, SGANARELLE, MARTINE[5].

LÉANDRE.

Monsieur, je viens faire paroître Léandre à vos yeux, et remettre Lucinde en votre pouvoir. Nous avons eu

ture, que Mme de Sévigné a fait deux fois allusion (lettres du 15 avril 1676, tome IV, p. 406, et du 9 octobre 1680, tome VII, p. 104).

1. GÉRONTE, SGANARELLE, MARTINE.
GÉRONTE, à Sganarelle. (1734.)

2. Où l'on répondra de vous. (1697, 1710, 18, et une partie du tirage de 1734.)

3. SGANARELLE, à genoux. (1734.)

4. SCÈNE DERNIÈRE. (1673, 74, 82, 92, 97, 1730, 34.) — SCÈNE XI. (1710, 18, 33.)

5. GÉRONTE, LÉANDRE, LUCINDE, SGANARELLE, LUCAS, JACQUELINE. (1734.) — LUCAS, MARTINE. (1773.)

dessein de prendre la fuite nous deux[1], et de nous aller marier ensemble; mais cette entreprise a fait place à un procédé plus honnête. Je ne prétends point vous voler votre fille, et ce n'est que de votre main que je veux la recevoir. Ce que je vous dirai, Monsieur, c'est que je viens tout à l'heure de recevoir des lettres par où j'apprends que mon oncle est mort, et que je suis héritier de tous ses biens[2].

GÉRONTE.

Monsieur, votre vertu m'est tout à fait considérable[3], et je vous donne ma fille avec la plus grande joie du monde.

SGANARELLE[4].

La médecine l'a échappé belle!

MARTINE.

Puisque tu ne seras point pendu, rends-moi grâce d'être médecin; car c'est moi qui t'ai procuré cet honneur.

SGANARELLE.

Oui, c'est toi qui m'as procuré je ne sais combien de coups de bâton.

LÉANDRE[5].

L'effet en est trop beau[6], pour en garder du ressentiment.

SGANARELLE.

Soit:[7] je te pardonne ces coups de bâton en faveur

1. Tous deux. (1718, 34.)
2. Voyez ci-dessus, p. 20, ce qui est dit de ce dénouement dans la *Notice*.
3. Sur le jeu, sans doute traditionnel, dont l'acteur accompagne ces mots, et que Duparai, il n'y a pas très-longtemps encore, exécutait si bien, voyez ci-dessus à la *Notice*, p. 24 et 25.
4. SGANARELLE, *à part*. (1734.)
5. LÉANDRE, *à Sganarelle*. (*Ibidem*.)
6. L'effet est trop beau. (1682.)
7. *A Martine*. (1734.)

de la dignité où tu m'as élevé[1] ; mais prépare-toi désormais à vivre dans un grand respect avec un homme de ma conséquence, et songe que la colère d'un médecin est plus à craindre qu'on ne peut croire.

1. Cette réconciliation définitive, plus sincère apparemment que celle de la seconde scène de la pièce, était dans la tradition des histoires du *Vilain mire :* voyez à la *Notice*, p. 16.

FIN DU MÉDECIN MALGRÉ LUI.

APPENDICE

AU *MÉDECIN MALGRÉ LUI.*

CHANSON DE SGANARELLE, CHANTÉE PAR MOLIÈRE
à la scène v du Ier acte du *Médecin malgré lui.*

(Voyez ci-dessus, p. 55 et note 5.)

Texte de la Clef des chansonniers (1717).

L'air : *Qu'ils sont doux,*
Bouteille Mamie, etc.[1].

1. Tel est l'intitulé dans *la Clef des chansonniers;* nous avons déjà dit que
là aux paroles primitives en avaient été substituées d'autres et fort insigni-
fiantes; nous rétablissons ici sous les notes les vers de Molière, ce qui était
aisé, l'air étant tout syllabique. — Les croix dans cette notation marquent la
place d'un accent, d'un renforcement de la voix, ou d'un ornement du chant.
— La clef employée ne donne point, comme dans une partition régulière, le
diapason de la voix de Molière; s'il chantait dans ce ton, c'était à l'octave
au-dessous.

Texte du Recueil de la Comédie-Française (1753).

Le Médecin malgré lui. Lully. 1666.

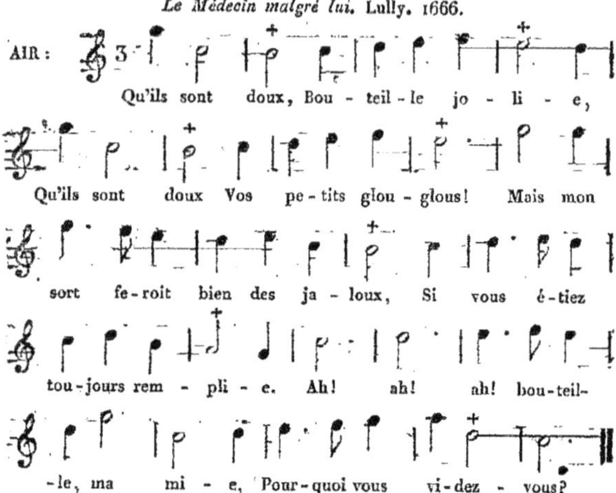

Texte du manuscrit de la Sorbonne.

Qu'ils sont doux,
Bouteille ma Mie.

MÉLICERTE

COMÉDIE PASTORALE HÉROÏQUE

REPRÉSENTÉE LA PREMIÈRE FOIS A SAINT-GERMAIN EN LAYE

POUR LE ROI

AU *BALLET DES MUSES*, EN DÉCEMBRE 1666

PAR LA

TROUPE DU ROI

NOTICE[1].

Dᴀɴs les fêtes brillantes et galantes auxquelles le *Ballet des Muses* servit de cadre, et que Louis XIV fit célébrer à Saint-Germain, depuis le 2 décembre 1666 jusqu'au 19 février de l'année suivante, trois pièces furent la contribution de Molière aux divertissements : *Mélicerte*, la *Pastorale comique* et le *Sicilien*. On lit dans le *Registre de la Grange* pour les années 1666 et 1667 : « Le mercredi 1ᵉʳ décembre [1666], nous sommes partis pour Saint-Germain en Laye, par ordre du Roi. Le lendemain, on commença le *Ballet des Muses*, où la Troupe était employée dans une pastorale intitulée *Mélicerte*, puis celle de Coridon[2]. Quelque temps après, dans le même

1. On verra, en lisant cette notice, que son véritable titre serait *Notice sur le Ballet des Muses*, c'est-à-dire sur tout l'ensemble de divertissements dans lequel étaient encadrés *Mélicerte*, la *Pastorale comique* et le *Sicilien* (qui aura néanmoins sa notice distincte), comme la *Princesse d'Élide* et trois actes du *Tartuffe* étaient compris dans *les Plaisirs de l'Ile enchantée*, sans parler des *Fâcheux* et du *Mariage forcé*, qui vinrent aussi y prendre place. Il eût donc, ce semble, été logique de mettre aussi en tête, au feuillet précédent, l'intitulé collectif de *Ballet des Muses*. Si nous ne l'avons pas fait, c'est que ce ballet n'a pas été, comme *les Plaisirs de l'Ile enchantée*, rangé, à titre de cadre, dans les premières éditions des Œuvres de *Molière*, et que nous avons cru devoir en rejeter le livret (la partie utile du moins du livret) à l'*Appendice* de la *Pastorale comique* et du *Sicilien*. A l'exemple de presque toutes les éditions antérieures, nous nous bornons à inscrire successivement les trois intitulés partiels.

2. La Grange avait d'abord écrit : « dans une pastorale intitulée *Coridon;* » il a ensuite ajouté au-dessus de la ligne : « *Mélicerte*, puis celle de. » C'est la *Pastorale comique* qu'il appelle pastorale

Ballet des Muses, on y ajouta la comédie du *Sicilien*. La Troupe est revenue de Saint-Germain le dimanche 20° février 1667. » Le *Registre* établit donc l'ordre dans lequel les trois pièces se succédèrent ; mais il ne précise pas la date de chacune d'elles. Nous ne la trouverons pas non plus dans le livret du *Ballet des Muses*.

Cependant, comme ce livret, qui seul nous a conservé quelques fragments de la *Pastorale comique*, nous paraît inséparable de l'histoire des trois pièces de Molière jouées pendant les fêtes de Saint-Germain, c'est lui que nous interrogerons d'abord sur cette histoire ; et puisqu'il ne résout pas le petit problème chronologique que le *Registre de la Grange* laisse indéterminé, nous en chercherons ailleurs l'éclaircissement.

L'idée et le plan du *Ballet des Muses*, que l'abbé de Marolles, longtemps avant les fêtes de 1666, semble avoir suggérés[1], sont dus à Bensserade, au moins très-probablement ; il est certain qu'il en avait écrit les chansons, ainsi que les vers sur la personne et le personnage de ceux qui y dansaient. Ce qui n'est pas de lui, ce sont les petites comédies qu'on intercala dans le ballet ; il avait dû seulement en marquer la place. L'une d'elles, intitulée *les Poëtes*, est d'un auteur dont on nous a laissé ignorer le nom ; les autres sont celles que nous venons de nommer comme appartenant à Molière.

On sait que le *livre* de chaque ballet, qui en était comme le programme détaillé, expliquant les *entrées* et donnant les vers des *récits*, était distribué aux spectateurs, et quelquefois vendu ensuite au public[2].

« de Coridon, » du nom du berger qui est le héros du petit roman de la pièce et dont le rôle lui avait été donné.

1. Voyez aux pages 191 et suivantes de la *Suite des Mémoires* de Michel de Marolles, 1 volume in-folio, à Paris, chez Antoine de Sommaville, MDCLVII.

2. Voyez au tome II, p. 208, des *Contemporains de Molière*, de M. Victor Fournel. Le passage auquel nous renvoyons est dans l'*Histoire du ballet de cour* (p. 173-221), étude intéressante que recommande aux lecteurs de Molière la part prise par lui aux ballets royaux.

Le livret ou *livre* du *Ballet des Muses* est venu jusqu'à nous dans plusieurs états différents, dont il convient de parler ici. Nous ne voyons pas qu'on les ait encore fait connaître complétement. Là cependant se trouve l'explication de quelques difficultés qui se sont rencontrées au sujet de la place à donner à *Mélicerte* dans le ballet. Il n'est pas inutile d'ailleurs de savoir à quoi s'en tenir sur ce livret, dont nous reproduirons le texte[1], à la suite des fragments qu'il contient de la *Pastorale comique* et du *Sicilien*, qui y est analysé. Nous le donnerons sous sa dernière forme; mais il faut savoir ce qu'il était avant qu'il l'eût reçue.

Les divers exemplaires que nous avons vus du livret portent tous le même titre : *Ballet des Muses. Dansé par Sa Majesté à son château de Saint-Germain en Laye, le 2ᵉ décembre 1666*[2]; tous ont ce même millésime de 1666. Ce livret a été pourtant remanié plusieurs fois, après les changements successifs que les divertissements ont subis, et qui, pour ne parler du moins que de ceux dont il reste des traces, sont de l'année suivante. Robinet, dans sa *Lettre en vers à Madame*, datée du 20 février 1667, au moment où les fêtes venaient de finir, a pu dire avec vérité que le ballet avait changé

> . . . . encor beaucoup plus
> De visages que *Protéus*.

Le livret aussi se fit Protée et se transforma, sans toutefois prendre jamais un nouveau titre. Il fut d'abord mis en vente dès les premiers jours des fêtes, comme Robinet l'atteste dans sa lettre du 12 décembre 1666, écrite le 11, où il avertit ainsi les curieux :

> . . . . Pour de ce noble spectacle
> Concevoir bien mieux la beauté,
> Je leur conseille en vérité
> D'aller, pour livre ou demi-livre,
> En acheter le galant livre,

1. Voyez ci-après, à la suite du *Sicilien*.

2. A Paris, par Robert Ballard, seul imprimeur du Roi, pour la musique, M DC LXVI. *Avec privilége de Sa Majesté.*

> Que le substitut d'Apollon [1]
> . . . .
> En a fait à son ordinaire.

Après un témoignage si positif, on ne pouvait révoquer en
doute l'existence d'une rédaction dans laquelle avait été décrit le ballet, tel qu'il fut représenté au commencement de
décembre 1666; mais jusqu'ici on n'avait pas, que nous sa-
chions, retrouvé « le galant livre » dans ce premier état.
Notre Bibliothèque nationale le possède cependant. Que ce
soit celui-là même, nous le regardons comme certain; on va
pouvoir en juger.

Quel était le *Ballet des Muses* dans sa première représentation? La *Gazette* du 4 décembre 1666[2] nous l'apprend :

« De Saint-Germain en Laye, le 4 décembre 1666.

« Le 2 du courant, fut ici dansé pour la première fois, en
présence de la Reine, de Monsieur et de toute la cour, le *Ballet
des Muses*, composé de treize entrées : ce qui s'exécuta avec
la magnificence ordinaire dans les divertissements de Leurs
Majestés. Il commence par un dialogue de ces divinités du
Parnasse, en l'honneur du Roi; et tous les Arts, que l'on voit
si bien refleurir par les soins de ce grand monarque, étants
venus les recevoir, se déterminent à faire en l'honneur de chacune d'elles une entrée particulière. Dans la première, pour
Uranie, on représente les sept Planètes. Dans la seconde,
pour Melpomène, on fait paroître l'aventure de Pyrame et de
Thisbé, désignés par le comte d'Armagnac et le marquis de
Mirepoix. La troisième est une pièce comique, en faveur de
Thalie. La quatrième, pour Euterpe, est composée de bergers
et de bergères; et Sa Majesté, pour s'y délasser, en quelque
façon, de ses travaux continuels pour l'État, y représente l'un
de ces pasteurs, accompagné du marquis de Villeroy, ainsi que
Madame (*y représente*) l'une des bergères, aussi accompagnée
de la marquise de Montespan et des damoiselles de la Vallière

---

1. C'est Bensserade, et il est nommé en marge.
2. Pages 1239 et 1240.

et de Toussi[1]. Dans la cinquième, pour Clio, se voit la bataille donnée entre Alexandre et Porus; et la sixième, en faveur de Calliope, est dansée par cinq poëtes. Dans la septième, qui est accompagnée d'un récit, paroît Orphée, qui, par les divers tons de sa lyre, inspire la douleur et les autres passions à ceux qui le suivent. La huitième, pour Érato, est dansée par six amants, entre lesquels Cyrus est désigné par le Roi, et Polexandre par le marquis de Villeroy. La neuvième, pour Polemnie, est composée de trois philosophes et de deux orateurs, représentés par les comédiens françois et italiens. La dixième est de quatre Faunes et d'autant de femmes sauvages, en faveur de Terpsicore, avec un très-beau récit; et dans l'onzième il se fait une danse des plus agréables par ces Muses et les filles de Piérus, représentées par Madame, avec les filles de la Reine, de Son Altesse Royale, et d'autres dames de la cour. La douzième est composée de trois nymphes qu'elles avoient choisies pour juger de leur dispute; et, dans la dernière, Jupiter vient punir les Piérides, pour n'avoir pas reçu le jugement qui avoit été prononcé : toutes ces entrées étants si bien concertées et exécutées qu'on ne peut rien voir de plus divertissant. »

Il serait superflu d'appuyer cette citation de celle de la lettre en vers de Robinet, en date du 12 décembre, dont nous avons tout à l'heure extrait l'annonce de la vente du livret. Cette lettre, qui explique aussi les treize entrées, ne fait que confirmer, sans y rien ajouter, le compte rendu de la *Gazette*. Bornons-nous à en citer le passage où il est parlé, dans la troisième entrée, de la pièce de Molière :

> Thalie, aimant plus sagement[2]
> Ce qui donne de l'enjouement,
> Est comiquement divertie
> Par une belle comédie,
> Dont *Molière*, en cela docteur,
> Est le très-admirable auteur.

Si l'exemplaire tout à l'heure mentionné du livret, qui est

1. Fille de la maréchale de la Mothe. Mlle de Toussi épousa, en novembre 1669, le duc d'Aumont.

2. Plus sagement que Melpomène, en l'honneur de qui était l'entrée précédente.

évidemment le plus ancien de tous ceux que nous avons eus
sous les yeux, est comparé avec l'article de la *Gazette* et la
Lettre à Madame, on trouvera que tout concorde. Il renferme
aussi les treize entrées. Dans la troisième, où la *Pastorale comique* a été plus tard insérée, on lit seulement : « Thalie, à qui
la comédie est consacrée, a pour son partage une pièce comique représentée par les comédiens du Roi, et composée par
celui de tous nos poëtes qui, dans ce genre d'écrire, peut le
plus justement se comparer aux anciens[1]. » Ces lignes ont été
conservées dans les exemplaires postérieurement remaniés ;
mais elles y sont suivies de la désignation et de l'analyse, qui
manquent ici, de la pièce comique. Il est à remarquer que
la *Gazette* du 4 décembre et la lettre de Robinet, qui parlent
aussi de la comédie de Molière, ne le font pas moins vaguement que la première impression du livret, et se contentent
de même du nom de « pièce comique » ou de « comédie. »

Pour la sixième entrée, qui, de même que la troisième, fut
plus tard modifiée, l'exemplaire dont nous parlons n'est pas
moins d'accord avec les comptes rendus de la *Gazette* et de
Robinet, datés du 4 et du 12 décembre 1666. Il met semblablement dans cette entrée de Calliope les cinq Poëtes dansants, au lieu de la petite comédie des *Poëtes* qui encadre
la *Mascarade espagnole*, et qu'on y introduisit depuis :

« Pour Calliope, mère des beaux vers, cinq poëtes, de différents caractères, dansent la sixième entrée.

Cinq poëtes.

M. Dolivet[2].
Poëtes sérieux : le sieur Mercier et Broüard.
Poëtes ridicules : le sieur Pesan et le Roy[3]. »

Il ne manque donc rien à la parfaite conformité de cette
impression du *livre* avec ce qu'ailleurs nous avons appris des
divertissements du 2 décembre ; c'est la seule dont on en puisse

---

1. Le livret a ici en marge : *Molière et sa troupe.*

2. Dans tous les exemplaires de livrets qui donnent, pour cette
entrée, les *cinq Poëtes*, manque l'indication du caractère particulier
qu'avait le premier poëte représenté par *Monsieur Dolivet.*

3. Lisez : « et le sieur Broüard,... et le sieur le Roy. »

dire autant, la seule qui puisse avoir été mise en vente d'aussi
bonne heure que le dit Robinet.

Cette impression a quarante pages. La treizième et dernière entrée est à la page 16. Les *Vers sur la personne et le
personnage de ceux qui dansent au Ballet* commencent à la
page 17, et finissent à la page 40.

Faisons connaître un second état du livret. Il nous est donné
par un autre exemplaire appartenant aussi à la Bibliothèque
nationale. Le texte n'en diffère pas de celui du précédent
jusqu'à la troisième entrée, où est insérée la *Pastorale comique*,
dont l'analyse et les fragments, qui commencent à la page 7,
finissent à la page 18. A partir de la page 19, où se trouve
la quatrième entrée, il n'y a plus rien qui pour le texte offre
des différences avec l'exemplaire précédent. On peut remarquer seulement que la page qui suit la page 20, porte le
chiffre 9, au lieu de 21, et que la pagination continue ainsi,
de façon que la dernière page porte le chiffre 40, comme
le premier exemplaire dont nous venons de parler, quoique ce
second soit en réalité de 52 pages. Il semble donc qu'on ait
tout simplement ici, pour faire l'économie d'une nouvelle composition, réuni aux feuilles remaniées les feuilles de la première impression. Cependant, s'il en est ainsi, il faut qu'il
y en ait eu plusieurs tirages, plus ou moins modifiés; car, en
comparant les pages correspondantes des deux exemplaires
dont il s'agit, on reconnaît quelques différences typographiques.
Les caractères employés ne sont pas toujours les mêmes, et à la
page 13, dans la neuvième entrée, le premier exemplaire a mis
deux fois «orateurs grecs », pour « orateurs latins », et « philosophes latins », pour « philosophes grecs », faute corrigée dans
le second. Ces remarques minutieuses, qu'il serait aisé, mais
inutile, de multiplier, il y a lieu de les renouveler dans l'examen comparé de la plupart des autres exemplaires que nous
aurons encore à citer. Elles ne permettent pas de croire que
les imprimeurs aient toujours conservé la même composition
dans toutes les pages où il n'y avait pas de modifications du
Ballet à introduire. Le livret a été plusieurs fois réimprimé,
avec plus ou moins de changements, dans toutes ses parties.

Nous avons dit que si la pagination du second exemplaire
eût été régulière, il eût fini à la page 52. C'est précisément

ce que nous trouvons dans un troisième, qui ne diffère du second que par la régularité rétablie dans la pagination et par quelques autres particularités typographiques [1].

Nous ne comptons encore, dans ce que nous avons dit jusqu'ici, que deux états du livret, distingués l'un de l'autre par l'omission, dans le premier état, du nom de la comédie de Molière; par l'indication et l'analyse, dans le second, de la *Pastorale comique*.

Un quatrième exemplaire, qui est, comme les précédents, à la Bibliothèque nationale, nous donne un état nouveau semblable au second et au troisième exemplaire jusqu'à la sixième entrée; là, aux « cinq Poëtes » dansants il substitue « *les Poëtes*, petite comédie, » avec la *Mascarade espagnole*. La page 36 finissant la treizième entrée, la page 37 devrait, comme la page 29 du troisième exemplaire, commencer les *Vers sur la personne et le personnage de ceux qui dansent au Ballet;* mais ils sont entièrement omis et remplacés par une quatorzième entrée, bien qu'on ait laissé au bas de la page 36 les mots : « Treizième et dernière entrée. »

L'entrée nouvelle, ajoutée aux treize du ballet primitif, est remplie par *le Sicilien*, par une analyse du moins de la pièce, qui va jusqu'à la page 47, la dernière de ce livret, où nous trouvons le Ballet au troisième état [2]. On voit que, malgré les additions, il a cinq pages de moins que l'exemplaire qui représente cet état précédent : c'est qu'il ne donne pas, nous l'avons dit, les vers de la fin.

Nous en avons fini à peu près avec les métamorphoses du *Protée*, pas tout à fait pourtant. Au tome IV d'un recueil de ballets que possède également la Bibliothèque nationale, se

1. Nous avons rencontré cet exemplaire de 52 pages, régulièrement paginé, à la Bibliothèque nationale et à la Bibliothèque de l'Arsenal.

2. A parler exactement, c'est du livret, non du Ballet, que nous trouvons trois états. Le Ballet, comme on va le voir, a subi plus de deux changements. Si même on néglige ceux qui paraissent avoir été très-peu importants, la comédie des *Poëtes* et celle du *Sicilien* furent deux nouveautés qu'on n'introduisit que l'une après l'autre, bien qu'elles nous soient données pour la première fois dans la même impression du livret.

trouve un livret du *Ballet des Muses* qui, à ne prendre d'a-
bord garde qu'aux 47 pages où il donne l'explication des
entrées et les *récits*, est, de tous points, identique avec le dernier dont nous avons parlé. Il ne serait donc pas à mentionner,
si, après la page 47 et le verso blanc qui la suit, n'avaient été
ajoutés les *Vers sur la personne et le personnage de ceux qui
dansent au Ballet*. Ces pages supplémentaires ne continuent
pas la pagination de celles auxquelles on les a réunies, car
elles commencent au chiffre 29, et non, comme il eût fallu,
au chiffre 49. De la page 29 à la page 52, tout est d'accord
avec l'exemplaire que nous avons décrit le troisième, et l'on
semble bien s'être borné à joindre à la nouvelle impression
les feuilles d'une impression précédente, sans en avoir changé
la pagination ; ce ne seraient pas, il est vrai, celles de notre
troisième exemplaire, car il y a des différences typographiques : ce seraient des feuilles empruntées à quelque autre
réimpression. En résumé, il n'y aurait rien ici de nouveau à
signaler, si tout finissait à la page 52 ; mais il y a soixante
pages ; et ce que renferment les huit dernières ne s'était
pas encore rencontré dans les exemplaires précédents. Aux
pages 53-56, celui-ci nous donne des vers se rapportant à
une *Entrée des Espagnols et Espagnoles ;* aux pages 57-60,
des vers qui sont pour une *Entrée des Maures*. Bien que l'on
n'indique pas dans lesquelles des quatorze entrées ces vers
devaient trouver place, on voit facilement que les premiers
ont été faits pour la sixième, où la *Mascarade espagnole*
était insérée dans la comédie des *Poëtes*, et les seconds pour
la quatorzième entrée, celle du *Sicilien*.

Cette nouveauté n'est peut-être pas suffisante pour faire
reconnaître encore un nouvel état du Ballet ; c'est du moins un
complément du dernier de ceux que nous avons constatés.
Il est d'ailleurs sans importance pour nous, qui ne cherchons
ici que Molière. Les vers ajoutés, sans doute à un dernier
moment des fêtes, ne se trouvent pas dans les œuvres de
Bensserade[1] ; ils sont pourtant bien de sa manière et dans

1. Voyez les *OEuvres de Monsieur de Bensserade*, 2 volumes in-12,
à Paris, chez Charles de Sercy..., MDCXCVII. Le *Ballet royal des*

son goût; et ceux qui sont pour LE ROI, Monsieur le Grand
et le marquis de Villeroy, *Maures;* pour MADAME, Mlle de la
Vallière, Mme de Rochefort et Mlle de Brancas, *Mauresques,*
bien qu'ayant rapport à l'entrée du *Sicilien,* ne sauraient être
attribués à Molière, dont ce n'est ni le tour d'esprit, ni la
langue. On ne les trouvera pas ci-après dans le *Ballet,* non
plus que les autres qui servent comme d'appendice aux 47
pages du livret définitif, les seules que nous ayons cru utile
de mettre sous les yeux des lecteurs de Molière. Il n'y aurait
eu à conserver que les vers pour la troisième entrée, parce
qu'ils sont pour la personne de notre poëte. Il suffit de les
citer ici :

IIIᵉ ENTRÉE.

Comédie. — Molière et sa troupe.

Pour Molière.

Le célèbre *Molière* est dans un grand éclat :
Son mérite est connu de Paris jusqu'à Rome.
Il est avantageux partout d'être honnête homme,
Mais il est dangereux avec lui d'être un fat[1].

L'examen que, d'après les livrets, nous venons de faire du
Ballet des Muses, dans ses états différents, prouve que les
pièces de Molière n'y ont jamais eu place que dans la troisième et la quatorzième entrée. Les auteurs de l'*Histoire du
théâtre françois,* croyant sans doute que la *Pastorale comique*
avait été donnée, dès les premières représentations, dans la
troisième entrée, et ne sachant plus où mettre *Mélicerte,*
ont supposé[2] que cette dernière comédie avait appartenu à
l'entrée suivante, en l'honneur d'Euterpe ; mais cette quatrième entrée, au témoignage du livret, a de tout temps été
remplie par des danses et chants de bergers et de bergères,
qui n'ont rien à voir avec notre Pastorale héroïque. Le fait
hors de doute est que la *Pastorale comique* remplaça un jour,

Muses, ne renfermant que les vers pour la personne et le personnage des danseurs, y est aux pages 357-377 du tome II.

1. Un sot, un ridicule.

2. Tome X, p. 135.

dans la troisième entrée, *Mélicerte*, retirée par l'auteur. A quelle date ? c'est la *Gazette* qui va nous en informer.

Suivons dans ce journal les vicissitudes du *Ballet*. Il ne paraît pas que le 5 décembre il y ait encore eu rien de changé.

« De Saint-Germain en Laye, le 10 décembre 1666.

« Le 5 de ce mois, la cour eut, pour la deuxième fois, le divertissement du *Ballet des Muses*, qui fut suivi d'une magnifique collation [1]. »

Mais avant la fin du mois, le Ballet n'était déjà plus tout à fait le même :

« De Saint-Germain en Laye, le 23 décembre 1666.

« Le *Ballet des Muses* continue d'être ici le divertissement de la cour, depuis que l'on y a fait quelques changements, et ajouté d'autres choses, qui le rendent encore plus agréable [2]. »

De ces changements et additions le livret n'ayant gardé aucune trace, il ne s'agissait sans doute que de quelques nouveaux détails sans importance. Voici une modification plus intéressante, constatée au mois de janvier suivant :

« De Saint-Germain en Laye, le 7 janvier 1667.

« Le 5, les réjouissances (*celles de la naissance d'une fille du Roi*) en furent continuées par le *Ballet :* lequel divertit d'autant plus agréablement la cour, qu'on y avoit ajouté une pastorale des mieux concertée [3]. »

Cette pastorale, étant alors une nouveauté qu'on avait ajoutée, ne saurait être le chœur des bergers et des bergères de la quatrième entrée, dont la *Gazette* du 4 décembre avait déjà parlé. Il est clair que c'est la *Pastorale comique* de Molière. La date de la première représentation de cette pièce se trouve donc fixée au 5 janvier 1667.

Après cette date, on embellit encore de plusieurs agréments le *Ballet des Muses*.

1. *Gazette* du 11 décembre 1666, p. 1263.
2. *Gazette* du 24 décembre 1666, p. 1319.
3. *Gazette* du 8 janvier 1667, p. 35.

« De Saint-Germain en Laye, le 28 janvier 1667. .

« Le 25, on continua le divertissement du *Ballet des Muses*, avec de nouveaux embellissements, entre lesquels étoit une Entrée espagnole, qui fut trouvée des mieux concertées et des plus agréables [1].... »

Il s'agit de la *Mascarade espagnole* que le livret place dans la sixième entrée, à la scène III de la comédie des *Poëtes*, jouée par la troupe royale de l'Hôtel de Bourgogne.

« De Saint-Germain en Laye, le 4 février 1667.

« Le 31, la cour prit derechef le divertissement du *Ballet*, qui paroît toujours nouveau et de plus en plus agréable par les scènes qu'on y ajoute et les autres embellissements des mieux concertés [2]. »

Nous sommes porté à croire que les scènes ajoutées le 31 janvier sont celles de la comédie des *Poëtes*, et que la *Mascarade espagnole* en avait été d'abord indépendante. Il se pourrait cependant que l'une et l'autre eussent été données ensemble dès le 25. C'est ici une question de peu d'intérêt.

Ce qui resterait encore à citer de la *Gazette*, réservons-le pour la *Notice* du *Sicilien*, dont nous aurons aussi à chercher la date. Celle du 5 janvier 1667, que nous avons assignée à la *Pastorale comique*, est confirmée par le témoignage de Robinet, dans sa lettre en vers du 9 janvier, où il parle assez plaisamment de la naissance de la jeune princesse, qui fit laisser là le Ballet au « cher papa » :

> Mercredi, le cas est certain,
> Le Ballet fut[3] des mieux son train,
> Mélangé d'une *Pastorale*
> Qu'on dit tout à fait joviale,
> Et par *Molière* faite exprès,
> Avecque beaucoup de progrès.

Ce mercredi d'avant le dimanche 9 janvier était le 5 : c'est la même date que nous avons trouvée dans la *Gazette* pour

1. *Gazette* du 29 janvier 1667, p. 108.
2. *Gazette* du 5 février 1667, p. 131.
3. C'est-à-dire « alla ».

la représentation de la « pastorale des mieux concertée. »
Ce que la *Gazette* n'avait pas fait, Robinet annonce expressément cet ouvrage comme celui de Molière. Il est étrange avec son *progrès*, dont, au reste, il n'avait pu juger par lui-même : il est vrai que le mot n'est là sans doute que pour la rime. Les personnes à qui *Mélicerte* avait paru surpassée, devaient être de celles qui trouvent *tout nouveau tout beau.*

Il est donc prouvé surabondamment que *Mélicerte* et la *Pastorale comique* ont été représentées l'une et l'autre dans la troisième entrée, non pas ensemble, mais successivement : *Mélicerte* le 2 décembre 1666 ; la *Pastorale* le 5 janvier 1667, et probablement aussi dans la reprise que la *Gazette* du 22 octobre 1667 rapporte en ces termes : « Le 18 et le 20 de ce mois, le Roi prit (*à Saint-Germain*) le divertissement d'un ballet tiré des plus belles entrées de celui des *Muses*, accompagnées de récits, de concerts et de tous les autres agréments ordinaires. »

Pourquoi cette *pastorale héroïque* de *Mélicerte*, qui avait été assez goûtée pour que Robinet la nommât « une belle comédie, » fit-elle une apparition si courte? Pourquoi Molière l'avait-il remplacée par une autre bergerie, dont les débris conservés donnent à croire qu'elle ne valait pas la première, et que, jetée dans le même moule que tant d'autres de ce genre, elle était d'une fadeur médiocrement relevée par un comique assez bizarre? On ne peut beaucoup s'étonner qu'il se fût dégoûté du roman héroïque de *Mélicerte*, et qu'il eût saisi l'occasion de le laisser là pour reverdir, ne l'ayant pas conduit jusqu'au dénouement en temps utile. Peut-être alors eut-il l'idée d'y substituer *le Sicilien*, et, en attendant qu'il trouvât le loisir d'exécuter son nouveau dessein, se hâta-t-il de fournir, pour la place vide, quelques scènes provisoires.

Il est assurément regrettable qu'un tel génie ait eu si souvent à produire, sur commande, de petits ouvrages composés en toute hâte pour satisfaire à l'impatience royale, et dont il fallait accommoder le sujet aux galanteries frivoles des ballets; mais sa complaisance était la rançon nécessaire de tant d'œuvres hardies : c'était à ce prix que pouvait être ménagée une faveur dont elles avaient besoin. A quoi bon même cette explication? Loin que le chef des comédiens du Roi eût pu vouloir se dispenser de payer son tribut aux amusements de la cour, quel est le poëte, le prince, le grand seigneur, la dame de cour, qui ait échappé à une obligation dont la présence du monarque, non-seulement parmi les spectateurs, mais parmi les personnages chargés d'un rôle muet, faisait un glorieux privilége? Sous les règnes précédents, au reste, on avait déjà vu ces mascarades royales, où les princes étaient mêlés aux comédiens, et dont tout poëte de théâtre était nécessairement tributaire. Puisque l'impôt levé sur le génie de Molière était inévitable, n'insistons pas sur des regrets que lui-même sans doute n'eut guère, et admirons les ressources infinies, la facilité, la souplesse de son esprit lorsque, forcé de travailler en décorateur de fêtes, d'associer son art à celui des Bensserade et des Lully, il a su, d'un pinceau rapide, laisser sa marque inimitable dans la plupart au moins de ces légers à-propos, tous singulièrement variés. A côté des trois pièces par lesquelles il contribua aux agréments des grandes fêtes de Saint-Germain en 1666 et 1667, et dont une, *le Sicilien*, est des plus heureusement originales, comptons toutes celles que, soit avant, soit après, il improvisa également pour les divertissements de la cour, et où il dut admettre le mélange des ballets et de la musique : *les Fâcheux, le Mariage forcé, la Princesse d'Élide, l'Amour médecin;* puis *George Dandin, Monsieur de Pourceaugnac, les Amants magnifiques, le Bourgeois gentilhomme, Psyché, la Comtesse d'Escarbagnas.* Si ce sont là, pour la plupart, des pièces brochées, qui en eût broché de semblables? N'y a-t-il pas à s'étonner que, dans des amusements qui semblaient devoir être bagatelles d'un jour, la vraie comédie se soit, tant de fois, fait sa place, et que tout cela ait été bien loin de s'éteindre avec les illuminations de Vaux, de Versailles, de Saint-Germain et de Chambord? *Le Malade imaginaire* ne fut-il pas d'abord, en projet, un divertissement de cour? *Le Tartuffe* lui-même, on ne peut l'oublier, se montra primitivement au milieu des *Plaisirs de l'Ile enchantée;* mais il faut le mettre à part, parce que, s'il s'est glissé parmi les fêtes, et comme à leur abri, il n'y était pas attendu, et se trouvait certainement en dehors de leur programme.

Molière, après tout, a tiré assez bon parti de la tâche imposée. Il faut répéter d'ailleurs que très-probablement ces corvées exigées de sa Muse ne lui déplaisaient pas trop. Nous penserions plutôt que, malgré toute sa supériorité sur les poëtes et les musiciens, ses coopérateurs, mis, avec lui, en réquisition par les fantaisies royales, comme eux cependant, avec les sentiments qui étaient ceux de tous les contemporains, il trouvait plaisir et honneur à avoir pour théâtres de ses ouvrages ces belles salles des palais, quelquefois ces jardins splendides [1], où le Roi se montrait tantôt en paladin, tantôt en dieu de la Fable, Neptune, Apollon ; où l'on admirait les Montespan et les la Vallière

. . . . conduites par l'Amour,

. . . .
Dansant avec Louis sous des berceaux de fleurs [2].

Seulement tout cet éclat, qui nous laisse à nous-mêmes une impression poétique, ne devait pas empêcher que le poëte ne sentît son talent plus libre sur la scène du Palais-Royal; que, tout en étant flatté d'être mêlé, avec ses camarades, aux plus nobles et même aux plus augustes figurants des fêtes, il n'éprouvât parfois quelque impatience, quand le faux goût de ces pompes mythologiques ou féeriques et de ces galanteries d'opéra l'éloignait de sa route si franche, et quand la précipitation forcée du travail ne lui permettait pas de mettre la dernière main à de premières ébauches.

On se souvient de cette comédie de *la Princesse d'Élide*, dont Marigny a dit spirituellement qu'elle « n'avoit eu le temps que de prendre un de ses brodequins, et qu'elle étoit venue donner des marques de son obéissance un pied chaussé et l'autre nu [3]. » Encore, dans cet équipage, que Molière ne voulut point prendre la peine plus tard de rendre moins irrégulier, n'était-elle pas demeurée en chemin. Un peu boiteuse, il l'avait pourtant fait arriver, tant bien que mal, moitié en vers, moitié en prose. Il fut pour *Mélicerte* plus insouciant encore. Ayant manqué de temps pour la mener d'abord

1. A Versailles, dans la fête des *Plaisirs de l'Ile enchantée*.
2. Voltaire, *le Russe à Paris*, vers 28 et 31.
3. Voyez au tome IV, p. 256.

jusqu'au bout, il n'alla pas la reprendre où il l'avait quittée.
Elle resta comme elle était, avec ses deux actes en vers, joués
à Saint-Germain, qui ne faisaient que commencer à nouer
l'action. Dans cet état de pièce inachevée, elle a été recueillie
par les éditeurs de 1682, qui avertissent que « Sa Majesté
en ayant été satisfaite pour la fête où elle fut représentée, le
sieur de Molière ne l'a point finie[1]. » Dès que le Roi donnait
quittance de l'ouvrage, l'ouvrier, content lui-même, ne demandait pas mieux que de se tenir pour libéré.

Nous n'appliquerons pas à *Mélicerte* les paroles de Virgile :

> . . . . *Pendent opera interrupta, minæque*
> *Murorum ingentes*[2];

l'édifice n'est pas si grand. Ceux qui ne lisent pas cette comédie pastorale ont tort cependant. On y trouve des passages
qui ne sont pas à dédaigner; et, comme M. Villemain l'a dit[3],
à propos d'une bergerie de Shakspeare, « c'est un genre faux,
agréablement touché par un homme de génie. » Un ouvrage
si étranger au goût de l'auteur et si improvisé mérite encore
l'attention, comme une preuve, entre tant d'autres, que le
talent de Molière savait prendre les formes les plus diverses.
Les premières scènes ont de la grâce avec leur dialogue coupé
symétriquement en vers, hémistiches, ou couplets égaux qui
se répondent à la façon de ces chants que les anciens nommaient *amœbéens*, et dont on a des exemples si connus dans
leurs églogues, ainsi que dans une des plus charmantes odes
d'Horace[4]. L'idylle était un poëme bien artificiel dans notre
dix-septième siècle et à la cour de Louis XIV. De ces berge-
ries de carnaval et de cour Molière devait un peu rire tout
bas. Sous sa plume toutefois sont ici venus, sans effort et
comme en courant, quelques vers de vrai poëte; ceux-ci, par

1. Voyez la dernière note de la pièce, ci-après, p. 185.

2. *Énéide*, livre IV, vers 88 et 89. « On voit pendre l'œuvre interrompue et la menaçante hauteur des murailles. »

3. *Études de littérature ancienne et étrangère* (édition de 1846),
p. 277.

4. La IXe du livre III : *Donec gratus eram*.

exemple, lorsque Myrtil offre à Mélicerte la cage et le petit
moineau :

> Le présent n'est pas grand ; mais les divinités
> Ne jettent leurs regards que sur les volontés ;
> C'est le cœur qui fait tout[1]....

On put voir que les éditeurs de 1682 n'avaient pas mal fait
de sauver de l'oubli d'aussi jolis vers, lorsque, trois ans après
l'impression qu'ils donnèrent de la pièce, et qui fut la première de toutes, la Fontaine publia cette autre idylle, si déli-
cieuse, de *Philémon et Baucis*, dans laquelle il avait mis ces
vers à profit et s'en était approprié un hémistiche :

> Ces mets, nous l'avouons, sont peu délicieux ;
> Mais quand nous serions rois, que donner à des dieux ?
> C'est le cœur qui fait tout....

Si l'on doutait qu'il y ait eu imitation, il y a eu du moins
réminiscence ; et ne crût-on qu'à une rencontre, par cela même
encore le passage de *Mélicerte* se trouve loué.

Nous pouvons noter encore, dans le rôle de Lycarsis, une
allusion très-ingénieuse à la fête même où parut *Mélicerte*
et à celui qui était l'auguste héros de cette fête. Un peu
moins de quatre ans plus tard, en 1670, Racine plaça de
même dans sa *Bérénice* [2] un portrait, qui est à comparer, de
Louis XIV, entouré aussi de toute sa cour, au milieu d'une
nuit de splendeurs ; là tout est d'une noblesse d'épopée ou de
tragédie :

> Cette pourpre, cet or que rehaussoit sa gloire,
>
> . . . .
>
> Tous ces yeux qu'on voyoit venir de toutes parts
> Confondre sur lui seul leurs avides regards ;

et les derniers traits du tableau qui sont d'une souveraine majesté :

> En quelque obscurité que le sort l'eût fait naître,
> Le monde, en le voyant, eût reconnu son maître.

1. Acte II, scène III, vers 389-391.
2. Acte II, scène III, vers 301-316 (tome II, p. 387 et 388).

Molière n'avait pas à faire, comme Racine, une élégie ayant pour théâtre un palais ; avec ses princes qui s'ignorent, il était resté parmi les bergers : il ne le prend donc pas sur un ton si haut, sachant bien qu'il n'avait pas à emboucher la trompette au milieu d'une églogue. Son petit tableau de la cour et son portrait du Roi n'ont pas les couleurs que leur a données l'auteur de *Bérénice;* mais, en demeurant tels que les demandaient le léger sujet et la muse comique, ils nous semblent aussi parfaits dans leur genre différent. Le Prince n'y paraît pas moins grand, malgré le tour plus familier de l'éloge ; et le brillant essaim d'adorateurs qu'il attire dans la lumière de sa gloire est bien agréablement montré, avec la fine touche de satire où l'on retrouve le railleur si redoutable aux marquis :

> Ce ne sont que seigneurs, qui des pieds à la tête
> Sont brillants et parés comme au jour d'une fête ;
> Ils surprennent la vue; et nos prés au printemps
> Avec toutes leurs fleurs sont bien moins éclatants.
> Pour le Prince, entre tous sans peine on le remarque,
> Et, d'une stade[1] loin, il sent son grand monarque;
> Dans toute sa personne il a je ne sais quoi
> Qui fait d'abord juger que c'est un maître roi.
> Il le fait d'une grâce à nulle autre seconde;
> Et cela, sans mentir, lui sied le mieux du monde.
> On ne croiroit jamais comme de toutes parts
> Toute sa cour s'empresse à chercher ses regards :
> Ce sont autour de lui confusions plaisantes,
> Et l'on diroit d'un tas de mouches reluisantes
> Qui suivent en tous lieux un doux rayon de miel[2].

N'est-ce pas charmant ? et peut-il y avoir plus d'élégance dans l'apparente négligence ?

Mélicerte est intitulée *Comédie pastorale héroïque.* C'était pour les derniers actes, ceux qui n'ont pas été faits, que l'héroïque était réservé. Jusque-là il ne fait que s'annoncer. Le Roi vient chercher Mélicerte et révéler de quel sang elle est née. Il est déjà clair que cette bergère va être reconnue

1. Voyez ci-après, p. 160, la note sur le vers 134.
2. Acte I, scène III, vers 129-143.

princesse, et que le jeune berger Myrtil sera trouvé de
même sang qu'elle. Nous sommes en plein roman de Mlle de
Scudéry. Molière, en effet, avait pris son sujet dans *le Grand
Cyrus*, où Sésostris, fils d'Apriès, roi d'Égypte détrôné, et
Timarète, fille de l'usurpateur Amasis, sont élevés parmi les
pasteurs, s'aiment fatalement, par sympathie de noble race, et
finissent par s'épouser, lorsque le secret de leur naissance est
découvert[1]. On voit, dans ce que nous avons de *Mélicerte*, se
préparer déjà ce dénouement par reconnaissance, sans qu'on
puisse savoir, et l'on ne s'en inquiète pas beaucoup, si Molière,
qui a placé ses personnages dans la vallée de Tempé, aurait fait
de cette bergerie royale une histoire égyptienne. Ce qui pourrait, à la rigueur, le donner à croire, c'est que dans le ballet
qui termine la *Pastorale comique*, substituée à *Mélicerte* pour
la troisième entrée, il y a une Égyptienne qui chante et danse,
et des Égyptiens joueurs de gnacares[2]. C'est peut-être un débris qui sera resté de la première en date des deux pièces[3].

La source où Molière avait puisé a été signalée par un
continuateur de *Mélicerte*, que nous nommerons tout à
l'heure. Nous ignorons s'il avait été le premier à faire la
découverte, qui ne pouvait guère échapper aux lecteurs du
Grand Cyrus. Là et dans *Mélicerte*, on reconnaît le même
roman jusque dans des détails : « Je me souviens bien, dit
Timarète à Sésostris[4], que vous m'avez mille et mille fois
donné des fruits, des oiseaux, des joncs à faire mes corbeilles, et des bouquets. » Mlle de Scudéry aurait donc pu réclamer des droits d'auteur sur le moineau de Myrtil. Seulement,

1. La partie principale de l'*Histoire de Sésostris et de Timarète*,
celle qui a pu servir à Molière, est au livre second de la sixième
partie d'*Artamène ou le Grand Cyrus;* elle commence à la page 557
et finit à la page 935 du tome VI (ou 6ᵉ partie) de l'édition
in-8° de 1651, Paris, chez Augustin Courbé.

2. Voyez ci-après, p. 204.

3. Il faut dire : « à la rigueur », parce que les Égyptiens que nous
trouvons çà et là chez Molière, dans les divertissements et ailleurs,
sont des Gipsies, des Bohémiens, et non d'anciens Égyptiens. Une
convenance plus marquée avec le sujet est celle des Turcs et des
Mores du ballet du *Sicilien*.

4. Page 656.

dans la cage où Molière l'avait mis, il était devenu plus gentil.
Notre poëte put, sans regret, en rester à ce que ce conte
d'enfant a de plus gracieux ; on comprend qu'il n'ait pas tenu
à le dénouer, dès qu'on ne l'y obligeait pas.

Comme il avait sans doute reçu commande de quelque chose
de pastoral, parce que rien n'était mieux dans le caractère de
la fête, il est probable que l'épisode du *Grand Cyrus* lui avait
plu à cause du rôle du jeune prince berger, qui promettait
de convenir à merveille au petit Baron, alors âgé de treize
ans. Il aimait beaucoup ce gentil enfant, qu'il formait lui-
même dans l'art du comédien.

Baron joua le rôle de Myrtil, écrit, suivant toute apparence,
pour lui ; Molière avait eu quelque peine à l'y décider, si Grimarest est exact dans ce qu'il raconte à ce sujet. Ce bio-
graphe de Molière, très-sujet à caution, est assez croyable
ici, parce que les détails qu'il donne, il devait les tenir de
Baron lui-même, dont il était l'ami. Grimarest rapporte donc
que Mlle Molière, très-malveillante pour Baron, lui donna un
jour un soufflet[1] qui manquait d'à-propos, car c'était justement dans le temps où l'enfant était chargé d'un rôle dans
une pièce que l'on devait représenter incessamment devant le
Roi. Baron se sauva de la maison de Molière et retourna chez
la Raisin, sur le théâtre de laquelle il avait fait ses premiers
débuts. Le rôle[2] ainsi en danger de n'être pas rempli était
certainement celui de Myrtil dans *Mélicerte.* La suite du récit
de Grimarest n'en laisse pas douter. « Rien, dit-il de Baron,
ne pouvoit le ramener... ; cependant il promit qu'il représen-
teroit son rôle ; mais qu'il ne rentreroit point chez Molière. En
effet, il eut la hardiesse de demander au Roi à Saint-Germain
la permission de se retirer[3]. » Qui sait si ce malencontreux

---

1. *La Vie de M. de Molière* (1705), p. 111.

2. Grimarest dit (p. 112) « un rôle de six cents vers. » Les deux
actes, joués à Saint-Germain, n'en ont en tout que six cents ; et,
si la pièce avait été achevée, il est clair que le rôle de Baron n'en
aurait pas eu six cents à lui seul. Ce nombre dit en l'air n'empêche pas que la mention de Saint-Germain ne désigne évidemment
Mélicerte.

3. Voyez *la Vie de M. de Molière*, p. 112 et 113.

incident ne contribua point à détourner Molière de toute pensée
d'achever *Mélicerte* ?

Il s'était nécessairement chargé lui-même d'un rôle dans sa
pièce. Comment n'eût-ce pas été celui de Lycarsis, le premier
après celui du jeune berger? Molière avait dû se réserver
l'honneur de réciter le couplet à la louange du grand monarque. On croit bien voir aussi que, s'il s'étoit plu à exprimer
la tendresse de Lycarsis pour le « petit pendard[1] » qu'il trai-
tait en père, c'est qu'il jouait lui-même ce Lycarsis.

Plusieurs éditeurs ont donné les noms des acteurs qui, suivant eux, auraient joué les autres personnages. Cette distribution est toute conjecturale sans doute, quoique, selon leur
coutume, ils n'en aient point averti. Ils font représenter le
personnage de Mélicerte par Mlle Duparc. Devons-nous croire
que Mlle Molière, quelle que fût son aversion pour Baron,
renonça à créer le rôle de l'amante de Myrtil, pour prendre,
comme on le veut, le rôle beaucoup plus effacé d'Éroxène ?
De quoi eût servi cette bouderie ? En jouant une bergère
très-éprise elle-même du petit berger, elle ne donnait pas
beaucoup moins d'ennui à son antipathie, et se privait, comme
comédienne, d'une belle occasion de paraître avec éclat devant
toute la cour, dans une pièce de son mari. Il eût donc été plus
vraisemblable peut-être de lui attribuer le rôle auquel il était
difficile qu'elle ne se prétendît pas des droits. Au surplus,
nous restons, faute de renseignements, sur le terrain des conjectures.

Armande Béjart, devenue veuve de Molière, vivait encore,
lorsque le fils né de son second mariage, Nicolas Guérin, fit
l'entreprise, plus pieuse que prudente, de donner une fin à
Mélicerte. Se croyait-il donc obligé à remplir un devoir de
famille envers un illustre esprit dont cependant l'héritage,
avec ses charges, n'aurait pu lui venir que très-indirecte-
ment? Sa pièce, continuation et refonte de celle de Molière, a
été imprimée, en 1699, sous ce titre : *Myrtil et Mélicerte,
pastorale héroïque*[2]. Non content d'attacher aux vers de

1. Acte II, scène v, vers 526, p. 181.
2. In-12, à Paris, chez Pierre Trabouillet, M DC XCIX. L'Achevé
d'imprimer pour la première fois est du 15 avril 1699. Le Pri-

Molière un supplément très-périlleux, il ne les conserva dans les deux premiers actes qu'après les avoir estropiés en les remettant sur l'enclume, s'étant laissé persuader par des « personnes éclairées » que les vers libres étaient plus dans le goût de la pastorale. On croira sans peine que, sous une forme raccourcie, les vers qui n'offraient à retrancher ni redondances, ni chevilles, et n'avaient pas autrefois paru marcher trop mal, prirent une assez mauvaise tournure.

Quant à la suite donnée à la pièce, voici comme en parle Guérin dans sa *Préface*, où il fait profession de respect et de vénération pour Molière : « J'avouerai en tremblant que le troisième acte est mon ouvrage, et que je l'ai travaillé sans avoir trouvé dans ses papiers ni le moindre fragment, ni la moindre idée. Heureux s'il m'eût laissé quelque projet à exécuter! Tout ce que je pus conjecturer, ce fut qu'il avoit tiré *Mélicerte* de l'histoire de Timarète et de Sésostris, qui est dans *Cyrus*. Je la lus avec attache; et là-dessus je traçai mon sujet. »

Il a suivi, en effet, le récit de Mlle de Scudéry, et n'en a rien tiré que de très-froid. Lorsque Molière s'était dispensé de continuer cette histoire jusqu'à son dénouement, il avait paru n'y pas voir la matière d'un chef-d'œuvre; on est cependant assuré qu'il eût jeté sur ces inventions romanesques bien des étincelles de son esprit et d'aimables traits de son imagination.

La Lande fit la musique des intermèdes ajoutés par Guérin à *Mélicerte*. Les agréments de cette musique et ceux des danses ne préservèrent pas d'un mauvais succès l'ouvragé de l'imprudent continuateur.

Ce qui expliquerait, sans la justifier, la tentative de Guérin, c'est que l'ancienne, la véritable *Mélicerte* n'était pas faite pour rester au répertoire avec ses deux actes qui la laissaient inachevée. Abandonnée par Molière après les fêtes de Saint-Germain, elle ne fut plus jouée sur la scène du Palais-Royal; et c'est à titre de curiosité seulement que, deux siècles

vilége du Roi est donné à N.-A.-M. (*Nicolas-Armand-Martial*) Guérin.

plus tard, le Théâtre-Français l'a reprise. Des fragments en ont
été joués trois fois sous le second Empire[1], en 1864, le lundi
27 juin, le mercredi 29 du même mois, et le dimanche 3 juillet.
Ils avaient été insérés dans l'avant-dernière scène (la viiie) de
la Comtesse d'Escarbagnas, où le Vicomte fait représenter une
comédie. Mme Tordéus remplit avec beaucoup de grâce le
rôle de Myrtil, que Baron avait créé[2].

Nous avons dit que, le 5 janvier 1667, la *Pastorale comique*
remplit le vide laissé dans les divertissements par *Mélicerte*,
qui n'avait eu aucune envie d'y reparaître dans l'état d'é-
bauche où elle était demeurée. On trouvera ci-après (p. 187-
204) ce que le livret du *Ballet des Muses* nous a conservé de
cette nouvelle bergerie, évidemment esquissée à la hâte, en
attendant mieux. Molière ne crut sans doute pas digne de lui
de la faire survivre à la circonstance, et puisque les éditeurs de
ses œuvres posthumes n'en ont rien donné, c'est qu'ils n'en
avaient retrouvé aucun vestige, et que l'auteur ne l'avait
pas laissée dans ses papiers.

On verra, par les fragments que le *Livret* a fait connaître de
cette seconde pastorale, qu'elle n'avait rien du caractère *héroïque* de la première, et que le sujet en était des plus minces :
Molière n'avait cherché que quelques motifs de chants et de
danses[3]. Les premiers couplets de l'invocation des Magiciens
à Vénus sont assez plaisants.

Dans ce que nous n'avons plus, nul doute qu'il n'eût échappé
à la plume rapide de l'auteur plus d'un trait où l'on eût reconnu son esprit ; nous ne supposons pas cependant une perte
très-sensible. Faut-il croire que l'on trouve un débris, certainement très-défiguré, de la pièce, au commencement des
Fragments de Molière[4], cette bizarre *olla podrida ?* M. Édouard
Fournier a dit[5] que la pièce de Champmeslé « commence par

1. Voyez à la page 549 de notre tome I.
2. Voyez dans *le Moniteur universel* du 4 juillet 1864, le feuilleton de Théophile Gautier.
3. Pour la musique de Lully, voyez ce qui en est dit ci-après,
p. 298, note 2, à la fin de l'*Appendice à Mélicerte*, etc.
4. Voyez sur *les Fragments de Molière* notre tome V, p. 53-54 et 72.
5. Dans un article *Varia* de la *Revue des provinces*, octobre 1865,
p. 143.

une scène de pastorale pour rire, où les fleuves Lignon et Jourdain.... semblent reprendre le rôle qu'ils avaient pu jouer déjà dans la *Pastorale comique.* » Comment cette scène aurait-elle trouvé place dans la pastorale, telle qu'il nous est possible de la reconstituer dans son plan ? faut-il donc supposer un prologue ? Mais la liste des personnages étant dans le *Livret*, pourquoi les deux Fleuves ne s'y trouvent-ils pas ?

Le *Livret* donne les noms des acteurs de la *Pastorale comique* ; on les trouvera en tête de l'analyse que nous lui devons de la pièce[1]. Le rôle bouffon de Lycas, que les Magiciens essayent de débarbouiller de sa laideur, était joué par Molière.

Mélicerte, nous l'avons dit, ne se trouve pas dans le livret du *Ballet des Muses*, publié en 1666 ; il n'y en a même là aucune trace, aucune mention. Notre texte reproduit celui du tome VII de l'édition de 1682, tome I des *OEuvres posthumes*, où les deux actes de cette comédie inachevée ont été imprimés pour la première fois.

Quant à la *Pastorale comique*, nous avons averti que nous la donnions d'après le livret original. La première édition où elle ait été réimprimée est celle de 1734.

La *Bibliographie moliéresque* indique (n°s 912 et 913) deux traductions polonaises de *Mélicerte* (s. l. ni d.), la seconde sous un titre qui signifie la *Pastorale comique*. Elle mentionne de plus (n° 815) une pièce suédoise intitulée *Melicerta* (1750), « qui paraît imitée de la pastorale de Molière. »

1. Voyez ci-après, p. 189 et 190.

SOMMAIRE

DE *MÉLICERTE*, PAR VOLTAIRE.

Molière n'a jamais fait que deux actes de cette comédie; le Roi se contenta de ces deux actes dans la fête du *Ballet des Muses*[1]. Le public n'a point regretté que l'auteur ait négligé de finir cet ouvrage : il est dans un genre qui n'était point celui de Molière. Quelque peine qu'il y eût prise[2], les plus grands efforts d'un homme d'esprit ne remplacent jamais le génie[3].

1. Voyez ci-dessus, à la *Notice*, p. 139 et 140.

2. Nous nous conformons à l'édition de 1764; dans celle de 1739, les mots : « Quelque peine qu'il y eût prise, » terminent la phrase précédente.

3. Beuchot dit en note : « Le texte me paraît altéré : Voltaire refuserait à Molière le génie qu'il lui a reconnu » dans d'autres passages. On peut répondre que la phrase précédente montre bien que *génie* n'a point ici le même sens que dans ces passages, mais le sens, autrefois très-fréquent, de talent naturel particulier, propre à un genre. Voltaire n'aurait jamais voulu dire que Molière ne fût pas un homme de génie; mais il lui refuse le génie de la pastorale, qui, faisant défaut, ne pourrait être remplacé par l'esprit.

PERSONNAGES.

ACANTE, amant de Daphné.

TYRÈNE, amant d'Éroxène.

DAPHNÉ, bergère[1].

ÉROXÈNE, bergère.

LYCARSIS, pâtre, cru père de Myrtil.

MYRTIL, amant de Mélicerte.

MÉLICERTE, Nymphe ou bergère[2], amante de Myrtil[3].

CORINNE, confidente de Mélicerte.

NICANDRE, berger.

MOPSE, berger, cru oncle de Mélicerte[4].

La scène est en Thessalie, dans la vallée de Tempé.

---

1. A *bergère* il faudrait, ce semble, ici et à la ligne suivante, substituer : « Nymphe ou bergère » (voyez plus bas, au nom de MÉLICERTE), ou même plutôt : *Nymphe*, tout court. Dans le dialogue, DAPHNÉ et ÉROXÈNE sont constamment nommées *Nymphes*, et elles-mêmes s'appellent ainsi (vers 254). Voyez ci-après, p. 154, note 2.

2. *Princesse crue simple bergère*, auraient pu dire les premiers rédacteurs de cette liste, d'après les vers 448 et 590-596 : voyez la *Notice*, p. 142 et 143.

3. On a vu à la *Notice* (p. 144 et 145) que ces trois principaux personnages de *Lycarsis*, de *Myrtil*, et peut-être de *Mélicerte* (car ici il n'y a pas certitude), furent joués par Molière, le jeune Baron et Mlle Molière.

4. ACTEURS. — MÉLICERTE, bergère. — DAPHNÉ, bergère. — ÉROXÈNE, bergère. — MYRTIL, amant de Mélicerte. — ACANTE, amant de Daphné. — TYRÈNE, amant d'Éroxène. — LYCARSIS, pâtre, cru père de Myrtil. — CORINNE, confidente de Mélicerte. — NICANDRE, berger. — MOPSE, berger, etc. (1734.)

MÉLICERTE.

COMÉDIE PASTORALE HÉROÏQUE[1].

ACTE I.

SCÈNE PREMIÈRE.

TYRÈNE, DAPHNÉ, ACANTE, ÉROXÈNE[2].

ACANTE.

Ah ! charmante Daphné !

TYRÈNE.

Trop aimable Éroxène[3] !

DAPHNÉ.

Acante, laisse-moi.

ÉROXÈNE.

Ne me suis point, Tyrène.

ACANTE.

Pourquoi me chasses-tu ?

TYRÈNE.

Pourquoi fuis-tu mes pas ?

DAPHNÉ.

Tu me plais loin de moi.

---

1. MÉLICERTE, PASTORALE HÉROÏQUE. (1734 ; ici et au feuillet de titre.)
2. DAPHNÉ, ÉROXÈNE, ACANTE, TYRÈNE. (1734.)
3. Sur le caractère de ce dialogue des premières scènes, voyez à la *Notice*, ci-dessus, p. 140.

ÉROXÈNE.

Je m'aime[1] où tu n'es pas[2].

ACANTE.

Ne cesseras-tu point cette rigueur mortelle ?

TYRÈNE.

Ne cesseras-tu point de m'être si cruelle ?

DAPHNÉ.

Ne cesseras-tu point tes inutiles vœux ?

ÉROXÈNE.

Ne cesseras-tu point de m'être si fâcheux ?

ACANTE.

Si tu n'en prends pitié, je succombe à ma peine.

TYRÈNE.

Si tu ne me secours, ma mort est trop certaine.

DAPHNÉ.

Si tu ne veux partir, je vais quitter ce lieu[3].

ÉROXÈNE.

Si tu veux demeurer, je te vais dire adieu.

ACANTE.

Hé bien ! en m'éloignant je te vais satisfaire.

TYRÈNE.

Mon départ va t'ôter ce qui peut te déplaire.

1. J'aime à être, j'aime à me voir, j'aime à vivre, je me plais.... L'expression paraît avoir été familière à Montaigne : « Je m'aime mieux douzième ou quatorzième que treizième à table. » (Livre III des *Essais*, chapitre VIII, tome III, p. 402.) Elle se trouve dans une citation faite par Pascal des *Peintures morales* du P. le Moyne : « Il (*le fou mélancolique*) s'aime mieux dans un tronc d'arbre ou dans une grotte que dans un palais ou sur un trône. » (*IXe Provinciale*, p. 140 de l'édition de M. Lesieur.)

2. ACANTE, *à Daphné.*
Pourquoi, etc.

TYRÈNE, *à Éroxène.*
Pourquoi, etc.

DAPHNÉ, *à Acante.*
Tu me, etc.

ÉROXÈNE, *à Tyrène.*
Je m'aime où tu n'es pas. (1734.)

3. Si tu ne veux partir, je quitterai le lieu. (1730, 34.)

ACANTE.

Généreuse Éroxène, en faveur de mes feux   15
Daigne au moins, par pitié, lui dire un mot ou deux.
TYRÈNE.
Obligeante Daphné, parle à cette inhumaine,
Et sache d'où pour moi procède tant de haine.

SCÈNE II.

DAPHNÉ, ÉROXÈNE.

ÉROXÈNE.

Acante a du mérite, et t'aime tendrement :
D'où vient que tu lui fais un si dur traitement ?   20
DAPHNÉ.
Tyrène vaut beaucoup, et languit pour tes charmes :
D'où vient que sans pitié tu vois couler ses larmes ?
ÉROXÈNE.
Puisque j'ai fait ici la demande avant toi,
La raison te condamne à répondre avant moi.
DAPHNÉ.
Pour tous les soins d'Acante on me voit inflexible,   25
Parce qu'à d'autres vœux je me trouve sensible.
ÉROXÈNE.
Je ne fais pour Tyrène éclater que rigueur,
Parce qu'un autre choix est maître de mon cœur.
DAPHNÉ.
Puis-je savoir de toi ce choix qu'on te voit taire ?
ÉROXÈNE.
Oui, si tu veux du tien m'apprendre le mystère.   30
DAPHNÉ.
Sans te nommer celui qu'Amour m'a fait choisir,
Je puis facilement contenter ton desir,

Et de la main d'Atis, ce peintre inimitable,
J'en garde dans ma poche un portrait admirable,
Qui jusqu'au moindre trait lui ressemble si fort,   35
Qu'il est sûr que tes yeux le connoîtront d'abord.

ÉROXÈNE.

Je puis te contenter par une même voie,
Et payer ton secret en pareille monnoie[1] :
J'ai de la main aussi de ce peintre fameux,
Un aimable portrait de l'objet de mes vœux,   40
Si plein de tous ses traits et de sa grâce extrême,
Que tu pourras d'abord te le nommer toi-même[2].

DAPHNÉ.

La boîte[3] que le peintre a fait faire pour moi
Est tout à fait semblable à celle que je voi.

---

1. On a vu une rime semblable aux vers 37 et 38 du *Misanthrope*.

2. « Quelle est, se demande Auger, cette personne, nommée Daphné, qui a dans sa poche le portrait de son amant, fait de main de maître ? Nous serons bien étonnés, quand nous apprendrons que c'est une bergère. Dans quel pays, dans quel temps a-t-on vu les bergers et les bergères se faire peindre en miniature ? Molière a peint dans sa pièce les fausses mœurs pastorales du roman de *l'Astrée*, en transportant seulement sur les rives du Pénée les personnages que d'Urfé avait placés sur les bords du Lignon. » Il faut avouer que la nature de ces personnages reste assez indécise. Peut-être le nom de *Nymphe* qui leur est donné ne s'appliquait-il qu'à des mortelles, comme un titre plus pastoral, plus antique, ou moins tragique du moins, que *Madame*, et tout à la fois plus noble que *Bergère*, qui n'aurait pas suffi pour de si belles personnes, si élevées par leur naissance, leur rang et leur fortune au-dessus du peuple parmi lequel elles vivent (vers 219, 431, 443). Peut-être (et un costume de convention, quelque attribut[a] en pouvait d'abord avertir les spectateurs) étaient-elles plus encore. Mais, qu'on rêvât soit de reines et princesses des bergères soit de vraies divinités, voir entre les mains des unes ou des autres un chef-d'œuvre de l'art le plus parfait n'avait rien qui dût surprendre au milieu de toutes ces fictions de la pastorale héroïque.

3. Le mot est écrit *boëte* dans l'édition originale : voyez au vers 520 de *l'École des maris*.

a La gravure de l'édition originale de 1682 montre Mélicerte recevant d'une main la cage de Myrtil et tenant de l'autre une longue flèche : est-ce une flèche d'amour ou une arme de chasseresse ? Mélicerte seule d'ailleurs est réputée simple bergère (vers 427-448), non Daphné ou Éroxène, et ce n'est qu'à elle aussi que Lycarsis, prenant un ton d'humeur et de mépris, peut dire (vers 475-477) : *Et vous,... la gentille bergère,...*

ÉROXÈNE.

Il est vrai, l'une à l'autre entièrement ressemble,   45
Et certe il faut qu'Atis les ait fait faire ensemble.

DAPHNÉ.

Faisons en même temps, par un peu de couleurs,
Confidence à nos yeux du secret de nos cœurs[1].

ÉROXÈNE.

Voyons à qui plus vite entendra ce langage,
Et qui parle le mieux, de l'un ou l'autre ouvrage.   50

DAPHNÉ.

La méprise est plaisante, et tu te brouilles bien :
Au lieu de ton portrait, tu m'as rendu le mien.

ÉROXÈNE.

Il est vrai, je ne sais comme j'ai fait la chose.

DAPHNÉ.

Donne. De cette erreur ta rêverie est cause.

ÉROXÈNE.

Que veut dire ceci ? Nous nous jouons, je croi :   55
Tu fais de ces portraits même chose que moi.

DAPHNÉ.

Certes, c'est pour en rire[2], et tu peux me le rendre.

ÉROXÈNE[3].

Voici le vrai moyen de ne se point méprendre.

DAPHNÉ.

De mes sens prévenus est-ce une illusion ?

ÉROXÈNE.

Mon âme sur mes yeux fait-elle impression ?   60

DAPHNÉ.

Myrtil à mes regards s'offre dans cet ouvrage.

---

1. Cathos ou Madelon ne dirait pas plus précieusement : faisons-nous connaître nos amants l'une à l'autre, en nous montrant leurs portraits. (*Note d'Auger.*)

2. Voilà qui est risible, plaisant.

3. ÉROXÈNE, *mettant les deux portraits l'un à côté de l'autre.* (1734.)

ÉROXÈNE.

De Myrtil dans ces traits je rencontre l'image.

DAPHNÉ.

C'est le jeune Myrtil qui fait naître mes feux.

ÉROXÈNE.

C'est au jeune Myrtil que tendent tous mes vœux.

DAPHNÉ.

Je venois aujourd'hui te prier de lui dire   65
Les soins que pour son sort son mérite m'inspire.

ÉROXÈNE.

Je venois te chercher pour servir mon ardeur,
Dans le dessein que j'ai de m'assurer son cœur[1].

DAPHNÉ.

Cette ardeur qu'il t'inspire est-elle si puissante ?

ÉROXÈNE.

L'aimes-tu d'une amour qui soit si violente ?   70

DAPHNÉ.

Il n'est point de froideur qu'il ne puisse enflammer,
Et sa grâce naissante a de quoi tout charmer.

ÉROXÈNE.

Il n'est Nymphe en l'aimant qui ne se tînt heureuse,
Et Diane, sans honte, en seroit amoureuse.

DAPHNÉ.

Rien que son air charmant ne me touche aujourd'hui, 75
Et si j'avois cent cœurs, ils seroient tous pour lui.

ÉROXÈNE.

Il efface à mes yeux tout ce qu'on voit paraître ;
Et si j'avois un sceptre, il en seroit le maître.

DAPHNÉ.

Ce seroit donc en vain qu'à chacune, en ce jour,
On nous voudroit du sein arracher cet amour :   80

---

1. Dans la première édition, sans égard à la mesure : « de m'assurer de son cœur » ; cette faute n'est pas reproduite dans les éditions suivantes.

Nos âmes dans leurs vœux sont trop bien affermies.
Ne tàchons, s'il se peut, qu'à demeurér amies ;
Et puisque, en même temps, pour le même sujet,
Nous avons toutes deux formé même projet,
Mettons dans ce débat la franchise en usage,   85
Ne prenons l'une et l'autre aucun lâche avantage,
Et courons nous ouvrir ensemble à Lycarsis
Des tendres sentiments où nous jette son fils.

ÉROXÈNE.

J'ai peine à concevoir, tant la surprise est forte,
Comme un tel fils est né d'un père de la sorte ;   90
Et sa taille, son air, sa parole et ses yeux
Feroient croire qu'il est issu du sang des Dieux ;
Mais enfin j'y souscris, courons trouver ce père,
Allons lui de nos cœurs découvrir le mystère,
Et consentons qu'après Myrtil entre nous deux   95
Décide par son choix ce combat de nos vœux.

DAPHNÉ.

Soit. Je vois Lycarsis avec Mopse et Nicandre ;
Ils pourront le quitter : cachons-nous pour attendre.

SCÈNE III.

LYCARSIS, MOPSE, NICANDRE.

NICANDRE[1].

Dis-nous donc ta nouvelle.

LYCARSIS.

     Ah ! que vous me pressez !
Cela ne se dit pas comme vous le pensez.   100

MOPSE.

Que de sottes façons, et que de badinage !

1. NICANDRE, *à Lycarsis*. (1734.)

Ménalque pour chanter n'en fait pas davantage.

LYCARSIS.

Parmi les curieux des affaires d'État,
Une nouvelle à dire est d'un puissant éclat.
Je me veux mettre un peu sur l'homme d'importance[1],
Et jouir quelque temps de votre impatience.

NICANDRE.

Veux-tu par tes délais nous fatiguer tous deux ?

MOPSE.

Prends-tu quelque plaisir à te rendre fâcheux ?

NICANDRE.

De grâce, parle, et mets ces mines en arrière[2].

LYCARSIS.

Priez-moi donc tous deux de la bonne manière,   110
Et me dites chacun quel don vous me ferez,
Pour obtenir de moi ce que vous desirez.

MOPSE.

La peste soit du fat ! Laissons-le là, Nicandre.
Il brûle de parler, bien plus que nous d'entendre ;
Sa nouvelle lui pèse, il veut s'en décharger ;   115
Et ne l'écouter pas est le faire enrager.

LYCARSIS.

Eh !

NICANDRE.

Te voilà puni de tes façons de faire.

LYCARSIS.

Je m'en vais vous le dire, écoutez.

MOPSE.

Point d'affaire.

---

1. Me mettre à faire l'homme d'importance : par analogie, ce semble, de *se mettre sur son quant à soi*. Comparez la locution du vers 147 : « sur le fier vous vous tenez si bien. »

2. *Mettre en arrière*, laisser là, quitter ; Corneille a employé l'expression dans le sens d'*oublier, sacrifier* : voyez le *Lexique* de sa langue.

LYCARSIS.

Quoi? vous ne voulez pas m'entendre?

NICANDRE.

Non.

LYCARSIS.

Eh bien!

Je ne dirai donc mot, et vous ne saurez rien.   120

MOPSE.

Soit.

LYCARSIS.

Vous ne saurez pas qu'avec magnificence
Le Roi vient d'honorer[1] Tempé de sa présence ;
Qu'il entra dans Larisse hier sur le haut du jour[2] ;
Qu'à l'aise je l'y vis avec toute sa cour ;
Que ces bois vont jouir aujourd'hui de sa vue,   125
Et qu'on raisonne fort touchant cette venue[3].

NICANDRE.

Nous n'avons pas envie aussi de rien savoir.

LYCARSIS.

Je vis cent choses là ravissantes à voir.
Ce ne sont que seigneurs, qui, des pieds à la tête,
Sont brillants et parés comme au jour d'une fête ;   130
Ils surprennent la vue ; et nos prés au printemps,
Avec toutes leurs fleurs, sont bien moins éclatants.
Pour le Prince, entre tous sans peine on le remarque ;

---

1. Le véritable texte ne serait-il pas plutôt, comme on a imprimé dans une partie du tirage de 1734, mais non dans 1773 : « vient honorer » ?

2. Cette heureuse expression, *le haut du jour*, appartient-elle à Molière ? M. Littré (article JOUR, 1°) nous apprend qu'à la fin du siècle dernier Mme de Genlis a dit encore : « dans le haut du jour » (tome I, p. 338, des *Veillées du château*, 1784). Dans Froissart on lit, avec *haut* adjectif : « Quant il fu haus jours » (livre I, fin du § 318, de l'édition publiée par M. Siméon Luce).

3. Le vieux Lycarsis ne pouvant résister à son envie de conter, tout en prétendant ne vouloir parler de rien, rappelle à Auger la manière dont (à la fin de la scène v, acte II, de *George Dandin*) l'*innocent* Lubin laisse échapper le secret qu'il déclare garder pour lui. Mais ce sont là des traits de deux caractères assez différents, et les situations sont tout autres aussi.

Et d'une stade[1] loin il sent son grand monarque ;
Dans toute sa personne il a je ne sais quoi   135
Qui d'abord fait juger que c'est un maître roi ;
Il le fait d'une grâce à nulle autre seconde,
Et cela, sans mentir, lui sied le mieux du monde.
On ne croiroit jamais comme de toutes parts
Toute sa cour s'empresse à chercher ses regards :   140
Ce sont autour de lui confusions plaisantes ;
Et l'on diroit d'un tas de mouches reluisantes
Qui suivent en tous lieux un doux rayon de miel.
Enfin l'on ne voit rien de si beau sous le ciel ;
Et la fête de Pan, parmi nous si chérie,   145
Auprès de ce spectacle est une gueuserie[2].
Mais puisque sur le fier vous vous tenez si bien[3],
Je garde ma nouvelle, et ne veux dire rien.

MOPSE.

Et nous ne te voulons aucunement entendre.

LYCARSIS.

Allez vous promener.

MOPSE.

Va-t'en te faire pendre.   150

---

1. Mesure grecque d'environ 184 mètres. — Furetière, en 1690, fait encore
féminin le mot *stade*, neutre en grec et en latin ; Thomas Corneille, dans le
Dictionnaire des arts et des sciences, de 1694, met à la suite du mot *s. f.*,
mais l'emploie au masculin dans le corps de l'article. Richelet, dès 1679, fait
contre le féminin cette remarque peu polie : « Quelques auteurs de la dernière
classe font le mot .... féminin, mais ceux de la première le font masculin,
et il les faut imiter. »

2. Sur ce joli couplet, voyez ci-dessus à la *Notice*, p. 141 et 142.

3. Puisque vous tenez si bien votre fierté, votre morgue, puisque vous persistez à faire les fiers. Saint-Simon a dit *se tenir sur son fier*, dans le sens de
se tenir sur son quant à soi : « Monsieur le Prince se mit à rechercher Rose,
qui se tint longtemps sur son fier. » (Tome II, p. 424, de l'édition de 1873.)

SCÈNE IV.

ÉROXÈNE, DAPHNÉ, LYCARSIS.

LYCARSIS [1].

C'est de cette façon que l'on punit les gens,
Quand ils font les benêts et les impertinents.

DAPHNÉ.

Le Ciel tienne, pasteur, vos brebis toujours saines !

ÉROXÈNE.

Cérès tienne de grains vos granges toujours pleines !

LYCARSIS.

Et le grand Pan vous donne à chacune un époux   155
Qui vous aime beaucoup, et soit digne de vous !

DAPHNÉ.

Ah ! Lycarsis, nos vœux à même but aspirent.

ÉROXÈNE.

C'est pour le même objet que nos deux cœurs soupirent.

DAPHNÉ.

Et l'Amour, cet enfant qui cause nos langueurs,
A pris chez vous le trait dont il blesse nos cœurs.   160

ÉROXÈNE.

Et nous venons ici chercher votre alliance,
Et voir qui de nous deux aura la préférence.

LYCARSIS.

Nymphes....

DAPHNÉ.

Pour ce bien seul nous poussons des soupirs.

LYCARSIS.

Je suis....

1. LYCARSIS, *se croyant seul.* (1734.)

ÉROXÈNE.

A ce bonheur tendent tous nos desirs.

DAPHNÉ.

C'est un peu librement expliquer sa pensée.   165

LYCARSIS.

Pourquoi ?

ÉROXÈNE.

La bienséance y semble un peu blessée.

LYCARSIS.

Ah ! point.

DAPHNÉ.

Mais quand le cœur brûle d'un noble feu,
On peut sans nulle honte en faire un libre aveu.

LYCARSIS.

Je....

ÉROXÈNE.

Cette liberté nous peut être permise,
Et du choix de nos cœurs la beauté[1] l'autorise.   170

LYCARSIS.

C'est blesser ma pudeur que me flatter ainsi.

ÉROXÈNE.

Non, non, n'affectez point de modestie ici.

DAPHNÉ.

Enfin tout notre bien est en votre puissance.

ÉROXÈNE.

C'est de vous que dépend notre unique espérance.

DAPHNÉ.

Trouverons-nous en vous quelques difficultés ?   175

LYCARSIS.

Ah !

ÉROXÈNE.

Nos vœux, dites-moi, seront-ils rejetés ?

______

1. Et la beauté du choix qu'ont fait nos cœurs.

LYCARSIS.

Non : j'ai reçu du Ciel une âme peu cruelle ;
Je tiens de feu ma femme, et je me sens comme elle
Pour les desirs d'autrui beaucoup d'humanité,
Et je ne suis point homme à garder de fierté.   180

DAPHNÉ.

Accordez donc Myrtil à notre amoureux zèle.

ÉROXÈNE.

Et souffrez que son choix règle notre querelle.

LYCARSIS.

Myrtil ?

DAPHNÉ.

Oui, c'est Myrtil que de vous nous voulons.

ÉROXÈNE.

De qui pensez-vous donc qu'ici nous vous parlons ?

LYCARSIS.

Je ne sais ; mais Myrtil n'est guère dans un âge   185
Qui soit propre à ranger au joug du mariage.

DAPHNÉ.

Son mérite naissant peut frapper d'autres yeux ;
Et l'on veut s'engager un bien si précieux,
Prévenir d'autres cœurs, et braver la Fortune
Sous les fermes liens d'une chaîne commune.   190

ÉROXÈNE.

Comme par son esprit et ses autres brillants[1]
Il rompt l'ordre commun et devance le temps,
Notre flamme pour lui veut en faire de même[2],

---

1. Et l'éclat de ses autres qualités : comparez le vers 85 de *la Princesse d'Élide*, le vers 127 du *Tartuffe*, et le vers 1018 du *Misanthrope*.

2. C'est-à-dire « veut aussi en sa faveur rompre l'ordre commun. » *En faire de même* se trouve dans le récit du Cid (vers 1269) :

Par mon commandement la garde en fait de même.

On peut rapprocher de cette locution celle que Molière a employée, aussi à l'exemple de Corneille, au vers 206 du *Dépit amoureux :*

. . . . . J'en suis bien de même.

Voyez le *Lexique de la langue de Corneille*, tome I, p. 356.

Et régler tous ses vœux sur son mérite extrême [1].

LYCARSIS.

Il est vrai qu'à son âge il surprend quelquefois ; 195
Et cet Athénien qui fut chez moi vingt mois,
Qui, le trouvant joli [2], se mit en fantaisie
De lui remplir l'esprit de sa philosophie,
Sur de certains discours l'a rendu si profond,
Que, tout grand que je suis, souvent il me confond [3]. 200
Mais, avec tout cela, ce n'est encor qu'enfance,
Et son fait est mêlé de beaucoup d'innocence.

DAPHNÉ.

Il n'est point tant enfant, qu'à le voir chaque jour,
Je ne le croie atteint déjà d'un peu d'amour ;
Et plus d'une aventure à mes yeux s'est offerte 205
Où j'ai connu qu'il suit la jeune Mélicerte.

ÉROXÈNE.

Ils pourroient bien s'aimer ; et je vois....

LYCARSIS.

Franc abus [4].

1. Ce vers, dans la première édition seule, est mis, par une faute d'impression sans doute, dans la bouche de Lycarsis.

2. Lui trouvant l'esprit vif, un heureux naturel. Voyez, dans le *Dictionnaire de M. Littré* (à JOLI, 1°) et dans le *Lexique de la langue de Mme de Sévigné*, les nombreux exemples du temps dans lesquels *joli* a ce sens de *vif*, *spirituel*, *avenant*, *aimable* en général.

3. Comme en avertit Aimé-Martin, il y a sans doute encore ici (voyez la *Notice*, p. 143 et 144) un souvenir de l'*Histoire de Sésostris et de Timarète* : on y lit (p. 669) que Pythagore, pendant quatre mois, « instruisit Sésostris avec un plaisir extrême, ce grand homme étant ravi de trouver en l'esprit de ce jeune prince une si merveilleuse disposition à apprendre les choses les plus élevées. »

4. C'est-à-dire *complète erreur, vous vous abusez*. On employait souvent alors *abus* en ce sens. Ainsi Corneille a dit :

> Qu'un si charmant abus seroit à préférer
> A l'âpre vérité qui vient de m'éclairer !
> (*Héraclius*, vers 825 et 826.)

Et la Fontaine, avec une nuance de signification :

> Alléguer l'impossible aux rois, c'est un abus.
> (Fable III du livre VIII, vers 3.)

Pour elle, passe encore : elle a deux ans de plus ;
Et deux ans, dans son sexe, est[1] une grande avance.
Mais pour lui, le jeu seul l'occupe tout[2], je pense,   210
Et les petits desirs de se voir ajusté
Ainsi que les bergers de haute qualité.

DAPHNÉ.

Enfin nous desirons par le nœud d'hyménée
Attacher sa fortune à notre destinée.

ÉROXÈNE.

Nous voulons, l'une et l'autre, avec pareille ardeur,   215
Nous assurer de loin l'empire de son cœur.

LYCARSIS.

Je m'en tiens honoré autant[3] qu'on sauroit croire.
Je suis un pauvre pâtre ; et ce m'est trop de gloire
Que deux Nymphes d'un rang le plus haut du pays
Disputent à se faire un époux de mon fils.   220
Puisqu'il vous plaît qu'ainsi la chose s'exécute,
Je consens que son choix règle votre dispute ;
Et celle qu'à l'écart laissera cet arrêt,
Pourra, pour son recours, m'épouser, s'il lui plaît.
C'est toujours même sang, et presque même chose.   225
Mais le voici. Souffrez qu'un peu je le dispose.
Il tient quelque moineau qu'il a pris fraîchement,
Et voilà ses amours et son attachement.

1. L'accord du verbe s'explique et par l'attribut singulier qui le suit, et par l'expression numérique considérée comme un total, un tout unique : *ce total, ce plus qu'elle a de deux ans est une grande avance.* En prose, Molière a dit de même (acte III, scène VII, de *Monsieur de Pourceaugnac*) : « On lui a fait croire que cet autre est plus riche que moi de quatre ou cinq mille écus ; et quatre ou cinq mille écus est un denier considérable. » Et Mme de Sévigné (tome VI, p. 401) : « Cinquante domestiques est une étrange chose. »

2. Tout entier.

3. Les éditions de 1718 et de 1734 remplacent le second hémistiche par « plus qu'on ne sauroit croire » ; mais les autres ont l'hiatus.

SCÈNE V.

MYRTIL, LYCARSIS, ÉROXÈNE, DAPHNÉ.

MYRTIL [1].

Innocente petite bête,
Qui contre ce qui vous arrête   230
Vous débattez tant à mes yeux,
De votre liberté ne plaignez point la perte :
Votre destin [2] est glorieux,
Je vous ai pris pour Mélicerte.
Elle vous baisera, vous prenant dans sa main,   235
Et de vous mettre en son sein
Elle vous fera la grâce.
Est-il un sort au monde et plus doux et plus beau ?
Et qui des rois, hélas ! heureux petit moineau,
Ne voudroit être en votre place ?   240

LYCARSIS.

Myrtil, Myrtil, un mot. Laissons là ces joyaux [3] :
Il s'agit d'autre chose ici que de moineaux.
Ces deux Nymphes, Myrtil, à la fois te prétendent,
Et, tout jeune [4], déjà pour époux te demandent.
Je dois, par un hymen, t'engager à leurs vœux,   245
Et c'est toi que l'on veut qui choisisse [5] des deux.

---

1. ÉROXÈNE, DAPHNÉ *et* LYCARSIS *dans le fond du théâtre,* MYRTIL.
MYRTIL, se croyant seul, et tenant un moineau dans une cage. (1734.)
2. Dans la première édition : « Votre dessein » ; cette faute a été corrigée dans les éditions suivantes, sauf 1697 et 1710.
3. Ces présents de haut prix. « On dit ironiquement d'une femme ou d'une chose qu'on n'estime pas belle : *Voilà un beau joyau ; vraiment c'est un beau joyau.* » (*Dictionnaire de l'Académie,* 1694.)
4. Tout jeune que tu es : comparez les vers 390 et 1113 du *Misanthrope.*
5. Dans nos anciennes éditions, sauf 1773, il y a ainsi la troisième personne, dont on trouve, en ce temps-là, de nombreux exemples, après un relatif précédé d'un pronom de la première ou de la seconde personne.

MYRTIL.

Ces Nymphes....[1]

LYCARSIS.

      Oui. Des deux tu peux en choisir une :
Vois quel est ton bonheur, et bénis la Fortune.

MYRTIL.

Ce choix qui m'est offert peut-il m'être un bonheur,
S'il n'est aucunement souhaité de mon cœur ?   250

LYCARSIS.

Enfin qu'on le reçoive, et que, sans le confondre[2],
A l'honneur qu'elles font on songe à bien répondre.

ÉROXÈNE.

Malgré cette fierté qui règne parmi nous,
Deux Nymphes, ó Myrtil, viennent s'offrir à vous ;
Et de vos qualités les merveilles écloses   255
Font que nous renversons ici l'ordre des choses.

DAPHNÉ.

Nous vous laissons, Myrtil, pour l'avis le meilleur,
Consulter sur ce choix vos yeux et votre cœur ;
Et nous n'en voulons point prévenir les suffrages
Par un récit paré de tous nos avantages.   260

MYRTIL.

C'est me faire un honneur dont l'éclat me surprend ;
Mais cet honneur, pour moi, je l'avoue, est trop grand.
A vos rares bontés il faut que je m'oppose ;
Pour mériter ce sort, je suis trop peu de chose ;
Et je serois fâché, quels qu'en soient les appas,   265
Qu'on vous blâmât pour moi de faire un choix trop bas.

---

1. Ces Nymphes? (1734.)

2. Tel est le texte, qu'il n'est pas trop aisé d'entendre. Cela veut-il dire : *sans confondre cet honneur avec d'autres, sans le méconnaître, en sentant tout le prix de cet honneur?* L'édition de 1734 change *le* en *se*, donnant sans doute à *se confondre* le sens de *se troubler, demeurer interdit :* la correction pourrait bien être bonne ; nous pencherions à le croire, mais ne nous permettons pas de changer la leçon originale.

ÉROXÈNE.

Contentez nos desirs, quoi qu'on en puisse croire,
Et ne vous chargez point du soin de notre gloire.

DAPHNÉ.

Non, ne descendez point dans ces humilités,
Et laissez-nous juger ce que vous méritez.   270

MYRTIL.

Le choix qui m'est offert s'oppose à votre attente,
Et peut seul[1] empêcher que mon cœur vous contente.
Le moyen de choisir de deux grandes beautés,
Égales en naissance et rares qualités ?
Rejeter l'une ou l'autre est un crime effroyable,   275
Et n'en choisir aucune est bien plus raisonnable.

ÉROXÈNE.

Mais en faisant refus de répondre à nos vœux,
Au lieu d'une, Myrtil, vous en outragez deux.

DAPHNÉ.

Puisque nous consentons à l'arrêt qu'on peut rendre,
Ces raisons ne font rien à vouloir s'en défendre[2].   280

MYRTIL.

Eh bien ! si ces raisons ne vous satisfont pas,
Celle-ci le fera : j'aime d'autres appas ;
Et je sens bien qu'un cœur qu'un bel objet engage
Est insensible et sourd à tout autre avantage.

LYCARSIS.

Comment donc ? Qu'est-ce ci[3] ? Qui l'eût pu présumer ?
Et savez-vous, morveux, ce que c'est que d'aimer ?

MYRTIL.

Sans savoir ce que c'est, mon cœur a su le faire.

LYCARSIS.

Mais cet amour me choque, et n'est pas nécessaire.

---

1. Et peut à lui seul.

2. Pour se refuser à rendre cet arrêt, ces raisons sont de peu de poids, de peu de valeur.

3. Dans l'édition originale : « Qu'est-ce-cy ? » Comparez p. 41, note 4.

MYRTIL.

Vous ne deviez donc pas, si cela vous déplaît,
Me faire un cœur sensible et tendre comme il est. 290

LYCARSIS.

Mais ce cœur que j'ai fait me doit obéissance.

MYRTIL.

Oui, lorsque d'obéir il est en sa puissance.

LYCARSIS.

Mais enfin, sans mon ordre il ne doit point aimer.

MYRTIL.

Que n'empêchiez-vous donc que l'on pût le charmer ?

LYCARSIS.

Eh bien ! je vous défends que cela continue.   295

MYRTIL.

La défense, j'ai peur, sera trop tard venue.

LYCARSIS.

Quoi ? les pères n'ont pas des droits supérieurs ?

MYRTIL.

Les Dieux, qui sont bien plus, ne forcent point les cœurs.

LYCARSIS.

Les Dieux.... Paix, petit sot ! Cette philosophie
Me....

DAPHNÉ.

Ne vous mettez point en courroux, je vous prie.

LYCARSIS.

Non : je veux qu'il se donne à l'une pour époux,
Ou je vais lui donner le fouet tout devant vous :
Ah ! ah ! je vous ferai sentir que je suis père.

DAPHNÉ.

Traitons, de grâce, ici les choses sans colère.

ÉROXÈNE.

Peut-on savoir de vous cet objet si charmant   305
Dont la beauté, Myrtil, vous a fait son amant ?

MYRTIL.

Mélicerte, Madame. Elle en peut faire d'autres.

ÉROXÈNE.

Vous comparez, Myrtil, ses qualités aux nôtres ?

DAPHNÉ.

Le choix d'elle et de nous est assez inégal.

MYRTIL.

Nymphes, au nom des Dieux, n'en dites point de mal :
Daignez considérer, de grâce, que je l'aime,
Et ne me jetez point dans un désordre extrême.
Si j'outrage en l'aimant vos célestes attraits,
Elle n'a point de part au crime que je fais :
C'est de moi, s'il vous plaît, que vient toute l'offense.
Il est vrai, d'elle à vous je sais la différence ;
Mais par sa destinée on se trouve enchaîné ;
Et je sens bien enfin que le Ciel m'a donné
Pour vous tout le respect, Nymphes, imaginable,
Pour elle tout l'amour dont une âme est capable.   320
Je vois, à la rougeur qui vient de vous saisir,
Que ce que je vous dis ne vous fait pas plaisir.
Si vous parlez, mon cœur appréhende d'entendre
Ce qui peut le blesser par l'endroit le plus tendre ;
Et pour me dérober à de semblables coups,   325
Nymphes, j'aime bien mieux prendre congé de vous.

LYCARSIS.

Myrtil, holà ! Myrtil ! Veux-tu revenir, traître ?
Il fuit ; mais on verra qui de nous est le maître.
Ne vous effrayez point de tous ces vains transports :
Vous l'aurez pour époux [1]; j'en réponds corps pour corps.

---

1. « C'est-à-dire, explique Auger, une de vous l'aura pour époux; » mais
le plaisant, c'est cette confusion, cette promesse faite par indivis.

FIN DU PREMIER ACTE.

ACTE II.

SCÈNE PREMIÈRE.

MÉLICERTE, CORINNE.

MÉLICERTE.

Ah ! Corinne, tu viens de l'apprendre de Stelle,
Et c'est de Lycarsis qu'elle tient la nouvelle.

CORINNE.

Oui.

MÉLICERTE.

Que les qualités dont Myrtil est orné
Ont su toucher d'amour Éroxène et Daphné ?

CORINNE.

Oui.

MÉLICERTE.

Que pour l'obtenir leur ardeur est si grande,   335
Qu'ensemble elles en ont déjà fait la demande ?
Et que, dans ce débat, elles ont fait dessein
De passer, dès cette heure, à recevoir sa main ?
Ah ! que tes mots ont peine à sortir de ta bouche !
Et que c'est foiblement que mon souci te touche !   340

CORINNE.

Mais quoi? que voulez-vous ? C'est là la vérité,
Et vous redites tout comme je l'ai conté[1].

___

1. Comme le rappelle Petitot (au tome IV des *OEuvres de Molière*, 1824,
p. 39 et 40), l'idée de ce dialogue, plus tard reprise par Molière lui-même,
dans la première scène, plus remarquée, des *Fourberies de Scapin*, avait été

MÉLICERTE.

Mais comment Lycarsis reçoit-il cette affaire ?

CORINNE.

Comme un honneur, je crois, qui doit beaucoup lui plaire.

MÉLICERTE.

Et ne vois-tu pas bien, toi qui sais mon ardeur,   345
Qu'avec ce mot[1], hélas ! tu me perces le cœur ?

CORINNE.

Comment ?

déjà fort heureusement mise en œuvre par Rotrou, au début de sa comédie
de *la Sœur* (1645) :

LÉLIE.

O fatale nouvelle, et qui me désespère !
Mon oncle te l'a dit? et le tient de mon père ?

ERGASTE.

Oui.

LÉLIE.

Que pour Éroxène il destine ma foi ?
Qu'il doit absolument m'imposer cette loi ?
Qu'il promet Aurélie aux vœux de Polydore ?

ERGASTE.

Je vous l'ai déjà dit, et vous le dis encore.

LÉLIE.

Et qu'exigeant de nous ce funeste devoir,
Il nous veut obliger d'épouser dès ce soir ?

ERGASTE.

Dès ce soir.

LÉLIE.

Et tu crois qu'il te parloit sans feinte?

ERGASTE.

Sans feinte.

LÉLIE.

Ha! si d'amour tu ressentois l'atteinte,
Tu plaindrois moins ces mots qui te coûtent si cher
Et qu'avec tant de peine il te faut arracher;
Et cette avare écho[a] qui répond par ta bouche
Seroit plus indulgente à l'amour qui me touche.

ERGASTE.

Comme on m'a tout appris je vous l'ai rapporté,
Je n'ai rien oublié, je n'ai rien ajouté :
Que desirez-vous plus ?

1. Qu'avec ces mots. (1734.)

a Bien que le genre du mot fût au dix-septième siècle fixé comme il l'est
aujourd'hui (voyez le *Lexique de la langue de Corneille*), il est au féminin
dans l'édition originale, et sans majuscule ; il est néanmoins peu probable
qu'ici Rotrou voulût faire songer à la nymphe Écho.

MÉLICERTE.

Me mettre aux yeux[1] que le sort implacable
Auprès d'elles me rend trop peu considérable,
Et qu'à moi, par leur rang, on les va préférer,
N'est-ce pas une idée à me désespérer ?   350

CORINNE.

Mais quoi ? je vous réponds, et dis ce que je pense.

MÉLICERTE.

Ah ! tu me fais mourir par ton indifférence.
Mais dis, quels sentiments Myrtil a-t-il fait voir ?

CORINNE.

Je ne sais.

MÉLICERTE.

Et[2] c'est là ce qu'il falloit savoir,
Cruelle !   355

CORINNE.

En vérité, je ne sais comment faire,
Et de tous les côtés je trouve à vous déplaire.

MÉLICERTE.

C'est que tu n'entres point dans tous les mouvements
D'un cœur, hélas ! rempli de tendres sentiments.
Va-t'en : laisse-moi seule en cette solitude
Passer quelques moments de mon inquiétude.   360

SCÈNE II.

MÉLICERTE[3].

Vous le voyez, mon cœur, ce que c'est que d'aimer,
Et Belise avoit su trop bien m'en informer.

---

1. Ce tour est déjà au vers 27 du *Tartuffe*, et au vers 359 du *Misanthrope*.
2. Dans l'édition originale, avec hiatus : « Je ne sçay. — Et ».
3. MÉLICERTE, *seule*. (1734.)

Cette charmante mère, avant sa destinée[1],
Me disoit une fois, sur le bord du Pénée :
« Ma fille, songe à toi : l'amour aux jeunes cœurs   365
Se présente toujours entouré de douceurs ;
D'abord il n'offre aux yeux que choses agréables ;
Mais il traîne après lui des troubles effroyables ;
Et si tu veux passer tes jours dans quelque paix,
Toujours, comme d'un mal, défends-toi de ses traits. »
De ces leçons, mon cœur, je m'étois souvenue ;
Et quand Myrtil venoit à s'offrir à ma vue,
Qu'il jouoit avec moi, qu'il me rendoit des soins,
Je vous disois toujours de vous y plaire moins.
Vous ne me crûtes point ; et votre complaisance   375
Se vit bientôt changée en trop de bienveillance ;
Dans ce naissant amour qui flattoit vos desirs,
Vous ne vous figuriez que joie et que plaisirs :
Cependant vous voyez la cruelle disgrâce
Dont, en ce triste jour, le destin vous menace,   380
Et la peine mortelle où vous voilà réduit !
Ah, mon cœur ! ah, mon cœur ! je vous l'avois bien dit.
Mais tenons, s'il se peut, notre douleur couverte :
Voici....

SCÈNE III.

MYRTIL, MÉLICERTE.

MYRTIL.

J'ai fait tantôt, charmante Mélicerte,
Un petit prisonnier que je garde pour vous,   385
Et dont peut-être un jour je deviendrai jaloux :
C'est un jeune moineau, qu'avec un soin extrême

---

1. Avant sa mort : le mot *destinée* est pris ici en ce sens, qu'il n'a guère
en français, du latin *fatum*.

Je veux, pour vous l'offrir, apprivoiser moi-même.
Le présent n'est pas grand ; mais les divinités
Ne jettent leurs regards que sur les volontés :   390
C'est le cœur qui fait tout [1] ; et jamais la richesse
Des présents que....Mais, Ciel ! d'où vient cette tristesse ?
Qu'avez-vous, Mélicerte, et quel sombre chagrin
Seroit [2] dans vos beaux yeux répandu ce matin !
Vous ne répondez point ? et ce morne silence   395
Redouble encor ma peine et mon impatience.
Parlez : de quel ennui ressentez-vous les coups ?
Qu'est-ce donc ?

MÉLICERTE.

Ce n'est rien.

MYRTIL.

Ce n'est rien, dites-vous ?
Et je vois cependant vos yeux couverts de larmes :
Cela s'accorde-t-il [3], beauté pleine de charmes ?   400
Ah ! ne me faites point un secret dont je meurs,
Et m'expliquez, hélas ! ce que disent ces pleurs.

MÉLICERTE.

Rien ne me serviroit de vous le faire entendre.

MYRTIL.

Devez-vous rien avoir que je ne doive apprendre ?
Et ne blessez-vous pas notre amour aujourd'hui,   405
De vouloir me voler ma part de votre ennui ?
Ah ! ne le cachez point à l'ardeur qui m'inspire.

MÉLICERTE.

Hé bien, Myrtil, hé bien ! il faut donc vous le dire :

---

1. La Fontaine a-t-il emprunté, ou trouvé, lui aussi, ce charmant hémistiche ? Voyez ci-dessus à la *Notice*, p. 140 et 141.

2. L'édition de 1734 corrige *seroit* en *se voit*. La correction est ingénieuse, mais elle ne nous paraît pas absolument nécessaire ; c'est comme si Myrtil disait : « Auriez-vous quelque chagrin qui obscurcît vos beaux yeux ? »

3. C'est-à-dire cela n'est-il pas contradictoire ? Comment accorder ces larmes avec cette réponse ?

J'ai su que, par un choix plein de gloire pour vous,
Éroxène et Daphné vous veulent pour époux ; 410
Et je vous avouerai que j'ai cette foiblesse
De n'avoir pu, Myrtil, le savoir[1] sans tristesse,
Sans accuser du sort la rigoureuse loi,
Qui les rend dans leurs vœux préférables à moi.

MYRTIL.

Et vous pouvez l'avoir, cetté injuste tristesse ! 415
Vous pouvez soupçonner mon amour de foiblesse,
Et croire qu'engagé par des charmes si doux,
Je puisse être jamais à quelque autre qu'à vous ?
Que je puisse accepter une autre main offerte ?
Hé ! que vous ai-je fait, cruelle Mélicerte, 420
Pour traiter ma tendresse avec tant de rigueur,
Et faire un jugement si mauvais de mon cœur ?
Quoi ? faut-il que de lui vous ayez quelque crainte ?
Je suis bien malheureux de souffrir cette atteinte ;
Et que me sert d'aimer comme je fais, hélas ! 425
Si vous êtes si prête à ne le croire pas ?

MÉLICERTE.

Je pourrois moins, Myrtil, redouter ces rivales,
Si les choses étoient de part et d'autre égales,
Et dans un rang pareil j'oserois espérer
Que peut-être l'amour me feroit préférer ; 430
Mais l'inégalité de bien et de naissance,
Qui peut d'elles à moi faire la différence....

MYRTIL.

Ah ! leur rang de mon cœur ne viendra point à bout,
Et vos divins appas vous tiennent lieu de tout.
Je vous aime, il suffit ; et dans votre personne 435
Je vois rang, biens, trésors, États, sceptres[2], couronne ;

---

1. Dans la première édition : « la savoir », faute évidente, corrigée dans
les textes de 1733 et de 1734.
2. Sceptre. (1730, 33, 34.)

Et des rois les plus grands[1] m'offrît-on le pouvoir,
Je n'y changerois pas le bien de vous avoir[2].
C'est une vérité toute sincère et pure,
Et pouvoir en douter est me faire une injure.　　440

MÉLICERTE.

Hé bien ! je crois, Myrtil, puisque vous le voulez,
Que vos vœux par leur rang ne sont point ébranlés ;
Et que, bien qu'elles soient nobles, riches et belles,
Votre cœur m'aime assez pour me mieux aimer qu'elles.
Mais ce n'est pas l'amour dont vous suivez la voix :　445
Votre père, Myrtil, réglera votre choix ;
Et de même qu'à vous je ne lui suis pas chère,
Pour préférer[3] à tout une simple bergère.

MYRTIL.

Non, chère Mélicerte, il n'est père ni Dieux
Qui me puissent forcer à quitter vos beaux yeux ;　450
Et toujours de mes vœux reine comme vous êtes....

MÉLICERTE.

Ah ! Myrtil, prenez garde à ce qu'ici vous faites :
N'allez point présenter un espoir à mon cœur,
Qu'il recevroit peut-être avec trop de douceur,
Et qui, tombant après comme un éclair qui passe,　455
Me rendroit plus cruel le coup de ma disgrâce.

MYRTIL.

Quoi ? faut-il des serments appeler le secours,

1. « Et des rois le plus grand », dans la première édition. Faut-il mettre
le nom au singulier : « du roi » ? ou, comme nous l'avons fait, avec les éditions de 1730, 33, 34, l'adjectif au pluriel ?

2. « Je ne changerois pas mon bonheur à toutes les choses du monde, »
dit Dom Juan[a] ; *y* représente ici *à cela, à ce pouvoir.*

3. Et je ne lui suis pas chère comme à vous, à ce point qu'il voulût préférer....

[a] À la fin de la scène III de l'acte II, tome V, p. 125. Nous avons renvoyé
là, pour cette construction, au *Lexique de la langue de Corneille*, tome I,
p. 11, et à celui *de la langue de Racine*, p. 82.

Lorsque l'on vous promet de vous aimer toujours ?
Que vous vous faites tort par de telles alarmes,
Et connoissez bien peu le pouvoir de vos charmes! 46o
Hé bien! puisqu'il le faut, je jure par les Dieux,
Et si ce n'est assez, je jure par vos yeux,
Qu'on me tuera plutôt que je vous abandonne[1].
Recevez-en ici la foi que je vous donne,
Et souffrez que ma bouche avec ravissement   465
Sur cette belle main en signe le serment.

MÉLICERTE.

Ah! Myrtil, levez-vous, de peur qu'on ne vous voie.

MYRTIL.

Est-il rien...? Mais, ô Ciel! on vient troubler ma joie.

SCÈNE IV.

LYCARSIS, MYRTIL, MÉLICERTE.

LYCARSIS.

Ne vous contraignez pas pour moi.
MÉLICERTE[2].

Quel sort fâcheux!

LYCARSIS.

Cela ne va pas mal : continuez tous deux.   47o
Peste! mon petit fils, que vous avez l'air tendre,
Et qu'en maître déjà vous savez vous y prendre!
Vous a-t-il, ce savant qu'Athènes exila,
Dans sa philosophie appris ces choses-là?
Et vous, qui lui donnez de si douce manière   475
Votre main à baiser, la gentille bergère,

----

1. *Plutôt que*, dans ce tour, est construit comme se construirait *avant que*,
dont il se rapproche fort par le sens : voyez tome IV, p. 475, les deux vers de
Corneille qui ont été comparés aux vers 1113 et 1114 du *Tartuffe*.

2. MÉLICERTE, *à part*. (1734.)

L'honneur vous apprend-il ces mignardes douceurs,
Par qui vous débauchez ainsi les jeunes cœurs?

MYRTIL.

Ah! quittez de ces mots l'outrageante bassesse,
Et ne m'accablez point d'un discours qui la blesse.   480

LYCARSIS.

Je veux lui parler, moi. Toutes ces amitiés....

MYRTIL.

Je ne souffrirai point que vous la maltraitiez.
A du respect pour vous la naissance[1] m'engage;
Mais je saurai sur moi vous punir de l'outrage.
Oui, j'atteste le Ciel que si, contre mes vœux,   485
Vous lui dites encor le moindre mot fâcheux,
Je vais avec ce fer, qui m'en fera justice,
Au milieu de mon sein vous chercher un supplice,
Et par mon sang versé lui marquer promptement
L'éclatant désaveu de votre emportement.   490

MÉLICERTE.

Non, non, ne croyez pas qu'avec art je l'enflamme,
Et que mon dessein soit de séduire son âme.
S'il s'attache à me voir, et me veut quelque bien,
C'est de son mouvement : je ne l'y force en rien.
Ce n'est pas que mon cœur veuille ici se défendre   495
De répondre à ses vœux d'une ardeur assez tendre :
Je l'aime, je l'avoue, autant qu'on puisse aimer;
Mais cet amour n'a rien qui vous doive alarmer;
Et pour vous arracher toute injuste créance,
Je vous promets ici d'éviter sa présence,   500
De faire place au choix où vous vous résoudrez,
Et ne souffrir ses vœux que quand vous le voudrez.

1. Ma naissance, mon titre de fils, votre titre de père.

SCÈNE V.

LYCARSIS, MYRTIL.

MYRTIL.

Eh bien! vous triomphez avec cette retraite,
Et dans ces mots votre âme a ce qu'elle souhaite;
Mais apprenez qu'en vain vous vous réjouissez,   505
Que vous serez trompé dans ce que vous pensez,
Et qu'avec tous vos soins, toute votre puissance,
Vous ne gagnerez rien sur ma persévérance.

LYCARSIS.

Comment? à quel orgueil, fripon, vous vois-je aller?
Est-ce de la façon[1] que l'on me doit parler?   510

MYRTIL.

Oui, j'ai tort, il est vrai, mon transport n'est pas sage :
Pour rentrer au devoir, je change de langage,
Et je vous prie ici, mon père, au nom des Dieux,
Et par tout ce qui peut vous être précieux,
De ne vous point servir, dans cette conjoncture,   515
Des fiers[2] droits que sur moi vous donne la nature :
Ne m'empoisonnez point vos bienfaits les plus doux.
Le jour est un présent que j'ai reçu de vous;
Mais de quoi vous serai-je aujourd'hui redevable,
Si vous me l'allez rendre, hélas! insupportable?   520
Il est, sans Mélicerte, un supplice à mes yeux :
Sans ses divins appas rien ne m'est précieux;
Ils font tout mon bonheur et toute mon envie;
Et si vous me l'ôtez, vous m'arrachez la vie[3].

1. Est-ce de cette façon? Voyez ci-dessus, p. 116 et note 6.

2. Rigoureux, cruels : voyez l'emploi qui a été fait du mot au vers 541 de l'Étourdi, et au vers 376 du Tartuffe.

3. On peut comparer à ce couplet celui des supplications de Mariane à Orgon, dans la scène III de l'acte IV du Tartuffe (tome IV, p. 485 et 486).

LYCARSIS[1].

Aux douleurs de son âme il me fait prendre part.   525
Qui l'auroit jamais cru de ce petit pendart?
Quel amour! quels transports! quels discours pour son âge!
J'en suis confus, et sens que cet amour m'engage[2].

MYRTIL[3].

Voyez, me voulez-vous ordonner de mourir?
Vous n'avez qu'à parler, je suis prêt d'obéir.   530

LYCARSIS[4].

Je ne[5] puis plus tenir : il m'arrache des larmes,
Et ces tendres propos me font rendre les armes.

MYRTIL.

Que si dans votre cœur un reste d'amitié
Vous peut de mon destin donner quelque pitié,
Accordez Mélicerte à mon ardente envie,   535
Et vous ferez bien plus que me donner la vie.

LYCARSIS.

Lève-toi.

MYRTIL.

Serez-vous sensible à mes soupirs?

LYCARSIS.

Oui.

MYRTIL.

J'obtiendrai de vous l'objet de mes desirs?

LYCARSIS,

Oui.

---

1. LYCARSIS, *à part.* (1734.)
2. Ne me laisse pas libre, froid, me gagne le cœur, me touche. L'emploi que Corneille a fait d'*engager*, pris absolument, au vers 745 de *Cinna*, menait peut-être au sens qu'il a ici :

L'intérêt du pays n'est point ce qui l'engage.

3. MYRTIL, *se jetant aux genoux de Lycarsis.* (1734.)
4. LYCARSIS, *à part.* (*Ibidem.*)
5. L'édition de 1734 change *ne* en *n'y*.

MYRTIL.

Vous ferez pour moi que son oncle l'oblige
A me donner sa main?   540

LYCARSIS.

Oui. Lève-toi, te dis-je.

MYRTIL.

O père, le meilleur qui jamais ait été,
Que je baise vos mains après tant de bonté!

LYCARSIS.

Ah! que pour ses enfants un père a de foiblesse!
Peut-on rien refuser à leurs mots de tendresse?
Et ne se sent-on pas certains mouvements doux,   545
Quand on vient à songer que cela sort de vous?

MYRTIL.

Me tiendrez-vous au moins la parole avancée?
Ne changerez-vous point, dites-moi, de pensée?

LYCARSIS.

Non.

MYRTIL.

Me permettez-vous de vous désobéir,
Si de ces sentiments on vous fait revenir?   550
Prononcez le mot.

LYCARSIS.

Oui. Ha, nature, nature!
Je m'en vais trouver Mopse, et lui faire ouverture
De l'amour que sa nièce et toi vous vous portez.

MYRTIL.

Ah! que ne dois-je point à vos rares bontés![1]
Quelle heureuse nouvelle à dire à Mélicerte!   555
Je n'accepterois pas une couronne offerte,
Pour le plaisir que j'ai de courir lui porter
Ce merveilleux succès qui la doit contenter.

1. *Seul.* (1734.)

SCÈNE VI.

ACANTE, TYRÈNE, MYRTIL.

ACANTE.

Ah! Myrtil, vous avez du Ciel reçu des charmes
Qui nous ont préparé des matières de larmes,   560
Et leur naissant éclat, fatal à nos ardeurs,
De ce que nous aimons nous enlève les cœurs.

TYRÈNE.

Peut-on savoir, Myrtil, vers qui de ces deux belles
Vous tournerez ce choix dont courent les nouvelles,
Et sur qui doit de nous[1] tomber ce coup affreux   565
Dont se voit foudroyé tout l'espoir de nos vœux ?

ACANTE.

Ne faites point languir deux amants davantage,
Et nous dites quel sort votre cœur nous partage[2].

TYRÈNE.

Il vaut mieux, quand on craint ces malheurs éclatants,
En mourir tout d'un coup, que traîner si longtemps.   570

MYRTIL.

Rendez, nobles bergers, le calme à votre flamme :
La belle Mélicerte a captivé mon âme ;
Auprès de cet objet mon sort est assez doux,
Pour ne pas consentir à rien prendre sur vous;
Et si vos vœux enfin n'ont que les miens à craindre, 575
Vous n'aurez, l'un ni l'autre, aucun lieu de vous plaindre.

ACANTE.

Ah! Myrtil, se peut-il que deux tristes amants...?

---

1. « Et sur qui de nous doit tomber. » La construction a été gênée par la
nécessité d'un repos à l'hémistiche.
2. Quel sort le choix de votre cœur nous réserve en partage.

TYRÈNE.

Est-il vrai que le Ciel, sensible à nos tourments...?

MYRTIL.

Oui, content de mes fers comme d'une victoire,
Je me suis excusé de ce choix plein de gloire[1] ;   580
J'ai de mon père encor changé les volontés,
Et l'ai fait consentir à mes félicités.

ACANTE[2].

Ah ! que cette aventure est un charmant miracle,
Et qu'à notre poursuite elle ôte un grand obstacle !

TYRÈNE[3].

Elle peut renvoyer ces Nymphes à nos vœux[4],   585
Et nous donner moyen d'être contents tous deux.

SCÈNE VII.

NICANDRE, MYRTIL, ACANTE, TYRÈNE.

NICANDRE.

Savez-vous en quel lieu Mélicerte est cachée ?

MYRTIL.

Comment?

NICANDRE.

En diligence elle est partout cherchée.

MYRTIL.

Et pourquoi?

NICANDRE.

Nous allons perdre cette beauté.
C'est pour elle qu'ici le Roi s'est transporté :   590

1. C'est-à-dire, je me suis dérobé à ce glorieux choix des deux Nymphes
(que vous aimez), je l'ai refusé avec excuses et respect.
2. ACANTE, à *Tyrène*. (1734.) — 3. TYRÈNE, à *Acante*. (*Ibidem.*)
4. Elle peut nous ramener ces Nymphes, les rendre favorables à nos vœux.

Avec un grand seigneur on dit qu'il la marie.

MYRTIL.

O Ciel! Expliquez-moi ce discours, je vous prie.

NICANDRE.

Ce sont des incidents grands et mystérieux.
Oui, le Roi vient chercher Mélicerte en ces lieux;
Et l'on dit qu'autrefois feu Belise, sa mère,   595
Dont tout Tempé croyoit que Mopse étoit le frère....
Mais je me suis chargé de la chercher partout:
Vous saurez tout cela tantôt, de bout en bout.

MYRTIL.

Ah, Dieux! quelle rigueur! Hé! Nicandre, Nicandre!

ACANTE.

Suivons aussi ses pas, afin de tout apprendre.   600

FIN DU SECOND ACTE.

Cette comédie n'a point été achevée; il n'y avoit que ces deux actes de faits lorsque le Roi la demanda. Sa Majesté en ayant été satisfaite pour la fête où elle fut représentée, le sieur de Molière ne l'a point fini[1]. (Note des éditeurs de 1682.)

1. Sur la suite qu'aurait pu avoir *Mélicerte*, et sur celle que hasarda de lui donner le fils de Guérin et d'Armande Béjard, voyez ci-dessus, à la *Notice*, p. 142, 143, et p. 145, 146. — L'éditeur de 1734, qui le premier a recueilli, pour les joindre aux *OEuvres de Molière*, les fragments de la *Pastorale comique* imprimés dans le livret du *Ballet des Muses*, a placé à la fin de *Mélicerte* un *Avertissement* qui contient:

1° La note des éditeurs de 1682, moins les premiers mots: « Cette comédie n'a point été achevée; »

2° Cette introduction de ce que nous donnons ci-après, à leur exemple, sous le titre de *Pastorale comique:*

« Cette pastorale héroïque, qui formoit la troisième entrée du *Ballet des Muses*, dansé par Sa Majesté, le 2 décembre 1666, dans le château de Saint-Germain en Laye, fut suivie d'une pastorale comique, espèce d'impromptu mêlé de scènes récitées et de scènes en musique, avec des divertissements et des entrées de ballet.

« Il y a apparence que les paroles chantées, qui font partie de l'action, sont de Molière, ainsi que l'invention du sujet et les dialogues récités.

« Comme cette dernière pièce n'a jamais été imprimée dans le recueil des *OEuvres de Molière*, on a jugé à propos, pour rendre l'édition plus complète, de l'imprimer en l'état où elle est, quoiqu'il ne nous en reste que le nom des acteurs, l'ordre des scènes, avec les paroles qui se chantoient. »

PASTORALE COMIQUE[1]

1. Voyez, à la note 1 de la page 185, l'introduction à la *Pastorale comique*, de l'éditeur de 1734. — La *Pastorale comique* fut représentée le 5 janvier 1667 : voyez ci-dessus la *Notice*, p. 135-137.

ACTEURS.

IRIS, jeune bergère. . . . . . . Mlle DE BRIE.

LYCAS, riche pasteur. . . . . . MOLIÈRE.

FILÈNE, riche pasteur. . . . . D'ESTIVAL[1].

CORIDON, jeune berger. . . . LA GRANGE.

BERGER ENJOUÉ. . . . . BLONDEL[2].

UN PÂTRE. . . . . CHÂTEAUNEUF[3].

1. D'Estival appartenait à la Musique du Roi, et paraît avoir eu une voix de basse remarquable[a]; on l'a déjà vu chargé des rôles importants (sans compter les moindres dans les ensembles) du Magicien du *Mariage forcé* et du Satyre de *la Princesse d'Élide*. Il est nommé ici parmi les acteurs; mais son emploi, comme celui de tous les artistes du chant, était tout musical; il chantait, et n'eût voulu ni peut-être, comme dit Moron, su « parler d'autre façon. »

2. Blondel, un ténor, était aussi un des principaux chanteurs des récits et airs mêlés aux ballets de la cour[b].

3. La Grange, dans son *Registre*, a fait mention de Châteauneuf, en 1670 et en 1673 (p. 111 et p. 143), comme d'un gagiste de la Troupe.

Voici quelle est dans l'édition de 1734 la liste des personnages :

ACTEURS.

ACTEURS DE LA PASTORALE.

IRIS, bergère. — LYCAS, riche pasteur, amant d'Iris. — FILÈNE, riche pasteur, amant d'Iris. — CORIDON, berger, confident de Lycas, amant d'Iris. — UN PÂTRE, ami de Filène. — UN BERGER.

ACTEURS DU BALLET.

MAGICIENS, dansants. — MAGICIENS, chantants. — DÉMONS, dan-

[a] Voyez tome IV, p. 133, et p. 79, 177.

[b] Voyez *ibidem*, p. 133 et 217.

sants. — Paysans. — Une Égyptienne, chantante et dansante. — Égyptiens, dansants [a].

La même édition fait suivre cette liste de cette indication :

*La scène est en Thessalie, dans un hameau
de la vallée de Tempé.*

[a] L'éditeur de 1734 eût pu fondre avec cette liste le tableau suivant (rejeté par lui à la fin de la *Pastorale comique*), dans lequel il a rassemblé, d'après le *Livret* même, les noms de tous ceux qui contribuèrent à l'exécution. Il y a omis (au 3e alinéa) le nom de *Paysan*, qui est au *Livret* (voyez ci-après, p. 197), et changé (au dernier alinéa) en *Vaignant* ou *Vaignart* (selon les différents tirages) le nom de *Vagnart* (voyez p. 203). Dans une partie des exemplaires de 1734, les noms de *la Grange*, *Châteauneuf* et *la Mare* sont précédés de la particule *de*.

NOMS DE CEUX QUI RÉCITOIENT, CHANTOIENT ET DANSOIENT
DANS LA *PASTORALE* :

Iris, *Mlle de Brie*. Lycas, *le sieur Molière*. Filène, *le sieur Estival*. Coridon, *le sieur la Grange*. Un Berger, *le sieur Blondel*. Un Pâtre, *le sieur Châteauneuf*.

Magiciens dansants : *les sieurs la Pierre, Favier*. Magiciens chantants : *les sieurs le Gros, Don, Gaye*. Démons dansants : *les sieurs Chicanneau, Bonard, Noblet le cadet, Arnald, Mayeu, Foignard*.

Paysans : *les sieurs Dolivet, Desonets, du Pron, la Pierre, Mercier, Pesan, le Roy*.

Égyptienne dansante et chantante : *le sieur Noblet l'aîné*. Égyptiens dansants : quatre jouant de la guitare, *les sieurs Lulli, Beauchamp, Chicanneau, Vaignart;* quatre jouant des castagnettes, *les sieurs Favier, Bonard, Saint-André, Arnald;* quatre jouant des gnacares, *les sieurs la Mare, des Airs second, du Feu, Pesan*.

PASTORALE COMIQUE[1].

La première scène est entre Lycas, riche pasteur, et Coridon, son confident.

———————

La seconde scène est une cérémonie magique de. chantres et danseurs.

Les deux Magiciens dansants sont :

Les sieurs LA PIERRE et FAVIER.

Les trois Magiciens assistants et chantants[2] sont :

1. Dans le livret du *Ballet des Muses*, qui nous a conservé le canevas et les paroles chantées qu'on va lire, le titre PASTORALE COMIQUE est suivi de la liste des rôles, comme nous la donnons ci-dessus, avec les noms de ceux qui les jouent; et il est précédé de cet autre titre : III. ENTRÉE, et de cette note préliminaire, intéressante à reproduire ici[a] :

Thalie, à qui la Comédie est consacrée, a pour son partage une pièce comique représentée par les Comédiens du Roi, et composée par celui de tous nos poëtes qui, dans ce genre d'écrire, peut le plus justement se comparer aux anciens.

Les mots : *Comédiens du Roi*, sont expliqués en marge par ceux-ci : *Molière et sa troupe.*

La note, qui ne fut modifiée dans aucune des éditions du livret, s'appliquait mieux à la comédie de *Mélicerte*, qu'à la pièce de genre mixte, qu'à l'espèce de petit opéra bouffe qui en prit la place, dans le grand *Ballet*, à partir du 5 janvier 1667[b]. Comme on en peut juger par le *libretto* même qui nous reste et par le catalogue donné ci-après à l'*Appendice*, Lully, ses chanteurs et ses danseurs, eurent certainement plus de part au succès de la *Pastorale comique* que Molière et sa troupe.

2. Suivant les indications de la première partition Philidor, et suivant

a Nous l'avons d'ailleurs laissée à sa place dans le livret (qu'on trouvera à l'*Appendice*) d'où a été extrait le texte de la *Pastorale comique* (ci-après, p. 280).

b Voyez à la *Notice*, ci-dessus, p. 135-137, et p. 147 et 148.

MM. le Gros[1], Don[2] et Gaye[3].

Ils chantent[4] :

Déesse des appas,

le tome A de la Bibliothèque nationale (voyez ci-après la fin de la dernière note de l'*Appendice*), c'était, après une première entrée de Magiciens danseurs, non trois Magiciens, mais trois Sorcières qui chantaient ensemble le couplet de sept vers qui va suivre ; l'une d'elles chantait seule le second couplet, de cinq vers, puis le premier couplet était redit comme la première fois. — A une seconde entrée des danseurs succédait l'air en deux couplets des mêmes « trois Sorcières » : *Ah! qu'il est beau*, et *Qu'il est joli*. L'idée de ce changement favorable à la variété, à la fantaisie des costumes, avait pu venir à l'ordonnateur sans que personne songeât à en informer l'éditeur du livret.

1. Le Gros est le même sans doute que celui dont le livret des *Plaisirs troublés*[a] constatait la célébrité en 1657 et qui a été nommé à la *Relation* des intermèdes de *la Princesse d'Élide* (tome IV, p. 217). Sa voix, dans la partition (à la IV[e] et à la IX[e] entrée[b] de ce *Ballet des Muses*), a été notée à la clef des hautes-contre.

2. Nous savons encore par la *Relation de l'Ile enchantée* (tome IV, p. 133) que Don, musicien du Roi comme d'Estival et Blondel, avait, ainsi qu'eux, une voix admirable ; c'était une basse, mais qui n'avait sans doute pas les notes profondes de d'Estival. — La vraie forme de ce nom, qu'on trouve aussi écrit Donc et Dom[c], paraît avoir été Dun. « La famille Dun, dit Castil-Blaze (tome I, p. 420, de *Molière musicien*), a fourni pendant plus d'un siècle des sujets chantants à l'Académie royale de musique, au concert spirituel, et des professeurs à l'école de musique dépendante de ce théâtre. Dun (Jean), fils de celui *qui est ici mentionné...*, remplit le rôle d'Ilidraot dans *Armide* en 1688, et tint l'emploi de premier baryton abandonné par Beaumavielle. »

3. Jean Gaye, un des ordinaires de la Musique du Roi, d'après Jal, a été porté sur les états jusqu'en janvier 1683. Il paraît avoir eu une voix de baryton.

4.   SCÈNE PREMIÈRE.

LYCAS, CORIDON.

SCÈNE II.

LYCAS, MAGICIENS *chantants et dansants*, DÉMONS.

PREMIÈRE ENTRÉE DE BALLET.

(*Deux Magiciens commencent, en dansant, un enchantement pour embellir Lycas ; ils frappent la terre avec leurs baguettes, et en font sortir six Démons, qui se joignent à eux. Trois Magiciens sortent aussi de dessous terre.*)

TROIS MAGICIENS CHANTANTS. (1734.)

[a] Tome II, p. 455, des *Contemporains de Molière*, de M. Fournel.

[b] Cette IX[e] entrée de la copie Philidor est la X[e] du livret donné à l'*Appendice*.

[c] Voyez M. Fournel, tome II, p. 455, note 8 : il est question là d'un Donc l'aîné et d'un cadet, vivants en 1657.

Ne nous refuse pas
La grâce qu'implorent nos bouches[1] :
Nous t'en prions par tes rubans,
Par tes boucles de diamants ,
Ton rouge, ta poudre, tes mouches,
Ton masque, ta coëffe et tes gants[2].

O toi[3] ! qui peux rendre agréables
Les visages les plus mal faits,
Répands, Vénus, de tes attraits
Deux ou trois doses charitables
Sur ce museau tondu tout frais. [4]

Déesse des appas,
Ne nous, etc.[5]

Ah! qu'il est beau,
Le jouvenceau !
Ah! qu'il est beau! ah! qu'il est beau[6]!
Qu'il va faire mourir de belles!

1. Le trio, dans la partition, est coupé à ce troisième vers par un signe de reprise, et cette première partie se répétait en effet, ainsi que la seconde.

2. Le chant répète ces deux derniers vers, et cette seconde fois le tout dernier est encore répété.

3. Nous venons de dire (note 2 de la page 191) que, d'après la partition, c'est un solo de cinq vers qui commence avec ces mots : *O toi;* il est donné à la basse; on lit au-devant: « Une Sorcière. » — UN MAGICIEN, *seul.* (1734.)

4. Les trois Sorcières rechantent : *Déesse des appas,* etc. (*Partition Philidor.*) — LES TROIS MAGICIENS CHANTANTS. (1734.)

5. Une nouvelle danse des Magiciens (une chaconne) s'exécutait ici, entre le trio des Sorcières qui précède et celui qui va suivre : voyez ci-contre, p. 192, la fin de la note 2 de la page 191.— L'édition de 1734 met ici cet en-tête :

II. ENTRÉE DE BALLET.

(*Les six Démons dansants habillent Lycas d'une manière ridicule et bizarre.*)
LES TROIS MAGICIENS CHANTANTS.

6. Au lieu de ce troisième vers, on lit dans la partition, ici et au refrain, une répétition des deux premiers. Il y a même suppression et même répétition aux vers correspondants du second couplet.

Auprès de lui, les plus cruelles
Ne pourront tenir dans leur peau.
      Ah! qu'il est beau,
      Le jouvenceau!
Ah! qu'il est beau! ah! qu'il est beau!
    Ho, ho, ho, ho, ho, ho[1].

        Qu'il est joli,
        Gentil, poli!
    Qu'il est joli! qu'il est joli!
    Est-il des yeux qu'il ne ravisse?
    Il passe en beauté feu Narcisse,
    Qui fut un blondin accompli.
        Qu'il est joli,
        Gentil, poli!
    Qu'il est joli! qu'il est joli!
      Hi, hi, hi, hi, hi, hi[2].

Les six Magiciens assistants et dansants sont :
Les sieurs Chicaneau, Bonard, Noblet le cadet, Arnald,
Mayeu et Foignard.

---

1. Le musicien, pour terminer le refrain, a répété dix-sept fois l'exclamation : *Ho!* puis repris *Ah! qu'il est beau*, et répété toute cette terminaison. Même emploi devait naturellement être fait des secondes paroles qu'on va lire : *Hi! qu'il est joli!* — L'édition de 1734 fait suivre *Ho...!* qu'elle répète huit fois, au lieu de six, de ce nouvel en-tête :

III. ENTRÉE DE BALLET.
(Les Magiciens et les Démons continuent leurs danses, tandis que les trois Magiciens chantants continuent à se moquer de Lycas.)
LES TROIS MAGICIENS CHANTANTS. (1734.)

— On peut croire que les danseurs ne se tenaient pas immobiles pendant l'exécution de ces gais couplets : *Ah! qu'il est beau* et *Qu'il est joli ;* mais le rôle principal ici était aux chanteurs ; il n'y avait pas de nouvelle, à savoir de troisième entrée, ni même de danse réglée sur l'air des couplets ; seulement, entre les deux et après le second, la copie de Versailles dit expressément que l'on reprenait la « chaconne des Magiciens, » d'abord entendue avant le premier couplet (c'est la danse mentionnée ci-dessus, p. 193, note 5).

2. Hi, hi, hi, hi, hi, hi, hi, hi!

(Les trois Magiciens chantants s'enfoncent dans la terre, et les Magiciens dansants disparoissent.) (1734.)

La troisième scène est entre Lycas et Filène, riches pasteurs.

FILÈNE chante [1] :

Paissez, chères brebis, les herbettes naissantes;
Ces prés et ces ruisseaux ont de quoi vous charmer [2];
Mais si vous desirez vivre toujours contentes,
  Petites innocentes,
  Gardez-vous bien d'aimer [3].

(LYCAS, voulant faire des vers, nomme le nom d'IRIS, sa maîtresse,
en présence de FILÈNE, son rival; dont FILÈNE en colère chante :)

FILÈNE [4].

Est-ce toi que j'entends, téméraire, est-ce toi
Qui nommes la beauté qui me tient sous sa loi ?

LYCAS répond [5] :

Oui, c'est moi; oui, c'est moi.

FILÈNE.

Oses-tu bien en aucune façon
  Proférer ce beau nom?

LYCAS.

Hé! pourquoi non? hé! pourquoi non?

FILÈNE.

Iris charme mon âme;

1. SCÈNE III. LYCAS, FILÈNE. — FILÈNE, *sans voir Lycas, chante.* (1734.)

2. La musique de ces deux vers formant la première reprise de l'air, le chanteur avait à les redire, comme ensuite ceux de la seconde.

3. Dans la seconde reprise de l'air, les deux derniers vers sont répétés, avec répétition particulière, cette seconde fois, de *Gardez-vous.*

4. LYCAS, *sans voir Filène.* (*Ce pasteur, voulant faire des vers pour sa maîtresse, prononce le nom d'Iris assez haut pour que Filène l'entende.*) — FILÈNE, *à Lycas.* (1734.)
— Dans tout le dialogue, mis en récitatif mesuré, qui suit, Molière chantait ses courtes répliques; il y répétait deux fois, en écho moqueur, les dernières notes du chant de d'Estival; à la fin du couplet *Iris charme mon âme* seulement, d'Estival descendait jusqu'aux cordes les plus graves de sa belle basse (il s'arrêtait sur un *ré* au-dessous de la portée bien soutenu), et Molière, affectant sans doute aussi de forcer sa voix pour descendre, n'arrivait à imiter qu'à l'octave celle du vrai chanteur.

5. LYCAS. (1734.)

Et qui pour elle aura
Le moindre brin de flamme,
Il s'en repentira [1].

LYCAS.

Je me moque de cela,
Je me moque de cela.

FILÈNE.

Je t'étranglerai, mangerai,
Si tu nommes jamais ma belle [2].
Ce que je dis, je le ferai,
Je t'étranglerai, mangerai :
Il suffit que j'en ai juré.
Quand les Dieux prendroient ta querelle,
Je t'étranglerai, mangerai,
Si tu nommes jamais ma belle.

LYCAS.

Bagatelle, bagatelle.

FILÈNE, venant pour se battre, chante [3] :

Arrête, malheureux,

La quatrième scène est entre Lycas et Iris, jeune bergère, dont
Lycas est amoureux.

La cinquième scène est entre Lycas et un Pâtre, qui apporte
un cartel à Lycas de la part de Filène, son rival.

La sixième scène est entre Lycas et Coridon.

La septième scène est entre Lycas et Filène.

1. Dans le chant, le premier vers de ce couplet est répété, puis les trois
autres le sont de suite ; après, revient encore deux fois la menace : *Il s'en
repentira.*

2. Il y a encore répétition de ces deux vers dans le chant.

3. SCÈNE IV. IRIS, LYCAS. — SCÈNE V. LYCAS, UN PÂTRE. (*Le Pâtre
apporte à Lycas un cartel de la part de Filène.*) — SCÈNE VI. LYCAS, CO-
RIDON. — SCÈNE VII. FILÈNE, LYCAS. — FILÈNE *chante.* (1734.)

Tourne, tourne visage,
Et voyons qui des deux
Obtiendra l'avantage.
(Lycas parle[1], et Filène reprend[2] :)
C'est par trop discourir;
Allons[3], il faut mourir.

La huitième scène est de huit Paysans, qui, venant pour séparer Filène et Lycas, prennent querelle et dansent en se battant.

Les huit paysans sont :

Les sieurs DOLIVET[4], PAYSAN, DESONETS, DU PRON, LA PIERRE, MERCIER, PESAN[5] et LE ROI[6].

La neuvième scène est entre Coridon, jeune berger, et les huit paysans, qui, par les persuasions de Coridon, se réconcilient, et après s'être réconciliés, dansent[7].

La dixième scène est entre Filène, Lycas et Coridon.

L'onzième scène est entre Iris, bergère, et Coridon, berger.

La douzième scène est entre Iris, bergère, Filène, Lycas et Coridon.

---

1. Il n'y a pas dans la partition d'autres paroles que celles qui ont été conservées dans le livret imprimé dont nous donnons le texte.

2.   LYCAS.
(*Lycas hésite à se battre.*)
                    FILÈNE. (1734.)

3. Ce mot est dit deux fois dans le chant.

4. Sur d'Olivet, voyez tome III, p. 6, p. 49 (seconde partie de la note) ; et tome IV, p. 73, note 3.

5. Au tome IV, p. 246, il y a aussi dans un même groupe de danseurs un PAYSAN et un PESAN.

6. Un danseur de profession.

7. Une danse des *Paysans réconciliés* est placée, dans la partition, entre l'air du Berger enjoué (ci-après, p. 201, scène XIV) et celui de l'Égyptienne (même page, scène XV). Peut-être s'exécutait-elle une première fois ici, et une seconde fois entre les scènes XIV et XV; peut-être aussi n'est-ce que par erreur que le copiste l'a reportée là.

FILÈNE chante [1] :

N'attendez pas qu'ici je me vante moi-même,
Pour le choix que vous balancez :
Vous avez des yeux, je vous aime,
C'est vous en dire assez[2].

La treizième scène est entre Filène et Lycas, qui, rebutés par la belle Iris, chantent ensemble leur désespoir[3].

FILÈNE[4].

Hélas! peut-on sentir de plus vive douleur?
Nous préférer un servile pasteur!
Ho Ciel!

LYCAS[5].

Ho sort!

FILÈNE.

Quelle rigueur!

---

1. SCÈNE VIII. FILÈNE, LYCAS, PAYSANS. (*Les Paysans viennent pour séparer Filène et Lycas.*) — IV. ENTRÉE DE BALLET. (*Les Paysans prennent querelle, en voulant séparer les deux Pasteurs, et dansent en se buttant.*) — SCÈNE IX. CORIDON, LYCAS, FILÈNE, PAYSANS. (*Coridon, par ses discours, trouve moyen d'apaiser la querelle des Paysans.*) — V. ENTRÉE DE BALLET. (*Les Paysans réconciliés dansent ensemble.*) — SCÈNE X. CORIDON, LYCAS, FILÈNE. — SCÈNE XI. IRIS, CORIDON. — SCÈNE XII. FILÈNE, LYCAS, IRIS, CORIDON. (*Lycas et Filène, amants de la Bergère, la pressent de décider lequel d'eux deux aura la préférence.*) FILÈNE, à Iris. (1734.)

2. L'air de ce couplet est divisé en deux reprises; deux vers sont dits dans chacune, et dans la seconde les vers sont répétés.

3. Cette fois, sous les répliques de Molière (une seule exceptée : *Il te faut obéir*) les feuillets de la partition ne montrent d'autres notes que celles de la basse continue. A proprement parler, Molière ne chantait donc pas dans cette scène ; entre les courts silences du récitatif, la basse instrumentale figurait en quelque sorte sa réponse, faisait sa partie, qu'il se contentait lui d'interpréter du parler et du geste, ou bien, soutenu par le murmure non interrompu de l'accompagnement, il déclamait rapidement ses paroles, avec des intonations demi-musicales sans doute et qui parodiaient celles du chanteur.

4. (*La Bergère décide en faveur de Coridon.*) — SCÈNE XIII. FILÈNE, LYCAS. — FILÈNE *chante.* (1734.)

5. LYCAS *chante.* (1734; mais voyez la note 3 de cette page.)

LYCAS.

Quel coup!

FILÈNE.

Quoi? tant de pleurs,

LYCAS.

Tant de persévérance,

FILÈNE.

Tant de langueur,

LYCAS.

Tant de souffrance,

FILÈNE.

Tant de vœux,

LYCAS.

Tant de soins,

FILÈNE.

Tant d'ardeur,

LYCAS.

Tant d'amour

FILÈNE.

Avec tant de mépris sont traités en ce jour!
Ha! cruelle,

LYCAS.

Cœur dur,

FILÈNE.

Tigresse,

LYCAS.

Inexorable,

FILÈNE.

Inhumaine,

LYCAS.

Inflexible [1],

FILÈNE.

Ingrate,

1. Insensible. (1734.)

LYCAS.

Impitoyable,

FILÈNE.

Tu veux donc nous faire mourir?
Il te faut contenter.

LYCAS.

Il te faut obéir[1].

FILÈNE [2].

Mourons, Lycas.

LYCAS[3].

Mourons, Filène.

FILÈNE.

Avec ce fer finissons notre peine.

LYCAS.

Pousse.

FILÈNE.

Ferme.

LYCAS.

Courage.

FILÈNE.

Allons, va le premier.

LYCAS.

Non, je veux marcher le dernier.

FILÈNE.

Puisqu'un même malheur aujourd'hui nous assemble,
Allons, partons ensemble.

___

La quatorzième scène est d'un jeune berger enjoué[4], qui, venant
consoler Filène et Lycas, chante[5] :

1. On l'a vu plus haut (p. 198, note 3), les six syllabes de cet hémistiche
étaient les seules que Molière chantât dans la scène.
2. FILÈNE, *tirant son javelot.* (1734.)
3. LYCAS, *tirant son javelot.* (*Ibidem.*)
4. Représenté par Blondel, comme on l'a vu à la liste des Acteurs.
5. SCÈNE XIV. UN BERGER, LYCAS, FILÈNE. — LE BERGER *chante.* (1734.)

Ha! quelle folie[1]
De quitter la vie
Pour une beauté
Dont on est rebuté[2]!
On peut, pour un objet aimable
Dont le cœur nous est favorable,
Vouloir perdre la clarté;
Mais quitter la vie
Pour une beauté
Dont on est rebuté,
Ha! quelle folie![3]

La quinzième et dernière scène est d'une Égyptienne, suivie d'une douzaine de gens, qui, ne cherchant que la joie, dansent avec elle aux chansons qu'elle chante agréablement. En voici les paroles[4] :

PREMIER AIR[5].

D'un pauvre cœur

1. Ce vers, ici et à la fin du couplet, est à marquer *bis* d'après la partition.

2. Un signe indique que la première partie de l'air, qui finit ici, était à redire, et probablement que la suivante était aussi à reprendre en entier.

3. La partition indique à la suite de cette chanson un air de danse intitulé *Pour les Paysans réconciliés;* ce n'est peut-être qu'une interversion dans l'ordre des morceaux; cet air, d'après le livret et très-naturellement, devait venir à la scène ix : voyez ci-dessus, p. 197, et note 7.

4. Il ne semble pas, d'après la partition, qu'on dansât précisément aux chansons dans cette scène finale de la *Pastorale comique*. L'Égyptienne, discrètement accompagnée, chantait un premier air; puis douze danseurs, menés par Lully en personne (on se rappelle qu'il était un grand baladin[a]), se mettaient en branle avec elle et cadençaient leurs pas sur le même air, mais que reprenait un orchestre renforcé de guitares, castagnettes et nacaires (timbales). L'orchestre redisait de même deux fois, pour être dansée après chaque couplet, la seconde chanson que chantait l'Égyptienne.

5. SCÈNE DERNIÈRE. UNE ÉGYPTIENNE, ÉGYPTIENS, *dansants.* — L'ÉGYPTIENNE. (1734.)

[a] Voyez tome IV, p. 86, note 2.

Soulagez le martyre,
D'un pauvre cœur
Soulagez la douleur.
 J'ai beau vous dire
 Ma vive ardeur,
 Je vous vois rire
 De ma langueur.
Ah! cruelle, j'expire
Sous tant de rigueur.
 D'un pauvre cœur
Soulagez le martyre,
 D'un pauvre cœur
Soulagez la douleur.

SECOND AIR [1].

Croyez-moi, hâtons-nous, ma Sylvie,
Usons bien des moments précieux;
 Contentons ici notre envie,
De nos ans le feu nous y convie :
Nous ne saurions, vous et moi, faire mieux [2].
Quand l'hiver a glacé nos guérets,
Le printemps vient reprendre sa place,
Et ramène à nos champs leurs attraits;
 Mais, hélas! quand l'âge nous glace,
Nos beaux jours ne reviennent jamais [3].

Ne cherchons tous les jours qu'à nous plaire,
Soyons-y l'un et l'autre empressés ;

1. VI. ET DERNIÈRE ENTRÉE DE BALLET. (*Douze Égyptiens, dont quatre jouent de la guitare, quatre des castagnettes, quatre des gnacares, dansent avec l'Égyptienne, aux chansons qu'elle chante.*) L'ÉGYPTIENNE. (1734.)

2. Un signe de reprise partage ici l'air en deux parties.

3. Ces deux derniers vers sont répétés dans le chant. — Les paroles du second couplet, qui suit, n'ont pas été écrites dans la première partition Philidor; elles l'ont été, sous les premières paroles, dans la copie de Versailles.

Du plaisir faisons notre affaire,
Des chagrins songeons à nous défaire :
Il vient un temps où l'on en prend assez.
Quand l'hiver a glacé nos guérets,
Le printemps vient reprendre sa place,
Et ramène à nos champs leurs attraits ;
Mais, hélas ! quand l'âge nous glace,
Nos beaux jours ne reviennent jamais.

L'Égyptienne qui danse et chante est :
NOBLET l'aîné [1].

Les douze dansants sont :

Quatre jouant de la guitare,
M. DE LULLY, MM. BEAUCHAMP [2], CHICANEAU et VAGNART [3] ;

Quatre jouant des castagnettes,
Les sieurs FAVIER, BONARD, SAINT-ANDRÉ et ARNALD ;

Quatre jouant des gnacares [4],

1. Ce Noblet l'aîné, à la fois danseur et chanteur, est sans doute celui qui chantait aussi dans le premier concert du *Sicilien* (voyez ci-après, p. 239, note 2, et à l'*Appendice*, p. 294 et 295) ; il avait une voix haute. Il y a un Noblet le cadet nommé parmi les danseurs de la cérémonie magique (ci-dessus, p. 194).

2. Sur Pierre Beauchamps, compositeur des ballets du Roi (c'est le titre qu'il prenait, d'après Jal), l'auteur des danses et de la musique des *Fâcheux*, voyez tome III, p. 6 ; tome IV, p. 74, note 4, et p. 229, note 5.

3. Ce nom se trouve dans d'autres livres de ballet (voyez, au *Ballet d'Alcine*, tome IV, p. 225), et c'est par faute sans doute que l'éditeur de 1734, dans son tableau (ci-dessus, p. 190, note *a*), y a substitué le nom de Vaignart (ou Vaignant).

4. L'auteur du livret ne paraît pas avoir choisi la forme la plus française de ce mot d'origine orientale et désignant un instrument de percussion apporté d'Orient par les croisés[a] : *nacaire* est celle qu'a employée Joinville[b] et qui est la plus usitée. « Les nacaires, dit Castil-Blaze (p. 416), étaient des timbales d'une petite dimension et, comme les nôtres, inégales en diamètre, dont

a Voyez au *Dictionnaire étymologique des mots d'origine orientale* dans le *Supplément* de M. Littré, et le *Molière musicien* de Castil-Blaze, tome I, p. 414 et suivantes.

b Cité par M. Littré, à NACAIRE : « Et sembloit que foudre cheist (*tombât*) des ciex, au bruit que.... li nacaire, li tabour et li cors sarrazinnois menoient. » (Chapitre XXXIV, p. 56, de l'édition publiée par M. de Wailly pour la Société de l'Histoire de France.) Joinville faisait *nacaire* masculin.

MM. la Marre, Des-Airs second[1], du Feu et Pesan.

les Sarrasins se servaient à cheval, pour régler la marche de leurs escadrons.
Plusieurs peintres anciens nous montrent la fille de Jephté jouant des nacaires,
gracieusement attachées à sa ceinture. »

1. Des-Airs second est sans doute le même que Des-Airs Galand, nommé
après Des-Airs l'aîné, à la VIIe entrée du *Ballet des Muses* (ci-après, p. 291,
à l'*Appendice*), et que Des-Airs le jeune mentionné au *Mariage forcé* (tome IV,
p. 74, et seconde partie de la note 4). Les deux Des-Airs étaient membres de
l'*Académie royale de danse* depuis sa fondation en 1661[a]. Castil-Blaze (tome I,
p. 420 et 421) dit qu'ils étaient frères et que *Désert* ou *du Désert* était la
vraie forme de leur nom; Félibien l'a écrit ainsi dans la liste qu'il donne
des premiers académiciens de la danse[b].

[a] Voyez tome III, note 7 de la page 48, et *le Théâtre français sous
Louis XIV*, par M. Despois, p. 329 et 330.
[b] Tome V, p. 188 de l'*Histoire de la ville de Paris* : on y voit François
Galland, sieur du Désert, et Florent Galland, dit sans doute dans le monde
tantôt Désert Galland, tantôt Désert second ou le jeune.

FIN DE LA PASTORALE COMIQUE.

LE SICILIEN

OU

L'AMOUR PEINTRE

COMÉDIE

REPRÉSENTÉE POUR LA PREMIÈRE FOIS A SAINT-GERMAIN EN LAYE

PAR ORDRE DE SA MAJESTÉ, AU MOIS DE JANVIER 1667[1],

ET DONNÉE DEPUIS AU PUBLIC, SUR LE THÉÂTRE DU PALAIS-ROYAL,

LE 10ᵉ DU MOIS DE JUIN DE LA MÊME ANNÉE 1667,

PAR LA TROUPE DU ROI.

1. La première représentation à la cour, à Saint-Germain, eut lieu, non en janvier, comme le porte ce titre de l'édition de 1682, mais très-probablement le 14 février 1667 : voyez ci-après, au début de la *Notice*, p. 207-209.

NOTICE.

Les dernières pages du *Ballet des Muses*[1] nous apprennent
que *le Sicilien* fut joué, non, comme les deux pastorales de
Molière, dans la troisième *entrée*, remplie d'abord par *Mélicerte*, et depuis le 5 janvier 1667, vraisemblablement jusqu'à
la fin des fêtes, par la *Pastorale comique*, mais dans la quatorzième, nouveauté de la dernière heure, qui, dans le livret,
n'a pris qu'un rang surnuméraire.

Rien ne pouvait plus heureusement clore les divertissements, si prolongés, de Saint-Germain, ni mieux venir à la
dernière entrée du ballet, comme pour donner le signal du
Plaudite.

Les éditeurs de 1682 ont placé la première représentation
du *Sicilien* en janvier 1667. Nous croyons que cette fois ils se
sont trompés. La Grange, un de ces éditeurs, était aux fêtes
de Saint-Germain, et y eut un rôle dans *le Sicilien ;* mais,
n'ayant pas daté sur son *Registre* les représentations données
dans ces fêtes de la cour, ses souvenirs ont bien pu, quinze
ans plus tard, n'être plus assez précis, et le témoignage de la
Gazette, qui les contredit, est tout autrement certain, puisqu'il
est du moment même.

Dans une des citations que précédemment nous avons faites
de ce journal, sous la date du 4 février, on a vu, il est vrai,
que, le 31 janvier, le ballet avait trouvé de nouveaux agréments dans des scènes qu'on y avait ajoutées[2]. Au lieu de
penser, comme nous l'avons fait, à la comédie des *Poëtes*,
on serait tenté peut-être de supposer qu'il s'agissait du

1. Voyez ci-après, p. 294 et suivantes.
2. Voyez ci-dessus, p. 136.

Sicilien. Il serait cependant étonnant que le meilleur ouvrage représenté dans ces fêtes n'ait pas été plus clairement désigné, et que, le 11 février, ayant encore à parler du ballet, la *Gazette*, au lieu de compléter sa très-sèche mention, se soit contentée de dire :

« De Saint-Germain en Laye, l'11 février 1667.

« Le 5, le *Ballet des Muses* fut derechef dansé avec la même satisfaction des spectateurs [1]. »

Mais voici qui est clair et ne permet pas de croire, pour *le Sicilien*, à la date du 31 janvier :

« De Saint-Germain en Laye, le 18 février 1667.

« Le 12 de ce mois, les ambassadeurs et ministres étrangers vinrent faire leurs compliments à la Reine sur la naissance de la Princesse..., après laquelle fonction, ils eurent, par l'ordre du Roi, le divertissement du *Ballet des Muses*.... Le 14 et le 16, le ballet fut encore dansé, avec deux nouvelles entrées de Turcs et de Mores, qui ont paru des mieux concertées : la dernière étant accompagnée d'une comédie françoise, aussi des plus divertissantes [2]. »

Le journal date certainement ainsi du 14 février 1667 la première représentation du *Sicilien*. Robinet, dans sa *Lettre en vers à Madame* du 20 février [3], rapporte au même moment la nouveauté de l'entrée des Turcs et de celle des Mores ; et, bien qu'il ne nomme point, n'étant pas sans doute encore informé complétement, la comédie qui servait de motif à la dernière de ces entrées, il se trouve pourtant qu'il la place, de fait, à sa date, puisque les Mores et *le Sicilien* parurent ensemble :

> On a, depuis le treizième,
> Dansé trois fois ce ballet même,
> Qui changeant encor beaucoup plus
> De visages que *Protéus*,
> Avoit lors deux autres entrées,

1. *Gazette* du 12 février 1667, p. 156.
2. *Gazette* du 19 février 1667, p. 175 et 176.
3. Écrite le 19.

Qu'on a beaucoup considérées,
Savoir des *Mores* et *Mahoms*,
Deux très-perverses nations.

C'est donc entre le 13 février et le jour où Robinet écrivait, que *le Sicilien* fut joué trois fois : d'abord le lundi 14 et le mercredi 16, comme nous l'a appris la *Gazette;* puis le jeudi ou le vendredi suivant, si toutefois la troisième représentation n'est pas celle du jour même où Robinet versifia ses nouvelles des dernières représentations du ballet ; nous savons du moins par la *Gazette* que ce jour-là, samedi 19 février, le Ballet reparut avec ses plus récents embellissements, dont elle parle alors en des termes qui en attestent le succès :

« De Saint-Germain en Laye, le 25 février 1667.

« Le 19 de ce mois, la cour eut encore le divertissement du *Ballet des Muses*, avec les nouveautés que l'on y avoit ajoutées, lesquelles y attirèrent une foule extraordinaire [1]. » Ce fut la clôture. Le dimanche 20, au matin, la cour quitta Saint-Germain. La troupe de Molière, outre les six mille livres de pension accordées par le Roi depuis 1665, reçut encore, comme le *Registre de la Grange* le constate, six mille autres livres. Les comédiens revenaient comblés de libéralités, et, ce qui était d'un plus grand prix, rapportaient pour la scène du Palais-Royal un vrai joyau : ce n'est rien dire de trop de la petite pièce en un acte, de la bluette, que bien des grands ouvrages n'égalent pas.

La ville cependant attendit *le Sicilien* quatre mois. Les vacances de Pâques ne suffisent pas à expliquer ce long retard. Molière eut une grande maladie. Sa poitrine, depuis quelque temps fatiguée, le fut sans doute plus encore dès son retour de Saint-Germain, où il ne s'était pas ménagé dans son double travail d'auteur et de comédien. Robinet nous apprend [2] qu'un moment on le crut dans un état désespéré. Il lui fallut prendre du repos et se mettre au laitage. Ce fut en juin seulement que, rendu à la scène, il put jouer *le Sicilien*, dont la première

1. *Gazette* du 26 février 1667, p. 197.
2. Au 17 avril.

représentation, accompagnée des *Entrées*, fut donnée sur la
scène du Palais-Royal le vendredi 10 juin 1667, avec la tragédie d'*Attila*[1], comme le *Registre de la Grange* l'a noté. Robinet
écrivait le 11 juin :

> Depuis hier . . . .
> On a pour divertissement.
> *Le Sicilien*, que *Molière*,
> Avec sa charmante manière,
> Mêla dans ce ballet du Roi,
> Et qu'on admira, sur ma foi.
> Il y joint aussi des *Entrées*
> Qui furent très-considérées
> Dans ledit ravissant Ballet :
> Et *Lui*, tout rajeuni du lait
> De quelque autre infante d'Inache
> Qui se couvre de peau de vache[2],
> S'y remontre enfin à nos yeux,
> Plus que jamais facétieux[3].

Jusqu'à la fin de juin, *le Sicilien* fut représenté tous les
jours qui étaient ceux de la troupe de Molière, le 12 et le 14,
encore avec *Attila*, les 17, 19 et 21 avec *Rodogune*, les 24,
26, et 28 avec *l'Amour médecin*. Fut-ce une mauvaise fortune pour notre petite pièce de se présenter d'abord à côté
d'*Attila*, dont il serait à croire que, depuis le 4 mars précédent et malgré l'interruption de Pâques, les spectateurs
avaient assez ? Le fait est que la représentation du 14 juin
(troisième du *Sicilien*) fit une bien médiocre recette : 95 livres,
10 sous. Il faut dire que la recette de la sixième, avec la belle
tragédie de *Rodogune*, fut encore un peu moins brillante.
Il y en eut de meilleures ; mais, en somme, le *Registre* ne
nous donnerait pas l'idée d'un empressement du public tel
qu'on aurait dû l'attendre, même en ce temps-là, qui, pour
l'affluence des spectateurs, ne peut jamais être comparé au

1. L'*Attila* de Corneille avait été représenté pour la première
fois le 4 mars 1667.
2. C'est-à-dire de quelque belle et merveilleuse vache, comme
fut, après sa métamorphose, Io, fille du fleuve Inachus.
3. *Lettre en vers à Madame*, datée du 12 juin 1667.

nôtre. Après les neuf représentations de juin, nous en trouvons huit en juillet; puis, jusqu'à la mort de Molière, encore trois seulement; en tout vingt[1].

Pendant les années suivantes du règne de Louis XIV, *le Sicilien* fut joué soixante-quatorze fois; au temps de Louis XV, quatre-vingt-dix-huit fois. Ce sont des chiffres significatifs, quand on les compare avec ceux que donnent les autres petites comédies de notre poëte. Le temps avait fait reconnaître que Molière avait laissé là quelque chose de mieux qu'un agréable à-propos de carnaval de cour.

Si l'entière justice paraît avoir été tardive, il ne faudrait pourtant pas se hâter de croire qu'en ses premiers temps la pièce n'eût été nullement goûtée. Les spectateurs étaient toujours alors peu nombreux, et l'on n'en pouvait espérer un grand concours pour une comédie qui n'avait que quelques scènes; mais l'agrément n'en fut pas méconnu. « *Le Sicilien*, dit Grimarest[2], fut trouvé une agréable petite pièce, à la cour et à la ville, en 1667. » La preuve qu'il dit vrai, nous la rencontrons dans la *Lettre en vers à Madame*, datée du 19 juin 1667, où le mot de « chef-d'œuvre » n'aurait pas été prononcé, si Robinet n'avait remarqué la vive approbation de ceux qui assistaient avec lui (un peu à l'aise, paraît-il) à la seconde représentation, le dimanche 12 juin. Citons ce compte rendu de notre pièce, qui est le plus ancien de tous :

> Je vis à mon aise et très-bien,
> Dimanche, *le Sicilien*.
> C'est un chef-d'œuvre, je vous jure,
> Où paroissent en mignature,
> Et comme dans leur plus beau jour,
> Et la jalousie et l'amour.
>   Ce Sicilien, que Molière
> Représente d'une manière

---

1. Voyez au tome I, page 548, les représentations des pièces de Molière à la ville. — Dans le tableau des représentations à la cour (*ibidem*, p. 557), on n'en a compté qu'une du *Sicilien* (comme ayant été seule mentionnée par la Grange : voyez *ibidem*, p. 555). Il y en eut au moins trois en février 1667, ainsi que nous l'avons vu.

2. *La Vie de M. de Molière*, p. 190.

Qui fait rire de tout le cœur,
Est donc de Sicile un seigneur,
Charmé jusqu'à la jalousie
D'une Grecque son affranchie.
  D'autre part un marquis françois
Qui soupire dessous ses lois,
Se servant de tout stratagème
Pour voir ce rare objet qu'il aime
(Car, comme on sait, l'Amour est fin),
Fait si bien qu'il l'enlève enfin
Par une intrigue fort jolie.

Dès ce premier moment, la louange méritée n'a donc pas fait défaut. On peut dire cependant que, de nos jours seulement, la critique a reconnu tout le prix d'une charmante esquisse, que, par certains côtés, on pourrait comparer à la beaucoup plus grande peinture du *Dom Juan*, l'une et l'autre, si françaises qu'elles demeurent, faisant plutôt penser au théâtre étranger qu'à notre comédie classique, et nous laissant voir aujourd'hui le signal, longtemps inaperçu, d'un art dramatique nouveau.

Le Sicilien est d'un caractère très-singulier, d'une fantaisie très-neuve. L'intrigue, il est vrai, que Robinet trouve fort jolie, en rappelle beaucoup d'autres des plus connues déjà au théâtre. Ce n'est pas là ce qu'il faut voir, mais la perfection du piquant tableau. Grâce aux détails si fins et souvent si poétiques, aux couleurs qui lui donnent la vie, il nous laisse la vive impression d'un pays où les passions, comme les coutumes, sont celles de l'Orient. Cailhava dit [1] que Molière a transporté sur son théâtre cette comédie, dont le sujet est étranger, « sans se donner la peine de l'habiller à la française ». C'est fort heureusement, croyons-nous, qu'il ne se l'est pas donnée. Ni la paresse, ni le manque de temps, mais le sentiment de l'art la lui a épargnée. Il a bien su habiller sa pièce à la française où il devait le faire. Parfaitement à l'aise dans ce pays des sérénades nocturnes et de la jalousie armée d'é-pées et de pistolets, l'aimable légèreté de notre nation et sa politesse galante se jouent avec grâce au milieu de ces mœurs

1. *De l'Art de la Comédie*, tome II, p. 227.

moitié italiennes, moitié moresques. Les caractères de dom
Pèdre et des deux jeunes femmes esclaves sont esquissés en
quelques traits dont la vérité locale est frappante. La liberté
des changements de scène est plus grande encore que dans
la comédie de *Dom Juan*.

Moins encore par ce genre de hardiesse, peu familière alors
à notre théâtre, que par la puissance d'une imagination dramatique où tout venait se colorer fidèlement, il y avait du
Shakspeare dans Molière ; et il est singulier que ce soit une de
ses petites improvisations qui surtout suggère le rapprochement des deux génies.

Le style du *Sicilien* est remarquable : comme dans telle
pièce de Musset, où la part à faire au marivaudage nuirait
d'ailleurs à la comparaison, il s'y mêle à l'agrément comique
une sorte de poésie qui semble chanter la romance. Cette
poésie ne se fait pas seulement sentir par l'expression colorée,
mais aussi par le rhythme. Ce n'est pas d'hier qu'a été faite
sur la prose de notre pièce cette observation, qui prit d'abord
la forme d'un blâme. « Généralement parlant, dit une note
du *Menagiana*[1], la prose de Molière est ampoulée, poétique,
remplie d'expressions précieuses et toute pleine de vers. *Le
Sicilien*, par exemple, est une petite comédie toute tissue de
vers non rimés, de six, de cinq ou de quatre pieds ; » et de
douze, aurait-il fallu ajouter. Est-il besoin de dire que l'on ne
découvre pas plus dans *le Sicilien* que dans n'importe laquelle
des comédies en prose de Molière, l'enflure, les expressions
précieuses, au mauvais sens du mot ? Jamais critique n'a plus
impertinemment rêvé. Mais ce qui est vrai, c'est que la pièce
a des vers, non rimés, en assez grand nombre pour qu'ils ne
paraissent pas venus sous la plume de l'auteur à son insu.
L'explication d'un fait qui n'avait pas pu échapper à l'attention n'a pas semblé sans quelque difficulté. On a quelquefois
pensé que Molière avait commencé à écrire en vers sa comédie, et que, trop pressé dans son travail, il avait pris le parti
de la réduire à la prose, sans trouver le temps de cacher ce
qu'Horace a nommé les lambeaux des membres du poëte[2] ; il

1. Tome I, p. 144 (édition de 1715).
2. Livre I, *satire* IV, vers 62.

aurait seulement dissimulé la rime. Une forte objection, c'est qu'il n'aurait pu si bien la faire disparaître, qu'il ne fût plus ou moins facile de la retrouver : or on l'essayerait en vain. Serait-ce donc plutôt que l'habitude prise par la plume de Molière, dans ses pièces versifiées, n'aurait pas laissé sa prose tout à fait libre dans son allure? Ovide faisait ainsi des vers malgré lui :

> *Scribere conabar verba soluta modis,*
>
> . . . .
>
> *Et quod tentabam dicere, versus erat* [1].

Nous reviendrions ainsi à ce que tout à l'heure nous ne trouvions pas aisé d'admettre dans *le Sicilien*, à une involontaire rencontre de la phrase mesurée, rencontre bien fréquente pour être vraisemblable. Il nous répugnerait de donner raison à l'auteur de la note du *Menagiana*, qui (le sens de ses remarques est clair) ne voyait là qu'une négligence. Il signale la même fréquence des vers dans toute la prose de Molière. Cette prose donne-t-elle lieu partout, en effet, à une semblable observation? Lisons *Dom Juan*. Il est vrai que là, dès les premières lignes, on est frappé de ce vers :

> Et qui vit sans tabac n'est pas digne de vivre;

on peut ajouter qu'il n'est pas tout à fait le seul. Dans cette pièce cependant, le cas, ainsi qu'il est facile de s'en assurer, est assez rare pour qu'il n'y ait nullement à y reconnaître ou une très-forte domination des habitudes métriques ou un parti pris. C'est autre chose dans *le Sicilien;* et c'est pourquoi le *Menagiana* l'a pris particulièrement pour exemple. N'était la rime qui manque, nous aurions souvent, dans cette comédie, les vers libres de l'*Amphitryon;* et, suivant nous, il est visible que Molière l'a su et voulu.

Il y avait été probablement invité par le sujet de la pièce, tout poétiquement conçu. Dirons-nous qu'alors la couleur du style avait instinctivement appelé la phrase mesurée? Nous

---

1. « Je m'efforçais d'écrire des paroles que n'enchaînerait pas la mesure..., et tout ce que j'essayais de dire était vers.» (*Les Tristes,* livre IV, *élégie* x, vers 24 et 26.)

croyons plutôt au dessein réfléchi : on a peine à ne pas le reconnaître, quand on trouve, dans cette prose du *Sicilien*, des
inversions, des particularités de la langue des vers dont l'auteur n'a pu manquer de se rendre compte :

> Je veux jusques au jour les faire ici chanter[1] ;

et encore :

> Mais je m'en vais prendre mon voile :
> Je n'ai garde sans lui de paroître à ses yeux[2].

Le caractère même de l'ouvrage conseillant à la forme poétique de se montrer, l'occasion était bonne pour faire l'essai
d'une nouveauté aussi hardie qu'ingénieuse. Nul plus que Molière n'était capable d'une telle tentative ; et ceux qui, avant
nous, la lui ont attribuée, n'ont peut-être pas été trop subtils.
Voici donc ce qu'on a pensé : les vers blancs d'inégale
mesure, mêlés à la prose tout à fait libre, mais revenant assez
fréquemment, et d'un rhythme assez marqué pour ne pas s'y
perdre et pour rester sensibles à l'oreille, auraient paru à
Molière répondre, autant que notre langue le permettait, aux
vers, très-peu soumis à de sévères lois, des vieux comiques
latins, à leurs nombres irrégulièrement réguliers, *numeri innu-
meri*[3]. Quoique la forme imaginée par notre poëte pût d'abord
sembler un peu indécise, nous n'oserions dire qu'il ait eu tort
d'en espérer un heureux effet. Dans la comédie elle-même,
sans excepter la plus familière, l'art doit se distinguer de la
prosaïque réalité. C'est ce qui explique très-bien qu'au dix-
septième siècle on eût peine à n'y pas regretter quelque chose,
lorsqu'elle renonçait au vers, qui lui donne un caractère moins
vulgaire, et par lequel d'ailleurs les traits du dialogue,
mieux frappés, prennent plus de relief. Mais la poésie comique doit conserver beaucoup de simplicité. Notre grand
vers, surtout quand il ne s'agit pas de ce qu'on nomme la
haute comédie, la gêne et la guinde un peu trop. Les anciens
se servaient, en pareil cas, d'une forme métrique qui ne dis-

---

1. Scène II, p. 236. — 2. Scène XVI, p. 272.
3. Voyez l'épitaphe de Plaute rapportée, d'après Varron, par
Aulu-Gelle (livre I, chapitre XXIV).

tinguait pas plus qu'il ne fallait le langage du théâtre du langage de la vie ordinaire. Il y a des raisons de penser que Molière, au temps où nous sommes arrivés dans l'histoire de ses ouvrages, cherchait pour nous quelque chose d'équivalent. Son *Amphitryon* va venir qui le prouvera. Dans *le Sicilien* il ne s'y est pas pris tout à fait de la même manière. « Tout ce qui n'est point prose est vers, et tout ce qui n'est point vers est prose, » dit le maître de philosophie à Monsieur Jourdain [1]. C'est d'une naïve évidence. Il est curieux que Molière, sans se révolter contre un axiome qu'il a mis lui-même dans un jour si plaisant, paraisse avoir eu l'idée d'une transaction. Cette idée, nous croyons qu'après *le Sicilien* il ne l'avait pas abandonnée : témoin *l'Avare*, où se remarquent aussi beaucoup de vers non rimés, de toute mesure. Si ce n'a pas été une erreur de conjecturer qu'il n'en a tant semé dans *le Sicilien* que pour mettre la langue de son dialogue en harmonie avec une peinture poétique, nous devons supposer qu'une fois entré dans la voie de l'innovation, il l'a jugée bonne pour toute comédie en prose, même d'un autre caractère, partout du moins où le dialogue pouvait s'élever un peu au-dessus du langage tout à fait familier.

Molière avait-il trouvé quelque part le sujet du *Sicilien?* Il se pourrait. Mais quand il en aurait rencontré l'idée dans une comédie ou dans une nouvelle étrangère, soit italienne, soit espagnole, on est assuré qu'il ne serait pas plus convaincu de plagiat qu'il ne l'a été dans *Dom Juan*, malgré Tirso de Molina, Giliberto et Cicognini, tant il savait toujours, en empruntant, garder son originalité. Il n'y avait que son pinceau pour donner à la légère intrigue de notre courte comédie les couleurs d'un tableau si parfaitement agréable ; et nous oserions affirmer que ces couleurs n'ont pas été copiées, si quelques traits du dessin l'ont été. Sur cette question d'un emprunt, que l'on est certainement porté à supposer, Cailhava ne nous apprend rien en disant [2] : « Il suffit d'examiner les mœurs de cette comédie pour voir que le sujet en est étranger ; »

1. *Le Bourgeois gentilhomme*, acte II, scène IV.
2. A l'endroit de son *Art de la comédie* cité ci-dessus, p. 212.

mais ajouter, comme il fait, que « Molière l'a transporté sur
son théâtre, » c'est insinuer que positivement on le savait déjà
traité sur un théâtre étranger. L'ouvrage auquel Cailhava
semble faire allusion lui était cependant resté inconnu; autrement il aurait trouvé autre chose à dire que ceci : « Je
n'indiquerai pas précisément la pièce d'où est imitée la ruse
employée par Adraste pour s'introduire auprès d'Isidore. »
Ce n'est guère de quoi il est question. S'il y a dans *le Sici-*
lien un ressort usé de comédie, peu importe qui l'a fourni.
Cailhava croit savoir où a été pris le voile qui facilite l'éva-
sion d'Isidore, ce voile qui avait déjà servi dans le dénouement de *l'École des maris :* « C'est dans *le Cabinet,* canevas en cinq actes, très-vieux et très-bon, qu'on a imité de
la *Dama tapada,* pièce espagnole traduite par M. Linguet,
sous le titre de *la Cloison*[1]. » La courte analyse que donne
Cailhava de quelques bouffonneries du canevas permet seulement de reconnaître une certaine ressemblance entre la ruse
qui amène le dénouement du *Sicilien* et le déguisement d'Ar-
lequin, qui, vêtu d'habits de femme et couvert d'un voile,
sort d'un cabinet où se cache une certaine Rosaura.

Le rapprochement est assez insignifiant. Quant à la pièce
espagnole, qui est de Calderon, et dont le vrai titre est *el*
Escondido y la Tapada, « l'Homme caché et la Femme voilée, »
il s'y trouve une scène, la xve de la seconde journée[2], où
Celia, couverte d'une longue mante, vient demander protection
à don Diego, contre les violences d'un jaloux, de même que
Climène voilée cherche un asile chez dom Pèdre, sous un
semblable prétexte. Il n'y a rien de plus. La découverte du
critique, si c'en est une, n'est donc pas grande. Il nous paraît probable qu'il en reste une autre à faire, et que Molière
a dû plus que le stratagème de la femme voilée à quelque
ouvrage espagnol ou italien; mais jusqu'ici nous pouvons dire
que l'on n'a rien trouvé, bien qu'on nous ait signalé un rapprochement avec une *nouvelle* de Gabriel Chappuis. Il ne nous
semble pas plus significatif ni moins douteux que celui qui

---

1. *De l'Art de la comédie*, tome II, p. 227 et 228.

2. La xiie dans *la Cloison* de Linguet, pages 188 et 189 du tome II
de son *Théâtre espagnol* (4 volumes in-12, 1770).

est indiqué par Cailhava. Ce n'est pas le voile d'Isidore, c'est l'idée d'un « Amour peintre » que Molière aurait empruntée aux *Facétieuses journées*[1]. La première nouvelle de la huitième journée a pour titre : *Galeaz de la Vallée aime une femme, et la fait pourtraire : elle devient amoureuse du peintre et ne veut plus voir Galeaz*[2]. Voici le seul passage qui rappelle un peu la galanterie du gentilhomme français, lorsqu'il est en présence de son charmant modèle : « Icelui ayant vu la beauté de la gentilfemme, il s'en amouracha étrangement tout à coup, de manière que, pour avoir plus de loisir à la contempler, il étoit long à la besogne, et ne faisoit quasi rien ou peu, et, quand il la devoit tirer, il entroit en nouveaux propos et devis, cherchant néanmoins le moyen de faire aviser la dame de son amour[3]. » Nous dirons avec le vieux conteur : c'est « quasi rien ou peu. » La situation est toute différente. Le peintre est un vrai peintre, qui n'a pas imaginé un prétexte pour s'introduire auprès de la gentille femme vénitienne. Celle-ci, très-peu digne d'intérêt dans son infidélité, n'a aucune ressemblance avec Isidore. Galeaz lui-même, musicien et poëte, trahi en son absence, et qui finit par tuer son rival, est tout autre que le ridicule dom Pèdre, cet ancêtre de Bartholo. Il est donc bien peu probable que cette *nouvelle* ait rien inspiré à Molière, même la scène du portrait. L'ignorance où nous restons de quelque source moins indirecte, qu'on a peine à ne pas soupçonner, n'est que médiocrement regrettable; nous avons déjà dit pourquoi : telle était la transformation que Molière savait faire subir à tout ce qu'il touchait, que nous nous consolons de ne pas connaître qui a eu l'honneur de lui fournir une première donnée.

Tout en attachant peu d'importance à quelque emprunt fait à une scène étrangère, nous n'en avons pas contesté la vraisemblance; elle nous frappe surtout dans une particularité de la pièce : il y a des esclaves dans *le Sicilien*, le Turc Hali et les deux femmes grecques, sans compter les autres esclaves,

---

1. *Les Facétieuses journées...*, par G. C. D. T. (Gabriel Chappuis de Tours), Paris, MDLXXXIIII, in-8°.
2. Folio 247 r°. — 3. Folio 248 v°.

de la même nation qu'Hali, qui chantent et dansent dans
le ballet. On se souvient de Célie, esclave de Trufaldin, dans
l'Étourdi, pièce imitée de *l'Inavvertito*, et naturellement on
pense ici encore à quelque comédie italienne. C'étaient certainement les Italiens qui avaient appris à Molière à mettre
dans un sujet moderne des aventures d'esclavage.

On ne fait pas autant d'attention, dans *l'Étourdi*, à ce que
l'on serait tenté tout d'abord de regarder comme un de ces
anachronismes dont, au théâtre, on prend fort bien son parti.
Il semble que dans les premiers ouvrages de Molière on n'ait
pas à craindre de faire la part trop grande à la fantaisie. On
s'y sent encore au milieu d'un monde imaginaire, et sur un
théâtre où il n'y avait pas de difficulté à laisser régner la convention. C'est pourquoi, s'il était vrai que, dans les pièces
italiennes, l'esclavage ne fût, comme on l'a cru souvent, qu'une
réminiscence de la comédie latine, une tradition qu'elles auraient héritée de Plaute et de Térence, on s'étonnerait peu
qu'une invraisemblance assez vénielle leur ait été empruntée
par Molière à l'époque où il ne s'inquiétait pas encore beaucoup
de l'exactitude de ses peintures.

Mais, en 1667, n'aurait-il pas corrigé ceux à qui il faisait
l'honneur de leur prendre quelques sujets, s'il avait su que
leurs tableaux reproduisaient si peu fidèlement la vie réelle?
Il est donc vraisemblable, même avant tout examen du fait,
qu'alors il les reconnaissait suffisamment exacts. Tout dit que
le Sicilien est une peinture où les mœurs doivent être bien
observées.

Cette présomption est confirmée par l'histoire de l'esclavage dans le pays, si éloigné du nôtre par ses institutions, où
il a fait vivre ses personnages. On a trop facilement admis que
dans les esclaves, hommes ou femmes, des pièces italiennes,
il ne fallait voir que les Dave et les Pamphile du théâtre
antique.

Une remarque doit être faite : c'est en Sicile qu'est la
scène dans *l'Étourdi*, comme dans *le Sicilien*; elle est à Naples,
ce qui ne diffère pas beaucoup, dans *l'Inavvertito*, qui est semblablement une comédie ayant des personnages esclaves. Nous
sommes ici chez les peuples qui, avec celui d'Espagne, au
gouvernement duquel ils ont été longtemps soumis, ont le plus

opiniâtrément maintenu chez eux l'esclavage. Au commencement du seizième siècle, les Espagnols tenaient encore les Mores dans une dure servitude. Mais la Sicile est, de tous les pays chrétiens en Europe, celui où les traces de l'esclavage peuvent être suivies jusqu'au temps le moins éloigné du nôtre. On va jusqu'à dire que, s'il y avait, de fait, cessé bien avant, il n'y prit fin légalement qu'en l'année 1812[1], au temps où lord Bentinck y faisait adopter une constitution presque tout anglaise. Mais nous croirions plutôt qu'il ne fut alors question que de l'abolition du servage. Il nous reste assez d'autres preuves d'une très-longue durée en Sicile de l'esclavage proprement dit.

Les mœurs des musulmans s'étaient fortement implantées dans cette terre longtemps possédée par les Sarrasins ; et, par la suite, les guerres continuelles que, sur ces côtes de la Méditerranée, on eut à soutenir, durant plusieurs siècles, contre les corsaires barbaresques et contre les Turcs, ces guerres où

1. C'est ce que pense un homme très-versé dans l'étude de l'histoire des esclaves chez les peuples modernes, M. René de Semallé, que nous devons nommer ici, parce que le premier il a appelé notre attention sur la question de l'esclavage en Sicile et nous a engagé à ne point la passer sous silence dans la notice du *Sicilien*. Dans les communications qu'il a bien voulu nous faire, il appuie ce qu'il dit de l'abolition légale, en 1812, de la servitude dans la Sicile, sur l'autorité de M. de Castiglia, président de cassation en Italie, et de M. Lancia di Brolo, vice-président de l'*Assemblea di storia patria* de Palerme. Il nous a permis de faire usage des lettres qu'ils lui ont écrites en réponse à ses questions. Nous y avons trouvé des faits que nous citons ci-après : l'esclave Lucia apportée en dot dans un acte nuptial de la maison Lancia, la vente aux enchères des captifs de l'amiral Octave d'Aragon, les ordonnances du président Charles d'Aragon, des vice-rois Marc-Antoine Colonna et comte de Castro. C'est aussi M. de Semallé qui nous a indiqué l'exemple de saint Benoît, dit le More, comme preuve de l'existence de l'esclavage en Sicile au seizième siècle. Voyez à la page 8 de son rapport, qui a été imprimé sous ce titre : *la Traite des esclaves en Afrique pendant l'année 1872 par É. Berlioux, Extrait du Bulletin de la Société de Géographie* (mars 1874). Voyez encore, à la page 10 du même écrit, l'opinion qu'il exprime sur la persistance de l'esclavage en Sicile jusqu'aux environs de l'an 1600.

tant de chrétiens faits prisonniers étaient réduits en servitude, donnèrent toujours lieu à des représailles : esclavage pour esclavage était devenu la loi. On faisait, de part et d'autre, la chasse aux hommes.

Nous n'avons pas tous les éléments d'une histoire de l'esclavage en Sicile; et nous ne savons s'il serait facile de les réunir. Cette histoire, qu'il serait intéressant de faire complète, si, pour la tirer de l'oubli, l'on n'a pas trop longtemps négligé de s'en informer, ne pourrait, même mieux connue, trouver ici qu'une très-petite place. A l'éclaircissement d'un point assez curieux de l'examen de notre comédie, il suffit des quelques renseignements que nous avons pu recueillir.

L'esclavage en Sicile, au moyen âge, ne peut faire pour personne l'objet d'un doute. Au douzième siècle, une loi du roi Roger, sous le titre *de Venditione liberi hominis*, prononce la peine de l'esclavage contre celui qui vendra un homme qu'il connaissait libre[1]. Dans la seconde moitié du même siècle, une loi du roi Guillaume le Mauvais ordonne de rendre à leurs maîtres les esclaves fugitifs des deux sexes, et, si le maître reste inconnu, de les remettre entre les mains d'officiers de la cour, nommés *bajuli* (baillifs)[2]. Elle paraît avoir été renouvelée au siècle suivant, dans les constitutions de l'empereur Frédéric, sous le nom duquel nous la voyons reparaître[3]. On a de ce même empereur une loi *de Mancipiis fugitivis*[4], qui complète celle de Guillaume le Mauvais, en prescrivant que les esclaves fugitifs, remis aux *baillifs*, restent pendant un an à la disposition des maîtres qui les réclameraient. Plusieurs des lois (*capitula*) du roi Frédéric III[5], données à Messine, règlent des questions d'esclavage. Des peines sont

1. *Histoire civile du royaume de Naples*, traduite de l'italien de Pierre *Giannone* (la Haye, 1742, in-4°, tome II, p. 238).

2. Voyez le texte de la loi : *Servos et ancillas omnes fugitivos...*, etc., à la page 257 des *Constitutiones regni utriusque Siciliæ*, Venise, 1580, in-folio.

3. Voyez à la page 189 des *Constitutiones regum regni utriusque Siciliæ, mandante Friderico II imperatore, per Petrum de Vinea.... concinnatæ*, Naples, 1786, in-folio.

4. *Ibidem*, p. 190.

5. Ou plutôt Frédéric II : il s'agit de celui qui régna de 1296 à 1336.

portées contre les maîtres qui font empêchement aux esclaves sarrasins voulant se convertir à la foi catholique (*capitulum* LIX). — Il est prescrit aux maîtres de suivre les préceptes de saint Paul dans la manière de traiter leurs esclaves après le baptême (*capitulum* LX). — Les maîtres des esclaves, soit chrétiens, soit sarrasins, à qui naissent des enfants, doivent baptiser ces enfants dès leur naissance (*capitulum* LXIII). — Les esclaves grecs de la Romanie, après qu'ils ont commencé à croire les articles de foi de l'Église romaine, doivent être libres si, à partir de ce moment, ils ont encore servi sept ans (*capitulum* LXXII). — Un esclave grec ne doit pas être vendu à une personne suspecte ou à toute autre, si, par dévouement à son premier maître, il n'y consent pas (*capitulum* LXXIII)[1]. Ces deux dernières ordonnances prouvent que parmi les esclaves il y avait alors, en Sicile, des Grecs et, en général, des chrétiens tout aussi bien que des sarrasins. Vers la fin du quinzième siècle, sous la dynastie des princes d'Aragon, une esclave du nom de Lucia est apportée en dot, et estimée 3o onces (environ 4oo francs) dans un contrat de mariage de la maison Lancia[2]. Nous ne sommes plus cependant dans le moyen âge.

Nous en sommes encore plus décidément sortis au temps des rois espagnols et de leurs vice-rois par lesquels ils faisaient gouverner ce pays. Sous le règne de Charles-Quint, en 1524, Benoît, le saint nègre, canonisé en 1807, naît au village de Saint-Philadelphe, du diocèse de Messine, de parents esclaves, et assurément esclaves en Sicile. « Il eut, dit la bulle de canonisation du pape Pie VII, des parents éthiopiens, esclaves d'un homme riche, catholiques toutefois, et d'une piété singulière. Leur maître avait promis de donner la liberté à leur premier enfant. C'est pourquoi Benoît, leur premier-né, fut libre dès sa naissance[3]. » Dans tout le cours du même seizième

---

1. *Regni Siciliæ capitula, novissime....* impressa per *illustrem Don Raimundum Raimondettam....* Panhormi, 1623 (in-4°) : voyez aux pages 35, 36 et 38.

2. Nous avons sous les yeux une lettre de M. Lancia di Brolo qui atteste ce fait. Voyez ci-dessus, p. 220, note 1.

3. *Bullarii romani continuatio*, tome XIII, p. 140. — La bulle de canonisation de saint Benoît est datée du 24 mai 1807.

siècle nous trouvons d'autres faits à citer. Summonte, dans
son *Histoire de la ville et du royaume de Naples*[1], rapporte
qu'en 1558, lorsque Soliman, avec une flotte puissante, fit
une descente dans ce royaume, les Turcs entrèrent dans Sorrente, qui leur avait été livrée par un esclave, à qui son maître
avait confié les clefs de la ville[2]. En parlant de Sorrente, nous
sortons de la Sicile; mais quand l'esclavage existait encore
dans le royaume de Naples, il est certain que de l'autre côté
du Phare il n'avait point disparu.

Don Carlos d'Aragon, nommé président de Sicile par
Philippe II, fit des lois de ce pays un recueil qui a été imprimé à Venise, en 1574, sous ce titre : *le Prammatiche del
regno di Sicilia*. Parmi ces lois ou ordonnances on nous en a
signalé[3] une du 26 juillet 1567 qu'on lui attribue, et où les
esclaves sont nommés. Quelques années après, le vice-roi
Marco-Antonio Colonna, dans les *Capitoli e Ordinazioni di
Palermo*, défend d'affermer l'impôt à des esclaves. La même
défense est renouvelée par le vice-roi comte de Castro en 1622.
Cette preuve que, même au dix-septième siècle, l'esclavage
existait encore en Sicile, n'est pas la seule. Sous Philippe III,
et sous la vice-royauté de don Pèdre Giron, duc d'Ossone,
l'amiral de la flotte sicilienne, Octave d'Aragon, dans des
expéditions à Scio et à Malte, fit esclaves un grand nombre
de Turcs, hommes, femmes et enfants. Un historien[4] en
compte plus de cinq mille en ces années du duc d'Ossone (1612-
1616); et, ce qui a plus de rapport à l'histoire d'amour de
l'autre don Pèdre, de celui de la comédie, il nous apprend
que le vice-roi reçut en présent de Cosme II de Médicis,
trois belles jeunes filles de Chypre, prises par les galères du
Grand-Duc, et qu'il devint amoureux de l'une de ces esclaves,
que la vice-reine, jalouse, fit empoisonner[5].

1. *Dell' Historia della città e regno di Napoli* (Naples, 1675,
in-4°), tome IV, p. 332.
2. *Per opra d' un schiavo, à cui il padrone le chiavi della città fidate haveva.*
3. Ce renseignement et le suivant ont été donnés par M. de Castiglia : voyez ci-dessus, p. 220, note 1.
4. Voyez *la Vie de don Pedro Giron, duc d'Ossone*, par Gregorio
Leti (traduite en français), Amsterdam, 1700, tome II, p. 304.
5. *Ibidem*, tome II, p. 250 et 251.

Qu'on nous pardonne une dissertation historique un peu plus longue que nous n'aurions voulu et qui pourra paraître une glose pesante d'une œuvre si charmante par sa grâce légère. C'est un genre d'accident auquel sont fort exposés les commentateurs. Nous avions à cœur, et ce doit être notre excuse, de montrer que Molière, soit qu'il ait entièrement inventé sa comédie sicilienne, ou qu'il en doive l'idée à quelque ouvrage du théâtre étranger, n'y a point mêlé arbitrairement les mœurs des temps de Plaute et de Térence, et qu'il n'y a pas à réclamer ici pour lui l'indul-gence, facile d'ailleurs à accorder aux anachronismes des poëtes. Nous n'affirmons pas qu'au moment où il écrivait son *Amour peintre* il y eût encore en Sicile des esclaves turcs comme Hali, des esclaves grecques comme Isidore ; on a vu du moins que pour les y rencontrer, les uns prisonniers de guerre, eux ou leurs au-teurs, les autres achetées aux Turcs, ou s'étant trouvées parmi le butin fait sur eux, il n'avait pas eu à remonter bien loin.

Cela suffit pour expliquer et justifier les rôles d'esclaves de ses comédies et des comédies italiennes. Ce n'est pas à dire qu'il faille renoncer à reconnaître là quelques souvenirs aussi du théâtre latin. Ils nous paraissent évidents quelquefois, dans *l'Étourdi*, par exemple, et dans *les Fourberies de Scapin*, où, pour dénouer ces pièces, les Célie et les Zerbinette, autrefois volées par les marchands d'esclaves ou par les Égyptiens, sont reconnues pour être d'honnête maison ; mais ces emprunts faits à l'antiquité ne perdaient pas toute vraisemblance sur la scène moderne, quand l'auteur comique plaçait le lieu de l'action dans ces pays que pendant si longtemps le christia-nisme ne parvint pas à purger de l'institution de la servitude.

La distribution des rôles du *Sicilien* est donnée ci-après[1], dans le livret du *Ballet des Muses*. On y voit que Molière joua celui de dom Pèdre. Son costume est décrit dans l'inven-taire fait après sa mort : « Un habit du *Sicilien*, les chausses et manteau de satin violet, avec une broderie or et argent, doublé de tabis vert, et le jupon de moire d'or, à manches de toile d'argent, garni de broderie et d'argent, et un bonnet de nuit, une perruque et une épée[2]. » Son jeu est loué dans la

1. Page 294.
2. *Recherches sur Molière*, par Eud. Soulié, p. 277.

lettre de Robinet, du 19 juin 1667, que nous avons citée tout
à l'heure[1], et où l'on a dû remarquer ces vers :

> Ce Sicilien que Molière
> Représente d'une manière
> Qui fait rire de tout le cœur.

Nous avons réservé, pour la donner ici, la fin de la même
lettre, dans laquelle il est ainsi parlé des rôles des deux
femmes :

> Surtout on y voit deux esclaves,
> Qui peuvent donner des entraves,
> Deux Grecques, qui, Grecques en tout,
> Peuvent pousser cent cœurs à bout,
> Comme étant tout à fait charmantes,
> Et dont enfin les riches mantes
> Valent bien de l'argent, ma foi ;
> Ce sont aussi présents de roi.

Robinet avertit, à la marge, que les deux Grecques étaient
Mlle Molière et Mlle de Brie, et nous savons par le livret que
la première jouait Zaïde (Climène[2]), la seconde Isidore.

Il est vraisemblable que les habits de Molière, dont on vient
de lire la description, étaient, aussi bien que les riches mantes
des actrices, « présent de roi. » Ils sont, dans l'inventaire,
prisés 75 livres. C'est l'estimation la plus haute que l'on y
trouve des costumes de théâtre de Molière ; et ceux dont le
prix n'est pas très-éloigné de celui-là paraîtraient avoir dû
leur luxe à la même générosité royale. M. Soulié a conjecturé
que l'habit de l'Arménienne (rôle inconnu), décrit dans l'inventaire des habits de théâtre de Mlle Molière, était peut-être
celui de l'esclave grecque Zaïde[3]. Mais, en y joignant quelques autres habillements, il est prisé 8 livres : le Roi, dans
ses dons, n'était pas si bon ménager.

Le *Mercure* de 1740 dit[4] que Molière plaisait dans le rôle
d'Hali. S'il veut parler de la première distribution, l'erreur
est évidente, puisque Molière y joua dom Pèdre, et la Thorillière Hali. Il est certain que ce dernier rôle est un des plus

1. Pages 211 et 212.
2. Sur ce double nom, voyez ci-après, p. 226, et p. 231, note 3.
3. *Recherches sur Molière*, p. 90 et 280.
4. Voyez notre tome III, p. 383.

agréables de la pièce : Molière aurait-il, un jour, été tenté
de le prendre? Ce n'est pas impossible, peu probable cependant. Quand l'aurait-il fait? Nous savons par Robinet que ce
ne fut pas dans les premières représentations à la ville. Il y
jouait, comme à Saint-Germain, le personnage du Sicilien.

Un peu plus tard, après la mort de Molière, voici quelle fut la
distribution des rôles du *Sicilien*. Nous l'empruntons au *Répertoire des comédies françoises qui se peuvent jouer* (à la cour)
en 1685 :

DAMOISELLES.

CLIMÈNE.	*La Grange.*
ISIDORE.	*De Brie.*

HOMMES.

ADRASTE.	*La Grange.*
D. PÈDRE	*Rosimont.*
HALI, valet	*Guerin.*

Molière eut, nous ne savons au juste à quel moment, mais
d'assez bonne heure, l'intention, qu'il ne paraît pas avoir exécutée, de faire une petite modification à sa comédie : dans la
liste des personnages de l'édition même de 1668, imprimée
sous ses yeux en 1667, Climène, qui a remplacé Zaïde, est dite
« sœur d'Adraste. » Le rôle ainsi changé aurait-il reçu quelques développements ?

On ne pourrait faire à ce sujet que des conjectures. Nous
ne croyons pas que, dans aucune des représentations, Molière
ait donné suite à sa nouvelle idée. Si elle n'était pas restée en
projet, il serait difficile d'expliquer qu'il n'eût pas pris la peine
de l'introduire dans le texte, lequel a conservé, dans la
scène IX (p. 258), ces mots en contradiction avec la qualification
donnée à Climène : « J'ai, par le moyen d'une jeune esclave, un
stratagème.... » Ce qui est probable, c'est que la pensée de
donner à Adraste une complice mieux choisie de sa ruse lui était
venue au moment où l'on préparait la première édition de
la pièce, et qu'il en laissa achever l'impression avant d'avoir
eu le loisir de s'occuper du changement, qui n'aurait pas cependant demandé beaucoup de temps à sa facilité. Puis, en
homme qui jamais ne se souciait guère de revenir sur ses pas,
il pensa à autre chose.

Dibdin, dans son *Histoire du théâtre*, parle de deux comédies

anglaises[1], dans lesquelles *le Sicilien* aurait été imité : l'une
est de Sheridan, l'autre, antérieure d'un siècle, est de Crowne.
Celle de Sheridan est bien connue ; elle est intitulée *the Duenna*,
et fut représentée pour la première fois sur le théâtre de
Covent-Garden, le 21 novembre 1775. Cet *opéra-comique*,
qu'en France nous appellerions plutôt vaudeville, diffère entièrement du *Sicilien* par le sujet, par les caractères, par la
manière d'entendre le comique. La seule ressemblance qu'avec
Dibdin nous pourrions noter entre les deux pièces est, en ajoutant peut-être les sérénades, celle que l'on avait déjà remarquée
entre *le Sicilien* et *la Tapada* de Calderon. Il s'agit toujours
du stratagème du voile. La duègne chargée de veiller sur
dona Louisa, fille d'un certain Jérôme, s'entend avec elle pour
favoriser sa fuite de la maison paternelle. Louisa, sous les
yeux mêmes de Jérôme, sort couverte d'un voile et d'un
cardinal[2] et se faisant passer pour la duègne, qu'elle a laissée
dans sa chambre[3]. La ruse n'est découverte que lorsque la
fille mal gardée est déjà mariée à celui qu'elle aime. Sur ce qui
n'est dans *le Sicilien* qu'un moyen du dénouement, roule toute
l'action de *la Duègne* ; et c'est ce qui y donne lieu à bien des
complications burlesques. Il est évident que là Sheridan ne s'est
nullement montré le disciple de Molière. Il peut seulement lui
devoir l'idée dont il a tiré son imbroglio assez amusant, mais
où il y a moins de finesse que de gaieté et de verve.

Nous n'avons pu voir la comédie de Crowne, *the Country
wit*, « l'Esprit de campagne » (1675). Il y a dans cette pièce,
suivant Dibdin, beaucoup d'esprit de bas étage. Il est donc bien
vraisemblable que si elle a pu être aussi rapprochée de notre
comédie, ce n'est que pour lui avoir emprunté ce fameux voile,
où il est encore moins juste d'envelopper tout *le Sicilien* que
les Fourberies de Scapin dans le sac où les mettait Boileau.

Si nous cherchons chez nous quelque imitation, nous n'en
donnerons pas le nom à la petite pièce à couplets que Louis XVI
et Marie-Antoinette firent représenter devant eux à Versailles
en 1780. C'était bien l'œuvre même de Molière, mais assaison-

---

1. Voyez *a Complete history of the stage*, tome IV, p. 194, et
tome V, p. 297.

2. Manteau de femme. — 3. Acte I, scène IV.

née d'assez pauvres ariettes, que leur auteur disait y avoir
« trouvées toutes dessinées [1], » quoique son crayon n'ait pas
été assez bien taillé pour suivre habilement le dessin du maître.
Nous ignorons si le musicien fut plus heureux que lui. Voici
le titre de ce nouveau *Sicilien :*

« *Le Sicilien* ou *l'Amour peintre*, comédie en un acte, mêlée
d'ariettes, représentée devant Leurs Majestés à Versailles le
10 mars 1780. » De l'imprimerie de Ballard, 1780, in-8°.

« Les paroles sont de Molière et arrangées, pour être mises en
musique, par M. le Vasseur. La musique est de M. d'Auvergne,
surintendant de la musique du Roi. Les ballets sont de la composition de M. Laval, maître des ballets de Sa Majesté. »

Nous avons encore à citer : « *Le Sicilien* ou *l'Amour peintre*,
ballet-pantomime en un acte, par Anatole Petit..., musique de
la composition de M. Sor, ouverture et airs de danse de
M. Schneitzhoeffer, représenté sur le théâtre de l'Académie
royale de musique le 11 juin 1827. » Paris, Barba, 1827, in-8°.

Nous mentionnerons enfin une œuvre qui a déjà pu être
appréciée et qui a paru à de bons juges digne d'être un jour,
comme le fut autrefois celle de Lully, entendue avec la comédie
de Molière : les nouveaux intermèdes musicaux du *Sicilien*, que
M. Eugène Sauzay a fait exécuter en 1875, et dont la publication prochaine est promise [2].

La première édition du *Sicilien* porte la date de 1668 ; le
titre est :

LE

SICILIEN,

OV

L'AMOVR
PEINTRE,
COMEDIE.
Par I. B. P. de Molière.

A PARIS,
Chez Iean Ribov, au Palais, vis
à vis la Porte de la S. Chapelle,
à l'Image S. Louis.
M.DC.LXVIII.
AVEC PRIVILEGE DV ROY.

1. Page 4 de son *Avertissement.*
2. Voyez le feuilleton de M. E. Reyer dans le *Journal des Débats*
du 27 février 1875.

C'est un in-12, de deux feuillets liminaires (titre et liste des Acteurs), 81 pages numérotées, et deux feuillets pour la fin du Privilége, qui commence au verso de la page 81.

L'Achevé d'imprimer pour la première fois est du 9 novembre 1667; le Privilége, daté du dernier jour d'octobre, est donné pour cinq années à Molière, qui a cédé son droit « à Jean Ribou, marchand libraire à Paris. »

Cette comédie est qualifiée dans le Privilége de *belle et très-agréable ;* c'est la seule appréciation littéraire qui se trouve dans tous les Priviléges du théâtre de Molière[1].

Une réimpression a été publiée la même année, sans Privilége ni Achevé d'imprimer, sous ce titre : « *Le Sicilien, comédie de M. de* MOLLIERE (*sic*). A Paris, chez Nicolas Pepinglé (*sic*, pour *Pepingué*), » 60 pages in-12. Il y a tout lieu de la regarder comme une contrefaçon faite en province sous le nom d'un libraire de Paris[2].

Il existe des traductions séparées dans les langues suivantes : italien (1796); portugais, imitation en vers (1771); roumain (1835, autre édition ou tirage, 1836); allemand, arrangement en opérette (vers 1780)[3]; anglais (1857); néerlandais, en vers[4] (1716); danois (1749); russe (1755, autre édition, 1788).

1. Voyez la *Bibliographie moliéresque*, p. 14.

2. Voyez *ibidem*, et ci-après, p. 303-307, l'*Appendice au Sicilien*.

3. Bretzner, dont un texte d'opéra (*l'Enlèvement au Sérail*) a pu être utilisé par Mozart, a arrangé cette opérette sous le titre d'*Adraste et Isidore;* elle fut jouée avec succès en Allemagne; nous ne savons de qui était la musique.

4. Outre les deux traductions versifiées (en portugais et en néerlandais), il en faut citer une en allemand, celle qui fait partie de la traduction complète des *Comédies de Molière* par M. le comte Baudissin (1867). Voulant rendre l'effet de la prose si souvent mesurée du *Sicilien*, il a pris le parti assez naturel de la traduire dans le mètre ordinairement choisi par les poëtes allemands pour leurs comédies : en vers ïambiques de cinq pieds.

SOMMAIRE

DU *SICILIEN* OU *L'AMOUR PEINTRE*,

PAR VOLTAIRE.

C'est la seule petite pièce en un acte où il y ait de la grâce et de la galanterie. Les autres petites pièces que Molière ne donnait que comme des farces ont d'ordinaire un fonds plus bouffon et moins agréable.

ACTEURS.

ADRASTE, gentilhomme françois, amant d'Isidore.

DOM[1] PÈDRE, Sicilien, amant d'Isidore.

ISIDORE, Grecque, esclave[2] de Dom Pèdre.

CLIMÈNE, sœur d'Adraste[3].

HALI, valet d'Adraste.

Le[4] Sénateur.

1. Nos anciennes éditions ont ici et partout l'abréviation D., sauf en tête des scènes xvi et xvii, où la plupart portent Dom Pèdre. Dans le livret du ballet il y a constamment Dom.

2. Esclave affranchie : voyez ci-après, p. 249 et p. 275. Un autre principal personnage de cette liste, qui n'y est appelé que valet, Hali, se plaint, tout au début de la pièce, de sa sotte condition d'esclave. Cette condition est aussi celle de Climène (voyez la note suivante). Sur la vraisemblance qu'il pouvait y avoir à supposer encore l'existence de l'esclavage en Sicile, voyez ci-dessus la *Notice*, p. 218 et suivantes.

3. Tel est le texte de nos anciennes éditions et même d'une partie du tirage de 1734. Ce remplacement, dans la liste des acteurs, par « Climène, sœur d'Adraste, » de « Zaïde, esclave, » qui figure dans le livret du ballet (voyez ci-après l'*Appendice*, p. 294), permet de supposer que Molière avait songé à une modification ; mais il ne l'a point faite. Dans la pièce (scènes xiv et xvi-xviii), il a, comme ici, substitué au nom de Zaïde celui de Climène ; mais Climène est, comme dans le ballet, une « jeune esclave, » et non la sœur d'Adraste : voyez ci-après, scène ix, p. 258, et à la *Notice*, ci-dessus, p. 226.

4. L'emploi de cet article semble indiquer qu'il s'agit à Messine (le titre de sénateur s'est entendu ainsi dans Rome moderne) d'un chef de la ville, d'un podestat ; à l'avant-dernière scène ce personnage parle aussi en édile occupé des préparatifs d'un spectacle public. Il est vrai que, contrairement à cette hypothèse, d'ailleurs de nulle conséquence pour l'action, Dom Pèdre dit (à la fin de la scène xviii), frappant à la porte du personnage : « C'est ici le logis d'un sénateur » : ce n'est plus désigner qu'un magistrat quelconque.

Les Musiciens.

Troupe d'esclaves.

Troupe de Maures.

Deux laquais[1].

1.　　　　　　　ACTEURS.

ACTEURS DE LA COMÉDIE.

Dom Pèdre, *gentilhomme sicilien.* — Adraste, *gentilhomme françois, amant d'Isidore.* — Isidore, *Grecque, esclave de Dom Pèdre.* — Zaïde, *jeune esclave.* — Un sénateur. — Hali, *Turc, esclave d'Adraste.* — Deux laquais.

ACTEURS DU BALLET.

Musiciens. — Esclave *chantant.* — Esclaves *dansants.* — Maures et Mauresques *dansants.*

La scène est à Messine, dans une place publique. (1734.)

— La scène, tout l'indique et la gravure de 1682 la montre ainsi, doit être transportée, à l'entrée du Peintre, dans l'intérieur de la maison de Dom Pèdre. Aux derniers mots de la scène xviii, quand Dom Pèdre va frapper à la porte du Sénateur, le théâtre représente de nouveau une place ou une rue, dans laquelle pourra se déployer la mascarade finale. — Au temps de Cailhava (1802), les comédiens se dispensaient de faire ces changements : voyez ci-après, p. 258, note 4. — La distribution des rôles est donnée au *Livret,* ci-après, p. 294 : voyez aussi, et pour le costume de Molière, la *Notice,* p. 224 et suivantes.

LE SICILIEN
ou L'AMOUR PEINTRE.

LE SICILIEN

ou

L'AMOUR PEINTRE.

COMÉDIE[1].

SCÈNE PREMIÈRE.

HALI, MUSICIENS.

HALI, aux Musiciens.

Chut.... N'avancez pas[2] davantage, et demeurez dans
cet endroit, jusqu'à ce que je vous appelle. Il fait noir[3]
comme dans un four : le ciel s'est habillé ce soir en
Scaramouche[4], et je ne vois pas une étoile qui montre le
bout de son nez. Sotte condition que celle d'un esclave!
de ne vivre jamais pour soi, et d'être toujours tout
entier aux passions d'un maître! de n'être réglé que
par ses humeurs, et de se voir réduit à faire ses propres
affaires de tous les soucis qu'il peut prendre! Le mien
me fait ici épouser ses inquiétudes; et parce qu'il est

---

1. COMÉDIE-BALLET. (1734; ici et au feuillet de titre.)
2. Chut. N'avancez pas. (1734.)
3.   SCÈNE II.
                      HALI, *seul.*
Il fait noir. (*Ibidem.*)
4. Sur ce personnage, tout de noir habillé, de la comédie italienne, voyez
au tome V, la note 1 de la page 335.

amoureux, il faut que, nuit et jour, je n'aie aucun repos[1]. Mais voici des flambeaux, et sans doute c'est lui[2].

1. L'idée de ce début se retrouve, mais bien agrandie, au commencement
du premier monologue de Sosie, dans *Amphitryon* (1668). — Voyez aussi
le *Dépit amoureux*, vers 231 et 232 (tome I, p. 418 et note 3).

2. Presque tout ce couplet d'entrée est mesuré et cadencé en une suite
de vers libres, sans rime.

> Chut : n'avancez pas davantage,
> Et demeurez dans cet endroit,
> Jusqu'à ce que je vous appelle.
>
> Il fait noir comme dans un four :
> Le ciel s'est habillé ce soir en Scaramouche,
> Et je ne vois pas une étoile
> Qui montre le bout de son nez.
>
> Sotte condition que celle d'un esclave !
> De ne vivre jamais pour soi, etc.

On rencontre plus loin bon nombre de ces vers blancs qu'on pourrait grou-
per. Comparez une grande partie de la scène suivante et la fin de la scène III;
au début de la scène XIV, les deux premières phrases, et à la scène XVI, les
deux premiers couplets. Des autres vers plus isolés et perdus dans la prose
nous ne citerons que les principaux :

> Je veux jusques au jour les faire ici chanter.
>   (Scène II; voyez ci-après, p. 236, note 3.)
> Si faut-il bien pourtant trouver quelque moyen.
>   (Scène IV.)
> Plût au Ciel que ce fût la charmante Isidore.

(*Ibidem ;* dans tout le passage enfermé entre ces deux derniers alexandrins,
le rhythme est très-sensible.)

> Il est vrai, la musique en étoit admirable.   (Scène VI.)
>   Et n'est-ce pas pour s'applaudir
> Que ce que nous aimons soit trouvé fort aimable? *(Ibidem.)*
> Mais les femmes enfin n'aiment pas qu'on les gêne. *(Ibidem.)*
> Vous reconnoissez peu ce que vous me devez.   *(Ibidem.)*
> Mais tout cela ne part que d'un excès d'amour.   *(Ibidem.)*
> Il faut que j'y périsse ou que j'en vienne à bout.
>   (Scène VIII, fin.)
> La manière de France est bonne pour vos femmes.
>   (Scène X.)
> Pour moi je vous demande un portrait qui soit moi,
> Et qui n'oblige point à demander qui c'est.   (Scène XI.)
> On ne se trompe guère à ces sortes de choses.   *(Ibidem.)*
> Dom Pèdre souffrira cette injure mortelle !   (Scène XVIII.)

Sans doute, une fois préoccupés par ce genre de remarques, les commentateurs ont fini par forcer les choses ; mais pour ceux mêmes qui se défient de
leurs préventions, il reste un fait bien constaté. Pour la conclusion à en tirer,
voyez ce qui est dit à la *Notice*, ci-dessus, p. 213 et suivantes.

SCÈNE II.

ADRASTE et deux laquais, HALI[1].

ADRASTE.

Est-ce toi, Hali?

HALI.

Et qui pourroit-ce être que moi? A ces heures de nuit, hors vous et moi, Monsieur, je ne crois pas que personne s'avise de courir maintenant les rues[2].

ADRASTE.

Aussi ne crois-je pas qu'on puisse voir personne qui sente dans son cœur la peine que je sens. Car, enfin, ce n'est rien d'avoir à combattre l'indifférence ou les rigueurs d'une beauté qu'on aime : on a toujours au moins le plaisir de la plainte et la liberté des soupirs; mais ne pouvoir trouver aucune occasion de parler à ce qu'on adore, ne pouvoir savoir d'une belle si l'amour qu'inspirent ses yeux est pour lui plaire ou lui déplaire[3], c'est la plus fâcheuse, à mon gré, de toutes les inquiétudes; et c'est où me réduit l'incommode jaloux qui

1.   SCÈNE III.

ADRASTE, DEUX LAQUAIS, *portant chacun un flambeau*, HALI. (1734.)

2. Et qui pourroit-ce être que moi, à ces heures de nuit? Hors vous et moi, etc. (1730, 33, 34.) Il était naturel de songer à cette correction; dans la même phrase, *maintenant* après *à ces heures* peut paraître un terme superflu; mais s'il ne précise pas la circonstance déjà indiquée, il y insiste par le pléonasme.

3. Auger relève encore dans *le Sicilien* plusieurs exemples de ce tour : « Ce n'est guère pour avoir le teint frais et les yeux brillants » (ci-après scène vi, p. 245 et 246). — « Ces hommages à nos appas ne sont jamais pour nous déplaire.... N'est-ce pas pour s'applaudir, que ce que nous aimons soit trouvé fort aimable? » (*Ibidem*, p. 247 et p. 248.) Voyez tome V, p. 447, la note 4 au vers 60 du *Misanthrope*.

veille, avec tant de souci, sur ma charmante Grecque, et ne fait pas un pas sans la traîner à ses côtés.

HALI.

Mais il est en amour plusieurs façons de se parler; et il me semble, à moi, que vos yeux et les siens, depuis près de deux mois, se sont dit bien des choses.

ADRASTE.

Il est vrai qu'elle et moi souvent nous nous sommes parlé des yeux; mais comment reconnoître que, chacun de notre côté, nous ayons comme il faut expliqué ce langage? Et que sais-je, après tout, si elle entend bien tout ce que mes regards lui disent? et si les siens me disent ce que je crois parfois entendre?

HALI.

Il faut chercher quelque moyen de se parler d'autre manière.

ADRASTE.

As-tu là tes musiciens?

HALI.

Oui.

ADRASTE.

Fais-les approcher.[1] Je veux, jusques au jour[2], les faire ici chanter[3], et voir si leur musique n'obligera point cette belle à paroître à quelque fenêtre.[4]

HALI.

Les voici. Que chanteront-ils?

---

1. *Seul.* (1734.)

2. Jusqu'au jour. (1710, 18, 34.)

3. Comme le fait remarquer Auger (dans sa *Notice*, tome V, p. 493, note), si Molière n'avait tenu à garder ce vers, rien n'était plus naturel et aisé que de le déconstruire; il suffisait même de mettre « jusqu'au jour. »

4.
SCÉNE IV.

ADRASTE, HALI, MUSICIENS. (1734.)

ADRASTE.

Ce qu'ils jugeront de meilleur[1].

HALI.

Il faut qu'ils chantent un trio qu'ils me chantèrent
l'autre jour.

ADRASTE.

Non, ce n'est pas ce qu'il me faut.

HALI.

Ah! Monsieur, c'est du beau bécarre[2].

ADRASTE.

Que diantre veux-tu dire avec ton beau bécarre?

HALI.

Monsieur, je tiens pour le bécarre : vous savez que
je m'y connois. Le bécarre me charme : hors du bécarre,
point de salut en harmonie. Écoutez un peu ce trio.

ADRASTE.

Non : je veux quelque chose de tendre et de passionné, quelque chose qui m'entretienne dans une douce
rêverie.

HALI.

Je vois bien que vous êtes pour le bémol ; mais il y a
moyen de nous contenter l'un l'autre[3]. Il faut qu'ils
vous chantent une certaine scène d'une petite comédie
que je leur ai vu essayer. Ce sont deux bergers amoureux, tous remplis[4] de langueur, qui, sur bémol, viennent

1. Cet emploi de *de*, analogue à celui qui en est fait encore avec *avoir*,
était fort usité, au dix-septième siècle, avec *être* et *paraître* : « Ce qui est
de réel, disait Mme de Sévigné [a], c'est.... » « Ce qui lui paroissoit de plus
charmant, c'étoit mon absence [b]. »

2. Beccare. (1668, 74, 75 A, 82, 84 A, 92, 94 B, 97, 1710, 18; ici et plus
bas.) — Bécare. (1730, 33, 34.)

3. L'un et l'autre. (1682, 1734.) — 4. Tout remplis. (1710, 18, 30, 33, 34, 34.)

a Tome VIII, des *Lettres*, p. 314.

b *Ibidem*, tome II, p. 301 ; voyez un exemple tout semblable de Bossuet
dans M. Littré, au mot DE, division A, vers la fin de 7°. Le tour est fréquent
chez Retz.

séparément faire leurs plaintes dans un bois, puis se découvrent l'un à l'autre la cruauté de leurs maîtresses ; et là-dessus vient un berger joyeux, avec un bécarre admirable [1], qui se moque de leur foiblesse.

1. Hali parle du bémol et du bécarre comme les Précieuses parlaient de *la chromatique* [a] ; ce sont termes que, sans trop les entendre, il a recueillis de la bouche de ses musiciens, et dont il fait montre. Mais, bien qu'Adraste semble ne pas le comprendre du tout, il est plus aisé d'expliquer ce qu'il a voulu dire que le mot prétentieux de Magdelon. Pour lui, bémol équivaut à mode mineur, à mélodie en mineur, et bécarre à mode majeur, à mélodie en majeur. Il ne serait même pas impossible que des gens du métier eussent parfois usé de ce langage. Il est tel ton, en effet [b], où le passage du mode majeur au mode mineur amène l'emploi du bémol ou de nouveaux bémols, et le passage inverse l'emploi du bécarre [c] ; on conçoit que pour ces tons, une fois reconnus, on pût dire *jouer en bémol* au lieu de *jouer en mineur*, et *jouer en bécarre* au lieu de *jouer en majeur*. Hali, qui, dans l'intention évidente de Molière, doit affecter ici le jargon d'un demi-connaisseur, d'un amateur ridicule, étend ces expressions à tous les tons quelconques. De fait, à consulter la partition de la scène III qui allait être chantée, Lully a écrit un air en *la* mineur pour le premier berger, et un air en *mi* mineur pour le second ; pour leur dialogue, il a choisi de nouveau le ton de *la* mineur ; puis il a composé en *la* majeur l'air du troisième berger ; enfin il est encore revenu à *la* mineur dans la phrase des deux premiers bergers qui termine la scène. Voilà bien le plaintif bémol et l'admirable bécarre annoncés par Hali : le chant des deux langoureux ne sort pas des tons mineurs ; le chant du personnage gai au contraire est dans un ton majeur ; Hali en les écoutant essayer leurs morceaux a eu le sentiment de cette différence de mode, facile à saisir, et se flattant, se sachant gré de la pouvoir exprimer en termes de l'art, il généralise hardiment l'emploi commode

[a] Voyez à la scène IX des *Précieuses ridicules*, tome II, p. 89.

[b] Par exemple celui d'*ut*, celui de *sol*. Lully, pour une raison ou pour une autre, affectionnait tout particulièrement le ton de *sol* mineur, d'où naturellement il modulait souvent en *sol* majeur ; il n'indiquait le mineur à la clef que par le premier bémol (par *si b* seul), écrivant chaque fois l'autre comme accidentel. Or on peut remarquer que si les mots *bé mol* et *bé carre* étaient pris dans leur acception propre et ancienne de *si* bémol et de *si* naturel (voyez le *Dictionnaire de M. Littré*), ils pourraient servir parfaitement, pour le ton de *sol*, à déterminer le mode : un air en *sol* avec *bé mol* (avec *si b*) serait un air en *sol* mineur ; avec *bé carre* (avec *si* naturel), serait en *sol* majeur. Il en serait de même pour le ton de *ré*, où l'emploi du *bé mol* ou du *bé carre* serait tout aussi caractéristique.

[c] Nous avons eu l'occasion de faire remarquer (tome IV, p. 263, à la note) que, dans la notation du temps, on trouve des dièses servant à annuler les bémols ; réciproquement on rencontre des bémols qui annulent des dièses ; l'annulation des dièses peut aussi marquer le passage de majeur en mineur, et il est clair que c'est encore le dièse qui eût marqué le retour au majeur ; en pareil cas, avec ce système d'écriture, l'opposition eût été entre bémol et dièse.

ADRASTE.

J'y consens. Voyons ce que c'est.

HALI.

Voici, tout juste, un lieu propre à servir de scène ; et
voilà deux flambeaux pour éclairer la comédie.

ADRASTE.

Place-toi contre ce logis, afin qu'au moindre bruit
que l'on fera dedans, je fasse cacher les lumières[1].

SCÈNE III,

CHANTÉE PAR TROIS MUSICIENS [2].

PREMIER MUSICIEN [3].

Si du triste récit de mon inquiétude
Je trouble le repos de votre solitude,

qu'il a ouï faire, en quelque cas particulier, du nom de certains signes d'é-
criture, mais d'une écriture qu'il n'a jamais appris à déchiffrer.

1. Ce début de pièce est vif, animé, et, si je l'ose dire ainsi, pittoresque.
Le choix du pays et de l'heure ; la nuit si agréable sous le beau ciel de la Sicile, et partout si favorable aux aventures galantes ainsi qu'aux méprises
comiques ; la diversité des costumes et des mœurs ; la jalousie astucieuse d'un
Sicilien aux prises avec l'amour entreprenant d'un Français : tout cela pique
la curiosité, et commence même à exciter une sorte d'intérêt. (*Note d'Auger*.)

2. Nous savons par le *Livret* (ci-après, p. 294 et 295) quels furent les
chanteurs de cette scène à la cour. Le *Premier musicien*, représentant Philène, était Blondel ; le *Second musicien*, représentant Tirsis, était Gaye ; le
Troisième musicien, représentant un berger joyeux, était Noblet (Noblet
l'aîné très-probablement) : voyez sur eux, ci-dessus, à la *Pastorale comique*,
p. 189, note 2, p. 192, note 3, et p. 203, note 1. — Pour la musique de
Lully, voyez-en le catalogue, ci-après, p. 301. — Au Palais-Royal, avant 1671,
le concert n'était sans doute pas exécuté sur le théâtre même : grâce à la nuit
qui était censée l'obscurcir, il était facile d'y montrer un groupe de joueurs
d'instruments muets, tandis que les chanteurs se tenaient sur les côtés, à couvert de tous les regards : voyez ci-après, p. 252, note 1.

3.   FRAGMENT DE COMÉDIE,
chanté et accompagné par les Musiciens qu'Hali a amenés.
SCÈNE I.
PHILÈNE, TIRCIS.
I. MUSICIEN, *représentant Philène*. (1734.)

Rochers, ne soyez point[1] fâchés[2].
Quand vous saurez l'excès de mes peines secrètes,
Tout rochers[3] que vous êtes,
Vous en serez touchés.

SECOND MUSICIEN[4].

Les oiseaux réjouis, dès que le jour s'avance,
Recommencent leurs[5] chants dans ces vastes forêts[6] ;
Et moi j'y recommence
Mes soupirs languissants et mes tristes regrets.[7]

Ah! mon cher Philène[8].

PREMIER MUSICIEN.

Ah! mon cher Tirsis.

SECOND MUSICIEN.

Que je sens de peine!

PREMIER MUSICIEN.

Que j'ai de soucis!

SECOND MUSICIEN.

Toujours sourde à mes vœux est l'ingrate Climène.

1. N'en soyez point. (*Partition Philidor.*)

2. Un signe de reprise indique ici, dans la partition, que chacune des deux moitiés de ce couplet, très-probablement, étaient redites. Dans la seconde, le chant répète d'abord les deux derniers vers, puis reprend encore une fois le tout dernier.

3. *Tous rochers.* (*Ballet des Muses*, 1666; et 1697, 1710, 18, 33.)

4. II. MUSICIEN, *représentant Tircis.* (1734.)

5. Le livret du ballet a la vieille orthographe : *leur*, sans *s*.

6. Pour ce couplet, la première reprise du chant[a] finit avec ce second vers ; la seconde reprise se compose des deux autres vers répétés et, la seconde fois, encore suivis du dernier hémistiche.

7. Le morceau où ont été mis en musique les neuf vers suivants est intitulé *Dialogue* dans la partition. Au-devant de la première portée du chant est écrit le nom de *Tircis ;* au-devant de la seconde, celui de *Filène.*

8. Dans le livret du ballet, l'orthographe est FILÈNE, et, au vers suivant, TIRCIS.

[a] Ce mot de reprise devra toujours faire entendre qu'il y avait répétition : la répétition n'est absolument certaine que lorsqu'elle amenait quelque changement, à la fin, qui fût à noter; mais elle est presque toujours très-probable, et devait être tout à fait de règle.

PREMIER MUSICIEN.

Cloris n'a point pour moi de regards adoucis.

TOUS DEUX[1].

O loi[2] trop inhumaine !
Amour, si tu ne peux les contraindre d'aimer,
Pourquoi leur laisses-tu le pouvoir de charmer ?

TROISIÈME MUSICIEN[3].

Pauvres amants, quelle erreur
D'adorer des inhumaines[4] !
Jamais les âmes bien saines
Ne se payent[5] de rigueur ;
Et les faveurs sont les chaînes
Qui doivent lier un cœur[6].

On voit cent belles[7] ici
Auprès de qui je m'empresse :

1. Voici comment les deux musiciens chantaient ensemble les vers qui suivent : *O loi trop inhumaine, trop inhumaine ! Amour, Amour, si tu ne peux les contraindre d'aimer,* (une première fois Tirsis seul, puis à deux :) *Pourquoi leur laisses-tu le pouvoir de charmer ?*

2.

	PHILÈNE.
Ah ! mon cher Tircis !	
	TIRCIS.
Que je sens de peine !	
	PHILÈNE.
Que j'ai de soucis !	
	TIRCIS.
Toujours, etc.	
	PHILÈNE.
Cloris n'a, etc.	
	TOUS DEUX ENSEMBLE.
O loi. (1734.)	

3.

SCÈNE II.

PHILÈNE, TIRCIS, UN PÂTRE.

III. Musicien, *représentant un pâtre.* (*Ibidem.*)

4. Le musicien a coupé en deux parties, qui chacune se répètent et dont la première se termine avec le second vers, l'air qu'il a composé pour les couplets de cette chanson.

5. *Payent* est mesuré ici comme l'est *paye* au vers 940 du *Misanthrope :*
        Mais elle bat ses gens, et ne les paye point.
Voyez tome I, p. 484, au vers 1261 du *Dépit amoureux.*

6. Nos cœurs. (*Partition Philidor.*) — 7. Il est cent belles. (*Ibidem.*)

A leur vouer ma tendresse
Je mets mon plus doux[1] souci;
Mais, lors que l'on est[2] tigresse,
Ma foi! je suis tigre aussi.

PREMIER ET SECOND MUSICIEN[3].

Heureux, hélas! qui peut aimer ainsi[4]!

HALI.

Monsieur, je viens d'ouïr quelque bruit au dedans.

ADRASTE.

Qu'on se retire vite, et qu'on éteigne les flambeaux.

SCÈNE IV[5].

DOM PÈDRE, ADRASTE, HALI.

DOM PÈDRE, sortant en bonnet de nuit et robe[6] de chambre,
avec une épée sous son bras.

Il y a quelque temps que j'entends chanter à ma
porte; et, sans doute, cela ne se fait pas pour rien. Il
faut que, dans l'obscurité, je tâche à découvrir quelles
gens ce peuvent[7] être.

ADRASTE.

Hali!

HALI.

Quoi?

1. Mon plus grand. (*Partition Philidor.*)

2. Par faute, dans le *Ballet des Muses* (1666) : « Mais, lorsqu'on est ». Le musicien a préféré comme plus doux : « Mais, dès que l'on est ».

3. PHILÈNE et TIRCIS ensemble. (1734.)

4. Dans cette phrase finale, le premier mot et les quatre derniers, *Heureux* et *qui peut aimer ainsi*, ont été répétés par le musicien.

5. SCÈNE V. (1734.)

6. *Et en robe.* (1694 B, 1718, 30, 33.) — D. PÈDRE, *sortant de sa maison en bonnet de nuit et en robe*, etc. (1734.)

7. « Se peuvent », dans l'édition originale et dans celle de 1682; faute évidente, qui est corrigée dans nos autres éditions.

ADRASTE.

N'entends-tu plus rien?

HALI.

Non.

(Dom Pèdre est derrière eux, qui les écoute.)

ADRASTE.

Quoi? tous nos efforts ne pourront obtenir que je parle
un moment à cette aimable Grecque? et ce jaloux maudit,
ce traître de Sicilien, me fermera toujours tout accès
auprès d'elle?

HALI.

Je voudrois, de bon cœur, que le diable l'eût emporté,
pour la fatigue qu'il nous donne, le fâcheux, le bourreau
qu'il est. Ah! si nous le tenions ici, que je prendrois
de joie à venger sur son dos tous les pas inutiles que
sa jalousie nous fait faire!

ADRASTE.

Si faut-il bien pourtant[1] trouver quelque moyen,
quelque invention, quelque ruse, pour attraper notre
brutal: j'y suis trop engagé pour en avoir le démenti;
et quand j'y devrois employer....

HALI.

Monsieur, je ne sais pas ce que cela veut dire, mais
la porte est ouverte; et si vous le voulez, j'entrerai
doucement pour découvrir d'où cela vient.

(Dom Pèdre se retire sur sa porte.)

ADRASTE.

Oui, fais; mais sans faire de bruit; je ne m'éloigne
pas de toi. Plût au Ciel que ce fût la charmante Isidore!

DOM PÈDRE, lui donnant sur la joue.

Qui va là?

---

1. Cependant il faut bien, malgré tout. Ailleurs Molière a déjà ainsi appuyé
si faut-il de *pourtant*: « Si faut-il pourtant tenter toute chose.» (*La Princesse
d'Élide*, fin de l'acte III, tome IV, p. 191.)

HALI, lui en faisant de même.

Ami[1].

DOM PÈDRE.

Holà! Francisque, Dominique, Simon, Martin, Pierre, Thomas, Georges, Charles, Barthélemy : allons, promptement, mon épée, ma rondache, ma hallebarde, mes pistolets, mes mousquetons, mes fusils; vite, dépêchez; allons, tue, point de quartier.

SCÈNE V[2].

ADRASTE, HALI.

ADRASTE.

Je n'entends remuer personne. Hali? Hali?

HALI, caché dans un coin.

Monsieur.

ADRASTE.

Où donc te caches-tu?

HALI.

Ces gens sont-ils sortis ?

ADRASTE.

Non : personne ne bouge.

HALI, en sortant[3] d'où il étoit caché.

S'ils viennent, ils seront frottés.

---

1. D. PÈDRE, *donnant un soufflet à Hali.* Qui va là? — HALI, *rendant le soufflet (un soufflet,* dans une partie du tirage de 1734, mais non dans 1773) *à D. Pèdre.* Ami. (1734.) — Comme le dit Auger, Rosimond a, en 1671, reproduit ce jeu de scène si plaisant dans sa comédie[a] qui a pour titre *les Qui pro quo* ou *le Valet étourdi* (acte III, scène xii) : « Qui va là? » demande Fabrice à Cliton, en lui donnant un soufflet. « Personne, » répond Cliton, en rendant le soufflet à Fabrice.

2. SCÈNE VI. (1734.)

3. HALI, *sortant,* etc. (*Ibidem.*)

[a] Imprimée en 1673.

ADRASTE.

Quoi? tous nos soins seront donc inutiles? Et toujours
ce fâcheux jaloux se moquera de nos desseins?

HALI.

Non : le courroux du point d'honneur me prend; il
ne sera pas dit qu'on triomphe de mon adresse; ma
qualité de fourbe s'indigne de tous ces obstacles, et
je prétends faire éclater les talents que j'ai eus du
Ciel.

ADRASTE.

Je voudrois seulement que, par quelque moyen, par
un billet, par quelque bouche, elle fût avertie des sentiments qu'on a pour elle, et savoir les siens là-dessus.
Après, on peut trouver facilement les moyens....

HALI.

Laissez-moi faire seulement : j'en essayerai tant de
toutes les manières, que quelque chose enfin nous
pourra réussir. Allons, le jour paroît; je vais chercher
mes gens, et venir attendre, en ce lieu, que notre jaloux
sorte[1].

SCÈNE VI[2].

DOM PÈDRE, ISIDORE.

ISIDORE.

Je ne sais pas quel plaisir vous prenez à me réveiller
si matin; cela s'ajuste assez mal, ce me semble, au
dessein que vous avez pris de me faire peindre aujour-
d'hui; et ce n'est guère pour avoir le teint frais et les

---

1. « Ici la scène reste vide, » dit Auger. Il serait plus juste de dire que la
scène change : le jour qui en éloigne les premiers acteurs va l'éclairer tout à
fait et y appeler d'autres personnages; le spectateur a le sentiment d'un temps
écoulé, c'est un acte nouveau.

2. SCÈNE VII. (1734.)

yeux brillants que se lever ainsi dès la pointe du jour [1].

DOM PÈDRE.

J'ai une affaire qui m'oblige à sortir à l'heure qu'il est.

ISIDORE.

Mais l'affaire que vous avez eût bien pu se passer, je crois, de ma présence; et vous pouviez, sans vous incommoder, me laisser goûter les douceurs du sommeil du matin.

DOM PÈDRE.

Oui; mais je suis bien aise de vous voir toujours avec moi. Il n'est pas mal de s'assurer un peu contre les soins des surveillants [2]; et cette nuit encore, on est venu chanter sous nos fenêtres.

ISIDORE.

Il est vrai; la musique en étoit admirable.

DOM PÈDRE.

C'étoit pour vous que cela se faisoit?

ISIDORE.

Je le veux croire ainsi, puisque vous me le dites.

DOM PÈDRE.

Vous savez qui étoit celui qui donnoit cette sérénade?

ISIDORE.

Non pas; mais, qui que ce puisse être, je lui suis obligée.

DOM PÈDRE.

Obligée!

ISIDORE.

Sans doute, puisqu'il cherche à me divertir.

1. Que se lever dès la pointe du jour. (1674, 82.)
2. Contre le manége des espions, de ces gens que je vois tourner autour d'ici, toujours aux aguets.

DOM PÈDRE.

Vous trouvez donc bon qu'on vous aime[1] ?

ISIDORE.

Fort bon. Cela n'est jamais qu'obligeant.

DOM PÈDRE.

Et vous voulez du bien à tous ceux qui prennent ce soin?

ISIDORE.

Assurément.

DOM PÈDRE.

C'est dire fort net ses pensées.

ISIDORE.

A quoi bon de dissimuler[2]? Quelque mine qu'on fasse, on est toujours bien aise d'être aimée : ces hommages à nos appas ne sont jamais pour nous déplaire. Quoi qu'on en puisse dire, la grande ambition des femmes est, croyez-moi, d'inspirer de l'amour. Tous les soins qu'elles prennent ne sont que pour cela; et l'on n'en voit point de si fière[3] qui ne s'applaudisse en son cœur des conquêtes que font ses yeux.

DOM PÈDRE.

Mais si vous prenez, vous, du plaisir à vous voir aimée, savez-vous bien, moi qui vous aime, que je n'y en prends nullement ?

ISIDORE.

Je ne sais pas pourquoi cela; et si j'aimois quelqu'un, je n'aurois point de plus grand plaisir que de le voir aimé de tout le monde. Y a-t-il rien qui marque davan-

---

1. Qu'il vous aime? (1734.)

2. *A quoi est-il* ou *serait-il bon de dissimuler?* Cet emploi de *de* avec ellipse a déjà été relevé au vers 753 des *Fâcheux*, tome III, p. 91, note 3.

3. Le pronom *en*, quoique précédé du pluriel *femmes*, représente ici très-correctement le singulier : « l'on ne voit pas de femme, aucune femme si fière; » il y a une construction d'*en* à rapprocher de celle-ci dans la scène 1 de l'acte III du *Médecin malgré lui* (ci-dessus, p. 99).

tage la beauté du choix que l'on fait? et n'est-ce pas pour s'applaudir, que ce que nous aimons soit trouvé fort aimable?

DOM PÈDRE.

Chacun aime à sa guise, et ce n'est pas là ma méthode. Je serai fort ravi qu'on ne vous trouve point si belle, et vous m'obligerez de n'affecter point tant de la paroître[1] à d'autres yeux.

ISIDORE.

Quoi? jaloux de ces choses-là?

DOM PÈDRE.

Oui, jaloux de ces choses-là, mais jaloux comme un tigre, et, si voulez[2], comme un diable. Mon amour vous veut toute à moi; sa délicatesse s'offense d'un souris, d'un regard qu'on vous peut arracher; et tous les soins qu'on me voit prendre ne sont que pour fermer tout accès aux galants, et m'assurer la possession d'un cœur dont je ne puis souffrir qu'on me vole la moindre chose.

ISIDORE.

Certes, voulez-vous que je dise? vous prenez un mauvais parti; et la possession d'un cœur est fort mal assurée, lorsqu'on prétend le retenir par force. Pour moi, je vous l'avoue, si j'étois galant d'une femme qui fût au pouvoir de quelqu'un, je mettrois toute mon

---

1. De le paroître. (1734.) — Mais Molière paraît avoir préféré l'usage le plus ordinairement suivi de son temps à la règle de Vaugelas qui fait loi aujourd'hui. Comparez ce passage des *Amants magnifiques*, vers la fin de la scène II de l'acte Ier : « IPHICRATE. Ah! Madame, c'est vous qui voulez être mère malgré tout le monde.... ARISTIONE. Mon Dieu, Prince,... je veux être mère parce que je la suis, et ce seroit en vain que je ne la voudrois pas être. » Sur l'ancien usage et sur la règle nouvelle, un peu timidement imposée par le grammairien, voyez le *Lexique de la langue de Corneille*, tome II, p. 46 et 47, et celui *de Mme de Sévigné*, tome I, p. XVI et XVII.

2. Tel est le texte de 1668, 74, 75 A, 82, 84 A, 97. — Si vous voulez. (1692, 94 B, 1710, 18, 30, 33, 34.)

étude à rendre ce quelqu'un jaloux, et l'obliger[1] à veiller nuit et jour celle que je voudrois gagner. C'est un admirable moyen d'avancer ses affaires, et l'on ne tarde guère à profiter du chagrin[2] et de la colère que donne à l'esprit d'une femme la contrainte et la servitude[3].

DOM PÈDRE.

Si bien donc que, si quelqu'un vous en contoit, il vous trouveroit disposée à recevoir ses vœux?

ISIDORE.

Je ne vous dis rien là-dessus. Mais les femmes enfin n'aiment pas qu'on les gêne; et c'est beaucoup risquer que de leur montrer des soupçons, et de les tenir renfermées.

DOM PÈDRE.

Vous reconnoissez peu ce que vous me devez; et il me semble qu'une esclave que l'on a affranchie, et dont on veut faire sa femme....

ISIDORE.

Quelle obligation vous ai-je, si vous changez mon esclavage en un autre beaucoup plus rude? si vous ne me laissez jouir d'aucune liberté, et me fatiguez, comme on voit, d'une garde continuelle?

---

1. Et l'obligerois. (1734.)

2. L'Académie, en 1694, donne cette définition du substantif *chagrin* : « mélancolie, ennui; fâcheuse, mauvaise humeur; » elle la modifie dès 1718. — Comparez un peu plus bas (à l'avant-dernière ligne de la scène).

3. Ceci rappelle à Aimé-Martin une tirade assez longue de *l'École des maris* (acte I, scène IV, vers 315 et suivants, tome II, p. 381 et 382). Là plus qu'ici le thème paraît être pris de ce passage de Rabelais, cité par le commentateur : « On temps, dit Carpalim, que j'étois rufien à Orléans, je n'avois couleur de rhétorique plus valable ne argument plus persuasif envers les dames, pour les mettre aux toiles et attirer au jeu d'amours, que vivement, apertement, détestablement remontrant comment leurs maris étoient d'elles jaloux. Je ne l'avois mie inventé. Il est écrit. Et en avons lois, exemples, raisons et expériences quotidianes. » (Chapitre XXXIV du tiers livre, tome II, p. 165.

DOM PÈDRE.

Mais tout cela ne part que d'un excès d'amour.

ISIDORE.

Si c'est votre façon d'aimer, je vous prie de me haïr.

DOM PÈDRE.

Vous êtes aujourd'hui dans une humeur désobligeante ; et je pardonne ces paroles au chagrin où vous pouvez être de vous être levée matin.

SCÈNE VII.

DOM PÈDRE, HALI, ISIDORE.

(Hali faisant[1] plusieurs révérences à Dom Pèdre.)

DOM PÈDRE.

Trêve aux cérémonies. Que voulez-vous ?

HALI.

(Il se retourne devers Isidore[2], à chaque parole qu'il dit à Dom Pèdre, et lui fait des signes pour lui faire connoître le dessein de son maître.)

Signor (avec la permission de la Signore), je vous dirai (avec la permission de la Signore) que je viens vous trouver (avec la permission de la Signore), pour vous prier (avec la permission de la Signore) de vouloir bien (avec la permission de la Signore)....

DOM PÈDRE.

Avec la permission de la Signore, passez un peu de ce côté[3].

---

1. HALI, *habillé en Turc, faisant*, etc. (1682.) — Dans l'édition de 1734 :
SCÈNE VIII.
D. PÈDRE, ISIDORE, HALI, *habillé en Turc, faisant*, etc.

2. HALI. *Il se tourne devers Isidore.* (1682.) — HALI, *se mettant entre D. Pèdre et Isidore.* (Il *se tourne devers* (vers, 1773) *Isidore.*) (1734.)

3. Passez un peu ce côté. (1674 ; faute évidente.) — *D. Pèdre se met entre Hali et Isidore.* (1734.)

HALI.

Signor, je suis un virtuose[1].

DOM PÈDRE.

Je n'ai rien à donner.

HALI.

Ce n'est pas ce que je demande. Mais, comme je me
mêle un peu de musique et de danse, j'ai instruit quelques esclaves qui voudroient bien trouver un maître qui
se plût à ces choses ; et comme je sais que vous êtes une
personne considérable, je voudrois vous prier de les voir
et de les entendre, pour les acheter, s'ils vous plaisent,
ou pour leur enseigner quelqu'un de vos amis qui voulût
s'en accommoder.

ISIDORE.

C'est une chose à voir, et cela nous divertira. Faites-
les-nous venir.

HALI.

Chala bala.... Voici une chanson nouvelle, qui est du
temps[2]. Écoutez bien. *Chala bala.*

1. M. Littré n'a recueilli de *virtuose* que des exemples postérieurs à celui-
ci ; le premier qu'il donne, daté de 1680 seulement, est de Mme de Sévigné :
« L'abbé de Lannion, écrit-elle le 28 février (tome VI, p. 283),... dit que
Madame la Dauphine.... est *virtuose* (elle sait trois ou quatre langues). » Sur
l'origine italienne du mot, que Mme de Sévigné a ainsi souligné, voyez le
passage de Villemain cité par M. Littré.

2. *Qui est de circonstance,* veut-il faire entendre à Isidore en insistant
ainsi.

SCÈNE VIII.

HALI et quatre esclaves, ISIDORE, DOM PÈDRE.

(Hali chante dans cette scène, et les esclaves dansent dans les intervalles de son chant [1].)

HALI chante [2].

D'un cœur ardent, en tous lieux

1. Cette courte indication précède, dans nos anciennes éditions, les noms des personnages. — Elle est à compléter par l'analyse de cet épisode du *Ballet*, donnée aux spectateurs dans leur *livre*, sous l'intitulé de *scène VI* (ci-après, p. 296); on y a, pour ainsi dire, sous les yeux toute la mise en scène, telle du moins qu'elle était à la cour. Réduite au cadre du Palais-Royal, elle fut sans doute beaucoup moins brillante : là, au lieu de l'orchestre dirigé par Lully, il faut se figurer un petit chœur de violons autour d'un clavecin, et, en avant des quatre esclaves danseurs, au lieu de Gaye [a], d'un virtuose de la Musique du Roi, qui faisait valoir de son mieux la chanson sérieuse et sa terminaison bouffonne, la Thorillière-Hali, payant plus de belle prestance et d'adresse que de voix. Peut-être cependant l'habile comédien n'eut-il qu'en apparence à sortir de son emploi ordinaire. Une note curieuse de la Grange donnerait à le penser. Énumérant les agrandissements, les embellissements, toutes les réformes dont la préparation du pompeux spectacle de *Psyché* fut l'occasion en 1671, il nous apprend (p. 123 et 124) qu'il fut alors seulement résolu « d'avoir dorénavant à toutes sortes de représentations, tant simples que de machines, un concert de douze violons [b], ce qui n'a été exécuté qu'après la représentation de *Psyché* (*du 24 juillet* 1671); » et il ajoute : « Jusques ici, les musiciens et musiciennes n'avoient point voulu paroître en public; ils chantoient à la Comédie dans des loges grillées et treillissées; mais on surmonta cet obstacle, et, avec quelque légère dépense, on trouva des personnes qui chantèrent sur le théâtre à visage découvert, habillés comme les comédiens. » Il est assez naturel de supposer que la Thorillière, dans cette scène, se contentait de figurer Hali chantant, d'en faire toute la pantomime sur le théâtre, tandis qu'un musicien, se dissimulant derrière sa grille, exécutait tranquillement sa partie.

2. Comme l'atteste la partition, une première danse des Esclaves précédait le premier couplet de la chanson qui suit : voyez ci-après, à l'*Appendice*, p. 301. — Dans l'édition de 1734 :

SCÈNE IX.

D. PÈDRE, ISIDORE, HALI, ESCLAVES TURCS.

UN ESCLAVE *chantant, à Isidore.*

a Gaye, à Saint-Germain, paraissait sous l'habit d'un cinquième esclave, dont, on le voit, il n'est pas question dans le texte original de la comédie, son personnage y étant confondu avec celui d'Hali.

b Comprenant des dessus, hautes-contre, tailles et basses, répondant ainsi à notre quatuor d'instruments à cordes.

Un amant suit une belle[1] ;
Mais d'un jaloux odieux
La vigilance éternelle
Fait qu'il ne peut que des yeux
S'entretenir avec elle :
Est-il peine plus cruelle
Pour un cœur bien amoureux[2] ?
Chiribirida ouch alla[3] !
   Star bon Turca,
Non aver danara.
  Ti voler comprara?
   Mi servir a ti,
    Se pagar per mi :
  Far bona coucina[4]*,*
  Mi levar matina,

1. Ici finit, dans le chant, une reprise qui est à redire.

2. Ces deux derniers vers de la chanson d'amour ont été répétés par le compositeur. Le refrain moqueur qu'on va lire était après, comme on l'imagine bien, brusquement attaqué, et deux parties hautes d'instruments venaient animer l'accompagnement de simple basse employé jusque-là ; il est probable que, pour mieux « amuser » et étourdir Dom Pèdre, les esclaves dansants secondaient de leurs mouvements l'action devenue plus vive du chanteur.

3. Ce vers, qui est précédé, dans l'édition de 1734, de l'indication : *à D. Pèdre*, n'est, de même que les deux mots qui terminent la scène vii, qu'un assemblage de syllabes grotesquement sonores, mais ayant avec la langue turque un certain air de famille et quelque analogie de son. Voyez ce que nous aurons à dire plus loin, à l'occasion du *Bourgeois gentilhomme*, du jargon qui se rencontre dans la *Cérémonie* finale. — Nous trouverons plus bas (p. 296), dans le *Ballet des Muses*, une orthographe et une coupe différentes : *houcha la* ; une fois Philidor a écrit en trois *hou cha la* ; une autre fois en deux *hou chala*. — La suite de ces paroles baroques, qui est « en langage franc, » comme dit le *Livret*, peut se traduire ainsi : « (Moi) être bon Turc, (Moi) n'avoir argent. Toi vouloir acheter ? Moi servir à toi, Si (toi) payer pour moi : (Moi) faire bonne cuisine, Me lever matin, Faire bouillir chaudière (*de cuisine, de lessive, de bain*). Toi répondre, répondre : (Toi) vouloir acheter ? »

4. Ici et page 254, les textes de 1666 et de 1682 ont, le premier : *cucina* (on lit *cuchina* dans la partition Philidor), le second, et celui de 1734 : *coucina* ; 1694 β, *cocina* ; deux vers plus bas, ils ont tous les quatre : *caldara*. Les éditions de 1663, 74, 75 A, 84 A donnent *accina* et *cadara*.

Far boller caldara.
Parlara, parlara :
Ti voler comprara ? [1]

C'est un supplice, à tous coups,
Sous qui cet amant expire ;
Mais si d'un œil un peu doux
La belle voit son martyre,
Et consent qu'aux yeux de tous
Pour ses attraits il soupire,
Il pourroit bientôt se rire
De tous les soins du jaloux [2].
Chiribirida ouch alla !
Star bon Turca,
Non aver danara.
Ti voler comprara ?
Mi servir a ti,
Se pagar per mi :
Far bona coucina,

1.   PREMIÉRE ENTRÉE DE BALLET.
(*Danse des Esclaves.*)
L'ESCLAVE, *à Isidore.* (1734.)
— La note suivante, écrite au haut de la page 101 de la partition Philidor, résume en quelque sorte tout le détail du *Livret*, à partir de ce moment, et suffit à montrer la marche et le jeu de la scène chantée et dansée :

« On rejoue (*après ce premier couplet*) l'entrée des Esclaves [a], puis *Chiribirida* (*c'est-à-dire tout le refrain postiche baragouiné à Dom Pèdre*), et « C'est un supplice, à tous coups » (*le second couplet amoureux*), puis encore une fois *Chiribirida*, ensuite (*pour la troisième fois*) l'entrée des Esclaves, puis Molier (*sic, pour* Molière) chante : « Savez-vous, mes drôles. »

2. La musique étant la même pour les deux couplets, il y a même répétition de paroles ici qu'au premier : voyez ci-dessus, p. 253, note 2. — L'édition de 1734 ajoute encore avant les vers suivants : *A D. Pèdre.*

[a] Mentionnée ci-dessus, p. 252, note 2 ; cependant les premières mesures (pour une seule partie) d'un « 2ᵉ Air des Esclaves » à exécuter avant « les 2ᵉˢ paroles » ont été, en guise de renvoi, rapidement ajoutées à la suite de la chanson ; mais ce second air n'a pas été inséré dans le volume, ou en a disparu ; il s'exécutait peut-être à la suite du premier et se répétait avec lui : voyez ci-après, p. 301.

Mi levar matina,
Far boller caldara.
Parlara, parlara :
Ti voler comprara?

DOM PÈDRE[1].

Savez-vous, mes drôles,
Que cette chanson
Sent pour vos épaules[2]
Les coups de bâton[3]?
Chiribirida ouch alla!
Mi ti non comprara[4],
Ma ti bastonara,
Si ti[5] *non andara.*
Andara, andara,
O ti bastonara[6].

Oh! oh! quels égrillards![7] Allons, rentrons ici : j'ai

1. *Le seignor Dom Pèdre, les menaçant, chante à son tour ces paroles.*
(Partition Philidor.) — Dans l'édition de 1734 :

II. ENTRÉE DE BALLET.

(*Les Esclaves recommencent leurs danses.*)

D. PÈDRE *chante.*

2. Sent sur vos épaules. (*Ballet des Muses,* 1666, et *Partition Philidor.*)

3. Ce quatrain français forme une reprise que Molière disait deux fois et où les deux derniers vers sont répétés. Des points dans les barres finales semblent indiquer qu'il répétait aussi la parodie du refrain *Chiribirida,* qui suit.

4. Voici la traduction des dernières paroles mises en musique pour Molière : « Moi pas acheter toi, Mais bâtonner toi, Si toi pas t'en aller. T'en aller, t'en aller, Ou (moi) bâtonner toi. »

5. *Si ti* est le texte du livret de 1666 ; nos autres éditions ont *Si, si.*

6. Le compositeur a employé *ter* les derniers mots de la menace de Dom Pèdre : *Andara, andara, O ti bastonara.* Il a, pour finir par un effet comique dont il savait que Molière tirerait bon parti, placé *bastonara* (les deux dernières fois) et, à la fin de la première reprise, *coups de bâton,* sur les notes mêmes qui achèvent la dernière phrase des couplets tendres chantés à Isidore[a].

7. *A Isidore.* (1734.)

a L'intention de Lully n'a pas été comprise, et la chute la plus vulgaire a été substituée à son texte dans les deux copies de la Bibliothèque nationale.

changé de pensée; et puis le temps se couvre un peu.
(A Hali, qui paroît encore là[1].) Ah! fourbe, que je vous y
trouve!

HALI.

Hé bien! oui, mon maître l'adore; il n'a point de
plus grand desir que de lui montrer son amour; et si
elle y consent, il la prendra pour femme.

DOM PÈDRE.

Oui, oui, je la lui garde.

HALI.

Nous l'aurons malgré vous.

DOM PÈDRE.

Comment? coquin....

HALI.

Nous l'aurons, dis-je, en dépit de vos dents[2].

DOM PÈDRE.

Si je prends....

HALI.

Vous avez beau faire la garde : j'en ai juré, elle sera
à nous.

DOM PÈDRE.

Laisse-moi faire, je t'attraperai sans courir.

HALI.

C'est nous qui vous attraperons : elle sera notre
femme, la chose est résolue.[3] Il faut que j'y périsse,
ou que j'en vienne à bout.

---

1. *Qui paroît encore.* (1734.)

2. Quoi que vous fassiez pour la garder et nous effrayer. On a déjà vu
l'expression au vers 452 de *Sganarelle* (tome II, p. 201); comparez ci-dessus,
p. 98, au second renvoi.

3. *Seul.* (1734.)

SCÈNE IX.

ADRASTE, HALI [1].

HALI.

Monsieur, j'ai déjà fait quelque petite tentative ; mais je... [2].

ADRASTE.

Ne te mets point en peine ; j'ai trouvé par hasard tout ce que je voulois, et je vais jouir du bonheur de voir chez elle cette belle. Je me suis rencontré chez le peintre Damon, qui m'a dit qu'aujourd'hui il venoit faire le portrait de cette adorable personne ; et comme il est depuis longtemps de mes plus intimes amis, il a voulu servir mes feux, et m'envoie à sa place, avec un petit mot de lettre pour me faire accepter. Tu sais que de tout temps je me suis plu à la peinture, et que parfois je manie le pinceau, contre la coutume de France, qui ne veut pas qu'un gentilhomme sache rien faire [3] : ainsi j'aurai la liberté de voir cette belle à mon aise. Mais je

1. SCÈNE X.
ADRASTE, HALI, DEUX LAQUAIS. (1734.)

2. Dans les éditions de 1682 et de 1734, ces mots d'Hali viennent en réponse à une question faite d'entrée par Adraste : « ADRASTE. Hé bien ! Hali, nos affaires s'avancent-elles ? HALI. Monsieur, j'ai déjà fait, » etc.

3. Un trait analogue se trouve dans la fable des *Membres et l'Estomac* (la seconde du livre III), que la Fontaine publia dans son premier recueil, en 1668, mais dont il avait pu, comme de mainte autre, faire des lectures auparavant :

Chacun d'eux résolut de vivre en gentilhomme,
Sans rien faire.

Il est certain, comme l'a dit Montaigne [a], que « la forme propre et seule et essentielle de noblesse en France, c'*était* la vacation militaire, » et que hors de là, hors de ce glorieux service, et sauf quelques éclatantes exceptions, elle était « d'une condition oisive, et.... ne *vivait*, comme on dit, que de ses rentes [b]. »

[a] Livre II, chapitre VII, tome II, p. 76 et 77.
[b] Même livre, chapitre VIII, *ibidem*, p. 85.

ne doute pas que mon jaloux fâcheux ne soit toujours présent, et n'empêche tous les propos que nous pourrions avoir ensemble; et pour te dire vrai, j'ai, par le moyen d'une jeune esclave, un stratagème pour[1] tirer cette belle Grecque des mains de son jaloux, si je puis obtenir d'elle qu'elle y consente.

HALI.

Laissez-moi faire, je veux vous faire un peu de jour à la pouvoir entretenir[2]. Il ne sera pas dit que je ne serve de rien dans cette affaire-là. Quand allez-vous?

ADRASTE.

Tout de ce pas, et j'ai déjà préparé toutes choses.

HALI.

Je vais, de mon côté, me préparer aussi.

ADRASTE[3].

Je ne veux point perdre de temps. Holà[4]! Il me tarde que je ne goûte[5] le plaisir de la voir.

---

1. Un stratagème prêt pour. (1682, 1734.)

2. A le pouvoir entretenir. (1682, 92, 1730.) — L'édition de 1682 ajoute ici ce jeu de scène : *Il parle bas à l'oreille d'Adraste.*

3. ADRASTE, *seul.* (1734.)

4. Adraste frappe donc à la porte de Dom Pèdre et disparaît dans la maison ; puis le théâtre change, et Dom Pèdre entrant avec le cavalier inconnu ou le recevant dans l'élégante salle que montre la gravure de 1682, lui demande : « Que cherchez-vous dans cette maison[a]? » Il est aisé de se représenter les choses ainsi; mais elles se passaient alors plus simplement. Il se pouvait bien qu'on laissât l'imagination des spectateurs se transporter d'elle-même, sans l'aide d'un nouveau décor, sinon dans l'intérieur du logis, du moins sur quelque point de ses dehors les plus proches? Un côté du théâtre, à l'ombre de la maison et d'un arbre, pouvait être censé bien à l'écart, et, sans autre clôture visible, suffisamment annexé à l'habitation. Une fois le dialogue entamé, qui donc se fût inquiété de savoir en quel lieu le peintre amoureux allait se mettre à tracer le premier croquis de son portrait? Cailhava et Auger ont vu cette simplicité de mise en scène et s'en plaignent ; sans doute, à l'origine de la pièce, Molière lui-même s'en était contenté : voyez tome III, p. 232, note 2.

5. Molière a déjà employé cette construction à la fin de la scène II du *Mariage forcé* (tome IV, p. 28). Voyez les *Lexiques* du *Corneille* et du *Racine*.

---

[a] « Qui laisse monter les gens sans nous en venir avertir? » dit encore Dom Pèdre au début de la scène XII : il faut donc supposer une salle haute, ou une

SCÈNE X.

DOM PÈDRE, ADRASTE[1].

DOM PÈDRE.

Que cherchez-vous, cavalier, dans cette maison?

ADRASTE.

J'y cherche le seigneur Dom Pèdre.

DOM PÈDRE.

Vous l'avez devant vous.

ADRASTE.

Il prendra, s'il lui plaît, la peine de lire cette lettre.

DOM PÈDRE lit[2].

Je vous envoie, au lieu de moi, pour le portrait que vous savez, ce gentilhomme françois, qui, comme curieux d'obliger les honnêtes gens, a bien voulu prendre ce soin, sur la proposition que je lui en ai faite. Il est, sans contredit, le premier homme du monde pour ces sortes d'ouvrages, et j'ai cru que je ne pouvois rendre[3] un service plus agréable que de vous l'envoyer, dans le dessein que vous avez d'avoir un portrait achevé de la personne que vous aimez. Gardez-vous bien surtout de lui parler d'aucune récompense; car c'est un homme qui s'en offenseroit, et qui ne fait les choses que pour la gloire et pour la réputation[4].

1.   SCÈNE XI.

D. PÈDRE, ADRASTE, DEUX LAQUAIS. (1734.)

2. D. PÈDRE. (*Ibidem.*)

3. Que je ne vous pouvois rendre. (1674, 82, 1734.) — Que je ne pouvois vous rendre. (1694 B.)

4. Que pour la gloire et la réputation. (Une partie du tirage de 1734, et 1773.)

terrasse un peu élevée au-dessus de la rue et y communiquant par un perron.

DOM PÈDRE, *parlant au François*[1].

Seigneur François, c'est une grande grâce que vous me voulez faire; et je vous suis fort obligé.

ADRASTE.

Toute mon ambition est de rendre service aux gens de nom et de mérite.

DOM PÈDRE.

Je vais faire venir la personne dont il s'agit.

SCÈNE XI.

ISIDORE, DOM PÈDRE, ADRASTE et deux LAQUAIS.

DOM PÈDRE[2].

Voici un gentilhomme que Damon nous envoie, qui se veut bien donner la peine de vous peindre. (*Adraste baise Isidore en la saluant, et Dom Pèdre lui dit*[3] :) Holà! Seigneur François, cette façon de saluer n'est point d'usage en ce pays.

ADRASTE.

C'est la manière de France.

DOM PÈDRE.

La manière de France est bonne pour vos femmes; mais, pour les nôtres, elle est un peu trop familière.

ISIDORE.

Je reçois cet honneur avec beaucoup de joie. L'aven-

---

1. Cet en-tête n'est pas dans l'édition de 1734.

2.   SCÈNE XII.

ISIDORE, D. PÈDRE, ADRASTE, DEUX LAQUAIS.

D. PÈDRE, *à Isidore*. (1734.)

3. *A Adraste, qui embrasse Isidore en la saluant.* (*Ibidem.*)

ture me surprend fort, et pour dire le vrai, je ne
m'attendois pas d'avoir[1] un peintre si illustre.

ADRASTE.

Il n'y a personne sans doute qui ne tînt à beaucoup
de gloire de toucher à un tel ouvrage. Je n'ai pas
grande habileté; mais le sujet, ici, ne fournit que trop
de lui-même, et il y a moyen de faire quelque chose
de beau sur un original fait comme celui-là.

ISIDORE.

L'original est peu de chose; mais l'adresse du peintre
en saura couvrir les défauts.

ADRASTE.

Le peintre n'y en voit aucun; et tout ce qu'il souhaite est d'en pouvoir représenter les grâces, aux yeux
de tout le monde, aussi grandes qu'il les peut voir.

ISIDORE.

Si votre pinceau flatte autant que votre langue, vous
allez me faire[2] un portrait qui ne me ressemblera pas.

ADRASTE.

Le Ciel, qui fit l'original, nous ôte le moyen d'en
faire un portrait qui puisse flatter.

ISIDORE.

Le Ciel, quoi que vous en disiez, ne....

DOM PÈDRE.

Finissons cela, de grâce, laissons les compliments,
et songeons au portrait.

---

1. C'est en suivant l'usage ordinaire de son temps que Molière construit
s'attendre avec *de* :

     . . . . . . On ne s'attendoit guère
       De voir Ulysse en cette affaire.

      (La Fontaine, *la Tortue et les deux Canards*, fable II
        du livre X, vers 13 et 14.)

Voyez les *Lettres* de Racine, tomes VI, p. 504, 505, et VII, p. 305, et la remarque de M. Littré à l'article ATTENDRE (S'), fin de 2°.

2. Vous allez faire. (1734.)

ADRASTE[1].

Allons, apportez tout.

(On apporte tout ce qu'il faut pour peindre Isidore.)

ISIDORE[2].

Où voulez-vous que je me place ?

ADRASTE.

Ici. Voici le lieu le plus avantageux, et qui reçoit le
mieux les vues favorables de la lumière que nous cherchons.

ISIDORE[3].

Suis-je bien ainsi?

ADRASTE[4].

Oui. Levez-vous un peu, s'il vous plaît. Un peu plus
de ce côté-là; le corps tourné ainsi; la tête un peu
levée, afin que la beauté du cou paroisse. Ceci un peu
plus découvert. (Il parle de sa gorge.) Bon. Là, un peu
davantage[5]. Encore tant soit peu.

DOM PÈDRE[6].

Il y a bien de la peine à vous mettre; ne sauriez-
vous vous tenir comme il faut?

ISIDORE.

Ce sont ici des choses toutes neuves pour moi; et
c'est à Monsieur à me mettre[7] de la façon qu'il veut.

ADRASTE.

Voilà qui va le mieux du monde, et vous vous tenez

1. ADRASTE, *aux laquais.* (1734.)
2. ISIDORE, *à Adraste.* (*Ibidem.*)
3. ISIDORE, *s'asseyant.* (*Ibidem.*) — *Après s'être assise.* (1773.)
4. ADRASTE, *assis.* (1734.) Cette indication est renvoyée plus bas dans
l'édition de 1773, avant les mots : *Voilà qui va le mieux du monde.* Il est
clair qu'Adraste ne s'éloigne et ne s'assoit un instant que pour revenir poser
lui-même son modèle, puis en modifier plusieurs fois l'attitude.
5. Du col paroisse. Ceci un peu plus découvert. (*Il découvre un peu plus sa
gorge.*) Bon, là. Un peu davantage. (1734.)
6. D. PÈDRE, *à Isidore.* (*Ibidem.*)
7. A mettre. (1682; variante, ou plutôt faute, qui ne se trouve pas dans nos
autres éditions.)

à merveilles[1]. (*La faisant tourner un peu devers lui.*) Comme cela, s'il vous plaît. Le tout dépend des attitudes[2] qu'on donne aux personnes qu'on peint.

DOM PÈDRE.

Fort bien.

ADRASTE.

Un peu plus de ce côté; vos yeux toujours tournés vers moi, je vous en prie; vos regards attachés aux miens.

ISIDORE.

Je ne suis pas comme ces femmes qui veulent, en se faisant peindre, des portraits qui ne sont point elles, et ne sont point satisfaites du peintre s'il ne les fait toujours plus belles que le jour[3]. Il faudroit, pour les contenter, ne faire qu'un portrait pour toutes; car toutes demandent les mêmes choses : un teint tout de lis et de roses, un nez bien fait, une petite bouche, et de grands yeux vifs, bien fendus, et surtout le visage pas plus gros que le poing, l'eussent-elles d'un pied de large[4]. Pour moi, je vous demande un portrait qui soit moi, et qui n'oblige point à demander qui c'est.

ADRASTE.

Il seroit malaisé qu'on demandât cela du vôtre, et vous avez des traits à qui fort peu d'autres ressem-

1. Voyez le même emploi du pluriel dans les *Lexiques de Mme de Sévigné et de Racine*, au mot MERVEILLE, et dans la première édition du *Dictionnaire de l'Académie* (1694). — À merveille. (1718, une partie du tirage de 1734, et 1773.)

2. Des latitudes. (1663, 74, 75 A, 84 A, 94 B.) — Dans les textes de 1682 et de 1692, *Atitudes* (sic).

3. Plus belles qu'elles ne sont. (1682, 1734.)

4. Lucien, comme le rappelle Aimé-Martin, a raillé en passant, dans son traité intitulé : *Comment il faut écrire l'histoire*[a], le ridicule de « ces femmes qui recommandent aux peintres de les faire les plus belles possible : elles s'imaginent qu'elles n'en seront que plus jolies, si l'artiste fleurit l'incarnat de leur teint et mêle du blanc à ses couleurs. »

a Au § 13, tome I, p. 360, de la traduction de M. Talbot.

blent. Qu'ils ont de douceurs et de charmes, et qu'on
court de risque[1] à les peindre!

DOM PÈDRE.

Le nez me semble un peu trop gros[2].

ADRASTE.

J'ai lu, je ne sais où[3], qu'Apelle peignit autrefois une
maîtresse d'Alexandre, et qu'il[4] en devint, la peignant,
si éperdument amoureux, qu'il fut près d'en perdre la
vie : de sorte qu'Alexandre, par générosité, lui céda
l'objet de ses vœux[5]. (Il parle à Dom Pèdre[6].) Je pourrois
faire ici ce qu'Apelle fit autrefois; mais vous ne feriez
pas peut-être ce que fit Alexandre.[7]

ISIDORE[8].

Tout cela sent la nation ; et toujours Messieurs les
François ont un fonds de galanterie qui se répand partout.

ADRASTE.

On ne se trompe guère à ces sortes de choses; et
vous avez l'esprit trop éclairé pour ne pas voir de
quelle source partent les choses qu'on vous dit. Oui,

---

1. Et qu'on court risque. (1674, 82, 1734.)

2. Le nez me semble trop gros. (1697, 1710, 18.) — Un peu gros. (1734.)
— Voyez la fin de la note 2 de la page 266.

3. Il est peut-être à propos de rappeler, aux endroits où, comme ici, l'orthographe actuelle risque de faire altérer la prononciation du texte, que les
éditions du dix-septième siècle écrivent, suivant la règle du temps, *je ne sai où.*

4. Une maîtresse d'Alexandre, d'une merveilleuse beauté, et qu'il. (1682,
1734.)

5. «Alexandre donna une marque très-mémorable de la considération qu'il
avait pour ce peintre (*Apelle*) : il l'avait chargé de peindre nue, par admiration de la beauté, la plus chérie de ses concubines, nommée Campaspe ;
l'artiste à l'œuvre devint amoureux ; Alexandre s'en étant aperçu la lui donna....
Il en est qui pensent qu'elle lui servit de modèle pour la Vénus Anadyomène. »
(Pline, *Histoire naturelle*, livre XXXV, § 24, traduction de M. Littré.) Élien
rapporte le même fait, livre XII, § 34, des *Histoires diverses.*

6. *A D. Pèdre.* (1734.) — 7. *D. Pèdre fait la grimace.* (1682, 1734.)

8. ISIDORE, *à D. Pèdre.* (1734.)

quand Alexandre seroit ici, et que ce seroit votre
amant, je ne pourrois m'empêcher de vous dire que je
n'ai rien vu de si beau que ce que je vois maintenant,
et que....

DOM PÈDRE.

Seigneur François, vous ne devriez pas, ce me semble, parler[1]; cela vous détourne de votre ouvrage.

ADRASTE.

Ah! point du tout. J'ai toujours de coutume[2] de parler
quand je peins; et il est besoin, dans ces choses, d'un
peu de conversation, pour réveiller l'esprit, et tenir les
visages dans la gaieté nécessaire aux personnes que
l'on veut peindre.

SCÈNE XII[3].

HALI, vêtu en Espagnol, DOM PÈDRE, ADRASTE,
ISIDORE.

DOM PÈDRE.

Que veut cet homme-là[4]? et qui laisse monter les
gens sans nous en venir avertir?

HALI[5].

J'entre ici librement; mais, entre cavaliers, telle liberté est permise. Seigneur, suis-je connu de vous?

DOM PÈDRE.

Non, Seigneur.

---

1. Ce me semble, tant parler. (1682, 1734.)
2. J'ai toujours coutume. (1710, 18, 30, 33, 34.) — *Avoir de coutume* se
trouve encore dans *les Fourberies de Scapin* (vers la fin de la scène III de
l'acte II), et était alors fort usité : voyez le *Lexique de la langue de Corneille.*
3. SCÈNE XIII. (1734.)
4. Que veut dire cet homme-là? (1710, 18, 30, 33, 34.)
5. HALI, *à D. Pèdre.* (1734.)

HALI.

Je suis Dom Gilles d'Avalos, et l'histoire d'Espagne
vous doit avoir instruit de mon mérite.

DOM PÈDRE.

Souhaitez-vous quelque chose de moi?

HALI.

Oui, un conseil sur un fait d'honneur. Je sais qu'en
ces matières il est malaisé de trouver un cavalier plus
consommé que vous; mais je vous demande pour grâce
que nous nous tirions à l'écart[1].

DOM PÈDRE.

Nous voilà assez loin.

ADRASTE, regardant Isidore.

Elle a les yeux bleus[2].

HALI.

Seigneur[3], j'ai reçu un soufflet : vous savez ce qu'est
un soufflet, lorsqu'il se donne à main ouverte, sur le
beau milieu de la joue[4]. J'ai ce soufflet fort sur le cœur;
et je suis dans l'incertitude si, pour me venger de l'af-

---

1. Ce jeu d'Hali fait souvenir plusieurs commentateurs de celui de Sganarelle au début de la scène vi de l'acte III du *Médecin malgré lui;* on peut
comparer en effet les deux situations, et admirer la différence de cette vraie
scène de comédie avec ce qui en était comme une ébauche ou plutôt une
charge faite de verve. Géronte n'est qu'un pauvre Pantalon; Dom Pèdre n'est
pas si facile à amuser, et Hali, sous cette figure, mais ni chargée, ni grotesque,
de Capitan, s'est composé un bout de rôle d'un tout autre genre que le rôle
dont est affublé et se moque le bouffon Fagotier.

2. ADRASTE *va pour parler à Isidore; D. Pèdre le surprend.* J'observois
de près la couleur de ses yeux. (1682.) — ADRASTE, *à D. Pèdre, qui le surprend
parlant bas à Isidore.* J'observois de près la couleur de ses yeux. (1734.)
— Les *yeux bleus* de l'original sont à noter : c'est, on l'a vu, Mlle de Brie
qui joua d'abord le rôle d'Isidore, et ce détail fort expressif sur lequel Molière attirait l'attention peut aider à compléter la physionomie de la gra-
cieuse personne qui fut une de ses principales interprètes. Il ne faut sans doute
pas négliger non plus le petit signe au côté du menton qu'Adraste va examiner, ni, dans la scène xi, le nez auquel Dom Pèdre trouve à redire.

3. HALI, *tirant D. Pèdre.* Seigneur. (1682.) — HALI, *tirant D. Pèdre pour
l'éloigner d'Adraste et d'Isidore.* Seigneur. (1734.)

4. « Oui, certainement, dit Auger, Dom Pèdre sait ce que c'est qu'un

front, je dois me battre avec mon homme, ou bien le
faire assassiner.

DOM PÈDRE.

Assassiner, c'est le plus court chemin[1]. Quel est
votre ennemi?

HALI.

Parlons bas, s'il vous plaît.[2]

ADRASTE, aux genoux[3] d'Isidore, pendant que Dom Pèdre parle
à Hali[4].

Oui, charmante Isidore, mes regards vous le disent
depuis plus de deux mois, et vous les avez entendus :
je vous aime plus que tout ce que l'on peut aimer, et je
n'ai point d'autre pensée, d'autre but, d'autre passion,
que d'être à vous toute ma vie.

ISIDORE.

Je ne sais si vous dites vrai, mais vous persuadez.

ADRASTE.

Mais vous persuadé-je jusqu'à vous inspirer quelque
peu de bonté pour moi?

ISIDORE.

Je ne crains que d'en trop avoir.

ADRASTE.

En aurez-vous assez pour consentir, belle Isidore, au
dessein que je vous ai dit?

ISIDORE.

Je ne puis encore vous le dire.

---

soufflet, car il y a fort peu de temps qu'il en a reçu un d'Hali, qui trouve
plaisant de l'en faire souvenir. » Au geste de Dom Gilles d'Avalos tenant sa
main ouverte près de sa joue et au regard narquois qu'il arrête sur Dom
Pèdre, dans la gravure de 1682, on voit que c'est l'intention malicieuse de
cette phrase que le dessinateur (Brisart) a voulu traduire.

1. Assassiner, c'est le plus sûr et le plus court chemin. (1682, 1734.)

2. *Hali tient D. Pèdre, en lui parlant, de façon qu'il ne peut voir
Adraste.* (1734.)

3. ADRASTE *se met aux genoux*, etc. (1682.)

4. *Pendant que D. Pèdre et Hali parlent bas ensemble.* (1734.)

ADRASTE.

Qu'attendez-vous pour cela?

ISIDORE.

A me résoudre.

ADRASTE.

Ah! quand on aime, on se résout bientôt.

ISIDORE.

Hé bien! allez, oui, j'y consens.

ADRASTE.

Mais consentez-vous, dites-moi, que ce soit dès ce moment même?

ISIDORE.

Lorsqu'on est une fois résolu sur la chose, s'arrête-t-on sur le temps?

DOM PÉDRE, à Hali.

Voilà mon sentiment, et je vous baise les mains.

HALI.

Seigneur, quand vous aurez reçu quelque soufflet, je suis homme aussi de conseil, et je pourrai vous rendre la pareille.

DOM PÈDRE.

Je vous laisse aller sans vous reconduire; mais, entre cavaliers, cette liberté est permise.

ADRASTE[1].

Non, il n'est rien qui puisse effacer de mon cœur les tendres témoignages....

(Dom Pèdre, apercevant[2] Adraste qui parle de près à Isidore.)

Je regardois ce petit trou qu'elle a au côté du menton, et je croyois d'abord que ce fût[3] une tache. Mais

---

1. ADRASTE, *à Isidore.* (1734.)

2. *A D. Pèdre, apercevant*, etc. (*Ibidem.*)

3. Pour cet emploi du subjonctif, comparez les vers 1693-1695 de *l'Étourdi*, 520 et 521 de *l'École des maris*, et ci-après, scène xv, la fin du premier couplet de Dom Pèdre; voyez aussi le *Lexique de la langue de Mme de Sévigné*, tome I, p. xxix, et ceux du *Corneille*, tome I, p. li et lii, et du *Racine*, p. xciv.

c'est assez pour aujourd'hui, nous finirons une autre fois. (Parlant à Dom Pèdre[1].) Non, ne regardez rien encore ; faites serrer cela, je vous prie. (A Isidore.) Et vous, je vous conjure de ne vous relâcher point, et de garder un esprit gai, pour le dessein que j'ai d'achever notre ouvrage.

ISIDORE.

Je conserverai pour cela toute la gaieté qu'il faut[2].

SCÈNE XIII[3].

DOM PÈDRE, ISIDORE.

ISIDORE.

Qu'en dites-vous ? ce gentilhomme me paroît le plus civil du monde, et l'on doit demeurer d'accord que les François ont quelque chose en eux de poli, de galant, que n'ont point les autres nations.

DOM PÈDRE.

Oui ; mais ils ont cela de mauvais, qu'ils s'émancipent un peu trop, et s'attachent, en étourdis, à conter des fleurettes à tout ce[4] qu'ils rencontrent.

ISIDORE.

C'est qu'ils savent qu'on plaît aux Dames par ces choses.

1. *A D. Pèdre, qui veut voir le portrait.* (1734.)

2. « Parmi les ruses.... employées au théâtre, dit Auger, une des plus communes est celle d'un amant qui.... emprunte le titre d'une profession quelconque, afin de s'introduire auprès de sa maîtresse. Molière n'a pas fait usage moins de quatre fois de ce moyen de comédie. Ici Adraste est un peintre ; dans *l'Amour médecin*, Clitandre est un docteur ; dans *le Médecin malgré lui*, Léandre est un apothicaire ; enfin, dans *le Malade imaginaire*, Cléante est un maître de musique. »

3. SCÈNE XIV. (1734.)

4. A tous ceux. (1710 ; faute évidente.) — A toutes celles. (1718, 30, 33, 34.)

DOM PÈDRE.

Oui; mais, s'ils plaisent aux Dames, ils déplaisent fort
aux Messieurs; et l'on n'est point bien aise de voir, sur
sa moustache[1], cajoler hardiment sa femme ou sa maîtresse.

ISIDORE.

Ce qu'ils en font n'est que par jeu.

SCÈNE XIV.

CLIMÈNE, DOM PÈDRE, ISIDORE.

CLIMÈNE, voilée.

Ah[2]! Seigneur cavalier, sauvez-moi, s'il vous plaît,
des mains d'un mari furieux dont je suis poursuivie. Sa
jalousie est incroyable, et passe, dans ses mouvements,
tout ce qu'on peut imaginer. Il va jusques à[3] vouloir
que je sois toujours voilée; et pour m'avoir trouvée le
visage un peu découvert, il a mis l'épée à la main, et
m'a réduite à me jeter chez vous, pour vous demander
votre appui contre son injustice. Mais je le vois pa-

---

1. Sous sa moustache. (1734.) — Molière, comme l'a fait aussi très-gaie-
ment Mme de Sévigné (tome V, p. 341), varie la phrase proverbiale *enlever
sur la moustache*, qu'il a employée au vers 1033 de *l'École des femmes*
(tome III, p. 232), et qu'a employée aussi la Fontaine [a].

2.   SCÈNE XV.

ZAÏDE, D. PÈDRE, ISIDORE.

ZAÏDE.

Ah! (1734.) — Sur ce nom différent de *Zaïde* donné dans cette édition au
nouveau personnage, voyez ci-dessus, p. 231, note 3.

3. Jusqu'à. (1730, 34.)

[a] Au vers 315 de *la Coupe enchantée*, le IVe conte de la 3e partie, p. 54
de l'édition Barbin, 1671; tome II, p. 188, de l'édition de M. Marty-La-
veaux : dans cette dernière n'est point indiquée la variante : « sous la moustache, » qui est sans doute une leçon sans autorité, bien que, adoptée par
Walckenaer en 1826, elle ait passé de là dans le *Dictionnaire de M. Littré*.

roître. De grâce, Seigneur cavalier, sauvez-moi de sa
fureur.

DOM PÈDRE [1].

Entrez là dedans avec elle, et n'appréhendez rien.

SCÈNE XV [2].

ADRASTE, DOM PÈDRE.

DOM PÈDRE.

Hé quoi? Seigneur, c'est vous? Tant de jalousie pour
un François? Je pensois qu'il n'y eût que nous qui en
fussions capables.

ADRASTE.

Les François excellent toujours dans toutes les choses qu'ils font; et quand nous nous mêlons d'être
jaloux, nous le sommes vingt fois plus qu'un Sicilien.
L'infâme croit avoir trouvé chez vous un assuré refuge;
mais vous êtes trop raisonnable pour blâmer mon ressentiment. Laissez-moi, je vous prie, la traiter comme
elle mérite.

DOM PÈDRE.

Ah! de grâce, arrêtez. L'offense est trop petite pour
un courroux si grand.

ADRASTE.

La grandeur d'une telle offense n'est pas dans l'importance des choses que l'on fait: elle est à transgresser
les ordres qu'on nous donne; et sur de pareilles matières, ce qui n'est qu'une bagatelle devient fort criminel lorsqu'il est défendu.

DOM PÈDRE.

De la façon qu'elle a parlé, tout ce qu'elle en a fait a

1. D. PÈDRE, à *Zaïde, lui montrant Isidore.* (1734.)
2. SCÈNE XVI. (*Ibidem.*)

été sans dessein; et je vous prie enfin de vous remettre bien ensemble.

ADRASTE.

Hé quoi? vous prenez son parti, vous qui êtes si délicat sur ces sortes de choses?

DOM PÈDRE.

Oui, je prends son parti; et si vous voulez m'obliger, vous oublierez votre colère, et vous vous réconcilierez tous deux. C'est une grâce que je vous demande; et je la recevrai comme un essai de l'amitié que je veux qui soit entre nous.

ADRASTE.

Il ne m'est pas permis, à ces conditions, de vous rien refuser : je ferai ce que vous voudrez.

SCÈNE XVI.

CLIMÈNE, ADRASTE, DOM PÈDRE.

DOM PÈDRE[1].

Holà! venez. Vous n'avez qu'à me suivre, et j'ai fait votre paix. Vous ne pouviez jamais mieux tomber que chez moi.

CLIMÈNE[2].

Je vous suis obligée plus qu'on ne sauroit croire; mais je m'en vais prendre mon voile : je n'ai garde, sans lui, de paroître à ses yeux.

1. SCÈNE XVII.
ZAÏDE, D. PÈDRE, ADRASTE *dans un coin du théâtre*.
D. PÈDRE, *à Zaïde*. (1734.)
2. ZAÏDE. (*Ibidem.*)

DOM PÈDRE.

La voici[1] qui s'en va venir; et son âme, je vous assure,
a paru toute réjouie lorsque je lui ai dit que j'avois rac-
commodé tout.

SCÈNE XVII.

ISIDORE, sous le voile de Climène, ADRASTE,
DOM PÈDRE.

DOM PÈDRE.

Puisque vous m'avez bien voulu donner votre ressentiment[2], trouvez bon qu'en ce lieu je vous fasse toucher dans la main l'un de l'autre, et que tous deux je
vous conjure de vivre, pour l'amour de moi, dans une
parfaite union.

ADRASTE.

Oui, je vous le promets[3], que, pour l'amour de vous,
je m'en vais, avec elle, vivre le mieux du monde.

DOM PÈDRE.

Vous m'obligez sensiblement, et j'en garderai la mémoire.

ADRASTE.

Je vous donne ma parole, Seigneur Dom Pèdre, qu'à
votre considération, je m'en vais la traiter du mieux
qu'il me sera possible.

1.   SCÈNE XVIII.

D. PÈDRE, ADRASTE.

D. PÈDRE.

La voici. (1734.)

2.   SCÈNE XIX.

ISIDORE, *sous le voile de Zaïde*, ADRASTE, D. PÈDRE.

D. PÈDRE, *à Adraste*.

Puisque vous m'avez bien voulu abandonner votre ressentiment. (*Ibidem.*)
— *Donner son ressentiment* est un latinisme : *condonare dolorem suum.*

3. Oui, je vous promets. (*Ibidem.*)

DOM PÈDRE.

C'est trop de grâce que vous me faites.[1] Il est bon de
pacifier et d'adoucir toujours les choses. Holà! Isidore,
venez.

SCÈNE XVIII.

CLIMÈNE, DOM PÈDRE[2].

DOM PÈDRE.

Comment? que veut dire cela?

CLIMÈNE, sans voile[3].

Ce que cela veut dire? Qu'un jaloux est un monstre
haï de tout le monde, et qu'il n'y a personne qui ne soit
ravi de lui nuire, n'y eût-il point d'autre intérêt; que
toutes les serrures et les verrous du monde ne retien-
nent point les personnes, et que c'est le cœur qu'il faut
arrêter par la douceur et par la complaisance; qu'Isidore
est entre les mains du cavalier qu'elle aime, et que
vous êtes pris pour dupe.

DOM PÈDRE.

Dom Pèdre souffrira cette injure mortelle! Non, non :
j'ai trop de cœur, et je vais demander l'appui de la
justice, pour pousser le perfide à bout[4]. C'est ici le logis
d'un sénateur. Holà!

1. *Seul.* 1734.)

2. SCÈNE XX.

     ZAÏDE, D. PÈDRE. (*Ibidem*).

3. ZAÏDE, *sans voile.* (*Ibidem.*)

4. Si Dom Pèdre, en prononçant ces derniers mots, se trouve dans l'intérieur de sa maison, il faut qu'aux mots suivants un changement de théâtre le
montre se précipitant, à travers la place ou la rue des premières scènes, vers
le logis du Sénateur. Mais, si l'on admet la supposition vraisemblable indiquée plus haut (p. 258, note 4), les choses peuvent se passer plus simplement:
Dom Pèdre n'a qu'à traverser la scène pour se rendre, en face ou au fond, au
logis du Sénateur. Dès lors, rien n'oblige, même si la comédie n'est pas donnée
avec les danses et concerts, à baisser ici la toile et à supprimer la scène XIX,
qui est fort plaisante.

SCÈNE XIX.

LE SÉNATEUR, DOM PÈDRE[1].

LE SÉNATEUR.

Serviteur, Seigneur Dom Pèdre. Que vous venez à propos!

DOM PÈDRE.

Je viens me plaindre à vous d'un affront qu'on m'a fait.

LE SÉNATEUR.

J'ai fait une mascarade la plus belle du monde.

DOM PÈDRE.

Un traître de François m'a joué une pièce.

LE SÉNATEUR.

Vous n'avez, dans votre vie, jamais rien vu de si beau.

DOM PÈDRE.

Il m'a enlevé une fille que j'avois affranchie.

LE SÉNATEUR.

Ce sont gens vêtus en Maures, qui dansent admirablement.

DOM PÈDRE.

Vous voyez si c'est une injure qui se doive souffrir.

LE SÉNATEUR.

Les habits[2] merveilleux, et qui sont faits exprès.

DOM PÈDRE.

Je vous demande[3] l'appui de la justice contre cette action.

LE SÉNATEUR.

Je veux que vous voyiez cela[4]. On la va répéter, pour en donner le divertissement au peuple.

1. SCÈNE XXI.
UN SÉNATEUR, D. PÈDRE, (1734.)
2. Des habits. (1718, 30, 33, 34.) — 3. Je demande. (1682, 1734.)
4. Dans la plupart des anciennes éditions : « que vous voyez cela. »

DOM PÈDRE.

Comment? de quoi parlez-vous là?

LE SÉNATEUR.

Je parle de ma mascarade.

DOM PÈDRE.

Je vous parle de mon affaire.

LE SÉNATEUR.

Je ne veux point aujourd'hui d'autres affaires que de plaisir[1]. Allons, Messieurs, venez : voyons si cela ira bien.

DOM PÈDRE.

La peste soit du fou, avec sa mascarade!

LE SÉNATEUR.

Diantre soit le fâcheux, avec son affaire!

SCÈNE DERNIÈRE.

Plusieurs Maures font une danse entre eux, par où finit la comédie[2].

1. Que de plaisirs. (1773.)

2.   SCÈNE DERNIÈRE.

UN SÉNATEUR, TROUPE DE DANSEURS.

ENTRÉE DE BALLET.

(*Plusieurs danseurs, vêtus en Maures, dansent devant le Sénateur,
et finissent la comédie.*) (1734.)

— Sur ce dernier divertissement de la comédie et de tout le *Ballet des Muses*, divertissement où figurait le Roi, voyez le *Livret*, ci-après, p. 298 et p. 301.

— L'édition de 1734, à la suite du *Sicilien*, ne donne pas le cadre entier de la comédie, tel qu'il parut (en 1667 sans doute, lors des derniers tirages) dans le livret du *Ballet des Muses* et qu'on le trouvera ci-après, sous le titre de *Quatorzième entrée* (p. 294 et suivantes); elle a une simple liste intitulée : NOMS DES PERSONNES *qui ont récité, dansé et chanté dans* le Sicilien, *comédie-ballet;* c'est que, dans cette édition (on l'a vu par les notes que nous en avons reproduites), les indications les plus essentielles du livret ont été réparties entre les diverses scènes de la pièce.

FIN DU SICILIEN.

APPENDICE

A *MÉLICERTE*, A LA *PASTORALE COMIQUE* ET AU *SICILIEN*.

BALLET DES MUSES

DANSÉ PAR SA MAJESTÉ EN SON CHATEAU DE SAINT-GERMAIN EN LAYE
LE 2ᵉ DÉCEMBRE 1666[1].

ARGUMENT.

Les Muses, charmées de la glorieuse réputation de notre monarque,
et du soin que Sa Majesté prend de faire fleurir tous les arts dans
l'étendue de son empire, quittent le Parnasse pour venir à sa cour.

Mnémosyne[2], qui, dans les grandes images qu'elle conserve de
l'antiquité, ne trouve rien d'égal à cet auguste prince, prend l'occasion du voyage de ses filles pour contenter le juste desir qu'elle a
de le voir, et, lorsqu'elles arrivent ici, fait avec elles l'ouverture du
théâtre par le dialogue qui suit.

---

1. Voyez ci-dessus la *Notice* de *Mélicerte*, p. 125-137 : nous donnons de
ce livret un texte conforme à son dernier état. M. Victor Fournel, au tome II
des *Contemporains de Molière*, a publié, avec une notice et un commentaire,
tout le *Ballet des Muses ;* il a joint à chaque récit et à chaque entrée les vers
que Bensserade avait composés sur la personne et le personnage de ceux qui
y figuraient : ces petites pièces, ces espèces d'épigrammes, réunies toutes à la
fin du livret, dans les exemplaires remis aux spectateurs, en forment une partie
distincte que nous avons cru inutile de reproduire *ᵃ*. — On trouvera ci-après,
p. 298, note 2, quelques renseignements sur la musique composée par Lully
pour ce ballet.

2. C'est la Mémoire. (*Note de l'édition originale.*)

ᵃ Les vers qui étaient à l'adresse de Molière et de Lully ont plus d'intérêt ;
on a lu les premiers dans la *Notice* de *Mélicerte* (p. 134); les seconds sont
cités ci-après, à la vııᵉ entrée, p. 291.

DIALOGUE

DE MNÉMOSYNE ET DES MUSES.

MNÉMOSYNE, Mlle Hilaire [1].
Enfin, après tant de hasards,
Nous découvrons les heureuses provinces
Où le plus sage et le plus grand des princes
Fait assembler [2] de toutes parts
La gloire, les vertus, l'abondance et les arts.
LES MUSES.
Rangeons-nous sous ses lois;
Il est beau de les suivre :
Rien n'est si doux que de vivre
A la cour de Louis, le plus parfait des rois.
MNÉMOSYNE.
Vivant sous sa conduite,
Muses, dans vos concerts,
Chantez ce qu'il a fait, chantez ce qu'il médite,
Et portez-en le bruit au bout de l'univers.
Dans ce récit charmant faites sans cesse [3] entendre
A l'empire françois ce qu'il doit espérer,
Au monde entier ce qu'il doit admirer,
Aux rois ce qu'ils doivent apprendre.
LES MUSES.
Rangeons-nous sous ses lois;
Il est beau de les suivre :
Rien n'est si doux que de vivre
A la cour de Louis, le modèle des rois.

Tous les Arts établis déjà dans le Royaume, s'étant assemblés de mille endroits pour recevoir plus dignement ces doctes filles de Jupiter, auxquelles ils croient devoir leur origine, prennent résolution de faire en faveur de chacune d'elles une entrée particulière. Après quoi, pour les honorer toutes ensemble, ils représentent la célèbre victoire qu'elles remportèrent autrefois sur les neuf filles de Piérus.

1. Voyez sur cette cantatrice, tome IV, p. 72, note 5, et p. 131, note 3. — Son nom est à la marge dans le *Livret.*

2. Rassembler. (*Partition Philidor.*)

3. Les mots *charmant* et *sans cesse* ont été supprimés dans le chant. Nous avons d'ailleurs trouvé sans intérêt, pour toutes ces paroles qui ne sont pas de Molière, de relever minutieusement l'emploi, les répétitions qu'a pu, suivant la coutume, en faire le musicien.

LES NEUF SOEURS.

MUSES CHANTANTES : MM. le Gros, Fernon l'aîné, Fernon le jeune, Lange, Cottereau; Saint-Jean et Buffequin[1], pages de la musique de la chambre; Auger et Luden, pages de la chapelle.

LES SEPT ARTS.

MM. Hédouin, Destival, Gingan, Blondel, Rebel, Magnan et Gaye.

PREMIÈRE ENTRÉE.

Pour Uranie, à qui l'on attribue la connoissance des cieux, on représente les sept Planètes, de qui l'on contrefait l'éclat par les brillants habits dont les danseurs sont revêtus.

JUPITER, LE SOLEIL, MERCURE, VÉNUS, LA LUNE, MARS ET SATURNE, les sept planètes.

JUPITER : du Pron[2]. LE SOLEIL : M. Cocquet. MERCURE : Saint-André. VÉNUS : Des-Airs l'aîné. LA LUNE : Des-Airs Galand. MARS : M. de Souville. SATURNE : Noblet l'aîné.

DEUXIÈME ENTRÉE.

Pour honorer Melpomène, qui préside à la Tragédie, l'on fait paroître Pyrame et Thisbé, qui ont servi de sujet à l'une de nos plus anciennes pièces de théâtre[3].

PYRAME ET THISBÉ.

PYRAME : Monsieur le Grand[4].
THISBÉ : Le marquis de Mirepoix.

1. Plus bas, *Buffeguin.*

2. Livrets antérieurs : « JUPITER : M. le duc de Saint-Aignan » (le premier gentilhomme de la chambre du Roi, qui avait présidé aux fêtes de *l'Ile enchantée* : voyez tome IV, p. 87, note 3).

3. A cette tragédie de Théophile qui eut un si grand succès en 1617, et dont le souvenir a été perpétué par les deux vers fameux qu'en a cités Boileau (dans sa *Préface* de 1701) : voyez les frères Parfaict, tome IV, p. 269 et suivantes.

4. On sait qu'on appelait ainsi le grand écuyer de France : c'était alors Louis de Lorraine, comte d'Armagnac.

TROISIÈME ENTRÉE.

Thalie, à qui la Comédie est consacrée, a pour son partage une pièce comique représentée par les comédiens du Roi[1], et composée par celui de tous nos poëtes qui, dans ce genre d'écrire, peut le plus justement se comparer aux anciens[2].

QUATRIÈME ENTRÉE.

En l'honneur d'Euterpe, muse pastorale, quatre bergers et quatre bergères dansent, au chant de plusieurs autres, sur des chansons en forme de dialogue.

I.

CHANSON SUR UN AIR DE GAVOTTE.

[1er couplet.]

UN BERGER *chante les deux premiers vers, et le chœur les répète.* M. Fernou[3].

Vous savez l'amour extrême
Que j'ai pris pour vos beaux yeux.

LE BERGER *continue :*

Hâtez-vous d'aimer de même :
Les moments sont précieux;
Tôt ou tard il faut qu'on aime,
Et le plus tôt c'est le mieux.

(*Le chœur répète.*)

[2d couplet.]

UN AUTRE BERGER *chante.* M. le Gros[4].

En douceurs l'Amour abonde,
Tout se rend à ses appas.

(*Le chœur répète ces deux vers.*)

1. Molière et sa troupe. (*Note de l'édition originale.*)

2. Comme cela a été dit à la *Notice* de *Mélicerte* (p. 134-137) et rappelé ci-dessus, p. 191, note 1, la pièce représentée dans l'entrée de Thalie fut d'abord (à partir du 2 décembre 1666) la pastorale héroïque de *Mélicerte*, puis (à partir du 5 janvier 1667) la *Pastorale comique*, et c'est grâce à l'insertion faite au *Livret*, immédiatement après ces lignes mêmes, de l'analyse et des vers de la *Pastorale comique*, que les fragments qui, sous ce titre, ont pris place dans les OEuvres de Molière, nous ont été conservés.

3. M. Fernou seul. (*Partition Philidor :* d'une main peu élégante, qui n'est très-probablement pas celle du copiste.) La partie de Fernon est à la clef des hautes-contre.

4. La segond fois Mr legros et M. d'estiualle les segond parolle en douceurs lamour abonde. (*Ibidem ;* même main, d'un scribe peu lettré, on le voit.) D'Estival chantait la partie donnée, au premier couplet, à la basse instrumentale.

LE BERGER *continue :*
On ressent ses feux dans l'onde
Et dans les plus froids climats;
Il n'est rien qui n'aime au monde :
Pourquoi n'aimeriez-vous[1] pas?
(*Le chœur répète.*)

II.

CHANSON SUR UN AIR DE MENUET.

[1ᵉʳ couplet.]

UN BERGER *chante les deux premiers vers, et le chœur
les répète.* M. Fernon[2].
Vivons heureux, aimons-nous, bergère;
Vivons heureux, aimons-nous.

LE BERGER *continue*[3] :
Dans un endroit solitaire
Fuyons les yeux des jaloux[4].

LE CHOEUR.
Vivons heureux, aimons-nous, bergère;
Vivons heureux, aimons-nous.

LE BERGER[5].
Dansons dessus la fougère :
Jouons aux jeux les plus doux.

LE CHOEUR.
Vivons heureux, aimons-nous, bergère;
Vivons heureux, aimons-nous.

[2ᵈ couplet.]

UN AUTRE BERGER *chante les deux premiers vers, et le chœur les répète :*
Aimons, aimons-nous toujours, Silvie,
Aimons, aimons-nous toujours.

LE BERGER *continue :*
Sans une si douce envie,
A quoi passer nos beaux jours?

LE CHOEUR.
Aimons, aimons-nous toujours, Silvie,
Aimons, aimons-nous toujours.

LE BERGER.
Les vrais plaisirs de la vie
Sont dans les tendres amours.

---

1. N'aimerions-nous. (*Partition Philidor.*)
2. Dans la *Partition Philidor*, sans indication du chanteur : « Un berger. »
3. M. Fernon seul. (*Partition Philidor.*)
4. D'un jaloux. (*Ibidem.*)
5. M. le Gros. (*Ibidem.*)

Aimons, aimons-nous toujours, Silvie,
Aimons, aimons-nous toujours.

QUATRE BERGERS ET QUATRE BERGÈRES.

BERGERS : LE ROI ;
le marquis de Villeroi ; les sieurs Raynal et la Pierre.

BERGÈRES : MADAME ;
Mme de Montespan, Mlle de la Vallière et Mlle de Toussi[1].

HUIT BERGERS CHANTANTS : MM. Destival, Hédouin, Gingan,
Blondel, Magnan, Gaye ; Buffeguin et Auger, pages.

HUIT BERGÈRES CHANTANTES : MM. le Gros, Fernon l'aîné, Fernon
le jeune, Rebel, Cottereau, Lange ; et Saint-Jean et Luden, pages.

CINQUIÈME ENTRÉE.

En faveur de Clio, qui préside à l'Histoire, voulant représenter
quelque grande action des siècles passés, on n'a pas cru pouvoir
en choisir une plus illustre ni plus propre pour le ballet que la
bataille donnée par Alexandre contre Porus, et la générosité que
pratiqua ce grand monarque après sa victoire, rendant aux vaincus
tout ce que le droit des armes leur avoit ôté [2].

Le combat s'exprime par des démarches et des coups mesurés au
son des instruments, et la paix qui le suit est figurée par la danse
que les vainqueurs et les vaincus font ensemble.

ALEXANDRE ET PORUS [3], CINQ GRECS
ET CINQ INDIENS.

ALEXANDRE : M. Beauchamp.

CINQ GRECS : M. de Souville ; MM. la Marre, du Pron, Des-Airs
le cadet et Mayeu. Descousteaux, *tambour*[4]. Philebert et Jean
Hottere, *flûtes*.

PORUS : M. Cocquet.

1. Voyez ci-dessus, p. 129, note 1.

2. Il n'est pas douteux que cette entrée ne fût un souvenir de la tragédie
d'*Alexandre le Grand*, que Racine avait dédiée au Roi, et qui avait été jouée
pour la première fois le 4 décembre 1665, sur le théâtre du Palais-Royal, ensuite à l'Hôtel de Bourgogne depuis le 18 du même mois. Voyez la *Notice*
sur *Alexandre*, au tome I des *OEuvres de Racine*, p. 488 et 489.

3. Partout dans le *Livret*, *Porrus*, par deux *r*.

4. Ce Descousteaux, chargé d'exécuter pour cette entrée de simples batte-
ries de tambour, n'en était pas moins, suivant toute probabilité, le musicien

Cinq Indiens : MM. Paysan, du Feu, Arnald, Jouan et Noblet le cadet. Vagnart, *tambour*. Piesche et Nicolas Hottere [1], *flûtes*.

SIXIÈME ENTRÉE.

Pour Calliope, mère des beaux vers, les comédiens de la seule troupe royale représentent une petite comédie où sont introduits des poëtes de différents caractères [2].

LES POËTES,

PETITE COMÉDIE.

Ariste, homme de qualité qui prend soin d'une mascarade pour le bal. . . . . **M. la Fleur.**
Silvandre, ami d'Ariste, qui a ordre de faire une petite comédie pour joindre au ballet. . . . . **M. Floridor.**
M. Lira, poëte suivant la cour, qui n'estime que les sonnets . . . . **M. Hauteroche.**

distingué dont il a été parlé, mais d'une façon incomplète, au tome IV, p. 86, note 3. Le *Dictionnaire de Jal* a quelques renseignements plus précis. François Pignon des Costeaux avait depuis 1662, au plus tard, le brevet d'un des joueurs de musette et de hautbois de la Chambre ; un acte de 1688 le reconnaît « pourvu d'une charge de joueur de hautbois et flûte douce de la chambre du Roi et d'une charge de hautbois et musette de Poitou en la grande écurie de S. M. » La date de sa mort est incertaine ; il vivait peut-être encore en 1692 et même en 1703. Jal ajoute qu'il fut l'ami de Molière, de Racine, de Chapelle, de la Fontaine et de Boileau ; c'est beaucoup dire et peut-être un peu trop conclure d'un récit de l'abbé d'Olivet : des Costeaux serait l'interlocuteur à qui Molière dit son mot célèbre sur la Fontaine : « Nos beaux-esprits ont beau se trémousser, ils n'effaceront pas le bon-homme [a]. » — Jal constate d'ailleurs que François eut deux fils, dont l'un, en 1668, fut reçu en survivance, peu après la mort de l'autre.

1. La manière dont le nom d'Hottere est écrit, en cet endroit et trois lignes plus haut, pourrait faire croire à une origine allemande (*Hotter*) ; mais nous ne doutons pas qu'il s'agisse des Opterre frères nommés à la VIIe entrée du *Mariage forcé* (tome IV, p. 86 : voyez aussi là les notes 4 et *c*) : *Opterre* se rencontre, nous dit-on, comme figurant une des prononciations du nom d'*Aubeterre*.

2. La troupe de l'Hôtel de Bourgogne n'avait pas été tout d'abord appelée

^a *Histoire de l'Académie françoise*, 1729, in-4°, p. 309. Le mot est rapporté, sous une forme qui peut sembler plus naturelle, par Louis Racine dans ses *Réflexions sur la poésie* (vers la fin du chapitre XII, tome II, p. 508, des *OEuvres de Louis Racine*, édition le Normant, 1808), et dans ses *Mémoires* (tome I, p. 262, des *OEuvres de Racine*) ; aux deux endroits, du reste, des Costeaux n'est point nommé.

Le Marquis singulier, qui s'attribue les vers d'autrui. .   M. Poisson.
La Comtesse, vieille et galante, qui apprend à faire des
vers. . . . . Mlle des OEillets [1].

La scène est dans la galerie du château neuf de Saint-Germain.

La première scène est entre Ariste et Silvandre, qui se demandent l'un à l'autre des avis en attendant le bal.

La seconde scène est de M. Lira, qui offre ses sonnets à Silvandre pour la petite comédie qu'il doit faire.

La troisième scène est d'une mascarade qu'Ariste a fait préparer pour le bal, composée d'une danse d'Espagnols et d'Espagnoles, dont une partie danse au son des instruments et l'autre danse au chant de deux dialogues.

MASCARADE ESPAGNOLE.

Deux conducteurs de la mascarade : M. le duc de Saint-Aignan et M. Beauchamp.

Espagnols qui dansent : LE ROI ;
Monsieur le Grand, le marquis de Villeroi, le marquis de Mirepoix, le marquis de Rassan.

pour cette entrée; jusqu'à la fin de janvier 1667 , au lieu de la petite comédie et des divertissements espagnol et basque qu'elle prépare, une simple danse de cinq Poëtes avait été exécutée en l'honneur de Calliope : voyez ci-dessus, à la *Notice*, p. 130 et 136.

1. Sur ces rivaux célèbres des comédiens du Palais-Royal, voyez la liste donnée par M. V. Fournel en tête du Ier volume de ses *Contemporains de Molière*, p. xxii et suivantes, les articles de Jal et les notices des frères Parfaict. Ceux-ci ont parlé de la Fleur (qui allait, avant la fin de cette année 1667, succéder à l'emploi de Montfleury, et mourut en octobre 1674) dans leur tome XII, p. 204 et suivantes; de Floridor (le successeur de Bellerose et alors près d'achever sa carrière [a]), dans leur tome VIII, p. 217 et suivantes; de Raymond Poisson (qui mourut en 1690), dans leur tome VII, p. 341 et suivantes [b]; enfin de Mlle des OEillets (qui mourut à quarante-neuf ans, en 1670), dans leur tome XI, p. 52 et suivantes. Sur Hauteroche, auteur, comme Poisson, de plus d'une comédie, voyez notre tome III, p. 382. — Deux autres acteurs de l'Hôtel, Montfleury et Brécourt, parurent encore, avec Poisson, dans la ix[e] entrée du Ballet (voyez ci-après, p. 292).

[a] Il mourut en août 1671.
[b] M. Fournel a sur cet acteur-auteur une notice spéciale, même tome I, p. 403 et suivantes.

ESPAGNOLES [1] QUI DANSENT : MADAME;
Mme de Montespan, Mme de Cursol [2], Mlles de la Vallière et de
Toussi.

ESPAGNOLS QUI CHANTENT EN DANSANT : Joseph de Prado, Agustin
Manuel, Simon Aguado, Marcos Garces.

ESPAGNOLES QUI CHANTENT EN DANSANT : Francisca Vezon, Maria
de Anaya, Maria de Valdes, Jeronima de Olmedo.

ESPAGNOLS QUI JOUENT DE LA HARPE ET DES GUITARES : Juan
Navarro, Joseph de Loesia, Pedro Vasques [3].

1. Espagnolettes. (*Copie de Versailles*.)

2. Une fille du duc de Montausier et de Julie d'Angennes était femme du
comte de Crussol, plus tard duc d'Uzès; *Cursol* est sans doute une forme plus
rapprochée de la prononciation ordinaire.

3. Les Espagnols et Espagnoles nommés dans ces trois derniers para-
graphes paraissent avoir composé la troupe qui vint débuter sans succès à
Paris, peu après le mariage du Roi, en juillet 1660, et qui était restée au service de la Reine (elle ne s'en retourna qu'en 1673) : voyez le chapitre VI du
livre Ier dans *le Théâtre français sous Louis XIV* par M. Despois; et l'article
de M. Éd. Fournier sur *l'Espagne et ses comédiens en France au XVIIe siècle*,
publié dans la *Revue des provinces* du 15 septembre 1864 (particulièrement
p. 498-502). Ils donnaient leurs représentations à l'Hôtel de Bourgogne; on voit
par le *Livret*, et aussi par les *Mémoires de Mademoiselle* [a], et par Loret [b], qu'ils
y mêlaient le chant et la danse. — D'après M. de Puibusque [c], leur chef était
Sébastian de Prado, l'un des plus renommés comédiens de l'Espagne; le *Livret*
nomme ici, et avant les autres, *Joseph* de Prado : est-ce le même? il semble
bien, malgré cette différence de prénom. Sébastian de Prado, devenu veuf,
prit l'habit religieux peu après son retour de France, et mourut prêtre en 1685 [d].
— Francisca Beson ou Vezon fut aussi une actrice de grande réputation;
revenue en Espagne, elle se retira également du théâtre, dit M. de Puibusque
(p. 460), « épousa Vicente de Olmeda, mime et danseur renommé, et mourut
en 1703. Elle avait été reçue, en 1650, sœur de la confrérie de Notre-Dame
de la Neuvaine [e]. » — Simon Aguado était le caissier de la troupe.

[a] Dans ce curieux passage, se rapportant à l'année 1660 (tome III, p. 452) :
« Il y avoit des comédiens espagnols à Saint-Jean de Luz. La Reine y alloit tous
les jours; j'y allois au commencement, mais à la fin je m'en lassai. Ils dansoient entre les actes, ils dansoient dans leurs comédies; ils s'habilloient en
ermites, en religieux, ils faisoient des enterrements, des mariages, ils profa-
noient assez les mystères de la religion, et beaucoup de personnes en furent
scandalisées. Les Italiens en faisoient de même au commencement qu'ils vinrent
en France; mais on les en désaccoutuma. »

[b] Voyez à la *Notice* de *Dom Juan*, tome V, p. 13.

[c] Voyez l'*Histoire comparée des littératures espagnole et française*, tome II,
p. 458.

[d] Voyez le *Tratado historico sobre el origen y progresso de la comedia y
del histrionismo en España.... por D. Casiano Pellicer....* (Madrid, 1804),
2de partie, p. 136-139.

[e] Voyez *ibidem*, p. 58.

PRIMERO DIALOGO.

Canta Maria de Anaya [1].

Ay! que padesco de Amor los rigores!
Y en tanto tormento desmayan mis boçes!

Canta Francisca Vezon [2].

No desconfies, que de essas heridas
Al mas peligroso le cura en un dia.

(Cantan todos los mismos versos [3].)

SEGUNDO DIALOGO.

Canta Simon Aguado [4].

Sin amor, la hermosura
No tiene balor,
Que se aumentan las graçias
Teniendo aficion.

Canta Francisca Vezon [5].

Aunque quiera en sus lazos
Prenderme el Amor,
No seras nunca el dueño
De mi coraçon.

(Cantan todos los mismos versos.)

1. Première femme. (*Partition Philidor.*)
2. Deuxième femme. (*Ibidem.*)
3. « Tous les Espagnols chantent les mêmes versets, » traduit Philidor dans sa copie de Versailles : d'après les signes de reprise, il est probable qu'ils reprenaient en masse chacun des vers longs, et par suite de deux les vers courts d'abord chantés par le soliste ; cependant *versets* semble employé pour *couplets.*
4. Le fol. (*Partition Philidor.*)
5. Le fol. (*Ibidem.*)

IMITATION DES DEUX DIALOGUES ESPAGNOLS.

PREMIER DIALOGUE.

Maria de Anaya.

Ha! qu'en aimant
A de maux on s'expose!
Ah! qu'en aimant
On souffre de tourment!

Francisca Vezon.

Quelque tourment, quelques maux qu'Amour cause,
Pour tout payer il ne faut qu'un moment.

SECOND DIALOGUE.

Simon Aguado.

La plus belle jeunesse
Sans l'Amour n'est rien;
Quelque peu de tendresse
Fait toujours grand bien.

Francisca Vezon.

On ne peut s'en défendre,
L'Amour est trop doux :
Mais si j'ai le cœur tendre,
Ce n'est pas pour vous.

SIGUE EL PRIMER DIALOGO.

Canta Maria de Anaya [1].

No ay coraçon que no tema el empeño
De haçer dueño suyo à un dios niño y ciego.

Canta Francisca Vezon [2].

De Amor los rigores [3] dan siempre contento,
Que causan plaçeres sus desabrimientos.

   (Cantan todos los mismos versos.)

SIGUE EL SEGUNDO DIALOGO.

Canta Simon Aguado [4].

Aunque tengas mas prendas
 Que en las otras ay,
Si a quererme no llegas,
 Las as de borrar.

Canta Francisca Vezon [5].

O que bien enojado
 Te dexa el desden!
Sin agradar, ninguno
 Intente querer.

   (Cantan todos los mismos versos.)

1. Première femme. (*Partition Philidor.*)
2. Deuxième femme. (*Ibidem.*)
3. L'original a, par faute, *las rigores*; la première copie Philidor et le tome A ont, comme on a lu au premier vers du premier dialogue, *los rigores*. Il n'y aurait d'ailleurs pas à tenir grand compte de Philidor, qui n'a certainement que peu compris et a fort brouillé et mal ajusté aux notes tout ce texte espagnol; dans sa copie de Versailles, pour laquelle il avait le *Livret* sous la main, il a rétabli la faute : *las*.
4. Le fol. (*Partition Philidor.*)
5. Le fol. (*Ibidem.*)

SUITE DU PREMIER DIALOGUE.

Maria de Anaya.

Que tous les cœurs
Craignent l'Amour pour maître,
Que tous les cœurs
Évitent ses rigueurs !

Francisca Vezon.

Il plaît toujours, tout cruel qu'il puisse être ;
Tout en est doux jusques à ses langueurs.

SUITE DU SECOND DIALOGUE.

Simon Aguado.

Ayez, s'il est possible,
Cent fois plus d'appas :
C'est un défaut horrible
Que de n'aimer pas.

Francisca Vezon.

Une heureuse colère
Vient vous animer :
Si vous manquez à plaire,
Moquez-vous d'aimer [1].

1. Gardez-vous bien d'aimer : voyez au vers 579 du *Tartuffe*.

La quatrième scène est du marquis et de la comtesse, qui se moquent l'un de l'autre.

La cinquième scène est de la comtesse, qui, tandis que le marquis va chercher ses gens, lit des vers qu'elle a faits, qui sont sans mesure et qui n'ont point de rime, quoique les mots qui doivent rimer ne soient différents que par une seule lettre.

La sixième scène est des avis ridicules que le marquis et la comtesse donnent à Silvandre sur le sujet de la petite comédie qu'il a ordre de faire.

La septième et dernière scène est d'une entrée des Basques du marquis, et de la résolution qu'Ariste fait prendre à Silvandre de ne point chercher d'autre sujet que celui qui lui est offert par le hasard dans tout ce qu'il vient de voir.

Basques : Monsieur le Grand, M. le marquis de Villeroi, le marquis de Rassan, M. de Souville; MM. Beauchamp, Chicanneau, Favier et la Pierre.

SEPTIÈME ENTRÉE ET RÉCIT.

On fait paroître Orphée (fils de cette Muse Calliope), qui, par les divers sons de sa lyre, exprimant tantôt une douleur languissante et tantôt un dépit violent, inspire les mêmes mouvements à ceux qui le suivent; et, entre autres, une Nymphe[1], que le hasard a fait rencontrer sur l'un des rochers qu'il attire après lui, est tellement transportée par l'effet de cette harmonie, qu'elle découvre, sans y penser, les secrets de son cœur par cette chanson :

> Amour trop indiscret[2], devoir trop rigoureux,
>   Je ne sais lequel de vous deux
>   Me cause le plus de martyre[3] :
>   Mais que c'est un mal dangereux
>   D'aimer et ne le pouvoir dire ![4]

1. Eurydice, d'après la copie de Versailles.

2. « Trop indiscret amour », dans la partition Philidor, le musicien ayant préféré appuyer sur une syllabe plus sonore.

3. Fin de la première reprise, qui est à redire, ainsi que la seconde : dans celle-ci le dernier vers est à reprendre, et *d'aimer* y est, la première fois, répété.

4. Dans la première partition Philidor, ainsi que dans la copie de Versailles, a été recueilli ce second couplet, que la Nymphe chantait avec des variations :

> Le plus heureux amant ressent mille douleurs,
>   Amour se nourrit de nos pleurs,
>   Sous ses lois toujours on soupire;
>   Mais c'est le plus grand des malheurs
>   D'aimer quand on ne le peut dire.

Orphée : M. de Lulli[1].

Nymphe : Mlle Hilaire[2].

Huit Thraciens : MM. Des-Airs l'aîné, Des-Airs Galand, Noblet l'aîné, Favier, Saint-André, Desonets, Bonard et Foignac.

HUITIÈME ENTRÉE.

Pour Érato, que l'on invoque particulièrement en amour, on a tiré six amants de nos romans les plus fameux, comme Théagène et Cariclée, Mandane et Cyrus, Polexandre et Alcidiane[3].

TROIS AMANTS ET TROIS AMANTES.

Amants : *Cyrus*, LE ROI;

Polexandre, le marquis de Villeroi; *Théagène*, M. Beauchamp.

Amantes : *Mandane*, M. Raynal; *Alcidiane*, le marquis de Mirepoix; *Cariclée*, le sieur la Pierre.

1. En l'honneur de Lully, Bensserade avait composé les vers suivants, qui se lisent, dans la dernière partie du *Livret*, parmi les pièces dédiées aux principaux acteurs des diverses entrées :

> Pour M. de Lully, *Orphée :*
>
> Cet Orphée a le goût très-délicat et fin;
> C'est l'ornement du siècle, et[a] n'est rien qu'il n'attire,
> Soit hommes, animaux, bois et rochers enfin,
> Du son mélodieux de sa charmante lyre.
>
> Toutes ces choses-là le suivent pas à pas,
> Et de son harmonie elles sont les conquêtes;
> Mais si vous l'en pressez, il vous dira tout bas
> Qu'il est cruellement fatigué par les bêtes.

2. Mlle Hilaire était alliée à Lully, étant la tante maternelle de sa femme.

3. Théagène et Chariclée n'étaient pas précisément des figures prises d'un de nos romans. Mais Amyot avait popularisé l'*Histoire æthiopique de Heliodorus, contenant dix livres traitant des loyales et pudiques amours de Théagènes Thessalien et Chariclea Æthiopienne*[b]; traduite d'abord par lui en 1547, puis revue en 1559, elle fut plusieurs fois réimprimée. — Les personnages de Mandane et de Cyrus rappelaient le roman de Mlle de Scudéry; ceux de Polexandre et d'Alcidiane, le roman non moins célèbre de Gomberville[c].

[a] Tel est bien le texte du *Livret*, et il est ainsi resté dans les *OEuvres de Bensserade* (1697, tome II, p. 366).

[b] Titre, d'après Courier, de l'édition de 1559, reproduite par lui en 1822.

[c] Le *Polexandre* (1629-1637) avait commencé à charmer ses nombreux lecteurs une vingtaine d'années avant l'impression d'*Artamène* ou *le Grand Cyrus;* il y en avait une continuation, non terminée, *la Jeune Alcidiane*, publiée en 1651.

NEUVIÈME ENTRÉE.

Pour Polymnie, de qui le pouvoir s'étend sur l'Éloquence et la Dialectique, trois philosophes grecs et deux orateurs romains sont représentés en ridicule par des comédiens françois et italiens, auxquels on a laissé la liberté de composer leurs rôles.

ORATEURS LATINS ET PHILOSOPHES GRECS.

ORATEURS LATINS.		PHILOSOPHES GRECS.	
Cicéron.	Arlequin.	*Démocrite.*	Montfleury.
Hortence[1].	Scaramouche.	*Héraclite.*	Poisson.
Sénateur.	Valerio[2].	*Le Cynique.*	Brécourt[3].

DIXIÈME ENTRÉE.

Pour Terpsichore, à qui l'invention des chants et des danses rustiques est attribuée, on fait danser quatre Faunes et quatre femmes sauvages, qui, pliant en diverses façons des branches d'arbre, en font mille tours différents ; et leur danse est agréablement interrompue par la voix d'un jeune Satyre :

RÉCIT DU SATYRE.

Le soin de goûter la vie
Est[4] ici notre emploi :
Chacun y suit son envie ;
C'est notre unique loi.

L'Amour toujours nous inspire
Ce qu'il a de plus doux :
Ce n'est jamais que pour rire
Qu'on aime parmi nous.

1. On reconnaît le nom francisé d'Hortensius.

2. Les comédiens italiens désignés ici par le nom de leur emploi étaient les deux célèbres Dominique Biancolelli (qui joua en France de 1661 à 1688), et Tiberio Fiorilli (connu depuis la fin du règne de Louis XIII et qui ne mourut qu'à la fin de 1694[a]), puis Giacinto Bendinelli (venu avec Dominique, comme successeur de l'amoureux Horatio, mais peu connu, et qui devait mourir dès mars 1668[b]). — La comédie italienne n'était pas, comme l'espagnole, établie à l'Hôtel de Bourgogne, mais au Palais-Royal.

3. Sur Montfleury, voyez notre tome III, p. 380 et 381. — On a vu ci-dessus, p. 284, Poisson remplir un premier rôle dans le Ballet. — Brécourt était un transfuge du Palais-Royal ; il avait passé à l'Hôtel de Bourgogne en 1664, six mois après avoir figuré, comme on s'en souvient, dans *l'Impromptu de Versailles.*

4. Fait. (*Partition Philidor.*)

a Voyez tome V, note 1 de la page 335.
b Voyez son article dans le *Dictionnaire de Jal.*

Satyre : M. le Gros.

Quatre Faunes : M. Dolivet, les sieurs Saint-André, Noblet l'aîné et Des-Airs Galand.

Quatre femmes sauvages : Les sieurs Bonard, Desonets, Favier et Foignac.

ONZIÈME ENTRÉE.

Les neuf Muses et les neuf filles de Piérus dansent à l'envi, tantôt séparément et tantôt ensemble, chacune de ces deux troupes aspirant avec même ardeur à triompher de celle qui lui est opposée.

Piérides : MADAME;

Mme de Montespan, Mme de Cursol, Mlle de la Vallière, Mlle de Toussi, Mlle de la Mothe, Mlle de Fiennes, Mme de Ludre[1], Mlle de Brancas.

Muses : Mmes de Villequier, de Rochefort, de la Vallière[2], du Plessis, d'Eudicourt; Mlles d'Arquien, de Longueval, de Coëtlogon, de la Marc.

DOUZIÈME ENTRÉE.

Trois Nymphes, qu'elles avoient choisies pour juges de leur dispute, viennent pour la terminer par leur jugement.

Trois Nymphes juges du combat : LE ROI;

Le marquis de Villeroi, et M. Beauchamp.

TREIZIÈME ET DERNIÈRE[3] ENTRÉE.

Mais les Piérides condamnées ne voulant pas céder et recommençant la contestation avec plus d'aigreur qu'auparavant, forcent Jupiter à punir leur insolence en les changeant en oiseaux.

Jupiter : Monsieur le Grand.

---

1. *Madame,* par son titre de chanoinesse.

2. La marquise de la Vallière, ici nommée parmi les Muses, était la belle-sœur de la maîtresse du Roi, nommée parmi les Piérides ; elle était dame du palais de la Reine.

3. Cette indication de *dernière* est restée là dans les impressions du livret original, même après qu'eut été ajouté l'intitulé d'une quatorzième entrée.

QUATORZIÈME ENTRÉE[1].

Après tant de nations différentes que les Muses ont fait paroître dans les assemblages divers dont elles avoient composé le divertissement qu'elles donnent au Roi, il manquoit à faire voir des Turcs et des Maures, et c'est ce qu'elles s'avisent de faire dans cette dernière entrée, où elles mêlent une petite comédie pour donner lieu aux beautés de la musique et de la danse, par où elles veulent finir.

COMÉDIE.

PERSONNAGES.

DOM PÉDRE, gentilhomme sicilien.	MOLIÈRE.
ADRASTE, gentilhomme françois.	LA GRANGE.
ISIDORE, esclave grecque.	Mlle DE BRIE.
ZAÏDE[2], esclave.	Mlle MOLIÈRE.
HALY, Turc, esclave d'Adraste.	LA THORILLIÈRE.
MAGISTRAT SICILIEN.	DU CROISY.

SCÈNE PREMIÈRE.

Haly amène trois musiciens turcs, par l'ordre de son maître, pour donner une sérénade.

Les trois musiciens sont : MM. Blondel, Gaye et Noblet.

SCÈNE II.

Adraste demande les trois musiciens, et pour obliger Isidore à mettre la tête à la fenêtre, leur fait chanter entre eux une scène de comédie.

---

1. Pour cette dernière partie du Programme, qui contient l'analyse du *Sicilien* et donne sur la distribution des rôles et la mise en scène de la comédie d'intéressants renseignements, voyez la *Notice* de *Mélicerte*, p. 132. L'impression de ces pages supplémentaires ne précéda sans doute que de peu la première représentation donnée le 14 février 1667.

2. Le nom de ce personnage a été changé en celui de *Climène*, lors de l'impression de la pièce : voyez ci-dessus, p. 231, note 3.

SCÈNE DE COMÉDIE CHANTÉE[1] :

BLONDEL, représentant le berger Filène.
Si du triste récit, etc.

GAYE, le berger Tircis.
Les oiseaux réjouis, etc.

BLONDEL.
Ah! mon cher Tircis.

GAYE.
Que je sens de peine!

BLONDEL.
Que j'ai de soucis!

GAYE.
Toujours sourde à mes vœux est l'ingrate Climène.

BLONDEL.
Cloris n'a point pour moi de regards adoucis.

GAYE et BLONDEL chantent ensemble :
O loi trop inhumaine, etc.

NOBLET, berger, les interrompt :
Pauvres amants, etc.

BLONDEL et GAYE répondent ensemble :
Heureux, hélas! etc.

SCÈNE III[2].

Dom Pèdre sort en robe de chambre, dans l'obscurité, pour tâcher de connoître qui donne la sérénade.

SCÈNE IV.

Haly promet à son maître de trouver quelque invention pour faire savoir à Isidore l'amour qu'on a pour elle.

SCÈNE V.

Isidore se plaint à Dom Pèdre du soin qu'il prend de la mener partout avec lui.

1. Cette scène chantée est devenue, lors de l'impression de la pièce, la troisième. — Nous ne reproduisons que le premier vers des couplets donnés dans le *Livret*, les variantes ayant été relevées au bas du texte de la comédie.
2. Les scènes dont l'analyse suit, sous les numéros III, IV et V, sont les IVe, V[e] et VIe de la pièce imprimée.

SCÈNE VI [1].

Haly, tàchant de découvrir à Isidore la passion de son maître, se sert adroîtement de cinq esclaves turcs, dont un chante et les quatre autres dansent, les proposant à Dom Pèdre comme esclaves agréables, et capables de lui donner du divertissement.

L'esclave turc qui chante, c'est le sieur Gaye.

Les quatre esclaves turcs qui dansent sont: M. le Prestre, les sieurs Chicaneau, Mayeu et Pesan.

L'esclave turc musicien chante d'abord ces paroles par lesquelles il prétend exprimer la passion d'Adraste, et la faire connoître à Isidore, en présence même de Dom Pèdre :

D'un cœur ardent, etc.

L'esclave turc, après avoir chanté, craignant que Dom Pèdre ne vienne à comprendre le sens de ce qu'il vient de dire, et à s'apercevoir de sa fourberie, se tourne entièrement vers Dom Pèdre, et, pour l'amuser, lui chante, en langage franc, ces paroles :

Chiribirida houcha la, etc.

Ensuite de quoi, les quatre autres esclaves turcs dansent, puis le musicien esclave recommence :

Chiribirida houcha la, etc.,

lequel, persuadé que Dom Pèdre ne soupçonne rien, chante encore ces paroles, qui s'adressent à Isidore :

C'est un supplice, etc.

Aussitôt qu'il a chanté, craignant toujours que Dom Pèdre ne s'aperçoive de quelque chose, il recommence :

Chiribirida houcha la, etc.

Puis les quatre esclaves redansant, enfin Dom Pèdre venant à s'apercevoir de la fourberie, chante à son tour ces paroles :

Savez-vous, mes drôles, etc.

SCÈNE VII [2].

Haly rend compte à son maître de ce qu'il a fait, et son maître lui fait confidence de l'invention qu'il a trouvée.

SCÈNE VIII [3].

Adraste va chez Dom Pèdre pour peindre Isidore.

---

1. L'analyse qui suit se rapporte aux scènes VII et VIII de la pièce.
2. Scène IX de la pièce. — 3. Scènes X et XI de la pièce.

SCÈNE IX [1].

Haly, déguisé en cavalier sicilien [2], vient demander conseil à Dom Pèdre sur une affaire d'honneur.

SCÈNE X.

Isidore loue à Dom Pèdre les manières civiles d'Adraste.

SCÈNE XI.

Zaïde [3] vient se jeter entre les bras de Dom Pèdre, pour se servir [4] du feint courroux d'Adraste.

SCÈNE XII.

Adraste feint de vouloir tuer Zaïde; mais Dom Pèdre obtient de lui de modérer son courroux.

SCÈNE XIII [5].

Dom Pèdre remet Isidore entre les mains d'Adraste sous le voile de Zaïde.

SCÈNE XIV [6].

Zaïde reproche à Dom Pèdre sa jalousie, et lui dit qu'Isidore n'est plus en son pouvoir.

SCÈNE XV ET DERNIÈRE [7].

Dom Pèdre va faire ses plaintes à un magistrat sicilien, qui ne l'entretient que d'une mascarade de Maures, qui finit la comédie et tout le ballet.

1. Les scènes analysées sous les numéros IX, X, XI et XII sont les XIIe, XIIIe, XIVe et XVe de la pièce.

2. Le rédacteur du *Livret* s'est trompé, non pas seulement sur l'habit, mais sur le caractère, si bien marqué, de ce personnage d'emprunt : Hali se présente en cavalier espagnol.

3. La Climène de la pièce imprimée.

4. Tel est le texte de l'édition originale : faut-il lire : « se sauver » ?

5. Scènes XVI et XVII de la pièce.

6. Scène XVIII de la pièce.

7. Scène XIX, et scène dernière de la pièce.

Cette mascarade est composée de plusieurs sortes de Maures.

Maures et Mauresques de qualité :
Le Roi, Monsieur le Grand, les marquis de Villeroy et de Rassan.
Madame, Mlle de la Vallière, Mme de Rochefort,
et Mlle de Brancas.

Maures nus :
M. Coquet, M. de Souville, MM. Beauchamp, Noblet, Chicaneau,
la Pierre, Favier, et Des-Airs Galand.

Maures à capot[1] :
MM. la Marre, du Feu, Arnald, Vagnart, et Bonard.[2]

1. Portant de petites capes, des manteaux à capuchon. La *Satyre Ménippée*
(p. 114 de l'édition Labitte) habille malicieusement son *député pour la noblesse de France* « d'un petit capot à l'espagnole et une haute fraise. »

2. La musique du *Ballet des Muses* remplit un des volumes de la collection
Philidor, le n° 24. Ce volume, par les corrections et notes qu'on y remarque
et qui ont dû y être ajoutées, sinon de la main de Lully, du moins sur ses
indications et probablement en vue des premières représentations, en tout cas
du vivant de Molière [a], est assurément un des plus précieux. Une note constate,
au haut de la première page, qu'il a été « lacéré au commencement et à la fin ; »
mais il est aisé de s'assurer qu'il n'a guère perdu que deux ou trois feuillets, demeurés blancs suivant toute apparence : la copie de la partition se
trouve encore intacte et complète dans les 104 pages qui restent. Un feuillet
préliminaire porte ce titre : « *Ballet des Muses*, dansé devant le Roi à Saint-Ger-
main-en-Laye en 1666, fait par M. de Lully, surintendant de la musique de la
Chambre. » Sur la page 1 a été appliquée l'étiquette ordinaire, datée de 1702,
des livres appartenant à Philidor. L'œuvre de Lully se compose des morceaux
suivants [b] :

Avant le Dialogue d'introduction, une *Ouverture* instrumentale. — Pour le
DIALOGUE DE MNÉMOSYNE ET DES MUSES : 1° un premier récit ou air de *Mnémosyne* (accompagné d'une basse chiffrée), auquel répond une première fois
le *Chœur* des Muses [c] ; celui-ci est à quatre parties, accompagnées de cinq parties de *violons* et d'une basse chiffrée ; les deux premiers vers des Muses sont
dits par quatre voix de solistes probablement (il y a un accompagnement de
basse chiffrée), puis repris à quatre parties, mais par tout le chœur sans doute

[a] On en a pu juger par l'addition citée ci-dessus, au *Sicilien*, p. 254,
note 1 ; nous donnons les principales de ces annotations rapides : voyez ci-
après, à la III°, à la IV°, à la VII° entrée.

[b] Ceux qu'exécutaient l'orchestre, les airs de danse, sont généralement écrits
à cinq parties d'instruments à cordes (on disait *de violons*) ; pour l'accompagnement du chant, une basse simple d'ordinaire, quelquefois une basse chiffrée
est donnée : c'était à l'archet de la basse de viole de l'accentuer, au téorbe et
au clavecin de compléter l'harmonie (voyez *le Bourgeois gentilhomme*, acte II,
scène 1).

[c] Et des Arts : ils étaient, d'après le *Livret*, représentés, entre autres, par
d'Estival, Blondel, Gaye ; ces virtuoses ne pouvaient être là en figurants.

avec un accompagnement de tout l'orchestre ; les deux vers suivants sont dits une première fois par la basse seule, accompagnée de deux parties hautes de violon et d'une basse chiffrée, et encore repris en chœur avec tous les instruments ; 2° un second air de *Mnémosyne*, après lequel revient l'ensemble qui a succédé au premier air. — A la Iᵉ ENTRÉE, un air de danse pour *les sept Planètes*. — A la IIᵈᵉ ENTRÉE, un air de danse pour *Pyrame et Thisbé*.

A la IIIᵉ ENTRÉE, celle de la *Pastorale comique*. Scène II : 1° un air de danse, intitulé *Première entrée*, pour *les Magiciens* ; 2° un premier trio (pour haute-contre, taille et basse) de *trois Sorcières :* « Déesse des appas... », avant la répétition duquel vient un solo de basse chanté par l'une d'elles : « O toi ! qui peux rendre agréables... » ; 3° un second air de danse, intitulé *Seconde entrée* (et *la Chaconne des Magiciens* dans l'autre copie qui est à Versailles); 4° un second trio de *trois Sorcières*, dont les doubles paroles sont écrites les unes sous les autres dans les portées : « Ah! qu'il est beau,» et « Qu'il est joli.» — Scène III : 1° une *Ritournelle*, à deux reprises, de deux parties hautes (de violon sans doute) et d'une basse (qui devait soutenir les accords d'un clavecin) ; elle précède un air de basse pour *Filène* : « Paissez, chères brebis... » ; 2° le dialogue de *Filène* et de *Lycas* (Molière) : « Est-ce toi que j'entends ? » encadrant deux airs de Filène : « Iris charme mon âme, » et « Je t'étranglerai, mangerai » : une simple basse est écrite pour l'accompagnement du dialogue et du second air; le compositeur y a ajouté deux parties de violon pour le couplet d'*Iris* et la courte réponse qu'y fait Lycas. — Scène VII : deux courts récitatifs de Filène. — Scène VIII : un air de danse pour *les Paysans combattants avec des bâtons*ᵃ. — Scène XII : un air à deux reprises, accompagné d'une simple basse pour Filène : « N'attendez pas qu'ici.... » — Scène XIII : un dialogue où Filène seul chante, où Lycas parle, mais où la basse d'accompagnement, très-expressive, donne en quelque sorte pour lui la réplique musicale (voyez ci-dessus, p. 198, note 3). — Scène XIV : une *Ritournelle* de deux violons probablement et d'une basse (non chiffrée), et un air de ténor, accompagné d'une simple basse, pour *un Berger enjoué.* — Entre les scènes XIV et XV, un air de danse, à deux reprises ᵇ, pour *les Paysans réconciliés.* — Scène XV ET DERNIÈRE : 1° un premier air, noté à la clef des hautes-contre et accompagné d'une simple basse, pour *une Égyptienne :* « D'un pauvre cœur... »; 2° ce même air repris en air de danse par l'orchestre : les cinq parties ordinaires sont seules écrites; mais il est certain, d'après le *Livret* (ci-dessus, p. 203), que douze danseurs, conduits par Lully en personne, mêlaient à la symphonie des violons les notes pincées des guitares et le bruit des castagnettes et des nacaires : ces instruments avaient pu donner aussi un caractère plus particulier à l'accompagnement du chant; 3° un second air de haute-contre : « Croyez-moi, hâtons-nous, ma Sylvie », redit, comme le précédent, par l'orchestre en *deuxième air de danse pour les Bohémiens.* Ainsi se terminait la *Pastorale comique* d'après la première copie Philidor ; l'autre de lui, qui est à Versailles,

ᵃ Les mots *combatans auec des battons* (sic) ont été ajoutés par la seconde main qui a corrigé et annoté divers passages de cette copie de la partition. — L'air des *Paysans réconciliés* (scène IX) paraît avoir été déplacé : voyez ci-après, entre les scènes XIV et XV, et ci-dessus, p. 197, note 7, et p. 201, note 3.

ᵇ Placé probablement ici par erreur : voyez ci-dessus, p. 201, note 3.

semble bien indiquer que les secondes paroles : « Ne cherchons tous les jours... », se chantaient encore, et non immédiatement après les premières, mais après que la mélodie de la chanson jouée par l'orchestre avait, une première fois, accompagné les danseurs ; ce second couplet devait nécessairement ramener, pour finir, la reprise de l'orchestre et de la danse.

A la IVe ENTRÉE : 1° un air de danse, à deux reprises, joué par l'orchestre pour *les Bergers et Bergères* ; puis ce même air, sous le titre de *Chœur*, chanté deux fois sur les paroles de la première chanson en deux couplets, de telle sorte que chaque reprise était dite, au 1er couplet d'abord par un chanteur seul (une haute-contre), avec un accompagnement de basse chiffrée, puis par le chœur (à quatre parties) accompagné des cinq parties instrumentales, et au 2^d couplet par deux chanteurs (haute-contre et basse) d'abord, par le chœur ensuite ; 2° un air à trois reprises, accompagné de même, pour la seconde chanson en deux couplets, également chantée alternativement par une voix seule et par le chœur, mais en rondeau, le chœur après chacune des reprises ramenant toujours la première ; entre les deux couplets le rondeau était encore joué par les *violons :* au bas de ce morceau d'orchestre rapidement écrit en addition, on lit ces mots, auxquels nous conservons, ainsi qu'à une citation suivante, leur étrange orthographe : « A prais l'air de violons lon reprans le cœur a vecque les segond parolle il fait seuite sous la basses continüe » (*ces secondes paroles sont écrites au-dessous de cette basse*). — A la Ve ENTRÉE : 1° une *Marche des Grecs* à cinq parties et une de tambour ; 2° une *Marche des Indiens* instrumentée de même ; 3° un morceau d'orchestre pour *le Grand combat.* — A la VIe ENTRÉE. Début : un morceau d'orchestre intitulé *les Poëtes*, accompagnant peut-être l'entrée primitive des Poëtes conservée, ou une entrée nouvelle des acteurs de l'Hôtel de Bourgogne. — MASCARADE ESPAGNOLE (scène III) : 1° un menuet pour orchestre, intitulé *les Espagnols*, accompagnant sans doute l'entrée du Roi et de sa suite ; 2° la mélodie du premier dialogue espagnol ; elle est la même pour les deux premiers vers et pour les deux suivants ; puis la mélodie du second dialogue, dite avec les quatre premiers vers et redite avec les quatre suivants ; la basse de ces mélodies a été ajoutée au bas de la page : on voit par le *Livret* que les harpes et guitares entraient aussi en jeu ; 3° un *Second air des Espagnols*, air de danse pour orchestre ; 4° les mélodies qui viennent d'être mentionnées à 2°, récrites sous de secondes paroles, sous les Suites de l'un et de l'autre Dialogue ; pour la danse finale de la mascarade, les instruments reprenaient le second air des Espagnols. — VIIe ET DERNIÈRE SCÈNE : 1° un air de danse intitulé *les Basques ;* 2° un autre intitulé *Canaries.* — A la VIIe ENTRÉE : 1° sous le titre de *Récit d'Orphée*, un intéressant dialogue de la toute-puissante lyre dont parle le *Livret*, c'est-à-dire du violon d'Orphée-Lully, avec l'orchestre ; 2° un duo du même violon avec la Nymphe-Hilaire ; une basse chiffrée indique qu'un claveciniste les accompagnait ; à la suite du premier couplet de la chanson, on lit cette note, où l'écriture du mot *Nymphe* semble bien trahir une prononciation italienne : « Ion reioux pour la segonde fois le Concert d'Orphée et puis la Nimphée chante Le segond Couplait doubles (*c'est-à-dire* varié) on le trouuera a la fin du liure au feuliet 104 » : le couplet en variations, en partie écrit par la main pressée qui a par-ci par-là laissé sa trace, termine en effet le volume Philidor ;

3ᵉ un air de danse pour *Orphée et huit Thraciens :* Lully, bon danseur, dessinait ses pas tout en continuant à jouer une partie principale et à broder des *doubles* sur son violon (cela paraît indiqué par la copie de Versailles). — A la VIIIᵉ ENTRÉE : 1° un air de danse pour *Trois Amants et trois Amantes ;* 2° un autre, un *Rondeau pour le Roi.* — A la IXᵉ ENTRÉE (la Xᵉ du *Livret*[a]) : 1° un air de danse pour *les Faunes et femmes rustiques ;* 2° un récit pour *le Satyre ;* les violons en répétaient les deux couplets pour *les Faunes et Sauvages.* — A la Xᵉ ENTRÉE (la XIᵉ du *Livret*) : un air de danse pour *les Muses et Piérides ;* à la XIᵉ ENTRÉE (la XIIᵉ du *Livret*) : 1° une danse pour *les Nymphes ;* 2° une autre pour *les mêmes.* — A la DERNIÈRE ENTRÉE (la XIIIᵉ du *Livret*) : un air de danse pour *Jupiter.*

A la XIVᵉ ENTRÉE, celle du *Sicilien*, PREMIER CONCERT (scène III) : 1° une Ritournelle de deux violons, avec accompagnement d'une simple basse ; puis un air de ténor, accompagné de même, pour *Filène :* « Si du triste récit... » ; 2° une semblable Ritournelle, mais un peu plus longue, suivie d'un air pour *Tircis*[b] ; 3° un *Dialogue*, accompagné d'une simple basse, de *Tircis* et de *Filène ;* 4° un air de haute-contre, accompagné de même, pour le pâtre insouciant ; il y en a un double (l'air est varié) au second couplet : « On voit cent belles... » ; 5° la phrase dite en duo par Tircis et Filène et qui termine la scène : « Heureux, hélas !... » (voyez sur ce 1ᵉʳ concert, p. 238, au milieu de la note 1). — SECOND CONCERT (scène VIII : voyez les notes des pages 252 et suivantes) : 1° un air de danse, à deux reprises, pour *les Esclaves ;* cette danse des esclaves (une note citée à la page 254 l'indique) s'exécutait encore deux fois : après le 1ᵉʳ et après le 2ᵈ couplet de la chanson qui va être mentionnée ; un *deuxième air des Esclaves*, indiqué dans la partition, mais sans doute ajouté sur une feuille volante, actuellement perdue, prolongeait et variait ces trois danses ; 2° la chanson amoureuse, en deux couplets, terminée par le refrain *Chiribiri-da ;* deux dessus de violon ont été ajoutés pour ce refrain à la basse ordinaire d'accompagnement ; une particularité curieuse du manuscrit est ici à noter : les paroles des deux couplets ont été écrites sous une même portée ; le refrain ne l'a naturellement été qu'une fois ; mais sous ce *Chiribirida* on avait d'abord voulu placer le quatrain de Molière : « Savez-vous, mes drôles... » ; puis, comme il ne s'adaptait pas bien aux notes, on l'a effacé, et une main aussi sûre que leste a jeté et serré, en fins petits caractères, sur des portées improvisées, le long de la marge de la page suivante (101), déjà remplie, tout le quatrain français et la parodie franque, mélodie, paroles et basse ; ce n'est pas là un faire de copiste, on y reconnaîtrait peut-être plutôt le compositeur lui-même[c]. — DIVERTISSEMENT FINAL (scène dernière) : 1° un air de danse, à deux reprises, pour *les Maures ;* 2° un autre air, à deux reprises, pour *les mêmes.*

---

[a] La IXᵉ du *Livret* ne prêtait sans doute ni à la musique ni à la danse régulière, mais seulement aux gambades italiennes.

[b] La partie de Gaye est notée ici à la clef des ténors ; elle l'est et devait l'être à la clef des basses, au second concert (scène VIII).

[c] Au haut de la page est l'indication citée ci-dessus, p. 254, note 1 : « On rejoue... », et, précédant l'addition de la marge, l'indication citée, p. 255, note 1 : « Le seignor Dom Pèdre les menaçant » (*sic*)....

La Bibliothèque de Versailles a une seconde et fort belle copie du *Ballet des Muses* « recueilli par Philidor le père, ordinaire de la Musique du Roi et garde de sa Bibliothèque de musique, l'an 1712 ; » mais cette froide mise au net, sans doute fort intéressante pour les musiciens, nous a paru l'être beaucoup moins pour les éditeurs de Molière, le calligraphe, au lieu de se conformer à la première copie directement prise des manuscrits originaux, s'étant beaucoup aidé des indications du *Livret* [a].

Il y a peu à tirer aussi du tome VI et du tome A des deux recueils de Ballets de Lully qui sont à la Bibliothèque nationale ; la partition est là incomplète ; dans le tome A, des morceaux étrangers y ont été intercalés, par exemple (p. 409) la chanson de la Galanterie (personnage représenté par Mlle Hilaire, l'année suivante 1668, dans la mascarade royale du *Carnaval*) [b].

[a] Les *Sorcières*, à la scène II de la *Pastorale comique*, sont devenues les *Magiciens* du *Livret* (voyez ci-dessus, note 2 de la page 191) ; Philidor a reproduit jusqu'aux fautes de l'espagnol imprimé (voyez ci-dessus, à la VI[e] entrée, p. 288 et note 3).

[b] La chanson que M. Wekerlin a donnée dans son édition du *Bourgeois gentilhomme* de Lully (p. 32).

APPENDICE AU *SICILIEN*.

NOTE SUR UNE RÉIMPRESSION DE LA PIÈCE, DE 1668.

Dans l'impression mentionnée à la fin de la *Notice* du *Sicilien*, page 229, comme étant probablement une contrefaçon[1] faite en province, sous le nom d'un libraire de Paris, Nicolas *Pepinglé* (sic), « à la grand' Salle du Palais[2], » se trouvent, en tête, après le feuillet de titre, cinq pages liminaires, nou chiffrées, intitulées SUJET DE LA PIÈCE, et contenant des observations sur la manière dont quelques scènes de la pièce doivent être jouées. Cette sorte d'avant-propos paraît être une instruction pour les comédiens de province et de l'étranger. Sa date nous semble la rendre assez intéressante pour être donnée ici en appendice au *Sicilien*.

Nous l'avons d'abord connue par un exemplaire de ce curieux volume qui avait été communiqué à M. Eud. Soulié par M. Gariel, conservateur de la Bibliothèque de Grenoble, à qui nous devons aussi le *Programme-Annonce* du *Dom Juan*, publié dans notre tome V, p. 256-259. Nous possédons maintenant nous-mêmes un exemplaire qui nous a été donné par M. L. Potier, ancien libraire, si érudit en tout ce qui touche à la bibliographie, et que plusieurs fois déjà nous avons eu à remercier de son obligeance. Nous n'en avons, jusqu'ici, nulle part trouvé d'autre.

1. Dans le fleuron du titre se lisent les mots : « Sur l'imprimé. »

2. On ne peut pas douter, ce semble, que ce nom de *Pepinglé*, avec le prénom et l'adresse qui l'accompagnent, soit la reproduction défigurée de celui de *N*. ou *Nicolas Pepingué, à la grand' Salle du Palais,* que nous avons eu à mentionner au tome IV, p. 217, et qui se rencontre fréquemment dans les registres des *Priviléges* conservés à la Bibliothèque nationale, notamment aux folios 30, 32, 36, 46, 70 du Ms. Fr. 21945, qui va de 1630 à 1673. Toutefois nous devons faire observer que l'altération d'*u* en *l* se retrouve aux feuillets de titre de deux autres pièces : *la Veufve à la mode* (n° 515 de la *Bibliographie moliéresque*, et n° 17, p. 156 de la 1re année du *Moliériste*), et une édition des *Fascheux* (n° 13, p. 14, même année, du *Moliériste*). On se demande si le contrefacteur défigurait ainsi le mot à dessein, ou si c'était une manière de prononciation, fautive, mais usitée : le nom semblerait y inviter.

1° *SUJET DE LA PIÈCE*

(*Instructions aux comédiens*).

Il faut observer, dans la première scène, qu'Hali se poste devant
la porte de D. Pèdre, qui est au côté droit du théâtre ; et qu'en la
scène deuxième, Adraste sort du côté gauche, précédé de deux flambeaux, que portent ses deux laquais, dont l'un se met à droit du
théâtre et l'autre à gauche ; que l'on ne chante point dans la troisième
scène, et que l'on danse seulement une entrée de ballet ; ce qui fait
qu'il faut la retrancher, et qu'Adraste, après [avoir] dit ces mots :
« J'y consens, voyons ce que c'est, » laisse aller Hali, et puis[1] le
rappelle ainsi, quand il est à trois ou quatre pas de lui, et lui dit :
« Chut ! je trouve qu'il vaut mieux que l'on commence par nos
violons, afin de faire plus de bruit ; toi, mets-toi contre cette
porte, afin que, si tu entends remuer dans le logis, je fasse éteindre
les flambeaux. » Et quand les violons ont joué un air des plus nouveaux et que l'on a dansé une entrée, Hali vient avertir son maître
par ces mots : « Monsieur, je viens d'ouïr quelque bruit au dedans. » Dans la quatrième scène, D. Pèdre sort de la porte, et s'en va
reposer[2] derrière le dos d'Adraste dans le moment qu'il appelle
Hali, lequel étant près de lui, D. Pèdre se met entre eux deux,
toutefois plus en arrière ; et quand Hali a dit qu'il voudroit bien
tenir le Sicilien pour le battre et pour se venger de lui, il quitte
Adraste, et va à tâton (*sic*) jusqu'à la porte, et cependant Adraste
continue près du Sicilien, comme s'il parloit à lui (*à Hali*), et dans le
moment qu'il est averti que la porte est ouverte, D. Pèdre y retourne,
et se met au milieu d'icelle, si bien qu'Hali et lui s'étant longtemps
tâté le visage et la tête, D. Pèdre donne un soufflet à Hali, qui lui
rend[3], comme il est marqué[4]. En suite de la rodomontade du Sicilien, qui appelle ses gens, Adraste tire l'épée comme pour se défendre, cependant qu'Hali se cache. Dans la septième scène, Hali fait
plusieurs révérences, tantôt vers D. Pèdre et tantôt près d'Isidore,
et se tourne vers icelle toutes les fois qu'il dit : « avec la permission
de la Signore ; » ensuite il chante le premier couplet[5] du françois

---

1. Nous avons fait ici une légère correction ; le texte nous a paru fautif, il
porte : « et qu'Adraste dit après ces mots : « J'y consens, voyons ce que
« c'est ; » il laisse aller Hali, et puis.... »

2. Lisez : « s'en va se poser *ou* se placer ».

3. Suivant un usage assez ordinaire du temps pour : « qui le lui rend. »

4. Marqué, comme jeu de scène, dans la pièce imprimée.

5. Dans le texte, *complet* ; mais *couplet* est trois lignes plus loin.

et ce qui suit, savoir l'autre jargon; et après que l'on a dansé il dit : « Chiribirida » tout seul, puis l'on redanse encore, et poursuit, et finit à la fin l'autre couplet et le même « Chiribirida », jusqu'à ce qu'il est chassé avec ses danseurs. Dans l'onzième scène, Adraste baise Isidore en la saluant, ce qui oblige D. Pèdre à lui dire qu'on ne salue point leurs femmes ainsi; et quand Adraste dit : « Allons, apportez tout, » ses deux laquais apportent le châssis à peindre et le soutien[1], avec la palette où sont les couleurs[2], et des pinceaux. Il faut observer que le châssis est de couleur blanche, qu'il y a un visage représentant l'actrice, lequel visage est couvert de blanc, lequel s'efface fait à fait que le pinceau touche dessus et ôte ledit blanc, ce qui fait paroître que l'acteur peint; pour les couleurs de dessus sa palette, elles sont sèches, et ne servent que d'apparence, si bien que, tout le blanc qui est sur le visage étant ôté, il semble que l'acteur l'ait peint lui-même. Quant à la posture où est Isidore, elle est du côté droit, le Sicilien à l'opposite du côté gauche, et Adraste au milieu, qui se lève de temps en temps pour la mettre à sa fantaisie, lui découvre lui-même le sein, ce qui choque le jaloux, qui approche son siége toutes les fois qu'Adraste se lève; il est obligé de dire à Isidore que l'on a bien de la peine à la mettre. Quant au moment où Hali le tire à quartier, après qu'il a dit : « Nous voilà assez loin, » il détourne la tête, et voyant Adraste près d'Isidore, il quitte Hali pour les surprendre; mais Adraste l'apercevant lui dit : « Je remarquois la couleur de ses yeux, » au lieu de dire, comme il est en la pièce : « Elle a les yeux bleus; » alors Adraste se rassit, et D. Pèdre rejoint Hali, et dans le moment qu'Hali parle à D. Pèdre, et que D. Pèdre demande quel est son ennemi, Adraste ayant achevé d'effacer le blanc qui couvroit le portrait, vient se remettre près d'Isidore, où D. Pèdre le surprend encore quand il dit à Hali : « Je vous laisse aller sans vous reconduire. » Voilà les remarques les plus nécessaires; du reste vous suivrez le sens des vers et les apostilles.

2° *VARIANTES.*

Outre ces pages d'instructions aux comédiens, cette édition de singulière espèce contient un assez grand nombre de variantes, qui nous montrent, comme au reste l'addition même de cette sorte d'avant-propos, que nous n'avons pas ici une contrefaçon ordinaire, une contrefaçon déguisée, reproduisant l'original

---

1. *Le soutien* ne peut guère être ici que le chevalet.

2. Notre imprimé a ici deux fautes, faciles à corriger, un déplacement de *t* et une virgule de trop : « et le soutient avec la palette, où son, les couleurs. »

mot pour mot en n'y mêlant que des altérations involontaires, des fautes dues
à la négligence. Le nombre et la nature des différences prouvent, on va le voir,
que le contrefacteur a voulu éclaircir le jeu et, qui sait? en de rares endroits, re-
toucher, améliorer le style. Plus de dix indications de jeux de scène sont omises,
et les fautes ne manquent pas; mais il y a, de plus, des additions, particulièrement de jeux de scène, et des modifications de texte faites à dessein, dont quelques-unes même, en très-petit nombre, il est vrai, ont passé dans une ou plusieurs des éditions postérieures. Il y a tels changements qui peuvent faire qu'on
se demande si c'est vraiment l'édition originale qui a servi de point de départ à
la contrefaçon. Nous allons citer de ces variantes celles qu'à nos yeux il y a
quelque raison de relever, en renvoyant aux pages de notre volume auxquelles elles se rapportent. Si nous ne les avons pas placées au bas de ces
pages mêmes, c'est d'abord que la source n'a nulle autorité, puis, qu'ainsi
réunies, elles servent à mieux caractériser cette impression.

Nous donnons en entier la liste des Acteurs très-librement remaniée :

Pages 231 et 232.   PERSONNAGES.

 ADRASTE, gentilhomme françois, amant d'Isidore.
 D. PÈDRE, Sicilien, gardien d'Isidore.
 ISIDORE, esclave grecque affranchie par D. Pèdre.
 CLIMÈNE, autre esclave.
 HALI, valet ou esclave d'Adraste.
 Deux laquais d'Adraste [1].
 Troupe de danseurs.
 Troupe de musiciens.
 Un sénateur.

Page 233, ligne 7 : « HALI, *seul* », au lieu de : « HALI, *aux Musiciens.* »
Page 235, lignes 6 et 7 : « Et qui pourroit-ce être que moi à ces heures de
nuit? Hors vous et moi, etc. » Voyez *ibidem*, note 2.
Ibidem, ligne 12 : « rien que d'avoir ».
Page 236, ligne 12 : « si elle entend fort bien ».
Page 237, ligne 7 : « Ce n'est pas ».
Ibidem, ligne 21 : « Ah! je vois bien que vous êtes pour le bémol : il y a
moyen ».
Ibidem, ligne 24 : « des bergers ».
Page 241, ligne 12 : « sont des chaînes ».
Page 242, ligne 2 : « mon plus grand souci ». Voyez *ibidem*, note 1.
Ibidem, ligne 18 : « ce peut être ».
Page 243, ligne 16 : « nous a fait faire! »
Ibidem, ligne 23 : « ce que c'est que cela veut dire ».
Ibidem, ligne 25 : « pour pouvoir découvrir ».

---

1. Voyez ci-contre, p. 307, et note.

Page 243, ligne 31 : « D. PÈDRE, *donnant un soufflet à Hali.* » Voyez p. 244, note 1.

Page 244, ligne 13 : « HALI, *d'un endroit où il s'est caché, et d'un ton de voix à demi basse.* »

Ibidem, lignes 17 et 18 : « HALI, *toujours de même. Les gens* ».

Ibidem, ligne 21 : « HALI, *sortant dudit endroit, et dit d'un ton de voix hardie.* »

Page 245, ligne 14 : « on peut trouver aisément des moyens…. ».

Page 246, ligne 1 : « que de se lever ».

Ibidem, ligne 14 : « contre les soins des languissants ». Des languissants d'amour, des amoureux ? -

Ibidem, ligne 15 : « sous mes fenêtres ».

Page 247, ligne 16 : « la plus grande ambition ».

Page 248, ligne 7 : « vous m'obligerez à n'affecter point tant de paroître à d'autres yeux ».

Ibidem, ligne 14 : « toute à soi ».

Page 251, lignes 15 et 16 : « Faites-les-nous vite venir ».

Ibidem, ligne dernière, après *Chala bala* : « *Dans la scène suivante, Hali chante, et les esclaves dansent dans les intervalles de son chant.* »

Page 255, ligne 12 : « *Mi ti bastonara* ».

Ibidem, ligne 15, après la chanson : « *Ici ils fuient tous.* »

Ibidem, ligne dernière : « rentrez ici ».

Page 256, ligne 2 : « *Hali paroît,* » au lieu de : « *A Hali, qui paroît encore là.* »

Ibidem, ligne 22 : « je l'attraperai ».

Page 257, ligne 10 : « il alloit faire ».

Page 258, lignes 5 et 6 : « si je pouvois obtenir d'elle qu'elle y pût consentir ».

Ibidem, ligne 10 : « que je ne sois de rien ».

Page 259, ligne 17 : « que je ne vous pouvois ». Voyez *ibidem*, note 3.

Ibidem, lignes 22 et 23 : « et la réputation. Seigneur François ». Voyez p. 260, note 1.

Page 260, ligne 10 : « *et ses deux laquais*[1]. »

Page 261, ligne 5 : « de toucher un tel ouvrage ».

Ibidem, ligne 6 : « grande habilité ».

Ibidem, ligne 25 : « de grâce, et songeons ».

Page 262, lignes 15-17 : « du col puisse paroître; ceci un peu plus découvert; bon là; un peu davantage ». Voyez *ibidem*, note 5.

Page 263, ligne 2 : « l'actitude », pour « l'attitude ». Ce mot a été défiguré de diverses façons : voyez *ibidem*, note 2.

Ibidem, ligne 7 : « Un peu plus de côté ».

Page 264, ligne 7 : « une maîtresse d'Alexandre, d'une merveilleuse beauté, et qu'il ». Voyez *ibidem*, note 4.

Ibidem, ligne 12 : « ce que fit Alexandre. D. PÈDRE. Ma foi non ».

---

1. Ce sont bien en effet les laquais d'Adraste : voyez ci-dessus, la scène 11, p. 235, le *Sujet de la pièce*, p. 303-305, et la liste des Personnages de cette contrefaçon (p. 306), où on lit : *Deux laquais d'Adraste.*

Page 266, ligne 9 : « je vous demande, de grâce, que ».

Ibidem, ligne 17 : « lorsqu'il est donné ».

Page 267, lignes 7 et 8 : « *Pendant qu'Adraste parle à Isidore, D. Pèdre et Hali parlent bas, et font de[s] gestes de personnes agitées.* »

Page 268, ligne 17 : « HALI, *s'en allant.* »

Ibidem, ligne 24 : « ADRASTE, *à Isidore.* » Voyez *ibidem*, note 1.

Ibidem, ligne 26 : « témoignages.... *apercevant D. Pèdre :* Je regardois ».

Ibidem, ligne dernière : « une tache.... *A Isidore.* Mais c'est ».

Page 269, ligne 2 : « *A D. Pèdre.* »

Page 270, ligne 14 : « imaginer, et va ».

Page 271, ligne 23 : « La grandeur de l'offense ».

Page 272, ligne 17 : « D. PÈDRE, *à Climène, à part, dans une allée du théâtre.* »

Page 273, ligne 1 : « D. PÈDRE, *rejoignant Adraste.* »

Ibidem, lignes 8 et 9 : « D. PÈDRE, *prenant Isidore par la main et parlant à Adraste :* Puisque vous avez bien voulu me donner ».

Ibidem, ligne 18 : « Vous m'obligerez ».

Ibidem, ligne 20 : « ADRASTE, *s'en allant avec Isidore.* »

Page 274, ligne 10 : « C'est que cela veut dire qu'un jaloux ».

Ibidem, ligne 15 : « par douceur et par complaisance ».

Page 276, ligne 9 : « que de plaisirs ». Voyez *ibidem*, note 1.

Ibidem, ligne 15 : « SCÈNE XX et dernière. »

AMPHITRYON

COMÉDIE

REPRÉSENTÉE POUR LA PREMIÈRE FOIS A PARIS

SUR LE THÉÂTRE DU PALAIS-ROYAL, LE 13e JANVIER 1668

PAR LA TROUPE DU ROI

NOTICE.

Entre le petit acte du *Sicilien* et l'*Amphitryon*, représentés pour la première fois, l'un en février 1667, l'autre en janvier 1668, il y eut près d'un an d'intervalle. D'ordinaire, les ouvrages de Molière se succédaient plus rapidement. On pense que, pendant quelque temps, il s'était senti découragé, et que la crainte d'avoir moins à compter sur la protection royale lui avait, plus encore qu'une altération de sa santé, conseillé de s'effacer, de se taire.

L'année 1667 fait époque, on s'en souvient[1], dans l'histoire du théâtre de Molière. Trois mois après les fêtes de Saint-Germain, Louis XIV était parti de cette même ville pour la campagne de Flandre, qui commença la guerre de la dévolution, et ce fut pendant cette campagne que *le Tartuffe*, achevé et connu dès 1664, parut sur la scène du Palais-Royal, pour être aussitôt interdit. Cette sévérité, qui trompait tout à coup les espérances données, ne devait pas engager Molière à produire quelque œuvre nouvelle. Il ne s'y décida qu'au commencement de l'année suivante, après qu'il eut été peut-être, comme le pauvre Sosie, rengagé de plus belle par la « faveur d'un coup d'œil caressant[2]. »

L'*Amphitryon* fut comme une rentrée de l'auteur, qui avait fait relâche, une brillante rentrée. Cette comédie ne semblait pourtant promettre qu'une sorte de traduction ; mais combien,

1. Voyez la *Notice* du *Tartuffe*, au tome IV, p. 311 et 312.

2. Voyez *ibidem*, p. 331 et 332, où nous avons cité la conjecture ingénieuse et, à notre avis, vraisemblable, de M. Bazin sur l'allusion à laquelle se prêtent si bien les vers 166-187 de l'*Amphitryon* dans le rôle de Sosie.

dans le fait, elle montra d'originalité! Jamais, chez nous, le
théâtre comique des anciens n'a eu une si heureuse résurrec-
tion, sous une forme toute nouvelle. Un critique a dit [1] que
Bayle avait manqué de goût lorsqu'il avait mis l'*Amphitryon*
au nombre des meilleures pièces de Molière [2], et qu'il n'aurait
pas dû oublier combien lui sont supérieures des comédies
telles que *le Misanthrope, le Tartuffe, l'Avare, les Femmes
savantes, l'École des femmes* et *l'École des maris*. La comparaison est difficile entre une comédie mythologique empruntée au théâtre de Plaute et des œuvres toutes modernes,
immortelles peintures de nos mœurs ; mais pourquoi ne pas
faire une place toute voisine à une charmante fantaisie qui
nous fait si bien goûter, en y donnant le tour qui nous convient, ce que l'esprit de la comédie latine a eu de plus vif? Si
Bayle a pensé que, par la verve abondante, par la richesse et
la gaieté du style, l'*Amphitryon* doit être compté parmi les
chefs-d'œuvre de notre poëte, il ne s'est pas trompé.

Nous devons laisser à d'autres l'histoire des origines théâtrales très-anciennes de l'*Amphitryon* de Plaute : Molière, sans
doute, s'est fort peu inquiété de les connaître. Il ne lui importait nullement, et il ne nous importe pas davantage ici, que
cette fable fût née dans l'Inde, comme l'a cru Voltaire [3], qui
l'avait trouvée dans un livre du colonel Alexandre Dow, et
s'est amusé à la déclarer « encore plus comique et plus ingénieuse » sous cette forme indienne, quand il eût mieux fait de
dire qu'elle était seulement beaucoup plus indécente que la
légende latine. Il ne fait rien non plus à l'affaire qu'avant
Plaute, les Grecs eussent traité ce sujet, peut-être Euripide
dans une *Alcmène*, et Sophocle dans un *Amphitryon* [4], tous

1. Geoffroy, dans le feuilleton du *Journal de l'Empire* du 18 mars
1808.

2. Dans une note de son *Dictionnaire* citée plus loin, p. 338,
note 2.

3. Voyez ses *Fragments historiques sur l'Inde* (1773), article xxviii,
au tome XLVII de l'édition Beuchot, p. 453-455 ; et sa lettre à
*M. du M****, membre de plusieurs académies, sur plusieurs anecdotes,
au tome XLVIII, p. 303 et 304 de la même édition.

4. Voyez le scoliaste de Sophocle sur le vers 390 de l'*OEdipe à
Colone* (*Fragments* de Sophocle dans la Bibliothèque Didot, p. 340).

deux tragiquement sans doute ; et, plus opportuns à citer, Archippe, poëte très-bouffon de l'ancienne comédie[1], Eschyle l'Alexandrin, cité par Athénée[2], et Rhinthon, poëte de Tarente, qui écrivit des *hilaro-tragédies*, au temps de Ptolémée Soter : questions d'érudition auxquelles nous ne nous arrêterons pas. La priorité de ces pièces grecques, celle même d'un *Amphitryon* de Cécilius, chez les Latins, ne sont pas sans intérêt pour les critiques de la pièce de Plaute ; mais celui-ci a été le seul modèle de Molière ; et les modèles antérieurs, n'ayant laissé qu'un nom et quelques fragments insignifiants, n'ont pas plus compté pour lui que s'ils n'avaient jamais existé. Contentons-nous donc de remarquer, à leur sujet, que Plaute, imitateur lui-même, en a visiblement pris à son aise avec eux et qu'il a, dans bien des passages, habillé à la romaine ses personnages empruntés au théâtre grec, de même que souvent ceux de Molière ont été, sans plus de gêne, habillés par lui à la française. A cette seule condition, une pièce est transportée avec succès d'une scène étrangère sur une scène nationale. Les poëtes tragiques, comme les poëtes comiques du dix-septième siècle, eurent le sentiment très-juste de cette loi de leur art. Ils ne travaillaient pas en archéologues, et ne songeaient pas à un calque scrupuleux.

Pourquoi Molière s'est-il, à ce moment, tourné du côté de Plaute ? Comment lui est venue l'idée d'écrire un *Amphitryon ?* S'il nous avait dit lui-même le secret de son choix, il nous aurait tiré de quelque peine ; car on a imaginé de cette excursion sur les terres latines une explication très-malveillante, et, pour y en substituer une autre, nous ne pouvons chercher que des vraisemblances.

Lorsqu'on fait attention que son *Avare*, imitation aussi, quoique beaucoup plus éloignée, d'une comédie de Plaute, suivit l'*Amphitryon* à quelques mois de distance, on est porté à conjecturer que tout simplement il s'était pris, en ce temps-là, d'un goût très-vif pour le vieux comique de Rome et qu'il

---

1. Voyez quelques vers de son *Amphitryon*, dans les *Fragments des poëtes comiques grecs* de la Bibliothèque Didot, p. 269.

2. *Les Deipnosophistes*, livre XIII, fin du § 72 (édition Aug. Meineke, Teubner, 1859).

s'était promis de suivre cette veine latine dans quelques ouvrages.

Mais, si facile à comprendre que soit cette pensée, qui eût été mieux qu'une fantaisie, il y a autre chose encore à supposer. *Les Sosies* de Rotrou[1], joués par la troupe du Marais, sur un théâtre rival, avaient eu un grand et juste succès. Les comédiens du Palais-Royal n'auraient-ils pas, comme ils avaient fait en 1665 pour *le Festin de Pierre*, sollicité de Molière une pièce qui fît concurrence? L'ouvrage de Rotrou était, dirat-on, bien ancien à cette date. La première représentation en remontait à plus de trente ans, ayant été donnée en 1636[2]; mais il est prouvé qu'il a eu la vie dure. Après quatorze ans, en 1650, *les Sosies* étaient encore représentés, sous le titre de *la Naissance d'Hercule*, avec cette magnificence de spectacle, ce luxe de machines, qui était le grand attrait du théâtre du Marais. La description du merveilleux appareil scénique déployé en cette occasion se trouve dans un livret in-4°, publié par René Baudry, sous cette date de 1650, et intitulé : *Dessein du poëme de la grande pièce des machines de* LA NAISSANCE D'HERCULE, *dernier ouvrage de M. de Rotrou, représentée sur le théâtre du Marais par les comédiens du Roi.* Là, on nomme cette pièce « le plus excellent poëme qui ait jamais paru[3], » et « le chef-d'œuvre » de « l'incomparable M. de Rotrou[4]. » Une pantomime qui, pendant le carnaval de 1653, fut exécutée au Petit-Bourbon dans le grand *Ballet royal de la Nuit*[5], sous le nom de *Comédie muette d'Amphitryon*[6], semble prouver que le sujet, recommandé par le succès des *Sosies*, n'avait pas alors cessé d'être à la mode et devait tenter toutes les troupes de comédiens.

Nous aurions voulu pouvoir constater que les représentations

1. *Les Sosies*, comédie de Rotrou, à Paris, chez Antoine de Sommaville, M DC XXXVIII, in-4°.

2. Voyez le tome III du *Corneille*, p. 11.

3. Page 4.

4. Page 9.

5. *Ballet royal de la Nuit, divisé en quatre parties ou quatre veilles, et dansé par Sa Majesté le* 23 *février* 1653; à Paris, par (*sic*) Robert Ballard, M DC LIII.

6. *V^e entrée de la deuxième partie*, p. 31 du *Livret*.

des *Sosies*, comédie si goûtée, ne s'arrêtèrent pas en 1650;
mais ce que nous venons de dire est tout ce que nous connaissons de leur histoire, à moins que nous n'y ajoutions une
anecdote de Tallemant des Réaux, qui se rapporte incontesta-
blement à cette pièce[1]. Malheureusement, si elle peut être citée
comme plus ou moins piquante, elle n'éclaircit pas la question de
la longévité des *Sosies*. Jodelet, nous apprend l'auteur des *Historiettes*[2], vint, au moment où le tonnerre du dénouement avait
éclaté, jeter au parterre, dans la langue très-crue du temps,
une plaisanterie dont le sens était que, si l'on faisait si grand
tapage chaque fois qu'à Paris un mari était trompé, tout le
long de l'année on n'entendrait pas Dieu tonner. Tallemant
n'indique pas la date de cette facétieuse allocution, et ce que
nous savons de Jodelet ne nous vient pas en aide. Il avait
quitté la troupe du Marais, pour passer à l'Hôtel de Bourgogne,
en 1634, par conséquent avant *les Sosies*. Il revint ensuite à
son premier théâtre, mais on ignore à quel moment. On voit
seulement qu'en 1642 il y jouait le Cliton du *Menteur* de Corneille. Il y resta plusieurs années, puis émigra de nouveau
à l'Hôtel de Bourgogne; enfin, en 1659, au Petit-Bourbon.
Quoique l'on ne suive qu'imparfaitement les vicissitudes de
cette inconstante carrière théâtrale, il s'y trouve plus d'une
place, avant 1650, pour l'anecdote de Tallemant; ce n'est
donc pas elle qui nous fera savoir quelles furent les dernières
années où l'on joua encore la comédie de Rotrou; mais nous
ne serions pas surpris que ç'ait été à une époque assez voisine de celle de l'*Amphitryon*, pour que celui-ci soit né d'une
pensée de rivalité entre le Palais-Royal et le Marais. La conjecture de cette émulation pourrait paraître confirmée par des
vers de Robinet qui seront cités plus loin. Les décorations,
les machines volantes y sont célébrées parmi les merveilles de

1. M. Taschereau, *Histoire de la vie et des ouvrages de Molière*,
p. 173 et 174 de la 5ᵉ édition (1863), l'a placée à la première représentation de l'*Amphitryon* de Molière. Mais Jodelet, en 1668,
étant mort depuis huit ans (mars 1660), il a été obligé de lui substituer « le Jodelet de la troupe » du Palais-Royal, se mettant ainsi
en désaccord avec Tallemant, qu'il cite comme son autorité.

2. Tome III, p. 391.

la nouvelle comédie de Molière. Ne semblerait-il pas que l'on eût pensé à lutter avec le spectacle féerique de *la Naissance d'Hercule?*

Il n'y a pas pour toutes les comédies de notre poëte le même intérêt à connaître pourquoi l'esprit, qui souffle où il veut, avait tel jour soufflé d'un côté plutôt que d'un autre. Si nous avons pris quelque peine à chercher quelle occasion a pu inspirer celle-ci, c'est que d'autres, qui s'en sont inquiétés aussi, ont voulu insinuer qu'un pur caprice était invraisemblable et se sont fondés sur cette invraisemblance pour appuyer une conjecture très-fâcheuse, qui ne s'est que trop accréditée. Rœderer l'a, nous le croyons, hasardée le premier; nous n'en trouvons pas trace chez les contemporains. Il faut citer l'acte d'accusation, afin de n'en pas affaiblir les arguments. On le trouve au chapitre XXII du *Mémoire pour servir à l'histoire de la société polie en France*[1].

« Les *Mémoires de Mademoiselle de Montpensier*, dit Rœderer, nous apprennent.... que, dans le commencement de la campagne de Flandre, au mois de mai 1667..., on s'arrêta.... dans une ville dont le nom est resté en blanc, et que là s'établit la liaison intime du Roi et de Mme de Montespan[2]....

« Ce serait vers le milieu de l'année 1667 que Montespan se serait.... laissé aller à la fougue de sa jalousie et aux plus violents outrages envers la duchesse de Montausier, comme complice de la séduction exercée par le Roi sur sa femme.

« Il est fâcheux, ce me semble, que l'ordre chronologique amène, à la suite du premier éclat que fit l'intrigue du Roi avec Mme de Montespan et de la colère du mari, la première représentation de la comédie d'*Amphitryon*.... Que l'auteur, après avoir dit qu'il n'avait plus besoin d'étudier son art ailleurs que dans la société[3], et après avoir produit plusieurs

---

1. Un volume in-8°, Paris, typographie de Firmin Didot, 1835.

2. Page 225.

3. Cette parole (quelque chose du moins d'approchant) que l'on a prêtée à Molière aurait été dite par lui après *les Précieuses ridicules*, en 1659. Elle est loin d'être authentique : voyez notre tome II, page 16, note 1. Molière n'avait-il pas trop de sage modestie pour déclarer jamais qu'il n'avait « plus que faire d'étu-

chefs-d'œuvre de cet art ainsi étudié, ait néanmoins eu la fantaisie d'imiter une comédie fort immorale de Plaute, je le veux
croire. Mais qu'il n'y ait pas trouvé quelque rapport avec ce
qui se passait à la cour; qu'il n'ait pas vu, pas soupçonné que
la situation du marquis de Montespan eût quelque rapport avec
celle d'Amphitryon, celle de Louis XIV avec celle de Jupiter;
qu'il n'ait eu aucune intention en disant dans sa pièce [1] :

> Un partage avec Jupiter
> N'a rien du tout qui déshonore,

c'est ce qu'il est difficile de croire d'un homme qui était au
courant de toutes les aventures galantes de la cour, et ne négligeait, que dis-je? ne laissait passer, sans un éclatant tribut
de son zèle et de son talent, aucune occasion de divertir et de
flatter le Roi, et qui enfin avait cela de particulier que, amant
malheureux, mari trompé, il était poëte sans pitié pour les
victimes d'un désordre qui faisait son tourment[2]. »

Ceux qui croient utile à certaines rancunes d'imprimer une
flétrissure au nom de Molière ont avidement saisi l'arme qui
leur était fournie par Rœderer, et n'ont eu garde de douter
qu'elle ne fût de bonne qualité. Si Rœderer n'avait pas les
mêmes raisons qu'eux d'en vouloir à notre poëte, il avait
pourtant les siennes. La comédie des *Précieuses ridicules*,
quoiqu'il ait affecté de croire qu'elle attaquait seulement les
fausses précieuses de province, et même la comédie des *Femmes
savantes*, le blessait, comme il ne l'a guère caché[3], dans sa
partialité pour *la société polie* de l'hôtel de Rambouillet. Il ne
néglige aucune occasion de taxer Molière de complaisance pour
la corruption de son temps, parce qu'il veut laisser moins de

dier Plaute et Térence »? Pourrait-on d'ailleurs voir dans une telle
boutade un engagement auquel on voudrait qu'il n'eût pu manquer
sans un puissant motif? Ce sont là des arguties de plaidoirie.

1. Vers 1899 et 1900.

2. Pages 230 et 231.

3. Voyez, aux pages 305-307 de son livre, comment il interprète
l'intention des *Femmes savantes*, et le dessein qu'avec une subtilité
très-inattendue il prête à Molière de servir dans cette pièce les
amours du Roi et de Mme de Montespan.

crédit aux railleries du poëte contre des femmes dont les mœurs sévères « l'inquiétaient, dit-il, et offensaient la cour. » On doit donc se défier de ce paladin des précieuses et examiner de près les preuves de son réquisitoire.

Nous pensons que, pour les besoins de sa cause, il a antidaté la connaissance à la cour et dans le public du scandale dont, à l'en croire, Molière se serait fait le héraut et comme l'apologiste sur la scène.

Les *Mémoires de Mademoiselle de Montpensier* étaient assurément le document à citer comme le seul contemporain et irrécusable sur les commencements de la liaison du Roi et de Mme de Montespan. Ils placent ces commencements au temps de la campagne de 1667. Mais Rœderer a eu tort de parler du mois de mai. La *Gazette* de 1667 permet de dater jour par jour le récit de Mademoiselle. Quelle est la ville dont le nom, dans ce récit, « est resté en blanc, » et où l'on remarqua le premier indice de la liaison, c'est-à-dire la sentinelle déplacée pour laisser la communication libre entre l'appartement du Roi et celui de Mme de Montespan[1]? Elle est désignée par cette circonstance que de là on fut coucher à Vervins et le lendemain à Notre-Dame-de-Liesse. Évidemment il s'agit d'Avesnes[2]. Ce fut donc seulement entre le 9 et le 14 juin que pour la première fois on put avoir soupçon de la nouvelle intrigue. La veille même de l'arrivée à Avesnes, comme on était en carrosse, Mme de Montespan, blâmant, avec les autres dames, la pauvre la Vallière, disait : « Dieu me garde d'être maîtresse du Roi[3] ! »

---

1. *Mémoires de Mademoiselle de Montpensier* (Paris, 1728, in-12), tome V, p. 145.

2. Il est vrai que les *Mémoires* disent : « Nous fûmes 3 jours à .... », et que, d'après la *Gazette* (p. 582), on resta à Avesnes du 9 juin au soir jusqu'au 14. Mais le chiffre 3, au lieu de 5, a pu être mal lu. On peut voir dans la *Gazette* (p. 584) que ce fut d'Avesnes que la Reine partit pour Vervins, puis pour Liesse. — Au reste, ceci écrit, nous voyons que, dans l'édition de M. Chéruel (1859, tome IV, p. 50), il n'y a plus de mot laissé en blanc, et que c'est bien Avesnes qui est nommé : « On fut deux ou trois jours à Avesnes. »

3. *Mémoires de Mademoiselle de Montpensier*, édition de M. Chéruel, tome IV, p. 49.

Pense-t-on que ç'ait été pour afficher le lendemain le démenti donné à ces sages paroles ? Le scandale d'Avesnes ne put donc être encore celui qui éclata aux yeux de tous. Sera-ce celui de Compiègne[1], pendant le séjour du Roi du 9 au 19 juillet 1667[2] ? Celui-là sans doute put faire plus de bruit, mais seulement encore parmi les plus initiés. Il est clair que si, dans un cercle très-étroit, on s'entretenait de la grande nouvelle, ce n'était qu'à voix basse, même au moment où, par une lettre charitable, la Reine en eut le premier avis, sans y croire[3]. C'était après la prise de Lille, qui est du 27 août.

Il ne faudrait assurément point parler de beaucoup de mystère dans ces temps de la campagne de Flandre, s'il était vrai que la jalousie de M. de Montespan, comme le dit Rœderer, eût dès lors fait esclandre. Mademoiselle de Montpensier a su les extravagances du marquis, les injures dont il accabla sa femme et qui forcèrent le Roi à le faire chercher pour l'envoyer en prison[4]; mais elle en place certainement le temps fort peu avant celui où M. de Montausier fut nommé gouverneur du Dauphin[5] (18 septembre 1668[6]). Loin que M. de Montespan ait affiché son infortune aussi tôt que le dit Rœderer, on raconte[7] qu'il fut d'abord d'un aveuglement opiniâtre, refusant d'emmener loin de la cour sa femme qui l'en priait.

Tout bien examiné, nous ne pouvons reconnaître pour vraisemblable qu'en 1667, même à la cour, et fût-ce au mois d'août, on parlât autrement qu'en très-grand secret d'un attachement qui ne s'avouait pas encore. On voit la difficulté qu'il y a à supposer Molière autorisé, à cette époque, à en réjouir le public, et combien même on aurait peine à l'en croire

1. *Mémoires de Mademoiselle de Montpensier*, tome IV, p. 146.
2. *Gazette* de 1667, p. 712, 737 et 761.
3. *Mémoires de Mademoiselle de Montpensier*, tome IV, p. 58.
4. *Ibidem*, p. 152-154.
5. *Ibidem*, p. 154.
6. Le 18 septembre est la date de la déclaration que fit le Roi du choix de Montausier. Mme de Sévigné annonçait cette nomination à Bussy dès le 4.
7. Saint-Simon, *Mémoires*, édition de 1873, tome V, p. 259 ; et Duclos, *Mémoires secrets sur le règne de Louis XIV* (1864, 2 volumes in-8°), tome I, p. 235, note 2.

si tôt informé. S'imaginerait-on que ses camarades, ses ambassadeurs dans l'affaire du *Tartuffe*, la Thorillière et la
Grange, lorsque, pendant le siége de Lille, ils arrivèrent por-
teurs de son placet[1], eussent été mis au courant des secrets
tout nouveaux de la cour, et fussent venus en régaler notre
poëte, à leur retour près de lui, vers la fin de septembre?
Il faut bien expliquer cependant comment des nouvelles encore
si peu ébruitées purent lui arriver de Flandre, et l'on est forcé
de ne pas trop reculer l'époque où il les aurait connues. Par
suite, on voit assez pourquoi Rœderer a fait remonter un peu
plus haut que les *Mémoires de Mademoiselle* ne l'y autorisaient
les premiers indices de la passion du Roi. Une pièce jouée le
13 janvier 1668 avait nécessairement été achevée avant la fin de
l'année précédente, et il avait bien fallu quelque temps pour
l'écrire. Quel sera donc le moment de la campagne de 1667
où Molière aura pu être en mesure de préparer le singulier
à-propos? A fixer ce moment d'aussi bonne heure que les *Mémoires de Mademoiselle de Montpensier* le permettent, on exa-
gère vraiment encore la facilité de travail de l'auteur d'*Amphitryon;* et quelle indiscrétion, quelle témérité n'eût-ce pas
été à lui, lorsque l'on fait réflexion qu'il n'avait pu pressentir
comment de telles allusions seraient prises par le Roi, alors
trop éloigné pour que personne puisse le soupçonner de les
avoir indiquées lui-même !

Malgré tout, l'imagination de Rœderer, sans qu'on prît la
peine d'un examen sérieux, a fait fortune. C'est que, dans le
rapprochement qu'il nous montre, quelque chose de très-
spécieux frappe tout d'abord, et l'on s'étonne d'une si juste
coïncidence. Par un singulier hasard, la fiction comique de
Molière était arrivée comme à point nommé pour répondre
à la comédie réelle qui se jouait en même temps à la
cour.

Il faut bien accorder à Rœderer que le Jupiter de l'*Amphitryon* avait beaucoup de la figure de Louis XIV en bonne
fortune; et que l'infortuné mari d'Alcmène remplissait fort
bien le rôle du marquis de Montespan, qui se trouvait recevoir, dans la pièce, les consolations les plus brillantes et les

1. Voyez notre tome IV, p. 316.

plus prudents conseils d'une humble soumission à de très-augustes bontés pour sa femme :

> . . . . C'est assez.... pour remettre ton cœur
>   Dans l'état auquel il doit être,
> Et rétablir chez toi la paix et la douceur[1].

Il est regrettable que la pièce n'ait pas été faite après 1670. On n'aurait pu douter que la naissance du duc du Maine n'y fût célébrée :

> Et chez nous il doit naître un fils d'un très-grand cœur[2].

Un tel vers, aurait-on dit, fait bien deviner qu'un jour le glorieux fils, autre Hercule reçu dans l'Olympe, sera légitimé. Par malheur, les plus ingénieux commentateurs ne sauraient accuser Molière que d'avoir prévu l'événement, tout poëte étant prophète.

Pour que le poids d'une honteuse complaisance ne l'accable pas trop lourdement tout seul, félicitons-nous de savoir que, bien avant lui, Plaute avait, en latin, comme eût dit Boileau[3], proclamé le droit divin de Louis XIV sur Mme de Montespan, et qu'en 1636 le respectable Rotrou avait déjà mis à l'aise la conscience de la belle favorite :

> Alcmène, par un sort à tout autre contraire,
> Peut entre ses honneurs compter un adultère[4].

Le même Rotrou a dit dans sa 1ʳᵉ scène :

> Le rang des vicieux ôte la honte aux vices.

Quelle apologie, ou, sous forme ironique, quelle sanglante satire des faiblesses de Louis XIV n'aurait-on pas vue là, si la chronologie n'avait pas été gênante ! Grand avertissement de se défier des applications. Mais, par quelques bonnes raisons qu'on en démontre l'invraisemblance, ceux qui en sont d'autant plus friands qu'elles sont plus scandaleuses, y renonceront difficilement.

1. Vers 1874-1876. — 2. Vers 1939.
3. Comparez la *satire* IX, vers 129.
4. *Les Sosies*, acte V, scène dernière (VI).

Nous avons dit que Rœderer n'avait pas eu de peine à
persuader les ennemis de Molière. Michelet n'a jamais été
de ce nombre; bien au contraire; mais tout ce qu'il rencontrait de plus noir dans les cours, il avait si grand besoin de
le noircir encore, et particulièrement les désordres du grand
Roi, que, sans hésiter, il a plutôt frappé un grand poëte qu'il
aimait que d'épargner à Louis XIV la honte d'avoir fait livrer,
sur le théâtre, à la risée publique ceux qu'il déshonorait, et
d'avoir commandé qu'on y déifiât ses vices. L'historien a été
jusque-là; et nous ne parlions pas juste, quand nous ne vou-
lions pas, tout à l'heure, qu'il pût venir à la pensée de qui
que ce fût d'accuser Louis XIV d'avoir lui-même proposé,
imposé le sujet. Après avoir raconté ce qu'il appelle « le mystère de Compiègne, » Michelet n'a pas craint de dire : « Il
manquait une chose à ces plaisirs, c'était d'être étalés, mis sur
la scène. On joua la nuit de Compiègne. Sans un ordre précis,
Molière ne l'eût jamais osé. La chose était barbare, elle na-
vrait la Reine et la Vallière, et Mme de Montausier, M. de
Montespan, tant d'autres. Molière n'eût pas fait de lui-même
cette cruelle exécution. Il y déplore sa servitude. Que peut
Molière-Sosie? Il sert et servira[1]. » Un peu plus loin : « Il y a
dans cette pièce une verve désespérée. Dans tel mot (du Prologue même) une crudité cynique que les seuls bouffons italiens hasardaient jusque-là, et qui, dans la langue française,
étonne et stupéfie.... Mercure-Lauzun est là à l'état de valet[2]. »

On serait surpris de tout ce que l'historien a découvert
dans le *Prologue*, si l'on ne voyait bien son parti pris de donner à toute la pièce les plus odieuses couleurs, afin qu'elle
parût plus digne de celui qu'il aime à faire passer pour l'avoir
inspirée. Ce prologue, chargé de tant de crimes, nous rappelle-
rons un peu plus loin combien il est ingénieux ; ici nous nous
bornerons à dire qu'on chercherait en vain comment il a mérité de si terribles accusations, et quels mots cyniques, dignes
des seuls bouffons italiens, y peuvent scandaliser. Ne laissons
pas croire que personne les saura trouver où vaguement on
nous les dénonce. Ils n'y sont pas plus que dans les autres

1. *Histoire de France*, tome XIII (1860), p. 111.
2. *Ibidem*, p. 112 et 113.

scènes de notre comédie. Non, notre poëte n'a nulle part ag-
gravé par la licence de l'expression[1] ce que le sujet de l'*Amphitryon* a de libre, de scabreux. Le seul tort que les rigo-
ristes auraient à lui reprocher, ce serait de n'en avoir pas été
plus effarouché que Plaute et que Rotrou. Quant à le représenter comme un homme qui, se dévouant à contre-cœur à une
vilaine tâche, se jette éperdument dans la plaisanterie grossière, il faut pour cela bien de la fantaisie. Nous tenons, au
contraire, pour très-assuré que, l'occasion étant si bonne, il
s'est égayé fort naturellement, et sans le moindre *désespoir*.
Entendre les choses comme l'a fait l'histoire, changée, il faut
bien le dire, en pamphlet, ce n'est pas moins salir Molière que
celui qu'il aurait flatté si bassement; et s'il s'est à ce point
dégradé pour faire jouer *le Tartuffe*, voilà sur *le Tartuffe* une
vilaine tache. Rœderer ne s'était pas avisé de donner, dans
l'*Amphitryon*, un rôle à Lauzun; seul, Michelet pense à tout.
En poussant à toute outrance la thèse du premier inventeur
de l'allusion, il aura, ce nous semble, prêté appui à ceux qui
la jugent entièrement imaginaire.

La comédie que l'on voudrait avoir été écrite pour plaire
au galant Jupiter que la cour adorait, ce n'est pas à lui (dis-
simulation nécessaire, dira-t-on) qu'elle fut dédiée, c'est à Monsieur le Prince; et ce ne fut pas devant la cour qu'elle parut d'abord, mais, comme nous l'apprend le *Registre de la
Grange*, sur le théâtre du Palais-Royal, le vendredi 13 et le
dimanche 15 janvier 1668, faisant une recette de 1565ᵗᵗ 10ˢ
le premier de ces deux jours, et de 1668ᵗᵗ 10ˢ le second. La
troisième représentation seulement fut donnée devant le Roi,
aux Tuileries, parmi de brillants divertissements, auxquels la
Gazette n'oublie pas de dire qu'avec Leurs Majestés et Leurs
Altesses Royales plusieurs des principales dames prenaient
part[2]. Là Molière et sa troupe avaient, le 6 janvier, représenté
le Médecin malgré lui[3]. Au nombre des « principales dames »

---

1. Le mot que l'on pourrait condamner, comme grossier, aux
vers 1795 et 1798, l'était alors bien moins qu'aujourd'hui. Voyez
ci-après la note qui s'y rapporte. Michelet se rappelait-il vaguement le mot et le faisait-il passer de l'acte III dans le Prologue?
2. *Gazette* de 1668, p. 47.
3. Robinet, *Lettre en vers à Madame*, du 14 janvier 1668.

la *Gazette* n'a pas eu besoin de nommer Mme de Montespan :
elle était certainement comme la reine de ces fêtes ; et elle put
voir en souriant les aventures de la rivale (celle-là du moins
innocente) de la souveraine des dieux, le jour où « les divertissements continuèrent par celui de la belle comédie d'*Amphitryon*[1]. » Ce fut le lundi 16 janvier.

Au témoignage de la *Gazette* on peut joindre celui de Robinet, qui, à l'occasion de cette représentation à la cour, rend
ainsi compte de la pièce nouvelle[2] :

> Lundi, chez le nompareil SIRE,
> Digne d'étendre son empire
> Dessus toutes les nations,
> On vit les deux *Amphitryons*,
> Ou, si l'on veut, les deux *Sosies*
> Qu'on trouve dans les poésies
> Du feu sieur Plaute, franc latin,
> Et que, dans un françois très-fin,
> Son digne successeur, *Molière*,
> A travestis d'une manière
> A faire ébaudir les esprits,
> Durant longtemps, de tout Paris.
> Car, depuis un fort beau Prologue,
> Qui s'y fait par un dialogue
> De Mercure avecque la Nuit,
> Jusqu'à la fin de ce déduit,
> L'aimable enjouement du comique
> Et les beautés de l'héroïque,
> Les intrigues, les passions,
> Et bref, les décorations,
> Avec des machines volantes,
> Plus que des astres éclatantes,
> Font un spectacle si charmant,
> Que je ne doute nullement
> Que l'on n'y coure en foule extrême,
> Bien par delà la mi-carême.

Il se peut que les « machines volantes » du Prologue et de
la dernière scène, la beauté du spectacle, dont, à la ville
comme à la cour, on n'avait pas encore cessé d'être curieux,

---

1. *Gazette* de 1668, p. 71 et 72.
2. *Lettre en vers à Madame*, du 21 janvier.

aient été un des attraits de la pièce ; mais assurément c'est
aller bien loin que de les faire ici autant valoir que « l'aimable enjouement du comique. » Quoi qu'il en soit, le rimeur
avait raison de prévoir l'empressement du public. Nous en
trouvons la preuve dans le *Registre de la Grange*. Joué le
16 à la cour, l'*Amphitryon* le fut encore au Palais-Royal, le
lendemain mardi 17, puis, sans interruption, tous les jours
suivants de spectacle, jusqu'au dimanche 18 mars, où la clôture, dite de Pâques, eut lieu. Il y avait eu de suite vingt-neuf
représentations à la ville [1], dont les quinze premières avaient
attiré beaucoup de spectateurs, sans être soutenues par aucune autre pièce.

Quelques jours après la réouverture, le 25 avril 1668, « la
Troupe, dit le *Registre de la Grange*, est partie, par ordre du
Roi, pour Versailles. On a joué *Amphitryon* et *le Médecin
malgré lui, Cléopatre* [2] et *le Mariage forcé, l'École des
femmes.* » Pour une pièce qui n'avait, prétend-on, d'autre
objet que de célébrer les plaisirs de Louis XIV, deux représentations à la cour, ce n'est pas trop, dans le temps où il y
en eut un si grand nombre à la ville. Il semblerait qu'une
œuvre dont le Roi aurait connu l'intention, ou complaisante
ou indiscrète, aurait dû le flatter ou le gêner. Elle ne le gêna
point, puisque, à deux reprises, il la fit jouer devant lui. Elle ne
le flatta pas excessivement, puisqu'il ne la vit ni le premier,
ni souvent. On n'en a noté aucune autre représentation à la
cour jusqu'en 1680. Il y en eut huit de 1680 à 1700, et
cinq de 1700 à 1715 [3], lorsqu'il n'était plus question de la faveur de Mme de Montespan, avec qui le Roi avait décidément
rompu depuis 1683. Cela doit être remarqué. Louis XIV,
revenu de ses erreurs, ne craignait pas de revoir l'*Amphitryon.*
Il faut donc croire que ni lui, ni Mme de Maintenon, devenue

---

1. La Grange mentionne en outre une visite à la ville, sans dire
où, le 17 mars.

2. Tragédie de la Thorillière, du 2 décembre précédent.

3. Voyez le tableau des *Représentations à la cour*, à la page 557
de notre tome I. — On n'y a noté qu'une représentation de 1668
à 1680, celle d'avril 1668, la seule mentionnée par la Grange (voyez
le même tome I, p. 555, 2ᵉ alinéa).

la directrice de sa conscience, n'y entendaient malice et n'y trouvaient aucune intention d'allusion au vieux péché.

A la ville, l'*Amphitryon* fut encore, après la réouverture d'avril, représenté six fois en 1668[1], neuf fois en 1669 ; en tout cinquante-trois fois jusqu'en 1673[2].

Robinet, dans la lettre en vers (du 21 janvier) que nous avons tout à l'heure citée, mais non jusqu'au bout, a parlé de la manière dont la pièce fut jouée par les comédiens qui en créèrent les rôles. Ce qu'il nous en dit ne satisfait que très-incomplétement notre curiosité, et n'est point cependant sans quelque intérêt. Il exprime ainsi son approbation du jeu de tous :

> Je n'ai rien touché des acteurs ;
> Mais je vous avertis, lecteurs,
> Qu'ils sont en conche[3] très-superbe
> (Je puis user de cet adverbe),
> Et que chacun de son rôlet,
> Soit sérieux, ou soit follet,
> S'acquitte de la bonne sorte ;
> Surtout, ou qu'Astarot m'emporte !
> Vous y verrez certaine *Nuit....*
> Et de même certaine *Alcmène....*

1. Parmi ces six dernières représentations de 1668 au Palais-Royal, une fut assez remarquable pour être particulièrement mentionnée par Robinet dans sa *Lettre en vers à Madame* du 29 septembre. Ce fut sans doute celle du 18 de ce même mois, la dernière inscrite dans le *Registre de la Grange.* Les ambassadeurs de Moscovie y avaient été invités par la troupe de Molière, qui

> Leur donna son *Amphitryon*
> Avec ample collation,
> Pas de ballet et symphonie,...;
> Et ces gens aimant les gratis
> Y furent des mieux divertis,
> Ayant deux fort bons interprètes.

2. Voyez au tome I, p. 548, les *Représentations à la ville.*

3. Transcription de l'italien *concio* ou *concia :* « vieux mot, dit le *Dictionnaire de Trévoux* (1771), qui signifioit autrefois le bon ou le mauvais état d'une personne, relativement à ses habits, à son équipage. » Nous verrons ci-après que, pour les habits, Molière, dans son rôle, était *en bonne conche.*

Nous devons arrêter à temps la citation; et quoique trop
de sévérité ne soit pas de mise à propos de l'*Amphitryon*, les
vers que nous omettons ne seraient pas très-bons à transcrire. Il suffit de dire qu'ils sont plus flatteurs pour le charme
des deux comédiennes que délicats dans la louange : ils ne
paraissent pas vouloir exalter la chasteté de cette *Nuit* ni de
cette *Alcmène*, de celle-ci surtout. Robinet ne les nomme pas.
Comme Mlle Duparc avait quitté la troupe de Molière en 1667,
les noms qui se présenteraient avec le plus de vraisemblance
seraient ceux de Mlle de Brie et de Mlle Molière. Si l'on
croyait que celle-ci ait été l'Alcmène dont Robinet parle avec
si peu de décence, il faudrait plaindre Molière, qui ne pouvait
mettre à l'abri des grossières plaisanteries de pareils vers la
femme qui portait son nom; mais il y a, comme on va le voir,
quelque indice que la création du rôle doit plutôt être attribuée à Mlle de Brie. Nous ne saurions toutefois rien affirmer
absolument sur les personnages respectivement confiés aux
deux actrices. Nous ne sommes pas tout à fait assez éclairé par
la distribution des rôles ainsi réglée dix-sept ans plus tard[1] :

DAMOISELLES.

La Nuit. . . . . Guiot.
Alcmène. . . . . De Brie.
Cléanthis . . . . Guerin [*Mlle Molière*].

HOMMES.

Mercure . . . . La Grange.
Jupiter. . . . . Guerin.
Amphitryon . . . . . Dauvilliers.
Sosie. . . . . Rosimont.
Argatiphontidas. . . De Villiers.
Naucratès . . . . . . Hubert.
Polidas . . . . Beauval.
Posiclès . . . . L. Raisin.

S'il fallait admettre que ceux des acteurs de 1668 qui vi-
vaient encore en 1685, eussent, à cette seconde époque, conservé les rôles qu'ils avaient créés, on voit que Mlle de Brie
aurait été la première Alcmène, Mlle Molière la première Cléan-

____

1. *Répertoire des comédies françoises qui se peuvent jouer en 1685.*

this. Mais alors qui eût été la Nuit du *Prologue?* Madeleine
Béjard? On s'étonnerait bien un peu de ce que Robinet dit
d'elle, vu l'âge qu'elle avait en 1668. Reconnaissons toutefois
que celui de Mlle de Brie n'était pas très-différent. Quant aux
autres rôles, toujours en nous conformant à la distribution
de 1685, nous donnerions celui de Mercure à la Grange, celui
de Naucratès à Hubert. Mais il n'est nullement certain, nous
l'avons déjà dit dans quelques-unes des notices précédentes,
que les acteurs de 1685 n'eussent pas changé contre d'autres
rôles ceux qu'ils avaient créés. Ne regardons pas pour cela
comme tout à fait sans valeur ce renseignement de 1685, le
seul positif que nous ayons sur une ancienne distribution des
rôles : nous y trouvons une raison de plus de nous défier de la
première distribution, incomplète d'ailleurs, donnée par Aimé-
Martin, et qui ne peut être qu'une conjecture. La voici :

JUPITER.	La Thorillière.
MERCURE.	Du Croisy.
AMPHITRYON	La Grange.
ALCMÈNE.	Mlle Molière.
CLÉANTHIS	Mlle Beauval.
ARGATIPHONTIDAS . .	Châteauneuf.
SOSIE.	Molière.

Dans une de ses notes sur la pièce[1], Aimé-Martin dit
que la scène entre Sosie et Cléanthis « fut inspirée par l'actrice à qui le rôle était confié. En effet, Cléanthis, c'est
Mlle Beauval, la femme honnête et exigeante.... Ce caractère
était célèbre au théâtre. » Par malheur, entre toutes ces attributions de rôles, c'est justement celle du rôle de Cléanthis à
Mlle Beauval, qui, en 1668, est impossible, cette actrice n'ayant
été engagée dans la troupe du Palais-Royal qu'à l'été de
1670. Aussi M. Moland, qui a, pour tous les autres noms,
adopté avec confiance la liste d'Aimé-Martin, a rejeté celui de
Mlle Beauval. « On ne sait, dit-il, par qui le rôle de Cléanthis

---

1. Dans la note au bas de la page 349 de son tome IV (3ᵉ édition, de 1845), sur la scène III de l'acte II. — Dans sa seconde
édition (1838), Aimé-Martin donnait ce rôle de Cléanthis à Madeleine Béjard.

fut créé à l'origine ; il le fut par Madeleine Béjart peut-être, par
Hubert plus probablement. Il appartint ensuite à Mlle Beauval. » Cela même, nous ignorons si l'on doit l'affirmer. Nous ne
connaissons pas de documents certains jusqu'à la distribution,
que nous avons citée, de 1685.

Parmi les acteurs nouveaux de l'*Amphitryon* à cette dernière date, on a dû remarquer Rosimont, qui jouait Sosie.
Nous avons eu d'autres occasions de parler de ce comédien,
comme ayant été chargé des rôles de Molière. Il y a donc là
une indication, dont on peut tenir compte, du personnage que
l'auteur de la pièce s'était réservé. M. Bazin ne met pas en
doute[1] qu'en effet ce personnage n'ait été celui de Sosie. L'allusion qu'il a vue dans la tirade du pauvre serviteur sur le
dévouement qu'obtient si facilement l'égoïsme des grands, a
peut-être été pour lui la preuve décisive. Elle nous paraît au
moins très-forte ; mais n'en fût-on pas frappé, ce rôle, le plus
comique de tous ceux de l'*Amphitryon*, convenait si bien à
Molière, que l'on ne saurait comprendre qu'il en eût pris un
autre. Au reste, la tradition n'a jamais hésité sur ce point, et
loin que le costume décrit par l'inventaire de Molière y donne
un démenti, il aurait, en ce temps-là, si peu convenu à Amphitryon (soit au véritable, soit au faux), qu'il ne peut nous
faire reconnaître que Sosie. Citons cette description : « Une....
boîte où est l'habit de la représentation de l'*Amphitryon*,
contenant un tonnelet de taffetas vert, avec une petite dentelle
d'argent fin, une chemisette de même taffetas, deux cuissards
de satin rouge, une paire de souliers avec les laçures garnies
d'un galon d'argent, avec un bas de soie[2] céladon, les festons,
la ceinture et un jupon, et un bonnet brodé or et argent fin,
prisé soixante livres[3]. » Voilà, objectera-t-on, un habit bien
riche. Sur le théâtre latin, l'esclave Sosie en avait un tout autre
sans aucun doute. Mais le Sosie de Molière est un *valet* de
grande maison, qui a dû se parer pour son ambassade. Disons
surtout que, dans la fantaisie des costumes de théâtre en ce
temps-là, on s'inquiétait peu d'une exactitude savante. Si d'a-

1. *Notes historiques sur la vie de Molière*, 2ᵈᵉ édition, in-12, p. 151.
2. Lisez *bas de saie* : voyez, au tome IV, la note 6 de la page 111.
3. *Recherches sur Molière*, par Eud. Soulié, p. 275.

bord le tonnelet[1] donne envie de penser plutôt au personnage
du général thébain, le bonnet ne peut indiquer que le serviteur[2] ; Amphitryon devait être coiffé d'un casque ou d'un chapeau à plumes, peut-être d'une couronne de laurier sur sa
majestueuse perruque.

Voici d'ailleurs qui semble prouver que le costume trouvé
dans une des boîtes de Molière fut assez longtemps, et avec
très-peu de modifications, celui de Sosie. Un des petits dessins
des *Souvenirs du vieil amateur dramatique* (voyez à la 4ᵉ lettre)
nous montre, au siècle suivant, Préville dans ce rôle. Dans son
habit, très-brillant aussi, tout, sauf les ₁couleurs (s'il faut y
voir autre chose que la fantaisie de l'enlumineur), paraît bien
répondre à la description de l'inventaire de 1673, en particulier le bonnet richement brodé que Préville tient à la main,
et encore les souliers avec les laçures.

En nous laissant sur la distribution des rôles dans une incertitude, dont, sans son secours, nous n'avons pu sortir entièrement, Robinet nous a du moins appris que tous les personnages plaisants ou sérieux étaient joués « de la bonne
sorte. »

Après les preuves incontestables que nous avons déjà trouvées du grand succès de l'*Amphitryon*, il n'est pas besoin d'en
demander d'autres à Grimarest, dont les informations ne sont
pas de première source. S'il vaut cependant la peine de le
citer, c'est que, tout en constatant le bon accueil fait à cette
comédie, il rappelle aussi quels furent les discours des mal-
veillants. Laissons-le donc parler : « L'*Amphitryon* passa tout
d'une voix au mois de janvier 1668. Cependant un savantasse
n'en voulut point tenir compte à Molière. *Comment?* disoit-il,

---

1. Sur le double sens de ce terme de costume de théâtre, voyez
le *Dictionnaire de M. Littré.*

2. Proprement, le bonnet (*pileus*) était chez les Romains la coif-
fure des nouveaux affranchis ; les esclaves avaient la tête nue et
portaient les cheveux longs. Mercure toutefois, dans le dialogue de
Plaute, où il dit (vers 117) que son accoutrement est celui d'un
esclave, annonce (vers 143) qu'il mettra de petites plumes à son
pétase (chapeau à larges bords), afin que le spectateur puisse le
distinguer de Sosie. Celui-ci avait donc lui-même un pétase, peut-
être parce qu'il était en voyage.

*il a tout pris sur Rotrou, et Rotrou sur Plaute. Je ne vois pas
pourquoi on applaudit à des plagiaires....* De semblables critiques n'empêchèrent pas le cours de l'*Amphitryon*, que tout
Paris vit avec beaucoup de plaisir, comme un spectacle bien
rendu en notre langue, et à notre goût[1]. »

Grimarest a raison de traiter avec dédain les impertinences
du pédant. Que valait son accusation de plagiat? Il est trop
évident qu'intentée au nom du comique latin, elle n'avait pas
de sens, puisque l'œuvre de Molière ne pouvait que s'avouer
pour une imitation de l'antiquité. Notre poëte avait autant de
droits sur Plaute que Racine, dans *Phèdre*, sur Euripide. De-
vait-il croire aussi légitime de s'enrichir des dépouilles de son
contemporain Rotrou? Le Zoïle, le *Monsieur Lysidas*, cité par
Grimarest, sentait sans doute que là seulement il avait à mordre. Aussi, laissant Rotrou se démêler des revendications du
théâtre de Rome, voulait-il faire passer Molière pour le copiste,
non de Plaute directement, mais du copiste de Plaute. De toute
manière, l'injustice était grande. Molière n'est pas plus le plagiaire de Rotrou que de Plaute; et si l'on voulait qu'il le fût
de celui-là, il le serait aussi bien de celui-ci; car il les a mis
tous les deux à contribution. Il n'était pas homme à ne pas
s'inspirer directement du vrai, de l'antique modèle. Mais, en
l'ayant sous les yeux, il a jeté quelques regards, à côté, sur
l'imitateur français, son devancier : cela est certain. Il n'y
avait là aucune fraude. Rotrou était dans toutes les mémoires,
et il n'était pas douteux que les emprunts qui lui étaient faits
seraient reconnus. Qu'importait? Sur le grand et public do-
maine ouvert à la comédie, Molière n'admettait pas qu'il y eût
un Dieu Terme, gardien jaloux de toutes les parcelles déjà
cultivées. Et puis il sentait bien que là tout lui appartenait,
parce qu'il savait tout féconder et améliorer.

Rotrou et Molière ayant tous deux travaillé d'après Plaute,
et ne pouvant ainsi manquer de se rencontrer souvent, il n'est
pas toujours facile de voir quand le dernier venu des deux
imitateurs a pris quelque chose au plus ancien. Il n'y a pas
d'hésitation cependant pour quelques passages où l'on trouve
à la fois chez l'un et chez l'autre des traits qui manquent dans

1. *La Vie de M. de Molière*, p. 190-192.

le commun modèle, ou tout au moins n'y ont pas la même
forme ou le même relief.

Par exemple, quand Mercure, interrogé par Sosie sur des
choses que celui ci a seul pu connaître, répond en homme
qui est merveilleusement au fait, Molière fait dire au valet
saisi d'étonnement (acte I, scène II, vers 486 et 487) :

> Près de moi par la force il est déjà Sosie ;
> Il pourroit bien encor l'être par la raison.

Rien de pareil dans Plaute; mais Rotrou (acte I, scène III)
avait fait dire au même Sosie :

> Il l'a déjà sur moi par la force emporté,
> Et la raison encor semble de son côté.

Dans la scène II de l'acte IV (vers 874) de Plaute, Mercure,
qui, sous les traits de Sosie, empêche Amphitryon d'entrer
chez lui, se moque ainsi de ses regards pleins d'étonnement
et de colère : « Pourquoi me regardes-tu, homme stupide? »
Voyons chez Molière la scène correspondante (scène II de
l'acte III, vers 1523-1527); l'insolence du faux Sosie s'y exprime d'une façon bien plus piquante :

> Hé bien ! qu'est-ce? m'as-tu tout parcouru par ordre?
> M'as-tu de tes gros yeux assez considéré ?
> Comme il les écarquille, et paroît effaré !
>> Si des regards on pouvoit mordre,
>> Il m'auroit déjà déchiré.

Avant lui, Rotrou, renchérissant de même sur Plaute, avait
dit (acte IV, scène II) :

> Eh bien, m'as-tu, stupide, assez considéré ?
> Si l'on mangeoit des yeux, il m'auroit dévoré.

Il y a dans Molière (acte III, scène V) deux vers (1704 et 1705)
qui ne sont pas les moins connus de tous ceux de la pièce,
et qui, ayant, chose assez bizarre, fait d'Amphitryon comme
le patron, non pas des maris supplantés, mais de quiconque reçoit à sa table, ont rendu son nom proverbial :

>> Le véritable Amphitryon
>> Est l'Amphitryon où l'on dîne.

Plaute avait indiqué ce signe plaisant de reconnaissance, ou-

blié dans la *Poétique* d'Aristote. Sosie, entendant Jupiter lui
dire : « Enfin te voici donc ! J'ai faim, » ne veut avoir pour
maître que celui qui pense à dîner, et s'écrie en montrant
Amphitryon, qu'il a déjà traité de magicien : « Ne vous l'ai-je
pas bien dit, que celui-ci n'est qu'un enchanteur [1] ? » Avec une
intention semblable, Rotrou (acte IV, scène IV) est, par l'expression, beaucoup plus près de Molière :

> Point, point d'Amphitryon où l'on ne dîne point [2].

Seulement, ce n'est pas Sosie qui parle, mais un des capitaines amenés par lui pour prendre place à table. Un autre de
ces capitaines venait déjà de dire :

> Pour moi, puisqu'à ce point chacun reste confus,
> Dans ces doutes enfin, l'avis où je m'arrête
> Est de suivre celui chez qui la table est prête.

Molière a mieux fait de ne pas s'écarter ici de Plaute. Ce
trait de gourmandise est particulièrement naturel chez Sosie.
Et puis les capitaines de Rotrou restent dans le doute ; ils ne se
décident que par intérêt, préférant à tout hasard celui qui offre
un bon repas. Sosie est plus drôle, parce que le dîner promis
n'est pas seulement pour lui un motif d'action, mais un trait de
lumière. Si Molière a trouvé chez Plaute cette plaisanterie
avec toute sa finesse, il en a pris la forme chez Rotrou.

Voici où l'auteur des *Sosies* a plus ouvertement encore laissé
ses traces dans notre comédie. Au dénouement (scène dernière, VIe du Ve acte), il met dans la bouche de Sosie cette réflexion pleine de sens sur la révélation glorieuse, mais embarrassante, que Jupiter vient de faire à Amphitryon :

> Cet honneur, ce me semble, est un triste avantage.
> On appelle cela lui sucrer le breuvage.

1. *Amphitryon* de Plaute, acte IV, scène IV, vers 1001.

2. Les deux vers de Molière ressemblent trop à ce vers de Rotrou, pour qu'on ne les en croie pas sortis. Une différence grammaticale est cependant à remarquer. Boileau, si l'on en croyait le
Bolæana (p. 32 et 33), n'aurait pas été content de « l'Amphitryon où
l'on dîne » ; il y aurait trouvé une irrégularité. Que cette critique
soit de lui, c'est peu vraisemblable : qui, de son temps, ne regardait *où* pour *chez qui* comme correct ? En tout cas, la même

C'est bien dans l'esprit français; et chez nous il était bon que, jusqu'à la fin, le spectateur ne vît que du côté risible la gloire du mari d'Alcmène, tandis que les Romains pouvaient, comme Amphitryon lui-même, la prendre au sérieux et demeurer sous l'impression d'un religieux respect..

Qui n'a trouvé charmante la fin de la comédie de Molière et ne s'est dit que, pour ne pas en démentir la gaieté, pour rester comique jusqu'au bout, il ne fallait pas laisser le dernier mot au tonnerre par lequel le maître des Dieux fait si majestueusement soutenir son escapade? Tout se terminerait froidement, sans ce vers (1914) de Sosie :

> Le Seigneur Jupiter sait dorer la pilule,

et sans le charmant couplet par lequel il conclut (vers 1929 et suivants) :

> Messieurs, voulez-vous bien suivre mon sentiment? etc.

L'idée a beaucoup gagné à être si parfaitement développée; mais elle reste l'idée de Rotrou; et, cette fois, c'est beaucoup plus qu'un vers heureux que Molière lui doit : c'est le dernier coup de pinceau, laissant jusqu'à la fin, pour notre goût moderne, sa vraie couleur à l'ouvrage. Ceux qui ont cru aux allusions imaginées par Rœderer ont souvent pensé que Molière n'avait pas voulu que le rideau tombât sans que sa complaisance eût été un peu rachetée par une ironie, discrète sans doute, mais assez marquée. Ils oubliaient Rotrou, qui, ne pouvant avoir une intention semblable, avait plaisanté lui-même sur le douteux honneur que faisait à un simple mortel la condescendance du grand Dieu.

Peu de lecteurs des *Sosies* seront de l'avis de la Monnoye, qui aurait pu donner à Molière une préférence méritée, sans déprécier ainsi Rotrou : « Il n'est pas besoin de dire que l'*Amphitryon* de Molière est une fort belle copie de Plaute. *Les deux Sosies* de Rotrou, en comparaison, font pitié[1]. » Un tel dédain est d'une extrême injustice. On est étonné de la verve

---

objection ne pouvait être faite au vers de Rotrou, qui doit signifier : « où l'on ne dîne point, je ne reconnais pas d'Amphitryon ».

1. Addition au *Menagiana* (édition de 1715), tome III, p. 155.

et presque toujours même de la sûreté de goût avec lesquelles
Rotrou a transporté la pièce latine sur notre scène, à une
époque où il n'y avait pas encore pour la vraie comédie de
modèles français. Pour faire mieux, il ne fallait pas moins que
Molière. M. Naudet, juge délicat, pensait avec raison qu'on ne
peut lire l'heureuse imitation de Rotrou sans en admirer la
facile élégance et la vigueur de style[1]. Un des plus grands
reproches qu'on ait faits à l'auteur des *Sosies*, c'est d'avoir
repris, pour remplir son dernier acte, quelques-unes des situations les plus plaisantes des actes précédents, sans avoir assez
renouvelé des moyens comiques déjà épuisés. La critique est
juste, bien que Molière, qui, grâce à la fertilité de ses ressources, y échappe, ait lui-même, vers la fin de la pièce[2], mis
de nouveau en présence Mercure, de plus en plus tyrannique
et railleur, et Sosie tremblant sous la menace des coups.

La faute de Rotrou, dont nous serions le plus frappé, c'est
qu'il n'a pas évité partout le style sérieux, quelquefois même
tragique. C'était une pente de son talent. Plaute d'ailleurs lui
donnait l'exemple; mais le théâtre des anciens différait nécessairement du nôtre; en particulier, le sujet de l'*Amphitryon*
s'y présentait sous un autre aspect. Les Dieux y pouvaient paraître plaisants, mais en même temps y devaient être honorés;
et nous sommes mauvais juges de la part, fort étrange pour
nous, qu'un peuple païen savait faire au franc rire et au respect
des vieilles croyances. L'auteur latin avertit dans son prologue
qu'il va donner une tragédie, attendu qu'une pièce où figurent
des rois et des dieux ne saurait être autre chose; et si tout à
coup on la voit métamorphosée en comédie, c'est qu'un esclave
y joue son rôle. Il propose donc, pour son œuvre mélangée, le
nom de *tragi-comédie*, que le premier peut-être il a imaginé, et
qui diffère un peu de celui d'*hilaro-tragédie*, dont les Grecs
s'étaient servis. Il y a chez lui beaucoup de gravité dans le
langage de Jupiter, d'Amphitryon et d'Alcmène; celle-ci nous
représente vraiment une matrone romaine. L'esclave même,
chez qui se trouve, ainsi que chez Mercure, l'élément comique

1. Voyez, dans la Collection Lemaire, le tome I de Plaute,
p. 156.
2. Acte III, scène VI.

de la pièce, n'élève-t-il pas son style jusqu'à la dignité des poëtes tragiques dans le récit qu'il repasse au moment de le faire à Alcmène? Voilà où Rotrou s'est trop asservi à l'imitation de la comédie latine, faute de s'être assez rendu compte des conditions tout autres où il se trouvait en face de spectateurs français, pour qui l'antique légende ne pouvait rien garder de son côté sérieux.

Il était impossible que Molière s'y trompât. Sans faire de la mythologie une de ces parodies, faciles et vulgaires, que connaissaient déjà les burlesques de son temps, et dont s'indignait, dès lors, le bon goût, il a sans hésitation saisi ce qu'elle devait être sur notre théâtre pour rester amusante.

Dès la première scène, s'annonce un chef-d'œuvre de gaieté. Quel parti le poëte a tiré de cette lanterne que Plaute fait porter à Sosie[1]! C'est devant elle, comme si elle était Alcmène, que, chez Molière, le plaisant ambassadeur répète son récit de bataille, la faisant même, par la plus divertissante prosopopée, dialoguer avec lui. Tout ce récit est d'un parfait naturel et digne du fils de Dave :

Intererit multum Davusne loquatur an heros[2].

On n'a pas toujours regardé comme le plus heureux changement fait à l'*Amphitryon* latin les subtiles galanteries de Jupiter, dans les scènes entre ce dieu et Alcmène. Il est certain que Voltaire aurait pu dire du Jupiter de Molière ce qu'il a dit de plusieurs des héros de Racine, que

.... L'amour, qui marche à leur suite,
Les croit des courtisans français[3].

Pour nous, nous n'oserions nous plaindre de ce Jupiter ingénieusement tendre et un peu raffiné, qui a passé par Versailles, et, en venant chez nous, a pris nos mœurs. Des scènes qui, restées toutes romaines, nous auraient paru bien froides, sont devenues piquantes, devaient l'être surtout au dix-septième siècle.

1. Acte I, scène I, vers 185.
2. « Il y aura une grande différence entre le langage de Dave et celui d'un héros. » (Horace, *Art poétique*, vers 114.)
3. *Le Temple du Goût*, tome XII, p. 354.

Ce qui surtout appartient en propre à Molière dans le nouvel *Amphitryon*, tout le monde l'a remarqué : c'est le ménage
de Sosie et de Cléanthis, troublé par le même quiproquo que
celui de leurs maîtres, et qui nous donne une seconde comédie conjugale, non pas répétition, ni même simple parodie,
mais contraste de la principale action. L'idée paraît tellement
naturelle, une fois exécutée, qu'on a peine à ne pas se dire :
Comment ni Plaute ni Rotrou ne s'en sont-ils avisés?

Jamais imitateur d'une pièce de théâtre n'a complété son
modèle par des scènes plus plaisamment originales. Ici Molière
n'a pas repris l'idée de son *Dépit amoureux*, où deux actions
parallèles se répondent, variées seulement, dans leur symétrie,
par la différence des mœurs dans des conditions différentes.
Dans l'*Amphitryon*, il ne s'agit plus, chez le noble et chez
l'humble couple, des mêmes passions du cœur humain s'exprimant par un autre langage, mais de caractères et de disposi-
tions d'esprit dissemblables, produisant, au milieu de complications pareilles, de tout autres effets comiques.

Nous avons déjà parlé du nouveau caractère que, s'empa-
rant d'une idée de Rotrou, Molière a donné à son dénouement.
Il a retranché de ce dénouement la suivante d'Alcmène, Bromia, devenue Céphalie dans Rotrou, et son grand récit des
miracles du berceau d'Hercule. C'est, on ne peut en douter,
ce que les anciens n'auraient ni admis ni compris. La légende
des deux serpents omise, la pièce, pour eux, eût été décapitée.
Sur notre théâtre, le point de vue s'est déplacé, et rien de plus
sage que d'avoir senti à quelle dose très-faible le merveilleux
nous paraîtrait acceptable, et combien peu de place la véritable comédie avait à lui céder.

Dans ce que notre pièce a particulièrement tiré de son
propre fonds, il ne faut pas omettre le *Prologue*. Celui de
Plaute est plein d'esprit; mais, avec ses recommandations de
bonne police théâtrale, familières aux histrions romains, et
ses explications naïves du sujet, que la seconde scène com-
plétera bientôt après, de manière à ne rien laisser d'imprévu
pour les spectateurs, il n'était pas fait pour notre scène. Le
prologue très-piquant de Molière, dont les acteurs sont la
Nuit et Mercure, est moins une exposition (celle-ci doit se
faire dans la pièce même et non pas en dehors) qu'une

excellente ouverture, donnant déjà le ton le plus juste de tout
l'ouvrage. Nous ne croyons pas inutile d'y faire remarquer
les vers (126-131) dans lesquels Mercure raille les scrupules
de la Nuit (comment les sagaces interprètes ont-ils oublié d'y
reconnaître Mme de Montausier?), toute honteuse de la complaisance qu'on lui demande :

> Lorsque dans un haut rang on a l'heur de paroître,
>   Tout ce qu'on fait est toujours bel et bon,
>   Et suivant ce qu'on peut être,
>   Les choses changent de nom.

Si l'on admet les allusions dont nous avons parlé, voilà, ce
nous semble, une évidente ironie qui ne ménageait pas trop
la morale olympienne du grand Roi, ni la facile conscience des
serviteurs de ses passions; et même, s'il faut, comme nous pensons l'avoir prouvé, rejeter toute application au nouveau scandale de la cour, de si honnêtes coups de patte, comme ceux de
maint autre passage de notre comédie, devaient encore paraître s'adresser assez haut. Qu'en disent ceux qui ont accusé
Molière d'avoir été, dans *Amphitryon*, le bas flatteur de
Louis XIV?

Il se peut que l'idée du spirituel prologue soit due à deux
vers de Plaute, dans la première scène de son premier acte[1],
lorsque Mercure exhorte la Nuit à continuer d'obéir à son
père, ou qu'elle ait été empruntée au monologue de la première scène de Rotrou, dans lequel le même Mercure recommande semblablement à la Lune de marcher à pas lents. Cependant, si Molière n'a pas imité plus particulièrement un petit
dialogue très-ingénieux de Lucien entre Mercure et le Soleil[2], il y
a là une rencontre singulière avec le satirique grec. Comme la
Nuit de Molière, le Soleil de Lucien est « bien du bon temps : »
il lui semble que, dans le siècle de Saturne, les divinités ne

---

1. Vers 121 et 122.

2. *OEuvres de Lucien* (Bibliothèque Didot), VIII, p. 54 et 55,
Dialogue X des Dieux. — Bayle, au mot AMPHITRYON de son *Dictionnaire*, tome I de la 5ᵉ édition, p. 291, note B, est d'avis que Molière
s'est inspiré de Lucien. Voltaire (voyez ci-après, p. 352) l'a contredit; mais la ressemblance entre notre prologue et le petit dialogue grec est beaucoup moins éloignée qu'il ne prétend.

se permettaient pas de pareilles frasques. N'est-on pas tenté
de croire que Lucien n'a été que l'imitateur d'un *Amphitryon*
grec? Il serait curieux que, par son intermédiaire, Molière fût
remonté, dans son prologue, à la plus ancienne source antique.
Nous aurions envie, sans chercher le paradoxe, de pousser
plus loin cette vue. Plaute a beaucoup de jeux de mots tout
latins, qui ne sont pas les plaisanteries les plus heureuses de
sa pièce, et qui ont quelquefois trop provoqué l'émulation de
Rotrou. Molière s'est gardé de les imiter: de sorte que si l'on
pouvait retrouver le vieil Archippe ou Rhinthon[1], il ne serait
pas invraisemblable que Molière, sans avoir certainement
songé à ce qu'en termes d'art on appelle une *restitution*,
se trouvât avoir, dans plusieurs scènes, reproduit plus pu-
rement ces comiques grecs que ne l'a fait le poëte latin qui
les avait sous les yeux. Cela s'expliquerait sans trop de peine
par une sympathie de goût qui unit les génies de tous les
temps, et sans doute désarmerait un peu, en faveur du mérite
qu'il y aurait à avoir été parfois plus grec que Plaute, les
critiques qui se plaignent des passages où ils jugent Molière
trop français.

Nous ne songeons pas à mettre l'ouvrage de Molière au-
dessus de celui de Plaute. Toute comparaison serait en défaut,
d'abord parce que des auteurs pour qui la mythologie n'avait
pas la même valeur ont dû se faire du sujet une idée différente, et que chacun des deux, pour emprunter à un savant
critique[2] son excellente remarque, a très-bien fait « pour le
goût de son temps et de son pays ; » ensuite, parce qu'il est
juste de laisser à Plaute, tout au moins par rapport à ses imitateurs français, et dans l'ignorance où nous sommes de ce
qui n'est chez lui qu'une traduction du grec, l'avantage d'a-
voir inventé tant de situations d'un si rare comique, et tant
de traits étincelants qu'il en a fait sortir. Molière a puisé à
pleines mains dans cette richesse toute préparée ; mais qu'on
ne dise pas qu'il en ait rien laissé se perdre ou s'altérer. Loin
de là, il l'a fait briller davantage. « Il y a, dit très-justement

1. Voyez ci-dessus, p. 313.

2. Naudet, dans l'*Avant-propos* de l'*Amphitryon*, au tome I de la
traduction de Plaute (Paris, Lefèvre, 1845, 4 volumes in-18).

Bayle[1], des finesses et des tours dans l'*Amphitryon* de Molière qui surpassent de beaucoup les railleries de l'*Amphitryon* latin. » Quelle que soit la verve de Plaute, celle de Molière est encore plus animée et plus continuelle.

Geoffroy, nous avons eu déjà l'occasion de le dire[2], a cherché querelle à Bayle, trop grand admirateur, selon lui, de notre pièce. Il l'a accusé de légèreté pour avoir « conclu que l'*Amphitryon* de Molière était supérieur à celui de Plaute, parce qu'il était plus dans nos mœurs[3]. » Et cependant le même Geoffroy avait, six ans auparavant (mais il l'avait sans doute oublié), bien plus immolé Plaute à Molière que Bayle ne l'a fait. « Dans un sujet, avait-il dit[4], par lui-même indécent et immoral, Molière a su garder une juste mesure; il a répandu sur cette débauche du seigneur Jupiter toutes les fleurs d'une imagination vive et riante. Le dialogue est une source inépuisable d'excellentes plaisanteries. Plaute auprès de lui n'est qu'un rustre; sa joie est l'ivresse d'un paysan. » C'est fort juste pour Molière, fort injuste pour Plaute. Puis, quand, par réflexion, si ce n'est par caprice, le critique est devenu moins partial, il n'a pas non plus évité l'excès dans l'impartialité.

Nous avons déjà dit que, malgré les emprunts faits par Molière à Rotrou, il serait ridicule de supposer qu'il n'ait voulu regarder Plaute que dans ce reflet. Il avait une connaissance familière du latin; Plaute devait'être, aussi bien que Térence, une de ses lectures favorites : c'eût donc été de parti pris que, pouvant si bien entendre le vieux poëte lui-même, il n'en eût écouté qu'un imparfait écho. Qui ferait une telle injure à son bon sens? Si la peine n'était superflue, il serait aisé de montrer plus d'un passage de la comédie latine que Molière a imité de plus près que ne l'avait fait Rotrou, celui-ci, par exemple, dans le rôle de Sosie : « Je crois vraiment que le Soleil dort et qu'il a bu un bon coup : c'est merveille s'il ne s'est pas ré-

1. Dans la note de son *Dictionnaire* qui vient d'être citée à la page 338, note 2.
2. Voyez ci-dessus, p. 312.
3. *Journal de l'Empire*, feuilleton du 18 mars 1808.
4. *Journal des Débats*, 20 messidor an X (9 juillet 1801).

galé un peu trop à souper[1]. » Cela est beaucoup moins marqué dans *les Sosies* :

> Par quelle ivrognerie ou quel plaisant caprice
> A le Dieu de la nuit oublié son office ?

Et surtout, dans le même endroit, on ne trouve pas chez
Rotrou l'indignation de Mercure :

> Comme avec irrévérence
> Parle des Dieux ce maraud [2] !

C'est Plaute que Molière a suivi : « Qu'est-ce à dire, maraud?
t'imagines-tu que les Dieux te ressemblent[3] ? »

Une remarque plus particulièrement intéressante, c'est que
notre poëte paraît avoir trouvé dans Plaute, dans Plaute seul,
le germe de l'idée du ménage de Sosie et de Cléanthis. Le
vers (5o5) qu'on peut ainsi traduire (c'est Sosie qui parle) :
« Et moi, crois-tu que mon retour n'aura pas été attendu par
mon amie? » ce vers n'a-t-il pas été le trait de lumière? Il
n'est pas dans Rotrou.

Voltaire[4], et quelques autres après lui, ont dit que
Mme Dacier avait préparé une dissertation où elle se proposait
de prouver que l'*Amphitryon* de Plaute valait beaucoup mieux
que celui de Molière; mais qu'elle la supprima en apprenant
que le grand comique travaillait à ses *Femmes savantes*. La
docte et certainement peu probante dissertation n'aurait pas
fait grand mal à notre comédie. On nous parle d'ailleurs fort
inexactement de ce projet, auquel on donne une date impossible. Lorsque Molière travaillait aux *Femmes savantes*, dont
la première représentation est de 1672, Mlle le Fèvre, la

---

1. Vers 126 et 127. — Sosie avait déjà fait, en d'autres termes,
les mêmes plaisanteries au vers 116 : « Je pense que, cette nuit,
Nocturnus s'est endormi en état d'ivresse. »

2. Vers 276 et 277.

3. Vers 128.

4. Voyez son *Sommaire* ci-après, p. 353. Cette assertion a été
répétée par Cailhava, *de l'Art de la Comédie*, tome II, p. 251,
et dans la *Nouvelle biographie générale* (Firmin-Didot), article de
Mme Dacier (Anne le Fèvre).

futurc Mme Dacier, née en 1654, n'avait pas dix-huit ans.
Voici, croyons-nous, d'où est venue cette histoire. En 1683,
Mme Dacier publia le premier volume de sa traduction de
quelques comédies de Plaute, sous ce titre : *Comédie de Plaute,
traduite en françois.... par Mlle le Fèvre.* Il contenait l'*Amphitryon.* A la fin de l'*Examen* de cette pièce, on lit ceci : « Après
cet examen de l'*Amphitryon* de Plaute, j'avois résolu de faire
celui de l'*Amphitryon* de Molière; mais je crois que ce que
j'ai dit sur la comédie du poëte latin peut suffire à ceux qui
voudront bien juger de celle du poëte françois. » On voit clairement dans son *Examen* qu'elle n'aurait point, comme Bayle,
penché du côté de notre pièce. Par le soin qu'elle prend de
nous dire que le récit de la victoire préparé par Sosie pour
Alcmène (scène 1) est « d'un style fort noble et fort soutenu, »
qu'il n'a aucune invraisemblance, et que « cette adresse de
Plaute *lui* paroît incomparable, » elle montre assez qu'elle ne
préférait pas la première scène de Molière; mais la seule attaque directe qu'elle essaye contre lui est dans ce passage :
« La scène IVe de l'acte IVe (*de Plaute*) a été préparée par ce
qui s'est passé dans la scène III de l'acte III.... C'est ici où
commence le plus fort de l'intrigue.... Molière n'a point touché
cela dans sa pièce, et je ne devine pas ce qui peut l'avoir
obligé de laisser le plus bel incident. » Que la scène tant admirée
par Mme Dacier soit vraiment de Plaute, ou qu'on n'y voie, avec
plusieurs critiques, qu'une interpolation, peu importe. Il s'agit
de savoir si le « bel incident » que « Molière n'a point touché »
est regrettable. Les éclaircissements donnés par Jupiter, qui
mettent Blépharon dans un grand embarras, ne sont qu'une
répétition de ce qui s'est déjà passé entre Mercure et Sosie.
Il n'y a que cela d'omis dans l'*Amphitryon* français, qui, du
reste, a conservé les meilleurs traits de cette scène dans celle
où il met Jupiter et Amphitryon en présence de Naucratès et
de Polidas[1]. Tout cet *Examen* donne raison à ceux qui ont
moins de confiance dans le goût de Mme Dacier que dans son
érudition. Elle attache une particulière importance à démon-
trer la régularité parfaite de la pièce de Plaute et l'unité de
temps qui y est observée. Relevant l'erreur commise, à son

---

1. Acte III, scène v.

avis, par quelques savants qui y supposaient une durée de
neuf mois, la thèse qu'elle défend la jette dans une discussion
fort délicate de la question d'accouchement. Elle se croyait
ainsi au cœur du sujet et dit en propres termes : « Le véritable sujet de cette pièce est l'accouchement d'Alcmène et la
naissance d'Hercule[1]. » Molière n'aurait pas refusé d'avouer
qu'il l'avait manqué; et que, si la savante dame n'entendait pas
très-bien le comique, elle le rencontrait merveilleusement elle-
même, sans le vouloir.

Il y aurait à tenir un bien autre compte du jugement de
Boileau, sans être obligé cependant de l'accepter ici pour infaillible. Mais le *Bolæana* nous l'a-t-il fidèlement conservé? il
le rapporte ainsi[2] : « A l'égard de l'*Amphitryon* de Molière,
qui s'est si fort acquis la faveur du peuple et même celle de
beaucoup d'honnêtes gens, M. Despréaux ne le goûtoit que
médiocrement. Il prétendoit que le prologue de Plaute vaut
mieux que celui du comique françois. Il ne pouvoit souffrir les
tendresses de Jupiter envers Alcmène, et surtout cette scène
où ce Dieu ne cesse de jouer sur le terme d'époux et d'a-
mant. Plaute lui paroissoit plus ingénieux que Molière dans
la scène et dans le jeu du *moi*. Il citoit même un vers de Rotrou, dans sa pièce des *Sosies*, qu'il prétendoit plus naturel
que ces deux de Molière[3] :

> Et j'étois venu, je vous jure,
> Avant que je fusse arrivé.

Or voici le vers de Rotrou :

> J'étois chez nous longtemps avant que d'arriver[4]. »

---

1. *Examen de l'Amphitryon*, folio 2 r°. — Cela fait songer au joli
passage du *Gil Blas* (livre XI, chapitre XIV, tome IV, 1735, p. 261-
263), dans lequel un bachelier, savant de premier ordre, soutient
que c'est le Vent qui fait le véritable intérêt de l'*Iphigénie en Aulide*.

2. *Bolæana*, Amsterdam, 1742, p. 33.

3. Acte II, scène I, vers 742 et 743.

4. Le vers de Rotrou n'est pas ainsi. Il y a (acte II, scène I) :

> J'ai treuvé, quand bien las j'ai ma course achevée....
> — Quoi ? — Que j'étois chez nous avant mon arrivée.

En quoi Molière a-t-il moins bien dit ?

Assez volontiers nous reconnaîtrions Boileau dans sa sévérité pour les galanteries quintessenciées de Jupiter; nous la
croyons cependant excessive. Quant aux autres critiques, qui
nous feraient inutilement revenir sur plusieurs des choses que
nous avons déjà dites, elles nous paraissent indignes de son
sens juste, et nous doutons qu'elles soient de lui.

Dans une lutte avec le vieux chef-d'œuvre, auquel il n'y
avait pas à disputer la plus grande part de l'invention, un
des soins les plus nécessaires était de faire briller par le style
les richesses empruntées. Le grand écrivain n'y a pas manqué. Le style de son *Amphitryon* est étincelant; et, dans sa
parfaite franchise, dans sa rare facilité, toute trace de sujétion
à un modèle est effacée. Cette facilité est rendue plus sensible
encore par l'habile emploi que Molière a fait des rimes mêlées
et des vers d'inégale mesure. Rien d'ailleurs ne convenait
mieux à un sujet où la libre fantaisie devait régner plus qu'en
tout autre. Il serait naïf de faire remarquer que cette même
forme donnée au *Misanthrope* ou au *Tartuffe* ne se comprendrait pas. Si, comme il a été dit dans la *Notice* du *Sicilien*[1],
Molière semble avoir été préoccupé, depuis quelque temps,
d'une innovation de ce genre, il venait de rencontrer ici la
meilleure occasion. Peut-être aussi pensa-t-il que, de cette façon, Rotrou, son devancier, ne le gênerait pas autant, et
qu'ayant eu à marcher l'un après l'autre sur les mêmes traces,
une autre allure mêlerait moins leurs pas. Avec beaucoup de
vraisemblance encore, d'autres conjectureront que, prompt à
tout mettre à profit, il avait fait grande attention à l'*Agésilas*[2]
de Corneille où, moins de deux ans avant l'*Amphitryon*, une
tentative semblable avait été faite : non pas qu'il en ait dû juger le succès très-encourageant, mais il lui était permis de
penser que si, dans la tragédie, le vers libre paraît trop familier, la comédie en tirerait meilleur parti.

Grande différence en effet ici et là ; et, pour la faire sentir,
l'oreille a de très-délicats jugements. Lorsque le poëte tragique renonce aux rimes plates, et lorsqu'il mêle de petits vers aux
grands, il faut, suivant les combinaisons du rhythme, ou que

1. Voyez ci-dessus, p. 213 et suivantes.
2. Joué à l'Hôtel de Bourgogne, en février 1666.

sa langue manque de gravité, ou qu'elle sonne comme celle du
poëte lyrique. Rien non plus de moins heureux que les alexandrins à rimes croisées du *Tancrède* de Voltaire; ils paraissent
à la fois négligés et d'un effet trop marqué pour que l'on ne
croie pas entendre l'auteur parler mal à propos à la place de
ses personnages. L'erreur de l'*Agésilas* et celle de *Tancrède*
étaient bonnes à rappeler pour faire comprendre combien, au
théâtre, il faut d'art ou d'heureux instinct dans l'emploi d'une
forme métrique inusitée. Celle que Molière adopta pour sa
comédie n'était capricieuse qu'en apparence : elle s'est trouvée de l'effet le plus juste ; aussi l'avait-il maniée de main de
maître, avec une merveilleuse finesse de tact et une aisance
qui ne s'est pas trop assujettie aux règles d'une poésie plus
sévère. Si habile qu'il fût, aurait-il, avec le même succès, emprunté à notre vieille comédie, comme, de son temps, Chevalier et quelques autres, son vers de huit syllabes, ou tenté
celui de dix, qu'avait aussi connu notre plus ancien théâtre ?
Nous ne le croyons pas : l'un donnait plus de grâce au badinage que de naturel au dialogue ; l'autre, chez Voltaire, a fait
prendre à la comédie un air d'épître ou de satire. Quoique les
vers de l'*Amphitryon* aient échappé à tous ces inconvénients,
ils n'ont point fait école ; sans doute l'outil ne pouvait être aussi
bon que dans la main d'un tel ouvrier.

Au siècle dernier et dans celui-ci, l'*Amphitryon*, dont la
gaieté ne saurait vieillir, a été souvent joué et bien joué. Il y
a eu presque de tout temps d'habiles interprètes des principaux rôles de la pièce, en particulier de celui que Molière
a créé et dont nous avons vu Rosimont chargé en 1685.
François-Arnould Poisson, le dernier en date des comédiens
qui ont rendu le nom de Poisson célèbre, y eut beaucoup de
succès dans ses débuts au mois de mai 1722[1]. On raconte
que, détourné par son père d'entrer dans la carrière théâtrale,

---

1. « Le 21, le sieur Poisson, frère cadet de celui qui vient de
quitter le théâtre, a paru pour la première fois dans la comédie
d'*Amphitryon* de Molière, et y a joué le rôle de Sosie, avec un applaudissement universel ; il a du feu et de la vivacité. » (*Le Mercure
de mai* 1722, p. 140.)

il ne vainquit sa résistance qu'en lui récitant le rôle de Sosie[1].
N'est-il pas probable que ce père lui-même, Paul Poisson, avait,
dans ce rôle, servi de modèle à son fils? Nous remonterions
ainsi facilement jusqu'au temps de Rosimont. De François-
Arnould Poisson, « petit et baroque de figure, dit Grimm[2],...
bredouilleur, ne sachant jamais son rôle, » mais faisant « les
délices du parterre par un jeu infiniment plaisant et original, »
nous passons à Préville, qui parut sur le théâtre en 1753,
deux ans après la mort de cet amusant comédien, dont il prit
les rôles. Il « fit entièrement oublier son prédécesseur, » dit
l'éditeur des *Mémoires* de Préville, dans sa *Notice* sur cet acteur[3], où, portant sur Poisson le même jugement que Grimm,
il parle de « ses défauts de prononciation, » qu'il faisait cependant aimer du public, de son masque grotesque et de sa burlesque
diction, mais aussi de sa « gaieté vive et franche » et du « naturel
de sa bouffonnerie. » Tout différent et bien supérieur, Préville
excella par « la finesse et le mordant de son jeu; » il alliait
« une gaieté non moins vraie à une diction plus variée. » Cet
acteur, qui, parmi les comiques du siècle dernier, n'eut point
d'égal, et qu'on a surnommé « l'inimitable, » prit sa retraite
en 1786; cependant il reparut un moment vers la fin de 1791,
et le rôle de Sosie fut un de ceux qu'il reprit alors sur le
théâtre de la Nation[4]. Dugazon, dont les débuts sont de 1771,
joua dans l'*Amphitryon* à côté de Préville; il avait alors le
rôle de Mercure. Ces représentations, où le maître et l'élève
paraissaient ensemble, donnant aux personnages qu'ils repré-
sentaient leur vrai caractère, Cailhava a exprimé le regret que
les jeunes comédiens de son temps ne les eussent pas vues et
n'y eussent pas appris que l'esclave ne doit pas « courir après
l'esprit, la gentillesse, pour éclipser le dieu, » que celui-ci a
grand tort de tomber dans la grossièreté[5]. Il faut croire que

1. Voyez *les Spectacles de Paris ou le Calendrier historique.... des
théâtres*, 37e partie (année 1788), p. 108-110.

2. *Correspondance littéraire*, février 1771.

3. En tête des *Mémoires*, édition d'Ourry (1823), p. 12 et 13.

4. *Histoire du Théâtre français pendant la Révolution*, par Étienne
et Martainville, tome II, p. 165.

5. *Études sur Molière*, p. 206 et 207. Le volume est daté de
l'an X, qui va du 23 septembre 1801 au 22 septembre 1802.

le Mercure de ce temps-là était extrêmement trivial, puisque,
pour lui en faire honte, on rappelait le souvenir de Dugazon,
qui cependant avait lui-même, dans plus d'un rôle, passé pour
l'être un peu trop, quoique ses défauts fussent en partie couverts par sa verve comique. Ce fut sans doute après la retraite
de Préville, en 1786, que Dugazon prit à son tour le rôle de
Sosie, où il réussit fort bien. Il y eut un temps où lui et Dazincourt le jouèrent tour à tour. Entré au Théâtre-Français plus
récemment que Dugazon (1776), Dazincourt, dont le jeu était
en général bien moins brillant, ne l'égala pas dans ce rôle.
Geoffroy cependant lui rendait, en 1803, ce témoignage qu'il y
faisait beaucoup rire[1]. Après la mort de Dazincourt (mars 1809)
et celle de Dugazon (octobre de la même année), on ne reprit *Amphitryon* que dans les derniers jours de 1810 (22 décembre). Ce fut alors Thénard qui représenta Sosie[2], et il fut
très-goûté. Après lui, les bons Sosies n'ont pas manqué. Nom-
mons-les dans l'ordre des temps : Cartigny, Monrose, Samson, Regnier, ces deux derniers particulièrement remarquables. On peut noter que tous ces acteurs ont aussi fort bien
joué le rôle de Mercure ; car il semble qu'au Théâtre-Français
on doive généralement passer par ce rôle avant d'être promu
à celui de Sosie. C'est ce qui était arrivé à Dugazon, quand il
jouait avec Préville. On eut de même : Thénard, *Sosie*, Cartigny, *Mercure* ; — Cartigny, *Sosie*, Monrose, *Mercure* ; —
Monrose, *Sosie*, Samson, *Mercure* ; — Samson, *Sosie*, Regnier,
Mercure ; — Regnier, *Sosie* (depuis 1865) : à côté de M. Regnier, jouant ce rôle de *Sosie*, M. Coquelin aîné a joué celui
de *Mercure*.

Le 15 janvier 1871, date mémorable, car on était en plein
siége de Paris, *Amphitryon* fut représenté pour l'anniversaire
de la naissance de Molière. M. Got s'était chargé du personnage de Sosie ; il fait aujourd'hui celui de Mercure. Ce n'est
point là un rôle secondaire ; bien rendu, il abonde en effets
comiques. Larochelle y avait montré beaucoup de talent au
temps de Dugazon.

1. *Journal des Débats*, feuilleton du 24 ventôse an XI (15 mars
1803).

2. *L'Opinion du parterre* (huitième année, 1811), p. 209 et 210.

Dans le rôle d'Amphitryon, un souvenir est dû à Damas. Il y fut jugé excellent à l'époque où Thénard jouait si bien Sosie[1]. Quelques-uns, tout en rendant justice aux grandes qualités qu'il y montrait, ne trouvaient pas qu'il évitât tout à fait assez le tragique dans l'expression de la colère jalouse. Ce fut alors aussi qu'Alcmène fut représentée avec un grand succès par Mlle Leverd. Lemazurier doutait que le rôle eût jamais été aussi bien rempli[2]. On dit toutefois que Mlle Leverd y était plus agréable et séduisante que fidèle au véritable sens de son rôle; car si l'Alcmène de Molière n'est pas tout à fait la matrone romaine de la comédie de Plaute, elle reste épouse honnête et parfaitement chaste de volonté. Cailhava[3] parle d'une Alcmène de son temps qu'à très-grand tort on applaudissait beaucoup, parce qu'elle faisait continuellement sentir au spectateur qu'elle avait fort bien deviné quelque supercherie et prenait la chose en gré. Sans aller sans doute jusqu'à un tel contre-sens, Mlle Leverd, à ce que l'on rapporte, se laissait du moins entraîner jusqu'à une vivacité qui n'était pas entièrement modeste.

Récemment Mlle Sarah Bernhardt avait pris possession de ce rôle d'Alcmène[4], dont elle s'est montrée l'une des meilleures interprètes.

Aujourd'hui les rôles de la pièce sont ainsi distribués[5] :

Jupiter.	MM.	Mounet-Sully.
Mercure.		Got.
Amphitryon . . .		Laroche.
Sosie.		Thiron.
La Nuit	MM^{mes}	Jeanne Samary.
Alcmène		Adeline Dudlay.
Cléanthis		Dinah Félix.

Nommons, en finissant, quelques pièces sur le même sujet,

1. *L'Opinion du parterre*, huitième année (1811), p. 210. — Feuilleton de Geoffroy, du 19 juillet et du 13 août 1812.

2. *L'Opinion du parterre*, huitième année (1811), p. 101. — Voyez aussi les deux mêmes feuilletons de Geoffroy, des 19 juillet et 13 août 1812.

3. *Études sur Molière*, p. 206.

4. Elle l'a joué pour la première fois le 2 avril 1878.

5. Cette distribution est celle du mardi 7 septembre 1880. — Il

dont la mention est réclamée plutôt par la bibliographie que
par l'étude critique de notre comédie. A l'exception des *Sosies* de Rotrou, que Molière a connus et auxquels il a fait
des emprunts, on peut regarder comme étrangères à l'histoire de son *Amphitryon* les imitations modernes qui, avant
la sienne, ont été faites de l'*Amphitryon* latin, par exemple
les Amphitryons (os Anfitrioens, *comedia*) dont Camoëns est
l'auteur[1], et *le Mari* (il Marito) de Lodovico Dolce, comédies à peu près contemporaines l'une de l'autre. La première
impression de celle de Dolce est de 1545[2]. L'auteur a eu
l'idée singulière et peu heureuse de remplacer les dieux et
les héros de Plaute par des personnages du monde moderne
et de la vie ordinaire, qu'il a cependant introduits dans une
action à peu près semblable. N'insistons pas sur des ouvrages qu'il n'y aurait aucun intérêt à comparer avec celui de
Molière.

L'*Amphitryon* ou *les Deux Sosies*[3] de Dryden, pièce jouée
et imprimée en 1690, peut offrir un rapprochement plus curieux, parce que le célèbre poëte anglais, qui l'écrivait vingt-
deux ans après l'*Amphitryon* français, avait celui-ci sous les
yeux. Dans son Épître dédicatoire[4], il demande qu'on ne fasse
pas trop rigoureusement la comparaison des deux comédies :
il s'y connaissait trop bien pour ne pas sentir qu'elle lui serait désavantageuse. Au reste, il n'avait pas voulu suivre de
trop près les traces de Molière. Il avait ajouté à l'action une
intrigue de Mercure et de Phædra, esclave dont le caractère

y a eu, quelques jours après, un début, que l'on dit avoir été
heureux, de M. de Féraudy dans le rôle de Sosie.

1. Nous n'en voyons pas d'impression signalée avant celle de
1587, dans un recueil de comédies portugaises, in-8°, publié plusieurs années après la mort de Camoëns.

2. IL MARITO, *comedia di M. Lodovico Dolce. In Vinegia...*, M D XLV,
in-8°. La pièce est précédée d'une épître datée du 16 juin de
cette année 1545.

3. *Amphitryon* or *the Two Sosias, a comedy*, au tome VIII des
Œuvres *de John Dryden, Edinburgh*, 1821 (in-8°). C'est une réimpression de l'édition de Londres (1808), à laquelle Walter Scott
avait donné ses soins.

4. Datée d'octobre 1690.

lui appartient et ne rappelle aucunement celui de Cléanthis
ni celui de la Bromia de Plaute. De son invention aussi est le
personnage de Gripus, un juge qui fait peu d'honneur à la
magistrature thébaine, amené là sans nul doute pour représenter la magistrature anglaise. L'éditeur des œuvres de Dryden, qui n'était autre que Walter Scott (un critique bon à citer), dit dans l'examen de l'*Amphitryon* de son auteur que,
malgré l'avantage que celui-ci a dû tirer du travail de son devancier français, auquel il a fait, ainsi qu'à Plaute, de larges
emprunts, le mauvais goût de son temps l'a conduit à farcir
gratuitement sa pièce de traits peu délicats; et qu'en général
il est grossier et vulgaire où Molière est finement spirituel.
C'est à peu près ce que dit aussi M. Taine, avec quelques citations à l'appui : « Quand *Dryden* traduit une pièce hasardée,
Amphitryon, par exemple, il la trouve trop modeste; il en
ôte les adoucissements; il en alourdit le scandale [1]. » Nous
connaissons déjà ce genre de transformation auquel les comédies de notre poëte n'ont pas échappé lorsque, aux dix-septième et dix-huitième siècles, elles ont passé le détroit, l'état
des mœurs chez les Anglais faisant à la peinture comique et
à la plaisanterie comme un autre climat. Walter Scott juge, en
revanche, que, dans les scènes où le ton s'élève, Dryden sur-
passe beaucoup le poëte français et le poëte romain. Cette
supériorité, qui ne doit pas étonner chez un versificateur tragique tel qu'était Dryden, ne lui aurait pas été enviée par Molière, qui, à dessein, nous l'avons vu, n'avait cherché à suivre
ni Plaute, ni Rotrou, lorsque, dans leurs pièces, la comédie
hausse la voix.

Comme plusieurs autres comédies de Molière, l'*Amphitryon*
a été mis en opéra. Ce fut Sedaine qui arrangea les paroles.
Nous n'engageons personne à lire les vers très-plats qu'il a
tirés des vers charmants de notre poëte; mais il serait très-
possible qu'au théâtre la pièce pût être fort agréable et plaisante encore, grâce à la musique, qui est de Grétry. Comme il
est peu probable qu'on la reprenne jamais sur une de nos
scènes musicales, peu de personnes sans doute en pourront

____

[1]. *Histoire de la littérature anglaise*, livre III, chapitre I, I, § VIII.

juger. Cet *Amphitryon*, opéra en trois actes, fut représenté à Versailles, devant le Roi et la Reine, le 15 mars 1786[1].

La première édition d'*Amphitryon* porte la date de 1668 ; c'est un in-12 de quatre feuillets liminaires et de quatre-vingt-huit pages, dont voici le titre :

AMPHITRYON,

COMÉDIE.

PAR I. B. P. DE MOLIERE.

A PARIS,

Chez Iᴇᴀɴ Rɪʙᴏᴠ, au Palais, vis à vis
la Porte de l'Eglife de la Sainte Chapelle,
à l'Image Saint Louis.

M.DC.LXVIII.

AVEC PRIVILÉGE DU ROY.

Les feuillets liminaires contiennent, à la suite du titre, l'épître, en quatre pages, à Monsieur le Prince, l'extrait du Privilége et la liste des acteurs. L'Achevé d'imprimer pour la première fois est du 5 mars 1668 ; le Privilége, du 20 février, est donné, pour cinq années, à Molière, qui a cédé son droit « à Jean Ribou, marchand libraire à Paris. »

Trois réimpressions ou contrefaçons de cette comédie ont été publiées en 1668, 1669, 1670.

Parmi les versions séparées d'*Amphitryon*, nous citerons une adaptation anglaise (1797), d'après la pièce de Dryden dont il vient d'être parlé ; une autre, également d'après Dryden, faite aux États-Unis[2] ; une traduction allemande (de Henri de Kleist, 1807) ; deux hollandaises (1670, 1679?) ; deux suédoises (1745, 1786) ; deux danoises (1724? 1879) ; trois russes (l'une fut représentée à la cour de Pierre le Grand, à la fin du dix-septième siècle ; les deux autres sont de 1768 et de 1874) ; deux polonaises (1783, 1818) ; une en roumain (1835) ; une en grec moderne (1836).

1. Le livret a été imprimé la même année chez P.-R.-C. Ballard, in-8°.

2. Par John Oxenford, dit le *Moliériste* (1ʳᵉ année, p. 318), sans indiquer la date.

Euripide et Archippus avaient traité ce sujet de tragi-comédie chez les Grecs ; c'est une des pièces de Plaute qui a eu le plus de succès : on la jouait encore à Rome cinq cents ans après lui, et ce qui peut paraître singulier, c'est qu'on la jouait toujours dans des fêtes consacrées à Jupiter. Il n'y a que ceux qui ne savent point combien les hommes agissent peu conséquemment qui puissent être surpris qu'on se moquât publiquement au théâtre des mêmes Dieux qu'on adorait dans les temples.

Molière a tout pris de Plaute, hors les scènes de Sosie et de Cléanthis. Ceux qui ont dit qu'il a imité son prologue de Lucien ne savent pas la différence qui est entre une imitation et la ressemblance très-éloignée de l'excellent dialogue de la Nuit et de Mercure, dans Molière, avec le petit dialogue de Mercure et d'Apollon, dans Lucien : il n'y a pas une plaisanterie, pas un seul mot que Molière doive à cet auteur grec [1].

Tous les lecteurs exempts de préjugés savent combien l'*Amphitryon* français est au-dessus de l'*Amphitryon* latin. On ne peut pas dire des plaisanteries de Molière ce qu'Horace dit de celles de Plaute [2] :

> . . . . *Nostri proavi plautinos et numeros et*
> *Laudavere sales, nimium patienter utrumque.*

Dans Plaute, Mercure dit à Sosie : « Tu viens avec des fourberies cousues. » Sosie répond : « Je viens avec des habits cousus. — Tu as menti, réplique le Dieu : tu viens avec tes pieds et non avec tes habits [3]. » Ce n'est pas là le comique de notre théâtre. Autant Molière paraît surpasser Plaute dans cette espèce de plaisanterie que les Romains nommaient *urbanité*, autant paraît-il aussi l'emporter dans l'économie de sa pièce. Quand il fallait chez les anciens apprendre au spectateur quelque événement, un acteur venait sans façon le

1. Sur le dialogue de Lucien, voyez ci-dessus à la *Notice*, p. 338.
2. Dans l'*Art poétique*, vers 270 et 271. — 3. Plaute, vers 211-213.

conter dans un monologue : ainsi Amphitryon et Mercure viennent seuls sur la scène dire tout ce qu'ils ont fait pendant les entr'actes. Il n'y avait pas plus d'art dans les tragédies. Cela seul fait peut-être voir que le théâtre des anciens (d'ailleurs à jamais respectable) est, par rapport au nôtre, ce que l'enfance est à l'âge mûr.

Mme Dacier, qui a fait honneur à son sexe par son érudition, et qui lui en eût fait davantage, si avec la science des commentateurs elle n'en eût pas eu l'esprit, fit une dissertation pour prouver que l'*Amphitryon* de Plaute était fort au-dessus du moderne ; mais ayant ouï dire que Molière voulait faire une comédie des *Femmes savantes*, elle supprima sa dissertation [1].

L'*Amphitryon* de Molière réussit pleinement et sans contradiction : aussi est-ce une pièce [2] pour plaire aux plus simples et aux plus grossiers comme aux plus délicats[3]. C'est la première comédie que Molière ait écrite en vers libres. On prétendit alors que ce genre de versification était plus propre à la comédie que les rimes plates, en ce qu'il y a plus de liberté et plus de variété. Cependant les rimes plates en vers alexandrins ont prévalu. Les vers libres sont d'autant plus malaisés à faire qu'ils semblent plus faciles. Il y a un rhythme très-peu connu qu'il y faut observer, sans quoi cette poésie rebute. Corneille ne connut pas ce rhythme dans son *Agésilas*.

1. Voyez ci-dessus la *Notice*, p. 341-343.

2. Le mot *faite*, suppléé ici par Beuchot, manque aux textes de 1739 et de 1764.

3. Dans un livre de sa vieillesse, à l'article RIRE (qui est de 1772) des *Questions sur l'Encyclopédie* [a], Voltaire a dit le plaisir qu'encore enfant il avait pris à la comédie dont, en 1739, il portait le jugement qu'on vient de lire : « J'avais onze ans quand je lus tout seul, pour la première fois, l'*Amphitryon* de Molière ; je ris au point de tomber à la renverse. »

[a] Réunies, dans l'édition Beuchot, aux articles du *Dictionnaire philosophique* : voyez tome XXXII, p. 147.

A SON ALTESSE SÉRÉNISSIME

MONSEIGNEUR LE PRINCE[1].

Monseigneur,

N'en déplaise à nos beaux esprits, je ne vois rien de plus ennuyeux que les épîtres dédicatoires ; et Votre Altesse Sérénissime trouvera bon, s'il lui plaît, que je ne suive point ici le style de ces Messieurs-là, et refuse de me servir de deux ou trois misérables pensées qui ont été tournées et retournées tant de fois, qu'elles sont usées de tous les côtés. Le nom du Grand Condé est un nom trop glorieux pour le traiter comme on fait tous les autres noms : il ne faut l'appliquer, ce nom illustre, qu'à des emplois qui soient dignes de lui ; et pour dire de belles choses, je voudrois parler de le mettre à la tête d'une armée plutôt qu'à la tête d'un livre ; et je conçois bien mieux ce qu'il est capable de faire en l'opposant aux forces des ennemis de cet État, qu'en l'opposant à la critique des ennemis d'une comédie.

Ce n'est pas, Monseigneur, que la glorieuse approbation de Votre Altesse Sérénissime ne fût une puissante protection pour toutes ces sortes d'ouvrages, et qu'on ne soit persuadé des lumières de votre esprit autant que de l'intrépidité de votre cœur et de la grandeur de votre âme. On sait, par toute la terre, que l'éclat de votre mérite n'est point renfermé dans les bornes de cette valeur indomptable qui se fait des ado-

---

1. Le grand Condé, comme Molière lui-même va l'appeler ; à la date de la publication de cette épître (5 mars 1668), il venait de faire la rapide conquête de la Franche-Comté (3-19 février).

rateurs chez ceux même qu'elle surmonte ; qu'il s'étend,
ce mérite, jusques aux[1] connoissances les plus fines et
les plus relevées ; et que les décisions de votre jugement sur tous les ouvrages d'esprit ne manquent point
d'être suivies par le sentiment des plus délicats. Mais
on sait aussi, Monseigneur, que toutes ces glorieuses
approbations dont nous nous vantons au public ne nous
coûtent rien à faire imprimer ; et que ce sont des
choses dont nous disposons comme nous voulons ; on
sait, dis-je, qu'une épître dédicatoire dit tout ce qu'il
lui plaît, et qu'un auteur est en pouvoir d'aller saisir
les personnes les plus augustes, et de parer de leurs
grands noms les premiers feuillets de son livre ; qu'il a
la liberté de s'y donner, autant qu'il veut, l'honneur de
leur estime, et de se faire des protecteurs qui n'ont
jamais songé à l'être.

Je n'abuserai, Monseigneur, ni de votre nom, ni de
vos bontés, pour combattre les censeurs de l'*Amphitryon*, et m'attribuer une gloire que je n'ai pas peut-
être[2] méritée ; et je ne prends la liberté de vous offrir
ma comédie, que pour avoir lieu de vous dire que je
regarde incessamment, avec une profonde vénération,
les grandes qualités que vous joignez au sang auguste
dont vous tenez le jour, et que je suis, Monseigneur,
avec tout le respect possible et tout le zèle imaginable[3],

> De Votre Altesse Sérénissime
>
> Le très-humble, très-obéissant
> et très-obligé serviteur,
>
> Molière.

1. Jusqu'aux. (1730, 33, 34.)
2. Peut-être pas. (1718, 30, 34.)
3. Et le zèle imaginable. (1697, 1710, 18, 30, 33, 34.)

ACTEURS.

MERCURE.

LA NUIT.

JUPITER, sous la forme d'Amphitryon [1].

AMPHITRYON, général des Thébains [2].

ALCMÈNE, femme d'Amphitryon.

CLÉANTHIS, suivante d'Alcmène et femme de Sosie [3].

SOSIE, valet d'Amphitryon [4].

ARGATIPHONTIDAS [5], \
NAUCRATÈS, \
POLIDAS, } capitaines thébains.
POSICLÈS [6], /

La scène est à Thèbes, devant la maison d'Amphitryon [7].

1.   ACTEURS.

ACTEURS DU PROLOGUE.

MERCURE. — LA NUIT.

ACTEURS DE LA COMÉDIE.

JUPITER, sous la figure d'Amphitryon. (1734.) — Ici l'édition de 1773 ajoute : MERCURE, *sous la figure de Sosie*, addition justifiée, puisque Mercure est acteur dans le Prologue et dans la Comédie.

2. De la race héroïque de Persée, comme sa femme Alcmène, Amphitryon, forcé par son oncle Sthénélos de quitter Argos et Tirynthe, avait été mis à la tête de l'armée du roi Créon : voyez la *Bibliothèque* d'Apollodore (édition de Clavier), livre II, chapitre IV.

3. On a vu à la *Notice*, p. 341, que ce personnage n'existe pas dans la comédie latine, mais qu'un vers de Plaute avait pu en donner la première idée à Molière.

4. Ce rôle était joué par Molière ; on a la description du costume qu'il portait ; elle a été donnée, et a été l'objet de quelques remarques, ci-dessus à la *Notice*, p. 329 et 330. — Sur ce qu'on peut conjecturer de la première distribution des autres rôles, voyez également la *Notice*, p. 326-329. — L'édition de 1734 rejette SOSIE, *valet d'Amphitryon*, à la fin de la liste des Personnages.

5. Voyez ci-après, p. 465, note 1. — 6. PAUSICLÈS. (1734.)

7. Le théâtre, dit le vieux *Mémoire de.... décorations*, « est une place de ville. Il faut un balcon, dessous une porte ; pour le Prologue, une machine pour Mercure, un char pour la Nuit. Au IIIe acte, Mercure s'en retourne, et Jupiter sur son char. Il faut une lanterne sourde, une batte. » — *La scène est à Thèbes, devant le palais (dans le palais, 1773) d'Amphitryon.* (1734.)

AMPHITRYON.

COMÉDIE.

PROLOGUE[1].

MERCURE, sur un nuage; LA NUIT, dans un char
traîné par deux chevaux[2].

MERCURE.

Tout beau! charmante Nuit; daignez vous arrêter :
Il est certain secours que de vous on desire,
    Et j'ai deux mots à vous dire
    De la part de Jupiter[3].

LA NUIT.

    Ah! ah! c'est vous, Seigneur Mercure!   5
Qui vous eût deviné là, dans cette posture?

MERCURE.

Ma foi! me trouvant las, pour ne pouvoir fournir[4]
Aux différents emplois où Jupiter m'engage,
Je me suis doucement assis sur ce nuage,
    Pour vous attendre venir.   10

LA NUIT.

Vous vous moquez, Mercure, et vous n'y songez pas[5] :
Sied-il bien à des Dieux de dire qu'ils sont las?

---

1. Deux vers de Plaute, développés par Rotrou au début de sa comédie, et
contenant une simple recommandation faite de loin par Mercure à la Nuit [a],
ont, fort probablement, avec le souvenir d'un dialogue de Lucien, inspiré à Molière cette heureuse introduction : voyez ci-dessus la *Notice*, p. 337-339.

2. La Nuit, dans un char traîné, dans l'air, par deux chevaux. (1734.)

3. Des rimes analogues à celle d'*arrêter* et *Jupiter* ont déjà été relevées
tome I, p. 233, note 2, et p. 439, note 1.

4. Parce qu'enfin je ne suis pas de force à fournir toujours....

5. Molière ne s'est pas toujours astreint, dans ces vers libres, à la règle de
l'alternance des rimes.

a A la Lune, dans Rotrou.

MERCURE.

Les Dieux sont-ils de fer?

LA NUIT.

Non; mais il faut sans cesse
Garder le *decorum* de la divinité.
Il est de certains mots dont l'usage rabaisse   15
          Cette sublime qualité,
          Et que, pour leur indignité,
          Il est bon qu'aux hommes on laisse.

MERCURE.

          A votre aise vous en parlez,
Et vous avez, la belle, une chaise roulante[1],   20
Où par deux bons chevaux, en dame nonchalante,
Vous vous faites traîner partout où vous voulez.
          Mais de moi ce n'est pas de même;
Et je ne puis vouloir, dans mon destin fatal,
          Aux poëtes assez de mal   25
          De leur impertinence extrême,
          D'avoir, par une injuste loi,
          Dont on veut maintenir l'usage,
          A chaque Dieu, dans son emploi,
          Donné quelque allure en partage,   30
          Et de me laisser à pied, moi,
          Comme un messager de village,
Moi, qui suis, comme on sait, en terre[2] et dans les cieux,
Le fameux messager du souverain des Dieux[3],

---

1. Furetière (1690) dit qu'on appelle *chaise roulante* « un petit carrosse coupé, » et l'Académie (1694) « une voiture à deux roues traînée par un homme ou par un cheval. »

2. Sur terre, dans la région de la terre. Rotrou avait dit (vers la fin de la scène v de l'acte III des *Sosies*) :

Je suis Sosie en terre, au ciel j'étois Mercure.

La locution revient plus bas dans le jeu de scène qui termine le *Prologue;* mais là elle exprime mouvement.

3. L'effet de ces deux grands vers majestueux, après les vers de huit syllabes

Et qui, sans rien exagérer,   35
Par tous les emplois qu'il me donne,
Aurois besoin, plus que personne,
D'avoir de quoi me voiturer[1].

LA NUIT.

Que voulez-vous faire à cela?
Les poëtes font à leur guise :   40
Ce n'est pas la seule sottise
Qu'on voit faire à ces Messieurs-là.
Mais contre eux toutefois votre âme à tort s'irrite,
Et vos ailes aux pieds sont un don de leurs soins.

MERCURE.

Oui; mais, pour aller plus vite,   45
Est-ce qu'on s'en lasse moins?

LA NUIT.

Laissons cela, Seigneur Mercure,
Et sachons ce dont il s'agit.

MERCURE.

C'est Jupiter, comme je vous l'ai dit,
Qui de votre manteau veut la faveur obscure,   50

qui précèdent, est le même que dans ce passage final de la fable du *Chêne et le Roseau*[a] :

Et fait si bien qu'il déracine
Celui de qui la tête au ciel étoit voisine
Et dont les pieds touchoient à l'empire des morts.

1. Comment est-ce le fait et la faute des poëtes que Mercure aille à pied? Ce qu'ils imaginent, comme il va être dit, « à leur guise » devient donc usage et loi pour les Dieux? A ce compte-là, la manière de vivre et d'agir des Dieux n'est donc que fiction? Oui sans doute ; mais l'avouer ainsi est une plaisante infraction à ce qu'Auger appelle la vérité poétique. Pour un moment, ce n'est plus Mercure, c'est l'acteur qui parle, se plaignant et riant du rôle, de l'allure à laquelle le condamne la tradition des poëtes, que l'auteur de la comédie est bien obligé de suivre. Plaute a rompu plus violemment encore avec l'illusion théâtrale : en plus d'un endroit de son Prologue, mis tout entier dans la bouche de Mercure, il va jusqu'à faire rire aux dépens de la propre personne du pauvre hère d'histrion, du misérable esclave, sujet, comme tel, aux coups, qui représente le Dieu.

a La XXIIe du Ier livre, publié quelques jours après *Amphitryon*, le 31 mars 1668.

Pour certaine douce aventure
Qu'un nouvel amour lui fournit.
Ses pratiques, je crois, ne vous sont pas nouvelles :
Bien souvent pour la terre il néglige les cieux ;
Et vous n'ignorez pas que ce maître des Dieux   55
Aime à s'humaniser pour des beautés mortelles,
Et sait cent tours ingénieux,
Pour mettre à bout les plus cruelles.
Des yeux d'Alcmène il a senti les coups ;
Et tandis qu'au milieu des béotiques plaines,   60
Amphitryon, son époux,
Commande aux troupes thébaines,
Il en a pris la forme, et reçoit là-dessous
Un soulagement à ses peines
Dans la possession des plaisirs les plus doux.   65
L'état des mariés à ses feux est propice :
L'hymen ne les a joints que depuis quelques jours[1] ;
Et la jeune chaleur de leurs tendres amours
A fait que Jupiter à ce bel artifice
S'est avisé d'avoir recours.   70
Son stratagème ici se trouve salutaire ;
Mais, près de maint objet chéri,
Pareil déguisement seroit pour ne rien faire,
Et ce n'est pas partout un bon moyen de plaire
Que la figure d'un mari.   75

1. La campagne d'Amphitryon n'a donc été que de courte durée. Ici Molière n'a pas suivi Plaute, chez qui la naissance de deux jumeaux, qu'Alcmène doit mettre au monde, fils, l'un d'Amphitryon, l'autre de Jupiter, amène le dénouement et, dès le début de la pièce, est annoncée pour le jour même (acte I, scène II, vers 324-327) :

MERCURIUS.

Hodie illa pariet filios geminos duos ;
Alter decumo post mense nascetur puer
Quam seminatus, alter mense septumo :
Eorum Amphitruonis alter est, alter Jovis.

Voyez ci-après la note au vers 1735.

LA NUIT.

J'admire Jupiter, et je ne comprends pas
Tous les déguisements qui lui viennent en tête.

MERCURE.

Il veut goûter par là toutes sortes d'états,
    Et c'est agir en Dieu qui n'est pas bête.
Dans quelque rang qu'il soit des mortels regardé,   80
    Je le tiendrois fort misérable,
S'il ne quittoit jamais sa mine redoutable,
Et qu'au faîte des cieux il fût toujours guindé.
Il n'est point, à mon gré, de plus sotte méthode
Que d'être emprisonné toujours dans sa grandeur;   85
Et surtout aux transports de l'amoureuse ardeur
La haute qualité devient fort incommode.
Jupiter, qui sans doute en plaisirs se connaît,
Sait descendre du haut de sa gloire suprême;
    Et pour entrer dans tout ce qu'il lui plaît[1]   90
    Il sort tout à fait de lui-même,
Et ce n'est plus alors Jupiter qui paraît.

LA NUIT.

Passe encor de le voir, de ce sublime étage,
    Dans celui des hommes venir,
Prendre tous les transports que leur cœur peut fournir,
    Et se faire à leur badinage,
Si, dans les changements où son humeur l'engage,
A la nature humaine il s'en vouloit tenir;
    Mais de voir Jupiter taureau,
    Serpent, cygne, ou quelque autre chose,   100
    Je ne trouve point cela beau,
Et ne m'étonne pas si parfois on en cause.

MERCURE.

Laissons dire tous les censeurs :

---

1. Dans tout ce qui lui plaît. (1734.) — Malgré la rime *plaît* (*plaist*), les anciennes éditions ont au vers 88 *connoist*, et au vers 92 *paroist*, par *o*.

> Tels changements ont leurs douceurs
> Qui passent leur intelligence.   105
> Ce Dieu sait ce qu'il fait[1] aussi bien là qu'ailleurs ;
> Et dans les mouvements de leurs tendres ardeurs,
> Les bêtes ne sont pas si bêtes que l'on pense.

LA NUIT.

> Revenons à l'objet dont il a les faveurs.
> Si par son stratagème il voit sa flamme heureuse,   110
> Que peut-il souhaiter ? et qu'est-ce que je puis ?

MERCURE.

> Que vos chevaux, par vous au petit pas réduits,
> Pour satisfaire aux vœux de son âme amoureuse,
>   D'une nuit si délicieuse
>   Fassent la plus longue des nuits ;   115
>   Qu'à ses transports vous donniez plus d'espace,
>   Et retardiez la naissance du jour [2]
>   Qui doit avancer le retour
>   De celui dont il tient la place.

LA NUIT.

>   Voilà sans doute un bel emploi   120
>   Que le grand Jupiter m'apprête,
>   Et l'on donne un nom fort honnête
>   Au service qu'il veut de moi.

MERCURE.

>   Pour une jeune déesse,
>   Vous êtes bien du bon temps !   125
>   Un tel emploi n'est bassesse
>   Que chez les petites gens.
> Lorsque dans un haut rang on a l'heur de paroître,
>   Tout ce qu'on fait est toujours bel et bon ;

---

1. L'édition originale a là une faute de mesure : « ce qu'il a fait, » qui n'a pas été reproduite dans les éditions postérieures.

2.   Retarde en sa faveur la naissance du jour,

dit Mercure à la Lune dans la 1re scène des *Sosies* de Rotrou.

Et suivant ce qu'on peut être, 130
Les choses changent de nom[1].

LA NUIT.

Sur de pareilles matières
Vous en savez plus que moi ;
Et pour accepter l'emploi,
J'en veux croire vos lumières. 135

MERCURE.

Hé ! la, la[2], Madame la Nuit,
Un peu doucement, je vous prie.
Vous avez dans le monde un bruit[3]
De n'être pas si renchérie[4].
On vous fait confidente, en cent climats divers, 140
De beaucoup de bonnes affaires ;
Et je crois, à parler à sentiments ouverts,
Que nous ne nous en devons guères.

LA NUIT.

Laissons ces contrariétés[5],

1. Rotrou avait fait dire à Mercure, dans le monologue qui ouvre sa comédie :
Le rang des vicieux ôte la honte aux vices,
Et donne de beaux noms à de honteux services.

2. Dans les anciennes éditions, il y a ainsi *la*, *la*, sans accent. Furetière (1690) n'accentue pas non plus en ce sens ce double monosyllabe ; ni l'Académie, sauf dans sa première édition (1694) et sa dernière (1878).

3. *Bruit* a été employé souvent au dix-septième siècle avec ce sens de *réputation*, et ce n'est sans doute pas ce seul emploi du mot, mais l'expression entière de *donner bruit de connaisseuse*, qui dut paraître ridicule dans la bouche de Magdelon[a] : voyez les nombreux exemples réunis par M. Littré, à l'article BRUIT, 4°.

4. Nous avons vu le mot employé substantivement dans le même sens, au commencement des *Précieuses*, tome II, p. 56.

5. Laissons ce débat, cette querelle. C'est aussi au sens de *débat* que le mot semble devoir être pris dans une phrase de Pascal (xvii[e] *Provinciale*[b]), que M. Littré a rapprochée de ce vers : « J'ai voulu.... vous accoutumer à ces contrariétés qui arrivent entre les catholiques sur des questions de fait, touchant l'intelligence du sens d'un auteur. »

[a] A la scène ix des *Précieuses*, tome II, p. 80.
[b] Voyez p. 318 de l'édition de M. Lesieur.

Et demeurons ce que nous sommes :   145
N'apprêtons point à rire aux hommes
En nous disant nos vérités.

MERCURE.

Adieu : je vais là-bas, dans ma commission,
Dépouiller promptement la forme de Mercure,
    Pour y vêtir [1] la figure   150
    Du valet d'Amphitryon.

LA NUIT.

Moi, dans cet hémisphère [2], avec ma suite obscure,
    Je vais faire une station.

MERCURE.

    Bon jour, la Nuit.

LA NUIT.

    Adieu, Mercure.

(Mercure descend de son nuage en terre, et la Nuit passe dans son char [3].)

---

1. De *vêtir*, au sens de « mettre sur soi, » M. Littré ne cite que cet exemple ; de *revêtir*, plus usité aujourd'hui dans cette acception, il n'en cite aucun tiré d'un auteur.

2. Cette hémisphère. (1668, 75 A, 84 A, 94 B.)

3. *Mercure descend de son nuage, et la Nuit traverse le théâtre.*

FIN DU PROLOGUE. (1734.)

FIN DU PROLOGUE.

ACTE I.

SCÈNE PREMIÈRE[1].

SOSIE [2].

Qui va là? Heu[3]? Ma peur, à chaque pas, s'accroît[4].   155
  Messieurs, ami de tout le monde.
  Ah! quelle audace sans seconde
  De marcher à l'heure qu'il est!
  Que mon maître, couvert de gloire,
  Me joue ici d'un vilain tour[5]!   160
Quoi? si pour son prochain il avoit quelque amour,
M'auroit-il fait partir par une nuit si noire?
Et pour me renvoyer annoncer son retour

1. Cette scène et la suivante correspondent à la scène 1 de l'acte I de Plaute (vers 1-306). — Les extraits de Plaute qu'on trouvera cités avec le chiffre des vers seulement sont tirés de la scène indiquée chaque fois, comme ici, en tête des scènes de Molière. Nous citons d'après le texte donné par Naudet dans la Collection Lemaire, mais les chiffres sont ceux de la 2ᵉ édition du *Théâtre de Plaute* traduit par Naudet également (1845), où sont numérotés à part les 152 vers du Prologue, puis, d'une suite, ceux de la comédie même.

2. Sosie arrive une lanterne sourde à la main. Son entrée est toute semblable dans la comédie latine, où il est annoncé ainsi par Mercure à la fin du Prologue (vers 148 et 149) : « Mais j'aperçois l'esclave d'Amphitryon, Sosie ; on l'envoie du port ; le voici venir avec une lanterne. »

3. Hé? (1734.)

4. *Accroître* est au nombre des mots où Vaugelas autorisait la prononciation de la diphthongue *oi* en *ai* : voyez les *Remarques sur la langue françoise*, p. 79 de l'édition de 1672.

5. *Jouer*, dans cette locution, s'employait, au temps de Molière, soit activement, avec un régime direct, soit, comme ici, neutralement, avec *de*. M. Littré, à l'article JOUER, 20°, cite des deux tours plusieurs exemples du dix-septième siècle. Nous avons vu dans Molière deux exemples du second, aux vers 1560 de *l'Étourdi*, et 1095 de *l'École des femmes*, et un autre un peu ambigu, mais plutôt du premier, au vers 196 de *Sganarelle*.

　　　　Et le détail de sa victoire,
Ne pouvoit-il pas bien attendre qu'il fût jour[1] ?　　　165
　　　　Sosie, à quelle servitude
　　　　Tes jours sont-ils assujettis !
　　　　Notre sort est beaucoup plus rude
　　　　Chez les grands que chez les petits.
Ils veulent que pour eux tout soit, dans la nature,　170
　　　　Obligé de s'immoler.
Jour et nuit, grêle, vent, péril, chaleur, froidure[2],
　　　　Dès qu'ils parlent, il faut voler.
　　　　　Vingt ans d'assidu service
　　　　　N'en obtiennent rien pour nous ;　　　175
　　　　　Le moindre petit caprice
　　　　　Nous attire leur courroux.
　　　　Cependant notre âme insensée
S'acharne au vain honneur de demeurer près d'eux,
Et s'y veut contenter de la fausse pensée　　　180
Qu'ont tous les autres gens que nous sommes heureux.
Vers la retraite en vain la raison nous appelle[3] ;
En vain notre dépit quelquefois y consent :
　　　　　Leur vue a sur notre zèle
　　　　　Un ascendant trop puissant,　　　185
Et la moindre faveur d'un coup d'œil caressant
　　　　Nous rengage de plus belle.
　　　　Mais enfin, dans l'obscurité,

1.　　　*Nonne idem hoc luci me mittere potuit?* (Plaute, vers 11.)

2. Le tour est hardi, mais d'une clarté parfaite. L'emploi absolu, si fréquent dans l'usage, qui est fait d'abord de *jour et nuit* s'étend bien naturellement aux mots qui suivent : « grêle, vent... », *par grêle*, etc.

3. Une maxime de soumission termine la plainte du Sosie de Plaute (vers 21). Ici ce n'est certes pas un esclave grec ou romain qui parle, mais un *domestique* du dix-septième siècle[a], un courtisan, peut-être Molière lui-même : voyez ci-dessus, p. 311 et note 2, et p. 329 ; et comparez ce que Saint-Simon (tome III, p. 170) dit de la « folie » qu'a la duchesse du Lude, dame d'honneur de la duchesse de Bourgogne, « d'acheter chèrement sa servitude. »

[a] Voyez plus haut, p. 33, note 3.

Je vois notre maison, et ma frayeur s'évade [1].

    Il me faudroit, pour l'ambassade,   190

    Quelque discours prémédité.

Je dois aux yeux d'Alcmène un portrait [2] militaire

Du grand combat qui met [3] nos ennemis [4] à bas ;

    Mais comment diantre le faire,

    Si je ne m'y trouvai pas ?   195

N'importe, parlons-en et d'estoc et de taille [5],

    Comme oculaire témoin :

Combien de gens font-ils des récits de bataille

    Dont ils se sont tenus loin ?

    Pour jouer mon rôle sans peine,   200

    Je le veux un peu repasser.

Voici la chambre où j'entre en courrier que l'on mène [6],

    Et cette lanterne est Alcmène,

    A qui je me dois adresser [7].

      (Il pose sa lanterne à terre, et lui adresse son compliment [8].)

1. Se dissipe. M. Littré ne cite de ce sens figuré que notre exemple.

2. Une description, un tableau.

3. Qui mit. (1674.) — 4. Les Téléboens : voyez ci-après, au vers 231.

5. Jetons-nous hardiment dans ce récit et tirons-nous-en comme nous pourrons ; l'expression est admirablement choisie pour un récit *militaire*, où devra entrer tout le détail de la mêlée.

6. En courrier important que l'on amène, que l'on introduit.

7. Sur la personnification originale qui va suivre, voyez la *Notice*, p. 336. Bret et Aimé-Martin ont pu en rapprocher une scène fort comique des *Facétieuses nuits* de Straparole. Le vacher Travaillin, serviteur d'Émilian, ayant à lui faire un aveu difficile, imagine, pour s'enhardir à l'entrevue, d'affubler, dans sa chambre, de quelques hardes une branche d'arbre, et d'essayer avec ce *fantôme* de son maître, qu'il fait parler, plusieurs manières d'entrer en propos et de soutenir délibérément l'entretien. Mais, de quelque façon qu'il s'y prenne (et c'est là le plaisant, la différence aussi avec Sosie, qui sait se préparer de si promptes et jolies réponses), à une certaine question embarrassante que sa mauvaise conscience lui souffle obstinément, qu'il ne peut éviter de s'adresser, chaque fois le vacher se déconcerte lui-même et demeure court, tant qu' « ayant fait diverses harangues et autant de réponses avecque l'homme de bois..., et n'en voyant aucune se conformer à son désir, détermina, sans autre pensement, s'en aller trouver son maître, quoi qu'il en advînt. » Voyez la ve fable de la IIIe nuit, tome I, p. 229-231, de la traduction de Pierre de la Rivey, réimprimée dans la collection Jannet. — Le Sosie de Plaute se propose aussi de repasser son rôle (vers 46 et 47), mais il se borne au récit et ne songe pas à se donner un interlocuteur.

8. *Sosie pose sa lanterne à terre.* (1734.)

« Madame, Amphitryon, mon maître, et votre époux....
(Bon! beau début!) l'esprit toujours plein de vos charmes,
          M'a voulu choisir entre tous,
Pour vous donner avis du succès de ses armes,
Et du desir qu'il a de se voir près de vous. »
          « Ha! vraiment, mon pauvre Sosie,   210
       A te revoir j'ai de la joie au cœur. »
          « Madame, ce m'est trop d'honneur,
             Et mon destin doit faire envie. »
(Bien répondu!) *« Comment se porte Amphitryon? »*
          « Madame, en homme de courage,   215
Dans les occasions où la gloire l'engage. »
          (Fort bien! belle conception!)
       « Quand viendra-t-il, par son retour charmant,
          Rendre mon âme satisfaite? »
« Le plus tôt qu'il pourra, Madame, assurément,   220
    Mais bien plus tard que son cœur ne souhaite. »
(Ah!) *« Mais quel est l'état où la guerre l'a mis?*
Que dit-il? que fait-il? Contente un peu mon âme. »
       « Il dit moins qu'il ne fait, Madame,
          Et fait trembler les ennemis. »   225
(Peste! où prend mon esprit toutes ces gentillesses?)
« Que font les révoltés? dis-moi, quel est leur sort? »
« Ils n'ont pu résister, Madame, à notre effort :
          Nous les avons taillés en pièces,
          Mis Ptérélas leur chef à mort,   230
Pris Télèbe d'assaut[1], et déjà dans le port

---

1. Molière a pris les faits de cette histoire dans Plaute[a]; là Ptérélas est roi des Téléboens (ou Taphiens, peuple de pirates établi dans l'île de Taphos et en Acarnanie), contre lesquels Amphitryon a été chargé par Créon de mener une armée thébaine. Plaute n'a pas donné de nom précis à la ville capitale des Téléboens; il fait dire seulement à Mercure-Sosie (vers 257) :

Et ubi Pterela rex regnavit oppidum expugnavimus;

c'est Rotrou qui l'a appelée Télèbe (acte IV, scène IV).

[a] Voyez particulièrement dans le *Prologue* de son *Amphitryon* les vers

Tout retentit de nos prouesses. »
« *Ah! quel succès! ô Dieux! Qui l'eût pu jamais croire?*
Raconte-moi, Sosie, un tel événement. »
« Je le veux bien, Madame ; et, sans m'enfler de gloire,
    Du détail de cette victoire
    Je puis parler très-savamment.
    Figurez-vous donc que Télèbe,
      Madame, est de ce côté :
          (Il marque les lieux sur sa main, ou à terre[1].)
    C'est une ville, en vérité,   240
    Aussi grande quasi que Thèbe.
      La rivière est comme là.
      Ici nos gens se campèrent ;
      Et l'espace que voilà,
      Nos ennemis l'occupèrent :   245
      Sur un haut, vers cet endroit,
      Étoit leur infanterie ;
      Et plus bas, du côté droit,
      Étoit la cavalerie.
Après avoir aux Dieux adressé les prières,   250
Tous les ordres donnés, on donne le signal.
Les ennemis, pensant nous tailler des croupières,
Firent trois pelotons de leurs gens à cheval ;
Mais leur chaleur par nous fut bientôt réprimée,
    Et vous allez voir comme quoi.   255
Voilà notre avant-garde à bien faire animée ;
    Là, les archers de Créon, notre roi ;
    Et voici le corps d'armée,
       (On fait un peu de bruit.)
Qui d'abord.... Attendez : » le corps d'armée a peur.
    J'entends quelque bruit, ce me semble.   260

97-101, et dans la comédie les vers 31-39 ; voyez aussi, dans le passage qu'on
tient pour interpolé, les vers 1034-1046.
  1. *Sosie marque les lieux sur sa main.* (1734.)

SCÈNE II[1].

MERCURE, SOSIE.

MERCURE, sous la forme de Sosie[2].

Sous ce minois qui lui ressemble,
Chassons de ces lieux ce causeur,
Dont l'abord importun troubleroit la douceur
Que nos amants goûtent ensemble.

SOSIE[3].

Mon cœur tant soit peu se rassure,   265
Et je pense que ce n'est rien.
Crainte pourtant de sinistre aventure,
Allons chez nous achever l'entretien.

MERCURE[4].

Tu seras plus fort que Mercure,
Ou je t'en empêcherai bien.   270

SOSIE[5].

Cette nuit en longueur me semble sans pareille[6].
Il faut, depuis le temps que je suis en chemin,
Ou que mon maître ait pris le soir pour le matin,
Ou que trop tard au lit le blond Phébus sommeille,
Pour avoir trop pris de son vin.   275

---

1. Cette scène, nous l'avons déjà dit, répond avec la précédente à la 1re scène de Plaute. Là Mercure, qui pour le *Prologue* a déjà pris sa figure d'emprunt, est resté sur le théâtre à attendre Sosie, et, dès le début, a écouté et coupé de quelques apartés le long monologue de l'esclave.

2. MERCURE, *sous la forme* (*sous la figure,* 1734) *de Sosie, sortant de la maison d'Amphitryon.* (1682, 1734.)

3. SOSIE, *sans voir Mercure.* (1734.)

4. MERCURE, *à part.* (*Ibidem.*)

5. SOSIE, *sans voir Mercure.* (*Ibidem.*)

6.   *Neque ego hac nocte longiorem me vidisse censeo*
                      (Plaute, vers 123.)

MERCURE.[1]

Comme avec irrévéreuce
Parle des Dieux ce maraut !
Mon bras saura bien tantôt
Châtier cette insolence [2],
Et je vais m'égayer avec lui comme il faut,   280
En lui volant son nom, avec sa ressemblance.

SOSIE [3].

Ah ! par ma foi, j'avois raison :
C'est fait de moi, chétive créature !
Je vois devant notre maison
Certain homme dont l'encolure   285
Ne me présage rien de bon.
Pour faire semblant d'assurance,
Je veux chanter un peu d'ici.

(Il chante ; et lorsque Mercure parle, sa voix s'affoiblit peu à peu [4].)

MERCURE.

Qui donc est ce coquin qui prend tant de licence,
Que de chanter et m'étourdir ainsi ? [5]   290
Veut-il qu'à l'étriller ma main un peu s'applique ?

---

1. MERCURE, *à part.* (1734.)
2.   SOSIA.

Credo edepol equidem dormire Solem, atque adpotum probe;
Mira sunt nisi invitavit sese in cœna plusculum [a].

MERCURIUS.

Ain' vero, verbero? Deos esse tui simileis putas?
Ego pol te istis tuis pro dictis et malefactis, furcifer,
Adcipiam; modo, sis, veni huc, invenies infortunium.
                    (Plaute, vers 126-130.)

3. SOSIE, *apercevant Mercure d'un peu loin.* (1734.)
4. *Il chante.* (*Ibidem.*)
5. *A mesure que Mercure parle, la voix de Sosie s'affoiblit peu à peu.*
(*Ibidem.*)

[a] Avant de se moquer ainsi du Dieu du jour, le Sosie de Plaute a déjà dit
à peu près la même chose du Dieu de la nuit (vers 115 et 116) :

Certe edepol scio, si aliud quidquam 'st quod credam aut certo sciam,
Credo ego hac noctu Nocturnum obdormivisse ebrium.

SOSIE [1].

Cet homme assurément n'aime pas la musique.

MERCURE.

Depuis plus d'une semaine,
Je n'ai trouvé personne à qui rompre les os ;
La vertu de mon bras [2] se perd dans le repos,   295
Et je cherche quelque dos,
Pour me remettre en haleine.

SOSIE [3].

Quel diable d'homme est-ce ci [4] ?
De mortelles frayeurs je sens mon âme atteinte.
Mais pourquoi trembler tant aussi ?   300
Peut-être a-t-il dans l'âme autant que moi de crainte,
Et que le drôle parle ainsi
Pour me cacher sa peur sous une audace feinte ?
Oui, oui, ne souffrons point qu'on nous croie un oison :
Si je ne suis hardi, tâchons de le paraître [5].   305
Faisons-nous du cœur par raison ;
Il est seul, comme moi ; je suis fort, j'ai bon maître [6],
Et voilà notre maison.

MERCURE.

Qui va là ?

SOSIE.

Moi.

1. Sosie, à part. (1734.)
2. La vigueur de mon bras. (1682, 1734.)
3. Sosie, à part. (1734.)
4. L'édition originale écrit *est-ce-ci ;* nous supprimons le second tiret :
comparez ci-après, au vers 522, et voyez ci-dessus, p. 41, note 4.
5.   *Verum certum 'st confidenter hominem contra conloqui,*
       Qui possim videri huic fortis, a me ut abstineat manum.
                    (Plaute, vers 183 et 184.)

6. *Avoir bon maître* était une locution proverbiale. « On dit que *Quelqu'un a
bon maître,* pour dire qu'il est au service ou dans la dépendance d'un homme
puissant qui le protégera. » (*Dictionnaire de l'Académie,* 1694.) — Quoique
rimant avec *maître, paroître* est écrit par *o* dans les anciennes éditions :
comparez ci-dessus, vers 88 et 92 ; et ci-après, vers 481 et 483, 817 et 819,
1531-1535, 1680-1684, 1759 et 1760.

MERCURE.

Qui, moi?

SOSIE.

Moi.[1] Courage, Sosie!

MERCURE.

Quel est ton sort, dis-moi?

SOSIE.

D'être homme, et de parler.

MERCURE.

Es-tu maître ou valet?

SOSIE.

Comme il me prend envie[2].

MERCURE.

Où s'adressent tes pas?

SOSIE.

Où j'ai dessein d'aller.

MERCURE.

Ah! ceci me déplaît.

SOSIE.

J'en ai l'âme ravie.

MERCURE.

Résolûment, par force ou par amour,
  Je veux savoir de toi, traître,   315
Ce que tu fais, d'où tu viens avant jour,
  Où tu vas, à qui tu peux être.

SOSIE.

Je fais le bien et le mal tour à tour;
Je viens de là, vais là; j'appartiens à mon maître[3].

1. *A part.* (1734.)

2.
        MERCURIUS.
  Servos esne, an liber?
        SOSIA.
  Utcunque animo conlibitum 'st meo.
            (Plaute, vers 187.)

3.
        MERCURIUS.
  Possum scire quo profectus, quojus sis, aut quid veneris?
        SOSIA.
  Huc eo, heri mei sum servos: numquid nunc es certior?
           (Vers 190 et 191.)

MERCURE.

Tu montres de l'esprit, et je te vois en train   320
De trancher avec moi de l'homme d'importance.
Il me prend un desir, pour faire connoissance,
De te donner un soufflet de ma main.

SOSIE.

A moi-même ?

MERCURE.

A toi-même : et t'en voilà certain.
(Il lui donne un soufflet [1].)

SOSIE.

Ah ! ah ! c'est tout de bon !

MERCURE.

Non : ce n'est que pour rire,
Et répondre à tes quolibets.

SOSIE.

Tudieu ! l'ami, sans vous rien dire,
Comme vous baillez des soufflets !

MERCURE.

Ce sont là de mes moindres coups,
De petits soufflets ordinaires.   330

SOSIE.

Si j'étois aussi prompt que vous,
Nous ferions de belles affaires.

MERCURE.

Tout cela n'est encor rien,
Pour y faire quelque pause :
Nous verrons bien autre chose [2] ;   335
Poursuivons notre entretien [3].

---

1. *Mercure donne un soufflet à Sosie.* (1734.)

2.   SOSIA.

    . . . . *Perii !*

MERCURIUS.

Parum etiam, præut futurum 'st, prædicas.
(Plaute, vers 218.)

3. Tel est l'ordre et telle est la ponctuation de ces quatre derniers vers

SOSIE.

Je quitte la partie.

(Il veut s'en aller.)

MERCURE [1].

Où vas-tu ?

SOSIE.

Que t'importe ?

MERCURE.

Je veux savoir où tu vas.

SOSIE.

Me faire ouvrir cette porte.
Pourquoi retiens-tu mes pas ?   340

MERCURE.

Si jusqu'à l'approcher tu pousses ton audace,
Je fais sur toi pleuvoir un orage de coups [2].

SOSIE.

Quoi ? tu veux, par ta menace,
M'empêcher d'entrer chez nous ?

MERCURE.

Comment, chez nous ?

dans l'original et dans les éditions antérieures à 1734. Ainsi lus, ils nous donnent, avec une clarté suffisante, ce sens : « Tout cela est trop peu de chose, pour qu'il puisse déjà être question d'y faire trêve : nous verrons, etc. » L'éditeur de 1734 a cru à une interversion des vers, et il les a disposés autrement :

> Tout cela n'est encor rien,
> Nous verrons bien autre chose;
> Pour y faire quelque pause,
> Poursuivons notre entretien.

À supposer que nous n'ayons pas en cet endroit le vrai texte, nous croyons qu'on eût pu se borner à une conjecture qui ne modifierait que la ponctuation, à se demander si peut-être Molière n'avait pas coupé ces vers ainsi :

> Tout cela n'est encor rien.
> Pour y faire quelque pause
> (Nous verrons bien autre chose),
> Poursuivons notre entretien.

— L'expression *faire quelque pause à....* se retrouve plus loin au vers 1196.

1. *Sosie veut s'en aller.* MERCURE, *arrêtant Sosie.* (1734.)

2. Plus loin (vers 1530), « Quels orages de coups, » et dans *les Fourberies de Scapin* (acte III, scène II), une « ondée de coups de bâton. » Cela rappelle le *tempestas telorum ac.... ferreus imber* de Virgile (*Énéide*, livre XII, vers 284).

SOSIE.

Oui, chez nous.

MERCURE.

O le traître !

Tu te dis de cette maison ?

SOSIE.

Fort bien. Amphitryon n'en est-il pas le maître ?

MERCURE.

Hé bien ! que fait cette raison ?

SOSIE.

Je suis son valet.

MERCURE.

Toi ?

SOSIE.

Moi.

MERCURE.

Son valet ?

SOSIE.

Sans doute.

MERCURE.

Valet d'Amphitryon ?

SOSIE.

D'Amphitryon, de lui.   350

MERCURE.

Ton nom est...?

SOSIE.

Sosie.

MERCURE.

Heu [1] ? comment ?

SOSIE.

Sosie.

MERCURE.

Écoute :

Sais-tu que de ma main je t'assomme aujourd'hui ?

1. Hé ? (1734.)

SOSIE.

Pourquoi ? De quelle rage est ton âme saisie ?

MERCURE.

Qui te donne, dis-moi, cette témérité
   De prendre le nom de Sosie ?   355

SOSIE.

Moi, je ne le prends point, je l'ai toujours porté.

MERCURE.

O le mensonge horrible ! et l'impudence extrême !
Tu m'oses soutenir que Sosie est ton nom ?

SOSIE.

Fort bien : je le soutiens, par la grande raison
Qu'ainsi l'a fait des Dieux la puissance suprême,   360
Et qu'il n'est pas en moi de pouvoir dire non,
   Et d'être un autre que moi-même.
                    (Mercure le bat[1].)

MERCURE.

Mille coups de bâton doivent être le prix
   D'une pareille effronterie.

SOSIE[2].

Justice, citoyens ! Au secours ! je vous prie.   365

MERCURE.

   Comment, bourreau, tu fais des cris[3] ?

SOSIE.

   De mille coups tu me meurtris,
   Et tu ne veux pas que je crie ?

MERCURE.

C'est ainsi que mon bras....

---

1. Ce jeu de scène n'est pas dans l'édition de 1734.
2. SOSIE, *battu par Mercure.* (1734.)
3.   SOSIA.
    Proh fidi Thebani civeis!
             MERCURIUS.
      Etiam clamas, carnufex?
           (Plaute, vers 220.)

SOSIE.

L'action ne vaut rien :
Tu triomphes de l'avantage   370
Que te donne sur moi mon manque de courage ;
Et ce n'est pas en user bien.
C'est pure fanfaronnerie
De vouloir profiter de la poltronnerie
De ceux qu'attaque notre bras.   375
Battre un homme à jeu sûr n'est pas d'une belle âme ;
Et le cœur est digne de blâme
Contre les gens qui n'en ont pas.

MERCURE.

Hé bien ! es-tu Sosie à présent ? qu'en dis-tu ?

SOSIE.

Tes coups n'ont point en moi fait de métamorphose ; 380
Et tout le changement que je trouve à la chose,
C'est d'être Sosie[1] battu.

MERCURE[2].

Encor ? Cent autres coups pour cette autre impudence.

SOSIE.

De grâce, fais trêve à tes coups.

MERCURE.

Fais donc trêve à ton insolence.   385

SOSIE.

Tout ce qu'il te plaira ; je garde le silence :
La dispute est par trop inégale entre nous.

MERCURE.

Es-tu Sosie encor ? dis, traître !

---

1. *Sosie* compte pour trois syllabes dans ce vers ; on serait tenté de remarquer que l'acteur peut ici prononcer le mot d'une voix sanglotante ; mais nous avons déjà rencontré dans d'autres passages, où il n'y avait aucun effet particulier à produire, de ces *e* détachés, qui plus tard n'ont plus été soufferts sans élision : voyez au vers 224 de *l'Étourdi*, et ci-dessus, dans *le Sicilien*, p. 241, note 5.

2. MERCURE, *menaçant Sosie*. (1734.)

SOSIE.

Hélas! jè suis ce que tu veux;
Dispose de mon sort tout au gré de tes vœux :   390
Ton bras t'en a fait le maître[1].

MERCURE.

Ton nom étoit Sosie, à ce que tu disois?

SOSIE.

Il est vrai, jusqu'ici j'ai cru la chose claire;
Mais ton bâton, sur cette affaire,
M'a fait voir que je m'abusois[2].   395

MERCURE.

C'est moi qui suis Sosie, et tout Thèbes l'avoue :
Amphitryon jamais n'en eut d'autre que moi[3].

SOSIE.

Toi, Sosie?

MERCURE.

Oui, Sosie; et si quelqu'un s'y joue,
Il peut bien prendre garde à soi.

SOSIE[4].

Ciel! me faut-il ainsi renoncer à moi-même,   400
Et par un imposteur me voir voler mon nom?
Que son bonheur est extrême
De ce que je suis poltron!
Sans cela, par la mort...!

MERCURE.

Entre tes dents, je pense,
Tu murmures je ne sais quoi?   405

---

1. . . . . . . [Me] pugnis usufecisti tuum.
                                        (Plaute, vers 219.)
2.   MERCURIUS.
   Amphitruonis ted esse aibas Sosiam.
                        SOSIA.
                                Peccaveram.
                                        (Vers 227.)
3.   Scibam equidem nullum esse nobis nisi me servom Sosiam.
                                        (Vers 229.)
4. SOSIE, à part. (1734.)

SOSIE.

Non. Mais, au nom des Dieux, donne-moi la licence
De parler un moment à toi.

MERCURE.

Parle.

SOSIE.

Mais promets-moi, de grâce,
Que les coups n'en seront point [1].
Signons une trêve.

MERCURE.

Passe;   410
Va, je t'accorde ce point [2].

SOSIE.

Qui te jette, dis-moi, dans cette fantaisie?
Que te reviendra-t-il de m'enlever mon nom?
Et peux-tu faire enfin, quand tu serois démon,
Que je ne sois pas moi? que je ne sois Sosie? 415

MERCURE [3].

Comment, tu peux....

---

1. Dans Rotrou, Sosie dit à son maître (à la fin de la scène 1 de l'acte II):

Allons, mais que les coups, s'il se peut, n'en soient plus.

2.

SOSIA.

Obsecro per pacem liceat te adloqui, ut ne vapulem.

MERCURIUS.

Imo induciæ parumper fiant, si quid vis loqui.

SOSIA.

Non loquar, nisi pace facta, quando pugnis plus vales.

MERCURIUS.

Dicito, si quid vis : non nocebo.

SOSIA.

Tuæ fidei credo?

MERCURIUS.

Meæ.

SOSIA.

Quid, si fallas?

(Plaute, vers 232-235.)

3. MERCURE, *levant le bâton sur Sosie.* (1734.)

SOSIE.

Ah! tout doux :
Nous avons fait trêve aux coups[1].

MERCURE.

Quoi? pendard, imposteur, coquin....

SOSIE.

Pour des injures,
Dis-m'en tant que tu voudras :
Ce sont légères blessures,   420
Et je ne m'en fâche pas.

MERCURE.

Tu te dis Sosie[2]?

SOSIE.

Oui. Quelque conte frivole....

MERCURE.

Sus, je romps notre trêve, et reprends ma parole.

SOSIE.

N'importe, je ne puis m'anéantir pour toi,
Et souffrir un discours si loin de l'apparence.   425
Être ce que je suis est-il en ta puissance?
Et puis-je cesser d'être moi?
S'avisa-t-on jamais d'une chose pareille?
Et peut-on démentir cent indices pressants?
Rêvé-je[3]? est-ce que je sommeille?   430

1.

SOSIA.

Animum advorte. Nunc licet mihi libere quidvis loqui :
Amphitruonis ego sum servos Sosia.

MERCURIUS.

Etiam denuo?

SOSIA.

Pacem feci, fœdus feci : vera dico.

(Plaute, vers 237-239.)

2. Tu dis Sosie? (1682; cette faute n'est dans aucune de nos autres éditions.)

3. Ici et aux vers 440 et 441, les plus anciennes éditions ont l'orthographe
actuelle d'*é* devant *je*, tandis que la leçon de 1710, 18, 33, 34 est la désinence
vieillie, autrefois si fréquente : *ai-je*. Le texte de 1773 est ici *rêvai-je ;* plus
bas, *trouvé-je* et *parlé-je*.

Ai-je l'esprit troublé par des transports puissants?
Ne sens-je pas bien que je veille?
Ne suis-je pas dans mon bon sens?
Mon maître Amphitryon ne m'a-t-il pas commis
A venir en ces lieux vers Alcmène sa femme?   435
Ne lui dois-je pas faire, en lui vantant sa flamme,
Un récit de ses faits contre nos ennemis?
Ne suis-je pas du port arrivé tout à l'heure?
Ne tiens-je pas une lanterne en main?
Ne te trouvé-je pas devant notre demeure?   440
Ne t'y parlé-je pas d'un esprit tout humain?
Ne te tiens-tu pas fort de ma poltronnerie
Pour m'empêcher d'entrer chez nous?
N'as-tu pas sur mon dos exercé ta furie?
Ne m'as-tu pas roué de coups?   445
Ah! tout cela n'est que trop véritable,
Et plût au Ciel le fût-il moins [1]!
Cesse donc d'insulter au sort d'un misérable,
Et laisse à mon devoir s'acquitter de ses soins [2].

1. Ce tour est dans Rotrou (acte I, scène III) :

Sosie? — Et plût au Ciel ne le fossé-je pas !

Et un peu plus loin:

Es-tu Sosie encor? Réponds : qui l'est de nous?
— Plût aux Dieux le fût-il, et reçût-il les coups?

2. *Verum, utut es facturus, hoc quidem hercle haud reticebo tamen.*

Certe edepol tu me alienabis numquam, quin noster siem.
Nec nobis præter med alius quisquam 'st servos Sosia,
Qui cum Amphitruone hinc unâ ieram in exercitum.

Quid, malum! non sum ego servos Amphitruonis Sosia?
Nonne hac noctu nostra navis huc ex portu Persico
Venit, quæ me advexit? nonne me huc herus misit meus?
Nonne ego nunc heic sto ante ædeis nostras? non mihi'st laterna in manu?
Non loquor? non vigilo? non hic homo modo me pugnis contudit?
Fecit hercle, nam etiam misero nunc malæ dolent.
Quid igitur ego dubito? aut cur non introeo in nostram domum?

(Plaute, vers 241-253.)

MERCURE.

Arrête, ou sur ton dos le moindre pas attire   450
Un assommant éclat de mon juste courroux.
     Tout ce que tu viens de dire
     Est à moi, hormis les coups.[1]
C'est moi qu'Amphitryon députe vers Alcmène,
Et qui du port Persique[2] arrive de ce pas;   455
Moi qui viens annoncer la valeur de son bras
Qui nous fait remporter une victoire pleine,
Et de nos ennemis a mis le chef à bas[3];
C'est moi qui suis Sosie enfin, de certitude[4],
     Fils de Dave, honnête berger;   460
Frère d'Arpage, mort en pays étranger;

1. Les éditions de 1682 et de 1734 ajoutent ici les quatre vers suivants; ils pouvaient être substitués aux vers 428-453, omis à la représentation, et que l'édition de 1682 place entre guillemets :

SOSIE.
Ce matin du vaisseau, plein de frayeur en l'âme,
Cette lanterne sait comme je suis parti.
Amphitryon, du camp, vers Alcmène sa femme
M'a-t-il pas envoyé ?
MERCURE.
Vous en avez menti :
C'est moi qu'Amphitryon, etc.

2. Ce nom de lieu est traduit de Plaute, chez qui il revient deux fois (*e portu Persico* vers 248 et 256). « Il est vraisemblable, dit M. E. Benoist (*Morceaux choisis de Plaute*, p. 17), que Plaute imagine ce port comme beaucoup d'autres contrées dont il nous parle. » On lit dans un fragment du grammairien latin Festus que, par l'épithète de *Persicus*, le comique romain semble avoir voulu désigner la mer d'Eubée, où, pendant les guerres médiques, la flotte des Perses avait pris position. Rotrou, qui paraît avoir entendu le mot en ce sens, corrige l'anachronisme et fait dire à Mercure : *Mon Maître*

M'a du port Euboïque envoyé vers sa femme.

3.   *Quæ dixisti modo*
Omnia ementitu's : equidem Sosia Amphitruonis sum.
Nam noctu hac soluta'st navis nostra e portu Persico ;
Et ubi Pterela rex regnavit oppidum expugnavimus,
Et legiones Teleboarum vi pugnando cepimus,
Et ipsus Amphitruo obtruncavit regem Pterelam in prælio.
              (Plaute, vers 254-259.)

4. *De certitude*, certainement, locution adverbiale dont M. Littré ne donne que ce seul exemple.

Mari de Cléanthis la prude,
Dont l'humeur me fait enrager;
Qui dans Thèbe ai reçu mille coups d'étrivière,
    Sans en avoir jamais dit rien,   465
Et jadis en public fus marqué par derrière [1],
    Pour être trop homme de bien.

SOSIE [2].

Il a raison. A moins d'être Sosie,
    On ne peut pas savoir tout ce qu'il dit;
Et dans l'étonnement dont mon âme est saisie,   470
Je commence, à mon tour, à le croire un petit [3].
En effet, maintenant que je le considère,
Je vois qu'il a de moi taille, mine, action [4].
    Faisons-lui quelque question,
    Afin d'éclaircir ce mystère. [5]   475
Parmi tout le butin fait sur nos ennemis,
Qu'est-ce qu'Amphitryon obtient [6] pour son partage ?

MERCURE.

Cinq fort gros diamants, en nœud proprement mis,
Dont leur chef se paroit comme d'un rare ouvrage.

SOSIE.

A qui destine-t-il un si riche présent ?   480

MERCURE.

A sa femme; et sur elle il le veut voir paraître.

---

1. Ce « marqué en public » semble faire allusion, par un comique anachronisme, à la peine de l'exposition et de la marque, au *cautère royal* que redoute le Sganarelle du *Médecin volant* (tome I, p. 71). Toutefois la marque au fer chaud, particulièrement sur le front, était d'un fréquent usage à Rome, surtout comme punition des esclaves. Le Sosie de Plaute, en parlant (vers 290) de son dos couvert de cicatrices, entend, lui, sans doute les marques des coups de fouet.

2. Sosie, *bas, à part.* (1734.)

3. On a déjà vu cette expression dans *l'École des femmes* (au vers 549 ; Sosie l'emploie encore plus loin, au vers 732.

4. *Action,* démarche et gestes.

5. *Haut.* (1734.)

6. Obtint. (1697, 1710, 18, 30, 33, 73.)

SOSIE.

Mais où, pour l'apporter, est-il mis à présent?

MERCURE.

Dans un coffret, scellé des armes de mon maître[1].

SOSIE[2].

Il ne ment pas d'un mot à chaque repartie,
Et de moi je commence à douter tout de bon[3].   485
Près de moi, par la force, il est déjà Sosie;
Il pourroit bien encor l'être par la raison[4].
Pourtant, quand je me tâte, et que je me rappelle,
     Il me semble que je suis moi.
Où puis-je rencontrer quelque clarté fidèle,   490
     Pour démêler ce que je voi?
Ce que j'ai fait tout seul, et que n'a vu personne,
A moins d'être moi-même, on ne le peut savoir.
Par cette question il faut que je l'étonne[5] :
C'est de quoi le confondre, et nous allons le voir.[6]   495
Lorsqu'on étoit aux mains, que fis-tu dans nos tentes,
     Où tu courus seul te fourrer?

MERCURE.

D'un jambon....

---

1. Ceci encore est moderne. Toutefois « le soleil levant avec son quadrige »
empreint sur le sceau d'Amphitryon (qui, chez Plaute, vers 264-266, clôt le
coffret où est renfermé, au lieu d'un nœud de diamants, une coupe) n'est pas
sans ressemblance avec des *armes.* Voyez ci-après la note du vers 961.

2. Sosie, *à part.* (1734.)

3.   *Egomet mihi non credo, quum illæc autumare illum audio.*
       Hic quidem certe quæ illeic sunt res gestæ memorat memoriter.
                    (Plaute, vers 260 et 261.)

4. C'est de Rotrou que Molière paraît s'être ici souvenu : voyez la *Notice,*
p. 332. Plaute dit pourtant aussi (vers 267) :

       Argumentis vincit : aliud nomen quærendum 'st mihi.

5.   . . . . *Jam ego hunc decipiam probe;*
       Nam quod egomet solus feci, nec quisquam alius adfuit
       In tabernaculo, id quidem hodie numquam poterit dicere.
                    (Plaute, vers 268-270.)

6. *Haut.* (1734.)

SOSIE [1].

L'y voilà [2] !

MERCURE.

Que j'allai déterrer,

Je coupai bravement deux tranches succulentes,

Dont je sus fort bien me bourrer; 500

Et joignant à cela d'un vin que l'on ménage,

Et dont, avant le goût, les yeux se contentoient,

Je pris un peu de courage,

Pour nos gens qui se battoient.

SOSIE.

Cette preuve sans pareille 505

En sa faveur conclut bien ;

Et l'on n'y peut dire rien,

S'il n'étoit dans la bouteille [3].

Je [4] ne saurois nier, aux preuves qu'on m'expose,

Que tu ne sois Sosie, et j'y donne ma voix.   510

Mais si tu l'es, dis-moi qui tu veux que je sois?

Car encor faut-il bien que je sois quelque chose.

MERCURE.

Quand je ne serai plus Sosie,

---

1. SOSIE, *bas, à part.* (1734.)

2. . . . . *Ingressu'st viam.*
(Plaute, vers 273.)

3.   *Mira sunt, nisi latuit intus illic in illac hirnea.*
(*Ibidem*, vers 275.)

Il y a une sorte de redite de ce vers dans le passage interpolé de l'*Amphitryon* de Plaute (vers 1033) :

. . . *Intus in crumena clausum alterum esse oportuit.*

Rotrou a ainsi traduit (acte I, scène III) :

Je suis sans repartie après cette merveille,
S'il n'étoit par hasard caché dans la bouteille.

— Saint-Simon a proverbialement employé l'expression de Molière (tome XVI, p. 13, de l'édition de 1873) : «Le duc de Noailles..., enragé de n'être de rien dans une aussi grande préparation de journée, avoit apparemment compris, à force de regarder et d'examiner, que j'étois dans la bouteille. »

4. L'édition de 1734 ajoute avant ce vers : *Haut.*

Sois-le, j'en demeure d'accord;
Mais tant que je le suis, je te garantis mort,   515
    Si tu prends cette fantaisie [1].

SOSIE.

Tout cet embarras met mon esprit sur les dents,
    Et la raison à ce qu'on voit s'oppose.
Mais il faut terminer enfin par quelque chose;
Et le plus court pour moi, c'est d'entrer là dedans. 520

MERCURE.

Ah! tu prends donc, pendard, goût à la bastonnade?

SOSIE [2].

Ah! qu'est-ce ci [3]? grands Dieux! il frappe un ton plus fort [4],
Et mon dos, pour un mois, en doit être malade.
Laissons ce diable d'homme, et retournons au port.
O juste Ciel! j'ai fait une belle ambassade!   525

MERCURE [5].

Enfin, je l'ai fait fuir; et sous ce traitement
De beaucoup d'actions il a reçu la peine.
Mais je vois Jupiter, que fort civilement
    Reconduit l'amoureuse Alcmène.

1.
SOSIA.

Quis ego sum saltem, si non sum Sosia? te interrogo.
MERCURIUS.

Ubi ego Sosia nolim esse, tu esto sane Sosia.
Nunc quando ego sum, vapulabis, ni hinc abis ignobilis.
(Plaute, vers 282-284.)

2. SOSIE, *battu par Mercure.* (1734.)

3. L'édition originale a ici la même orthographe qu'au vers 298.

4. Il frappe plus fort d'un ton. Mesurant la force au bruit, et par une spirituelle allusion aux locutions *hausser* ou *baisser d'un ton*, Sosie veut dire : Il fait hausser d'un ton sur mon dos le retentissement des coups. *Ton* semble avoir ici le sens, non de degré en général, non, comme souvent en musique, d'intervalle déterminé, mais de degré quelconque, soit dans l'élévation, soit dans l'intensité, la puissance du son. Le sens du mot est le même, mais n'a rien de hardi dans ce passage de la Fontaine (fable 1 du livre II, 1668) :

....Il vous sied mal d'écrire en si haut style.
— Eh bien! baissons d'un ton.

5. MERCURE, *seul.* (1734.)

SCÈNE III[1].

JUPITER[2], ALCMÈNE, CLÉANTHIS, MERCURE.

JUPITER.

Défendez, chère Alcmène, aux flambeaux d'approcher.
Ils m'offrent des plaisirs en m'offrant votre vue;
Mais ils pourroient ici découvrir ma venue,
    Qu'il est à propos de cacher.
Mon amour, que gênoient tous ces soins éclatants
Où me tenoit lié la gloire de nos armes,   535
Au devoir de ma charge[3] a volé les instants
    Qu'il vient de donner à vos charmes.
Ce vol qu'à vos beautés mon cœur a consacré
Pourroit être blâmé dans la bouche publique[4],
    Et j'en veux pour témoin unique   540
    Celle qui peut m'en savoir gré.

ALCMÈNE.

Je prends, Amphitryon, grande part à la gloire
Que répandent sur vous vos illustres exploits;
    Et l'éclat de votre victoire
Sait toucher de mon cœur les sensibles endroits;   545
    Mais quand je vois que cet honneur fatal
    Éloigne de moi ce que j'aime,
Je ne puis m'empêcher, dans ma tendresse extrême,

---

1. Cette scène correspond à la scène III de l'acte I de Plaute (vers 342-393). Mais sur ces entretiens de Jupiter et d'Alcmène, qui ressemblent si peu à ceux des scènes toutes romaines de Plaute, voyez la *Notice*, p. 336 et 344.

2. JUPITER, *sous la figure d'Amphitryon*. (1734.)

3. Aux devoirs de ma charge. (1710, 18, 30, 33, 34.)

4. Même tour, mais plus insolite, que dans cette phrase de prose : « *Le Tartuffe*, dans leur bouche, est une pièce qui offense la piété. » (*Préface* du *Tartuffe*, tome IV, p. 373.)

          De lui vouloir un peu de mal,
Et d'opposer mes vœux à cet ordre suprême   550
          Qui des Thébains vous fait le général.
C'est une douce chose, après une victoire,
Que la gloire où l'on voit ce qu'on aime élevé ;
Mais parmi les périls mêlés à cette gloire,
Un triste coup, hélas ! est bientôt arrivé.   555
De combien de frayeurs a-t-on l'âme blessée,
          Au moindre choc dont on entend parler !
Voit-on, dans les horreurs d'une telle pensée,
          Par où jamais se consoler
          Du coup dont on est menacée ?   560
Et de quelque laurier qu'on couronne un vainqueur,
Quelque part que l'on ait à cet honneur suprême,
Vaut-il ce qu'il en coûte aux tendresses d'un cœur
Qui peut, à tout moment, trembler pour ce qu'il aime ?

                    JUPITER.

Je ne vois rien en vous dont mon feu ne s'augmente : 565
Tout y marque à mes yeux un cœur bien enflammé ;
Et c'est, je vous l'avoue, une chose charmante
De trouver tant d'amour dans un objet aimé.
Mais, si je l'ose dire, un scrupule me gêne
Aux tendres sentiments [1] que vous me faites voir ; 570
Et pour les bien goûter, mon amour, chère Alcmène,
Voudroit n'y voir entrer rien de votre devoir :
Qu'à votre seule ardeur, qu'à ma seule personne,
Je dusse les faveurs que je reçois de vous,
Et que la qualité que j'ai de votre époux   575
          Ne fût point ce qui me les donne.

                    ALCMÈNE.

C'est de ce nom pourtant que l'ardeur qui me brûle

---

1. Pour cet emploi d'*à qui* allége si bien la lourde tournure : « relativement
aux tendres sentiments, en ce qui touche les tendres sentiments, » comparez
les vers 944, 1709 et 1801 du *Tartuffe*.

Tient le droit de paroître au jour,
Et je ne comprends rien à ce nouveau scrupule
  Dont s'embarrasse votre amour.   580

JUPITER.

Ah! ce que j'ai pour vous d'ardeur et de tendresse
  Passe aussi celle d'un époux,
Et vous ne savez pas, dans des moments si doux,
  Quelle en est la délicatesse.
Vous ne concevez point qu'un cœur bien amoureux 585
Sur cent petits égards s'attache avec étude,
  Et se fait une inquiétude
  De la manière d'être heureux.
  En moi, belle et charmante Alcmène,
Vous voyez un mari, vous voyez un amant;   590
Mais l'amant seul me touche, à parler franchement,
Et je sens, près de vous, que le mari le gêne.
Cet amant, de vos vœux jaloux au dernier point,
Souhaite qu'à lui seul votre cœur s'abandonne,
  Et sa passion ne veut point   595
  De ce que le mari lui donne.
Il veut de pure source obtenir vos ardeurs,
Et ne veut rien tenir des nœuds de l'hyménée,
Rien d'un fâcheux devoir qui fait agir les cœurs,
Et par qui, tous les jours, des plus chères faveurs 600
  La douceur est empoisonnée.
Dans le scrupule enfin dont il est combattu,
Il veut, pour satisfaire à sa délicatesse,
Que vous le sépariez d'avec ce qui le blesse,
Que le mari ne soit que pour votre vertu,   605
Et que de votre cœur, de bonté revêtu,
L'amant ait tout l'amour et toute la tendresse.

ALCMÈNE.

Amphitryon, en vérité,
Vous vous moquez de tenir ce langage,

Et j'aurois peur qu'on ne vous crût pas sage,   610
Si de quelqu'un vous étiez écouté.

JUPITER.

Ce discours est plus raisonnable,
    Alcmène, que vous ne pensez;
Mais un plus long séjour me rendroit trop coupable,
Et du retour au port les moments sont pressés.   615
Adieu : de mon devoir l'étrange barbarie
    Pour un temps m'arrache de vous;
Mais, belle Alcmène, au moins, quand vous verrez l'é-
    Songez à l'amant, je vous prie.   [poux,

ALCMÈNE.

Je ne sépare point ce qu'unissent les Dieux,   620
Et l'époux et l'amant me sont fort précieux.

CLÉANTHIS[1].

    O Ciel! que d'aimables caresses
    D'un époux ardemment chéri!
    Et que mon traître de mari
    Est loin de toutes ces tendresses!   625

MERCURE[2].

    La Nuit, qu'il me faut avertir,
    N'a plus qu'à plier tous ses voiles;
    Et, pour effacer les étoiles,
Le Soleil de son lit peut maintenant sortir[3].

SCÈNE IV.

CLÉANTHIS, MERCURE.

1. CLÉANTHIS, à part. (1734.)
2. MERCURE, à part. (Ibidem.)
3. Dans Plaute (vers 389-393), c'est Jupiter qui, après avoir quitté Alcmène,
avertit la Nuit qu'elle peut faire place au Jour.

SCÈNE IV.

CLÉANTHIS, MERCURE.

(Mercure veut s'en aller[1].)

CLÉANTHIS[2].

Quoi? c'est ainsi que l'on me quitte?　　　630

MERCURE.

Et comment donc? Ne veux-tu pas
Que de mon devoir je m'acquitte?
Et que d'Amphitryon j'aille suivre les pas?

CLÉANTHIS.

Mais avec cette brusquerie,
Traître, de moi te séparer!　　　635

MERCURE.

Le beau sujet de fâcherie!
Nous avons tant de temps ensemble à demeurer.

CLÉANTHIS.

Mais quoi? partir ainsi d'une façon brutale,
Sans me dire un seul mot de douceur pour régale[3]!

MERCURE.

Diantre! où veux-tu que mon esprit　　　640
T'aille chercher des fariboles?
Quinze ans de mariage épuisent les paroles,
Et depuis un long temps nous nous sommes tout dit.

1. L'édition de 1734 a remplacé cette indication par celle dont elle fait précéder le premier vers de Cléanthis : voyez la note suivante.

2. CLÉANTHIS, *arrêtant Mercure*. (1734.)

3. Molière a écrit *régal*, sans *e*, dans *le Misanthrope* (vers 55); mais nous trouvons deux fois, en prose, *régale* (*l'Avare*, acte II, scène v, et *les Amants magnifiques*, acte II, scène ii, 6ᵉ couplet de Clitidas). Cette seconde orthographe est la seule qu'admettent Richelet (1680) et l'Académie dans sa première édition (1694). Furetière, dès 1690, et l'Académie, dès sa seconde édition (1718), écrivent *régal*. Voyez ci-après une des rimes des vers cités page 477.

CLÉANTHIS.

Regarde, traître, Amphitryon,
Vois combien pour Alcmène il étale de flamme,   645
Et rougis là-dessus du peu de passion
      Que tu témoignes pour ta femme.

MERCURE.

Hé! mon Dieu! Cléanthis, ils sont encore amants.
      Il est certain âge où tout passe;
Et ce qui leur sied bien dans ces commencements,   650
En nous, vieux mariés, auroit mauvaise grâce.
Il nous feroit beau voir, attachés face à face
      A pousser les beaux sentiments!

CLÉANTHIS.

Quoi? suis-je hors d'état, perfide, d'espérer
      Qu'un cœur auprès de moi soupire?   655

MERCURE.

      Non, je n'ai garde de le dire;
Mais je suis trop barbon pour oser soupirer,
      Et je ferois crever de rire.

CLÉANTHIS.

Mérites-tu, pendard, cet insigne bonheur
De te voir pour épouse une femme d'honneur?   660

MERCURE.

Mon Dieu! tu n'es que trop honnête :
Ce grand honneur ne me vaut rien.
Ne sois point si femme de bien,
Et me romps un peu moins la tête.

CLÉANTHIS.

Comment? de trop bien vivre on te voit me blâmer? 665

MERCURE.

La douceur d'une femme est tout ce qui me charme;
      Et ta vertu fait un vacarme
      Qui ne cesse de m'assommer.

CLÉANTHIS.

Il te faudroit des cœurs pleins de fausses tendresses,

De ces femmes aux beaux et louables talents,   670
Qui savent accabler leurs maris de caresses,
Pour leur faire avaler l'usage des galants [1].

MERCURE.

Ma foi! veux-tu que je te dise?
Un mal d'opinion ne touche que les sots [2];
    Et je prendrois pour ma devise :   675
   « Moins d'honneur, et plus de repos. »

CLÉANTHIS.

Comment? tu souffrirois, sans nulle répugnance,
Que j'aimasse un galant avec toute licence?

MERCURE.

Oui, si je n'étois plus de tes cris rebattu [3],
Et qu'on te vît changer d'humeur et de méthode. 680
    J'aime mieux un vice commode
    Qu'une fatigante vertu.
    Adieu, Cléanthis, ma chère âme :
    Il me faut suivre Amphitryon.

(Il s'en va [4].)

CLÉANTHIS [5].

    Pourquoi, pour punir cet infâme,   685
Mon cœur n'a-t-il assez de résolution?
    Ah! que dans cette occasion,
    J'enrage d'être honnête femme!

---

1. Dans les anciennes éditions, *des Galans* (rimant avec *talens*), ce qui laisse indécise la finale *d* ou *t*; mais, six vers plus loin, elles ont *Galant* au singulier.

2. « *Un mal d'opinion*, dit Auger, est une expression hardie et originale; » et il rapproche de ce vers les deux suivants de la Fontaine (du *Prologue* de *la Coupe enchantée*, conte IV de la 3e partie, 1669) :

> .... Ce mal dont la peur vous mine et vous consume
> N'est mal qu'en votre idée, et non point dans l'effet.

3. Rabattu. (1682, 92, 97.)
4. Cette indication n'est pas dans l'édition de 1734.
5. CLÉANTHIS, *seule*. (1734.)

FIN DU PREMIER ACTE.

ACTE II.

___

SCÈNE PREMIÈRE[1].

AMPHITRYON, SOSIE.

AMPHITRYON.

Viens çà, bourreau, viens çà. Sais-tu, maître fripon,
Qu'à te faire assommer ton discours peut suffire ?   690
Et que pour te traiter comme je le desire,
    Mon courroux n'attend qu'un bâton ?

SOSIE.

    Si vous le prenez sur ce ton,
    Monsieur, je n'ai plus rien à dire,
    Et vous aurez toujours raison.   695

AMPHITRYON.

Quoi ? tu veux me donner pour des vérités, traître,
Des contes que je vois d'extravagance outrés[2] ?

SOSIE.

Non : je suis le valet, et vous êtes le maître ;
Il n'en sera, Monsieur, que ce que vous voudrez.

AMPHITRYON.

Çà, je veux étouffer le courroux qui m'enflamme,   700

___

  1. Cette scène répond à la scène 1 de l'acte II de Plaute (vers 394-478).
  2. Emploi remarquable d'*outré* avec *de*, se rapportant à un nom de chose.
Le sens est clair : « des contes pleins, à l'excès, d'extravagance. » On ne peut
guère entendre de la même façon cet exemple de Mme de Sévigné (tome II,
p. 521) : « un air outré d'indifférence ; » *de* y dépend plutôt d'*air*, et *outré*
est employé absolument. Rien de plus commun que le même tour avec un nom
de personne : « outré de colère, de dépit. » C'est autre chose, mais pourtant
il y a quelque affinité de sens entre les deux locutions.

Et tout du long t'ouïr sur ta commission.
    Il faut, avant que voir[1] ma femme,
Que je débrouille ici cette confusion.
Rappelle tous tes sens, rentre bien dans ton âme,
Et réponds, mot pour mot, à chaque question.   705

SOSIE.

    Mais, de peur d'incongruité,
    Dites-moi, de grâce, à l'avance[2],
De quel air il vous plaît que ceci soit traité.
Parlerai-je, Monsieur, selon ma conscience,
Ou comme auprès des grands on le voit usité?   710
    Faut-il dire la vérité,
    Ou bien user de complaisance?

AMPHITRYON.

    Non : je ne te veux obliger
Qu'à me rendre de tout un compte fort sincère.

SOSIE.

    Bon, c'est assez; laissez-moi faire :   715
    Vous n'avez qu'à m'interroger.

AMPHITRYON.

Sur l'ordre que tantôt je t'avois su prescrire...[3]?

SOSIE.

Je suis parti, les cieux d'un noir crêpe voilés,
Pestant fort contre vous dans ce fâcheux martyre,
Et maudissant vingt fois l'ordre dont vous parlez.   720

---

1. M. Littré, à l'article AVANT, 8°, cite de nombreux exemples, tous en vers, sauf un de Saint-Simon, en prose, d'*avant que*, au lieu d'*avant de* ou *avant que de*.

2. On voit dans une lettre de Mme de Sévigné (tome V, p. 88) que la locution *à l'avance* était familière aux Provençaux, et sans doute moins du bon usage à Paris : « Je vous écris un peu *à l'avance*, comme on dit en Provence. »

3. On peut entendre à la rigueur : « que je t'avais prescrit nettement, en homme qui sait faire les choses; » mais le mot *savoir*, employé souvent comme une sorte d'auxiliaire, est plutôt ici, comme au vers 1117, un peu de remplissage; il en est autrement aux vers 1113 et 1127, où pourtant Auger semble aussi le trouver à reprendre.

AMPHITRYON.

Comment, coquin?

SOSIE.

Monsieur, vous n'avez rien qu'à dire [1],
Je mentirai, si vous voulez.

AMPHITRYON.

Voilà comme un valet montre pour nous du zèle.
Passons. Sur les chemins que t'est-il arrivé?

SOSIE.

D'avoir une frayeur mortelle,   725
Au moindre objet que j'ai trouvé.

AMPHITRYON.

Poltron!

SOSIE.

En nous formant Nature a ses caprices;
Divers penchants en nous elle fait observer :
Les uns à s'exposer trouvent mille délices;
Moi, j'en trouve à me conserver.   730

AMPHITRYON.

Arrivant au logis...?

SOSIE.

J'ai, devant notre porte,
En moi-même voulu répéter un petit [2]
Sur quel ton et de quelle sorte
Je ferois du combat le glorieux récit.

AMPHITRYON.

Ensuite ?

SOSIE.

On m'est venu troubler et mettre en peine.

AMPHITRYON.

Et qui?

SOSIE.

Sosie, un moi, de vos ordres jaloux,

1. La locution s'expliquant ainsi : « vous n'avez rien à faire qu'à *ou* que de
dire, » *rien* n'y est pas de trop, quoique plus ordinairement on l'y supprime.
2. Voyez ci-dessus, au vers 471.

Que vous avez du port envoyé vers Alcmène,
Et qui de nos secrets a connoissance pleine,
        Comme le moi qui parle à vous.

AMPHITRYON.

Quels contes !

SOSIE.

        Non, Monsieur, c'est la vérité pure.   740
Ce moi plutôt que moi s'est au logis trouvé ;
        Et j'étois venu, je vous jure,
        Avant que je fusse arrivé [1].

AMPHITRYON.

D'où peut procéder, je te prie,
Ce galimatias maudit ?   745
        Est-ce songe ? est-ce ivrognerie ?
        Aliénation d'esprit ?
        Ou méchante plaisanterie ?

SOSIE.

Non : c'est la chose comme elle est,
        Et point du tout conte frivole.   750
Je suis homme d'honneur, j'en donne ma parole,
        Et vous m'en croirez, s'il vous plaît.
Je vous dis que, croyant n'être qu'un seul Sosie,
        Je me suis trouvé deux chez nous ;
Et que de ces deux moi, piqués de jalousie,   755
L'un est à la maison, et l'autre est avec vous ;
Que le moi que voici, chargé de lassitude,
A trouvé l'autre moi frais, gaillard et dispos,
        Et n'ayant d'autre inquiétude
        Que de battre, et casser des os.   760

AMPHITRYON.

Il faut être, je le confesse,
D'un esprit bien posé, bien tranquille, bien doux,

----

1. . . . . . *Prius multo ante ædeis stabam quam illo adveneram.*
Sur l'imitation de ce vers (449) de Plaute par Rotrou, voyez la *Notice*, p. 343.

Pour souffrir qu'un valet de chansons me repaisse.
SOSIE.

Si vous vous mettez en courroux,
Plus de conférence entre nous :   765
Vous savez que d'abord tout cesse.
AMPHITRYON.

Non : sans emportement je te veux écouter ;
Je l'ai promis. Mais dis, en bonne conscience,
Au mystère nouveau que tu me viens conter
Est-il quelque ombre d'apparence ?   770
SOSIE.

Non : vous avez raison, et la chose à chacun
Hors de créance doit paroître.
C'est un fait à n'y rien connoître,
Un conte extravagant, ridicule, importun :
Cela choque le sens commun ;   775
Mais cela ne laisse pas d'être.
AMPHITRYON.

Le moyen d'en rien croire, à moins qu'être insensé ?
SOSIE.

Je ne l'ai pas cru, moi, sans une peine extrême :
Je me suis d'être deux [1] senti l'esprit blessé [2],

---

1. D'être d'eux. (1668, 74 ; faute évidente.)

2. Cette difficulté de croire, cette impossibilité d'expliquer, que fait si plaisamment ressortir la vive action du dialogue de Molière, le Sosie de Rotrou s'est plu à l'examiner avec lui-même, à la fin de la scène III de l'acte I (correspondant à la scène I de Plaute et à la IIe de Molière). Voici cet aparté, que Molière n'a pas voulu refaire, et où se trouvent un peu noyés deux ou trois traits de celui qui se lit, à la même place, dans l'*Amphitryon* latin :

> . . . . O prodige, ô nature !
> Où me suis-je perdu ? quelle est cette aventure ?
> Qui croira ce miracle aux mortels inconnu ?
> Où me suis-je laissé ? que suis-je devenu ^a ?
> Comment peut un seul homme occuper double place ?
> Moi-même je me fuis, moi-même je me chasse ;

a
> . . . . . . *Dí inmortales, obsecro vostram fidem!*
> *Ubi ego perii ? ubi inmutatus sum ? ubi ego formam perdidi ?*
> *An egomet me illeic reliqui, si forte oblitus fui ?*
>
> (Plaute, vers 299-301.)

Et longtemps d'imposteur j'ai traité ce moi-même.   780
Mais à me reconnoître enfin il m'a forcé[1] :
J'ai vu que c'étoit moi, sans aucun stratagème ;
Des pieds jusqu'à la tête, il est comme moi fait,
Beau, l'air noble, bien pris, les manières charmantes ;
      Enfin deux gouttes de lait   785
      Ne sont pas plus ressemblantes[2] ;
Et n'étoit que ses mains sont un peu trop pesantes,
      J'en serois fort satisfait.

AMPHITRYON.

A quelle patience il faut que je m'exhorte !
Mais enfin n'es-tu pas entré dans la maison ?   790

SOSIE.

      Bon, entré ! Hé ! de quelle sorte ?
Ai-je voulu jamais entendre de raison ?
Et ne me suis-je pas interdit notre porte ?

AMPHITRYON.

      Comment donc ?

SOSIE.

      Avec un bâton :
Dont mon dos sent encore une douleur très-forte.   795

AMPHITRYON.

On t'a battu ?

> Je porte tout ensemble et je reçois les coups ;
> Je me vais éloigner et je serai chez nous.
> Quel est cet accident ?...

Il y a plus d'un monologue assez semblable, et une sorte de parodie du débat sur le *moi* de Sosie, dans quelques scènes de *la Trinuzia* de Firenzuola (VI et VII de l'acte IV, I de l'acte V), où se démène, pour sortir de son indécision grotesque, un Docteur imbécile, à qui l'on veut persuader qu'il est devenu un autre, et qu'un second lui a été vu et entendu dans sa maison[a].

1.   . . . . . *Nihilo, inquam, mirum magis tibi istuc, quam mihi.*
   Neque, ita me Dii ament, credebam primo mihimet Sosiæ,
   Donec Sosia, ille egomet, fecit sibi uti crederem.
                     (Plaute, vers 442-444.)

2.   *Neque lacte lacti magis est simile, quam ille ego simili'st mei.*
                     (Vers 447.)

a *La Trinuzia* fut d'abord imprimée à Florence en 1549.

SOSIE.

Vraiment.

AMPHITRYON.

Et qui?

SOSIE.

Moi.

AMPHITRYON.

Toi, te battre?

SOSIE.

Oui, moi : non pas le moi d'ici,
Mais le moi du logis [1], qui frappe comme quatre.

AMPHITRYON.

Te confonde le Ciel de me parler ainsi!

SOSIE.

Ce ne sont point des badinages.   800
Le moi que j'ai trouvé tantôt
Sur le moi qui vous parle a de grands avantages :
Il a le bras fort, le cœur haut;
J'en ai reçu des témoignages,
Et ce diable de moi m'a rossé comme il faut ;   805
C'est un drôle qui fait des rages [2].

AMPHITRYON.

Achevons. As-tu vu ma femme?

SOSIE.

Non.

AMPHITRYON.

Pourquoi?

---

1.   AMPHITRUO.

Quis te verberavit ?

SOSIA..

Egomet memet, qui nunc sum domi.
(Plaute, vers 453.)

2. Au même sens que le tour ordinaire : « faire rage. » M. Littré n'a trouvé
à citer de cet allongement que notre exemple, mais il cite l'expression analogue de *dire des rages*, qui a été employée par Mme de Sévigné et par Saint-
Simon, au lieu de *dire rage* (de quelqu'un).

SOSIE.

Par une raison assez forte.

AMPHITRYON.

Qui t'a fait y manquer, maraud? explique-toi.

SOSIE.

Faut-il le répéter vingt fois de même sorte? 810
Moi, vous dis-je[1], ce moi plus robuste que moi,
Ce moi qui s'est de force emparé de la porte,
 Ce moi qui m'a fait filer doux,
 Ce moi qui le seul moi veut être,
 Ce moi de moi-même jaloux, 815
 Ce moi vaillant, dont le courroux
 Au moi poltron s'est fait connaître,
 Enfin ce moi qui suis chez nous[2],
 Ce moi qui s'est montré mon maître,
 Ce moi qui m'a roué de coups[3]. 820

1.
AMPHITRUO.

. . . . *Sed vidistin' uxorem meam?*

SOSIA.

Quin introire in ædeis numquam licitum 'st.

AMPHITRUO.

     Quis te prohibuit?

SOSIA.

Sosia ille, quem jamdudum dico, is qui me contudit.

AMPHITRUO.

Quis istic Sosia 'st?

SOSIA.

 Ego, inquam : quoties dicundum 'st tibi?
    (Plaute, vers 462-465.)

2. C'est ici seulement que le *moi qui* est suivi de la première personne, pour cette seule raison sans doute que la troisième : *qui est*, aurait fait hiatus; mais quoique ainsi motivée, cette confusion est d'un effet vraiment comique. Rotrou en avait donné l'exemple, mais en sens inverse : il emploie constamment la première personne, sauf une fois où, lui aussi, en est empêché par la mesure : voyez la note suivante.

3. Rotrou (acte II, scène 1) avait essayé le même mouvement et la même répétition, dans un des couplets que Plaute ne lui a pas fournis :

 Et qui t'en a chassé? — Moi, ne vous dis-je pas?
 Moi que j'ai rencontré, moi qui suis sur la porte,
 Moi qui me suis moi-même ajusté de la sorte,
 Moi qui me suis chargé d'une grêle de coups,
 Ce moi qui m'a parlé, ce moi qui suis chez vous.

AMPHITRYON.

Il faut que ce matin, à force de trop boire,
    Il se soit troublé le cerveau.

SOSIE.

Je veux être pendu si j'ai bu que[1] de l'eau[2] :
    A mon serment on m'en peut croire.

AMPHITRYON.

Il faut donc qu'au sommeil tes sens se soient portés ? 825
Et qu'un songe fâcheux, dans ses confus mystères,
        T'ait fait voir toutes les chimères
        Dont tu me fais des vérités ?

SOSIE.

Tout aussi peu. Je n'ai point sommeillé,
    Et n'en ai même aucune envie.   830
        Je vous parle bien éveillé ;
J'étois bien éveillé ce matin, sur ma vie !
Et bien éveillé même étoit l'autre Sosie,
    Quand il m'a si bien étrillé[3].

---

1. Autre chose que. On a déjà vu plusieurs exemples de cet emploi ellip-
tique de *que* (au vers 919 de *l'Étourdi*, aux *Précieuses*, tome II, p. 56, au
Second Placet du *Tartuffe*, tome IV, p. 391) ; M. Littré en a recueilli un grand
nombre dans les auteurs du dix-septième siècle (au mot QUE, 10°).

AMPHITRUO.

2.   *Homo hic ebrius est, ut opinor....*

        . . . .
        . . . . *Ubi bibisti ?*
                        SOSIA.
        Nusquam equidem bibi.

                        (Plaute, vers 417-419.)
                        AMPHITRUO.
3.   *Sed quid ais ? num obdormivisti dudum ?*
                        SOSIA.
                                Nusquam gentium.
                        AMPHITRUO.
        Ibi forte istum si vidisses quemdam in somnis Sosiam.
                        SOSIA.

        Vigilans vidi, vigilans nunc te video, vigilans fabulor,
        Vigilantem ille me jamdudum vigilans pugnis contudit.
                        (Vers 466-470.)

AMPHITRYON.

Suis-moi. Je t'impose silence :   335
   C'est trop me fatiguer l'esprit ;
Et je suis un vrai fou d'avoir la patience
D'écouter d'un valet les sottises qu'il dit.

SOSIE[1].

Tous les discours sont des sottises,
   Partant d'un homme sans éclat ;   340
Ce seroit paroles exquises[2]
   Si c'étoit un grand qui parlât[3].

AMPHITRYON.

Entrons, sans davantage attendre.
Mais Alcmène paroît avec tous ses appas.
En ce moment sans doute elle ne m'attend pas,   345
   Et mon abord la va surprendre.

---

1. Sosie, *à part.* (1734.)

2. Ce seroient paroles exquises. (1682, 1734.)

3. C'est, avec un tour plus vif et plus familier, la maxime qu'Euripide, aux vers 293-295 de sa tragédie d'*Hécube*, a mise dans la bouche de la vieille reine et qui termine les supplications qu'elle adresse à Ulysse : « Mais, quoi que tu veuilles dire (*à tes Grecs*), l'autorité en toi persuadera ; car venant d'hommes obscurs ou d'hommes illustres les mêmes paroles n'ont pas la même puissance[a]. » Quatre vers de la fable du *Fermier, le Chien et le Renard* (la IIIe du livre XI, publiée par la Fontaine une dizaine d'années après l'*Amphitryon*) ont été plus naturellement rapprochés de la réflexion de Sosie :

> Son raisonnement pouvoit être
> Fort bon dans la bouche d'un maître ;
> Mais n'étant que d'un simple chien,
> On trouva qu'il ne valoit rien.

[a] Aulu-Gelle (livre XI, chapitre IV) nous a conservé une traduction latine de ces trois vers par Ennius.

SCÈNE II[1].

ALCMÈNE, CLÉANTHIS, AMPHITRYON, SOSIE.

ALCMÈNE[2].

Allons pour mon époux, Cléanthis, vers les Dieux[3]
　　Nous acquitter de nos hommages,
Et les remercier des succès glorieux
Dont Thèbes, par son bras, goûte les avantages.[4]　850
O Dieux!

AMPHITRYON.

　　Fasse le Ciel qu'Amphitryon vainqueur
　　Avec plaisir soit revu de sa femme,
　　Et que ce jour favorable à ma flamme
Vous redonne à mes yeux avec le même cœur,
　　Que j'y retrouve autant d'ardeur　　855
　　Que vous en rapporte mon âme!

ALCMÈNE.

Quoi? de retour si tôt?

AMPHITRYON.

　　　　Certes, c'est en ce jour
Me donner de vos feux un mauvais témoignage,

1. Cette scène correspond à la scène II de l'acte II de Plaute (vers 479-
706); mais elle s'en éloigne beaucoup par le fond même ou l'expression des
sentiments.

2.　　　ALCMÈNE, AMPHITRYON, CLÉANTHIS, SOSIE.

　　　ALCMÈNE, *sans voir Amphitryon.* (1734.)

3. Le rapport de *vers* est ici ambigu : la préposition dépend-elle d'*allons*
(ce serait : « vers les images des Dieux, au Temple ») ou d'*acquitter*? Le rapprochement d'un autre *acquitter vers*, que nous trouverons au vers 902, rend
ce second tour très-probable, malgré la virgule qui, dans les anciennes éditions, suit ici le mot *Dieux* : on sait combien, dans ces vieux textes, il y a peu
de compte à tenir de la ponctuation, qui, en général, est bien plutôt de l'imprimeur que de l'auteur.

4. *Apercevant Amphitryon.* (1734.)

Et ce « Quoi? si tôt de retour? »
En ces occasions n'est guère le langage   860
        D'un cœur bien enflammé d'amour.
        J'osois me flatter en moi-même
    Que loin de vous j'aurois trop demeuré.
L'attente d'un retour ardemment desiré
Donne à tous les instants une longueur extrême,   865
      ‑ Et l'absence de ce qu'on aime,
Quelque peu qu'elle dure, a toujours trop duré.

ALCMÈNE.

Je ne vois....

AMPHITRYON.

    Non, Alcmène, à son impatience
On mesure le temps en de pareils états;
      Et vous comptez les moments de l'absence   870
        En personne qui n'aime pas.
        Lorsque l'on aime comme il faut,
        Le moindre éloignement nous tue,
        Et ce dont on chérit la vue
        Ne revient jamais assez tôt.   875
        De votre accueil, je le confesse,
    Se plaint ici mon amoureuse ardeur,
        Et j'attendois de votre cœur
    D'autres transports de joie et de tendresse.

ALCMÈNE.

      J'ai peine à comprendre sur quoi   880
Vous fondez les discours que je vous entends faire;
        Et si vous vous plaignez de moi,
        Je ne sais pas, de bonne foi,
        Ce qu'il faut pour vous satisfaire.
Hier au soir, ce me semble, à votre heureux retour,
On me vit témoigner une joie assez tendre,
        Et rendre aux soins de votre amour
Tout ce que de mon cœur vous aviez lieu d'attendre.

AMPHITRYON.

Comment?

ALCMÈNE.

Ne fis-je pas éclater à vos yeux
Les soudains mouvements d'une entière allégresse? 890
Et le transport d'un cœur peut-il s'expliquer mieux,
Au retour d'un époux qu'on aime avec tendresse?

AMPHITRYON.

Que me dites-vous là?

ALCMÈNE.

Que même votre amour
Montra de mon accueil une joie incroyable;
Et que, m'ayant quittée [1] à la pointe du jour,   895
     Je ne vois pas qu'à ce soudain retour
        Ma surprise soit si coupable.

AMPHITRYON.

Est-ce que du retour que j'ai précipité
Un songe, cette nuit, Alcmène, dans votre âme
        A prévenu la vérité?   900
Et que m'ayant peut-être en dormant bien traité,
        Votre cœur se croit vers ma flamme
        Assez amplement acquitté?

ALCMÈNE.

Est-ce qu'une vapeur, par sa malignité,
        Amphitryon, a dans votre âme   905
Du retour d'hier au soir brouillé la vérité?
Et que du doux accueil duquel je m'acquittai
        Votre cœur prétend à ma flamme
        Ravir toute l'honnêteté [2]?

AMPHITRYON.

Cette vapeur dont vous me régalez   910

1. Et que, comme vous m'avez quittée....
2. Toute la bonne grâce. Ce serait un exemple à ajouter, chez M. Littré, aux 4° et 5° de l'article HONNÊTETÉ.

Est un peu, ce me semble, étrange.

ALCMÈNE.

C'est ce qu'on peut donner pour change
Au songe [1] dont vous me parlez.

AMPHITRYON.

A moins d'un songe, on ne peut pas sans doute
Excuser ce qu'ici votre bouche me dit.　　　　915

ALCMÈNE.

A moins d'une vapeur qui vous trouble l'esprit,
On ne peut pas sauver ce que de vous j'écoute.

AMPHITRYON.

Laissons un peu cette vapeur, Alcmène.

ALCMÈNE.

Laissons un peu ce songe, Amphitryon.

AMPHITRYON.

Sur le sujet dont il est question,　　　　920
Il n'est guère de jeu que trop loin on ne mène.

ALCMÈNE.

Sans doute ; et pour marque certaine,
Je commence à sentir un peu d'émotion.

AMPHITRYON.

Est-ce donc que par là vous voulez essayer
A réparer l'accueil dont je vous ai fait plainte ?　　　　925

ALCMÈNE.

Est-ce donc que par cette feinte
Vous desirez vous égayer ?

AMPHITRYON.

Ah ! de grâce, cessons, Alcmène, je vous prie,
Et parlons sérieusement.

ALCMÈNE.

Amphitryon, c'est trop pousser l'amusement :　　　　930
Finissons cette raillerie.

1. Ce qu'on peut donner en retour du songe, ce dont on peut payer le songe.

AMPHITRYON.

Quoi? vous osez me soutenir en face
Que plus tôt qu'à cette heure on m'ait ici pu voir?

ALCMÈNE.

Quoi? vous voulez nier avec audace
Que dès hier en ces lieux vous vîntes sur le soir[1]? 935

AMPHITRYON.

Moi! je vins hier?

ALCMÈNE.

      Sans doute; et dès devant l'aurore[2],
Vous vous en êtes retourné.

AMPHITRYON[3].

Ciel! un pareil débat s'est-il pu voir encore?
Et qui de tout ceci ne seroit étonné?
Sosie?

SOSIE.

Elle a besoin de six grains d'ellébore[4],   940
Monsieur, son esprit est tourné[5].

AMPHITRYON.

Alcmène, au nom de tous les Dieux!
Ce discours a d'étranges suites:

---

1. Le dialogue n'a pas moins de vivacité dans ce vers (604) du comique latin :

AMPHITRUO.

Tun'me heri advenisse dicis?

ALCUMENA.

    Tun'te abîsse hodie hinc negas?

2.   L'Ane d'un jardinier se plaignoit au Destin
    De ce qu'on le faisoit lever devant l'aurore.

      (La Fontaine, début de *l'Ane et ses Maîtres*, fable XI du
      livre VI, 1668.)

3. AMPHITRYON, *à part*. (1734.)
4. *Ellébore*, dans les éditions antérieures à 1734.
5.   SOSIA.

   . . . . *Quæso, quin tu istanc jubes*
   Pro cerita circumferri?

        (Plaute, vers 621 et 622.)

Reprenez vos sens un peu mieux,
Et pensez à ce que vous dites.   945

ALCMÈNE.

J'y pense mûrement aussi;
Et tous ceux du logis ont vu votre arrivée.
J'ignore quel motif vous fait agir ainsi;
Mais si la chose avoit besoin d'être prouvée,
S'il étoit vrai qu'on pût ne s'en souvenir pas,   950
De qui puis-je tenir, que de vous, la nouvelle
Du dernier de tous vos combats?
Et les cinq diamants que portoit Ptérélas,
Qu'a fait dans la nuit éternelle
Tomber l'effort de votre bras[1]?   955
En pourroit-on vouloir un plus sûr témoignage?

AMPHITRYON.

Quoi? je vous ai déjà donné
Le nœud de diamants que j'eus pour mon partage,
Et que je vous ai destiné?

ALCMÈNE.

Assurément. Il n'est pas difficile   960
De vous en bien convaincre.

AMPHITRYON.

Et comment?

ALCMÈNE[2].

Le voici[3].

1.
ALCUMENA.
Quis igitur, nisi vos, narravit mihi illi ut fuerit prælium?
AMPHITRUO.
An etiam id tu scis?
ALCUMENA.
*Quippe quæ ex te audivi : ut urbem maxumam
Expugnavisses, regemque Pterelam tute occideris.*
(Plaute, vers 590-592.)

2. ALCMÈNE, *montrant, à sa ceinture, le nœud de diamants.* (1734.) — *Montrant le nœud de diamants à sa ceinture.* (1773.)

3. Dans Plaute, nous l'avons dit, au lieu d'un nœud de diamants, c'est une coupe d'or, où buvait le roi Ptérélas, qu'Amphitryon a destinée à Alcmène;

AMPHITRYON.

Sosie !

SOSIE[1].

Elle se moque, et je le tiens ici ;
Monsieur, la feinte est inutile.

AMPHITRYON.

Le cachet est entier [2].

ALCMÈNE[3].

Est-ce une vision ?

Tenez. Trouverez-vous cette preuve assez forte ?   965

AMPHITRYON.

Ah Ciel ! ô juste Ciel [4] !

ALCMÈNE.

Allez, Amphitryon,
Vous vous moquez d'en user de la sorte,
Et vous en devriez avoir confusion.

elle ne peut, comme ici, à l'instant même, montrer le gage dérobé par le
Dieu et qu'elle tient de sa main.

1. SOSIE, *tirant de sa poche un coffret.* (1734.)

2.   SOSIA.
. . . . . *An etiam id credis, quæ in hac cistellula*
Tuo signo obsignata fertur ?
                    AMPHITRUO.
                 Salvom signum 'st ?
            SOSIA.
                                   Inspice.
            AMPHITRUO.
Recte ita 'st, ut obsignavi.
                         (Plaute, vers 619-621.)

3.   AMPHITRYON, *regardant le coffret.*
       Le cachet est entier.
   ALCMÈNE, *présentant à Amphitryon le nœud de diamants.* (1734.)

4.   ALCUMENA.
. . . . . *Age, adspice huc, sis, nunc jam.*

. . . .

Estne hæc patera, qua donatus illi ?
            AMPHITRUO.
                    Summe Juppiter,
Quid ego video !
                    (Plaute, vers 624-627.)

AMPHITRYON.

Romps vite ce cachet.

SOSIE, ayant ouvert le coffret.

Ma foi, la place est vide.

Il faut que par magie on ait su le tirer,   970
Ou bien que de lui-même il soit venu, sans guide,
Vers celle qu'il a su qu'on en vouloit parer.

AMPHITRYON[1].

O Dieux, dont le pouvoir sur les choses préside,
Quelle est cette aventure? et qu'en puis-je augurer
Dont mon amour ne s'intimide ?   975

SOSIE[2].

Si sa bouche dit vrai, nous avons même sort,
Et de même que moi, Monsieur, vous êtes double[3].

AMPHITRYON.

Tais-toi.

ALCMÈNE.

Sur quoi vous étonner si fort ?
Et d'où peut naître ce grand trouble?

AMPHITRYON[4].

O Ciel! quel étrange embarras!   980
Je vois des incidents qui passent la nature;
Et mon honneur redoute une aventure
Que mon esprit ne comprend pas.

ALCMÈNE.

Songez-vous, en tenant cette preuve sensible,
A me nier encor votre retour pressé?   985

---

1. AMPHITRYON, *à part.* (1734.)
2. SOSIE, *à Amphitryon.* (*Ibidem.*)
3. Dans la pièce latine, avec un *tous* (*omnes*), assez plaisant, de plus :
SOSIA.
. . . . . *Omnes congeminavimus.*
(Plaute, vers 632.)
4. AMPHITRYON, *à part.* (1734.)

AMPHITRYON.

Non; mais à ce retour daignez, s'il est possible,
  Me conter ce qui s'est passé.

ALCMÈNE.

Puisque vous demandez un récit[1] de la chose,
Vous voulez dire donc que ce n'étoit pas vous[2]?

AMPHITRYON.

  Pardonnez-moi; mais j'ai certaine cause   990
Qui me fait demander ce récit entre nous.

ALCMÈNE.

Les soucis importants qui vous peuvent saisir,
Vous ont-ils fait si vite en perdre la mémoire?

AMPHITRYON.

Peut-être; mais enfin vous me ferez plaisir
  De m'en dire toute l'histoire.   995

ALCMÈNE.

L'histoire n'est pas longue. A vous je m'avançai,
  Pleine d'une aimable surprise;
  Tendrement je vous embrassai,
Et témoignai ma joie à plus d'une reprise.

AMPHITRYON, en soi-même[3].

Ah! d'un si doux accueil je me serois passé[4].   1000

ALCMÈNE.

Vous me fîtes d'abord ce présent d'importance,

---

1. Ce récit. (1730, 33, 34, mais non 1773.)

2. Il y a un simple point, au lieu d'un point d'interrogation, dans les textes
de 1674, de 1682 et de 1734.

3. AMPHITRYON, *à part.* (1734.)

4.   AMPHITRUO.
    Ain' heri nos advenisse huc?
                 ALCUMENA.
                    Aio : adveniensque illico
    Me salutavisti, et ego te, et osculum tetuli tibi.
                 AMPHITRUO.
    Jam illud non placet principium de osculo.
                    (Plaute, vers 645-647.)

Que du butin conquis vous m'aviez destiné.
    Votre cœur, avec véhémence,
M'étala de ses feux toute la violence,
Et les soins importuns qui l'avoient enchaîné,   1005
L'aise de me revoir, les tourments de l'absence,
    Tout le souci que son impatience
    Pour le retour s'étoit donné;
Et jamais votre amour, en pareille occurrence,
Ne me parut si tendre et si passionné.   1010
    AMPHITRYON, en soi-même [1].
Peut-on plus vivement se voir assassiné?
    ALCMÈNE.
Tous ces transports, toute cette tendresse,
Comme vous croyez bien, ne me déplaisoient pas;
    Et s'il faut que je le confesse,
Mon cœur, Amphitryon, y trouvoit mille appas.   1015
    AMPHITRYON.
Ensuite, s'il vous plaît.
    ALCMÈNE.
    Nous nous entrecoupâmes
De mille questions [2] qui pouvoient nous toucher.
On servit. Tête à tête ensemble nous soupâmes;
Et le souper fini, nous nous fûmes coucher.
    AMPHITRYON.
Ensemble?
    ALCMÈNE.
    Assurément. Quelle est cette demande?
    AMPHITRYON [3].
Ah! c'est ici le coup le plus cruel de tous,
Et dont à s'assurer trembloit mon feu jaloux.

---

1. AMPHITRYON, *à part*. (1734.)
2. *S'entrecouper de*, s'interrompre par, locution fort claire, mais dont encore M. Littré paraît n'avoir trouvé que notre exemple.
3. AMPHITRYON, *à part*. (1734.)

ALCMÈNE.

D'où vous vient à ce mot une rougeur si grande ?
Ai-je fait quelque mal de coucher avec vous ?

AMPHITRYON.

Non, ce n'étoit pas moi, pour ma douleur sensible[1] :
Et qui dit qu'hier ici mes pas se sont portés,
          Dit de toutes les faussetés
          La fausseté la plus horrible[2].

ALCMÈNE.

Amphitryon !

AMPHITRYON.

          Perfide !

ALCMÈNE.

          Ah ! quel emportement !

AMPHITRYON.

Non, non : plus de douceur et plus de déférence,   1030
Ce revers[3] vient à bout de toute ma constance ;
Et mon cœur ne respire, en ce fatal moment,
          Et que fureur et que vengeance.

1. Même emploi de *pour* que dans la tournure : « pour mon malheur. »

2.   ALCUMENA.
Cœna adposita 'st ; cœnavisti mecum, ego adcubui simul.

. . . . *Mensa ablata'st, cubitum hinc abiimus.*

AMPHITRUO.
Ubi tu cubuisti ?

                    ALCUMENA.
In eodem lecto tecum una in cubiculo.

AMPHITRUO.
Perdidisti ! .... Hæc me modo ad mortem dedit.

. . . .

                    ALCUMENA.
Quid ego feci, qua istæc propter dicta dicantur mihi ?

Quid ego tibi deliqui, si cui nupta sum, tecum fui ?

AMPHITRUO.
Tun'mecum fueris ? Quid illac impudente audacius ?
                                   (Plaute, vers 650-664.)

3. Ce (cruel) changement dans ma destinée : nous avons vu ce mot pris dans
un sens tout opposé, celui de « changement heureux, » au vers 208 de *Dom
Garcie de Navarre.*

ALCMÈNE.

De qui donc vous venger? et quel manque de foi
    Vous fait ici me traiter de coupable? 1035

AMPHITRYON.

    Je ne sais pas, mais ce n'étoit pas moi;
Et c'est un désespoir qui de tout rend capable.

ALCMÈNE.

Allez, indigne époux, le fait parle de soi,
    Et l'imposture est effroyable.
        C'est trop me pousser là-dessus, 1040
Et d'infidélité me voir trop condamnée.
    Si vous cherchez, dans ces transports confus,
Un prétexte à briser les nœuds d'un hyménée
        Qui me tient à vous enchaînée,
        Tous ces détours sont superflus; 1045
        Et me voilà déterminée
A souffrir qu'en ce jour nos liens soient rompus.

AMPHITRYON.

Après l'indigne affront que l'on me fait connoître,
C'est bien à quoi sans doute il faut vous préparer[1] :
C'est le moins qu'on doit voir, et les choses peut-être
        Pourront n'en pas là demeurer.
Le déshonneur est sûr, mon malheur m'est visible,
Et mon amour en vain voudroit me l'obscurcir;
Mais le détail encor ne m'en est pas sensible,
Et mon juste courroux prétend s'en éclaircir. 1055
Votre frère[2] déjà peut hautement répondre

---

1. Suivant les mœurs romaines, dans la comédie latine la proposition de divorce est bien plus simplement et formellement faite : voyez les vers 693-699; et, en outre, les vers 733-736, et 774 de la scène II de l'acte III. — Ce n'est pas dans son sens strict que Molière a fait employer le mot de *divorce* à l'Amphitryon-Jupiter de la scène VI de cet acte (au vers 1270).

2. Ce frère ne paraîtra pas, n'ayant pu être rencontré (voyez au vers 1439). Dans Plaute, il n'est question que d'un parent (*cognatus*) d'Alcmène, d'un Naucratès, différent de celui qui paraît au IIIe acte de Molière.

Que jusqu'à ce matin je ne l'ai point quitté :
Je m'en vais le chercher, afin de vous confondre
Sur ce retour qui m'est faussement imputé.
Après, nous percerons jusqu'au fond d'un mystère   1060
    Jusques à présent inouï ;
Et dans les mouvements d'une juste colère [1],
    Malheur à qui m'aura trahi !

SOSIE.

Monsieur....

AMPHITRYON.

    Ne m'accompagne pas,
Et demeure ici pour m'attendre.   1065

CLÉANTHIS [2].

Faut-il...?

ALCMÈNE.

    Je ne puis rien entendre :
Laisse-moi seule, et ne suis point mes pas.

SCÈNE III.

CLÉANTHIS, SOSIE.

CLÉANTHIS [3].

Il faut que quelque chose ait brouillé sa cervelle ;
    Mais le frère [4] sur-le-champ
    Finira cette querelle.   1070

SOSIE [5].

C'est ici, pour mon maître, un coup assez touchant,
    Et son aventure est cruelle.

---

1. Et quand je céderai aux mouvements de ma juste colère....
2. CLÉANTHIS, à *Alcmène*. (1734.)
3. CLÉANTHIS, *à part*. (*Ibidem.*)
4. Voyez ci-dessus, au vers 1056.
5. SOSIE, *à part*. (1734.)

Je crains fort pour mon fait quelque chose approchant,
Et je m'en veux tout doux éclaircir avec elle.

CLÉANTHIS[1].

Voyez s'il me viendra seulement aborder！　　　　1075
Mais je veux m'empêcher de rien faire paroître.

SOSIE[2].

La chose quelquefois est fâcheuse à connoître,
Et je tremble à la demander.
Ne vaudroit-il point mieux, pour ne rien hasarder,
Ignorer ce qu'il en peut être ?　　　　1080
Allons, tout coup vaille[3], il faut voir,
Et je ne m'en saurois défendre.
La foiblesse humaine est d'avoir
Des curiosités d'apprendre
Ce qu'on ne voudroit pas savoir[4].　　　　1085
Dieu te gard'[5], Cléanthis !

CLÉANTHIS.

Ah ! ah ! tu t'en avises,
Traître, de t'approcher de nous !

SOSIE.

Mon Dieu ! qu'as-tu ? toujours on te voit en courroux,
Et sur rien tu te formalises.

---

1. CLÉANTHIS, *à part.* (1734.)

2. SOSIE, *à part.* (*Ibidem.*)

3. A tout hasard, à tout risque. Locution usitée dans certains jeux : voyez le *Dictionnaire de M. Littré*, à COUP, 16°, où notre exemple est omis.

4. Comparez les vers 369 et 370 de *l'École des femmes* (tome III, p. 187) :

> Je tremble du malheur qui m'en peut arriver,
> Et l'on cherche souvent plus qu'on ne veut trouver.

5. *Gard*, sans apostrophe, dans les éditions de 1682 et de 1734 ; et *garde*, en dépit de la mesure, dans celles de 1674, de 1684 A et de 1694 B. On lit de même dans *les Femmes savantes* (acte II, scène II) :

> Ah ! Dieu vous gard', mon frère.

Gard est la forme habituelle dans cet « ancien souhait ou salut » : voyez une note de Paul-Louis Courier à sa traduction des *Pastorales* de Longus (livre III), p. 182, fin de la colonne 1, dans l'édition des *OEuvres complètes* (Didot, 1839).

CLÉANTHIS.

Qu'appelles-tu sur rien, dis?

SOSIE.

            J'appelle sur rien   1090
Ce qui sur rien s'appelle en vers ainsi qu'en prose;
    Et rien, comme tu le sais bien,
    Veut dire rien, ou peu de chose.

CLÉANTHIS.

    Je ne sais qui me tient, infâme,
    Que je ne t'arrache les yeux,   1095
Et ne t'apprenne où va le courroux d'une femme [1].

SOSIE.

Holà! d'où te vient donc ce transport furieux?

CLÉANTHIS.

Tu n'appelles donc rien le procédé, peut-être [2],
    Qu'avec moi ton cœur a tenu?

SOSIE.

    Et quel?

CLÉANTHIS.

    Quoi? tu fais l'ingénu?   1100
    Est-ce qu'à l'exemple du maître
Tu veux dire qu'ici tu n'es pas revenu?

SOSIE.

    Non: je sais fort bien le contraire;
    Mais je ne t'en fais pas le fin [3]:
    Nous avions bu de je ne sais quel vin,   1105
Qui m'a fait oublier tout ce que j'ai pu faire.

---

1. Auger rappelle ici le *Notum.... furens quid fœmina possit* de Virgile (au livre V de l'*Énéide*, vers 6).

2. Nous n'avons pas besoin de faire remarquer combien cette coupe, par *peut-être*, à la fin du vers, a de force d'ironie.

3. Je te l'avoue bonnement. On disait, en parlant d'un homme, *en faire le fin*, d'une femme, *en faire la fine*, pour *dissimuler, cacher quelque chose* (voyez le *Lexique de la langue de Corneille*, tome I, p. 418); et on disait le contraire, *n'en pas faire le fin, n'en pas faire la fine*, pour *avouer franchement*,

CLÉANTHIS.

Tu crois peut-être excuser par ce trait....

SOSIE.

Non, tout de bon, tu m'en peux croire.
J'étois dans un état où je puis avoir fait
Des choses dont j'aurois regret,   1110
Et dont je n'ai nulle mémoire.

CLÉANTHIS.

Tu ne te souviens point du tout de la manière
Dont tu m'as su traiter [1], étant venu du port?

SOSIE.

Non plus que rien[2]. Tu peux m'en faire le rapport :
Je suis équitable et sincère,   1115
Et me condamnerai moi-même, si j'ai tort.

CLÉANTHIS.

Comment? Amphitryon m'ayant su disposer[3],
Jusqu'à ce que tu vins[4] j'avois poussé ma veille ;
Mais je ne vis jamais une froideur pareille :
De ta femme il fallut moi-même t'aviser[5] ;   1120
Et lorsque je fus te baiser,
Tu détournas le nez, et me donnas l'oreille.

---

dire sans détour une chose. Voici de cette locution les deux bons exemples choisis, avec celui de Molière, par M. Littré :

> N'en fais donc point la fine et vainement ne cache
> Ce qu'il faut, malgré toi, que tout le monde sache.
> (Regnier, *Dialogue* de Cloris et Philis, 3ᵉ couplet de Cloris.)

> Je vous embarrassai : n'en faites point la fine.
> (Corneille, *le Menteur*, acte V, scène VI, vers 1745, Dorante à Clarice.)

1. Dont tu as trouvé moyen de me traiter, dont tu as pu me traiter. Pour *su,* quelque peu explétif ici et au vers 1117, voyez ci-dessus, la note du vers 717.

2. *Non plus que rien,* au sens de « pas du tout. »

3. M'ayant par son retour préparé au tien ; ou, simplement, m'ayant averti de ton retour.

4. Nous sommes, avec *jusqu'à ce que,* plus habitués au subjonctif ; mais, en ce sens, l'indicatif paraît préférable : « jusqu'au moment où tu vins, où tu es venu. »

5. T'aviser que tu avais une femme, qu'elle était là.

SOSIE.

Bon!

CLÉANTHIS.

Comment, bon?

SOSIE.

Mon Dieu! tu ne sais pas pourquoi,
Cléanthis, je tiens ce langage:
J'avois mangé de l'ail, et fis en homme sage   1125
De détourner un peu mon haleine de toi.

CLÉANTHIS.

Je te sus exprimer [1] des tendresses de cœur;
Mais à tous mes discours tu fus comme une souche;
Et jamais un mot de douceur
Ne te put sortir de la bouche.   1130

SOSIE [2].

Courage!

CLÉANTHIS.

Enfin ma flamme eut beau s'émanciper,
Sa chaste ardeur en toi ne trouva rien que glace;
Et dans un tel retour [3], je te vis la tromper,
Jusqu'à faire refus de prendre au lit la place
Que les lois de l'hymen t'obligent d'occuper.   1135

SOSIE.

Quoi? je ne couchai point.... [4]

CLÉANTHIS.

Non, lâche.

SOSIE.

Est-il possible?

1. Le *sus* paraît ici un peu plus significatif qu'aux vers où nous avons déjà
relevé ce mot, mais sans l'être beaucoup encore.

2. Sosie, *à part.* (1734.)

3. A l'heure d'un retour dont nous aurions dû être si contents, qui s'était
tant fait attendre.

4. Au lieu des points répétés, marquant réticence, que nous donnons d'a-
près les anciens textes, il y a ici, ce qui n'est pas nécessaire, mais mieux peut-
être, un point d'interrogation dans l'édition de 1734.

CLÉANTHIS.

Traître, il n'est que trop assuré [1].
C'est de tous les affronts l'affront le plus sensible;
Et loin que ce matin ton cœur l'ait réparé,
   Tu t'es d'avec moi séparé   1140
Par des discours chargés d'un mépris tout visible.

SOSIE [2].

Vivat [3] Sosie!

CLÉANTHIS.

   Hé quoi? ma plainte a cet effet?
   Tu ris après ce bel ouvrage?

SOSIE.

Que je suis de moi satisfait!

CLÉANTHIS.

Exprime-t-on ainsi le regret d'un outrage?   1145

SOSIE.

Je n'aurois jamais cru que j'eusse été si sage.

CLÉANTHIS.

Loin de te condamner d'un si perfide trait,
Tu m'en fais éclater la joie en ton visage!

SOSIE.

Mon Dieu, tout doucement! Si je parois joyeux,
Crois que j'en ai dans l'âme une raison très-forte, 1150
Et que, sans y penser, je ne fis jamais mieux
Que d'en user tantôt avec toi de la sorte.

CLÉANTHIS.

   Traître, te moques-tu de moi?

SOSIE.

   Non, je te parle avec franchise.
En l'état où j'étois, j'avois certain effroi,   1155

---

1. Cela n'est que trop assuré.
2. SOSIE, *à part.* (1734.)
3. C'est, avec un tout autre sens, le cri de Mascarille au vers 794 de
l'Étourdi.

Dont avec ton discours mon âme s'est remise.
Je m'appréhendois fort, et craignois qu'avec toi
   Je n'eusse fait quelque sottise.

CLÉANTHIS.

Quelle est cette frayeur? et sachons donc pourquoi.

SOSIE.

  Les médecins disent, quand on est ivre,   1160
   Que de sa femme on se doit abstenir,
Et que dans cet état il ne peut provenir
Que des enfants pesants et qui ne sauroient vivre[1].
Vois, si mon cœur n'eût su de froideur se munir,
Quels inconvénients auroient pu s'en ensuivre!   1165

CLÉANTHIS.

   Je me moque des médecins,
   Avec leurs raisonnements fades :
   Qu'ils règlent ceux qui sont malades,
Sans vouloir gouverner les gens qui sont bien sains.
   Ils se mêlent de trop d'affaires,   1170
De prétendre tenir nos chastes feux gênés;
   Et sur les jours caniculaires
Ils nous donnent encore, avec leurs lois sévères,
   De cent sots contes par le nez[2].

SOSIE.

Tout doux !

CLÉANTHIS.

   Non : je soutiens que cela conclut mal : 1175
Ces raisons sont raisons d'extravagantes têtes.
Il n'est ni vin ni temps qui puisse être fatal
A remplir le devoir de l'amour conjugal;

---

1. Auger renvoie ici au chapitre III de *l'Éducation des enfants* de Plutarque
(qu'Amyot a intitulé *Comment il faut nourrir les enfants*).

2. Ils ont sur ce sujet cent sots contes dont ils nous donnent sur le nez.
M. Littré, à l'article Nez, 4°, traduit « donner d'une chose sur le nez » par
« dire quelque chose à tort et à travers. »

Et les médecins sont des bêtes.
SOSIE.
Contre eux, je t'en supplie, apaise ton courroux :   1180
Ce sont d'honnêtes gens, quoi que le monde en dise.
CLÉANTHIS.
Tu n'es pas où tu crois; en vain tu files doux :
Ton excuse n'est point une excuse de mise;
Et je me veux venger tôt ou tard, entre nous,
De l'air dont chaque jour je vois qu'on me méprise.
Des discours de tantôt je garde tous les coups,
Et tâcherai d'user, lâche et perfide époux,
De cette liberté que ton cœur m'a permise.
SOSIE.
Quoi?
CLÉANTHIS.
Tu m'as dit tantôt que tu consentois fort,
Lâche, que j'en aimasse un autre.   1190
SOSIE.
Ah! pour cet article, j'ai tort.
Je m'en dédis, il y va trop du nôtre :
Garde-toi bien de suivre ce transport.
CLÉANTHIS.
Si je puis une fois pourtant
Sur mon esprit gagner la chose....   1195
SOSIE.
Fais à ce discours quelque pause [1] :
Amphitryon revient, qui me paroît content.

____

1. Restons-en là pour le moment; on a déjà vu l'expression au vers 334.

SCÈNE IV.

JUPITER, CLÉANTHIS, SOSIE.

JUPITER[1].

Je[2] viens prendre le temps de rapaiser Alcmène,
De bannir les chagrins que son cœur veut garder,
Et donner à mes feux, dans ce soin qui m'amène,   1200
    Le doux plaisir de se raccommoder.[3]
    Alcmène est là-haut, n'est-ce pas?

CLÉANTHIS.

    Oui, pleine d'une inquiétude
    Qui cherche de la solitude,
Et qui m'a défendu[4] d'accompagner ses pas.   1205

JUPITER.

    Quelque défense qu'elle ait faite,
    Elle ne sera pas pour moi.

CLÉANTHIS.

    Son chagrin[5], à ce que je voi[6],
    A fait une prompte retraite.

1. JUPITER, *à part*. (1734.)
2. Ces quatre premiers vers correspondent au long couplet, fort différent,
de la rentrée de Jupiter dans Plaute (acte III, scène I, vers 707-727).
3. *A Cléanthis.* (1734.)
4. « Et qui » peut se rapporter à Alcmène; mais il paraît grammaticalement plus simple, quoique d'un tour plus hardi, de le rapporter à « inquiétude ».
5.   SCÈNE V.
                   CLÉANTHIS, SOSIE.
CLÉANTHIS. Son chagrin. (1734.) — Voyez, sur le sens du mot, ci-dessus,
p. 249, note 2.
6. Au sujet de *voi*, sans *s*, voyez l'*Introduction grammaticale du Lexique de
Corneille*, p. LXII et LXIII.

SCÈNE V.

CLÉANTHIS, SOSIE.

SOSIE.

Que dis-tu, Cléanthis, de ce joyeux maintien,   1210
    Après son fracas effroyable?

CLÉANTHIS.

    Que si toutes nous faisions bien,
  Nous donnerions tous les hommes au diable,
    Et que le meilleur n'en vaut rien.

SOSIE.

    Cela se dit dans le courroux;   1215
Mais aux hommes par trop vous êtes accrochées;
Et vous seriez, ma foi! toutes bien empêchées,
    Si le diable les prenoit tous [1].

CLÉANTHIS.

Vraiment....

SOSIE.

Les voici. Taisons-nous.

SCÈNE VI [2].

JUPITER, ALCMÈNE, CLÉANTHIS, SOSIE.

JUPITER.

Voulez-vous me désespérer?   1220
Hélas! arrêtez, belle Alcmène.

---

1. Autre anachronisme plaisamment amené par le tour proverbial du vers
1213; nous trouvons au vers 1889 un emploi plus comique encore de ce mot
diable, si commun et de sens si varié dans notre langue.

2. Cette scène correspond à la scène II et, pour les derniers vers seulement
(1422-1427), à la scène III de l'acte III de Plaute (vers 728-801, et 802-829).

ALCMÈNE.

Non, avec l'auteur de ma peine
Je ne puis du tout demeurer.

JUPITER.

De grâce....

ALCMÈNE.

Laissez-moi.

JUPITER.

Quoi...?

ALCMÈNE.

Laissez-moi, vous dis-je.

JUPITER.

Ses pleurs touchent mon âme, et sa douleur m'afflige.
Souffrez[1] que mon cœur....

ALCMÈNE.

Non, ne suivez point mes pas.

JUPITER.

Où voulez-vous aller?

ALCMÈNE.

Où vous ne serez pas[2].

JUPITER.

Ce vous est une attente vaine.
Je tiens à vos beautés par un nœud trop serré,
Pour pouvoir un moment en être séparé :   1230
Je vous suivrai partout, Alcmène.

ALCMÈNE.

Et moi, partout je vous fuirai.

---

1. JUPITER, *bas, à part.* Ses pleurs, etc. (*Haut.*) Souffrez. (1734.)
2. Done Elvire fait même réponse à Dom Garcie, dans la scène VI de
l'acte II de *Dom Garcie de Navarre* (tome II, p. 269, vers 635) :

DOM GARCIE.

. . . . . Madame, hélas! où fuyez-vous?

DONE ELVIRE.

Où vous ne serez point, trop odieux jaloux.

Nous aurons à rappeler un peu plus loin (au vers 1358) un long passage de
cette scène de *Dom Garcie.*

JUPITER.

Je suis donc bien épouvantable ?

ALCMÈNE.

Plus qu'on ne peut dire, à mes yeux.
Oui, je vous vois comme un monstre effroyable,
Un monstre cruel, furieux,
Et dont l'approche est redoutable,
Comme un monstre à fuir en tous lieux.
Mon cœur souffre, à vous voir, une peine incroyable ;
C'est un supplice qui m'accable ;   1240
Et je ne vois rien sous les cieux
D'affreux, d'horrible, d'odieux,
Qui ne me fût plus que vous supportable.

JUPITER.

En voilà bien, hélas ! que votre bouche dit.

ALCMÈNE.

J'en ai dans le cœur davantage ;   1245
Et pour s'exprimer tout[1], ce cœur a du dépit
De ne point trouver de langage.

JUPITER.

Hé ! que vous a donc fait ma flamme,
Pour me pouvoir, Alcmène, en monstre regarder ?

ALCMÈNE.

Ah ! juste Ciel ! cela peut-il se demander ?   1250
Et n'est-ce pas pour mettre à bout une âme[2] ?

JUPITER.

Ah ! d'un esprit plus adouci....

ALCMÈNE.

Non, je ne veux du tout vous voir, ni vous entendre.

---

1. La plupart des anciennes éditions, y compris celle de 1734, changent en
« l'exprimer » le réfléchi « s'exprimer, » ici fort clair, que donnent le texte
original et celui de 1682.

2. Voyez, pour ce tour, ci-dessus, p. 235, note 3.

JUPITER.

Avez-vous bien le cœur de me traiter ainsi ?
    Est-ce là cet amour si tendre,   1255
Qui devoit tant durer quand je vins hier ici ?

ALCMÈNE.

Non, non, ce ne l'est pas; et vos lâches injures
    En ont autrement ordonné.
Il n'est plus, cet amour tendre et passionné;
Vous l'avez dans mon cœur, par cent vives blessures,
    Cruellement assassiné.
    C'est en sa place un courroux inflexible,
Un vif ressentiment, un dépit invincible,
Un désespoir d'un cœur justement animé,
Qui prétend vous haïr, pour cet affront sensible,   1265
Autant qu'il est d'accord de vous avoir aimé[1] :
    Et c'est haïr autant qu'il est possible.

JUPITER.

Hélas ! que votre amour n'avoit guère de force,
Si de si peu de chose on le peut voir mourir !
Ce qui n'étoit que jeu doit-il faire un divorce[2] ?   1270
Et d'une raillerie a-t-on lieu de s'aigrir ?

ALCMÈNE.

    Ah ! c'est cela dont je suis offensée[3],
    Et que ne peut pardonner mon courroux.
Des véritables traits d'un mouvement jaloux

1. Autant qu'il avoue vous avoir aimé.

2. Doit-il amener une séparation de nos cœurs, une rupture entre nous : voyez ci-dessus, p. 416, note 1.

3. Dans le dialogue beaucoup plus court de la scène latine correspondante, à l'excuse tout aussi légère hasardée par le Dieu Alcmène répond en un simple vers, mais d'un sentiment profond :

JUPITER.

. . . . . . *Si quid dictum'st per jocum,*
Non æquom'st id te serio prævortier.

ALCUMENA.

Ego illud scio quam doluerit cordi meo.

(Plaute, vers 766-768.)

Je me trouverois moins blessée. 1275
La jalousie a des impressions
Dont bien souvent la force nous entraîne;
Et l'âme la plus sage, en ces occasions,
Sans doute avec assez de peine
Répond de ses émotions; 1280
L'emportement d'un cœur qui peut s'être abusé
A de quoi ramener une âme qu'il offense;
Et dans l'amour qui lui donne naissance
Il trouve au moins, malgré toute sa violence,
Des raisons pour être excusé; 1285
De semblables transports contre un ressentiment
Pour défense toujours ont ce qui les fait naître,
Et l'on donne grâce aisément
A ce dont on n'est pas le maître.
Mais que, de gayeté[1] de cœur, 1290
On passe aux mouvements d'une fureur extrême,
Que sans cause l'on vienne, avec tant de rigueur,
Blesser la tendresse et l'honneur
D'un cœur qui chèrement nous aime,
Ah! c'est un coup trop cruel en lui-même, 1295
Et que jamais n'oubliera ma douleur.

JUPITER.

Oui, vous avez raison, Alcmène, il se faut rendre:
Cette action, sans doute, est un crime odieux;
Je ne prétends plus le défendre;
Mais souffrez que mon cœur s'en défende à vos yeux,
Et donne au vôtre à qui se prendre
De ce transport injurieux.

1. Nous avons déjà vu, à la fin du vers 1810 de *Dom Garcie de Navarre*, tome II, p. 326, ce mot de *gayeté* mesuré en trois syllabes, contrairement à l'usage, devenu de plus en plus commun depuis le commencement du dix-septième siècle, de n'en faire qu'une d'*aye, aie* au cœur d'un mot, particulièrement dans les vers. Voyez M. Ch. Thurot, *de la Prononciation française depuis le commencement du seizième siècle*, livre II, chapitre I, tome I, p. 296.

A vous en faire un aveu véritable,
  ·L'époux, Alcmène, a commis tout le mal ;
C'est l'époux qu'il vous faut regarder en coupable. 1305
L'amant n'a point de part à ce transport brutal,
Et de vous offenser son cœur n'est point capable :
Il a pour vous, ce cœur, pour jamais y penser[1],
    Trop de respect et de tendresse ;
Et si de faire rien à vous pouvoir blesser   1310
    Il avoit eu la coupable foiblesse,
De cent coups à vos yeux il voudroit le percer[2].
Mais l'époux est sorti de ce respect soumis
    Où pour vous on doit toujours être ;
A son dur procédé l'époux s'est fait connoître,   1315
Et par le droit d'hymen il s'est cru tout permis ;
Oui, c'est lui qui sans doute est criminel vers vous[3],
Lui seul a maltraité votre aimable personne :
    Haïssez, détestez l'époux,
    J'y consens, et vous l'abandonne.   1320
Mais, Alcmène, sauvez l'amant de ce courroux
    Qu'une telle offense vous donne ;
    N'en jetez pas sur lui l'effet,
    Démêlez-le[4] un peu du coupable ;
    Et pour être enfin équitable,   1325
Ne le punissez point de ce qu'il n'a pas fait.

                  ALCMÈNE.

    Ah ! toutes ces subtilités
    N'ont que des excuses frivoles,

---

1. Pour y jamais penser. (1718, 30, 33, 34.)

2. L'amant voudroit le percer. — Après le double sujet : *l'amant et le cœur*, et l'*il* précédent, qui remplace *le cœur*, le rapport du second *il* est grammaticalement ambigu ; il a suffi à l'auteur qu'il se trouvât négligemment déterminé par l'ensemble du sens.

3. Voyez ci-dessus, au vers 847.

4. On a déjà vu des exemples de cette élision de *le* aux vers 1115 du *Tartuffe*, 433 et 748 du *Misanthrope*.

Et pour les esprits irrités
Ce sont des contre-temps que de telles paroles[1].　1330
Ce détour ridicule est en vain pris par vous :
Je ne distingue rien en celui qui m'offense,
　　Tout y devient l'objet de mon courroux,
　　Et dans sa juste violence
　　Sont confondus et l'amant et l'époux.　1335
Tous deux de même sorte occupent ma pensée,
Et des mêmes couleurs, par mon âme blessée,
　　Tous deux ils sont peints à mes yeux :
Tous deux sont criminels, tous deux m'ont offensée,
　　Et tous deux me sont odieux.　1340

JUPITER.

　　Hé bien! puisque vous le voulez,
　　Il faut donc me charger du crime.
Oui, vous avez raison lorsque vous m'immolez
A vos ressentiments en coupable victime ;
Un trop juste dépit contre moi vous anime,　1345
Et tout ce grand courroux qu'ici vous étalez
Ne me fait endurer qu'un tourment légitime ;
　　C'est avec droit que mon abord vous chasse,
　　Et que de me fuir en tous lieux
　　Votre colère me menace :　1350
　　Je dois vous être un objet odieux,
Vous devez me vouloir un mal prodigieux ;
Il n'est aucune horreur que mon forfait ne passe,
　　D'avoir offensé vos beaux yeux.
C'est un crime à blesser les hommes et les Dieux[2],　1355

1. De telles paroles viennent à contre-temps, importunent et révoltent.
Corneille avait dit dans *Don Sanche* (1650, acte I, scène IV, vers 313) :

Quittez ces contre-temps de froide raillerie,

ces froides railleries tout à fait hors de saison.

2. Nous ponctuons ce passage comme le font l'édition originale et toutes
les éditions anciennes jusqu'à celle de 1733 inclusivement. L'éditeur de 1734

Et je mérite enfin, pour punir cette audace,
   Que contre moi votre haine ramasse
     Tous ses traits les plus furieux. [1]
    Mais mon cœur vous demande grâce ;
Pour vous la demander je me jette à genoux,   1360
Et la demande au nom de la plus vive flamme,
    Du plus tendre amour dont une âme
    Puisse jamais brûler pour vous.
    Si votre cœur, charmante Alcmène,
Me refuse la grâce où j'ose recourir,   1365
   Il faut qu'une atteinte soudaine [2]
   M'arrache, en me faisant mourir,
   Aux dures rigueurs d'une peine
   Que je ne saurois plus souffrir.
   Oui, cet état me désespère :   1370
   Alcmène, ne présumez pas [3]

(non celui de 1773), choqué de cette construction où *ne passe* sépare *forfait* de son complément : *D'avoir offensé*, coupe ainsi les vers :

> . . . . . que mon forfait ne passe ;
> . . D'avoir offensé vos beaux yeux,
> C'est un crime à blesser les hommes et les Dieux.

La phrase perd, croyons-nous, plus qu'elle ne gagne, à ce scrupule mal fondé : au temps de Molière, ces rejets du régime sont loin d'être chose insolite, chez les meilleurs auteurs.

1. Molière, pour terminer cette scène, a transporté ici, sans beaucoup de changements, toute la fin d'une scène de *Dom Garcie de Navarre*, la vi⁰ de l'acte II. Nous renvoyons le lecteur aux pages 271-274 de notre tome II : il y peut lire, rapprochés des 50 alexandrins primitifs (679-729), les 62 vers qui suivent (1360-1422).

2. *Atteinte soudaine*, coup soudain. *Atteinte* remplace ici le mot *coup* du vers 686 de *Dom Garcie*.

3. Encore une coupe différente dans l'édition de 1734 (mais non dans celle de 1773, qui ponctue comme nous) :

> Oui, cet état me désespère,
> Alcmène ; ne présumez pas, etc.

Dans le texte de 1682 et ceux qui en procèdent, *Alcmène* est entre deux virgules, et le vocatif, comme assez souvent dans nos vieilles impressions, peut se rattacher, au gré de l'acteur, soit à ce qui précède, soit à ce qui suit.

Qu'aimant comme je fais vos célestes appas,
Je puisse vivre un jour avec votre colère.
Déjà de ces moments la barbare longueur
    Fait sous des atteintes mortelles   1375
    Succomber tout mon triste cœur;
Et de mille vautours les blessures cruelles
N'ont rien de comparable à ma vive douleur.
Alcmène, vous n'avez qu'à me le déclarer :
S'il n'est point de pardon que je doive espérer,   1380
Cette épée aussitôt, par un coup favorable,
Va percer à vos yeux le cœur d'un misérable,
Ce cœur, ce traître cœur, trop digne d'expirer,
Puisqu'il a pu fâcher un objet adorable :
Heureux, en descendant au ténébreux séjour,   1385
Si de votre courroux mon trépas vous ramène,
Et ne laisse en votre âme, après ce triste jour,
    Aucune impression de haine
    Au souvenir de mon amour!
C'est tout ce que j'attends pour faveur souveraine.   1390

            ALCMÈNE.

Ah! trop cruel époux!

            JUPITER.

      Dites, parlez, Alcmène.

            ALCMÈNE.

Faut-il encor pour vous conserver des bontés,
Et vous voir m'outrager par tant d'indignités?

            JUPITER.

Quelque ressentiment qu'un outrage nous cause,
Tient-il contre un remords d'un cœur bien enflammé[1]?

----

1. Ces deux vers sont tout différents, et de sens et de forme, de ces deux
vers de *Dom Garcie* (708 et 709), dont ils tiennent la place (voyez la note 1
de la page 433) :

    Un cœur ne peut jamais outrager quand il aime;
    Et ce que fait l'amour, il l'excuse lui-même.

ALCMÈNE.

Un cœur bien plein de flamme à mille morts s'expose,
Plutôt que de vouloir fâcher l'objet aimé.

JUPITER.

Plus on aime quelqu'un, moins on trouve de peine....

ALCMÈNE.

Non, ne m'en parlez point : vous méritez ma haine.

JUPITER.

Vous me haïssez donc ?

ALCMÈNE.

   J'y fais tout mon effort ; 1400
Et j'ai dépit de voir que toute votre offense
Ne puisse de mon cœur jusqu'à cette vengeance
  Faire encore aller le transport.

JUPITER.

  Mais pourquoi cette violence,
Puisque pour vous venger je vous offre ma mort ? 1405
Prononcez-en l'arrêt, et j'obéis sur l'heure.

ALCMÈNE.

Qui ne sauroit haïr peut-il vouloir qu'on meure ?

JUPITER.

Et moi, je ne puis vivre, à moins que vous quittiez
  Cette colère qui m'accable,
Et que vous m'accordiez le pardon favorable 1410
  Que je vous demande à vos pieds.[1]
  Résolvez ici l'un des deux :
  Ou de punir, ou bien d'absoudre.

ALCMÈNE.

  Hélas ! ce que je puis résoudre
  Paroît bien plus que je ne veux. 1415
Pour vouloir soutenir le courroux qu'on me donne,
  Mon cœur a trop su me trahir :

---

1. *Sosie et Cléanthis se mettent aussi à genoux.* (1734.)

Dire qu'on ne sauroit haïr,
N'est-ce pas dire qu'on pardonne ?

JUPITER.

Ah ! belle Alcmène, il faut que, comblé d'allégresse....

ALCMÈNE.

Laissez : je me veux mal de mon trop de foiblesse.

JUPITER.

Va, Sosie, et dépêche-toi,
Voir, dans les doux transports dont mon âme est charmée,
Ce que tu trouveras d'officiers de l'armée,
    Et les invite à dîner avec moi.[1]   1425
    Tandis que d'ici je le chasse,
    Mercure y remplira sa place[2].

SCÈNE VII.

CLÉANTHIS, SOSIE.

SOSIE.

Hé bien ! tu vois, Cléanthis, ce ménage[3] :
    Veux-tu qu'à leur exemple ici
Nous fassions entre nous un peu de paix aussi,   1430
    Quelque petit rapatriage ?

CLÉANTHIS.

C'est pour ton nez, vraiment ! Cela se fait ainsi.

SOSIE.

Quoi ? tu ne veux pas ?

CLÉANTHIS.

Non.

---

1. *Bas, à part.* (1734.)

2. Mercure remplira sa place. (1674, 82, une partie du tirage de 1734, mais non 1773.)

3. Tu vois le ménage qu'ils font ; tu vois qu'ils refont bon ménage, et non au sens, assez ordinaire aujourd'hui dans la langue familière : « ces deux époux. »

SOSIE.

Il ne m'importe guère :
Tant pis pour toi.

CLÉANTHIS.

La, la[1], revien.

SOSIE.

Non, morbleu! je n'en ferai rien,   1435
Et je veux être, à mon tour, en colère.

CLÉANTHIS.

Va, va, traître, laisse-moi faire :
On se lasse parfois d'être femme de bien.

---

1. Voyez ci-dessus, la note du vers 136. — Dans *revien*, qui suit, l'omission de l'*s* n'est point une licence : Vaugelas dit dans ses *Remarques sur la langue françoise* (1697), p. 322, que, des deux formes *vien* et *viens*, la première est la plus suivie; Thomas Corneille, dans sa note (*ibidem*), préfère la seconde. Richelet, dans son *Dictionnaire*, ne donne que *vien*.

FIN DU SECOND ACTE.

ACTE III.

SCÈNE PREMIÈRE[1].

AMPHITRYON.

Oui, sans doute le sort tout exprès me le cache[2],
Et des tours que je fais à la fin je suis las.   1440
Il n'est point de destin plus cruel, que je sache :
Je ne saurois trouver, portant partout mes pas,
    Celui qu'à chercher je m'attache,
Et je trouve tous ceux que je ne cherche pas[3].
Mille fâcheux cruels, qui ne pensent pas l'être,   1445
De nos faits[4] avec moi, sans beaucoup me connoître,
Viennent se réjouir, pour me faire enrager.
Dans l'embarras cruel du souci qui me blesse,
De leurs embrassements et de leur allégresse
Sur mon inquiétude ils viennent tous charger[5].   1450
    En vain à passer je m'apprête,
    Pour fuir leurs persécutions,

---

1. Cette scène correspond à la scène 1 de l'acte IV de Plaute (vers 855-864).
2. Me cache celui que je cherche (vers 1443), le frère d'Alcmène (vers 1056).
3. Éraste, dans *les Fâcheux*[a], dit de même des importuns qui l'assiégent :

    Je les fuis, et les trouve; et pour second martyre,
    Je ne saurois trouver celle que je desire.

                      (*Note d'Auger.*)

4. De nos faits de guerre, de nos hauts faits.
5. *Charger sur....* semble avoir ici le sens de *peser sur....* : ils viennent faire peser sur mon âme inquiète l'ennui de leurs embrassements.... On pourroit cependant admettre aussi le sens d'*assaillir;* dans un passage tout fa-

a Acte II, scène 1, vers 295 et 296 (tome III, p. 57).

Leur tuante amitié de tous côtés m'arrête ;
Et tandis qu'à l'ardeur de leurs expressions
        Je réponds d'un geste de tête,   1455
Je leur donne tout bas cent malédictions.
Ah ! qu'on est peu flatté de louange, d'honneur,
Et de tout ce que donne une grande victoire,
Lorsque dans l'âme on souffre une vive douleur !
Et que l'on donneroit volontiers cette gloire,   1460
        Pour avoir le repos du cœur !
        Ma jalousie, à tout propos,
        Me promène sur ma disgrâce[1] ;
        Et plus mon esprit y repasse,
Moins j'en puis débrouiller le funeste chaos[2].   1465
Le vol des diamants n'est pas ce qui m'étonne :
On lève les cachets, qu'on ne l'aperçoit pas[3] ;
Mais le don qu'on veut qu'hier j'en vins faire en personne
Est ce qui fait ici mon cruel embarras.
La nature parfois produit des ressemblances   1470
Dont quelques imposteurs ont pris droit d'abuser ;
Mais il est hors de sens[4] que sous ces apparences
Un homme pour époux se puisse supposer,
Et dans tous ces rapports sont mille différences
Dont se peut une femme aisément aviser.   1475

---

milier, au vers 1685 de *l'Étourdi*, Molière a employé *charger sur*.... comme
la langue militaire emploie, à l'actif, *charger*, au sens de *se précipiter, fondre,
tomber sur...* :

> D'abord il a chargé si bien sur les recors, ...
> Qu'à l'heure que je parle ils sont encore en fuite.

1. Fait parcourir à ma pensée toutes les circonstances de ma disgrâce.

2. Nos anciennes éditions, même celle de 1734, écrivent, sauf une (1692 B),
cahos, qui est aussi l'orthographe de Richelet (1680).

3. De telle manière qu'on ne l'aperçoit pas. Nous avons déjà vu ce *que*
équivalent de *tel que* ou de *tellement que*. « Je suis dans une colère, que je
ne me sens pas, » dit Pancrace dans la scène iv du *Mariage forcé* (tome IV,
p. 36).

4. Il est incompréhensible, inadmissible.

Des charmes de la Thessalie
On vante de tout temps les merveilleux effets[1] ;
Mais les contes fameux qui partout en sont faits,
Dans mon esprit toujours ont passé pour folie ;
Et ce seroit du sort une étrange rigueur,   1480
  Qu'au sortir d'une ample victoire
  Je fusse contraint de les croire,
   Aux dépens de mon propre honneur[2].
Je veux la retâter[3] sur ce fâcheux mystère,
Et voir si ce n'est point une vaine chimère   1485
Qui sur ses sens troublés ait su prendre crédit.
  Ah ! fasse le Ciel équitable
  Que ce penser soit véritable,
Et que pour mon bonheur elle ait perdu l'esprit !

---

1. Les *charmeurs* de la Thessalie étaient célèbres dans l'antiquité ; l'Amphitryon de Plaute se croit le jouet de l'un d'eux :

Ego pol illum ulciscar hodie Thessalum veneficum,
Qui pervorse perturbavit familiæ mentem meæ.
   (Acte IV, scène v, vers 1063 et 1064.)

Voici comment en parle Pline dans son livre XXX, chapitre II : « Personne n'a dit.... en quel temps (*la magie*) avait passé chez les femmes thessaliennes, qui longtemps ont servi de surnom dans nos contrées.... Certes je m'étonne que le renom de magie se soit attaché aux Thessaliens d'Achille, si bien que Ménandre, sans rival dans les connaissances littéraires, a intitulé *Thessalienne* une comédie représentant les cérémonies mystérieuses par lesquelles des femmes faisaient descendre la lune sur la terre. » (*Traduction de M. Littré.*)

2. . . . . . *Utinam ne pro benefactis hodie patriam,*
Ædeis, uxorem, familiam cum forma una perduam !
   (Plaute, acte IV, scène II, vers, interpolés, 914 et 915.)

3. Notre exemple est le seul que M. Littré donne de *retâter* dans ce sens figuré.

SCÈNE II[1].

MERCURE, AMPHITRYON.

MERCURE[2].

Comme l'amour ici ne m'offre aucun plaisir,   1490
Je m'en veux faire au moins qui soient d'autre nature,
Et je vais égayer mon sérieux loisir
A mettre Amphitryon hors de toute mesure.
Cela n'est pas d'un Dieu bien plein de charité[3];
Mais aussi n'est-ce pas ce dont je m'inquiète,   1495
Et je me sens par ma planète
A la malice un peu porté[4].

1. Dans cette scène, le premier couplet de Mercure répond à la scène IV de l'acte III de Plaute (vers 830-854); le premier vers d'Amphitryon, aux derniers vers (864-866) de la scène I de l'acte IV du poëte latin; la suite, pour la plus grande partie, répond à la scène II de ce même acte IV, aux vers 867-917, mais dont les premiers seuls (867-880) sont authentiques: cette dernière scène, la principale, celle que Molière a surtout imitée, très-librement, comme l'avait déjà fait Rotrou, appartient presque tout entière, pour tout son développement, au long passage (vers 881-1054) que, pour remplir une lacune évidente, l'un des premiers éditeurs, celui de 1506, a ajouté au texte de Plaute.

2. MERCURE, *dans le balcon de la maison d'Amphitryon.* (1682.) — MERCURE, *sur le balcon de la maison d'Amphitryon, sans être vu ni entendu par Amphitryon.* (1734.)

3. Cette plaisanterie d'un *dieu plein de charité* a pour pendant le *dieu diable* du vers 1889.

4. Auger se demande avec quelque hésitation si le dieu entend parler de la planète qui porte son nom, ou de quelque autre dont, comme un simple mortel, il aurait subi l'ascendant. Il est, sans aucune difficulté, ce semble, question de la première. Dans le *Prologue*, Mercure et la Nuit plaisantent sur les attributs invariables que leur ont assignés les poëtes de la Terre; ici le Mercure de Molière se moque avec la même gaieté ironique et sceptique de la prétendue influence exercée par l'astre que les Dieux ou les hommes lui ont donné à régir; Auger dit que cette influence passait pour être fort maligne. Au temps de Molière, l'astrologie n'était pas tout à fait morte encore, et à consulter le plus récent vulgarisateur de la science, celui qui venait d'en dire le dernier mot dans son *Astrologia gallica*, le professeur royal Jean-Baptiste Morin, on voit que considérant en son action sur nous le Mercure

AMPHITRYON[1].

D'où vient donc qu'à cette heure on ferme cette porte?

MERCURE.

Holà! tout doucement! Qui frappe?

AMPHITRYON.

Moi.

MERCURE.

Qui, moi?

AMPHITRYON[2].

Ah! ouvre[3].

MERCURE.

Comment, ouvre? Et qui donc es-tu, toi,
Qui fais tant de vacarme et parles de la sorte?

AMPHITRYON.

Quoi? tu ne me connois pas?

MERCURE.

Non,
Et n'en ai pas la moindre envie[4].

céleste, il le caractérisait par l'épithète, entre autres, de *vafrificus*[a], « qui rend malin, rusé »; c'est donc bien la planète dont on pouvait le plus naturellement imaginer qu'émanait chez le divin Sosie (comme Plaute l'appelle) la fine scélératesse qu'il met dans ses actes et ses paroles.

1. AMPHITRYON, *sans voir Mercure.* (1734.) — Cette indication est portée un peu plus bas, devant le premier *Moi* du vers suivant, dans l'édition de 1773.

2. AMPHITRYON, *apercevant Mercure, qu'il prend pour Sosie.* (1734.)

3.
> MERCURIUS.
> *Quis ad foreis est?*
> AMPHITRUO.
> *Ego sum.*
> MERCURIUS.
> *Quid ego sum?*
> AMPHITRUO.
> *Ita loquor.*
> (Plaute, vers 867.)

4.
> AMPHITRYON.
> Connois-tu qui te parle? et sais-tu qui je suis?
> MERCURE.
> Ni je ne te connois, ni ne te veux connoître.
> (Rotrou, acte IV, scène II.)

a Page 298 du gros in-folio intitulé ASTROLOGIA GALLICA.... *opera et studio Joannis Baptistæ Morini.... Doctoris medici et Parisiis regii mathematum*

AMPHITRYON[1].

Tout le monde perd-il aujourd'hui la raison?
Est-ce un mal répandu? Sosie, holà! Sosie!   1505

MERCURE.

Hé bien! Sosie : oui, c'est mon nom;
As-tu peur que je ne l'oublie[2]?

AMPHITRYON.

Me vois-tu bien?

MERCURE.

Fort bien. Qui peut pousser ton bras
A faire une rumeur si grande?
Et que demandes-tu là-bas?   1510

AMPHITRYON.

Moi, pendard! ce que je demande[3]?

MERCURE.

Que ne demandes-tu donc pas?
Parle, si tu veux qu'on t'entende[4].

1. AMPHITRYON, *à part.* (1734.)

2.   AMPHITRUO.
Sosia!
                MERCURIUS.
Ita sum Sosia, nisi me esse oblitum existumas.
                        (Plaute, vers 870.)

3.   MERCURIUS.
Quid nunc vis?
                AMPHITRUO.
Sceleste, at etiam quid velim, id tu me rogas?
                        (Vers 871.)

4.   AMPHITRYON.
Sosie?
                MERCURE.
Eh bien? c'est moi : crains-tu que je l'oublie?
Achève, que veux-tu?
                AMPHITRYON.
Traître, ce que je veux?
                MERCURE.
Que ne veux-tu donc point? Réponds-moi si tu veux.
                        (Rotrou, acte IV, scène II.)

Professoris (la Haye, 1661); l'édition était posthume, Morin étant mort en
1656 : c'est ce médecin, mathématicien et astrologue, qui avait été chargé de
tirer l'horoscope du futur roi Louis XIV

AMPHITRYON.

Attends, traître : avec un bâton
Je vais là-haut me faire entendre,   1515
Et de bonne façon t'apprendre
A m'oser parler sur ce ton.

MERCURE.

Tout beau! si pour heurter tu fais la moindre instance,
Je t'envoirai d'ici des messagers fâcheux.

AMPHITRYON.

O Ciel! vit-on jamais une telle insolence?   1520
La peut-on concevoir d'un serviteur, d'un gueux?

MERCURE.

Hé bien! qu'est-ce? M'as-tu tout parcouru par ordre?
M'as-tu de tes gros yeux assez considéré?
Comme il les écarquille, et paroît effaré!
    Si des regards on pouvoit mordre,   1525
    Il m'auroit déjà déchiré.

AMPHITRYON.

Moi-même je frémis de ce que tu t'apprêtes,
    Avec ces impudents propos.
Que tu grossis pour toi d'effroyables tempêtes!
Quels orages de coups vont fondre sur ton dos[1]!   1530

MERCURE.

L'ami, si de ces lieux tu ne veux disparaître,
Tu pourras y gagner quelque contusion.

AMPHITRYON.

Ah! tu sauras, maraud, à ta confusion,
Ce que c'est qu'un valet qui s'attaque à son maître.

1.

MERCURE.
Eh bien! m'as-tu, stupide, assez considéré?
Si l'on mangeoit des yeux, il m'auroit dévoré.
AMPHITRYON.
Quel orage de coups va pleuvoir sur ta tête!
Moi-même j'ai pitié des maux que je t'apprête.
(Rotrou, acte IV, scène II.)

MERCURE.

Toi, mon maître [1]?

AMPHITRYON.

Oui, coquin. M'oses-tu méconnaître?

MERCURE.

Je n'en reconnois point d'autre qu'Amphitryon [2].

AMPHITRYON.

Et cet Amphitryon, qui, hors moi, le peut être?

MERCURE.

Amphitryon?

AMPHITRYON.

Sans doute.

MERCURE.

Ah! quelle vision!
Dis-nous un peu : quel est le cabaret honnête
Où tu t'es coiffé le cerveau [3]?   1540

AMPHITRYON.

Comment? encore?

---

1.   AMPHITRYON.
  Misérable est le serf qui s'attaque à son maître.
                    MERCURE.
      Toi mon maître?
                    (Rotrou, acte IV, scène II.)

2.   . . . . . *Præter Amphitruonem, herum gnovi neminem.*
                    (Plaute, vers, interpolé, 894.)

3. « On dit.... figurément qu'*un homme se coiffe*, qu'*il est aisé à coiffer*, pour dire qu'il boit trop, qu'on l'a trop fait boire. » (*Dictionnaire de l'Académie*, 1694.) L'expression de *coiffer son heaume*, qui a été notée dans le *Glossaire* de l'*Ancien théâtre français* de la collection Jannet (tome IX, p. 148), se rapproche davantage encore de l'expression de Molière. Voici le passage où elle se lit ; il est emprunté à l'*Eugène* de Jodelle (1552, acte III, scène I, tome IV du même *Ancien théâtre*, p. 45) ; un des personnages dit d'une femme qu'il l'a trouvée à table et

> Dès l'heure assez bien abreuvée;
> Car j'ai bien connu au répondre
> . . . .
> *Qu'elle avoit coiffé son heaume[a].*

[a] Se prononçait *he-aume* : voyez M. Littré, article HEAUME, 1°.

MERCURE.

Étoit-ce un vin à faire fête[1] ?

AMPHITRYON.

Ciel!

MERCURE.

Étoit-il vieux, ou nouveau?

AMPHITRYON.

Que de coups!

MERCURE.

Le nouveau donne fort dans la tête,
Quand on le veut boire sans eau.

AMPHITRYON.

Ah! je t'arracherai cette langue sans doute[2].   1545

MERCURE.

Passe, mon cher ami[3], crois-moi :
. Que quelqu'un ici ne t'écoute.
Je respecte le vin : va-t'en, retire-toi,
Et laisse Amphitryon dans les plaisirs qu'il goûte.

AMPHITRYON.

Comment Amphitryon est là dedans?

MERCURE.

Fort bien :   1550
Qui, couvert des lauriers d'une victoire pleine,
Est auprès de la belle Alcmène,
A jouir des douceurs d'un aimable entretien.
Après le démêlé d'un amoureux caprice,

---

1. A faire un régal, un vin comme on en boit aux grands jours, quand on
célèbre une fête, un vin de fête. « Je vois ici un banquet à faire noces, » dit
Mme Jourdain, à la scène II de l'acte IV du *Bourgeois gentilhomme*.
2. Mercure dit à Sosie dans Rotrou (acte I, scène III) :

J'arracherai, pendard, cette langue effrontée,

ce qui répond au vers 192 de Plaute (acte I, scène I) :

Ego tibi istam hodie scelestam comprimam linguam.

3. Mon pauvre ami. (1682, 1734.)

Ils goûtent le plaisir de s'être rajustés.   1555
Garde-toi de troubler leurs douces privautés,
    Si tu ne veux qu'il ne[1] punisse
    L'excès de tes témérités.

SCÈNE III[2].

AMPHITRYON[3].

Ah! quel étrange coup m'a-t-il porté dans l'âme!
En quel trouble cruel jette-t-il mon esprit!   1560
Et si les choses sont comme le traître dit,
Où vois-je ici réduits mon honneur et ma flamme?
A quel parti me doit résoudre ma raison?
    Ai-je l'éclat ou le secret à prendre[4]?
Et dois-je, en mon courroux, renfermer ou répandre
    Le déshonneur de ma maison?
Ah! faut-il consulter[5] dans un affront si rude?

---

1. Ce *ne*, au moins inutile après un *que* dépendant de *ne veux*, a de quoi étonner, surtout dans un temps où plus d'un inclinait plutôt à omettre cette particule négative même après des mots comme *de peur, craindre, empêcher*, et presque tous, ce qui est encore notre assez commun usage, après *ne pas craindre, ne pas empêcher :* voyez la note de Th. Corneille sur les *Remarques de Vaugelas*, p. 739. — Au fond, l'idée est, ce qui rend quelque raison du *ne* : « Si tu ne veux craindre, avoir à craindre qu'il ne punisse. »

2. Cette scène et la suivante réunies répondent à la scène III qui a été interpolée dans l'acte IV de Plaute (vers 918-990). Dans la pièce latine, Sosie n'a été chargé d'inviter et n'amène que le pilote Blépharon. Rotrou, voulant, comme ici Molière, un peu plus d'appareil, fait convoquer par Jupiter tout ce qui reste au port de chefs de l'armée, et ce sont trois d'entre eux, dans la première imitation française, qu'Amphitryon voit inopinément paraître avec Sosie, au lieu de deux seulement comme dans notre scène IV.

3. AMPHITRYON, *seul.* (1734.)

4. Ai-je à prendre le parti de l'éclat ou du secret, choisirai-je de faire un éclat ou de garder le secret, de *renfermer*, comme il va dire au vers suivant, mon déshonneur? La concision est grande et cet emploi de *prendre* paraît très-hardi, tout clair qu'il est.

5. Faut-il délibérer?

Je n'ai rien à prétendre[1] et rien à ménager ;
  Et toute mon inquiétude
  Ne doit aller qu'à me venger.   1570

SCÈNE IV.

SOSIE, NAUCRATÈS, POLIDAS, AMPHITRYON.

SOSIE[2].

Monsieur, avec mes soins tout ce que j'ai pu faire,
C'est de vous amener ces Messieurs que voici.

AMPHITRYON.

Ah ! vous voilà[3] ?

SOSIE.

Monsieur.

AMPHITRYON.

                    Insolent ! téméraire !

SOSIE.

Quoi ?

AMPHITRYON.

Je vous apprendrai de me traiter ainsi[4].

1. Je n'ai lieu, ou, peut-être plutôt, je n'ai moyen de faire valoir auprès
d'autrui aucune prétention, de demander aucune réparation.

2.   AMPHITRYON, SOSIE, NAUCRATÈS *et* POLIDAS *dans le fond du*
théâtre.
                    SOSIE, *à Amphitryon.* (1734.)

3. Cet « Ah vous voilà! » s'adresse, avec le *vous* ironique, comme le vers
1574, à Sosie seul. Amphitryon n'attend nullement et n'aperçoit pas encore
les deux officiers (voyez, dans la note précédente, l'en-tête mis à cette scène
par l'éditeur de 1734).

4. « Un poëte que l'hiatus gêne, demande Auger, peut-il substituer une
préposition à une autre ? » Il n'y avait pas lieu à la question : on voit dans
le *Dictionnaire de M. Littré* (à l'*historique* d'APPRENDRE et à la *remarque* 2
sur ce mot) qu'à l'exemple de plusieurs prosateurs du seizième siècle, Voiture
et Bossuet ont ainsi employé après ce verbe *de* au lieu de *à.*

SOSIE.

Qu'est-ce donc ? qu'avez-vous ?

AMPHITRYON.

Ce que j'ai, misérable ?

SOSIE.

Holà ! Messieurs, venez donc tôt.

NAUCRATÈS[1].

Ah ! de grâce, arrêtez.

SOSIE.

De quoi suis-je coupable ?

AMPHITRYON.

Tu me le demandes, maraud ?[2]
Laissez-moi satisfaire un courroux légitime.

SOSIE.

Lorsque l'on pend quelqu'un, on lui dit pourquoi c'est.

NAUCRATÈS[3].

Daignez nous dire au moins quel peut être son crime.

SOSIE.

Messieurs, tenez bon, s'il vous plaît.

AMPHITRYON.

Comment ? il vient d'avoir l'audace
De me fermer ma porte au nez[4],
Et de joindre encor la menace   1595
A mille propos effrénés ![5]

Ah, coquin !

SOSIE.

Je suis mort.

---

1.   AMPHITRYON, *mettant l'épée à la main.*
                    Ce que j'ai, misérable ?
          SOSIE, *à Naucratès et à Polidas.*
      Holà ! Messieurs, venez donc tôt.
          NAUCRATÈS, *à Amphitryon.* (1734.)

2. *A Naucratès.* (*Ibidem.*) — 3. NAUCRATÈS, *à Amphitryon.* (*Ibidem.*)
4. De me fermer la porte au nez. (1682, 97, 1710, 18, 30, 33, 34.)
5. *Mettant l'épée à la main.* (1734.) — *Voulant le frapper.* (1773.)

NAUCRATÈS [1].

Calmez cette colère.

SOSIE.

Messieurs.

POLIDAS [2].

Qu'est-ce?

SOSIE.

M'a-t-il frappé?

AMPHITRYON.

Non, il faut qu'il ait le salaire
Des mots où [3] tout à l'heure il s'est émancipé.   1590

SOSIE.

Comment cela se peut-il faire,
Si j'étois par votre ordre autre part occupé?
Ces Messieurs sont ici pour rendre témoignage
Qu'à dîner avec vous je les viens d'inviter.

NAUCRATÈS.

Il est vrai qu'il nous vient de faire ce message,   1595
Et n'a point voulu nous quitter.

AMPHITRYON.

Qui t'a donné cet ordre?

SOSIE.

Vous.

AMPHITRYON.

Et quand?

SOSIE.

Après votre paix faite,
Au milieu des transports d'une âme satisfaite
D'avoir d'Alcmène apaisé le courroux. [4]   1600

---

1. Sosie, *tombant à genoux.*
Je suis mort.
Naucratès, à *Amphitryon.* (1734.)

2. Polidas, à *Sosie.* (*Ibidem.*)
3. Auxquels, jusqu'auxquels.
4. *Sosie se relève.* (1734.)

AMPHITRYON.

O Ciel! chaque instant, chaque pas
Ajoute quelque chose à mon cruel martyre ;
    Et dans ce fatal embarras,
Je ne sais plus que croire, ni que dire.

NAUCRATÈS.

Tout ce que de chez vous il vient de nous conter   1605
    Surpasse si fort la nature,
Qu'avant que de rien faire et de vous emporter,
Vous devez éclaircir toute cette aventure.

AMPHITRYON.

Allons : vous y pourrez seconder mon effort,
Et le Ciel à propos ici vous a fait rendre[1].   1610
Voyons quelle fortune en ce jour peut m'attendre :
Débrouillons ce mystère, et sachons notre sort.
    Hélas! je brûle de l'apprendre,
    Et je le crains plus que la mort.[2]

SCÈNE V[3].

JUPITER, AMPHITRYON, NAUCRATÈS, POLIDAS, SOSIE.

JUPITER.

Quel bruit à descendre m'oblige?   1615
Et qui frappe en maître où je suis?

___

1. Vous a fait vous rendre, ellipse ordinaire du pronom avec le verbe réfléchi accompagné de *faire*.

2. *Amphitryon frappe à la porte de sa maison*. (1734.)

3. Cette scène encore correspond à une scène interpolée de la comédie latine, celle dont on a fait la IVe de l'acte IV de Plaute (vers 991-1054); mais, comme on l'a vu plus haut, à la *Notice*, p. 342, la scène de Molière diffère beaucoup de la scène latine. Dans celle-ci, « au lieu des deux capitaines Naucratès et

AMPHITRYON.

Que vois-je? justes Dieux!

NAUCRATÈS.

     Ciel! quel est ce prodige?
Quoi? deux Amphitryons ici nous sont produits!

AMPHITRYON[1].

Mon âme demeure transie;
Hélas! je n'en puis plus : l'aventure est à bout, 1620
 Ma destinée est éclaircie,
 Et ce que je vois me dit tout.

NAUCRATÈS.

Plus mes regards sur eux s'attachent fortement,
Plus je trouve qu'en tout l'un à l'autre est semblable.

SOSIE[2].

Messieurs, voici le véritable;   1625
L'autre est un imposteur digne de châtiment[3].

Polidas, dit Auger, il n'y a toujours que le pilote Blépharon, devant qui Amphitryon et Jupiter s'injurient, se prennent à la gorge, et finissent par faire valoir leurs raisons.... Blépharon, pris pour arbitre..., interroge d'abord Amphitryon sur certaines circonstances secrètes qui ont précédé le combat. Amphitryon.... et.... Jupiter paraissent également bien informés l'un et l'autre des choses qu'un seul devrait savoir. Cette scène a l'inconvénient de répéter celle où Mercure se montre si bien instruit de ce que Sosie a fait seul et sans témoin; et elle la répète si exactement, que la plaisanterie (*reproduite par Molière aux vers* 507 *et* 508) : « On n'y peut dire rien, s'il n'était dans la bouteille, » s'y trouve employée de nouveau avec un simple changement dans les termes. » La scène ainsi critiquée n'est pas de Plaute, nous l'avons rappelé d'abord; elle n'est en effet qu'une sorte de faux pendant à la première scène du comique latin, rendu précisément suspect, malgré quelques traits heureux, par une imitation trop symétrique, et qui ne remplit qu'à la première vue le vide resté dans les manuscrits. — Rotrou n'a pas demandé au spectateur de rire deux fois du même mot; chez lui, Jupiter ne prend pas Amphitryon au collet; c'est l'épée à la main qu'il feint de le défier; mais chez lui, comme chez l'interpolateur, il y a retour d'une situation dont il était bien difficile de raviver l'intérêt (voyez ci-dessus la *Notice*, p. 335).

1. AMPHITRYON, *à part.* (1734.)
2. SOSIE, *passant du côté de Jupiter.* (*Ibidem.*)
3.   . . . . *Illic qui*
  Ex ædibus, heru'st; hic vero veneficus.
    (Plaute, vers, interpolés, 996 et 997.)

POLIDAS.

Certes, ce rapport admirable
Suspend ici mon jugement.

AMPHITRYON.

C'est trop être éludés[1] par un fourbe exécrable :
Il faut, avec ce fer, rompre l'enchantement.   1630

NAUCRATÈS[2].

Arrêtez.

AMPHITRYON.

Laissez-moi.

NAUCRATÈS.

Dieux! que voulez-vous faire?

AMPHITRYON.

Punir d'un imposteur les lâches trahisons.

JUPITER.

Tout beau! l'emportement est fort peu nécessaire;
Et lorsque de la sorte on se met en colère,
On fait croire qu'on a de mauvaises raisons.   1635

SOSIE.

Oui, c'est un enchanteur qui porte un caractère[3]
Pour ressembler aux maîtres des maisons.

AMPHITRYON[4].

Je te ferai, pour ton partage,
Sentir par mille coups ces propos outrageants[5].

1. Être joués : comparez, pour le sens de ce mot, qui revient ci-après
à la scène VI de l'acte III de *George Dandin*, le vers 683 de *l'Étourdi*.

2. NAUCRATÈS, *à Amphitryon qui a mis l'épée à la main.* (1734.)

3. Talisman. M. de Voiture, dit Pinchêne[a], « s'est trouvé pourvu par la nature de lettres de faveur, et de je ne sais quel caractère qui l'a fait chérir et honorer des plus grands, au delà de sa condition. » Molière a employé le mot, au
même sens, à la fin de la scène VI de l'acte III de *Monsieur de Pourceaugnac*.

4. AMPHITRYON, *à Sosie.* (1734.)

5. Ici l'interpolateur de Plaute a trouvé un trait plaisant. À l'insulte de Sosie, qui le traite également d'enchanteur ou empoisonneur, Amphitryon ré-

a Dans un avertissement *au Lecteur* pour la seconde édition (1650) des
œuvres de Voiture son oncle, f° è ij r°.

SOSIE.

Mon maître est homme de courage,   1640
Et ne souffrira point que l'on batte ses gens.

AMPHITRYON.

Laissez-moi m'assouvir dans mon courroux extrême,
Et laver mon affront au sang d'un scélérat [1].

NAUCRATÈS [2].

Nous ne souffrirons point cet étrange combat
D'Amphitryon contre lui-même.   1645

AMPHITRYON.

Quoi? mon honneur de vous reçoit ce traitement?
Et mes amis d'un fourbe embrassent la défense?
Loin d'être les premiers à prendre ma vengeance [3],
Eux-mêmes font obstacle à mon ressentiment?

NAUCRATÈS.

Que voulez-vous qu'à cette vue   1650
Fassent nos résolutions,
Lorsque par deux Amphitryons
Toute notre chaleur demeure suspendue?
A vous faire éclater notre zèle aujourd'hui,
Nous craignons de faillir et de vous méconnoître. 1655

pond par des coups; Jupiter intervient et ainsi engage directement la querelle
avec Amphitryon; mais d'abord il ordonne à Sosie de rentrer dans la maison
et d'y faire hâter le dîner; l'esclave se retire, ravi de voir son maître et le
double de son maître aux prises : « Je rentre, dit-il (vers 1008 et 1009). Voilà
un Amphitryon qui m'a bien la mine de préparer à l'autre Amphitryon le même
doux accueil que m'a fait, ce matin, à moi Sosie, l'autre Sosie, l'autre moi. »

1. Pour cet emploi, alors si fréquent, de *à* au lieu de *dans*, comparez ci-
après le vers 1894, et ce vers de *l'École des maris* (acte I, scène II, vers 151,
tome II, p. 368):

    Et quand nous nous mettons quelque chose à la tête....

2. NAUCRATÈS, *arrêtant Amphitryon.* (1734.)

3. Prendre en main, épouser, partager mon désir de.... Pour ce tour avec
prendre, comparez ces vers de Philaminte à Chrysale (acte II, scène VI, des
Femmes savantes) :

. . . . . Et vous devez en raisonnable époux
Être pour moi contre elle et prendre mon courroux,

Nous voyons bien en vous Amphitryon paroître,
Du salut des Thébains le glorieux appui;
Mais nous le voyons tous aussi paroître en lui,
Et ne saurions juger dans lequel il peut être.
      Notre parti n'est point douteux,   1660
Et l'imposteur par nous doit mordre la poussière;
Mais ce parfait rapport le cache entre vous deux;
      Et c'est un coup trop hasardeux
      Pour l'entreprendre sans lumière.
      Avec douceur laissez-nous voir   1665
    De quel côté peut être l'imposture;
Et dès que nous aurons démêlé l'aventure,
Il ne nous faudra point dire notre devoir.

JUPITER.

Oui, vous avez raison; et cette ressemblance
A douter de tous deux vous peut autoriser.   1670
Je ne m'offense point de vous voir en balance:
Je suis plus raisonnable, et sais vous excuser.
L'œil ne peut entre nous faire de différence,
Et je vois qu'aisément on s'y peut abuser.
Vous ne me voyez point témoigner de colère,   1675
    Point mettre l'épée à la main :
C'est un mauvais moyen d'éclaircir ce mystère,
Et j'en puis trouver un plus doux et plus certain.
      L'un de nous est Amphitryon ;
Et tous deux à vos yeux nous le pouvons paraître.   1680
C'est à moi de finir cette confusion ;
Et je prétends me faire à tous si bien connaître,
Qu'aux pressantes clartés de ce que je puis être,
Lui-même soit d'accord du sang qui m'a fait naître,
Il n'ait plus[1] de rien dire aucune occasion.   1685
C'est aux yeux des Thébains que je veux avec vous

_____

1. Et n'ait plus. (1682, 1734.)

De la vérité pure ouvrir la connoissance[1] ;
Et la chose sans doute est assez d'importance,
    Pour affecter la circonstance[2]
    De l'éclaircir aux yeux de tous.   1690
Alcmène attend de moi ce public témoignage :
Sa vertu, que l'éclat de ce désordre outrage,
Veut qu'on la justifie, et j'en vais prendre soin.
C'est à quoi mon amour envers elle m'engage;
Et des plus nobles chefs je fais un assemblage[3]   1695
Pour l'éclaircissement dont sa gloire a besoin.
Attendant avec vous ces témoins souhaités,
    Ayez, je vous prie, agréable
    De venir honorer la table
    Où vous a Sosie invités.   1700

SOSIE.

Je ne me trompois pas. Messieurs, ce mot termine
    Toute l'irrésolution :
    Le véritable Amphitryon
    Est l'Amphitryon où l'on dîne[4].

AMPHITRYON.

O Ciel! puis-je plus bas me voir humilié?   1705

---

1. Expression neuve et plus vive que celles d'*écarter les voiles de…, découvrir, manifester, produire au jour*.

2. Pour rechercher l'occasion. Fontenelle, dans une phrase de son *Éloge de Dodart* que cite M. Littré, a bien nettement donné à *affecter* le sens qu'il a ici : « Il aimoit à emprunter et à faire valoir leurs idées (*les idées des autres*), et il auroit plutôt affecté que manqué l'occasion de leur en rendre une espèce d'hommage. » (*OEuvres* de Fontenelle, 1758, tome V, p. 210.)

3. Le sens du mot *assemblage*, qui, le plus souvent, se dit en parlant de choses, est bien déterminé ici par son complément. Ci-dessus, p. 294, dans l'introduction au livret du *Sicilien* (xive entrée du *Ballet des Muses*), ce même nom désigne à lui seul, et sans régime, des réunions ou groupes de personnages. Dans la dernière scène du *Bourgeois gentilhomme*, au 3e couplet, Mme Jourdain emploie le mot par mépris, au sens soit d'étrange assemblée, soit d'étrange alliance : voyez la scène indiquée. Au 11e couplet de la scène v de l'acte III de *George Dandin*, Clitandre lui donne, avec un régime comme ici, la signification d'indigne ou étrange union.

4. Sur ces deux derniers vers, voyez ci-dessus la *Notice*, p. 332 et 333.

Quoi? faut-il que j'entende ici, pour mon martyre,
Tout ce que l'imposteur à mes yeux vient de dire,
Et que, dans la fureur que ce discours m'inspire,
On me tienne le bras lié?

NAUCRATÈS[1].

Vous vous plaignez à tort. Permettez-nous d'attendre
L'éclaircissement qui doit rendre
Les ressentiments de saison.
Je ne sais pas s'il impose;
Mais il parle sur la chose
Comme s'il avoit raison.   1715

AMPHITRYON.

Allez, foibles amis, et flattez l'imposture :
Thèbes en a pour moi de tout autres que vous;
Et je vais en trouver qui, partageant l'injure,
Sauront prêter la main à mon juste courroux.

JUPITER.

Hé bien! je les attends, et saurai décider   1720
Le différend en leur présence.

AMPHITRYON.

Fourbe, tu crois par là peut-être t'évader;
Mais rien ne te sauroit sauver de ma vengeance.

JUPITER.

A ces injurieux propos
Je ne daigne à présent répondre ;   1725
Et tantôt je saurai confondre
Cette fureur, avec deux mots.

AMPHITRYON.

Le Ciel même, le Ciel ne t'y sauroit soustraire,
Et jusques aux Enfers j'irai suivre tes pas.

JUPITER.

Il ne sera pas nécessaire,   1730

1. NAUCRATÈS, à *Amphitryon.* (1734.)

Et l'on verra tantôt que je ne fuirai pas [1].

AMPHITRYON [2].

Allons, courons, avant que d'avec eux il sorte,
Assembler des amis qui suivent mon courroux,
    Et chez moi venons à main forte,
    Pour le percer de mille coups. [3]   1735

JUPITER.

Point de façons [4], je vous conjure :
Entrons vite dans la maison.

NAUCRATÈS.

Certes, toute cette aventure

---

1. Que je ne suivrai pas, (1674 et 1682, seuls.)

2. AMPHITRYON, *à part.* (1734.)

3. « Jusqu'à l'apparition de Jupiter sous sa véritable forme, dit Auger, la pièce de Molière cesse tout à fait de ressembler à celle de Plaute. Dans celle-ci, Blépharon, au lieu d'entrer pour prendre sa part du dîner auquel il a été convié, dit qu'il a des affaires, et laisse là les deux Amphitryons s'accorder entre eux, s'ils le peuvent. Jupiter rentre dans la maison, parce qu'en ce moment Alcmène accouche; et Amphitryon, de son côté, veut y rentrer aussi pour tuer tout le monde.» Mais la foudre éclate et le renverse inanimé près du seuil; la comédie tourne au tragique; c'est le Dieu tonnant, tout entouré d'éclairs, qui, cette fois, s'est montré à Alcmène. De la maison, qu'on a vue s'ébranler et s'illuminer, sort une esclave effarée ; elle aperçoit son maître et réussit à le réveiller de sa stupeur. Le vieillard (car tout vaillant, jaloux et emporté que Plaute nous a d'abord montré Amphitryon, il a fait de lui un vieux mari), le vieillard se relève à grand'peine; le coup de foudre semble l'avoir quelque peu hébété, l'a du moins dépouillé de tout caractère héroïque; c'est lui, et non Sosie, qui égaye la fin de la pièce; il écoute stupéfait l'esclave de sa femme lui faisant le récit des prodiges qui viennent de signaler la délivrance d'Alcmène et la naissance des deux jumeaux, dont l'un, Hercule, a été reconnu fils de Jupiter par la grande voix du Dieu lui-même. Le souverain maître de l'Olympe s'est manifesté dans sa toute-puissance. Amphitryon est loin de se révolter contre elle, et d'accord, on peut le croire, avec les sentiments des spectateurs, il déclare, d'un ton de très-bonne humeur, qu'il n'a garde de se plaindre du partage de bien qu'a voulu Jupiter ; il se dispose même à lui offrir un sacrifice, quand, annoncé par son tonnerre, le Dieu vient l'en dispenser, justifier encore Alcmène, la recommander à son mari, et leur promettre à tous sa faveur.

4.

SCÈNE VI.

JUPITER, NAUCRATÈS, POLIDAS, SOSIE.

JUPITER.

Point de façons. (1734.) — Point de façon. (1773.)

Confond le sens et la raison.

SOSIE.

Faites trêve, Messieurs, à toutes vos surprises,   1740
Et pleins de joie, allez tabler[1] jusqu'à demain.[2]
Que je vais m'en donner, et me mettre en beau train
De raconter nos vaillantises !
Je brûle d'en venir aux prises[3],
Et jamais je n'eus tant de faim.   1745

SCÈNE VI[4].

MERCURE, SOSIE.

MERCURE.

Arrête. Quoi? tu viens ici mettre ton nez,
Impudent fleureur[5] de cuisine ?

SOSIE.

Ah ! de grâce, tout doux !

---

1. Le *Dictionnaire de M. Littré* ne donne de *tabler*, dans le sens de « tenir table, » que ce seul exemple. Il ne se trouve pas avec cette acception dans ceux du dix-septième siècle. L'Académie ne l'admet dans aucune de ses éditions.

2. *Seul.* (1734.)

3. D'attaquer les plats, les mets. Voyez, chez M. Littré, l'article PRISE, 6°.

4.   SCÈNE VII. (1734.)
— Ni cette scène ni la suivante n'existent dans l'*Amphitryon* de Plaute ; mais elles sont dans *les Sosies* de Rotrou (*acte V, scènes I et IV*), où Molière en a pris l'idée. (*Note d'Auger.*) — Il y a là une preuve à ajouter à celles qui sont données dans la *Notice* (p. 332-334) d'emprunts faits à Rotrou, et non par les deux poëtes au comique latin.

5. Flaireur. (1733, 34.) — Sur les deux formes *flairer* et *fleurer*, voyez, tome II, p. 365, la note au vers 114 de *l'École des maris*, à laquelle on peut ajouter que l'Académie, dans sa 1re édition (1694), écrit elle-même *fleure* dans un des exemples de son article FLAIRER ; et que, dans les suivantes, y compris la dernière (1878), elle a un double article, FLAIRER, FLEURER, et n'attribue à la seconde forme que le sens de « répandre une odeur, » ce qui ne s'accorde pas avec la valeur que Molière donne ici au substantif dérivé *fleureur*.

MERCURE.

Ah ! vous y retournez !
Je vous ajusterai l'échine.

SOSIE.

Hélas! brave et généreux moi,   1750
Modère-toi, je t'en supplie.
Sosie, épargne un peu Sosie,
Et ne te plais point tant à frapper dessus toi[1].

MERCURE.

Qui de t'appeler de ce nom
A pu te donner la licence?   1755
Ne t'en ai-je pas fait une expresse défense,
Sous peine d'essuyer mille coups de bâton?

SOSIE.

C'est un nom que tous deux nous pouvons à la fois
Posséder sous un même maître.
Pour Sosie en tous lieux on sait me reconnaître ;   1760
Je souffre bien que tu le sois :
Souffre aussi que je le puisse être.
Laissons aux deux Amphitryons
Faire éclater des jalousies ;
Et parmi leurs contentions,   1765
Faisons en bonne paix vivre les deux Sosies.

MERCURE.

Non : c'est assez d'un seul, et je suis obstiné
A ne point souffrir de partage.

SOSIE.

Du pas devant sur moi tu prendras l'avantage[2] ;

1. Comparez ce passage de Rotrou, acte V, scène 1 :

. . . . . Épargne-moi, de grâce.
Sosie, hélas! ta main sur toi-même se lasse,
Tu frappes sur Sosie. Arrête, épargne-toi.

2. Tu prendras sur moi l'avantage du pas devant. *Avoir, prendre sur quelqu'un, céder à quelqu'un le pas devant* étaient des locutions très-employées

Je serai le cadet, et tu seras l'aîné.   1770

MERCURE.

Non : un frère incommode, et n'est pas de mon goût,
    Et je veux être fils unique.

SOSIE.

    O cœur barbare et tyrannique !
Souffre qu'au moins je sois ton ombre.

MERCURE.

Point du tout.

SOSIE.

Que d'un peu de pitié ton âme s'humanise ;   1775
En cette qualité souffre-moi près de toi :
Je te serai partout une ombre si soumise,
    Que tu seras content de moi.

MERCURE.

    Point de quartier : immuable est la loi.
Si d'entrer là dedans tu prends encor l'audace,   1780
    Mille coups en seront le fruit.

SOSIE.

    Las ! à quelle étrange disgrâce,
    Pauvre Sosie, es-tu réduit !

MERCURE.

    Quoi ? ta bouche se licencie
A te donner encore un nom que je défends ?   1785

SOSIE.

    Non, ce n'est pas moi que j'entends,
    Et je parle d'un vieux Sosie
    Qui fut jadis de mes parents,
    Qu'avec très-grande barbarie,
A l'heure du dîner, l'on chassa de céans.   1790

(voyez le *Lexique de la langue de Corneille*, tome II, p. 162) ; la seconde
l'est au figuré dans *les Femmes savantes* ; Bélise y dit à Chrysale (acte II,
scène VII) :

    L'esprit doit sur le corps prendre le pas devant.

MERCURE.

Prends garde de tomber dans cette frénésie,
Si tu veux demeurer au nombre des vivants.

SOSIE [1].

Que je te rosserois, si j'avois du courage,
Double fils de putain [2], de trop d'orgueil enflé !

MERCURE.

Que dis-tu ?

SOSIE.

Rien.

MERCURE.

Tu tiens, je crois, quelque langage.

SOSIE.

Demandez [3] : je n'ai pas soufflé.

MERCURE.

Certain mot de fils de putain
A pourtant frappé mon oreille,
Il n'est rien de plus certain.

SOSIE.

C'est donc un perroquet que le beau temps réveille.   1800

1. Sosie, *à part.* (1734.)

2. Ce mot, répété un peu plus loin et qui est aussi dans *Monsieur de Pourceaugnac* (acte II, scène VIII), n'offensait évidemment pas trop les oreilles des contemporains de Molière. Il a été employé par Perrot d'Ablancourt dans sa traduction de Lucien, dédiée à Conrart, et entreprise beaucoup plus pour l'amour des lecteurs et lectrices du monde que pour l'amour du grec; il se trouve, sans que le texte l'appelât par son énergie, précisément vers la fin du dialogue de Mercure et du Soleil qui a été (ci-dessus, p. 338 et 339) mentionné à la *Notice* (voyez tome I, 1673, p. 66, de l'édition corrigée et revue par l'auteur avant sa mort, comme il est dit à la suite du Privilége). L'Académie, dans sa première édition (1694), l'enregistre sans observation; dans sa seconde (1718), elle ajoute : « terme malhonnête. » — Il est à remarquer que nos anciennes éditions antérieures à 1734 réunissent le mot aux deux précédents, ici et au vers 1797, et en font une sorte de composé, au moyen de traits d'union (*fils-de-putain*).

3. Cet appel involontaire de Sosie menacé à des témoins absents, cette espèce de geste instinctif de défense est bien naturel et plaisant; Auger a sans doute tort de supposer qu'il puisse être adressé aux spectateurs; mais ce jeu a probablement tenté plus d'un comédien.

MERCURE.

Adieu. Lorsque le dos pourra te démanger,
Voilà l'endroit où je demeure[1].

SOSIE[2].

O Ciel! que l'heure de manger
Pour être mis dehors est une maudite heure !
Allons, cédons au sort dans notre affliction,   1805
Suivons-en aujourd'hui l'aveugle fantaisie;
Et par une juste union,
Joignons le malheureux Sosie
Au malheureux Amphitryon.
Je l'aperçois venir en bonne compagnie.   1810

SCÈNE VII.

AMPHITRYON, ARGATIPHONTIDAS,
POSICLÈS, SOSIE.

AMPHITRYON[3].

Arrêtez là, Messieurs ; suivez-nous d'un peu loin,
Et n'avancez tous, je vous prie,
Que quand il en sera besoin.

POSICLÈS.

Je comprends que ce coup doit fort toucher votre âme.

---

1.   MERCURE.
Adieu. Quand tu voudras, ce bras à ton service
Te fournira toujours une heure d'exercice.
                              (Rotrou, acte V, scène I.)

2. SOSIE, *seul.* (1734.)

3.   SCÈNE VIII.
AMPHITRYON, ARGATIPHONTIDAS, POSICLÈS, SOSIE *dans un coin
du théâtre, sans être vu* (sans être aperçu, 1773).
AMPHITRYON, *à plusieurs autres officiers qui l'accompagnoient.* (1734.)

AMPHITRYON.

Ah ! de tous les côtés mrtoelle est ma douleur,   1815
     Et je souffre pour ma flamme
     Autant que pour mon honneur.

POSICLÈS.

Si cette ressemblance est telle que l'on dit,
     Alcmène, sans être coupable....

AMPHITRYON.

     Ah ! sur le fait dont il s'agit,   1820
L'erreur simple devient un crime véritable,
Et, sans consentement, l'innocence y périt[1].
De semblables erreurs, quelque jour qu'on leur donne[2],
     Touchent des endroits délicats[3],
     Et la raison bien souvent les pardonne,   1825
Que[4] l'honneur et l'amour ne les pardonnent pas.

ARGATIPHONTIDAS.

Je n'embarrasse point là dedans ma pensée ;
Mais je hais vos Messieurs de leurs honteux délais ;
Et c'est un procédé dont j'ai l'âme blessée,
Et que les gens de cœur n'approuveront jamais.   1830
Quand quelqu'un nous emploie, on doit, tête baissée,
     Se jeter dans ses intérêts.

---

1.   Elle a failli pourtant, d'une ou d'autre façon *a* :
          S'agissant de l'honneur, l'erreur même est un crime.
                    (Rotrou, acte V, scène IV.)

2. Quelque couleur qu'on donne à ces erreurs, sous quelque jour qu'on veuille les voir.

3. Les endroits délicats. (1682 ; mais non les éditions qui d'ordinaire se conforment à celle de 1682.)

4. *Que*, pour *alors que*. Nous rencontrerons le même tour en prose, dans *l'Avare* (acte III, scène 1), où le *que* marquant le temps est précédé d'un autre *que* et, par suite, est peut-être moins clair qu'ici. « Comment (dit Maître Jacques) voudriez-vous qu'ils traînassent un carrosse, qu'ils ne peuvent pas se traîner eux-mêmes ? »

a Le texte de 1638 n'a pas de signe de ponctuation après *façon* ; c'est bien probablement une faute.

Argatiphontidas[1] ne va point aux accords[2].
Écouter d'un ami raisonner l'adversaire[3]
Pour des hommes d'honneur n'est point un coup à faire[4]:
Il ne faut écouter que la vengeance alors.
     Le procès[5] ne me sauroit plaire;
Et l'on doit commencer toujours, dans ses transports,
     Par bailler[6], sans autre mystère,
     De l'épée au travers du corps.   1840
     Oui, vous verrez, quoi qu'il avienne,
Qu'Argatiphontidas marche droit sur ce point;
     Et de vous il faut que j'obtienne
     Que le pendard ne meure point
     D'une autre main que de la mienne.   1845

AMPHITRYON.

Allons.

---

1. Argatiphontidas est une figure bien autrement marquée que celles des capitaines de Rotrou et du Blépharon de Plaute. Molière lui a donné le langage très-moderne d'un gentilhomme soldat, intraitable sur le point d'honneur, d'un de ces farouches seconds[a], qui ne laissaient pas leurs amis mollir dans leurs querelles. Son nom même, sonore et long de six syllabes, tout un hémistiche, n'est pas sans fanfaronnade, et rappelle celui de Pyrgopolinicès, le soldat fanfaron (*miles gloriosus*) de Plaute; il semble renfermer les éléments, plus ou moins régulièrement assemblés, de mots grecs dont la signification menaçante serait, soit, comme le croit Auger, celle de *tueur de serpents*, ou plutôt de *descendant des héros destructeurs des serpents*; soit d'*éclair* et d'*homicide*, de *tueur foudroyant*.

2. Aux accommodements.

3. Dans les trois premières éditions françaises, *aversaire*, comme, au vers 1841, *avienne*, qui, au reste, est aussi l'orthographe de l'Académie dans sa première édition (1694). Les trois éditions étrangères (1675 A, 84 A, 94 B) ont *adversaire*, et, plus bas, *avienne*.

4. Emploi remarquable de *coup*; simplement au sens d' «une chose à faire.»

5. La voie des procès; car nous croyons qu'on ne peut guère, rattachant le mot aux vers 1834 et 1835, lui donner l'acception de « *procédé*, manière d'agir, » qu'il a dans un des exemples de Rabelais cités par M. Littré à l'*historique* de l'article Procès; il paraît bien que ce sens avait passé d'usage au temps de Molière.

6. Par donner. (1682.)

a Voyez tome III, p. 55, la fin de la note de la page 54.

SOSIE [1].

Je viens, Monsieur, subir, à vos genoux [2],
Le juste châtiment d'une audace maudite.
Frappez, battez, chargez, accablez-moi de coups,
    Tuez-moi dans votre courroux :
    Vous ferez bien, je le mérite,   1850
Et je n'en dirai pas un seul mot contre vous.

AMPHITRYON.

Lève-toi. Que fait-on ?

SOSIE.

    L'on m'a chassé tout net ;
Et croyant à manger m'aller comme eux ébattre,
    Je ne songeois pas qu'en effet
    Je m'attendois là pour me battre.   1855
Oui, l'autre moi, valet de l'autre vous, a fait
    Tout de nouveau le diable à quatre.
    La rigueur d'un pareil destin,
    Monsieur, aujourd'hui nous talonne ;
    Et l'on me des-Sosie enfin   1860
    Comme on vous dés-Amphitryonne [3].

---

1. SOSIE, à *Amphitryon*. (1734.)

2. « Je viens, Monsieur, subir à genoux. » (1682.) — Les éditions suivantes, procédant de celle de 1682 (à savoir 1697, 1710, 18, 30, 33, 34), ont
corrigé la faute, non pas en revenant au texte original, mais en ajoutant
deux, au lieu de *vos* : « subir à deux genoux. »

3. Ces deux plaisants privatifs [a] ont été rapprochés d'un verbe semblable
tout naturellement trouvé par Mascarille au vers 1824 de *l'Étourdi* (tome I,
p. 226, note 5). Dans le *Trinumus* de Plaute, le Sycophante forge des mots
analogues, quand il raille le vieux Charmide (acte IV, scène II, vers 933), à
qui il enjoint, après qu'il *s'est charmidé* (*charmidatus*), de *se décharmider*
(*recharmida*, avec *re* donnant au composé un sens contraire à celui du simple,
comme dans *recludere*, de *claudere*).

a Les anciennes éditions antérieures à 1734, étendant l'influence du nom
propre à tout le composé, écrivent, avec double majuscule, *Des-Sosie* et *Des-
Amphitryonne*. Dans ces deux verbes, l'*s* final de *des*, attiré, selon l'usage des
composés, ici par l'*s*, là par la voyelle initiale des noms propres, ne paraîtrait bien régulier, surtout dans le premier mot, qu'à la condition de ne pas
couper et d'écrire *dessosie*, *désamphitryonne*, comme au vers de *l'Étourdi*
auquel renvoie la suite de la note : *dessuisse*.

AMPHITRYON.

Suis-moi.

SOSIE.

N'est-il pas mieux de voir s'il vient personne[1]?

SCÈNE VIII.

CLÉANTHIS, NAUCRATÈS, POLIDAS, SOSIE, AM-
PHITRYON, ARGATIPHONTIDAS, POSICLÈS[2].

CLÉANTHIS.

O Ciel !

AMPHITRYON.

Qui t'épouvante ainsi ?
Quelle est la peur que je t'inspire ?

CLÉANTHIS.

Las! vous êtes là-haut, et je vous vois ici!   1865

NAUCRATÈS[3].

Ne vous pressez point : le voici,
Pour donner devant tous les clartés qu'on desire,
Et qui, si l'on peut croire à ce qu'il vient de dire,
Sauront[4] vous affranchir de trouble et de souci.

1. *Personne*, quelqu'un, vrai sens du mot dans la locution négative *ne....
personne*, comme *rien* a primitivement celui de *chose* dans *ne.... rien.*

2.   SCÈNE IX.

CLÉANTHIS, AMPHITRYON, ARGATIPHONTIDAS, POLIDAS, NAUCRATÈS,
POSICLÈS, SOSIE. (1734.)

3. NAUCRATÈS, *à Amphitryon. (Ibidem.)*

4. *Sauront*, avec un nom de chose pour sujet, pris, comme souvent, au
sens de *pourront*, et préféré à cet autre dissyllabe, que pourtant la mesure ad‧
mettait tout aussi bien.

SCÈNE IX.

MERCURE, CLÉANTHIS, NAUCRATÈS, POLIDAS,
SOSIE, AMPHITRYON, ARGATIPHONTIDAS,
POSICLÈS[1].

MERCURE.

Oui, vous l'allez voir tous; et sachez par avance   1870
    Que c'est le grand maître des Dieux
Que, sous les traits chéris de cette ressemblance,
Alcmène a fait du ciel descendre dans ces lieux;
    Et quant à moi, je suis Mercure,
Qui, ne sachant que faire, ai rossé tant soit peu   1875
    Celui dont j'ai pris la figure :
Mais de s'en consoler il a maintenant lieu;
    Et les coups de bâton d'un Dieu
    Font honneur à qui les endure.

SOSIE.

Ma foi! Monsieur le Dieu, je suis votre valet :   1880
Je me serois passé de votre courtoisie.

MERCURE.

Je lui donne à présent congé[2] d'être Sosie :
Je suis las de porter un visage si laid[3],
Et je m'en vais au ciel, avec de l'ambrosie,
    M'en débarbouiller tout à fait.   1885

(Il vole dans le ciel[4].)

1.   SCÈNE X.

MERCURE, NAUCRATÈS, POLIDAS, AMPHITRYON, ARGATIPHONTIDAS,
POSICLÈS, CLÉANTHIS, SOSIE. (1734.)

2. Permission : d'autres exemples de Molière où le mot a ce sens ont été
indiqués au vers 7 de *la Princesse d'Élide*, tome IV, p. 143, note 3.

3. *Lait*, dans l'édition originale et plusieurs des suivantes.

4. *Mercure s'envole dans le Ciel.* (1734.)

SOSIE.

Le Ciel de m'approcher t'ôte à jamais l'envie !
Ta fureur s'est par trop acharnée après moi;
        Et je ne vis de ma vie
        Un Dieu plus diable que toi[1].

SCÈNE X.

JUPITER, CLÉANTHIS, NAUCRATÈS, POLIDAS,
SOSIE, AMPHITRYON, ARGATIPHONTIDAS,
POSICLÈS.

JUPITER dans une nue[2].

Regarde, Amphitryon, quel est ton imposteur[3],   1890
Et sous tes propres traits vois Jupiter paroître :
A ces marques tu peux aisément le connoître ;
Et c'est assez, je crois, pour remettre ton cœur
        Dans l'état auquel[4] il doit être,
Et rétablir chez toi la paix et la douceur.   1895
Mon nom, qu'incessamment toute la terre adore,
Étouffe ici les bruits qui pouvoient éclater.
        Un partage avec Jupiter

1. Voyez ci-dessus, p. 426, la note du vers 1218.

2. JUPITER *dans une nue, sur son aigle, armé de son foudre, au bruit du tonnerre et des éclairs.* (1682.)

SCÈNE DERNIÈRE.

JUPITER, NAUCRATÈS, AMPHITRYON, ARGATIPHONTIDAS, POLIDAS,
POSICLÈS, CLÉANTHIS, SOSIE.

JUPITER, *annoncé par le bruit du tonnerre, armé de son foudre, dans un nuage, sur son aigle.* (1734.)

— Les deux couplets suivants, de Jupiter, correspondent au dernier couplet du Dieu dans Plaute (acte V, scène II, vers 1152-1164).

3. Celui qui t'a trompé, qui t'a volé ta ressemblance. L'expression est hardie dans sa concision.

4. Dans lequel, où : comparez ci-dessus, le vers 1643.

N'a rien du tout qui déshonore ;
Et sans doute il ne peut être que glorieux   1900
De se voir le rival du souverain des Dieux.
Je n'y vois pour ta flamme aucun lieu de murmure ;
  Et c'est moi, dans cette aventure,
Qui, tout dieu que je suis, dois être le jaloux.
Alcmène est toute à toi, quelque soin qu'on emploie ;
Et ce doit à tes feux être un objet bien doux
De voir que pour lui plaire il n'est point d'autre voie
  Que de paroître son époux,
Que Jupiter, orné de sa gloire immortelle,
Par lui-même n'a pu triompher de sa foi,   1910
  Et que ce qu'il a reçu d'elle
N'a par son cœur ardent été donné qu'à toi[1].

SOSIE.

Le Seigneur Jupiter sait dorer la pilule[2].

JUPITER.

Sors donc des noirs chagrins que ton cœur a soufferts,
Et rends le calme entier à l'ardeur qui te brûle : 1915
Chez toi doit naître un fils qui, sous le nom d'Hercule,
Remplira de ses faits tout le vaste univers.
L'éclat d'une fortune en mille biens féconde
Fera connoître à tous que je suis ton support,
  Et je mettrai tout le monde   1920
  Au point d'envier ton sort.
  Tu peux hardiment te flatter
  De ces espérances données ;

---

1. Je suis le suborneur de ses chastes attraits,
    Qui, sans l'emprunt de ton image,
    Quelque beau que fût mon servage,
  Pour atteindre son cœur aurois manqué de traits.
      (Rotrou, acte V, scène VI et dernière, troisième des strophes
      de Jupiter.)

2. Sur ce trait que Rotrou a, comme le dernier couplet de Sosie, inspiré à
Molière, voyez la *Notice*, p. 333 et 334.

C'est un crime que d'en douter :
Les paroles de Jupiter   1925
Sont des arrêts des destinées.

(Il se perd dans les nues.)

NAUCRATÈS.

Certes, je suis ravi de ces marques brillantes....

SOSIE.

Messieurs, voulez-vous bien suivre mon sentiment?
Ne vous embarquez nullement
Dans ces douceurs congratulantes :   1930
C'est un mauvais embarquement,
Et d'une et d'autre part, pour un tel compliment,
Les phrases sont embarrassantes.
Le grand Dieu Jupiter nous fait beaucoup d'honneur,
Et sa bonté sans doute est pour nous sans seconde;
Il nous promet l'infaillible bonheur
D'une fortune en mille biens féconde,
Et chez nous il doit naître un fils d'un très-grand cœur :
Tout cela va le mieux du monde;
Mais enfin coupons aux discours[1],   1940
Et que chacun chez soi doucement se retire.
Sur telles affaires, toujours
Le meilleur est de ne rien dire[2].

1. Coupons chemin aux discours, coupons court.
2. La Fontaine avait dit aussi en 1665 dans sa *Joconde* (conte I de la
1re partie) :

Le moins de bruit que l'on peut faire
En telle affaire
Est le plus sûr de la moitié.

FIN D'AMPHITRYON.

GEORGE DANDIN

OU

LE MARI CONFONDU

COMÉDIE

REPRÉSENTÉE LA PREMIÈRE FOIS, POUR LE ROI, A VERSAILLES,

LE 18ᵉ DE JUILLET[1] 1668,

ET DEPUIS

DONNÉE AU PUBLIC A PARIS, SUR LE THÉÂTRE DU PALAIS-ROYAL,

LE 9ᵉ NOVEMBRE DE LA MÊME ANNÉE 1668,

PAR LA

TROUPE DU ROI

---

1. Les éditions de 1672 et de 1682 disent « le 15ᵉ de juillet; » Robinet, dans la Gazette en vers, le 16; la *Gazette*, le 19; dans notre titre, emprunté à l'édition de 1682, nous substituons à la date du 15 celle du 18, donnée par Félibien dans sa Relation : voyez ci-après l'*Appendice*, et plus haut la *Notice*, p. 478 et 479.

NOTICE.

George Dandin est encore une de ces petites comédies de
Molière qui furent, à bon droit, moins éphémères que les fêtes
de la cour pour lesquelles il les composait. Le commencement
de l'année 1668 avait vu la première conquête de la Franche-
Comté, conquête suivie de la paix d'Aix-la-Chapelle, signée
le 2 mai, qui assurait à la France la possession de la Flandre. La gloire étant satisfaite, c'était le moment de s'occuper de nouveau des plaisirs; ils devaient d'ailleurs servir à
la célébrer. Louis XIV choisit les jardins de Versailles pour
théâtre des magnifiques divertissements qui, après une longue
préparation, plus nécessaire peut-être au travail des décora-
teurs qu'à celui de Molière, purent être donnés au mois de
juillet. La *Gazette* en rendit compte en ces termes[1] :

« De Saint-Germain en Laye, le 20 juillet 1668.

« Le 19 de ce mois, Leurs Majestés, avec lesquelles étoient
Monseigneur le Dauphin, Monsieur et Madame et tous les seigneurs et dames de la cour, s'étant rendues à Versailles, y
furent diverties par l'agréable et pompeuse fête qui s'y préparoit depuis si longtemps, et avec la magnificence digne du plus
grand monarque du monde. Elle commença, sur les sept heures
du soir, ensuite de la collation qui étoit délicieusement préparée en l'une des allées du parc de ce château, par une
comédie des mieux concertées, que représenta la troupe du
Roi, sur un superbe théâtre, dressé dans une vaste salle de
verdure. Cette comédie, qui étoit mêlée dans les entr'actes

---

1. Dans le numéro du 21 juillet 1668, p. 695.

d'une espèce d'autre comédie en musique et de ballets, ne
laissa rien à souhaiter en ce premier divertissement, auquel
une seconde collation de fruits et de confitures en pyramides
fut servie aux deux côtés de ce théâtre et présentée à Leurs
Majestés par les seigneurs qui étoient placés dessus : ce qui
étant accompagné de quantité de jets d'eau, fut trouvé tout
à fait galant par l'assistance de près de trois mille personnes,
entre lesquelles étoient le nonce du Pape[1], les ambassadeurs
qui sont ici et les cardinaux de Vendôme et de Retz. »

Le Nonce et les deux cardinaux ne virent-ils que les jets
d'eau ? S'ils se trouvèrent (et l'on ne peut guère entendre autrement le récit de la *Gazette*) parmi les spectateurs de la
première représentation de *George Dandin*, en fut-on aussi
étonné, chez nous du moins, qu'on le serait aujourd'hui ?

Ces fêtes de Versailles ont été décrites avec plus de détails
dans le livre publié par Robert Ballard et surtout dans la grande
Relation de Félibien. Quoique la part de Molière dans les
divertissements ne soit pas le seul objet de ces descriptions,
on est habitué à les trouver dans les éditions les plus complètes de ses œuvres ; ce n'est pas sans raison : non-seulement
elles donnent en quelques traits l'esquisse du sujet de *George
Dandin*, et nous ont conservé les vers des scènes pastorales
dans lesquelles Molière avait comme encadré sa comédie ;
mais, en outre, toutes ces pompes des jardins de Versailles,
dont elles nous rendent présent le spectacle, furent elles-
mêmes comme un autre et plus grand cadre, hors duquel notre pièce perdrait, dans sa première représentation, son vrai
caractère historique. Nous donnons donc l'une et l'autre relation en appendice, à la suite de *George Dandin*.

N'est-ce pas assez de ces deux témoignages et de celui de
la *Gazette* ? Citer longuement aussi et en entier Robinet serait de trop ; mais si, dans sa *Lettre à Madame* du 21 juillet
1668, nous laissons de côté ce qui est suffisamment décrit
ailleurs, nous devons transcrire un passage particulièrement
intéressant pour l'histoire de la représentation de *George
Dandin*. Là seulement est expressément attesté, ce dont au

---

1. Bargellini, archevêque de Thèbes, nonce du pape Clé-
ment IX, depuis le mois d'avril de cette année 1668.

reste on ne pouvait guère douter, que les paroles chantées
entre les actes de la comédie sont de Molière. Si Robinet les
a louées un peu trop, il y en a pourtant qui, le genre admis,
sont très-agréables et font reconnaître cette plume toujours facile et ingénieuse jusque dans les bagatelles. Le gazetier rimeur parle ainsi :

> Dans le parc de ce beau Versaille,
> . . . .
> On vit lundi ce que les yeux
> Ne peuvent voir que chez les Dieux,
> Ou chez Louis, qui les égale
> Dedans la pompe d'un régale[1].
> . . . .
> Sus, Muse, promptement passez
> En cette autre brillante salle
> Qui fut la salle théâtrale.
> O le charmant lieu que c'étoit!
> L'or partout là certe éclatoit.
> Trois rangs de riches hautes-lices
> Décoroient ce lieu de délices,
> Aussi haut, sans comparaison,
> Que la vaste et grande cloison
> De l'église de Notre-Dame.
> . . . .
> Maintes cascades y jouoient,
> Qui, de tous côtés, l'égayoient;
> Et, pour en gros ne rien omettre...,
> En ce beau rendez-vous des jeux
> Un théâtre auguste et pompeux,
> D'une manière singulière,
> S'y voyoit dressé pour *Molière*,
> Le *Mome*[2] cher et glorieux
> Du bas Olympe de nos Dieux.
>   Lui-même donc, avec sa troupe,
> Laquelle avoit les Ris en croupe,
> Fit là le début des ébats
> De notre Cour, pleine d'appas,

1. Voyez ci-dessus, p. 392, note 3.

2. Le *Momus*, un de ces mots dont nous ne francisons plus la
désinence.

Par un sujet archicomique
Auquel riroit le plus stoïque
Vraiment, mal gré bon gré ses dents,
Tant sont plaisants les incidents.
    Cette petite comédie
Du cru de son rare génie,
Et je dis tout disant cela,
Étoit aussi par-ci par-là
De beaux pas de ballet mêlée,
Qui plurent fort à l'assemblée,
Ainsi que de divins concerts
Et des plus mélodieux airs,
Le tout du sieur *Lulli-Baptiste.*

    . . . .

D'ailleurs de ces airs bien chantés,
Dont les sens étoient enchantés,
Molière avoit fait les paroles,
Qui valoient beaucoup de pistoles;
Car, en un mot, jusqu'en ce jour,
Soit pour Bacchus, soit pour l'Amour,
On n'en avoit point fait de telles,
C'est comme dire d'aussi belles;
Et, pour plaisir, plus tôt que tard
Allez voir chez le sieur *Ballard,*
Qui de tout cela vend le livre,
Que presque pour rien il délivre,
Si je vous mens ni peu ni prou;
Et si vous ne saviez pas où,
C'est à l'enseigne du Parnasse.

On a pu remarquer que, dans ces vers, la fête est datée du
lundi, qui fut le 16 juillet, et que, dans la *Gazette,* elle l'est
du 19 (jeudi). Les éditions de *George Dandin* de 1672 et de
1682 indiquent le dimanche 15. Quel est de ces trois témoignages discordants celui que confirme Félibien? Aucun. Il
donne une nouvelle variante : le 18 juillet (mercredi). On s'est
ainsi partagé presque tous les jours de la semaine. Il semble
que Félibien, dont la *Relation* surtout a comme un caractère
officiel, doive décider[1]. Quand il resterait quelque incertitude

1. Voici l'indication donnée par le *Registre de la Grange* (an-

dans l'acte de naissance de *George Dandin*, il importerait peu.
Quelques jours ajoutés ou retranchés ne changent pas beaucoup aujourd'hui son âge, qui a dépassé deux cent douze ans,
et sur la scène française ira beaucoup plus loin.

Mais toute œuvre signée du nom de Molière a cette longévité, et nous ne voulons pas faire entendre qu'il faille égaler
à ses chefs-d'œuvre la petite pièce jouée dans les fêtes de
1668 : l'admiration doit rester proportionnée. Sans croire
oublier cette proportion, Riccoboni cependant a donné une
assez grande valeur à notre comédie et l'a mise au-dessus
de celles qui lui ont paru pouvoir être nommées des farces.
« Si on lit avec réflexion, dit-il[1], *l'École des maris*, *George
Dandin* et *le Cocu imaginaire*, on y trouvera une forme plus
exacte, une diction plus soutenue et un comique plus fort que
dans *les Précieuses ridicules*, *Pourceaugnac*, *les Fourberies de
Scapin* et *le Médecin malgré lui* : en sorte qu'on ne peut sans
injustice les comparer ensemble ni leur donner la même qualification. Molière, en composant les premières que je nomme
ici, n'eut jamais intention de composer des farces; il ne les a
point données pour telles. Il les a données pour ce qu'elles
sont en effet, pour des comédies. » Il y aurait bien quelque
chose à dire au classement que Riccoboni nous propose de
plusieurs ouvrages de Molière; par exemple, sans souscrire
au jugement beaucoup trop sévère de Geoffroy sur *le Cocu
imaginaire*, que de toutes les pièces de notre auteur il regardait comme la moins digne de lui[2], nous refuserions d'y trouver plus de force comique que dans *les Précieuses*. Est-il facile
d'ailleurs de reconnaître quels de ses ouvrages Molière a donnés pour des farces, quels pour de vraies comédies? Ceux que
Riccoboni nomme en second ont tous plus ou moins le double

---

née 1668) : « *George Dandin*, 1re fois. — Le mardi 10e [juillet]. — La
Troupe est partie pour Versailles. On a joué *le Mari confondu*. A été
de retour le jeudi 19e. » La première représentation de la pièce
n'est pas datée sans quelque ambiguïté. Mais la date du 19, donnée par la *Gazette*, est écartée par ce témoignage.

1. *Observations sur la comédie et sur le génie de Molière*, Paris,
M DCC XXXVI, 1 volume in-12 : voyez aux pages 98 et 99.

2. Voyez aux pages 142 et 144 de notre tome II.

caractère, et semblablement deux des premiers, *Sganarelle* et *George Dandin*. S'il y a des pièces de Molière à qui le nom de farces convienne, il ne faut pas hésiter à dire que *George Dandin* en soit une; mais, en même temps, il est autre chose, et Riccoboni ne s'est pas trompé en le rangeant parmi les œuvres d'un comique très-fort et d'une diction soutenue. Nous ajouterions même que nulle part ailleurs peut-être la prose de Molière n'est plus ferme et solide, d'une plus robuste franchise. Dans cette pièce, qui, mieux encore que plusieurs autres de notre grand comique, se prête, pour qui veut classifier en genres, à un dédoublement, il y a une farce : la vieille histoire du « mari confondu » par la ruse diabolique de sa femme; et il y a une excellente comédie : les infortunes trop méritées du riche vilain fourvoyé dans la gentilhommerie. Telles sont les deux parts distinctes que dans l'œuvre il convient de faire.

Entre deux comédies auxquelles il put travailler plus à loisir, *Amphitryon*, achevé depuis quelques mois, et *l'Avare*, sans nul doute alors commencé, Molière, qui, laissant là Plaute un moment, fut obligé de trouver du temps pour produire un de ses impromptus de fêtes, se souvint d'un des canevas qu'il avait esquissés dans les années de ses débuts. Sans chercher plus loin, il lui sembla commode de le remettre à la scène, mais en donnant à l'ébauche des coups de pinceau qui devaient presque entièrement la transformer. On avait bien pu oublier alors *la Jalousie du Barbouillé*, quoique peut-être Molière, dans les années 1660, 1662, 1663 et jusqu'en 1664, eût fait reparaître, plus ou moins remaniée, sous le titre de *la Jalousie de Gros-René* ou de *Gros-René jaloux*, cette bouffonnerie faite pour la province[1]; à ceux qui en auraient gardé le souvenir, il était facile de reconnaître dans *George Dandin* les scènes[2] où Angélique (le nom est le même dans les deux pièces) trouve la porte du logis fermée et imagine une ruse qui lui permet de rentrer furtivement et de crier à son mari, resté dehors à son tour : « Et d'où venezvous, Monsieur l'ivrogne? Ah! vraiment, va, mes parents, qui

1. Voyez à la page 18 de notre tome I.
2. Les scènes x à xii. Voyez aux pages 37-43 du même tome I.

vont venir dans un moment, sauront tes vérités. » En effet,
le beau-père Gorgibus, accompagné de l'ami Villebrequin,
arrive et gourmande son gendre. Villebrequin engage le Barbouillé à demander pardon à sa femme; celui-ci n'entend pas
de cette oreille. La farce en reste là, sans vrai dénouement.

Dans cette première idée de *George Dandin*, crayonnée à
gros traits, l'action principale se trouvant insuffisante, des
scènes épisodiques la font attendre, remplies par la consultation que demande au docteur le mari, las des déportements
de sa femme. Molière, qui avait déjà fait passer ce commencement de la facétie dans le *Dépit amoureux* et surtout dans *le
Mariage forcé*, ne pouvait plus en faire usage; mais il trouva
mieux. Ces parents que, dans l'ébauche primitive elle-même,
Angélique se réjouit d'attendre comme témoins, il va suffire
de leur donner un rôle moins insignifiant que celui de Gorgibus. Et que ce rôle est heureusement imaginé ! Molière crée
les Sotenville : voilà, sans action double cette fois, le vieux
sujet développé; voilà changée en une comédie de mœurs une
bouffonnerie que rien ne distinguait de toutes celles que son
auteur empruntait aux Italiens.

C'était d'eux, on le sait, et M. Despois l'a dit au tome I de
cette édition (p. 17), c'était de leurs canevas que vraisemblablement Molière tirait ses premières farces, et il n'y a peut-
être pas d'exception à faire pour *la Jalousie du Barbouillé*. Il
n'est pas sûr cependant que les dernières scènes, celles qu'il a
reprises dans *George Dandin*, ne soient pas venues directement du *Décaméron*. En tout cas, Boccace n'était pas bien
loin : si ce n'est Molière qui a puisé chez lui, ce sont les far-
ceurs italiens imités par Molière, pour lesquels rien n'était plus
naturel que de s'adresser à leur célèbre conteur. Dans la Nouvelle IV de la VIIe journée, le tour joué à Tofano est le même[1]
que celui dont le Barbouillé et George Dandin sont victimes.

Doit-on chercher plus loin, remonter plus haut que Boccace?
On pourrait s'en dispenser. Ici, comme dans la farce du *Fagotier*, il est douteux que Molière ait connu les très-vieilles
origines du conte qu'il a mis au théâtre, et à peu près certain
que, s'il les connaissait, il n'a pas pris la peine d'en tenir

---

1. *Il Decamerone* (édition de Venise, 1588), p. 340 et suivantes.

compte, en écrivant sa pièce. Nous croyons cependant devoir
en dire quelques mots, parce qu'il est toujours curieux de
trouver une si ancienne généalogie à une fable qui, aujourd'hui
encore, n'a pas cessé de nous faire rire dans la comédie où
elle ne risque plus d'être oubliée.

Cette généalogie, faut-il la faire commencer aux contes
de l'Inde? On l'a dit avec quelque vraisemblance, mais sans
preuve certaine. Dans les livres du moyen âge où la vieille
anecdote se lit, presque tous les récits ont été tirés de fables
orientales, et, en très-grand nombre, des fables pour lesquelles
on remonte, sinon jusqu'au *Livre de Sindibad*[1] (cet original
indien est perdu), du moins jusqu'aux versions les plus anciennes et qui le représentent de plus près. Il y a cependant
quelques-uns de ces contes, et celui-ci est peut-être à comprendre parmi eux, qui paraissent n'avoir pas été puisés à
cette source. Les livres, écrits en Europe du douzième siècle
au quinzième, dans lesquels on trouve une histoire semblable
à celle de la femme de George Dandin, sont *la Discipline de
clergie, le Castoiement d'un père à son fils, le Roman de Dolopathos, l'Histoire des sept sages de Rome.* Ces deux derniers
recueils de contes procèdent indirectement des plus vieilles
versions orientales du *Livre de Sindibad*, mais n'en sont pas
de vraies traductions; les deux premiers recueils peuvent être
mis en dehors de cette lignée particulière, mais non en dehors de la tradition orientale : dans les uns comme dans les
autres, il semblerait qu'aux récits empruntés à l'Orient, il s'en

---

1. *Sindbad*, dans les *Prairies d'or* de l'écrivain arabe Massoudi,
qui a le premier, au dixième siècle de notre ère, mentionné le
« philosophe indien » (tome I, p. 162, de la traduction de M. Barbier de Meynard). — Voyez Daunou, dans l'*Histoire littéraire de la
France*, tome XVI (1824), p. 169 et 170, et p. 229; l'*Essai sur les
fables indiennes* par A. Loiseleur Deslongchamps (1838), p. 80-84 ;
l'*Histoire de la langue et de la littérature françaises au moyen âge*,
par M. Charles Aubertin (1878), tome II, p. 4, à la note, et p. 77
et suivantes ; particulièrement encore l'Introduction du savant in-
dianiste M. Th. Benfey à la traduction du *Pantschatantra* (Leipzig,
1859), et surtout les belles *Recherches sur le Livre de Sindibad* publiées en 1869 à Milan, par l'illustre membre de l'Institut lom-
bard, M. Comparetti.

est mêlé plus d'un, moins ancien, et qui ne serait pas venu
de pays aussi lointains.

Entre les écrits, tous d'origine évidemment commune, où la
trame des contes enchaînés les uns aux autres est la même,
il en est six que M. Comparetti considère comme formant le
groupe oriental des rédactions dérivées du *Livre de Sindibad*[1].
Or aucune des six n'a, croyons-nous, l'historiette que Molière
a mise sur la scène[2]. On n'est donc pas, de ce côté, assez
autorisé à la faire venir de l'Inde; et si nous la rencontrons
dans les livres du moyen âge, ce qui lui donne une ancienneté
déjà respectable, il n'est pas sûr qu'elle soit plus vieille encore et que ce ne soient pas les conteurs de notre Occident
qui l'aient ajoutée aux autres exemples de ruses féminines.

Nous n'avons fait tout à l'heure que nommer ces livres.
Montrons-y brièvement des récits, plus vieux que *le Décaméron*, des infortunes de George Dandin.

On a d'abord, au douzième siècle, la *Disciplina clericalis* de
l'Aragonais Pierre Alphonse ou d'Alphonse, juif d'origine, qui
naquit en 1062, devint théologien catholique et mourut vers
le commencement ou le milieu du douzième siècle. Ce livre a
été traduit, au quinzième siècle, en prose française, sous ce

---

1. Nous nous contenterons de citer ici trois de ces rédactions,
celles qui, d'après M. Comparetti, peuvent le mieux donner l'idée
de l'original indien : 1° le livre grec intitulé *Syntipas*, que l'auteur
dit avoir traduit d'un texte syriaque, traduit lui-même d'une version, probablement arabe, faite par un Persan; M. Comparetti
(p. 3 et 31) pense que cette version grecque date des dernières
années du onzième siècle : voyez l'édition qu'en a donnée Bois-
sonade, en 1828, sous ce titre : *de Syntipa et Cyri filio Andreopuli
narratio*; 2° ết 3° deux versions faites d'après l'arabe, dans la première
moitié du treizième siècle : l'une espagnole, ayant pour titre *Libro
de los engannos ed assayamentos de las mugeres*, et que publie pour
la première fois M. Comparetti ; l'autre hébraïque, imprimée plusieurs fois et qui porte le titre bien connu de *Paraboles de Sandabar :*
voyez, pour cette dernière, l'excellente traduction française qu'en
a donnée, avec une *Notice historique* et des remarques, M. E. Car-
moly (1849).

2. Voyez dans les *Recherches* de M. Comparetti (p. 13) le tableau
comparatif qu'il a dressé des historiettes contenues dans les diverses
rédactions orientales.

titre : *la Discipline de clergie*[1]. Il a un tout autre cadre, et,
à un petit nombre près, d'autres histoires que les livres qui
peuvent se rattacher au *Sindibad* ; mais, disons-le d'ailleurs,
c'est surtout de souvenirs orientaux, recueillis dans les œuvres
ou dans la tradition des Arabes, qu'il est rempli, et comment
affirmerions-nous que notre conte, tel qu'il est là, ne soit
pas aussi un de ces souvenirs ? L'histoire (la douzième de *la
Discipline de clergie*) est intitulée dans la traduction en vers,
dont nous parlons plus loin : *de Celui qui enferma sa fame
en une tor*[2]. La citation de quelques passages suffira; et il
serait superflu de faire ressortir les rapprochements évidents
qu'ils offrent avec le dernier acte de notre comédie.

Trouvant la porte fermée par son mari, « la femme lui pria
merci et lui promist que jamais tel cas ne lui avendroit. Prieres
ne lui valurent riens, car le mari estoit iriez et courrouchiez;
si dist qu'elle n'y entreroit point, ains monstreroit à ses parens de quelle vie elle estoit.... La dame qui estoit plaine de
art et d'engin, prist une pierre et la jetta ou puis.... » Le mari
croit que de désespoir elle s'est jetée dans le puits; et, lorsque
effrayé il est sorti, elle rentre dans la maison, qu'à son tour il
trouve fermée. Alors elle lui crie : « Haa, desloyal homme,
« je monstreray à mes parens et amis et aux tiens aussi com-
« ment tu es faulx et desloyal, et comment chascune nuit tu te
« depars de moi et vas à tes folles femmes et ribaudes ; » et ainsi
le fist-elle. Quant les parens oyrent ce, ils cuiderent que ce
fust verité; si l'en blasmerent et moult lui dirent de villonie.
Ainsi se delivra la femme par son art, et encoulpa son mari de
ce qu'elle mesmes avoit desservi. Ainsi ne prouffita gaires à
l'homme ce qu'il regarda où sa femme aloit, ains lui nuisy
moult; car sa mesaise estoit plus grande pour ce que les gens
cuidoient qu'il l'eust desservi (*bien mérité*), que de ce qu'il
souffroit par le meffait d'adultere que sa femme avoit prouvé
par son malefice. » Molière a remplacé par la feinte d'un coup

1. Cette version a été imprimée en regard du texte latin dans
l'édition de la Société des bibliophiles français (1824).

2. Voyez aux pages 107 et impaires suivantes (où le français
est en regard du latin), et aux pages 336 et suivantes (contenant la
traduction en vers) de l'édition des bibliophiles.

de couteau la pierre jetée dans le puits, que l'on retrouve dans toutes les anciennes versions du conte, sans excepter celle de Boccace, et que l'on n'avait pas oubliée non plus dans une pièce du théâtre italien, *Pantalon avare* (nous en ignorons la date), qu'avait vu jouer Cailhava. La différence est peu importante : Molière a préféré ce qui simplifiait la mise en scène.

Il existe du livre de Pierre Alphonse plusieurs anciennes traductions en vers français de huit syllabes, sous ce titre : *le Castoiement d'un père à son fils*. Barbazan avait fait connaître, en 1760, un de ces *Castoiements* ou *Chastoiements*[1], dans lesquels naturellement n'a pas été omis le conte « de celui qui enferma sa femme en une tor. » C'est de là que Legrand d'Aussy a tiré le fabliau (il n'est pas tout à fait exact que c'en soit un) auquel il a donné place dans ses *Fabliaux ou contes*[2]. Il y est attribué à Pierre d'Anfol. Ce nom est tout simplement une corruption de celui de Pierre Alphonse, que l'auteur d'un des *Chastoiements* appelle Pierre Anfors[3].

Si *le Castoiement* n'est que *la Discipline de clergie* traduite en vers, un ouvrage différent est le *Dolopathos* ou l'histoire *d'un Roi et de sept Sages*, écrite en latin : *Dolopathos* sive *de Rege et septem Sapientibus*. Cette histoire, avec sa traduction en vers, *li Romans de Dolopathos*, forme, dans la grande famille de romans et de poëmes sortis du livre de Sindibad, un des rameaux de la branche occidentale, branche fort touffue, entée sur la branche orientale. L'auteur est un moine de l'abbaye de Haute-Selve ou Haute-Seille (*Alta Sylva*), Dam Jehans ou Dom Jean. On dit que la date de son livre doit être entre 1184 et 1212[4]; il est donc moins ancien que celui

1. Méon l'a donné plus complet au tome II de l'édition qu'il revit en 1808 des *Fabliaux et contes des poëtes français des* XI, XII, XIII, XIV *et* XV*e siècles* recueillis par Barbazan : le conte se trouve là, p. 99-107. Il y a aussi un *Chastoiement* à la suite de la *Disciplina clericalis*, dans l'édition de la Société des bibliophiles, déjà citée : le conte, nous l'avons déjà indiqué, est aux pages 336 et suivantes.

2. Voyez tome III, p. 146-151 de la 3e édition (1829) des *Fabliaux ou contes,... traduits ou extraits* par Legrand d'Aussy.

3. Page 248 de l'édition de 1824 du *Chastoiement*.

4. Voyez la *Préface* du *Roman de Dolopathos*, p. XII, dans l'édition que nous citons ci-après, p. 486, note 3.

de Pierre Alphonse. Le manuscrit, longtemps cherché, vient
d'en être retrouvé, il y a moins de dix ans[1], et une édition en
a paru à Strasbourg en 1873, sous le titre cité plus haut ; l'é-
diteur très-versé dans cette littérature, M. Œsterley, le croit
sorti de traditions orales et populaires ; il n'est une imitation
directe ni du *Syntipas*, ni des *Paraboles*, où d'ailleurs, nous
l'avons dit[2], Dom Jean n'eût pas trouvé l'anecdote, que chez
lui raconte Virgile, mis en scène dans le rôle de précepteur
d'un prince.

Un clerc, du nom d'Herbers, auteur d'un *Dolopathos* français[3], roman en vers de huit syllabes, dit lui-même (vers
19-22) qu'il l'a extrait du livre de Dom Jean. Il l'a écrit en
l'honneur du roi de France Louis, fils de Philippe[4], qui doit
être Louis VIII, fils de Philippe-Auguste. L'imitation a seulement enjolivé et quelquefois compliqué l'œuvre originale.
Dans les deux ouvrages[5], le mari n'est pas un vieillard, mais
un jeune Romain, philosophe, d'abord ennemi du mariage,
mais qui se fiant à son infaillible prudence, malgré les conseils de Virgile, finit par prendre femme. La malheureuse
qu'il a choisie (chez Herbers, conquise par un enlèvement,
dont le long récit est fondu avec celui de notre histoire) est
enfermée dans une tour. Elle n'y reste que quelques jours,
jette une lettre à un damoisel, et lui donne un rendez-vous,
comme Angélique à Clitandre. Elle enivre son jaloux, et, pendant qu'il dort, lui dérobe sa clef et s'évade. Ce qui suit est
tel que nous l'avons vu partout : la rentrée, devenue impossible
à la femme jusqu'à ce que la pierre jetée dans le puits ait fait
sortir le jeune Romain, etc. La conclusion seule de l'histoire
n'est pas la même que dans *la Discipline de clergie* ou dans
l'*Histoire des sept sages* (dont nous allons parler) : il n'y a pas
de mari honni par les siens ou arrêté par la garde et fustigé.
Tout se passe plus doucement : « Il jeta bas la tour, dit Dom

1. Dans la bibliothèque de l'*Athenæum* de Luxembourg.
2. Voyez p. 483.
3. *Li Romans de Dolopathos*, publié pour la première fois en entier par MM. Charles Brunet et Anatole de Montaiglon (1856).
4. C'est l'interprétation qu'on a donnée aux vers 25-27.
5. Voyez le huitième conte : p. 80-82 du *Dolopathos* latin ;
p. 353 et suivantes, particulièrement p. 375-379, du poëme français.

Jean, donnant à sa femme licence d'aller où elle voudrait. »
« Lui, répète en un langage un peu plus vieux le rimeur français, lui qui eut bien éprouvé sa femme, fit le lendemain abat-
tre la tour; oncques ne tint plus sa femme prisonnière et lui
laissa le champ libre; il connut bien que nul ne peut garder
une mauvaise femme, car elle a sa volonté. » Tofano et
George Dandin renoncent de même à faire obstacle à ce qui ne
saurait être empêché; George Dandin toutefois, en se rési-
gnant, n'y met pas tant de bonne grâce.

A un autre groupe de recueils occidentaux se rattachant à
l'œuvre si merveilleusement féconde de Sindibad, appartient
le vieux poëme intitulé *li Romans des sept sages*[1], dont sont
dérivées plusieurs rédactions en prose française, et la rédaction en prose latine, aussi née en France[2], de l'*Historia septem
Sapientum (Romæ)*; cette dernière, une des plus tard venues
(M. Gaston Paris, p. XXXIX, en place la composition vers 1330),
fut une des plus répandues, et, depuis sa première impression
en 1472, une des plus souvent reproduites en diverses langues[3].
Dans cette *Histoire des sept sages*[4], le mari « confondu » est
un vieux chevalier qui a épousé une très-jeune fille. Il refuse
de la laisser rentrer après une de ses escapades nocturnes,
et lui crie : « Ô très-mauvaise coquine, tu resteras là jusqu'à
ce que la cloche sonne et que la garde te prenne. » Ceux qui,
la cloche sonnée, étaient trouvés dans la rue, on les arrêtait,

1. Publié par M. H.-A. Keller à Tubingue, en 1836, d'après le manuscrit unique de notre Bibliothèque nationale. Citons-en, d'après
M. Gaston Paris (p. VII, voyez aussi p. 18), ces deux vers (2123 et
2124), qui viennent précisément au début de notre histoire :

> Mais hom est fols de bas paraige
> Ki femme prent de grant linaige.

2. C'est ce qu'a établi M. Gaston Paris dans la *Préface* dont il
a fait précéder les *deux Rédactions du Roman des sept sages*, publiées par lui en 1876.

3. M. Gaston Paris a intégralement réimprimé la traduction
française, très-fidèle, qui parut à Genève en 1492.

4. *Secundi magistri exemplum*, aux folios 11-12 de l'*Historia septem
Sapientum Romæ* (édition gothique de Delft, 1495, in-folio); aux
p. 82-87 de la traduction de Genève (1492) réimprimée par M. Gaston Paris.

et, le jour venu, on les exposait au pilori. « Ce sera, dit
la femme, un grand opprobre pour toi, pour moi et pour
tous nos parents.... Pour l'amour de Dieu, tu m'ouvriras. » Le
trouvant inflexible, elle a recours à la ruse, que nous connaissons, de la grosse pierre jetée dans le puits ; et quand, par
l'effet de cette ruse, ils ont changé de place, lui à la porte,
elle à la fenêtre : « Maudit vieux, lui dit-elle, comment, à
une telle heure, es-tu là ? Ta femme ne te suffit-elle pas ? Pourquoi, toutes les nuits, vas-tu voir tes coquines et abandonnes-
tu notre lit ? » La cloche ayant sonné, le pauvre homme est pris
par la garde, exposé le lendemain au poteau de justice et fustigé.
Chaque narrateur a ses petites variantes ; le fond reste le même.

Nous avons cité ces vieux recueils de fables plutôt comme
des objets amusants de comparaison avec la comédie de Molière, que comme des modèles dont il aurait profité. Il est
vrai qu'ils n'étaient pas tous impossibles à connaître au dix-
septième siècle : l'*Histoire des sept sages* avait été souvent
imprimée, et si les *Castoiements* ne l'étaient pas, ils n'étaient
pas assez anciens pour qu'il n'y en eût pas encore bien des copies répandues. Le plus probable cependant, comme nous l'a-
vons déjà dit, c'est que Molière ne remonta pas plus haut que
le Décaméron. Que là seulement il faille chercher la source de
sa comédie, on est d'autant plus porté à le croire qu'une nouvelle de Boccace toute voisine de la nouvelle de Tofano, et qui
est la huitième de la même journée, doit avoir suggéré à notre
auteur l'idée si heureuse, si digne d'un grand comique, de montrer dans George Dandin une victime de l'alliance imprudente
de la roture avec la noblesse. Ne serait-ce pas une preuve qu'il
faisait le plan de sa pièce, *le Décaméron* sous les yeux ? Sans
qu'il eût besoin, dira-t-on, de rencontrer rien de semblable
dans Boccace, il avait dû souvent, observateur si clairvoyant
des mœurs de son temps, noter, parmi les caractères qui at-
tendaient son pinceau, l'homme qui, pour son argent, a voulu,
dans son mariage, tâter de la noblesse. Nous le croyons aussi :
ce qui n'empêche pas la nouvelle italienne d'avoir de trop
grandes ressemblances de détail avec notre comédie, pour que
celle-ci ne lui doive pas quelque chose. En constatant que Molière a trouvé dans la lecture d'un conte l'occasion de traiter
un tel sujet, dont se serait bien avisé tout seul son génie co-

mique, on n'ôte rien au mérite de sa peinture satirique si parfaite. Les Sotenville n'en restent pas moins une de ses excellentes créations, et, par bien des côtés, il en a fait, s'écartant de Boccace et le surpassant, des personnages de son temps et de son pays.

Dans la nouvelle du *Décaméron* qui a fourni à Molière un second emprunt, ce n'est plus Tofano qui est le George Dandin, c'est un très-riche marchand, nommé Arriguccio Berlinghieri. « Il songea sottement, dit Boccace, à se mettre dans la gentilhommerie par sa femme, ayant épousé une jeune demoiselle noble, qui n'était point son fait[1]. » Il est trompé par la dame. Des ruses de l'infidèle Monna Sismonda nous n'avons rien à dire ici; on les trouve, avec quelques changements, dans un des contes de la Fontaine[2]; elles sont toutes différentes de celles dont Molière a pris l'idée à la quatrième nouvelle de la même septième journée. Laissons-les donc, pour montrer seulement ce qui dans l'histoire de Berlinghieri se rapporte à notre comédie. Le marchand mal marié va, quand il s'est assuré de son malheur, frapper, pendant la nuit, à la porte des parents de sa femme. La mère et les trois frères de Monna Sismonda se lèvent. Il ne peut entrer dans l'esprit de la mère qu'élevée par elle sa fille soit capable de la faute dont son mari l'accuse. Celle-ci s'est artificieusement préparé des preuves d'innocence. Toute l'indignation des parents, que, sans peine, elle trompe, tombe sur Berlinghieri. L'impudente, changeant la défense en attaque, reproche au malheureux mari de ne pas sortir des tavernes (p. 359) : « Ne vient-il pas encore de s'enivrer? Il n'a pas achevé de cuver son vin. » Voilà un exemple de la manière dont Molière imitait; on sait le trait si plaisant des Sotenville, criant à leur gendre de ne pas les approcher, parce qu'ils sentent son haleine empestée de buveur[3]. Tout comme eux, la noble famille de Monna Sismonda fait à Berlinghieri le reproche d'un manque de respect à une épouse de si grande naissance. Berlinghieri demeure atterré. « Ne sachant plus si ce qui s'était passé était vrai ou s'il l'avait rêvé, et sans désormais souffler

1. *Il Decamerone*, p. 355.
2. Le viie de la 2e partie.
3. Acte III, scène vii.

mot, il laissa sa femme en paix[1]. » Il y a là, sans contredit,
une esquisse des plus heureux traits de notre comédie, esquisse
légère, qu'achèvent, dans celle-ci, les scènes fortement tracées,
où chaque parole donne tant de relief aux caractères.

Plus mal à propos pour cette nouvelle de Berlinghieri que
pour celle de Tofano, on s'est demandé si Molière, au lieu de
s'en inspirer, n'aurait pas fait un emprunt à certain conte du
moyen âge; et l'on a pensé au fabliau de *Bérengier*[2]. Il y est
dit, au début, qu'en Lombardie un chevalier avait une épouse,
qui était la plus belle dame, la plus courtoise, la plus sage
(par là combien différente de la femme de George Dandin!)
qu'il fût possible de trouver dans le pays. Elle était de haut
parage, son mari était d'une famille de vilains : c'est tout ce
qu'il y a de commun entre le conte, très-grossier d'ailleurs,
et la comédie de Molière. Rien, dans le fabliau, ne ressemble
à une leçon pour la roture vaniteuse qui veut se mêler à l'or-
gueilleuse noblesse. Le mari n'est trompé que lorsqu'il a montré
sa lâcheté; cette lâcheté seule est punie et non la sottise qu'il
a faite de sortir de sa sphère. On n'a voulu inspirer là de sympathie que pour la grande dame, à qui sa vengeance, il est
vrai, ne fait pas beaucoup d'honneur; mais le vieux conteur
n'en paraît pas scandalisé. Quand même on ne tiendrait pas
compte des ordures du fabliau, la pièce de Molière, si peu
comparable de tout point, resterait encore plus morale.

L'est-elle tout à fait? et, pour la rendre édifiante, la sagesse
de la leçon suffit-elle ? Trop de plaintes se sont élevées contre
ses hardiesses pour que nous évitions de dire ce qu'il en faut
penser. On doit sans doute, dans le jugement des œuvres de
théâtre, renoncer à un rigorisme qui finirait, comme chez
Rousseau, par les condamner à peu près toutes. Nous sommes
d'ailleurs ici chez Molière, et nous n'avons pas dû y entrer
une férule à la main. L'indulgence néanmoins, pour ce qui sur
la scène inquiète la morale, a ses limites, ne voulût-on même
se placer qu'au point de vue de l'art.

Dès le dix-septième siècle, dans une des chaires les plus
éloquentes et qui eut alors le plus d'autorité, des paroles d'une

---

1. *Il Decamerone*, p. 360.
2. Dans les *Fabliaux et contes*, de Méon (1808), tome IV, p. 287-295.

grande sévérité ont été prononcées contre notre comédie; car c'est bien elle que désigne une incontestable allusion. Le 1er mars 1682, en présence du Roi que *George Dandin* avait souvent fait bien rire, Bourdaloue, dans le sermon *sur l'Impureté*, disait[1] : « Le comble du désordre, c'est que les devoirs, je dis les devoirs les plus généraux et les plus inviolables chez les païens mêmes, soient maintenant des sujets de risée. Un mari sensible au déshonneur de sa maison est le personnage que l'on joue sur le théâtre, une femme adroite à le tromper est l'héroïne que l'on y produit; des spectacles où l'impudence lève le masque et qui corrompent plus de cœurs que jamais les prédicateurs de l'Évangile n'en convertiront, sont ceux auxquels on applaudit. » Ce sont des foudres de cette violence qui faisaient dire à Mme de Sévigné, avec l'intention d'en admirer le courage : « Bourdaloue.... frappe toujours comme un sourd[2]; » mais les plus respectueux de la grave parole du prédicateur reconnaîtront que la mesure est dépassée dans l'accusation d'avoir produit comme l'héroïne de la pièce la femme dont l'auteur a pris soin de charger le portrait de si noires couleurs.

Lorsque Riccoboni écrivit son livre *de la Réformation du théâtre*[3], il divisa, comme on sait, les comédies de Molière en *comédies à conserver, comédies à corriger, comédies à rejeter*. Ce *George Dandin* dont il avait, dans un ouvrage précédent, admiré les couleurs vives et fortes[4], il ne l'admit même pas à correction, il le rejeta. « La simple lecture de cette pièce, dit-il[5], fait sentir qu'elle ne peut être admise sur un théâtre où les mœurs sont respectées.... Ce n'est pas.... que Molière n'y ait mis d'excellentes choses pour corriger la vanité d'un bourgeois qui veut s'élever au-dessus de sa condition par une alliance disproportionnée; mais les bonnes mœurs ont, sans comparaison, beaucoup plus à perdre qu'à gagner dans

1. *OEuvres de Bourdaloue* (édition de Versailles, 1812), tome III, p. 86.

2. *Lettres de Mme de Sévigné*, 29 mars 1680, tome VI p. 332.

3. 1 volume in-12, M DCC XLIII (s. l.).

4. *Observations sur la comédie et sur le génie de Molière* (1736), p. 121.

5. *De la Réformation du théâtre*, p. 317 et 318.

la comédie de *George Dandin*, dont Molière a puisé le sujet
dans une nouvelle de Boccace.... Si Boccace, en ce cas, mérite
d'être blâmé, Molière n'en est pas plus excusable d'avoir tiré
de cet auteur italien le sujet d'une comédie si scandaleuse. »

A ces réclamations des vengeurs de la morale, l'éloquent
auteur de la *Lettre à d'Alembert* ne pouvait guère manquer de
joindre la sienne, qui vint quinze ans après celle de Riccoboni[1]. « Quel est le plus criminel, dit Rousseau, d'un paysan
assez fou pour épouser une demoiselle, ou d'une femme qui
cherche à déshonorer son époux? Que penser d'une pièce où
le parterre applaudit à l'infidélité, au mensonge, à l'impudence
de celle-ci et rit de la bêtise du manant puni? » La réponse
de d'Alembert au citoyen de Genève appuie très-peu sur
l'apologie de notre pièce, dont elle se contente de dire[2] :
« Qu'apprenons-nous dans *George Dandin?* Que le déréglement des femmes est la suite ordinaire des mariages mal assor-
tis où la vanité a présidé. » Marmontel est moins laconique :
« Que penser de cette pièce? dit-il[3]. Que c'est le plus terrible
coup de fouet qu'on ait jamais donné à la vanité des mésal-
liances.... De quoi s'agit-il...? De faire sentir les conséquences
de la sottise de ce villageois. Molière a donc peint ses personnages d'après nature. Mais en exposant à nos yeux le vice,
l'a-t-il rendu intéressant? a-t-il donné un coup de pinceau
pour l'adoucir et le colorer, lui qui savoit si bien nuancer les
caractères? a-t-il seulement pris soin de rendre cette coquette
séduisante et son complice intéressant? Rien n'étoit plus facile sans doute; mais s'il eût affoibli le mépris qu'il devoit répandre sur le vice, il se fût contredit lui-même : il eût oublié
son dessein. C'est donc pour rendre sa pièce morale qu'il a
peint de mauvaises mœurs; et ceux qui lui en ont fait un
reproche ont confondu la décence avec le fond des mœurs
théâtrales. La bienséance est violée dans la comédie de *George
Dandin*, comme dans la tragédie de *Théodore*[4]; mais ni l'une
ni l'autre pièce n'est une leçon de mauvaises mœurs. »

1. La lettre de *J. J. Rousseau, citoyen de Genève, à M. d'Alembert*, est de 1758 : voyez p. 52 de l'édition originale (Amsterdam).
2. Tome II des *Mélanges* (1759), p. 420.
3. Voyez le *Mercure de France* de décembre 1758, p. 106 et 107.
4. *Théodore*, tragédie chrétienne de P. Corneille (1645).

De ces plaidoyers pour ou contre, où, dans les deux sens,
tout a été dit, au moins indiqué, la vérité peut être dégagée.
Il est certain que la pièce donne une leçon utile, certain aussi
que Molière n'y a pas rendu le vice séduisant, mais odieux.
Faire autrement ne lui aurait pas été aussi facile que Marmontel le dit, dès que, pour montrer la sotte vanité punie, il
avait choisi l'anecdote du vieux conte. Elle ne tenait pas essen-
tiellement au vrai sujet de la comédie ; le choix en a donc été
librement fait, et il y a à en savoir gré à Molière, puisqu'elle
fait de la femme coupable la plus méchante femme qui se puisse
voir ; mais il y a aussi à le lui reprocher, puisqu'elle met sous
les yeux un spectacle qui répugne. Marmontel ne défend que
l'intention morale de *George Dandin*, et passe, avec raison,
condamnation sur la décence ; mais il a oublié qu'il n'est pas
sans danger de peindre trop hardiment de mauvaises mœurs
pour tirer de cette peinture une bonne moralité. Si l'on excepte
Amphitryon, dont le sujet, très-scabreux aussi, n'a pas été autant
reproché à son auteur, parce que l'invraisemblance et le loin-
tain du monde mythologique dissimulent et couvrent beaucoup
ce qu'il a de choquant, et parce que le mal n'y est volontaire
que du côté des privilégiés de l'Olympe, *George Dandin* est la
seule comédie où Molière ait mis l'adultère sur la scène, avec
l'unique précaution de nous laisser libres de ne l'y croire qu'en
projet. Le théâtre de nos jours a fait, de ce côté, quelques
progrès ; et ce n'est point un avantage pour lui de ne pouvoir invoquer l'excuse que Molière, à l'exemple de la Fontaine,
aurait pu trouver dans la gaieté de contes bleus. Toute demi-
excuse acceptée, et si peu disposé que l'on soit à la pruderie,
il faut convenir qu'il y a quelque chose de blessant dans l'effronterie d'Angélique, et qu'une leçon de morale, assurément
bonne, est loin cependant, comme les apologistes eux-mêmes ne
le cachent pas, d'y être donnée décemment.

Si nous avons touché à une question que bien des personnes
voudraient réserver aux moralistes de profession et souffrent
impatiemment de voir mêlée à la critique littéraire, les citations que nous avons faites montrent que, dans l'histoire de la
pièce, elle était inévitable. Voltaire ne s'est pas cru dispensé
d'en dire quelques mots. Tout en opposant aux scrupules des
spectateurs la remarque, déjà faite avant lui, du véritable objet

de Molière, qui n'a représenté le désordre que comme une punition de la sottise, il nous apprend qu' « on se souleva un peu contre le sujet même de la pièce, » et que « quelques personnes se révoltèrent[1]. » Il faut bien qu'il ait été témoin de ce mouvement de réprobation. Nos propres souvenirs (ils sont assez anciens) se trouvent d'accord ; et si Rousseau, dont l'assertion peut bien n'être qu'un artifice de sa rhétorique, a vu de son temps le parterre applaudir à l'impudence de la femme infidèle, nous avons un jour vu certainement le contraire. On nous dit que le moment où, malgré son respect pour Molière, le public montre quelque mécontentement, est celui où George Dandin, à genoux et chandelle en main, est forcé par les Sotenville de faire amende honorable, et que cette humiliation du pauvre roturier nous contriste dans nos sentiments d'égalité. Il y a de cela peut-être, bien que c'eût été plutôt, ce semble, à la gentilhommerie de se plaindre de l'intention de la scène. Quoi qu'il en soit, nous croyons bien avoir remarqué aussi que la fausseté sans vergogne de la femme de George Dandin paraît quelque chose de trop fort. Comme la Jalousie du Barbouillé, où, sans parler d'une crudité de langage que Molière s'est bien gardé de reproduire dans George Dandin, la même histoire est mise en scène, avait probablement passé sans difficulté, Molière a pu croire qu'en reprenant cette farce il ne scandaliserait non plus personne ; mais, sur le théâtre français, relevé par tant de ses nobles chefs-d'œuvre, on n'en était plus aux scenarios licencieux des Italiens.

Rien ne nous apprend toutefois que, dans les premiers temps de la pièce, les délicatesses du public aient été déjà aussi grandes qu'un peu plus tard, et qu'il ait protesté contre la hardiesse d'une peinture si peu adoucie.

« Le George Dandin, dit Grimarest, fut.... bien reçu à la cour, au mois de juillet 1668, et à Paris, au mois de novembre suivant[2]. » En cette même année 1668, on le joua de nouveau à la cour dans les fêtes de saint Hubert, données à Saint-Germain. Il y fut représenté le 3 novembre et deux fois encore les jours suivants (du 4 au 6), avec des en-

---

1. Voyez ci-après le *Sommaire* de Voltaire, p. 504.
2. La *Vie de M. de Molière* (1705), p. 195.

trées de ballet et la musique de Lulli[1]. Robinet en a parlé[2] :

> Le ballet, bal et comédie,
> Avecque grande mélodie,
> Ont été de la fête aussi....
> . . . . L'on dit que *Molière*,
> Paroissant dans cette carrière
> Avecque ses charmants acteurs,
> Ravit ses royaux spectateurs,
> Et sans épargne les fit rire,
> Jusques à notre grave Sire,
> Dans son *Paysan* mal marié,
> Qu'à Versaille il avoit joué.

Ce fut seulement quelques jours après ces nouvelles représentations devant le Roi que la pièce parut au Palais-Royal, le vendredi 9 novembre 1668, pour la première fois. On donna le même jour *la Critique d'Andromaque*[3]. Il y avait déjà deux mois que *l'Avare* avait été représenté sur le même théâtre : ce qui explique pourquoi quelques éditeurs ont placé, mais à tort, cette dernière comédie avant *George Dandin*.

Le nombre des représentations de *George Dandin*, dans les premiers temps et jusqu'en 1673, tel que le constate le *Registre de la Grange*[4], confirme-t-il ce que dit Grimarest de l'accueil

----

1. *Gazette* du 10 novembre 1668, p. 1182.

2. *Lettre en vers à Madame*, du 10 novembre 1668. — Le *Registre de la Grange* est d'accord avec Robinet et avec la *Gazette* : « Le vendredi 2 novembre, la Troupe est allée à Saint-Germain, où la Troupe a joué *le Mari confondu*, autrement le *George Dandin*, trois fois, et une fois *l'Avare*. Le retour a été le 7e dudit mois. Reçu du Roi, 3000 l. »

3. *La Folle querelle* ou *la Critique d'Andromaque* (par Subligny), que l'on jouait au Palais-Royal depuis le 25 mai 1668. — A ce moment-là, Molière et Racine étaient quelque peu en guerre, et ce ne fut sans doute que par un singulier hasard qu'ils se trouvèrent d'accord pour donner le nom de Dandin à leur principal personnage, dans les deux pièces du *Mari confondu* et des *Plaideurs*, représentées pour la première fois, à la ville du moins, presque simultanément. Voyez les *Œuvres de Racine*, tome II, p. 127.

4. Ce *Registre* désigne le plus ordinairement la pièce par son sous-titre : *le Mari confondu*.

qui fut fait à la pièce? Un tel chiffre paraîtrait faible aujour-
d'hui; alors, pour une petite comédie, il ne laissait pas de
doute sur le succès. On joua *George Dandin* dix fois au Palais-
Royal, dans les deux derniers mois de 1668, treize fois en 1669,
dix en 1670, trois en 1671, trois en 1672. Ce fut tout du vivant de Molière, qui donna donc à la cour quatre représentations de cette comédie, à la ville trente-neuf. Depuis, le succès
étant loin de diminuer, il y en eut, au temps de Louis XIV,
quinze à la cour, trois cent quinze à la ville ; et sous Louis XV,
six à la cour, deux cent soixante-dix-sept à la ville[1].

Dans la citation que nous avons faite[2] de la *Lettre en vers
à Madame* du 21 juillet 1668, nous avons réservé, pour les
donner ici, les vers suivants où Robinet parle de la manière
dont *George Dandin* fut joué pour la première fois ; après un
éloge général des acteurs, baladins et chanteurs, il ajoute :

> Mais entre tous ces grands zélés
> Qui se sont si bien signalés,
> Remarquable est *la Torilière*,
> Qui, près de tomber dans la bière,
> Ayant été, durant le cours
> Tout au plus d'environ huit jours,
> Saigné dix fois pour une fièvre,...
> Quitta son grabat prestement,
> Et voulut héroïquement
> Du gros Lubin faire le rôle,
> Qui sans doute étoit le plus drôle.

La Thorillière, dans le personnage de Lubin, est donc le
seul qu'ici Robinet nomme parmi les acteurs, louant tous les
autres indistinctement. S'il a fait allusion aussi au rôle joué
par Molière, c'est dans l'autre lettre que nous avons également
citée[3], dans celle du 10 novembre 1668, écrite après les représentations de Saint-Germain. Lorsqu'il y dit que Molière
fit beaucoup rire le Roi

1. Voyez, au tome I, le *Tableau des représentations de Molière*,
p. 548 et 557.

2. Voyez ci-dessus, p. 477 et 478.

3. Voyez à la page précédente.

> Dans son Paysan mal marié,
> Qu'à Versaille il avait joué,

le sens qui s'offre assez naturellement est que le Paysan mal marié était représenté par l'auteur de la comédie. M. Bazin a dit[1] : « Il avait écrit la pièce et il y jouait le premier rôle. » Nous ignorons s'il parle seulement d'après le témoignage de Robinet, interprété comme il paraît devoir l'être ; les témoignages d'ailleurs sont à peine nécessaires, tant il semble que la chose aille de soi. Nous verrons tout à l'heure que Rosimont, héritier des rôles de notre auteur, joua celui de George Dandin. Le costume de Molière dans la pièce est ainsi décrit par l'inventaire de 1673[2] : « Une boîte dans laquelle sont les habits de la représentation de *George Dandin*, consistant en haut-de-chausses et manteau de taffetas musc, le col de même ; le tout garni de dentelle et boutons d'argent, la ceinture pareille ; le petit pourpoint de satin cramoisi ; autre pourpoint de dessus, de brocart de différentes couleurs et dentelles d'argent ; la fraise et souliers. » Voilà un paysan bien galamment équipé ! Mais nous avons déjà eu occasion de dire que ces habits de théâtre étaient souvent, et surtout dans les fêtes de la cour, plus brillants qu'il ne nous semble naturel. Et puis, ne nous y trompons pas, ce nom de paysan désigne ici une manière de bourgeois campagnard dont Marmontel a eu tort de faire un villageois[3]. George Dandin n'en a pas le langage. Il était, comme il nous l'apprend lui-même, un paysan très-riche. Depuis son mariage surtout, M. de la Dandinière[4] devait se croire obligé à une assez grande braverie d'ajustement. Peut-être, si nous connaissions mieux les modes du temps, trouverions-nous que le costume de Molière était, avec intention, d'une richesse de mauvais aloi, qui sentait le travestissement prétentieux du vilain, et qu'il n'aurait pu être porté par Clitandre.

1. *Notes historiques sur la vie de Molière*, p. 153 de la 2ᵈᵉ édition (in-12).

2. *Recherches sur Molière*, par Eud. Soulié, p. 276.

3. Voyez ci-dessus, p. 492.

4. Voyez acte I, scène IV, ci-après, p. 519.

Aimé-Martin n'a pas cru savoir seulement par qui étaient
joués, à la création, les personnages de George Dandin et de
Lubin : il donne une distribution complète des rôles, celui
de Colin excepté. D'après cette distribution, Mlle Molière représentait *Angélique*, du Croisy, *M. de Sotenville*, Hubert,
Mme de Sotenville, la Grange, *Clitandre*, Mlle de Brie, *Claudine*. L'attribution du rôle d'Angélique à Mlle Molière sera,
entre toutes ces suppositions, la moins contestée ; nous ne voudrions pas cependant que l'on s'appuyât sur les raisons qui
l'ont fait tenir pour certaine. « *George Dandin*, dit M. Jules
Loiseleur[1],... dut être écrit dans une de ces périodes de
brouille où les deux époux passaient de la paix armée aux hos-
tilités. Armande remplissait dans cette comédie le rôle d'Angélique, c'est-à-dire celui d'une femme mariée qui manque à
ses devoirs, et c'est le seul de cette nature qu'il y ait dans
tout le théâtre de Molière. »

Nous nous défions de ces découvertes trop ingénieuses
d'allusions que, dans ses comédies, Molière aurait faites à sa
vie conjugale. On a vu, dans la *Notice* du *Sicilien*[2], que ce fut
Mlle de Brie et non Mlle Molière qui joua le rôle d'Isidore ; et
cependant ne dirait-on pas, dans la scène VI[3], que dom Pèdre
parle quelquefois comme aurait pu le faire Molière lui-même,
Isidore comme sa femme ? Il faut ou renoncer à découvrir là
(dès lors pourquoi n'y pas renoncer ailleurs ?) une de ces
applications préméditées que l'on suppose, ou remarquer que
Molière n'a pas toujours cherché à rendre les allusions plus
claires en donnant à Armande les rôles où il faisait son portrait et peignait les tourments jaloux qu'elle lui causait. Disons
aussi que lorsqu'on a cru, dans le *Misanthrope*, reconnaître
son intention d'être lui-même Alceste, désespéré par la coquetterie de Célimène, qui serait Mlle Molière, cela du moins
ne choque pas ; mais quelle satisfaction aurait-il trouvée, dans
George Dandin, à se représenter sous les traits ridicules de

----

1. *Les Points obscurs de la vie de Molière*, p. 315. — Voyez aussi
ce qui est dit dans le même sens, *ibidem*, p. 327.
2. Ci-dessus, p. 225.
3. Pages 245-250 : voyez la fin de la scène.

ce mari trompé et à montrer Mlle Molière si digne des vilains noms qu'il n'épargne pas à Angélique?

Ce serait plutôt dans la liste suivante des acteurs qui jouèrent *George Dandin* en 1685[1] que l'on trouverait la confirmation de plusieurs des conjectures d'Aimé-Martin sur la première distribution des rôles, notamment sur le personnage que fit Mlle Molière :

CLITANDRE..	La Grange.
GEORGE DANDIN	Rosimont.
M. DE SOTENVILLE..........	Hubert.
Mme DE SOTENVILLE	Beauval ou Mlle la Grange.
LUBIN	Du Croisy.
COLIN	Brecourt.

DAMOISELLES.

ANGÉLIQUE.	Guerin.
CLAUDINE.	De Brie.

Laissons donc à Mlle Molière la création du rôle d'Angélique, mais sans croire que Molière le lui ait donné pour prendre le public à témoin des chagrins qu'elle lui causait : autant eût valu s'attacher lui-même, pour courir les rues, le bât légendaire que connaissent les lecteurs de la Fontaine.

Nous ne savons si Michelet, quand il a dit[2] d'une comédie si plaisante : « *George Dandin* est douloureux, » a pensé, avec beaucoup d'autres, que Molière y a exhalé le gémissement de ses douleurs domestiques, ou si plutôt il s'est imaginé y entendre la plainte de l'homme de modeste condition se souvenant d'insolents marquis qui auraient cherché à l'humilier. De toute façon, ce *George Dandin* presque tragique n'entre pas dans notre esprit. Aujourd'hui c'est une mode, pourquoi ne dirions-nous pas une manie? de chercher dans la plupart des comédies de Molière nous ne savons quelle tragédie cachée, qui pleure sous le masque de la gaieté et gémit parmi les éclats de rire. Le génie de Molière cependant n'était-il pas franchement plaisant? La nouvelle manière de le comprendre pourrait

---

1. *Répertoire des comédies françoises qui se peuvent jouer en* 1685.
2. *Histoire de France*, tome XIII (1860), p. 136.

passer pour une preuve que c'est nous-mêmes qui ne savons plus être gais.

L'interprétation des comédiens cesserait, nous le croyons, d'être vraie, s'ils se laissaient gagner à cette bizarre idée d'un Molière mélancolique jusque dans ses farces. George Dandin, par exemple, si fâcheuse que soit sa mésaventure, doit rester comiquement ridicule, même quand il gémit sur sa maison qui lui est devenue effroyable, et s'apostrophe si durement comme un sot qui l'a « bien voulu; » même encore lorsque son dernier mot est que le mari d'une si méchante femme n'a plus rien de mieux à faire que de s'aller jeter à l'eau, la tête la première.

Nous ne pouvons bien savoir comment Lesage de Montménil le représentait, et s'il se tenait dans la tradition que nous ne pouvons guère douter avoir été celle de Molière. Ce qui ferait croire à quelque erreur de sa part, c'est ce passage de Cailhava : « Monmeni rendoit, dit-on, ce personnage intéressant; tant pis : il ne pouvoit y réussir qu'en blessant la vérité du rôle[1]. » Applicable ou non à Montménil, l'avertissement sur le sens du rôle est juste. Il ne faut pas que George Dandin se fasse assez prendre au sérieux pour exciter la compassion, au lieu du rire.

Le même Cailhava, peut-être avec une intention de reproche pour quelque comédienne de son temps, recommande à Angélique une grande décence[2], afin qu'elle prouve au spectateur la sincérité de ce qu'elle dit à son mari : « Rendez grâces au Ciel de ce que je ne suis pas capable de quelque chose de pis[3]. » Nous trouvons cette fois la remarque plus contestable. Molière, pour sauver la morale, a-t-il pu vouloir que le spectateur fût dupe d'une hypocrisie trop claire? Ce qui est vrai seulement, c'est que dans l'effronterie de ce rôle très-difficile il y a une mesure à garder, et que dépasser la hardiesse déjà grande de Molière serait de mauvais goût. Une interprète intelligente de la pièce, bien étudiée, trouvera toujours la limite que Molière n'a pas eu l'intention de laisser franchir.

1. *Études sur Molière*, p. 232.
2. *Ibidem.*
3. Acte II, scène II, ci-après, p. 550.

George Dandin n'est pas une de ces comédies où nous ayons eu à recueillir des souvenirs très-particuliers du jeu des acteurs dans les différents rôles. De notre temps, la pièce a toujours été bien jouée dans son ensemble sur le Théâtre-Français, comme il est probable qu'elle l'avait été à toutes les époques.

Dans les deux représentations de 1877 (6 et 8 mars), qui, au moment où nous écrivons, sont les plus récentes, voici quelle a été la distribution des rôles :

George Dandin	MM.	Got.
Lubin......................		Coquelin aîné.
M. de Sotenville............		Villain.
Clitandre..................		Prud'hon.
Colin......................		Coquelin cadet.
Mme de Sotenville.	Mmes	Jouassain.
Angélique		Lloyd.
Claudine		Dinah Félix.

En 1866, M. *Talbot* avait représenté George Dandin, M. *Mirecour*, Sotenville, M. *Garraud*, Clitandre, M. *Séveste*, Colin, Mlle *Ponsin*, Angélique. Les trois autres rôles avaient été remplis par les mêmes acteurs qui les ont joués en 1877.

Une imitation de *George Dandin* a été représentée sur la scène anglaise au commencement du siècle dernier, et, soutenue sans doute par ce qu'elle avait très-imparfaitement dérobé au génie de Molière, était encore jouée à la fin du même siècle, comme nous l'apprend Charles Dibdin[1]. L'auteur de cette imitation est le comédien Thomas Betterton, mort en 1710. Une petite note[2] d'un prologue de la pièce, écrit par Charles Wilson, dit que « cette comédie est une traduction améliorée (*an improved translation*) de *George Dandin*. » La contre-vérité est un peu forte. La pièce de Betterton est intitulée : *la Veuve amoureuse* ou *l'Épouse libertine*[3] ; il eût été plus juste de dire : et *l'Épouse libertine*. Le sujet de la pièce

1. *Histoire du théâtre*, tome IV, p. 362.
2. Nous l'avons lue dans une impression de 1737 (Londres), la seule que nous ayons vue. La première impression est de 1706.
3. *The Amorous widow* or *the Wanton wife*.

est double. Les aventures d'une vieille veuve amoureuse, la très-ridicule lady Laycock, sont à peine liées à celles de l'Angélique anglaise, mistress Brittle, femme du marchand verrier Barnaby Brittle. La comédie parasite, entée avec tant d'adresse sur celle de Molière, comme pour en nourrir la trop pauvre séve, est d'un comique douteux, où la caricature prend la place de la peinture vraie de la vie. C'est seulement au commencement du III⁰ acte que nous trouvons le sujet emprunté à *George Dandin*. Interrompu à la fin de cet acte par des scènes où l'autre sujet est repris, il a sa suite dans la première partie de l'acte IV, et est gâté au dénouement par la réconciliation imprévue du pauvre mari avec la pécheresse revenue de ses erreurs. Dans ce qu'il a tiré de notre comédie, Betterton s'est à peu près contenté de changer les noms, de donner ceux de sir Peter Pride et de lady Pride à M. et à Mme de Sotenville, de Clodpole et de Damaris à Lubin et à Claudine. Là il aurait été vraiment traducteur, plutôt qu'imitateur, si, tandis qu'il n'ajoutait rien à son modèle, il ne lui avait fait beaucoup perdre, effaçant bien des traits parmi les meilleurs, les plus frappants, comme s'il ne les avait pas sentis.

Un opéra-comique en deux actes, tiré du *George Dandin* de Molière, par M. Coveliers, et dont la musique est de M. E. Mathieu, a été joué à Bruxelles, sur le théâtre de la Monnaie, au mois de janvier 1879. Auparavant M. Eugène Sauzay avait mis en musique, après Lully, les intermèdes de *George Dandin;* il en a fait exécuter des fragments à Paris, en 1874 [1].

La *Revue et Gazette musicale* du 17 octobre 1875 annonce, en outre, que M. Charles Gounod a composé un opéra de *George Dandin*, et elle en publie une préface où l'illustre maître nous apprend que sa musique est adaptée à la prose même de Molière, et non à un livret en vers. Mais nous tenons de bonne source que cette tentative d'innovation n'est pas achevée, et qu'il est même à craindre qu'elle ne le soit jamais.

L'édition originale de *George Dandin* porte la date de 1669;

1. Voyez, dans le *Journal des Débats*, le feuilleton de M. E. Reyer du 21 avril 1874.

c'est un in-12 de 2 feuillets liminaires et 154 pages (la dernière est chiffrée, par erreur, 155). En voici le titre :

GEORGE
DANDIN,
ov le
MARY CONFONDV.
comedie.
Par I. B, P. de Moliere.
a paris,
Chez Iean Ribov, au Palais,
vis-à-vis la Porte de l'Eglife de
la Sainte Chapelle, à l'Image
Saint Loüis.
m . dc . lxix.
Auec Priuilege du Roy.

Les exemplaires que nous avons vus de cette édition n'ont
pas d'Achevé d'imprimer ; le Privilége, daté du dernier jour
de septembre 1668, est donné pour sept années à Molière, qui
déclare avoir cédé son droit « à Jean Ribou, marchand libraire à Paris. »

Une contrefaçon de 2 feuillets et 92 pages a été imprimée
en 1669, sans nom de lieu ni de libraire[1].

George Dandin a été souvent traduit. Parmi les versions ou
imitations séparées, nous en citerons deux en italien (1708,
1856) ; une en anglais, ou plutôt une très-médiocre imitation
dont nous venons de parler, de Betterton[2] (1706), réimprimée
plusieurs fois, sans nom d'auteur ; une en néerlandais (1686) ;
deux en allemand (1670, 1744) ; une en suédois (1787) ; une en
russe (1775 : dès le règne de Pierre le Grand, il est parlé
d'une version russe que ce prince fit représenter devant lui) ;
quatre en polonais (1779, 1780, 1819, 1824) ; deux en grec
moderne (1827, 1854) ; une en hongrois (1863[3]) ; une en
turc (1869), publiée sans nom d'auteur, mais qu'on sait être

---

1. *Bibliographie moliéresque*, p. 18.
2. Voyez ci-dessus, p. 5o1 et 5o2.
3. Voyez le *Moliériste*, 1re année, p. 187.

d'un ancien ministre de la Porte, Ahmed Vefik : voyez ce que
M. Barbier de Meynard dit de cette imitation, dans un article
de la *Revue critique d'histoire et de littérature* (tome XV,
1874, p. 73 et suivantes), reproduit par la *Bibliographie moliéresque,* p. 206 et 207.

SOMMAIRE

DE *GEORGE DANDIN* OU *LE MARI CONFONDU*

PAR VOLTAIRE.

On ne connaît et on ne joue cette pièce que sous le nom de
George Dandin; et, au contraire, *le Cocu imaginaire,* qu'on avait
intitulé et affiché *Sganarelle,* n'est connu que sous le nom du *Cocu
imaginaire*[1], peut-être parce que ce dernier titre est plus plaisant que
celui du *Mari confondu. George Dandin* réussit pleinement; mais si
on ne reprocha rien à la conduite[2] et au style, on se souleva un
peu contre le sujet même de la pièce; quelques personnes se révoltèrent[3] contre une comédie dans laquelle une femme mariée donne
un rendez-vous à son amant. Elles[4] pouvaient considérer que la
coquetterie de cette femme n'est que la punition de la sottise que
fait George Dandin d'épouser la fille d'un gentilhomme ridicule[5].

1. Ce sous-titre avait prévalu dès le commencement.
2. A sa conduite. (*Édition de* 1739.)
3. On se révolta. (*Ibidem.*)
4. Cette dernière phrase a été ajoutée en 1764.
5. Nous croyons que *ridicule* est de trop et ne laisse pas toute sa force à
la leçon que donne cette comédie, même si l'on suppose que Voltaire a prêté
à l'épithète plus de sens qu'elle n'en peut avoir sans explication : « d'un gentilhomme, et, ce qui empirait fort cette alliance inégale, d'un gentilhomme si
sottement ridicule, qui avait si mal élevé sa fille, qui si ridiculement se laissait
tromper par elle, lui croyait tout permis envers un manant; ou encore, d'un
gentilhomme pour rire, d'un gentilhomme qui l'était si peu, et dont pourtant
George Dandin avait, dans sa vanité, préféré la toute mince qualité à la
meilleure paysannerie, etc. »

ACTEURS.

GEORGE DANDIN, riche paysan, mari d'Angélique[1].

ANGÉLIQUE, femme de George Dandin et fille de M. de
Sotenville[2].

1. *Dandin*, quelle qu'en soit la signification étymologique [a], est
dans Rabelais un nom de bonne et franche paysannerie ; l'histoire
de Perrin Dendin, père de Ténot Dendin, remplit tout le XLIe chapitre du tiers livre du *Pantagruel;* il s'agit là, on se le rappelle,
d'un campagnard du Poitou, « bon laboureur, » « homme de
crédit, » « homme de bien » surtout, que tous veulent avoir pour
arbitre, et qui s'emploie à appointer les procès, c'est-à-dire à ar-
ranger amiablement les différends des gens du pays. Rabelais n'a-
vait-il pas trouvé bon à prendre un nom connu, sans avoir eu à le
forger? Molière avait pu le rencontrer, précédé du prénom même
qu'il a donné à son mal marié, car Monteil nous apprend [b] qu'il
était alors même porté à Paris : un George Dandin, sellier, figure
dans certain compte dressé en 1662 par le trésorier du duc Maza-
riny. Supposons la coïncidence fortuite, mais elle est curieuse. —
Précisément au temps des premières représentations à la ville du
Mari confondu, Racine reprenait le nom de Perrin Dandin pour le
donner au Juge de ses *Plaideurs* (voyez ci-dessus à la *Notice,* p. 495,
note 3); et, dix ou onze ans plus tard, dans sa fable de *l'Huître et
les Plaideurs* [c], la Fontaine, bien plus en souvenir du personnage
de Racine que de l'heureux appointeur de procès, fit de Perrin
Dandin une personnification, la désignation même de l'homme de
justice. — Ce rôle principal fut joué par Molière : voyez à la *Notice,* p. 497, le costume qu'il y portait.

2. Molière donna ce rôle à sa femme. Pour les autres rôles, sauf

[a] « Le sens primitif de *dandin* est *qui se balance...,* sens conservé en *dan-
diner,* » dit M. Littré. D'après Nicot (1606), *dandin* était dit de « celui qui
baye çà et là par sottise et badauderie, sans avoir contenance arrêtée. » Phila-
rète Chasles y voit un sobriquet populaire « qui représente l'ineptie, l'irréso-
lution et comme le dandinement de la pensée. Les Anglais, ajoute-t-il, se sont
emparés de ce mot de l'ancienne langue française pour l'appliquer au fat,
dandy. » — A l'article PERRIN DANDIN, M. Littré donne ces noms comme des
diminutifs de *Pierre André.*

[b] Au tome II, p. 128 de son *Traité de matériaux manuscrits de divers
genres d'histoire ;* le passage est rapporté dans l'*Histoire.... de Molière,* par
Taschereau, 3[e] édition, p. 254, note 9.

[c] La IX[e] du IX[e] livre.

M. DE SOTENVILLE, gentilhomme campagnard[1], père d'Angélique.

Mme DE SOTENVILLE, sa femme[2].

CLITANDRE, amoureux d'Angélique[3].

CLAUDINE, suivante d'Angélique.

LUBIN, paysan, servant Clitandre.

COLIN, valet de George Dandin.

La scène est devant la maison de George Dandin[4].

celui de Lubin créé par la Thorillière, on ne connaît pas avec certitude la première distribution. Voyez la *Notice*, p. 496, p. 498 et 499.

1. Une virgule sépare les mots *gentilhomme* et *campagnard* dans l'original. Cette coupe peut à la rigueur se comprendre; il nous paraît pourtant probable que c'est une faute d'impression, et nous la supprimons à l'exemple des éditions de 1674, 75 A, 82, 84 A, 94 B, 1734.

2. Mme DE SOTENVILLE. (1734.)

3. CLITANDRE, amant d'Angélique. (*Ibidem.*)

4. Devant la maison de George Dandin, à la campagne. (*Ibidem.*)

GEORGE DANDIN.

GEORGE DANDIN

ou

LE MARI CONFONDU.

COMÉDIE[1].

ACTE I.

SCÈNE PREMIÈRE.

GEORGE DANDIN.

Ah! qu'une femme Demoiselle[2] est une étrange affaire, et que mon mariage est une leçon bien parlante à
tous les paysans qui veulent s'élever au-dessus de leur
condition, et s'allier, comme j'ai fait, à la maison d'un
gentilhomme! La noblesse de soi est bonne, c'est une

---

1. Les anciennes éditions omettent ici presque toutes le mot COMÉDIE.

2. *Demoiselle*, c'est-à-dire noble de naissance. On a vu aux *Précieuses ridicules*, tome II, p. 74, note, quelle était dans l'usage la signification du titre
de *Madame* et de *Mademoiselle*. Quant à la qualification de *demoiselle* attribuée à une fille ou à une femme, on voit, par l'emploi même qui en est plus
d'une fois fait dans la pièce, qu'elle équivalait à celle de *gentilhomme* attribuée à un homme. Racontant dans sa *Muse historique* du 25 octobre 1659 le
supplice d'une voleuse qui venait d'être pendue avec son mari, Loret donne ce
détail que sous l'effort de l'exécuteur, la tête de la malheureuse fut entièrement séparée du corps; puis faisant une allusion burlesque au privilége qu'a-
vaient les nobles de ne subir que la décollation, *cette chétive créature*, dit-il,

>N'étoit que de naissance obscure :...
>On pourroit pourtant dire d'elle
>Qu'elle mourut en demoiselle.

chose considérable assurément; mais elle est accompagnée de tant de mauvaises circonstances, qu'il est très-bon de ne s'y point frotter. Je suis devenu là-dessus savant à mes dépens, et connois le style[1] des nobles lorsqu'ils nous font, nous autres, entrer dans leur famille. L'alliance qu'ils font est petite avec nos personnes : c'est notre bien seul qu'ils épousent, et j'aurois bien mieux fait, tout riche que je suis, de m'allier en bonne et franche paysannerie[2], que de prendre une femme qui se tient au-dessus de moi, s'offense de porter mon nom, et pense qu'avec tout mon bien je n'ai pas assez acheté la qualité de son mari. George Dandin, George Dandin, vous avez fait une sottise la plus grande du monde. Ma maison m'est effroyable maintenant, et je n'y rentre point sans y trouver quelque chagrin[3].

1. Les manières de dire et d'agir, les procédés.

2. Comparez, dans la scène III (ci-après, p. 515), le mot *gentilhommerie*, auquel la même désinence donne une valeur analogue. Les dictionnaires du temps omettent ces deux noms; l'Académie n'admet *gentilhommerie* qu'en 1762 et *paysannerie* qu'en 1835.

3. « La manie des alliances disproportionnées, les inconvénients qu'elles entraînent, et les regrets qu'elles excitent,... on les retrouve dans l'antiquité, » dit Auger[a], et il rappelle les plaintes du campagnard Strepsiade, dans les *Nuées* d'Aristophane (vers 41-55), sur son alliance avec une femme de la ville se vantant aussi d'une illustre parenté. — M. Charles Aubertin, dans son *Histoire de la langue et de la littérature françaises au moyen âge* (tome I, p. 529), mentionnant une vieille farce intitulée *George le Veau*, en cite deux passages où sont indiqués une situation et des sentiments qui se retrouvent dans notre comédie. Voici le premier, qui est comme l'équivalent des monologues de George Dandin[b] :

> Ha! se j'eusse su, j'eusse su,
> Et si j'eusse bien aperçu

a Page 338 de sa *Notice*, note ; voyez aussi p. 336, où il cite la réponse d'Euclion à Mégadore, à la scène II de l'acte II (vers 184-189) de *l'Aululaire* de Plaute.

b Voyez au tome I de l'*Ancien théâtre français* de la Collection Jannet, p. 380. La farce de *George le Veau* est reproduite là d'après un texte imprimé vers le milieu du seizième siècle et conservé, avec plusieurs autres, dans un volume qui appartient, depuis 1845, au *British Museum*.

SCÈNE II.

GEORGE DANDIN, LUBIN.

GEORGE DANDIN, voyant[1] sortir Lubin de chez lui.
Que diantre ce drôle-là vient-il faire chez moi ?

LUBIN[2].
Voilà un homme qui me regarde.

GEORGE DANDIN[3].
Il ne me connoît pas.

LUBIN[4].
Il se doute de quelque chose.

> La plus que très-fière arrogance,
> La glorieuse outrecuidance
> De ma femme, et son fier maintien,
> On m'eût beaucoup de fois dit rien,
> Devant que je l'eusse été prendre.
> Quoi dea ? toujours me vient reprendre,
> Au couché, au boire, au manger,
> Disant que suis un étranger,
> Et me demande qui je suis.
> Qui je suis répondre ne puis :
> Je n'en eus onc rien en mémoire.
> Puisqu'il est trait, il le faut boire
> Et l'avaler tout doucement.

Les plaintes de la femme, elle aussi, comme Angélique, « fille de maison, » ajoutent encore à l'intérêt du rapprochement[a] :

> Mais croire on ne peut le tourment
> Qu'a une fille de maison
> A qui on donne sans raison
> Un badaud sans nulle science :
> Chargée en sens ma conscience
> D'avoir dit oui seulement.

Un impudent curé s'est chargé de cette conscience, et c'est dans cette complicité que se trahit l'intention principale de la farce, probablement née en pays huguenot.

1. GEORGE DANDIN, à part, voyant, etc. (1734.)
2. LUBIN, à part, apercevant George Dandin. (Ibidem.)
3. GEORGE DANDIN, à part. (Ibidem.)
4. LUBIN, à part. (Ibidem.)

[a] Voyez ibidem, p. 381.

GEORGE DANDIN[1].

Ouais! il a grand'peine à saluer.

LUBIN[2].

J'ai peur qu'il n'aille dire qu'il m'a vu sortir de là
dedans.

GEORGE DANDIN.

Bonjour.

LUBIN.

Serviteur.

GEORGE DANDIN.

Vous n'êtes pas d'ici, que je crois?

LUBIN.

Non, je n'y suis venu que pour voir la fête de demain.

GEORGE DANDIN.

Hé! dites-moi un peu, s'il vous plaît, vous venez de
là dedans?

LUBIN.

Chut!

GEORGE DANDIN.

Comment?

LUBIN.

Paix!

GEORGE DANDIN.

Quoi donc?

LUBIN.

Motus[3]! Il ne faut pas dire que vous m'ayez vu sortir
de là.

---

1. GEORGE DANDIN, *à part.* (1734.)

2. LUBIN, *à part.* (*Ibidem.*)

3. De cette sorte d'interjection, fort usitée dans le langage familier et d'un
sens bien connu (« silence! pas un mot! »), mais d'origine douteuse, M. Littré ne cite que deux exemples tirés d'œuvres littéraires : le nôtre et un du comique Hauteroche, contemporain de Molière.

GEORGE DANDIN.

Pourquoi?

LUBIN.

Mon Dieu! parce [1].

GEORGE DANDIN.

Mais encore?

LUBIN.

Doucement. J'ai peur qu'on ne nous écoute.

GEORGE DANDIN.

Point, point.

LUBIN.

C'est que je viens de parler à la maîtresse du logis, de la part d'un certain Monsieur qui lui fait les doux yeux, et il ne faut pas qu'on sache cela? entendez-vous?

GEORGE DANDIN.

Oui.

LUBIN.

Voilà la raison. On m'a enchargé [2] de prendre garde que personne ne me vît, et je vous prie au moins de ne pas dire que vous m'ayez vu.

GEORGE DANDIN.

Je n'ai garde.

LUBIN.

Je suis bien aise de faire les choses secrètement comme on m'a recommandé [3].

GEORGE DANDIN.

C'est bien fait.

LUBIN.

Le mari, à ce qu'ils disent, est un jaloux qui ne veut pas qu'on fasse l'amour à sa femme, et il feroit le diable

---

1. Aucune de nos anciennes éditions (y compris 1734) ne fait suivre *parce* de points marquant réticence, bien que partout il soit ainsi écrit en un mot, comme l'est le commencement de la conjonction *parce que*.

2. *Encharger* pour *charger* devait être déjà hors d'usage au temps de Molière; mais, comme beaucoup de mots vieillis, il était resté sans doute dans le langage populaire : ce qui explique qu'il soit mis dans la bouche de Lubin.

3. Comme on m'a commandé. (1672, 82, 97, 1710, 18, 30, 33.)

à quatre si cela venoit à ses oreilles : vous comprenez
bien ?

GEORGE DANDIN.

Fort bien.

LUBIN.

Il ne faut pas qu'il sache rien de tout ceci.

GEORGE DANDIN.

Sans doute.

LUBIN.

On le veut tromper tout doucement : vous entendez
bien ?

GEORGE DANDIN.

Le mieux du monde.

LUBIN.

Si vous alliez dire que vous m'avez vu sortir de chez
lui, vous gâteriez toute l'affaire : vous comprenez bien ?

GEORGE DANDIN.

Assurément. Hé! comment nommez-vous celui qui
vous a envoyé là dedans?

LUBIN.

C'est le seigneur de notre pays, Monsieur le vicomte
de chose[1].... Foin! je ne me souviens jamais comment
diantre ils baragouinent ce nom-là, Monsieur Cli....
Clitande[2].

GEORGE DANDIN.

Est-ce ce jeune courtisan qui demeure....

LUBIN.

Oui : auprès de ces arbres.

GEORGE DANDIN, à part.

C'est pour cela que depuis peu ce Damoiseau poli

---

1. On peut voir dans le *Lexique de Mme de Sévigné*, à l'article CHOSE, 7°,
deux emplois curieux de ce mot : l'un, comme ici, pour tenir lieu d'un nom
propre dont on ne se souvient pas ; l'autre, en manière de chiffre, pour éviter
le nom propre.

2. Clitandre. (1675 A, 84 A, 92, 94 B, 1718, 30, 33, 34.)

s'est venu loger contre moi ; j'avois bon nez sans
doute, et son voisinage déjà m'avoit donné quelque
soupçon.

LUBIN.

Testigué! c'est le plus honnête homme[1] que vous ayez
jamais vu. Il m'a donné trois pièces d'or pour aller dire
seulement à la femme qu'il est amoureux d'elle, et
qu'il souhaite fort l'honneur de pouvoir lui parler. Voyez
s'il y a là une grande fatigue pour me payer si bien, et
ce qu'est au prix de cela une journée de travail où je
ne gagne que dix sols.

GEORGE DANDIN.

Hé bien! avez-vous fait votre message?

LUBIN.

Oui, j'ai trouvé là dedans une certaine Claudine, qui
tout du premier coup a compris ce que je voulois, et
qui m'a fait parler à sa maîtresse.

GEORGE DANDIN, à part.

Ah! coquine de servante!

LUBIN.

Morguéne[2]! cette Claudine-là est tout à fait jolie[3], elle
a gagné mon amitié, et il ne tiendra qu'à elle que nous
ne soyons mariés ensemble.

---

1. Lubin, dans son langage, ne confond pas plus que les gens du monde
dans le leur *honnête homme* avec *homme de bien*[a]. Ce qu'il entend par là c'est
un homme qui avec les gens qu'il emploie a de bonnes paroles, et surtout n'a
rien de la vilenie des bourgeois serrés et regardants.

2. Morguienne!. (1734.)

3. Est charmante, me plaît tout à fait. — Nous avons déjà renvoyé ci-
dessus, p. 164, note 2, au *Lexique de Mme de Sévigné*, pour divers exemples
remarquables du mot *joli*, qui avait autrefois un sens plus étendu qu'aujourd'hui
et se disait de toutes les manières d'être aimable, avenant, gracieux, de tout ce
qui plaît ou vient à propos.

a Voyez la définition satirique de la Bruyère, au chapitre *des Jugements*,
n° 55 (1692, tome II, p. 99 et 100), et, dans notre tome V, p. 466, la note 3,
au vers 370 du *Misanthrope*.

GEORGE DANDIN.

Mais quelle réponse a fait[1] la maîtresse à ce Monsieur
le courtisan?

LUBIN.

Elle m'a dit de lui dire.... attendez, je ne sais si je
me souviendrai bien de tout cela.... qu'elle lui est tout
à fait obligée de l'affection qu'il a pour elle, et qu'à
cause de son mari, qui est fantasque, il garde d'en rien
faire paroître, et qu'il faudra songer à chercher quelque
invention pour se pouvoir entretenir tous deux.

GEORGE DANDIN, à part.

Ah! pendarde de femme!

LUBIN.

Testiguiéne! cela sera drôle; car le mari ne se dou-
tera point de la manigance, voilà ce qui est de bon; et
il aura un pied de nez avec sa jalousie : est-ce pas[2]?

GEORGE DANDIN.

Cela est vrai.

LUBIN.

Adieu. Bouche cousue au moins. Gardez bien le secret, afin que le mari ne le sache pas.

GEORGE DANDIN.

Oui, oui.

LUBIN.

Pour moi, je vais faire semblant de rien : je suis un
fin matois, et l'on ne diroit pas que j'y touche.

---

1. Ces participes suivis du sujet restaient alors généralement invariables :
voyez le *Lexique de la langue de Corneille*, tome I, p. LVIII et LIX, où
M. Marty-Laveaux rapporte les règles données, pour ce cas particulier, par
Vaugelas, Bouhours et Thomas Corneille.

2. Ce n'est qu'un paysan qui parle ici; mais cette suppression de la négation était fréquente : voyez ci-après, p. 557, note 1.

SCÈNE III.

GEORGE DANDIN[1].

Hé bien! George Dandin, vous voyez de quel air votre femme vous traite. Voilà ce que c'est d'avoir voulu épouser une Demoiselle[2] : l'on vous accommode de toutes pièces[3], sans que vous puissiez vous venger, et la gentilhommerie[4] vous tient les bras liés. L'égalité de condition laisse du moins à l'honneur d'un mari liberté de ressentiment[5]; et si c'étoit une paysanne, vous auriez maintenant toutes vos coudées franches à vous en faire la justice à bons coups de bâton. Mais vous avez voulu tâter de la noblesse, et il vous ennuyoit d'être maître chez vous. Ah! j'enrage de tout mon cœur, et je me donnerois volontiers des soufflets. Quoi? écouter impudemment l'amour d'un Damoiseau, et y promettre en même temps de la correspondance[6]! Morbleu! je ne veux point laisser passer une occasion de la sorte. Il me faut de ce pas aller faire mes plaintes au père et à la mère, et les rendre témoins, à telle fin que de raison[7], des

---

1. GEORGE DANDIN, *seul.* (1734.)

2. Une Damoiselle. (1672, 82, 92, 97, 1710.)

3. Arnolphe, au vers 24 de *l'École des femmes*, parle aussi de maris

> Qui sont accommodés chez eux de toutes pièces.

4. Ce mot que nous avons comparé plus haut à *paysannerie* revient dans la scène suivante et dans la XIIe de l'acte III du *Bourgeois gentilhomme*. M. Littré en cite, outre ces trois exemples, un de Thomas Corneille, puis, sans aucun du dix-huitième siècle, plusieurs du dix-neuvième.

5. À l'honneur d'un mari la liberté de ressentiment. (1672, 74, 82, 92, 1733.) — .... la liberté du ressentiment. (1697, 1710, 18, 30.)

6. Et même promettre d'y répondre.

7. Cette locution, comme celle « pour valoir ce que de raison », dont le sens est à peu près le même, est tirée de la langue des affaires, par cela même toute bourgeoise et ne sentant pas son gentilhomme.

sujets de chagrin et de ressentiment que leur fille me donne. Mais les voici l'un et l'autre fort à propos.

SCÈNE IV.

MONSIEUR et MADAME DE SOTENVILLE[1], GEORGE DANDIN.

MONSIEUR DE SOTENVILLE.

Qu'est-ce, mon gendre? vous me paroissez tout troublé.

GEORGE DANDIN.

Aussi en ai-je du sujet, et....

MADAME DE SOTENVILLE.

Mon Dieu! notre gendre, que vous avez peu de civilité de ne pas saluer les gens quand vous les approchez!

GEORGE DANDIN.

Ma foi! ma belle-mère, c'est que j'ai d'autres choses en tête, et....

MADAME DE SOTENVILLE.

Encore! Est-il possible, notre gendre, que vous sachiez si peu votre monde, et qu'il n'y ait pas moyen de vous instruire de la manière qu'il faut vivre parmi les personnes de qualité?

GEORGE DANDIN.

Comment?

MADAME DE SOTENVILLE.

Ne vous déferez-vous jamais avec moi de la familiarité de ce mot de « ma belle-mère », et ne sauriez-vous vous accoutumer à me dire « Madame »?

---

1. MONSIEUR DE SOTENVILLE, MADAME DE SOTENVILLE. (1734.)

GEORGE DANDIN.

Parbleu! si vous m'appelez votre gendre, il me semble que je puis vous appeler ma belle-mère.

MADAME DE SOTENVILLE.

Il y a fort à dire, et les choses ne sont pas égales.
Apprenez, s'il vous plaît, que ce n'est pas à vous à vous
servir de ce mot-là avec une personne de ma condition; que tout notre gendre que vous soyez, il y a
grande différence de vous à nous, et que vous devez
vous connoître[1].

MONSIEUR DE SOTENVILLE.

C'en est assez, mamour[2], laissons cela.

MADAME DE SOTENVILLE.

Mon Dieu! Monsieur de Sotenville, vous avez des
indulgences qui n'appartiennent qu'à vous, et vous ne
savez pas vous faire rendre par les gens ce qui vous
est dû.

MONSIEUR DE SOTENVILLE.

Corbleu! pardonnez-moi, on ne peut point me faire
de leçons là-dessus, et j'ai su montrer en ma vie, par
vingt actions de vigueur, que je ne suis point homme à
démordre jamais d'une partie de mes prétentions[3]. Mais
il suffit de lui avoir donné un petit avertissement. Sachons un peu, mon gendre, ce que vous avez dans
l'esprit.

GEORGE DANDIN.

Puisqu'il faut donc parler catégoriquement, je vous
dirai, Monsieur de Sotenville, que j'ai lieu de....

MONSIEUR DE SOTENVILLE.

Doucement, mon gendre. Apprenez qu'il n'est pas

1. Vous rendre compte de votre condition, ne jamais vous méconnaître.

2. *M'amour*, dit Nicot (1606), « est un mot composé de *ma* ou *mon* et
amour, duquel l'homme blandit et caresse celle qu'il aime.... C'est presque
comme l'Italien compose ce mot *Mogliema*, pour *mia moglie*. »

3. A démordre jamais d'un pouce de mes prétentions. (1672, 82.)

respectueux d'appeler les gens par leur nom, et qu'à
ceux qui sont au-dessus de nous il faut dire « Monsieur »
tout court[1].

GEORGE DANDIN.

Hé bien! Monsieur tout court, et non plus Monsieur
de Sotenville, j'ai à vous dire que ma femme me donne....

MONSIEUR DE SOTENVILLE.

Tout beau! Apprenez aussi que vous ne devez pas
dire « ma femme », quand vous parlez de notre fille.

GEORGE DANDIN.

J'enrage. Comment? ma femme n'est pas ma femme[2]?

MADAME DE SOTENVILLE.

Oui, notre gendre, elle est votre femme; mais il ne
vous est pas permis de l'appeler ainsi, et c'est tout ce
que vous pourriez faire, si vous aviez épousé une de
vos pareilles.

GEORGE DANDIN[3].

Ah! George Dandin, où t'es-tu fourré?[4] Eh! de grâce,
mettez, pour un moment, votre gentilhommerie à côté[5],

---

1. Voici la règle établie à cet égard par Antoine de Courtin dans son *Nouveau traité de la civilité qui se pratique en France parmi les honnêtes gens*[a]
(8ᵉ édition, 1695, au chapitre v traitant de la conversation en compagnie, p. 28) : « C'est.... une incivilité de joindre après le *Monsieur* ou le
Madame le surnom ou la qualité de la personne à qui on parle; comme : *Oui,
Monsieur Cicerville, oui, Monsieur le Marquis,* en parlant à lui-même, au
lieu de dire simplement : *Oui, Monsieur.* » La règle se trouve d'autre part bien
confirmée par un arbitre moins grave, mais bon observateur du monde qu'il
raille, par l'auteur des *Lois de la galanterie* (1644) : « Quand, dit-il (p. 28
de l'édition de M. Lud. L.), il sera.... question de mépriser quelqu'un en sa
présence, il se faudra bien garder de répéter le nom de *Monsieur* en parlant de
lui à quelque autre qui se trouvera là.... Et en parlant à de telles gens, il ne
faut jamais les appeler simplement *Monsieur,* mais y ajouter toujours leur
nom. »

2. N'est pas femme? (1669; faute très-probable.)

3. GEORGE DANDIN, *bas, à part.* (1734.)

4. *Haut.* (*Ibidem.*)

5. *Mettre à côté,* au lieu de *mettre de côté,* pourrait bien être un provin-

---

a Nous avons déjà eu occasion de citer ce livre, au tome III, p. 297, note 1.

et souffrez que je vous parle maintenant comme je pourrai.[1] Au diantre soit la tyrannie de toutes ces histoires-là![2] Je vous dis donc que je suis mal satisfait de mon mariage.

MONSIEUR DE SOTENVILLE.

Et la raison, mon gendre?

MADAME DE SOTENVILLE.

Quoi? parler ainsi d'une chose dont vous avez tiré de si grands avantages?

GEORGE DANDIN.

Et quels avantages, Madame, puisque Madame y a? L'aventure n'a pas été mauvaise pour vous, car sans moi vos affaires, avec votre permission, étoient fort délabrées, et mon argent a servi à reboucher[3] d'assez bons trous; mais moi, de quoi y ai-je profité[4], je vous prie, que[5] d'un allongement de nom, et au lieu de George Dandin, d'avoir reçu par vous le titre de « Monsieur de la Dandinière[6] » ?

cialisme; cette expression, avec *à* pour *de*, paraît avoir été aussi peu usitée, au dix-septième siècle comme aujourd'hui, que celle de *mettre en arrière* qu'on a vue au vers 109 de *Mélicerte*.

1. *A part*. (1734.)

2. *A M. de Sotenville*. (*Ibidem.*)

3. A boucher. (*Ibidem.*)

4. De quoi ai-je profité. (1730, 34.)

5. Si ce n'est : comparez ci-dessus, au vers 823 d'*Amphitryon*, p. 403 et note 1.

6. Le nom de terre si naturellement dérivé du nom du possesseur par M. de Sotenville avait pu ensuite être porté sans danger par son gendre : « Le titre était tellement, sous l'ancienne monarchie, le seul et véritable signe de la naissance, qu'on n'a pas poursuivi à cette époque ceux qui prenaient des noms de seigneuries et des particules, mais seulement les usurpateurs de qualifications nobiliaires. Nous en trouvons une preuve frappante dans la charmante épître que,... la Fontaine adressait en 1662 au duc de Bouillon. Le poëte fut inquiété, poursuivi par les traitants, non pas à cause de la particule dont son nom était décoré, mais bien parce qu'il avait pris sans droit un titre de noblesse, celui d'*écuyer*. » (M. P. Biston, avocat, *de la Fausse noblesse en France*, 1861, p. 13.) Voyez la fin de la première scène de *l'École des femmes*, tome III, p. 170 et suivantes.

MONSIEUR DE SOTENVILLE.

Ne comptez-vous rien[1], mon gendre, l'avantage d'être
allié à la maison de Sotenville?

MADAME DE SOTENVILLE.

Et à celle de la Prudoterie[2], dont j'ai l'honneur d'être
issue, maison où le ventre anoblit, et qui, par ce beau
privilége, rendra vos enfants gentilshommes[3]?

1. Ne comptez-vous pour rien. (1672, 82, 1734.)

2. Ce nom aussi parlant, pour ainsi dire, que celui de Sotenville, fut pris
en gré par la Fontaine; il l'a gaiement rappelé en le donnant à la descen-
dance de la Matrone d'Éphèse (conte VI de la 5ᵉ partie, 1682) :

> D'elle descendent ceux de la Prudoterie,
> Antique et célèbre maison.

3. Dans une intéressante brochure intitulée *de la Noblesse maternelle en
Champagne*[a], M. P. Biston a réuni les principaux textes des coutumes[b], les
meilleurs commentaires de juristes[c] et les plus probants documents judi-
ciaires, qui établissent que dans cette province, contrairement au droit commun de la France, les femmes nobles mariées à des roturiers pouvaient
transmettre leur noblesse à leurs enfants[d]. « Le ventre affranchit et anoblit, »
disait en propres termes la coutume de Châlons (citée p. 7 et 15). Ce privilége fut reconnu jusqu'à la Révolution par de nombreux arrêts. Mais (cette
circonstance est bonne à noter ici) l'année même où les deux figures des
Sotenville égayèrent Paris et la cour, il était l'objet d'un démêlé qui dut
faire quelque bruit dans le public : les intéressés avaient tous à le revendi-
quer contre une puissante corporation qui le contestait. En 1668, dit
Grosley dans ses savantes *Recherches sur la noblesse utérine de Champagne*[e],
les traitants, « interprétant d'une manière favorable à leur intérêt *certaine
déclaration du 8 février* 1661, attaquèrent.... plusieurs nobles de mère qui,
en vertu des coutumes de Champagne, portoient la qualité d'écuyer, et ils les

[a] Nous avons sous les yeux la 3ᵉ édition, qui est de 1878.

[b] De Troyes, de Châlons, de Meaux, de Vitry, de Chaumont, de Sens. —
La coutume de Reims faisait exception (p. 16).

[c] Notamment des extraits de Bodin, Pierre Pithou, Grosley (savant né à
Troyes, comme Pithou), Merlin, M. Laferrière. Cet usage, dit ce dernier
dans son *Histoire du droit français* (tome VI, 1858, p. 71), « se serait....
introduit vers le commencement du douzième siècle, à l'époque où, par l'effet
des Croisades, les chevaliers périssaient en grand nombre et le commerce prenait un rapide essor. »

[d] Elles la transmettaient même, du moins dans certains lieux, à leurs
maris quand ceux-ci leur survivaient : voyez p. 226 des *Recherches* de
Grosley, indiquées plus loin; p. 13 et 14 de M. Biston.

[e] Pages 238-240, citées par M. Biston, p. 24 et 25. Ce mémoire de Grosley parut en 1752, à la suite de ses *Recherches pour servir à l'histoire du droit
françois.*

GEORGE DANDIN.

Oui, voilà qui est bien, mes enfants seront gentilshommes; mais je serai cocu, moi, si l'on n'y met ordre.

MONSIEUR DE SOTENVILLE.

Que veut dire cela, mon gendre?

GEORGE DANDIN.

Cela veut dire que votre fille ne vit pas comme il faut
qu'une femme vive, et qu'elle fait des choses qui sont
contre l'honneur.

MADAME DE SOTENVILLE.

Tout beau! prenez garde à ce que vous dites. Ma
fille est d'une race trop pleine de vertu, pour se porter
jamais à faire aucune chose dont l'honnêteté soit blessée; et de la maison de la Prudoterie il y a plus de
trois cents ans qu'on n'a point remarqué qu'il y ait eu
de femme[1], Dieu merci, qui ait fait parler d'elle.

MONSIEUR DE SOTENVILLE.

Corbleu! dans la maison de Sotenville on n'a jamais
vu de coquette, et la bravoure n'y est pas plus hérédi-
taire aux mâles, que la chasteté aux femelles[2].

imposèrent à la taxe, comme usurpateurs de noblesse. Les nobles de mère se
défendirent.... M. de Caumartin..., intendant de Champagne..., renvoya au
Conseil les défenses, mémoires et pièces que les nobles de mère avoient fait
signifier à son bureau. Les traitants entreprirent d'y répondre et de les con-
tredire, mais leur avide éloquence ne put détruire ce que les nobles de mère
avoient établi. Le Conseil.... *ordonna* d'imposer silence aux préposés, et de
faire cesser leurs poursuites contre les nobles de mère. » Après cette déci-
sion souveraine, une question pourtant restait sans doute encore, que les contemporains pouvaient s'amuser à débattre : *celles de la Prudoterie* triom-
phaient-elles même dans leur prétention toute particulière, ce semble, de
transmettre leur privilége propre à leurs filles, celles-ci fussent-elles nées d'un
père issu, lui, d'une maison qui ne participait point au même privilége? Car
Mme de Sotenville le déclare hautement à son gendre, en présence de son
mari, ce n'est pas de M. de Sotenville, c'est d'elle seule, *demoiselle* de la
Prudoterie, qu'Angélique tiendra sa puissance d'anoblissement.

1. Qu'il y ait eu une femme. (1672, 82, 97, 1710, 18, 30, 33, 34.)

2. M. de Sotenville parle, avec une comique exactitude, la langue des gé-
néalogistes : *mâles.... femelles.*

MADAME DE SOTENVILLE.

Nous avons eu une Jacqueline de la Prudoterie qui
ne voulut jamais être la maîtresse d'un duc et pair,
gouverneur de notre province.

MONSIEUR DE SOTENVILLE.

Il y a eu une Mathurine de Sotenville qui refusa
vingt mille écus d'un favori du Roi, qui ne lui demandoit[1] seulement que la faveur de lui parler.

GEORGE DANDIN.

Ho bien! votre fille n'est pas si difficile que cela, et
elle s'est apprivoisée depuis qu'elle est chez moi.

MONSIEUR DE SOTENVILLE.

Expliquez-vous, mon gendre. Nous ne sommes point
gens à la supporter[2] dans de mauvaises actions, et nous
serons les premiers, sa mère et moi, à vous en faire la
justice.

MADAME DE SOTENVILLE.

Nous n'entendons point raillerie sur les matières de
l'honneur, et nous l'avons élevée dans toute la sévérité
possible.

GEORGE DANDIN.

Tout ce que je vous puis dire, c'est qu'il y a ici un
certain courtisan que vous avez vu, qui est amoureux
d'elle à ma barbe, et qui lui a fait faire des protestations
d'amour qu'elle a très-humainement écoutées.

MADAME DE SOTENVILLE.

Jour de Dieu! je l'étranglerois de mes propres mains,
s'il falloit qu'elle forlignât de l'honnêteté[3] de sa mère.

1. Qui ne demandoit. (1672, 82.) — « Ne.... seulement que, » pléonasme
dont nos *Lexiques*, particulièrement ceux *de Racine* et *de la Bruyère*, offrent
de nombreux exemples à l'article XIV de l'*Introduction grammaticale.*

2. A la soutenir, à l'appuyer, à prendre son parti : voyez les exemples, en
ce sens déjà peut-être un peu vieilli, cités par M. Littré à l'*historique* du mot.

3. S'écartât de l'honnêteté. Ce terme de *forligner* s'employait surtout absolument, pour dire sortir de la ligne, de la voie de sa race, dégénérer de
noblesse, et, dans un sens plus général, s'éloigner de la ligne droite, de la

MONSIEUR DE SOTENVILLE.

Corbleu! je lui passerois mon épée au travers du corps, à elle et au galant, si elle avoit forfait à son honneur [1].

GEORGE DANDIN.

Je vous ai dit ce qui se passe pour vous faire mes plaintes, et je vous demande raison de cette affaire-là.

MONSIEUR DE SOTENVILLE.

Ne vous tourmentez point, je vous la ferai de tous deux, et je suis homme pour serrer le bouton [2] à qui que ce puisse être. Mais êtes-vous bien sûr aussi de ce que vous nous dites [3] ?

GEORGE DANDIN.

Très-sûr.

ligne du devoir. — *Forligner, forfaire* (que va employer M. de Sotenville), « ces vieux mots, dit Auger, d'une couleur héraldique et chevaleresque, sont merveilleusement placés dans la bouche de ce couple de hobereaux, si fiers de l'antiquité et de la pureté de leur race. »

1. *Forfaire,* d'après le *Dictionnaire de l'Académie* de 1694, c'est « faire quelque chose contre le devoir. Il ne se dit qu'en termes de pratique et en parlant de la prévarication d'un magistrat ou du désordre d'une fille. » *Forfaire* était aussi usité dans la langue du droit féodal [a], et cet emploi explique la prédilection que M. de Sotenville pouvait avoir pour le mot.

2. « On pourrait croire, dit Auger, que ce proverbe, *serrer le bouton à quelqu'un,* vient de l'action d'un escrimeur qui appuie fortement le bouton de son fleuret sur la poitrine de son adversaire, ou même de l'action d'un homme qui, parlant avec vivacité à un autre, le saisit fortement par un des boutons de son habit. Mais le proverbe a une autre origine. On appelle *bouton* en termes de manége, la boucle de cuir qui coule le long des rênes et qui les resserre. Ainsi.... *serrer le bouton....* est l'équivalent de tenir en bride. » Amyot, cité par M. Littré, explique parfaitement la locution par l'emploi qu'il en fait dans sa traduction du traité de Plutarque auquel il a donné le titre de *Comment il faut nourrir* (élever) *les enfants* (chapitre XVIII) : « Aussi faut-il que les pères.... tantôt.... lâchent un petit la bride aux appétits de leurs enfants, et tantôt aussi ils leur serrent le bouton et leur tiennent la bride roide. »

3. Dans le texte original : « Mais êtes-vous pas bien sûr aussi, etc. » Le *pas* ne s'accorde pas avec le sens, avec la réponse de Dandin; nos autres éditions l'omettent, sauf les trois étrangères, dont les deux dernières, 1684 A, 94 B, corrigent à contre-sens *êtes-vous* en *n'êtes-vous.*

a Forfaire un fief, c'était en encourir la perte pour avoir forfait à sa foi.

MONSIEUR DE SOTENVILLE.

Prenez bien garde au moins; car, entre gentils-hommes, ce sont des choses chatouilleuses[1], et il n'est pas question d'aller faire ici un pas de clerc[2].

GEORGE DANDIN.

Je ne vous ai rien dit, vous dis-je, qui ne soit véritable.

MONSIEUR DE SOTENVILLE.

Mamour, allez-vous-en parler à votre fille, tandis qu'avec mon gendre j'irai parler à l'homme.

MADAME DE SOTENVILLE.

Se pourroit-il, mon fils[3], qu'elle s'oubliât de la sorte, après le sage exemple que vous savez vous-même que je lui ai donné?

MONSIEUR DE SOTENVILLE.

Nous allons éclaircir l'affaire. Suivez-moi, mon gendre, et ne vous mettez pas en peine. Vous verrez de quel bois nous nous chauffons lorsqu'on s'attaque à ceux qui nous peuvent[4] appartenir.

GEORGE DANDIN.

Le voici qui vient vers nous.

---

1. Délicates, sur lesquelles l'honneur est fort chatouilleux, où le point d'honneur entre vite en jeu.

2. Molière a déjà employé cette phrase proverbiale au vers 300 du *Dépit amoureux*.

3. Ce terme caressant est adressé par Lélie à Mascarille, au vers 690 de *l'Étourdi*; il l'est souvent, dans des démonstrations de tendresse hypocrite, par Béline à Argan (voyez acte I, scènes VI et VII du *Malade imaginaire*).

4. *Nous peuvent* n'est pas fait pour trop enorgueillir Dandin.

SCÈNE V.

MONSIEUR DE SOTENVILLE, CLITANDRE, GEORGE DANDIN.

MONSIEUR DE SOTENVILLE.

Monsieur, suis-je connu de vous?

CLITANDRE.

Non pas, que je sache, Monsieur.

MONSIEUR DE SOTENVILLE.

Je m'appelle le baron de Sotenville[1].

CLITANDRE.

Je m'en réjouis fort.

MONSIEUR DE SOTENVILLE.

Mon nom est connu à la cour, et j'eus l'honneur dans ma jeunesse de me signaler des premiers à l'arrière-ban de Nancy[2].

1. Je m'appelle Monsieur de Sotenville. (1672, 82.)

2. *L'arrière-ban* était.... la convocation et l'assemblée de tous les nobles d'une province, pour servir le Roi dans ses armées, comme ils y étaient obligés par la loi des fiefs. On distinguait anciennement le *ban*, qui était l'assemblée des vassaux immédiats du Roi, et l'*arrière-ban*, qui était celle des vassaux médiats; mais, par la suite, on a, pour ainsi dire, réuni ces deux mots en une seule expression, qui signifiait un appel fait à tous les gentilshommes. (*Note d'Auger.*) — Les premiers auditeurs devaient supposer en 1668 que les souvenirs de jeunesse de M. de Sotenville remontaient à une bonne trentaine d'années de là. Vers ce temps, l'arrière-ban de Nancy ne peut être la levée de la noblesse de Lorraine sous les drapeaux de la France. Nancy occupé en 1633 par Louis XIII, et le reste de la province, bien que depuis cette année-là sous la main du Roi, restaient en droit soumis au duc Charles IV, et en fait les gentilshommes lorrains demeurèrent fidèles à leur souverain particulier. M. de Sotenville veut, sans aucun doute, parler de l'arrière-ban qui fut convoqué en 1635 pour être, sous le duc d'Angoulême, envoyé en Lorraine, et dont une partie renforça la garnison de Nancy. La manière dont se signala cet arrière-ban ne fut pas en tout des plus glorieuses, et on se le rappelait bien encore en 1668. « Il ne paraît pas, dit M. le comte d'Haussonville, dans son *Histoire de la réunion de la Lorraine à la France* (tome II, p. 39), qu'on se fût bien trouvé de ce retour à une mesure qui remontait aux temps féo-

CLITANDRE.

A la bonne heure.

MONSIEUR DE SOTENVILLE.

Monsieur, mon père [1] Jean-Gilles de Sotenville eut la gloire d'assister en personne au grand siége de Montauban [2].

CLITANDRE.

J'en suis ravi.

MONSIEUR DE SOTENVILLE.

Et j'ai eu un aïeul, Bertrand de Sotenville, qui fut si considéré en son temps, que d'avoir [3] permission de vendre tout son bien pour le voyage d'outre-mer [4].

daux et dont l'usage était dès lors à peu près tombé. Le duc d'Angoulême ne fit pas merveille à la tête de ce corps plus brillant que discipliné. Tous ces gentilshommes accourus du fond de leur manoir avec une suite nombreuse et en somptueux harnais de guerre » furent plus d'une fois un objet de risée. Quelques-uns se lassèrent vite et s'en retournèrent, malgré les menaces du Roi. Plusieurs bandes impatientes d'autre manière se firent battre à plate couture, d'autres se firent prendre par Jean de Vert, et « aussitôt la Saint-Martin venue, » dit M. Henri Martin (tome XI, 4ᵉ édition, p. 437), « le ban et l'arrière-ban.... exigèrent leur congé. » Une histoire manuscrite citée par M. d'Haussonville (p. 40, note 3) a pour la fin de leur campagne un mot des plus tristes : « La noblesse de l'arrière-ban quitte la partie toute déconfite. »

1. Monsieur mon père. (1734.)

2. « *Ce grand siége*, dit Auger, est certainement celui que Louis XIII, à la tête de ses meilleurs généraux, mit, en 1621, devant la ville de Montauban, occupée par les calvinistes, et qu'il fut obligé de lever à cause de la mésintelligence des nombreux chefs de son armée. »

3. Qui fut considéré à ce point, qu'il eut.... Sur ce tour, voyez le *Dictionnaire de M. Littré*, à l'article Sr, adverbe, 3º.

4. Pour suivre quelque prince à la croisade. « La maison de Voyer, dit Fontenelle [a], transcrivant sans doute une généalogie, remonte par des titres et par des filiations bien prouvées jusqu'à Étienne de Voyer, sire de Paulmy, qui accompagna saint Louis dans ses deux voyages d'outre-mer. » — Auger indique une lettre de J.-B. Rousseau à Brossette datée du 29 juillet 1740 [b], dans laquelle, à propos de ce passage, il est dit que « tout le monde en fit l'application à M. de la Feuillade, qui, en ce temps-là, s'avisa de mener en

[a] Cité par M. Littré : voyez l'*Éloge de....* d'*Argenson*, tome VI des *OEuvres* (1758), p. 141.

[b] Voyez les *Lettres de Rousseau sur différents sujets* (Genève, 1749), tome II (en réalité III), p. 331.

CLITANDRE.

Je le veux croire.

MONSIEUR DE SOTENVILLE.

Il m'a été rapporté, Monsieur, que vous aimez et poursuivez une jeune personne, qui est ma fille, pour laquelle je m'intéresse, et [1] pour l'homme [2] que vous voyez, qui a l'honneur d'être mon gendre.

CLITANDRE.

Qui, moi?

MONSIEUR DE SOTENVILLE.

Oui; et je suis bien aise de vous parler, pour tirer de vous, s'il vous plaît, un éclaircissement de cette affaire.

CLITANDRE.

Voilà une étrange médisance! Qui vous a dit cela, Monsieur?

MONSIEUR DE SOTENVILLE.

Quelqu'un qui croit le bien savoir.

CLITANDRE.

Ce quelqu'un-là en a menti. Je suis honnête homme [3]. Me croyez-vous capable, Monsieur, d'une action aussi lâche que celle-là? Moi, aimer une jeune et belle personne, qui a l'honneur d'être la fille de Monsieur le baron de Sotenville! je vous révère trop pour cela, et suis trop votre serviteur. Quiconque vous l'a dit est un sot.

Candie à ses dépens une centaine de gentilshommes équipés pour combattre contre les Turcs pendant le siége de cette île, » siége soutenu par les Vénitiens. D'autres que la Feuillade et ceux qu'il équipa firent encore l'expédition; plus de quatre cents gentilshommes s'enrôlèrent, et parmi eux le fils de Mme de Sévigné[a]; ils partirent de Toulon vers la fin de septembre 1668, six semaines avant la première représentation à la ville de *George Dandin*.

1. « Et pour l'homme » équivaut à « ainsi que pour l'homme. »

2. *Montrant George Dandin*. (1734.)

3. Ici encore, comme le montre le contraste avec *lâche*, qui suit, « honnête homme » a son sens d'autrefois : « homme qui sait vivre, homme d'honneur. »

[a] Voyez les *Lettres de Mme de Sévigné*, tome I, p. 525, et la *Notice biographique sur Mme de Sévigné*, p. 116.

MONSIEUR DE SOTENVILLE.

Allons, mon gendre.

GEORGE DANDIN.

Quoi?

CLITANDRE.

C'est un coquin et un maraud.

MONSIEUR DE SOTENVILLE [1].

Répondez.

GEORGE DANDIN.

Répondez vous-même.

CLITANDRE.

Si je savois qui ce peut être, je lui donnerois en votre présence de l'épée dans le ventre.

MONSIEUR DE SOTENVILLE [2].

Soutenez donc la chose.

GEORGE DANDIN.

Elle est toute soutenue, cela est vrai [3].

CLITANDRE.

Est-ce votre gendre, Monsieur, qui....

MONSIEUR DE SOTENVILLE.

Oui, c'est lui-même qui s'en est plaint à moi.

CLITANDRE.

Certes, il peut remercier l'avantage [4] qu'il a de vous appartenir, et sans cela je lui apprendrois bien à tenir de pareils discours d'une personne comme moi.

---

1. M. DE SOTENVILLE, *à George Dandin.* (1734.)
2. M. DE SOTENVILLE, *à George Dandin. (Ibidem.)*
3. Elle est toute soutenue, il est vrai. (1672, 82, 97, 1710, 18, 30, 33.) — *Il* au sens de *cela*, ce que j'ai dit.
4. Rendre grâce à l'avantage, se féliciter de l'avantage. M. Littré n'a pas d'autre exemple de cet emploi familier du mot.

SCÈNE VI.

MONSIEUR et MADAME DE SOTENVILLE[1], AN-
GÉLIQUE, CLITANDRE, GEORGE DANDIN,
CLAUDINE.

MADAME DE SOTENVILLE.

Pour ce qui est de cela, la jalousie est une étrange
chose! J'amène ici ma fille pour éclaircir l'affaire en
présence de tout le monde.

CLITANDRE[2].

Est-ce donc vous, Madame, qui avez dit à votre mari
que je suis amoureux de vous?

ANGÉLIQUE.

Moi? et comment[3] lui aurois-je dit[4]? est-ce que cela
est? Je voudrois bien le voir vraiment que vous fussiez
amoureux de moi. Jouez-vous-y, je vous en prie, vous
trouverez à qui parler. C'est une chose que je vous
conseille de faire. Ayez recours, pour voir, à tous les
détours des amants : essayez un peu, par plaisir, à
m'envoyer des ambassades, à m'écrire secrètement de
petits billets doux, à épier les moments que mon mari
n'y sera pas, ou le temps que je sortirai, pour me parler
de votre amour. Vous n'avez qu'à y venir, je vous promets que vous serez reçu comme il faut[5].

1. MONSIEUR DE SOTENVILLE, MADAME DE SOTENVILLE. (1734.)
2. CLITANDRE, à *Angélique.* (*Ibidem.*)
3. Moi? Hé, comment. (*Ibidem.*)
4. Comment le lui aurais-je dit ? cette ellipse du pronom régime direct était
fréquente alors : voyez tome IV, p. 179, note 3.
5. Voici un moyen comique dont Molière a usé plus d'une fois. Dans
l'Étourdi (acte I, scène IV), dans *le Malade imaginaire* (acte II, scène V;
encore dans *l'Avare*, acte III, scène VII), et principalement dans *l'École des
maris* (acte II, scène IX), on voit, comme ici, une femme entretenir son amant

CLITANDRE.

Hé! la, la[1], Madame, tout doucement. Il n'est pas
nécessaire de me faire tant de leçons, et de vous tant
scandaliser. Qui vous dit que je songe à vous aimer?

ANGÉLIQUE.

Que sais-je, moi, ce qu'on me vient conter ici?

CLITANDRE.

On dira ce que l'on voudra; mais vous savez si je
vous ai parlé d'amour, lorsque je vous ai rencontrée.

ANGÉLIQUE.

Vous n'aviez qu'à le faire, vous auriez été bien venu.

CLITANDRE.

Je vous assure qu'avec moi vous n'avez rien à craindre; que je ne suis point homme à donner du chagrin
aux belles; et que je vous respecte trop, et vous et
Messieurs vos parents, pour avoir la pensée d'être amoureux de vous.

MADAME DE SOTENVILLE[2].

Hé bien! vous le voyez.

MONSIEUR DE SOTENVILLE.

Vous voilà satisfait[3], mon gendre. Que dites-vous à
cela?

GEORGE DANDIN.

Je dis que ce sont là des contes à dormir debout;
que je sais bien ce que je sais, et que tantôt, puisqu'il
faut parler, elle a reçu[4] une ambassade de sa part.

ANGÉLIQUE.

Moi, j'ai reçu une ambassade?

en présence du personnage le plus contraire à leur amour, et, à la faveur
d'un langage équivoque, l'encourager, lui indiquer ce qu'il doit faire pour
tromper un importun surveillant. (*Note d'Auger.*)

1. Voyez ci-dessus, p. 363, et note 2.
2. Mme DE SOTENVILLE, à *George Dandin*. (1734.)
3. Vous avez reçu satisfaction : voyez plus loin, p. 534, notes 2 et *b*.
4. Puisqu'il faut parler net, elle a reçu. (1672, 82, 1734, et *Copie Philidor*.)

CLITANDRE.

J'ai envoyé une ambassade ?

ANGÉLIQUE.

Claudine.

CLITANDRE [1].

Est-il vrai?

CLAUDINE.

Par ma foi, voilà une étrange fausseté !

GEORGE DANDIN.

Taisez-vous, carogne que vous êtes. Je sais de vos nouvelles, et c'est vous qui tantôt avez introduit le courrier.

CLAUDINE.

Qui, moi?

GEORGE DANDIN.

Oui, vous. Ne faites point tant la sucrée [2].

CLAUDINE.

Hélas! que le monde aujourd'hui est rempli de méchanceté, de m'aller soupçonner ainsi, moi qui suis l'innocence même !

GEORGE DANDIN.

Taisez-vous, bonne pièce [3]. Vous faites la sournoise; mais je vous connois il y a longtemps, et vous êtes une dessalée [4].

1. CLITANDRE, à Claudine. (1734.)

2.   ~ Elle fait la sucrée et veut passer pour prude.
                    (*L'Étourdi*, tome I, p. 169, vers 971.)

« Aga hé! dit Gareau à Genevote dans la dernière scène du *Pédant joué*, ous estes don de ces saintes sucrées-là ? Bonnefy, je le voyas bien, qu'ous aviais le nez tourné à la friandise. »

3. *Bonne pièce*, bon ou beau morceau, excellente personne, bon sujet. Le sens de cette expression familière est toujours ironique :

        Voyez la bonne pièce avec ses révérences!
              (Corneille, scène v de l'acte V du *Menteur*.)

L'Académie cite « une bonne pièce, une fine pièce, une méchante pièce, » et traduit par « une personne rusée, dissimulée, malicieuse. »

4. Une rusée, une déniaisée, une personne qui, dans le milieu où elle vit, a

CLAUDINE [1].

Madame, est-ce que [2]...?

GEORGE DANDIN.

Taisez-vous, vous dis-je, vous pourriez bien porter la folle enchère de tous les autres [3]; et vous n'avez point de père gentilhomme.

ANGÉLIQUE.

C'est une imposture si grande, et qui me touche si fort au cœur, que je ne puis pas même avoir la force d'y répondre. Cela est bien horrible d'être accusée par un mari lorsqu'on ne lui fait rien qui ne soit à faire. Hélas! si je suis blâmable de quelque chose, c'est d'en user trop bien avec lui.

CLAUDINE.

Assurément [4].

ANGÉLIQUE.

Tout mon malheur est de le trop considérer; et plût au Ciel que je fusse capable [5] de souffrir, comme il dit, les galanteries de quelqu'un! je ne serois pas [6] tant à plaindre. Adieu: je me retire, et je ne puis plus [7] endurer qu'on m'outrage de cette sorte.

eu le temps de perdre sa naïveté et sa timidité première, par allusion sans doute à certaines choses qui après avoir été longtemps trempées, ou passées à plusieurs eaux, sont arrivées à un dernier état de préparation. M. Littré cite de cette figure populaire un exemple de la Fontaine, postérieur à celui-ci (voyez la comédie de *la Coupe enchantée*, scène VI), et un de Voltaire.

1. CLAUDINE, *à Angélique*. (1734.)

2. Madame, est-ce que que...? (1672, 74, 82; variante, ou plutôt faute, qui n'a pas été reproduite dans les éditions suivantes.)

3. La folle enchère de tous les autres pourrait bien retomber sur vous, vous pourriez finalement payer pour tous. — Au propre, *folle enchère* est une « enchère trop haute, dit M. Littré, et qu'on ne peut pas payer, ce qui force à une nouvelle enchère dont les frais sont à la charge de celui qui a fait la folle enchère. »

4. Cette réponse de Claudine a été omise par mégarde dans l'édition de 1674.

5. Que fusse capable. (1672, 82, 97; faute évidente.)

6. Je ne serois point. (1734.)

7. Je me retire, je ne puis plus. (*Ibidem.*)

MADAME DE SOTENVILLE [1].

Allez, vous ne méritez pas l'honnête femme qu'on vous a donnée.

CLAUDINE.

Par ma foi! il mériteroit qu'elle lui fît dire vrai; et si j'étois eu sa place, je n'y marchanderois [2] pas. [3] Oui, Monsieur, vous devez, pour le punir, faire l'amour à ma maîtresse. Poussez, c'est moi qui vous le dis, ce sera fort bien employé [4]; et je m'offre à vous y servir, puisqu'il m'en a déjà taxée [5].

MONSIEUR DE SOTENVILLE.

Vous méritez, mon gendre, qu'on vous dise ces choses-là; et votre procédé met tout le monde contre vous.

MADAME DE SOTENVILLE.

Allez, songez à mieux traiter une Demoiselle [6] bien née, et prenez garde désormais à ne plus faire de pareilles bévues.

GEORGE DANDIN [7].

J'enrage de bon cœur d'avoir tort, lorsque j'ai raison.

1.   SCÈNE VII.

MONSIEUR DE SOTENVILLE, MADAME DE SOTENVILLE, CLITANDRE,
GEORGE DANDIN, CLAUDINE.

Mme DE SOTENVILLE, *à George Dandin.* (1734.)

2. On peut voir dans les *Lexiques de Malherbe* et *de Mme de Sévigné* de nombreux exemples de *marchander,* au sens de « balancer, hésiter (*y marchander, marchander à...*) ».

3. *A Clitandre.* (1734.)

4. Ce sera bien employé. (1734.) — Ce sera bien fait, ce sera mérité : l'expression était familière à Mme de Sévigné : voyez le *Lexique* de ses *Lettres,* tome I, p. 338.

5. Puisqu'il m'en a déjà accusée : voyez tome III, p. 346, note 5, et tome II, p. 422, note 4. — Après ces mots, l'édition de 1734 ajoute cette indication : *Claudine sort.*

6. Une Damoiselle. (1672, 82, 92, 97.)

7. GEORGE DANDIN, *à part.* (1734.) — Pendant que Mme de Sotenville sort à son tour, comme le marque la variante de 1734, de l'en-tête suivant.

CLITANDRE [1].

Monsieur, vous voyez comme j'ai été faussement accusé : vous êtes homme qui savez les maximes du point
d'honneur, et je vous demande raison de l'affront qui
m'a été fait.

MONSIEUR DE SOTENVILLE.

Cela est juste, et c'est l'ordre des procédés [2]. Allons,
mon gendre, faites satisfaction à Monsieur.

GEORGE DANDIN.

Comment satisfaction ?

1.   SCÈNE VIII.

MONSIEUR DE SOTENVILLE, CLITANDRE, GEORGE DANDIN.

CLITANDRE, à M. de Sotenville. (1734.)

2. On appelait *procédé* la manière dont se devait engager et conduire une
affaire d'honneur, pour aboutir soit au combat soit à toute autre réparation ;
c'était, comme M. Littré définit le mot, le préliminaire d'un duel ; il s'entendait aussi, dans un sens un peu plus étendu, de toute l'affaire, de toute la
querelle honorablement soutenue et terminée, qu'on en fût ou non venu aux
mains, et c'est en ce sens que Mme de Sévigné a pu dire (tome IV, p. 470)
que, pour la réputation d'un homme, « deux procédés valent un combat. »
Les procédés avaient naturellement, comme en a partout le duel, des règles et
une langue [a] que plus d'un observait avec toute la pédanterie qu'y met M. de
Sotenville. — Outre le terme même de *procédé*, d'autres termes consacrés
ont été ou vont être employés dans cette scène : *satisfaction* (réparation)
ou *satisfaire* [b] et *éclaircissement*. On disait *donner un éclaircissement*, une
explication à son adversaire, ou même *l'éclaircir*, comme le montre cette
curieuse réserve faite en 1655 par les gentilshommes de Languedoc dans leur
acte de renoncement au duel (voyez tome I, p. 506, note 1), par lequel ils
promettaient de le refuser « pour quelque cause que ce puisse être,... sans
pourtant renoncer au droit de repousser par toutes voies légitimes les injures qui leur seroient faites, autant que leur profession et leur naissance les
y obligent, étant aussi toujours prêts d'éclaircir de bonne foi ceux qui croi-
roient avoir lieu de ressentiment contre eux. » (Cité dans la *Notice* de M. le
comte Jules de Cosnac aux *Mémoires de Daniel de Cosnac*, tome I, p. xxxii.)

[a] « Je ne comprends pas, écrit Bussy à Mme de Sévigné (tome I, p. 528 et
529), que vous parliez si bien d'un procédé (*ou, d'après une variante tirée
d'un manuscrit*, comment vous pouvez si bien parler procédé). Pour moi, je
crois que vous avez eu quelque affaire en Bretagne, qui vous a appris cette
langue. »

[b] C'est cependant un peu par plaisanterie, par jeu de mot que Molière a
fait dire (voyez ci-dessus, p. 530) à M. de Sotenville : « Vous voilà satisfait,
mon gendre. »

MONSIEUR DE SOTENVILLE.

Oui, cela se doit dans les règles pour l'avoir à tort
accusé.

GEORGE DANDIN.

C'est une chose, moi, dont je ne.demeure pas d'accord, de l'avoir à tort accusé, et je sais bien ce que j'en
pense.

MONSIEUR DE SOTENVILLE.

Il n'importe. Quelque pensée qui vous puisse rester,
il a nié : c'est satisfaire les personnes, et l'on n'a nul
droit de se plaindre de tout homme qui se dédit.

GEORGE DANDIN.

Si bien donc que si je le trouvois couché avec ma
femme, il en seroit quitte pour se dédire ?

MONSIEUR DE SOTENVILLE.

Point de raisonnement. Faites-lui les excuses que je
vous dis.

GEORGE DANDIN.

Moi, je lui ferai encore des excuses après...?

MONSIEUR DE SOTENVILLE.

Allons, vous dis-je. Il n'y a rien à balancer[1], et vous
n'avez que faire d'avoir peur d'en trop faire, puisque
c'est moi qui vous conduis.

GEORGE DANDIN.

Je ne saurois....

MONSIEUR DE SOTENVILLE.

Corbleu! mon gendre, ne m'échauffez pas la bile : je
me mettrois avec lui contre vous. Allons, laissez-vous
gouverner par moi.

GEORGE DANDIN[2].

Ah! George Dandin !

1. Il n'y a rien à examiner, il n'y a point à balancer. *Balancer* est ici pris
activement.

2. GEORGE DANDIN, *à part.* (1734.)

MONSIEUR DE SOTENVILLE.

Votre bonnet à la main, le premier : Monsieur est gentilhomme, et vous ne l'êtes pas.

GEORGE DANDIN [1].

J'enrage.

MONSIEUR DE SOTENVILLE.

Répétez après moi : « Monsieur. »

GEORGE DANDIN.

« Monsieur. »

MONSIEUR DE SOTENVILLE.

(Il voit que son gendre fait difficulté de lui obéir.)

« Je vous demande pardon. » Ah [2] !

GEORGE DANDIN.

« Je vous demande pardon. »

MONSIEUR DE SOTENVILLE.

« Des mauvaises pensées que j'ai eues de vous. »

GEORGE DANDIN.

« Des mauvaises pensées que j'ai eues de vous. »

MONSIEUR DE SOTENVILLE.

« C'est que je n'avois pas l'honneur de vous connoître. »

GEORGE DANDIN.

« C'est que je n'avois pas l'honneur de vous connoître. »

MONSIEUR DE SOTENVILLE.

« Et je vous prie de croire. »

GEORGE DANDIN.

« Et je vous prie de croire. »

MONSIEUR DE SOTENVILLE.

« Que je suis votre serviteur. »

---

1. GEORGE DANDIN, *à part, le bonnet à la main.* (1734.)
2. M. DE SOTENVILLE. « Je vous demande pardon. » Ha? *Il voit que son gendre fait difficulté de lui obéir.* (1672, 82.) — « Je vous demande pardon. » *Voyant que George Dandin fait difficulté de lui obéir.* Ah! (1734.)

GEORGE DANDIN.

Voulez-vous que je sois serviteur d'un homme qui me veut faire cocu ?

MONSIEUR DE SOTENVILLE.

(Il le menace encore[1].)

Ah !

CLITANDRE.

Il suffit, Monsieur.

MONSIEUR DE SOTENVILLE.

Non : je veux qu'il achève, et que tout aille dans les formes. « Que je suis votre serviteur. »

GEORGE DANDIN.

« Que je suis votre serviteur[2]. »

CLITANDRE [3].

Monsieur, je suis le vôtre de tout mon cœur, et je ne songe plus à ce qui s'est passé. [4] Pour vous, Monsieur, je vous donne le bonjour, et suis fâché du petit chagrin que vous avez eu.

MONSIEUR DE SOTENVILLE.

Je vous baise les mains [5]; et quand il vous plaira, je vous donnerai le divertissement de courre un lièvre.

CLITANDRE.

C'est trop de grâce [6] que vous me faites. [7]

---

1. M. DE SOTENVILLE, *le menaçant encore*. (1734.)

2. Que, que, que je suis votre serviteur. (1672, 82, et *Copie Philidor*.)

3. CLITANDRE, *à George Dandin*. (1734.)

4. *A M. de Sotenville*. (*Ibidem*.)

5. Ces baisemains de M. de Sotenville ne marquent de la part du gentilhomme campagnard aucun sentiment d'infériorité à l'égard de l'homme de cour; le compliment s'employait, même sous forme plus respectueuse, entre égaux, si nous en croyons l'auteur de la *Civilité* théorique et pratique citée plus haut : « J'arrive.... de la campagne, dit-il (p. 136) dans un de ses exemples, et si j'envoie dire à une personne, qui est d'égale qualité que moi et avec laquelle j'ai liaison, *que je suis arrivé, que je lui baise très-humblement les mains*, » etc.

6. C'est trop de grâces. (1672, 82, 1734.)

7. *Clitandre sort*. (1734.)

MONSIEUR DE SOTENVILLE.

Voilà, mon gendre, comme il faut pousser les choses.
Adieu. Sachez que vous êtes entré dans une famille qui
vous donnera de l'appui, et ne souffrira point que l'on
vous fasse aucun affront.

SCÈNE VII.

GEORGE DANDIN [1].

Ah! que je.... Vous l'avez voulu, vous l'avez voulu,
George Dandin, vous l'avez voulu, cela vous sied fort
bien, et vous voilà ajusté comme il faut; vous avez justement ce que vous méritez. Allons, il s'agit seulement
de désabuser le père et la mère, et je pourrai trouver
peut-être quelque moyen d'y réussir.

[1]. SCÈNE IX.
GEORGE DANDIN, *seul.* (1734.)

FIN DU PREMIER ACTE.

ACTE II.

SCÈNE PREMIÈRE.

CLAUDINE, LUBIN.

CLAUDINE.

Oui, j'ai bien deviné qu'il falloit que cela vînt de toi,
et que tu l'eusses dit à quelqu'un qui l'ait rapporté à
notre maître.

LUBIN.

Par ma foi! je n'en ai touché qu'un petit mot en passant à un homme, afin qu'il ne dît point qu'il m'avoit
vu sortir, et il faut que les gens en ce pays-ci soient de
grands babillards.

CLAUDINE.

Vraiment, ce Monsieur le Vicomte a bien choisi son
monde, que de te prendre pour son ambassadeur, et il
s'est allé servir là d'un homme bien chanceux [1].

LUBIN.

Va, une autre fois je serai plus fin, et je prendrai
mieux garde à moi.

CLAUDINE.

Oui, oui, il sera temps.

LUBIN.

Ne parlons plus de cela. Écoute.

---

1. Martine dit de même par antiphrase, au début de la scène v de l'acte II
des *Femmes savantes :*

Me voilà bien chanceuse!

CLAUDINE.

Que veux-tu que j'écoute ?

LUBIN.

Tourne un peu ton visage devers moi.

CLAUDINE.

Hé bien, qu'est-ce ?

LUBIN.

Claudine.

CLAUDINE.

Quoi ?

LUBIN.

Hé ! là, ne sais-tu pas bien ce que je veux dire ?

CLAUDINE.

Non.

LUBIN.

Morgué ! je t'aime.

CLAUDINE.

Tout de bon ?

LUBIN.

Oui, le diable m'emporte ! tu me peux croire, puisque j'en jure.

CLAUDINE.

A la bonne heure.

LUBIN.

Je me sens tout tribouiller le cœur [1] quand je te regarde.

---

1. *Je me sens tout remuer le cœur.* Le mot, dit M. Littré, « paraît être une forme altérée de l'ancien verbe *tribuler* et *tribler*, » dont l'origine est la même que celle de *tribulation*, et qui signifiait proprement *herser*, et figurément *tourmenter*. « *Treboulà, Triboulhà,* sont restés usités en langue d'oc, » dit, après avoir cité ce passage, M. Adelphe Espagne (p. 12 des *Influences provençales dans la langue de Molière*). Aimé-Martin donne de *tribouler* cet exemple d'Alain Chartier, emprunté au livre des *Quatre Dames,* qui est de 1433 (édition gothique de Pierre le Caron, f° D iiii r°, colonnes 1 et 2) :

> Fortune fait son bien tarder,
> Dont fort est soi contregarder.
> A coup adviennent
> Ses tours, qui d'ordre point ne tiennent,

CLAUDINE.

Je m'en réjouis.

LUBIN.

Comment est-ce que tu fais pour être si jolie?

CLAUDINE.

Je fais comme font les autres.

LUBIN.

Vois-tu? il ne faut point tant de beurre pour faire un
quarteron[1] : si tu veux, tu seras ma femme, je serai ton
mari, et nous serons tous deux mari et femme.

CLAUDINE.

Tu serois peut-être jaloux comme notre maître.

LUBIN.

Point.

CLAUDINE.

Pour moi, je hais les maris soupçonneux, et j'en veux
un qui ne s'épouvante de rien, un si plein de confiance,
et si sûr de ma chasteté, qu'il me vît sans inquiétude
au milieu de trente hommes.

LUBIN.

Hé bien! je serai tout comme cela.

CLAUDINE.

C'est la plus sotte chose du monde que de se défier
d'une femme, et de la tourmenter. La vérité de l'affaire

> Mais si au rebours se maintiennent,
> Qu'aux bons les adversités viennent,
>   Et sont foulés,
> Et par fortune *triboulés*.

1. Pour faire un quart de livre. Le proverbe est clair : c'est une chose qui
se peut faire ou se peut dire sans tant de frais, sans tant de façons, de cérémonies ou de paroles; il est dans les *Curiosités françoises* d'Antoine Oudin
(1640); Gareau s'en sert, dans *le Pédant joué* de Cyrano Bergerac (acte II,
scène II), au moment où il essaye d'« agacer » le capitan Chasteaufort, de le
provoquer à faire le coup de poing avec lui : « Ventregué! si vous êtes si bon
diseux, morgué! tapons-nous donc la gueulle comme il faut. Dame il ne faut
point tant de beurre pour faire un cartron. Et quien et vela pour toi. »

est qu'on n'y gagne rien de bon : cela nous fait songer à mal, et ce sont souvent les maris qui, avec leurs vacarmes, se font eux-mêmes ce qu'ils sont.

LUBIN.

Hé bien ! je te donnerai la liberté de faire tout ce qu'il te plaira.

CLAUDINE.

Voilà comme il faut faire pour n'être point trompé. Lorsqu'un mari se met à notre discrétion, nous ne prenons de liberté que ce qu'il nous en faut, et il en est comme avec ceux qui [1] nous ouvrent leur bourse et nous disent : « Prenez. » Nous en usons honnêtement, et nous nous contentons de la raison [2]. Mais ceux qui nous chicanent, nous nous efforçons de les tondre [3], et nous ne les épargnons point.

LUBIN.

Va, je serai de ceux qui ouvrent leur bourse, et tu n'as qu'à te marier avec moi.

CLAUDINE.

Hé bien, bien, nous verrons.

LUBIN.

Viens donc ici, Claudine.

CLAUDINE.

Que veux-tu ?

LUBIN.

Viens, te dis-je.

---

1. Comme ceux qui. (1672, 82, 1730, 33.) — Comme de ceux qui. (*Copie Philidor.*) — Et il est comme ceux qui. (1697, 1710, 18.)

2. De ce qui est raisonnable, de ce qu'on peut prendre raisonnablement, ainsi que cela a été expliqué au vers 820 du *Misanthrope* (tome V, p. 497).

3. M. Littré traduit : « de les attraper, de les tromper, » et, de cette acception, il ne donne que notre exemple. Il nous paraît évident que le mot a ici sa signification figurée ordinaire, toute semblable à celle de la métaphore voisine et non moins populaire *plumer*. Claudine veut dire : « d'enlever ou soutirer, à ceux qui n'ouvrent pas assez leur bourse, tout ce que nous leur pouvons prendre. »

CLAUDINE.

Ah! doucement : je n'aime pas les patineurs[1].

LUBIN.

Eh! un petit brin d'amitié.

CLAUDINE.

Laisse-moi là, te dis-je : je n'entends pas raillerie.

LUBIN.

Claudine.

CLAUDINE.

Ahy[2]!

LUBIN.

Ah! que tu es rude à pauvres gens. Fi! que cela est
malhonnête de refuser les personnes! N'as-tu point de
honte d'être belle, et de ne vouloir pas qu'on te caresse?
Eh là!

CLAUDINE.

Je te donnerai sur le nez.

LUBIN.

Oh! la farouche, la sauvage. Fi, poua[3]! la vilaine,
qui est cruelle.

CLAUDINE.

Tu t'émancipes trop.

LUBIN.

Qu'est-ce que cela te coûteroit de me laisser un peu
faire[4]?

1. Mme de Maintenon a employé, au même sens de « caresser indécemment, »
le verbe *patiner*, dans une lettre à d'Aubigné du 28 février 1678 (*Correspondance générale*, publiée par Th. Lavallée, tome II, p. 17). Ce n'est qu'à
dater de sa 3ᵉ édition (1740) que l'Académie qualifie ce verbe, d'abord de
« libre et populaire; » puis, dans les éditions postérieures y compris celle
de 1878, de « libre » uniquement; dans la 7ᵉ seule, de « libre et vieux. »

2. CLAUDINE, *repoussant Lubin*. Hai! (1734.)

3. Telle est ici l'orthographe de nos plus anciennes éditions, jusqu'à 1694 B
inclusivement; les suivantes ont *pouas*, qui est dans toutes plus bas, p. 590.

4. De me laisser faire. (1672, 82, 1734.)

CLAUDINE.

Il faut que tu te donnes patience.

LUBIN.

Un petit baiser seulement, en rabattant sur notre mariage.

CLAUDINE.

Je suis votre servante[1].

LUBIN.

Claudine, je t'en prie, sur l'et-tant-moins[2].

CLAUDINE.

Eh! que nenni : j'y ai déjà été attrapée[3]. Adieu. Vat'en, et dis à Monsieur le Vicomte que j'aurai soin de rendre son billet.

LUBIN.

Adieu, beauté rude ânière[4].

1. Voyez plus bas, p. 548 et note 3, et p. 584.

2. *Sur et tant moins de....* se disait pour *en déduction de.... Sur l'et tant moins* signifie *sur ce qui sera à compter en moins, à défalquer de ce qui est dû; comme à-compte.* « L'*et tant moins*, dit M. Paringault[a], est encore une locution de la pratique d'alors.... Lubin a dû entendre parler de l'*et tant moins* dans quelque petit siége de justice de son voisinage. » M. Littré (article SUR, 44°) cite un exemple de Voiture[b].

3. Ce trait comique, suivant toute apparence, n'était pas nouveau; « il pourrait bien, dit Auger, avoir été emprunté par Molière à un conte du sieur d'Ouville, frère de l'abbé de Boisrobert, conte qui est le premier de son recueil. » On trouvera cette *Naïveté d'une jeune femme à son mari, la première nuit de ses noces* à la page 11 de la seconde partie des *Contes aux heures perdues* (titre de la première édition de ce recueil, 1643), ou en tête de l'*Élite des contes du sieur d'Ouville* (Rouen, 1680 et 1681).

4. *Rude ânière*, sans trait d'union, dans l'édition originale; avec trait (1682); *rudânière* (1734) en un mot, comme l'écrit l'Académie à partir de sa seconde édition (1718). — *A rude âne rude ânier* était, nous apprend M. Littré (article RUDÂNIER), un proverbe qu'a recueilli Henri Estienne dans sa *Précellence du langage françois*, p. 179[c]; c'est un *rude ânier* a pu facilement se

a *La Langue du droit dans le théâtre de Molière* (1861), p. 48.

b Lettre 145, au marquis de Pisany, p. 452 de la 2de édition des *OEuvres* (1650) : on a imprimé là : « sur estant-moins. » L'Académie (1694) lie par des tirets tous les mots de la locution, à l'en-tête : SUR-ET-TANT-MOINS; puis, dans son exemple, elle l'écrit sans aucun tiret; elle omet, aux deux endroits, les tirets dans toutes les éditions suivantes.

c Henri Estienne le rapproche de « ces mots latins, lesquels pareillement se

CLAUDINE.

Le mot est amoureux.

LUBIN.

Adieu, rocher, caillou, pierre de taille, et tout ce qu'il y a de plus dur au monde.

CLAUDINE[1].

Je vais remettre aux mains de ma maîtresse.... Mais la voici avec son mari : éloignons-nous, et attendons qu'elle soit seule.

SCÈNE II.

GEORGE DANDIN, ANGÉLIQUE, CLITANDRE[2].

GEORGE DANDIN.

Non, non, on ne m'abuse pas avec tant de facilité, et je ne suis que trop certain que le rapport que l'on m'a fait est véritable. J'ai de meilleurs yeux qu'on ne pense, et votre galimatias ne m'a point tantôt ébloui.

CLITANDRE[3].

Ah ! la voilà ; mais le mari est avec elle.

GEORGE DANDIN[4].

Au travers de toutes vos grimaces, j'ai vu la vérité de

dire en général d'un homme rude et revêche, peu endurant, et de là le plaisant féminin improvisé par Lubin.

1. CLAUDINE, *seule*. (1734.)

2. GEORGE DANDIN, ANGÉLIQUE. (*Ibidem.*)

3. CLITANDRE, *au fond du théâtre*. (1672, 82.) — SCÈNE III. CLITANDRE, ANGÉLIQUE, GEORGE DANDIN. CLITANDRE, *à part, dans le fond du théâtre*. (1734.)

4. GEORGE DANDIN, *sans voir Clitandre*. (*Ibidem.*)

disent par proverbe : *Malo nodo malus quærendus est cuneus,* » ce qu'on peut traduire par : (Tout bûcheron sait qu') à dur nœud dur coin.

ce que l'on [1] m'a dit, et le peu de respect que vous avez pour le nœud qui nous [2] joint. [3] Mon Dieu! laissez là votre révérence, ce n'est pas de ces sortes de respect [4] dont je vous parle [5], et vous n'avez que faire de vous moquer.

ANGÉLIQUE.

Moi, me moquer! En aucune façon.

GEORGE DANDIN.

Je sais votre pensée [6], et connois.... [7] Encore? Ah! ne raillons pas davantage! Je n'ignore pas qu'à cause de votre noblesse vous me tenez fort au-dessous de vous, et le respect que je vous veux dire ne regarde point ma personne : j'entends parler de celui que vous devez à des nœuds aussi vénérables que le sont ceux du mariage. [8] Il ne faut point lever les épaules, et je ne dis point de sottises.

ANGÉLIQUE.

Qui songe à lever les épaules?

GEORGE DANDIN.

Mon Dieu! nous voyons clair. Je vous dis encore une fois que le mariage est une chaîne à laquelle on doit porter toute sorte de respect [9], et que c'est fort mal

1. De ce qu'on. (1734.)

2. Vous. (1672, 82, 97, 1710, 18.) Ce *vous* n'aurait de sens qu'avec une ellipse qui n'est guère possible : « vous joint à moi. »

3. *Clitandre et Angélique se saluent.* (1672, 82, 1734.)

4. De ces sortes de respects. (1672, 74, 82, 1734.)

5. On trouvera au *Lexique* le relevé de ces sortes de pléonasmes alors communs: *de.... dont; à.... à qui :* nous avons eu des exemp es du second au tome III, p. 345 (scène vi de l'acte III de *l'Amour médecin*), au tome V, p. 483 (vers 626 du *Misanthrope*); et nous verrons le premier évité, dans les œuvres posthumes, il est vrai (*les Amants magnifiques*, acte II, scéne ii), par conséquent sans bien savoir si c'est du fait de Molière ou des éditeurs de 1682.

6. *Clitandre et Angélique se resaluent.* (1672, 82.)

7. *Clitandre et Angélique se saluent encore.* (1734.)

8. *Angélique fait signe à Clitandre.* (1672, 82, 1734.)

9. Sans la variante (*respects*) que nous avons relevée ci-dessus à la note 4 (dix-huit lignes plus haut).

fait à vous d'en user comme vous faites.[1] Oui, oui, mal
fait à vous ; et vous n'avez que faire de hocher la tête,
et de me faire la grimace.

ANGÉLIQUE.

Moi ! Je ne sais ce que vous voulez dire.

GEORGE DANDIN.

Je le sais fort bien, moi ; et vos mépris me sont connus. Si je ne suis pas né noble, au moins suis-je d'une
race où il n'y a point de reproche ; et la famille des
Dandins....

CLITANDRE, derrière Angélique, sans être aperçu de Dandin [2].

Un moment d'entretien.

GEORGE DANDIN [3].

Eh ?

ANGÉLIQUE.

Quoi ? Je ne dis mot.

GEORGE DANDIN.

Le voilà [4] qui vient rôder autour de vous.

ANGÉLIQUE.

Hé bien, est-ce ma faute ? Que voulez-vous que j'y
fasse ?

GEORGE DANDIN.

Je veux que vous y fassiez ce que fait une femme qui
ne veut plaire qu'à son mari. Quoi qu'on en puisse
dire, les galants n'obsèdent jamais que quand on le

1. *Angélique fait signe de la tête.* (1672, 82.) — *Fait signe de la tête à
Clitandre.* (1734.)

2. *Sans être aperçu de George Dandin.* (1734.)

3. GEORGE DANDIN, *sans voir Clitandre.* (*Ibidem.*)

4. GEORGE DANDIN *tourne autour de sa femme, et Clitandre se retire en
faisant* (*après avoir fait,* copie Philidor) *une grande révérence à George
Dandin. Le voilà.* (1672, 82.) — La même indication se trouve dans l'édition
de 1734, mais après commence une nouvelle scène :

SCÈNE IV.

GEORGE DANDIN, ANGÉLIQUE.

GEORGE DANDIN.

Le voilà. (1734.)

veut bien. Il y a un certain air doucereux qui les attire, ainsi que le miel fait les mouches[1] ; et les honnêtes femmes ont des manières qui les savent chasser d'abord[2].

ANGÉLIQUE.

Moi, les chasser? et par quelle raison? Je ne me scandalise point qu'on me trouve bien faite, et cela me fait du plaisir.

GEORGE DANDIN.

Oui. Mais quel personnage voulez-vous que joue un mari pendant cette galanterie?

ANGÉLIQUE.

Le personnage d'un honnête homme[3] qui est bien aise de voir sa femme considérée.

GEORGE DANDIN.

Je suis votre valet[4]. Ce n'est pas là mon compte, et les Dandins ne sont point accoutumés à cette mode-là.

ANGÉLIQUE.

Oh! les Dandins s'y accoutumeront s'ils veulent. Car pour moi, je vous déclare que mon dessein n'est pas de renoncer au monde, et de m'enterrer toute vive dans un mari[5]. Comment? parce qu'un homme s'avise de nous

---

1. Comparez ci-dessus, p. 160, les vers 142 et 143 de *Mélicerte*.

2. Au sens, alors fréquent, d' « aussitôt, tout de suite. » Nous retrouvons le mot dans la même acception dix-neuf lignes plus loin.

3. D'un galant homme.

4. C'est-à-dire, au propre : « Je vous salue très-humblement. » On a vu, dans la scène II de l'acte I de *l'École des maris* (tome II, p. 375 et 364, vers 251 et 91), le double emploi qu'a cette formule, soit pour prendre congé, soit pour refuser ou nier quelque chose. Dans cette dernière acception, ironique, la locution n'est pas sans analogie avec cette autre, qu'on accompagne souvent d'un salut : « Pardon, » ou « je vous demande pardon, » pour dire : « Je ne suis pas de votre avis. » — Nous avons plus haut (p. 544), avec la même signification de refus : « Je suis votre servante. »

5. Cette spirituelle expression en rappelle une de La Bruyère, frappante aussi, mais qui n'a pas la même hardiesse du complément : « Il y a telle femme qui anéantit ou qui enterre son mari, au point qu'il n'en est fait dans le

épouser, il faut d'abord que toutes choses soient finies
pour nous, et que nous r ompions tout commerce avec
les vivants? C'est une chose merveilleuse que cette
tyrannie de Messieurs les maris, et je les trouve bons
de vouloir qu'on soit morte à tous les divertissements, et
qu'on ne vive que pour eux. Je me moque de cela, et
ne veux point mourir si jeune.

GEORGE DANDIN.

C'est ainsi que vous satisfaites aux engagements de
la foi que vous m'avez donnée publiquement ?

ANGÉLIQUE.

Moi? Je ne vous l'ai point donnée de bon cœur, et
vous me l'avez arrachée. M'avez-vous, avant le mariage,
demandé mon consentement, et si je voulois bien de
vous ? Vous n'avez consulté, pour cela, que mon père et
ma mère ; ce sont eux proprement qui vous ont épousé,
et c'est pourquoi vous ferez bien de vous plaindre toujours à eux des torts que l'on pourra vous faire. Pour
moi, qui ne vous ai point dit de vous marier avec moi,

---

monde aucune mention : vit-il encore? ne vit-il plus? on en doute. » (Tome I,
p. 194, n° 76, ajouté, en 1691, au chapitre *des Femmes*.) — Auger rapproche
de ce commencement de la scène, pour le fond et pour quelques expressions,
ces vers du *Misanthrope* (459-462, 468, 473 et 474, 1769 et 1770) :

ALCESTE.

Vous avez trop d'amants qu'on voit vous obséder,
Et mon cœur de cela ne peut s'accommoder.

CÉLIMÈNE.

Des amants que je fais me rendez-vous coupable ?
Puis-je empêcher les gens de me trouver aimable?
.   .   .   .

ALCESTE.

.... Votre accueil retient ceux qu'attirent vos yeux;
.   .   .   .
Et votre complaisance un peu moins étendue
De tant de soupirants chasseroit la cohue.
.   .   .   .

CÉLIMÈNE.

Moi, renoncer au monde avant que de vieillir,
Et dans votre désert aller m'ensevelir!

et que vous avez prise sans consulter mes sentiments,
je prétends n'être point obligée à me soumettre en
esclave à vos volontés ; et je veux jouir, s'il vous plaît,
de quelque nombre de beaux jours que m'offre [1] la jeunesse, prendre les douces libertés que l'âge me permet,
voir un peu le beau monde, et goûter le plaisir de
m'ouïr dire des douceurs. Préparez-vous-y, pour votre
punition, et rendez grâces au Ciel de ce que je ne suis
pas capable de quelque chose de pis.

GEORGE DANDIN.

Oui ! c'est ainsi que vous le prenez [2]. Je suis votre
mari, et je vous dis que je n'entends pas cela.

ANGÉLIQUE.

Moi je suis votre femme, et je vous dis que je l'entends.

GEORGE DANDIN [3].

Il me prend des tentations d'accommoder tout son
visage à la compote [4], et le mettre en état de ne plaire
de sa vie aux diseurs de fleurettes. Ah ! allons, George
Dandin ; je ne pourrois me retenir, et il vaut mieux
quitter la place.

---

1. Du petit nombre de beaux jours que peut m'offrir.

2. « Que vous le prenez ? » avec point d'interrogation, dans les éditions
de 1710, 30, 33, 34.

3. GEORGE DANDIN, *à part.* (1734.)

4. Saint-Simon, au lieu d'*accommoder à la compote*, disait, tour plus ordinaire, *mettre en compote* (tome I, p. 294, édition de 1879) : « (*Le comte
de*) la Vauguyon.... lui mettant (*à la présidente Pelot*) la tête entre ses deux
poings, lui dit qu'il ne savoit ce qui le tenoit qu'il ne la lui mît en compote,
pour lui apprendre à l'appeler poltron. »

SCÈNE III.

CLAUDINE, ANGÉLIQUE[1].

CLAUDINE,

J'avois, Madame, impatience qu'il s'en allât, pour vous rendre ce mot de la part que vous savez.

ANGÉLIQUE.

Voyons.

CLAUDINE [2].

A ce que je puis remarquer, ce qu'on lui dit[3] ne lui déplaît pas trop.

ANGÉLIQUE.

Ah! Claudine, que ce billet s'explique d'une façon galante! Que dans tous leurs discours et dans toutes leurs actions les gens de cour ont un air agréable! Et qu'est-ce que c'est auprès d'eux que nos gens de province?

CLAUDINE.

Je crois qu'après les avoir vus, les Daudins ne vous plaisent guère.

ANGÉLIQUE.

Demeure ici : je m'en vais faire la réponse.

CLAUDINE [4].

Je n'ai pas besoin, que je pense[5], de lui recommander de la faire agréable. Mais voici....

___

1.   SCÈNE V.
                ANGÉLIQUE, CLAUDINE. (1734.)

2. ANGÉLIQUE. Voyons. (*Elle lit bas.*) (1672, 82.) — CLAUDINE, *à part.* (1672, 82, 1734.)

3. Ce qu'on lui écrit. (1672, 82, 1734.)

4. CLAUDINE, *seule.* (1734.)

5. Corneille a aussi employé ce tour, encore aujourd'hui fréquent dans *que je sache* : voyez le *Lexique de la langue de Corneille*, tome II, p. 240.

SCÈNE IV[1].

CLITANDRE, LUBIN, CLAUDINE.

CLAUDINE.

Vraiment, Monsieur, vous avez pris là un habile messager.

CLITANDRE.

Je n'ai pas osé envoyer de mes gens. Mais, ma pauvre Claudine, il faut que je te récompense des bons offices que je sais que tu m'as rendus. [2]

CLAUDINE.

Eh ! Monsieur, il n'est pas nécessaire. Non, Monsieur, vous n'avez que faire de vous donner cette peine-là ; et je vous rends service parce que vous le méritez, et que je me sens au cœur de l'inclination pour vous.

CLITANDRE [3].

Je te suis obligé. [4]

LUBIN [5].

Puisque nous serons mariés, donne-moi cela, que je le mette avec le mien.

CLAUDINE.

Je te le garde aussi bien que le baiser.

CLITANDRE [6].

Dis-moi, as-tu rendu mon billet à ta belle maîtresse ?

CLAUDINE.

Oui, elle est allée y répondre.

---

1. SCÈNE VI. (1734.)
2. *Il fouille dans sa poche.* (1672, 82, 1734.)
3. CLITANDRE, *donnant de l'argent à Claudine.* (1734.)
4. *Il lui donne de l'argent.* (1672, 82.)
5. LUBIN, *à Claudine.* (1734.)
6. CLITANDRE, *à Claudine.* (*Ibidem.*)

CLITANDRE.

Mais, Claudine, n'y a-t-il pas moyen que je la puisse
entretenir?

CLAUDINE.

Oui : venez avec moi, je vous ferai parler à elle.

CLITANDRE.

Mais le trouvera-t-elle bon? et n'y a-t-il rien à risquer?

CLAUDINE.

Non, non : son mari n'est pas au logis; et puis, ce
n'est pas lui qu'elle a le plus à ménager, c'est son père
et sa mère; et pourvu qu'ils soient prévenus[1], tout le
reste n'est point à craindre.

CLITANDRE.

Je m'abandonne à ta conduite[2].

LUBIN[3].

Testiguenne! que j'aurai là une habile femme! Elle
a de l'esprit comme quatre.

---

1. Pourvu qu'ils soient prévenus en sa faveur, qu'ils gardent leurs préventions en sa faveur. Comme le mot, lorsqu'il est pris absolument, peut prêter
à double acception, il est plus souvent, au sens qu'il a ici, accompagné d'un
régime (*d'une chose, sur une chose*, etc.) : voyez aux articles PRÉVENIR, 7°, et
PRÉVENU, 3°, les exemples cités par M. Littré.

2. Cette reprise de Clitandre est omise dans les éditions de 1672, 1674,
1682, et dans la copie Philidor.

3. LUBIN, *seul.* (1734.)

SCÈNE V.

GEORGE DANDIN, LUBIN.

GEORGE DANDIN[1].

Voici mon homme de tantôt. Plût au Ciel qu'il pût se résoudre à vouloir rendre témoignage au père et à la mère de ce qu'ils ne veulent point croire!

LUBIN.

Ah! vous voilà, Monsieur le babillard, à qui j'avois tant recommandé de ne point parler, et qui me l'aviez tant promis. Vous êtes donc un causeur, et vous allez redire ce que l'on vous dit en secret?

GEORGE DANDIN.

Moi?

LUBIN.

Oui. Vous avez été tout rapporter au mari, et vous êtes cause qu'il a fait du vacarme. Je suis bien aise de savoir que vous avez de la langue[2], et cela m'apprendra à ne vous plus rien dire.

GEORGE DANDIN.

Écoute, mon ami.

LUBIN.

Si vous n'aviez point babillé, je vous aurois conté ce qui se passe à cette heure; mais pour votre punition vous ne saurez rien du tout.

GEORGE DANDIN.

Comment? qu'est-ce qui se passe?

1. SCÈNE VII.
GEORGE DANDIN, LUBIN.
GEORGE DANDIN, *bas, à part.* (1734.)

2. L'expression se rencontre aussi dans *les Fourberies de Scapin* (acte III, scène IV) : « SILVESTRE. Vous aviez grande envie de babiller, et c'est avoir bien de la langue que de ne pouvoir se taire de ses propres affaires. »

LUBIN.

Rien, rien. Voilà ce que c'est d'avoir causé : vous
n'en tâterez plus, et je vous laisse sur la bonne bouche[1].

GEORGE DANDIN.

Arrête un peu.

LUBIN.

Point.

GEORGE DANDIN.

Je ne te veux dire qu'un mot.

LUBIN.

Nennin, nennin[2]. Vous avez envie de me tirer les vers
du nez.

GEORGE DANDIN.

Non, ce n'est pas cela.

LUBIN.

Eh ! quelque sot[3]. Je vous vois venir.

GEORGE DANDIN.

C'est autre chose. Écoute.

LUBIN.

Point d'affaire. Vous voudriez que je vous disse que
Monsieur le Vicomte vient de donner de l'argent à Claudine, et qu'elle l'a mené chez sa maîtresse. Mais je ne
suis pas si bête.

GEORGE DANDIN.

De grâce[4].

LUBIN.

Non.

1. Et vous n'aurez rien de mieux que le commencement d'histoire dont je
vous ai régalé tantôt.

2. Cette forme villageoise de *nenni* est sans doute à prononcer en nasali-
sant la première syllabe (*nan*); Cyrano Bergerac l'a écrite pour son paysan
Gareau : *nanain da* (acte II, scène II), *nanain vrament* (acte II, scène III).

3. Quelque sot se laisserait prendre; mais je n'ai garde : on a vu déjà ce
tour proverbial au vers 674 de *l'Étourdi*, et au vers 576 du *Tartuffe*. « Tigué !
queuque niais, » dit dans le même sens Gareau (acte II, scène III).

4. « De grâce.... », comme réticence, dans l'édition de 1734.

GEORGE DANDIN.

Je te donnerai....

LUBIN.

Tarare [1] !

SCÈNE VI.

GEORGE DANDIN [2].

Je n'ai pu me servir avec cet innocent de la pensée
que j'avois. Mais le nouvel avis qui lui est échappé
feroit la même chose, et si le galant est chez moi, ce
seroit pour avoir raison [3] aux yeux du père et de la mère,
et les convaincre pleinement de l'effronterie de leur
fille. Le mal de tout ceci, c'est que je ne sais comment
faire pour profiter d'un tel avis [4]. Si je rentre chez moi,
je ferai évader le drôle, et quelque chose que je puisse
voir moi-même de mon déshonneur, je n'en serai point
cru à mon serment [5], et l'on me dira que je rêve. Si,

---

1. Cette exclamation de refus moqueur est déjà au vers 1241 de *l'Étourdi.*
M. Littré rapproche de ce « mot de fantaisie » des syllabes analogues qui se
lisent dans *le Monologue Coquillart* (ou *le Monologue de la botte de foin*),
qui est du quinzième siècle (tome II des *OEuvres de Coquillart* dans la Collection Jannet, p. 216) :

> Nous parlâmes tarin tara,
> Puis de Monsieur, puis de ma dame.

De pareils mots sont d'étymologie bien incertaine. Peut-être, dans l'origine, chantait-on, plutôt qu'on ne disait, ces syllabes de *tarare.* Chantonner
quelque bribe d'un air connu, quelques syllabes de refrain, est une façon
populaire fort usitée de couper court ou renvoyer bien loin.

2. 　　　　　　　　SCÈNE VIII.
　　　　　GEORGE DANDIN, *seul.* (1734.)

3. Ce serait fait pour me donner raison, c'est ce qu'il me faudroit pour
avoir raison. Comparez, pour ce tour, les endroits indiqués tome V, p. 447,
note 4, et ci-dessus, p. 235, note 3.

4. De cet avis. (1734.)

5. 　　　　A mon serment on m'en peut croire,

dit Sosie au vers 824 d'*Amphitryon,* ci-dessus, p. 403.

d'autre part, je vais querir beau-père et belle-mère sans
être sûr de trouver chez moi le galant, ce sera la même
chose, et je retomberai dans l'inconvénient de tantôt.
Pourrois-je point[1] m'éclaircir doucement s'il y est encore?[2] Ah Ciel! il n'en faut plus douter, et je viens
de l'apercevoir par le trou de la porte. Le sort me donne
ici de quoi confondre ma partie[3]; et pour achever
l'aventure, il fait venir à point nommé les juges dont
j'avois besoin.

SCÈNE VII.

MONSIEUR et MADAME DE SOTENVILLE[4], GEORGE DANDIN.

GEORGE DANDIN.

Enfin vous ne m'avez pas voulu croire tantôt, et
votre fille l'a emporté sur moi; mais j'ai en main de
quoi vous faire voir comme elle m'accommode[5], et, Dieu
merci! mon déshonneur est si clair maintenant, que vous
n'en pourrez plus douter.

1. On a vu mainte fois dans ces phrases interrogatives la négation sup-
primée, en vers comme en prose, que l'interrogation fût directe ou indirecte :
par exemple aux vers 598 de *l'Étourdi* et 652 du *Dépit amoureux* (tome I,
p. 144 et 443), aux scènes I et III de *l'Impromptu de Versailles* (tome III,
p. 392, 3ᵉ couplet, et p. 414, 4ᵉ couplet) : voyez ce qui est dit à ce sujet au
tome II du *Lexique de Corneille*, p. 110.

2. *Après avoir été regarder par le trou de la serrure.* (1734.)

3. Encore un terme, ce semble, de campagnard processif; George Dandin
songe à plaider et à obtenir une séparation : voyez la fin de la scène III de
l'acte I, et ci-après, la fin de la scène III de l'acte III.

4.   SCÈNE IX.
       M. DE SOTENVILLE, Mᵐᵉ DE SOTENVILLE. (1734.)

5. Comme elle m'arrange, quelle figure elle me fait faire. « L'on vous
accommode de toutes pièces, » s'est dit George Dandin à lui-même (au commencement de son second monologue, acte I, scène III).

MONSIEUR DE SOTENVILLE.

Comment, mon gendre, vous en êtes encore là-dessus [1] ?

GEORGE DANDIN.

Oui, j'y suis, et jamais je n'eus tant de sujet d'y être.

MADAME DE SOTENVILLE.

Vous nous venez encore étourdir la tête [2] ?

GEORGE DANDIN.

Oui, Madame, et l'on fait bien pis à la mienne.

MONSIEUR DE SOTENVILLE.

Ne vous lassez-vous point de vous rendre importun ?

GEORGE DANDIN.

Non ; mais je me lasse fort d'être pris pour dupe.

MADAME DE SOTENVILLE.

Ne voulez-vous point vous défaire de vos pensées extravagantes ?

GEORGE DANDIN.

Non, Madame ; mais je voudrois bien me défaire d'une femme qui me déshonore.

MADAME DE SOTENVILLE.

Jour de Dieu ! notre gendre, apprenez à parler.

MONSIEUR DE SOTENVILLE.

Corbleu ! cherchez des termes moins offensants que ceux-là.

GEORGE DANDIN.

Marchand qui perd ne peut rire [3].

MADAME DE SOTENVILLE.

Souvenez-vous que vous avez épousé une Demoiselle.

---

1. Vous êtes resté sur ces soupçons? — Les éditions de 1672, 82, 84 A, 94 B, 97, 1710, 18 omettent *en*.

2. Vous nous venez étourdir la tête? (1672, 82, 97, 1710, 18, 30, 33.)

3. Proverbe tout bourgeois ou paysan, naturel chez un homme qui gère lui-même ses biens, traite directement de la vente de ses denrées.

GEORGE DANDIN.

Je m'en souviens assez, et ne m'en souviendrai que trop.

MONSIEUR DE SOTENVILLE.

Si vous vous en souvenez, songez donc à parler d'elle avec plus de respect.

GEORGE DANDIN.

Mais que ne songe-t-elle plutôt à me traiter plus honnêtement ? Quoi ? parce qu'elle est Demoiselle, il faut qu'elle ait la liberté de me faire ce qui lui plaît, sans que j'ose souffler ?

MONSIEUR DE SOTENVILLE.

Qu'avez-vous donc, et que pouvez-vous dire ? N'avez-vous pas vu ce matin qu'elle s'est défendue de connoître celui dont vous m'étiez venu parler ?

GEORGE DANDIN.

Oui. Mais vous, que pourrez-vous dire si je vous fais voir maintenant que le galant est avec elle ?

MADAME DE SOTENVILLE.

Avec elle ?

GEORGE DANDIN.

Oui, avec elle, et dans ma maison ?

MONSIEUR DE SOTENVILLE.

Dans votre maison ?

GEORGE DANDIN.

Oui, dans ma propre maison.

MADAME DE SOTENVILLE.

Si cela est, nous serons pour vous contre elle.

MONSIEUR DE SOTENVILLE.

Oui : l'honneur de notre famille nous est plus cher que toute chose ; et si vous dites vrai, nous la renonce-rons pour notre sang, et l'abandonnerons à votre colère.

GEORGE DANDIN.

Vous n'avez qu'à me suivre.

MADAME DE SOTENVILLE.

Gardez de vous tromper.

MONSIEUR DE SOTENVILLE.

N'allez pas faire comme tantôt.

GEORGE DANDIN.

Mon Dieu! vous allez voir.[1] Tenez, ai-je menti?

SCÈNE VIII.

ANGÉLIQUE, CLITANDRE, CLAUDINE, MON-
SIEUR et MADAME DE SOTENVILLE, GEORGE
DANDIN.

ANGÉLIQUE [2].

Adieu. J'ai peur qu'on vous surprenne ici[3], et j'ai
quelques mesures à garder.

CLITANDRE.

Promettez-moi donc, Madame, que je pourrai vous
parler cette nuit.

ANGÉLIQUE.

J'y ferai mes efforts.

GEORGE DANDIN [4].

Approchons doucement par derrière, et tâchons de
n'être point vus.

---

1. *Montrant Clitandre qui sort avec Angélique.* (1734.)

2.   SCÈNE X.
M. DE SOTENVILLE *et* Mme DE SOTENVILLE *avec* GEORGE DANDIN, *dans
le fond du théâtre.*
ANGÉLIQUE, *à Clitandre.* (*Ibidem.*)

3. J'ai peur qu'on ne vous surprenne ici. (1672, 74, 82; la copie Philidor
a : « ne nous » au lieu de « ne vous ».) Mais la négation était souvent omise
après les mots ou locutions analogues à *j'ai peur*: voyez ci-dessus, p. 447, note 1.

4. GEORGE DANDIN, *à M. et à Mme de Sotenville.* (1734.)

CLAUDINE.

Ah! Madame, tout est perdu : voilà votre père et votre mère, accompagnés de votre mari.

CLITANDRE.

Ah Ciel!

ANGÉLIQUE.

Ne faites pas semblant de rien[1], et me laissez faire tous deux. Quoi[2]? vous osez en user de la sorte, après l'affaire de tantôt; et c'est ainsi que vous dissimulez vos sentiments? On me vient rapporter que vous avez de l'amour pour moi, et que vous faites des desseins de me solliciter[3]; j'en témoigne mon dépit, et m'explique à vous clairement en présence de tout le monde; vous niez hautement la chose, et me donnez parole de n'avoir aucune pensée de m'offenser; et cependant, le même jour, vous prenez la hardiesse de venir chez moi me rendre visite, de me dire que vous m'aimez, et de me faire cent sots contes pour me persuader de répondre à vos extravagances : comme si j'étois femme à violer la foi que j'ai donnée à un mari, et m'éloigner jamais de la vertu que mes parents m'ont enseignée. Si mon père savoit cela, il vous apprendroit bien à

1. La phrase se retrouve, construite tout à fait de même, vers la fin de la dernière scène du *Bourgeois gentilhomme; rien* (du latin *rem*) n'y a pas sa valeur ordinaire d'appui et par suite partie de négation, mais garde son sens originaire et détaché de (*quelque*) *chose :* « Ne faites pas semblant de quelque chose, ou qu'il y ait quelque chose. » Bélise et Philaminte n'auraient donc pu trouver dans ce « *pas* mis avec *rien* » une négative de trop, il n'y a point ici ce double renforcement de la négative *ne* qu'elles ne peuvent passer à Martine (scène VI de l'acte II des *Femmes savantes*). Comparez, dix-sept lignes plus loin, l'emploi si fréquent de *rien* dans le tour : « je n'ai garde de lui en rien dire. »

2. CLITANDRE, *à part.* Ah Ciel! ANGÉLIQUE, *bas, à Clitandre et à Claudine.* Ne faites pas semblant, etc. (*Haut, à Clitandre.*) Quoi? (1734.)

3. Que vous projetez de.... Voyez le *Lexique de la langue de Corneille* (tome I, p. 237 et 288), où il est parlé d'une critique mal fondée, de Voltaire, des locutions « faire un dessein, des desseins, » L'Académie donne la première jusqu'à sa 5ᵉ édition inclusivement.

tenter de ces entreprises. Mais[1] une honnête femme n'aime point les éclats;[2] je n'ai garde de lui en rien dire,[3] et je veux vous montrer que, toute femme que je suis, j'ai assez de courage pour me venger moi-même des offenses que l'on me fait. L'action que vous avez faite n'est pas d'un gentilhomme, et ce n'est pas en gentilhomme aussi[4] que je veux vous traiter.

(Elle prend un bâton et bat son mari, au lieu de Clitandre, qui se met entre-deux[5].)

CLITANDRE[6].

Ah! ah! ah! ah! ah! doucement.[7]

CLAUDINE.

Fort, Madame[8], frappez comme il faut.

ANGÉLIQUE[9].

S'il vous demeure quelque chose sur le cœur, je suis pour vous répondre[10].

CLAUDINE.

Apprenez à qui vous vous jouez.

1. Comparez ce que dit Elmire dans *le Tartuffe* (vers 1032-1034).
2. *Elle fait signe à Claudine d'apporter un bâton.* (1672, 82.)
3. *Après avoir fait signe à Claudine d'apporter un bâton.* (1734.)
4. On sait qu'*aussi* s'employait fréquemment autrefois, dans les tours négatifs, au lieu de notre *non plus;* et, d'après la construction, c'est bien là le sens qu'il paraît avoir ici, plutôt que celui de « (et) de même, (et) conséquemment. » Voyez les *Lexiques* divers de la Collection.
5. *Elle prend le bâton et bat son mari, au lieu de Clitandre, qui met George Dandin entre-deux.* (1672, 82.) — *Angélique prend le bâton, et le lève sur Clitandre, qui se range de façon que les coups tombent sur George Dandin.* (1734.) — Le texte original porte : « au lieu de Clitandre, qui se met entre-deux. » La situation force, ce semble, à substituer *le* à *se*, ou à supposer quelque interversion de mots, et à rapprocher *qui se met entre-deux* de son *mari.*
6. CLITANDRE, *criant comme s'il avoit été frappé.* (1734.)
7. *Puis il s'enfuit.* (1672, 82.)
8.   SCÈNE XI.
M. DE SOTENVILLE, Mme DE SOTENVILLE, ANGÉLIQUE, GEORGE DANDIN, CLAUDINE.
CLAUDINE.
Fort, Madame. (1734.)
9. ANGÉLIQUE, *faisant semblant de parler à Clitandre.* (1672, 82, 1734.)
10. Je suis pour répondre. (1672, 82, 97, 1710.)

ANGÉLIQUE[1].

Ah mon père, vous êtes là !

MONSIEUR DE SOTENVILLE.

Oui, ma fille, et je vois qu'en sagesse et en courage
tu te montres un digne rejeton de la maison de Sotenville. Viens çà, approche-toi que je t'embrasse.

MADAME DE SOTENVILLE.

Embrasse-moi aussi, ma fille. Las ! je pleure de joie,
et reconnois mon sang aux choses que tu viens de faire.

MONSIEUR DE SOTENVILLE.

Mon gendre, que vous devez être ravi, et que cette
aventure est pour vous pleine de douceurs ! Vous aviez
un juste sujet de vous alarmer ; mais vos soupçons se
trouvent dissipés le plus avantageusement du monde.

MADAME DE SOTENVILLE.

Sans doute, notre gendre, et vous devez[2] maintenant
être le plus content des hommes.

CLAUDINE.

Assurément. Voilà une femme, celle-là. Vous êtes
trop heureux de l'avoir, et vous devriez baiser les pas
où elle passe[3].

GEORGE DANDIN.

Euh[4] ! traîtresse !

MONSIEUR DE SOTENVILLE.

Qu'est-ce, mon gendre ? Que ne remerciez-vous un
peu votre femme de l'amitié que vous voyez qu'elle
montre pour vous ?

ANGÉLIQUE.

Non, non, mon père, il n'est pas nécessaire. Il ne

1. ANGÉLIQUE, *faisant l'étonnée*. (1734.)
2. Sans doute, notre gendre, vous devez. (1672, 74, 82, 1734.)
3. Les pas par où elle passe. (1734.) — Nous lisons de même chez Mme de
Sévigné (il s'agit de Turenne ; *lettre* du 12 août 1675, tome II, p. 45) :
« Baisez les pas par où il passe. »
4. GEORGE DANDIN, *à part*. Hé ! (1734.)

m'a aucune obligation de ce qu'il vient de voir, et tout ce que j'en fais n'est que pour l'amour de moi-même.

MONSIEUR DE SOTENVILLE.

Où allez-vous, ma fille?

ANGÉLIQUE.

Je me retire, mon père, pour ne me voir point obligée à recevoir ses compliments.

CLAUDINE [1].

Elle a raison d'être en colère. C'est une femme qui mérite d'être adorée, et vous ne la traitez pas comme vous devriez.

GEORGE DANDIN.

Scélérate!

MONSIEUR DE SOTENVILLE.

C'est [2] un petit ressentiment de l'affaire de tantôt, et cela se passera avec un peu de caresse que vous lui ferez. Adieu, mon gendre, vous voilà en état de ne vous plus inquiéter. Allez-vous-en faire la paix ensemble, et tâchez de l'apaiser par des excuses de votre emportement.

MADAME DE SOTENVILLE.

Vous devez considérer que c'est une jeune fille [3] élevée à la vertu [4], et qui n'est point accoutumée à se voir soupçonner d'aucune vilaine action. Adieu. Je suis

---

1. CLAUDINE, à *George Dandin.* (1734.)
2. GEORGE DANDIN, *à part.* Scélérate!

SCÈNE XII.

M. DE SOTENVILLE, Mme DE SOTENVILLE, GEORGE DANDIN.

M. DE SOTENVILLE.

C'est.... (*Ibidem.*)

3. Que c'est une fille. (1672, 74, 82.)

4. Instruite à la vertu. Parlant de l'éducation donnée aux jeunes filles par les religieuses de Port-Royal, Racine a dit de même (tome IV, p. 427) : « On ne se contentoit pas de les élever à la piété, on prenoit aussi un très-grand soin de leur former l'esprit et la raison. »

ravie de voir vos désordres finis[1] et des transports de
joie que vous doit donner sa conduite.

GEORGE DANDIN[2].

Je ne dis mot, car je ne gagnerois rien à parler, et
jamais[3] il ne s'est rien vu d'égal à ma disgrâce. Oui,
j'admire mon malheur, et la subtile adresse de ma
carogne de femme pour se donner toujours raison, et
me faire avoir tort. Est-il possible que toujours j'aurai
du dessous[4] avec elle, que les apparences toujours tour-
neront contre moi, et que je ne parviendrai point à
convaincre mon effrontée? O Ciel, seconde mes desseins, et m'accorde la grâce de faire voir aux gens que
l'on me déshonore[5].

1. De voir vos discords, les troubles de votre ménage finis, de voir enfin
chez vous toutes choses remises dans l'ordre.

2. *   SCÈNE XIII.
GEORGE DANDIN, *seul.* (1734.)

3. A parler, jamais. (1672, 82, 97, 1710, 18, 30.) — A parler. Jamais.
(1734.)

4. Le partitif *du dessous* signifierait proprement : « plus ou moins le
dessous; » mais il est bien ici l'équivalent de *le dessous*.

5. Auger dit ici, dans une note qui appelle l'attention sur la marche de
la pièce : « Tous les éléments dont le premier acte est formé se retrouvent
exactement dans celui-ci... : les confidences de Lubin, les monologues de
George Dandin, l'impudence de Clitandre, d'Angélique et de Claudine, enfin
la sotte obstination de M. et de Mme de Sotenville. C'est la même situation qui continue, ce sont les mêmes moyens qui sont mis en jeu; mais la
situation devient plus vive et plus forte de scène en scène; mais les moyens,
quoique semblables au fond, sont variés dans la forme, avec un art qui les fait
paraître nouveaux. »

FIN DU SECOND ACTE.

ACTE III.

SCÈNE PREMIÈRE.

CLITANDRE, LUBIN.

CLITANDRE.

La nuit est avancée, et j'ai peur[1] qu'il ne soit trop tard. Je ne vois point à me conduire. Lubin!

LUBIN.

Monsieur?

CLITANDRE.

Est-ce par ici?

LUBIN.

Je pense que oui. Morgué! voilà une sotte nuit, d'être si noire que cela.

CLITANDRE.

Elle a tort assurément; mais si d'un côté elle nous empêche de voir, elle empêche de l'autre que nous ne soyons vus.

LUBIN.

Vous avez raison, elle n'a pas tant de tort. Je voudrois bien savoir, Monsieur, vous qui êtes savant, pourquoi il ne fait point jour la nuit.

CLITANDRE.

C'est une grande question, et qui est difficile. Tu es curieux, Lubin[2].

LUBIN.

Oui. Si j'avois étudié, j'aurois été songer à des choses où on n'a jamais songé.

1. La nuit est avancée, j'ai peur. (1672, 82, 92, 97, 1710, 18, 3o.)
2. Tu es curieux, Lubin? (1734.)

CLITANDRE.

Je le crois. Tu as la mine d'avoir l'esprit subtil et
pénétrant.

LUBIN.

Cela est vrai. Tenez, j'explique du latin, quoique
jamais je ne l'aie appris, et voyant l'autre jour écrit sur
une grande porte *collegium*, je devinai que cela vouloit
dire collége.

CLITANDRE.

Cela est admirable! Tu sais donc lire, Lubin?

LUBIN.

Oui, je sais lire la lettre moulée[1] ; mais je n'ai jamais
su apprendre à lire l'écriture.

CLITANDRE.

Nous voici contre la maison.[2] C'est le signal que m'a
donné[3] Claudine.

LUBIN.

Par ma foi! c'est une fille qui vaut de l'argent, et je
l'aime de tout mon cœur.

CLITANDRE.

Aussi t'ai-je amené avec moi pour l'entretenir.

LUBIN.

Monsieur, je vous suis....

CLITANDRE.

Chut! J'entends quelque bruit.

---

1. Auger cite ce vers du rôle d'un valet, dans *l'Esprit follet* de d'Ouville
(1641, acte II, scène III) :

Je lis bien le moulé, mais non pas l'écriture.

Le Paysan du *Pédant joué* (1654) de Cyrano Bergerac désigne aussi plusieurs
fois par le même mot de *moulé* des caractères imprimés : « Oui luiset (*il
lisait*) dans le moulé » (p. 49 de l'édition de 1671). « Tout ça étet vray,
car oui étet moulé » (p. 42). « Ce n'est que de l'écriture qui n'est pas vraye,
car ol n'est pas moulée » (p. 53).

2. *Après avoir frappé dans ses mains.* (1734.)

3. Que m'a donné à faire, que m'a indiqué, prescrit.

SCÈNE II.

ANGÉLIQUE, CLAUDINE, CLITANDRE, LUBIN.

ANGÉLIQUE.

Claudine.

CLAUDINE.

Hé bien?

ANGÉLIQUE.

Laisse la porte entr'ouverte.

CLAUDINE.

Voilà qui est fait.

CLITANDRE [1].

Ce sont elles. St.

ANGÉLIQUE.

St.

LUBIN.

St.

CLAUDINE.

St.

CLITANDRE, à Claudine [2].

Madame.

ANGÉLIQUE, à Lubin [3].

Quoi?

---

1. *Scène de nuit. Les acteurs se cherchent les uns les autres, dans l'obscurité.*

CLITANDRE, *à Lubin.* (1734.)

— Comme le fait remarquer Auger, cette scène de nuit, ces méprises dans l'obscurité, et, à la scène IV, les lazzi prolongés et répétés auxquels donne lieu la somnolence du valet Colin, rappellent tout à fait le jeu des farces italiennes. — Dans cet acte final du *Mariage de Figaro* (1784) qui a pour théâtre la salle des marronniers, acte qui à lui seul est comme une comédie dans la grande et dont l'intrigue se mêle et se démêle tout entière dans les ténèbres, on peut dire qu'il y a plus d'une réminiscence de ces scènes de *George Dandin.*

2. CLITANDRE, *à Claudine, qu'il prend pour Angélique.* (1734.)

3. ANGÉLIQUE, *à Lubin, qu'elle prend pour Clitandre.* (*Ibidem.*)

LUBIN, à Angélique [1].

Claudine.

CLAUDINE, à Clitandre [2].

Qu'est-ce ?

CLITANDRE, à Claudine [3].

Ah! Madame, que j'ai de joie!

LUBIN, à Angélique [4].

Claudine, ma pauvre Claudine.

CLAUDINE, à Clitandre.

Doucement, Monsieur.

ANGÉLIQUE, à Lubin.

Tout beau, Lubin.

CLITANDRE.

Est-ce toi, Claudine ?

CLAUDINE.

Oui.

LUBIN.

Est-ce vous, Madame ?

ANGÉLIQUE.

Oui.

CLAUDINE [5].

Vous avez pris l'une pour l'autre.

LUBIN [6].

Ma foi, la nuit, on n'y voit goutte.

ANGÉLIQUE.

Est-ce pas vous, Clitandre?

CLITANDRE.

Oui, Madame.

1. LUBIN, *à Angélique, qu'il prend pour Claudine.* (1734.)
2. CLAUDINE, *à Clitandre, qu'elle prend pour Lubin.* (*Ibidem.*)
3. CLITANDRE, *ayant rencontré Claudine.* (1672, 82.) — CLITANDRE, *à Claudine, croyant parler à Angélique.* (1734.)
4. LUBIN, *ayant rencontré Angélique.* (1672, 82.) — LUBIN, *à Angélique, croyant parler à Claudine.* (1734.)
5. CLAUDINE, *à Clitandre.* (1734.)
6. LUBIN, *à Angélique.* (1672, 82, 1734.)

ANGÉLIQUE.

Mon mari ronfle comme il faut, et j'ai pris ce temps pour nous entretenir ici.

CLITANDRE.

Cherchons quelque lieu pour nous asseoir.

CLAUDINE.

C'est fort bien avisé.

(Ils vont s'asseoir au fond du théâtre[1].)

LUBIN[2].

Claudine, où est-ce que tu es?

SCÈNE III.

GEORGE DANDIN, LUBIN.

GEORGE DANDIN[3].

J'ai entendu descendre ma femme, et je me suis vite habillé pour descendre après elle. Où peut-elle être allée? seroit-elle sortie?

LUBIN.

(Il prend George Dandin pour Claudine.)

Où es-tu donc, Claudine? Ah[4]! te voilà. Par ma foi, ton maître est plaisamment attrapé, et je trouve ceci aussi drôle que les coups de bâton de tantôt dont on m'a fait récit. Ta maîtresse dit qu'il ronfle, à cette heure, comme tous les diantres, et il ne sait pas que

---

1. *Ils vont s'asseoir au fond du théâtre sur un gazon, au pied d'un arbre.* (1672, 82.) — *Angélique, Clitandre et Claudine vont s'asseoir dans le fond du théâtre.* (1734.)

2. LUBIN, *cherchant Claudine.* (1734.)

3. ANGÉLIQUE, CLITANDRE *et* CLAUDINE, *assis au fond du théâtre;* GEORGE DANDIN, *à moitié déshabillé,* LUBIN.
    GEORGE DANDIN, *à part.* (*Ibidem.*)

4. LUBIN, *cherchant toujours Claudine. Où es-tu donc, Claudine?* (*Prenant George Dandin pour Claudine.*) *Ah!* (*Ibidem.*)

Monsieur le Vicomte et elle sont ensemble pendant
qu'il dort. Je voudrois bien savoir quel songe il fait
maintenant. Cela est tout à fait risible ! De quoi s'avise-
t-il aussi d'être jaloux de sa femme, et de vouloir
qu'elle soit à lui tout seul? C'est un impertinent, et
Monsieur le Vicomte lui fait trop d'honneur[1]. Tu ne dis
mot, Claudine. Allons, suivons-les, et me donne ta
petite menotte que je la baise. Ah! que cela est doux!
il me semble que je mange des confitures. (Comme il
baise la main de Dandin, Dandin la lui pousse rudement au visage.)
Tubleu[2]! comme vous y allez! Voilà une petite menotte
qui est un peu bien rude.

GEORGE DANDIN.

Qui va là ?

LUBIN.

Personne.

GEORGE DANDIN.

Il fuit, et me laisse informé de la nouvelle perfidie
de ma coquine. Allons, il faut que sans tarder j'envoie
appeler son père et sa mère, et que cette aventure me
serve à me faire séparer d'elle. Holà! Colin, Colin.

---

1. La pièce a trois actes, et chaque acte contient une confidence de Lubin
à George Dandin : voici la troisième. Celle-ci est faite par méprise; mais,
dans les deux premières, Lubin avait poussé l'indiscrétion de la simplicité
aussi loin qu'elle pouvait aller; il n'était plus possible d'user du même moyen,
et d'ailleurs il en fallait trouver un autre pour varier. La scène de nuit le
fournissait tout naturellement à Molière. (*Note d'Auger.*)

2. *A George Dandin, qu'il prend toujours pour Claudine, et qui le re-
pousse rudement.* Tu-Dieu ! (1734.)

SCÈNE IV.

COLIN, GEORGE DANDIN[1].

COLIN, à la fenêtre.

Monsieur.

GEORGE DANDIN.

Allons vite, ici-bas[2].

COLIN, en sautant[3] par la fenêtre.

M'y voilà : on ne peut pas plus vite.

GEORGE DANDIN.

Tu es là ?

COLIN.

Oui, Monsieur.

(Pendant qu'il va lui parler[4] d'un côté, Colin va de l'autre.)

GEORGE DANDIN[5].

Doucement. Parle bas. Écoute. Va-t'en chez mon beau-père et ma belle-mère, et dis que je les prie très-instamment de venir tout à l'heure ici. Entends-tu ? Eh? Colin, Colin.

COLIN, de l'autre côté[6].

Monsieur.

1. ANGÉLIQUE *et* CLITANDRE, *avec* CLAUDINE *et* LUBIN, *assis au fond du théâtre*, GEORGE DANDIN, COLIN. (1734.)

2. Allons vite, descends. — *Ici-bas* ne se prend plus dans cette acception; mais l'Académie, dans ses cinq premières éditions, l'entend tout à fait de même dans l'exemple « Venez ici-bas. » La 1re (1694) donne de plus au même sens : « Il est ici-bas. »

3. COLIN, *sautant,* etc. (1734.)

4. Tel est le texte des éditions de 1672 et de 1682. L'édition originale, celle de 1674, ainsi que les trois étrangères, portent : *les voit parler.* C'est évidemment une faute d'impression ; on peut seulement hésiter, pour la correction, entre *veut* et *va.*

5. *Pendant que George Dandin va chercher Colin du côté où il a entendu sa voix, Colin passe de l'autre, et s'endort.*
GEORGE DANDIN, *se tournant du côté où il croit qu'est Colin.* (1734.)

6. COLIN, *de l'autre côté, se réveillant.* (*Ibidem.*)

GEORGE DANDIN.

Où diable es-tu?

COLIN.

Ici.

GEORGE DANDIN.

(Comme ils se vont tous deux chercher, l'un passe d'un côté, et l'autre de l'autre.)

Peste soit du maroufle qui s'éloigne de moi[1]! Je te dis que tu ailles de ce pas trouver mon beau-père et ma belle-mère, et leur dire que je les conjure de se rendre ici tout à l'heure. M'entends-tu bien? Réponds. Colin, Colin.

COLIN, de l'autre côté[2].

Monsieur.

GEORGE DANDIN.

Voilà un pendard qui me fera enrager. Viens-t'en à moi. (Ils se cognent[3].) Ah! le traître! il m'a estropié. Où est-ce que tu es? Approche, que je te donne mille coups. Je pense qu'il me fuit.

COLIN.

Assurément.

GEORGE DANDIN.

Veux-tu venir?

COLIN.

Nenni, ma foi!

GEORGE DANDIN.

Viens, te dis-je.

COLIN.

Point : vous me voulez battre.

1. *Pendant que George Dandin retourne du côté où il croit que Colin est resté, Colin, à moitié endormi, passe de l'autre, et se rendort.* (1734.)

2. COLIN, *de l'autre côté, se réveillant.* (*Ibidem.*)

3. *Ils se cognent, et tombent tous deux.* (1672, 82.) — *Ils se rencontrent, et tombent tous deux.* (1734.)

GEORGE DANDIN.

Hé bien! non. Je ne te ferai rien.

COLIN.

Assurément?

GEORGE DANDIN.

Oui. Approche. Bon.[1] Tu es bien heureux de ce que j'ai besoin de toi. Va-t'en vite de ma part prier mon beau-père et ma belle-mère de se rendre ici le plus tôt qu'ils pourront, et leur dis que c'est pour une affaire de la dernière conséquence; et s'ils faisoient quelque difficulté à cause de l'heure, ne manque pas de les presser, et de leur bien faire entendre qu'il est très-important qu'ils viennent, en quelque état qu'ils soient. Tu m'entends bien maintenant?

COLIN.

Oui, Monsieur.

GEORGE DANDIN.

Va vite, et reviens de même.[2] Et moi, je vais rentrer dans ma maison, attendant que.... Mais j'entends quelqu'un. Ne seroit-ce point ma femme? Il faut que j'écoute, et me serve de l'obscurité qu'il fait.[3]

SCÈNE V.

CLITANDRE, ANGÉLIQUE, GEORGE DANDIN,
CLAUDINE, LUBIN.

ANGÉLIQUE[4].

Adieu. Il est temps de se retirer.

---

1. *A Colin, qu'il tient par le bras.* (1734.)
2. *Se croyant seul. (Ibidem.)*
3. *George Dandin se range près la porte de sa maison. (Ibidem.)*
4. ANGÉLIQUE, CLITANDRE, CLAUDINE, LUBIN, GEORGE DANDIN.
ANGÉLIQUE, *à Clitandre. (Ibidem.)*

CLITANDRE.

Quoi? si tôt?

ANGÉLIQUE.

Nous nous sommes assez entretenus.

CLITANDRE.

Ah! Madame, puis-je assez vous entretenir, et trouver
en si peu de temps toutes les paroles dont j'ai besoin?
Il me faudroit des journées entières pour me bien expliquer à vous de tout ce que je sens[1], et je ne vous ai pas
dit encore la moindre partie de ce que j'ai à vous dire.

ANGÉLIQUE.

Nous en écouterons une autre fois davantage.

CLITANDRE.

Hélas! de quel coup me percez-vous l'âme lorsque
vous parlez[2] de vous retirer, et avec combien de chagrins[3] m'allez-vous laisser maintenant?

ANGÉLIQUE.

Nous trouverons moyen de nous revoir.

CLITANDRE.

Oui; mais je songe qu'en me quittant, vous allez
trouver un mari. Cette pensée m'assassine, et les priviléges qu'ont les maris sont des choses cruelles pour un
amant qui aime bien.

ANGÉLIQUE.

Serez-vous assez fort[4] pour avoir cette inquiétude,
et pensez-vous qu'on soit capable d'aimer de certains
maris qu'il y a? On les prend, parce qu'on ne s'en peut

---

1. Voyez dans le *Dictionnaire de M. Littré*, à l'article EXPLIQUER, 8°, les
exemples de Bossuet, de Bourdaloue et de la Bruyère où *s'expliquer* est,
comme ici, construit avec *de*.

2 Lorsque vous me parlez. (1718, 30, 33, 34.)

3. De chagrin. (1697, 1710, 18, 30, 33, 34.)

4. Seriez-vous. (1718, 30, 33.) — Ce mot *fort*, qui est la leçon de l'édition
originale, paraît étrange ici, et, comme ironie, se comprend à peine; les textes
de 1672, 1674, 1682, 1734 y substituent *foible* : n'est-ce pas plus probablement *fou* qu'il faut lire?

défendre, et que l'on dépend de parents qui n'ont des
yeux que pour le bien[1]; mais on sait leur rendre justice,
et l'on se moque fort de les considérer au delà de ce
qu'ils méritent.

GEORGE DANDIN[2].

Voilà nos carognes de femmes.

CLITANDRE.

Ah! qu'il faut avouer que celui qu'on vous a donné
étoit peu digne de l'honneur qu'il a reçu, et que c'est
une étrange chose que l'assemblage[3] qu'on a fait d'une
personne comme vous avec un homme comme lui!

GEORGE DANDIN, à part.

Pauvres maris! voilà comme on vous traite.

CLITANDRE.

Vous méritez sans doute une toute autre destinée, et le
Ciel ne vous a point faite pour être la femme d'un paysan[4].

GEORGE DANDIN.

Plût au Ciel fût-elle la tienne! tu changerois bien
de langage[5]. Rentrons; c'en est assez.

(Il entre et ferme la porte[6].)

1. Pour les biens, pour la fortune. — 2. GEORGE DANDIN, *à part*. (1734.)
3. Sur ce mot d'*assemblage*, voyez ci-dessus, p. 456, la note 2 au vers
1695 d'*Amphitryon*.
4. Auger rappelle que Dom Juan tient à peu près le même langage à
Charlotte, l'accordée de Pierrot (acte II, scène II, tome V, p. 117) : « Quoi?
une personne comme vous seroit la femme d'un simple paysan! Non, non :
c'est profaner tant de beautés, et vous n'êtes pas née pour demeurer dans un
village. Vous méritez sans doute une meilleure fortune. »
5. La phrase est ainsi ponctuée, avec une virgule de plus devant *fût*, dans
les éditions de 1697, 1710, 18, 30, 33, 34, et nous avons vu le même tour
employé par Molière, à l'exemple de Rotrou, dans le vers 447 d'*Amphitryon*.
Il y a une autre coupe dans les textes plus anciens, jusqu'à celui de 1694
inclusivement : « Plût au Ciel! fût-elle la tienne, tu changerais bien de langage. » Mais nous croyons que, jadis comme aujourd'hui, cela eût voulu dire,
sens impossible ici : « quand bien même elle serait la tienne, » et non : « si
elle était, etc. »
6. *George Dandin, étant rentré, ferme la porte en dedans.*

SCÈNE VI.

ANGÉLIQUE, CLITANDRE, CLAUDINE, LUBIN. (1734.)

CLAUDINE.

Madame, si vous avez à dire du mal de votre mari,
dépêchez vite, car il est tard.

CLITANDRE.

Ah! Claudine, que tu es cruelle!

ANGÉLIQUE [1].

Elle a raison. Séparons-nous.

CLITANDRE.

Il faut donc s'y résoudre, puisque vous le voulez.
Mais au moins je vous conjure de me plaindre un peu
des méchants moments que je vais passer.

ANGÉLIQUE.

Adieu.

LUBIN.

Où es-tu, Claudine, que je te donne le bonsoir?

CLAUDINE.

Va, va, je le reçois de loin, et je t'en renvoie autant. -

SCÈNE VI[2].

ANGÉLIQUE, CLAUDINE, GEORGE DANDIN[3].

ANGÉLIQUE.

Rentrons sans faire de bruit.

1. ANGÉLIQUE, à *Clitandre.* (1734.)

2. Voyez un premier canevas, tout bouffon, de cette scène et de la suivante
dans *la Jalousie du Barbouillé* (scènes X-XII, p. 37-43 de notre tome I) : on
trouvera là rapprochées, dans les notes, quelques expressions, quelques
phrases de la farce et de la comédie ou toutes semblables ou d'une ressemblance assez frappante. — Sur les deux nouvelles de Boccace que Molière a
mises à profit pour la fin de sa pièce, et sur quelques autres contes du moyen
âge où se trouve la péripétie comique qui va amener l'irrémédiable confusion
de George Dandin, voyez la *Notice,* p. 481-490.

3.   SCÈNE VII.
              ANGÉLIQUE, CLAUDINE. (1734.)

CLAUDINE.

La porte s'est fermée.

ANGÉLIQUE.

J'ai le passe-partout.

CLAUDINE.

Ouvrez donc doucement.

ANGÉLIQUE.

On a fermé en dedans, et je ne sais comment nous ferons.

CLAUDINE.

Appelez le garçon qui couche là.

ANGÉLIQUE.

Colin, Colin, Colin.

GEORGE DANDIN, mettant la tête à sa fenêtre[1].

Colin, Colin? Ah! je vous y prends donc, Madame ma femme, et vous faites des escampativos[2] pendant que je dors. Je suis bien aise de cela, et de vous voir dehors à l'heure qu'il est.

ANGÉLIQUE.

Hé bien! quel grand mal est-ce qu'il y a à prendre le frais de la nuit?

1. *A la fenêtre.* (1672, 74, 82.) —

SCÈNE VIII.

GEORGE DANDIN, ANGÉLIQUE, CLAUDINE.

GEORGE DANDIN, *à la fenêtre.* (1734.)

2. Vous faites des fugues. *Escampativos* est, d'après M. Littré, une « forme burlesque tirée d'*escamper* (*vieux mot qui se disait pour* se retirer, s'enfuir), ou peut-être du latin macaronique *escampate vos.* » — « C'est, dit M. Adelphe Espagne (p. 18 de sa brochure intitulée *des Influences provençales dans la langue de Molière*), la conversion en substantif, avec le changement du *te* en *ti*, de la locution verbale *escampate vos,* « vous décampez, vous allez par les champs. » On dit à un enfant importun : *escampa-te,* « échappe-toi, va courir les champs, » pour dire : « laisse-moi tranquille. » M. Littré a relevé, dans *la Vraie histoire comique de Francion* par Charles Sorel (livre IV, p. 249 de l'édition de 1641; p. 156 de l'édition de M. Colombey), un exemple du mot employé au singulier : « Je suis las d'attendre, je m'en vais faire un petit escampativos et danser ici moi-même, si tu ne viens tout à cette heure, »

GEORGE DANDIN.

Oui, oui, l'heure est bonne à prendre le frais. C'est bien plutôt le chaud, Madame la coquine; et nous savons toute l'intrigue du rendez-vous, et du Damoiseau. Nous avons entendu votre galant entretien, et les beaux vers à ma louange que vous avez dits l'un et l'autre. Mais ma consolation, c'est que je vais être vengé, et que votre père et votre mère seront convaincus maintenant de la justice de mes plaintes, et du déréglement de votre conduite. Je les ai envoyé querir, et ils vont être ici dans un moment.

ANGÉLIQUE[1].

Ah Ciel !

CLAUDINE.

Madame.

GEORGE DANDIN.

Voilà un coup sans doute où vous ne vous attendiez pas. C'est maintenant que je triomphe, et j'ai de quoi mettre à bas[2] votre orgueil, et détruire vos artifices. Jusques ici vous avez joué mes accusations[3], ébloui vos parents, et plâtré vos malversations[4]. J'ai eu beau voir,

---

1. ANGÉLIQUE, *à part.* (1734.)

2. Sur cette expression très-usitée au dix-septième siècle, voyez le *Dictionnaire de M. Littré*, à l'article BAS, 6°; elle a été employée par Sosie au vers 193 d'*Amphitryon.*

3. *Jouer* semble prendre ici la place de *déjouer*, qui n'était pas encore employé[a], de « détourner adroitement », de « confondre »; il s'expliquerait bien d'ailleurs par « se moquer de.... »

4. En étendant au sens général de *désordres de conduite* ce terme qui d'ordinaire ne s'applique, d'après la définition de tous les dictionnaires anciens et modernes, qu'aux actes d'improbité commis dans l'exercice d'une charge, d'un emploi, d'un mandat, et le plus souvent à des détournements considérables de deniers, Molière « s'est servi, dit Génin, d'un mot impropre; ou plutôt n'y aurait-il pas une intention comique dans cette impropriété même? Le paysan enrichi se sert du terme le plus considérable qu'il connaisse pour accuser sa femme, et c'est un terme de finances. »

[a] L'Académie ne le donne en ce sens que dans sa 5° édition.

et beau dire, et votre adresse[1] toujours l'a emporté sur mon bon droit, et toujours vous avez trouvé moyen d'avoir raison; mais à cette fois, Dieu merci, les choses vont être éclaircies, et votre effronterie sera pleinement confondue.

ANGÉLIQUE.

Hé! je vous prie, faites-moi ouvrir la porte.

GEORGE DANDIN.

Non, non : il faut attendre la venue de ceux que j'ai mandés, et je veux qu'ils vous trouvent dehors à la belle heure qu'il est. En attendant qu'ils viennent, songez, si vous voulez, à chercher dans votre tête quelque nouveau détour pour vous tirer de cette affaire, à inventer quelque moyen de rhabiller votre escapade, à trouver quelque belle ruse pour éluder[2] ici les gens et paroître innocente, quelque prétexte spécieux de pèlerinage nocturne, ou d'amie en travail d'enfant, que vous veniez[3] de secourir.

ANGÉLIQUE.

Non : mon intention n'est pas de vous rien déguiser. Je ne prétends point me défendre, ni vous nier les choses, puisque vous les savez.

GEORGE DANDIN.

C'est que vous voyez bien que tous les moyens vous en sont fermés, et que dans cette affaire vous ne sauriez inventer d'excuse qu'il ne me soit facile de convaincre de fausseté.

ANGÉLIQUE.

Oui, je confesse que j'ai tort, et que vous avez sujet de vous plaindre. Mais[4] je vous demande par grâce de

---

1. Et beau dire, votre adresse. (1672, 82, 84 A, 94 B, 97, 1710, 18, 30, 33, 34.)
2. Pour jouer, tromper, comme ci-dessus, au vers 1629 d'*Amphitryon*.
3. Que vous venez. (1718, 30, 33, 34.)

ne m'exposer point maintenant à la mauvaise humeur
de mes parents, et de me faire promptement ouvrir.

GEORGE DANDIN.

Je vous baise les mains.

ANGÉLIQUE.

Eh! mon pauvre petit mari, je vous en conjure.

GEORGE DANDIN.

Ah[1]! mon pauvre petit mari? Je suis votre petit mari
maintenant, parce que vous vous sentez prise. Je suis
bien aise de cela, et vous ne vous étiez jamais avisée
de me dire de ces douceurs[2].

ANGÉLIQUE.

Tenez, je vous promets de ne vous plus donner aucun
sujet de déplaisir, et de me....

GEORGE DANDIN.

Tout cela n'est rien. Je ne veux point perdre cette
aventure, et il m'importe qu'on soit une fois éclairci à
fond de vos déportements.

ANGÉLIQUE.

De grâce, laissez-moi vous dire. Je vous demande un
moment d'audience.

GEORGE DANDIN.

Hé bien, quoi?

ANGÉLIQUE.

Il est vrai que j'ai failli, je vous l'avoue encore une
fois, et que votre ressentiment[3] est juste; que j'ai pris
le temps de sortir pendant que vous dormiez, et que
cette sortie est un rendez-vous que j'avois donné à la
personne que vous dites. Mais enfin ce sont des actions
que vous devez pardonner à mon âge; des emporte-

---

1. Eh! (1718, 30, 33.) — Hé! (1734.)
2. De me dire ces douceurs. (1672, 82, 1734.)
3. Encore une fois, que votre ressentiment. (1672, 82, 97, 1710, 18,
30, 33, 34.)

ments de jeune personne qui n'a encore rien vu, et ne fait que d'entrer au monde [1]; des libertés où l'on s'abandonne sans y penser de mal, et qui sans doute dans le fond n'ont rien de....

GEORGE DANDIN.

Oui : vous le dites, et ce sont de ces choses qui ont besoin qu'on les croie pieusement.

ANGÉLIQUE.

Je ne veux point m'excuser par là d'être coupable envers vous, et je vous prie seulement d'oublier une offense dont je vous demande pardon de tout mon cœur, et de m'épargner en cette rencontre le déplaisir que me pourroient causer les reproches fâcheux de mon père et de ma mère. Si vous m'accordez généreusement la grâce que je vous demande, ce procédé obligeant, cette bonté que vous me ferez voir, me gagnera entièrement. Elle touchera tout à fait mon cœur, et y fera naître pour vous ce que tout le pouvoir de mes parents et les liens du mariage n'avoient pu y jeter. En un mot, elle sera cause que je renoncerai à toutes les galanteries, et n'aurai de l'attachement que pour vous. Oui, je vous donne ma parole que vous m'allez voir désormais la meilleure femme du monde, et que je vous témoignerai tant d'amitié, tant d'amitié, que vous en serez satisfait.

GEORGE DANDIN.

Ah! crocodile, qui flatte les gens pour les étrangler.

ANGÉLIQUE.

Accordez-moi cette faveur.

GEORGE DANDIN.

Point d'affaires. Je suis inexorable.

1. D'entrer dans le monde : nous avons relevé un emploi semblable de la préposition *à*, ci-dessus, aux vers 1643 et 1894 d'*Amphitryon*.

ANGÉLIQUE.

Montrez-vous généreux.

GEORGE DANDIN.

Non.

ANGÉLIQUE.

De grâce !

GEORGE DANDIN.

Point.

ANGÉLIQUE.

Je vous en conjure de tout mon cœur.

GEORGE DANDIN.

Non, non, non. Je veux qu'on soit détrompé de vous, et que votre confusion éclate.

ANGÉLIQUE.

Hé bien ! si vous me réduisez au désespoir, je vous avertis qu'une femme en cet état est capable de tout, et que je ferai quelque chose ici dont vous vous repentirez.

GEORGE DANDIN.

Et que ferez-vous, s'il vous plaît ?

ANGÉLIQUE.

Mon cœur se portera jusqu'aux extrêmes résolutions, et de ce couteau que voici je me tuerai sur la place.

GEORGE DANDIN.

Ah ! ah ! à la bonne heure.

ANGÉLIQUE,

Pas tant à la bonne heure pour vous que vous vous imaginez. On sait de tous côtés nos différends, et les chagrins[1] perpétuels que vous concevez contre moi. Lorsqu'on me trouvera morte, il n'y aura personne qui mette en doute que ce ne soit vous qui m'aurez tuée ; et mes parents ne sont pas gens assurément à laisser

1. Les mécontentements : voyez ci-dessus, p. 249, note 2.

cette mort impunie, et ils en feront sur votre personne toute la punition que leur pourront offrir et les poursuites de la justice, et la chaleur de leur ressentiment. C'est par là que je trouverai moyen de me venger de vous, et je ne suis pas la première qui ait su recourir à de pareilles vengeances, qui n'ait pas fait difficulté de se donner la mort pour perdre ceux qui ont la cruauté de nous pousser à la dernière extrémité.

GEORGE DANDIN.

Je suis votre valet[1]. On ne s'avise plus de se tuer soi-même, et la mode en est passée il y a longtemps.

ANGÉLIQUE.

C'est une chose dont vous pouvez vous tenir sûr; et si vous persistez dans votre refus, si vous ne me faites ouvrir, je vous jure que tout à l'heure je vais vous faire voir jusques-où peut aller la résolution d'une personne qu'on met au désespoir.

GEORGE DANDIN.

Bagatelles, bagatelles. C'est pour me faire peur.

ANGÉLIQUE.

Hé bien! puisqu'il le faut, voici qui nous contentera tous deux, et montrera si je me moque.[2] Ah c'en est fait.

---

1. Voyez ci-dessus, p. 548 et note 3; comparez l'expression : « Je vous baise les mains » (p. 581).

2. *Après avoir fait semblant de se tuer.* (1734.) — Angélique a recours ici à une autre feinte que celle qui avait été imaginée par le premier conteur de la vieille histoire (voyez à la *Notice*, p. 484, 485 et suivantes). A une *demoiselle* jouant cette comédie de suicide l'idée de se frapper d'un coup tragique devait peut-être plus naturellement venir que celle d'une pierre à jeter dans un puits. Cailhava[a] regrettait que Molière eût renoncé au moyen le plus favorable à l'illusion théâtrale ; il avait vu, pour y aider, les Italiens réaliser jusqu'au bruit de la pierre faisant éclabousser l'eau. Molière se souciait sans doute peu de donner de pareilles sensations, d'amuser par une si puérile machine, et d'ailleurs sur son théâtre encombré de spectateurs il devait toujours préférer la mise en scène la plus simple. — Hans Sachs, qui plus d'un siècle avant

a *De l'Art de la comédie,* tome II, p. 308 et 309, et *Études sur Molière,* p. 229.

Fasse le Ciel que ma mort soit vengée comme je le souhaite, et que celui qui en est cause[1] reçoive un juste châtiment de la dureté qu'il a eue pour moi!

GEORGE DANDIN.

Ouais! seroit-elle bien si malicieuse que de s'être tuée[2] pour me faire pendre? Prenons un bout de chandelle pour aller voir.

ANGÉLIQUE[3].

St. Paix! Rangeons-nous chacune immédiatement contre un des côtés de la porte.[4]

GEORGE DANDIN.

La méchanceté d'une femme iroit-elle bien jusque-là? (Il sort avec un bout de chandelle, sans les apercevoir; elles entrent; aussitôt[5] elles ferment la porte.) Il n'y a[6] personne. Eh! je m'en étois bien douté, et la pendarde s'est retirée, voyant qu'elle ne gagnoit rien après moi[7], ni par prières ni par menaces. Tant mieux! cela rendra ses affaires encore plus mauvaises, et le père et la mère qui vont

Molière, en 1553, avait montré sur sa scène populaire de Nuremberg les personnages de la joyeuse anecdote, n'avait naturellement pas changé la donnée première, ainsi que le prouve le titre même de sa farce, de son « jeu de carnaval » : *la Femme dans le puits*[a]. »

1. Qui en est la cause. (1672, 82, 1734.)

2. Voyez ci-dessus, p. 526, note 3.

3.   SCÈNE IX.

ANGÉLIQUE, CLAUDINE.

ANGÉLIQUE, *à Claudine*. (1734.)

4.   SCÈNE X.

ANGÉLIQUE *et* CLAUDINE, *entrant dans la maison, au moment que George Dandin en sort, et fermant la porte en dedans,* GEORGE DANDIN, *une chandelle à la main.* (*Ibidem.*)

5. Et aussitôt. (1697, 1710, 18, 30, 33.)

6. Jusque-là? (*Seul, après avoir regardé partout.*) Il n'y a.... (1734.)

7. *Après moi*, en s'attaquant à moi de toutes les manières : comparez ci-dessus, p. 49 et 50, cette phrase du *Médecin malgré lui* (acte I, scène IV) : « Plusieurs médecins ont épuisé toute leur science après elle. »

a Cité dans l'*Introduction* de M. H.-A. Keller à son édition du *Roman* versifié *des sept sages*, p. CXCII et CXCIII.

venir en verront mieux son crime. Ah! ah! la porte
s'est fermée[1]. Holà! ho! quelqu'un! qu'on m'ouvre
promptement!

ANGÉLIQUE, à la fenêtre avec Claudine.

Comment[2]? c'est toi! D'où viens-tu, bon pendard?
Est-il l'heure de revenir chez soi quand le jour est
près de paroître? et cette manière de vie est-elle celle
que doit suivre un honnête mari?

CLAUDINE.

Cela est-il beau d'aller ivrogner toute la nuit? et de
laisser ainsi toute seule une pauvre jeune femme dans
la maison?

GEORGE DANDIN.

Comment? vous avez....

ANGÉLIQUE.

Va, va, traître, je suis lasse de tes déportements, et
je m'en veux plaindre[3], sans plus tarder, à mon père et
à ma mère.

GEORGE DANDIN.

Quoi? c'est ainsi que vous osez....

---

1. *Après avoir été à la porte de sa maison pour rentrer.* Ah! ah! la porte
est fermée. (1734.)

2. SCÈNE XI.

ANGÉLIQUE *et* CLAUDINE, *à la fenêtre,* GEORGE DANDIN,

ANGÉLIQUE.

Comment? (1734.)

3. Et je veux m'en plaindre. (1710, 18, 30, 33, 34.)

SCÈNE VII.

MONSIEUR et MADAME DE SOTENVILLE, COLIN, CLAUDINE, ANGÉLIQUE, GEORGE DANDIN.

(Monsieur et Madame de Sotenville sont en des habits de nuit, et conduits
par Colin, qui porte une lanterne.)

ANGÉLIQUE [1].

Approchez, de grâce, et venez me faire raison de
l'insolence la plus grande du monde d'un mari à qui
le vin et la jalousie ont troublé de telle sorte la cervelle, qu'il ne sait plus ni ce qu'il dit, ni ce qu'il fait,
et vous a lui-même envoyé querir pour vous faire témoins [2] de l'extravagance la plus étrange dont on ait
jamais ouï parler. Le voilà qui revient comme vous
voyez, après s'être fait attendre toute la nuit ; et, si vous
voulez l'écouter, il vous dira qu'il a les plus grandes
plaintes du monde à vous faire de moi ; que durant qu'il
dormoit, je me suis dérobée d'auprès de lui pour m'en
aller courir, et cent autres contes de même nature qu'il
est allé rêver.

GEORGE DANDIN [3].

Voilà une méchante carogne.

CLAUDINE.

Oui, il nous a voulu faire accroire qu'il étoit dans la

---

1.   SCÈNE XII.

M. DE SOTENVILLE *et* Mme DE SOTENVILLE, *en déshabillé de nuit,*
COLIN, *portant une lanterne,* ANGÉLIQUE *et* CLAUDINE, *à la fenêtre,*
GEORGE DANDIN.

ANGÉLIQUE, *à M. et Mme de Sotenville.* (1734.)

2. *Témoin,* sans *s,* dans l'édition originale et dans les trois étrangères.

3. GEORGE DANDIN, *à part.* (1734.)

maison, et que nous en étions dehors [1], et c'est une
folie qu'il n'y a pas moyen de lui ôter de la tête.

MONSIEUR DE SOTENVILLE.

Comment, qu'est-ce à dire cela?

MADAME DE SOTENVILLE.

Voilà une furieuse impudence que de nous envoyer
querir.

GEORGE DANDIN.

Jamais....

ANGÉLIQUE.

Non, mon père, je ne puis plus souffrir un mari de
la sorte. Ma patience est poussée à bout, et il vient de
me dire cent paroles injurieuses.

MONSIEUR DE SOTENVILLE [2].

Corbleu! vous êtes un malhonnête homme.

CLAUDINE [3].

C'est une conscience de voir une pauvre jeune femme
traitée de la façon [4], et cela crie vengeance au Ciel.

GEORGE DANDIN.

Peut-on...?

MADAME DE SOTENVILLE.

Allez, vous devriez mourir de honte.

GEORGE DANDIN.

Laissez-moi vous dire deux mots.

ANGÉLIQUE.

Vous n'avez qu'à l'écouter, il va vous en conter de belles.

---

1. Et que nous étions dehors. (1672, 82, 97, 1710, 18, 30, 33, 34.)

2. M. DE SOTENVILLE, à *George Dandin*. (1734.)

3. Dans l'édition originale, la phrase qui suit : « C'est une conscience, » etc.,
est à la ligne, au haut d'une page, et le nom du personnage qui la dit a été
omis; les éditions de 1672, 1674, 1682 la mettent dans la bouche d'ANGÉ-
LIQUE; l'édition de 1734 et les trois étrangères dans celle de CLAUDINE, où
elle nous paraît plus vraisemblable.

4. De cette façon-là. On a déjà vu deux fois cette expression dans ce volume :
ci-dessus, p. 116 (à la scène VIII de l'acte III du *Médecin malgré lui*), et
p. 180 (au vers 510 de *Mélicerte*).

GEORGE DANDIN[1].

Je désespère[2].

CLAUDINE.

Il a tant bu, que je ne pense pas qu'on puisse durer contre lui, et l'odeur[3] du vin qu'il souffle est montée jusqu'à nous.

GEORGE DANDIN.

Monsieur mon beau-père, je vous conjure....

MONSIEUR DE SOTENVILLE.

Retirez-vous : vous puez le vin à pleine bouche[4].

GEORGE DANDIN.

Madame, je vous prie....

MADAME DE SOTENVILLE.

Fi! ne m'approchez pas : votre haleine est empestée.

GEORGE DANDIN[5].

Souffrez que je vous....

1. GEORGE DANDIN, *à part.* (1734.)

2. *Désespérer,* comme dans la chute du sonnet d'Oronte, perdre toute espérance, ne plus rien espérer, être au désespoir.

3. Contre lui, l'odeur. (1730, 34.)

4. Chamfort, dans une note de son *Éloge de la Fontaine* (tome I des *OEuvres* éditées en l'an III par Ginguené, p. 69), a rapproché ce trait du mot de l'Ours dupé par l'un des deux Compagnons (fable xx du livre V) : « Qui peint le mieux.... les effets de la prévention, ou M. de Sotenville repoussant un homme à jeun et lui disant : « Retirez-vous, vous puez le vin, » ou l'Ours qui, s'écartant d'un corps qu'il prend pour un cadavre, se dit à lui-même : « Otons-« nous, car il sent » ? — Le trait pourrait bien avoir été suggéré à Molière par Plaute. Dans la scène i de l'acte II d'*Amphitryon,* peu après avoir reproché à Sosie d'avoir bu, tout à coup Amphitryon pris de peur, à l'idée que son esclave pourrait être atteint de peste ou de frénésie, lui crie (vers 425) :

. . . . . *Vah! apage te a me.*

SOSIA.

Quid est negotii?

AMPHITRUO.

Pestis te tenet.

« Éloigne-toi. SOSIE. Pourquoi donc? AMPHITRYON. Tu sens la peste. » Cette spirituelle traduction, qui est de Sommer, rappelle le mot du docteur, du *médecin* Bartholo à Bazile : « D'honneur, il sent la fièvre d'une lieue. Allez vous coucher.... Cet homme-là n'est pas bien du tout. » (Beaumarchais, *le Barbier de Séville,* acte III, scènes xi et xii.)

5. GEORGE DANDIN, *à M. de Sotenville.* (1734.)

MONSIEUR DE SOTENVILLE.

Retirez-vous, vous dis-je : on ne peut vous souffrir.

GEORGE DANDIN [1].

Permettez, de grâce, que [2]....

MADAME DE SOTENVILLE.

Poua [3] ! vous m'engloutissez le cœur [4]. Parlez de loin,
si vous voulez.

GEORGE DANDIN.

Hé bien oui, je parle de loin. Je vous jure que je n'ai
bougé de chez moi, et que c'est elle qui est sortie.

ANGÉLIQUE.

Ne voilà pas ce que je vous ai dit [5] ?

CLAUDINE.

Vous voyez quelle apparence il y a.

MONSIEUR DE SOTENVILLE [6].

Allez, vous vous moquez des gens. Descendez, ma
fille, et venez ici. [7]

GEORGE DANDIN.

J'atteste le Ciel que j'étois dans la maison, et que....

MADAME DE SOTENVILLE.

Taisez-vous, c'est une extravagance qui n'est pas
supportable.

---

1. GEORGE DANDIN, *à Mme de Sotenville*. (1734.)

2. Permettez-moi, de grâce, que.... (1718, 30, 33, 34.)

3. Voyez plus haut, p. 543 et note 3.

4. Vous me noyez le cœur de dégoût. — M. Littré rattache cette expression
énergique et parfaitement claire à un vieux verbe *englotir*, que, sous la forme
pronominale de *s'englotir*, Robert Estienne, dans son *Dictionarium latino-gal-
licum* (1544), et Nicot, dans son *Trésor* (1606), donnent comme équivalent du
latin *singultire*, « avoir le hoquet ». Mais il ne faut sans doute voir dans
ce pronominal *s'englotir* qu'une fausse écriture d'un neutre *senglotir*, ne diffé-
rant que par la terminaison de *sangloter*, qui a prévalu.

5. *Il* est supprimé après *voilà* dans cette interrogation, comme il l'est au
vers 1607 du *Tartuffe* :

> Hé bien ! ne voilà pas de vos emportements !

6. M. DE SOTENVILLE, *à George Dandin*. (1734.)

7.   SCÉNE XIII.

M. DE SOTENVILLE, Mme DE SOTENVILLE, GEORGE DANDIN, COLIN. (*Ibidem*.)

GEORGE DANDIN.

Que la foudre m'écrase tout à l'heure si...!

MONSIEUR DE SOTENVILLE.

Ne nous rompez pas davantage la tête, et songez à demander pardon à votre femme.

GEORGE DANDIN.

Moi, demander pardon?

MONSIEUR DE SOTENVILLE.

Oui, pardon, et sur-le-champ.

GEORGE DANDIN.

Quoi? je....

MONSIEUR DE SOTENVILLE.

Corbleu! si vous me répliquez, je vous apprendrai ce que c'est que de vous jouer à nous.

GEORGE DANDIN.

Ah, George Dandin![1]

MONSIEUR DE SOTENVILLE.

Allons, venez, ma fille, que votre mari vous demande pardon.

ANGÉLIQUE, descendue[2].

Moi? lui pardonner tout ce qu'il m'a dit? Non, non, mon père, il m'est impossible de m'y résoudre, et je vous prie de me séparer d'un mari avec lequel je ne saurois plus vivre.

CLAUDINE.

Le moyen d'y résister?

MONSIEUR DE SOTENVILLE.

Ma fille, de semblables séparations ne se font point sans grand scandale, et vous devez vous montrer plus sage que lui, et patienter encore cette fois.

1.   SCÈNE XIV.

M. DE SOTENVILLE, Mme DE SOTENVILLE, ANGÉLIQUE, GEORGE DANDIN, CLAUDINE, COLIN. (1734.)

2. ANGÉLIQUE. (*Ibidem.*)

ANGÉLIQUE.

Comment patienter après de telles indignités? Non, mon père, c'est une chose où je ne puis consentir.

MONSIEUR DE SOTENVILLE.

Il le faut, ma fille, et c'est moi qui vous le commande.

ANGÉLIQUE.

Ce mot me ferme la bouche, et vous avez sur moi une puissance absolue.

CLAUDINE.

Quelle douceur!

ANGÉLIQUE.

Il est fâcheux d'être contrainte d'oublier de telles injures ; mais quelle violence que je me fasse [1], c'est à moi de vous obéir.

CLAUDINE.

Pauvre mouton!

MONSIEUR DE SOTENVILLE [2].

Approchez.

ANGÉLIQUE.

Tout ce que vous me faites faire ne servira de rien, et vous verrez que ce sera dès demain à recommencer.

MONSIEUR DE SOTENVILLE.

Nous y donnerons ordre. [3] Allons, mettez-vous à genoux.

GEORGE DANDIN.

A genoux?

---

1. Mais quelque violence que je me fasse. (1672, 74, 82, 1734.) — Dans ces éditions on a voulu corriger sans doute un tour vieilli, qu'on croyait incorrect ; mais nous l'avons déjà vu au vers 762 des *Fâcheux* (tome III, p. 92) :

En quel lieu que ce soit, je veux suivre tes pas.

Voyez le *Lexique* de Génin, p. 341-343.

2. M. DE SOTENVILLE, *à Angélique*. (1734.)

3. *A George Dandin.* (*Ibidem.*)

MONSIEUR DE SOTENVILLE.

Oui, à genoux, et sans tarder.[1]

GEORGE DANDIN. Il se met à genoux.

O Ciel! Que faut-il dire[2]?

MONSIEUR DE SOTENVILLE.

« Madame, je vous prie de me pardonner. »

GEORGE DANDIN.

« Madame, je vous prie de me pardonner. »

MONSIEUR DE SOTENVILLE.

« L'extravagance que j'ai faite. »

GEORGE DANDIN.

« L'extravagance que j'ai faite » (à part) de vous épouser.

MONSIEUR DE SOTENVILLE.

« Et je vous promets de mieux vivre à l'avenir. »

GEORGE DANDIN.

« Et je vous promets de mieux vivre à l'avenir. »

MONSIEUR DE SOTENVILLE [3].

Prenez-y garde, et sachez que c'est ici la dernière
de vos impertinences que nous souffrirons.

MADAME DE SOTENVILLE.

Jour de Dieu! si vous y retournez, on vous apprendra
dra le respect que vous devez à votre femme, et à ceux
de qui elle sort.

1. *Il se met à genoux, sa chandelle à sa main.* (1672, 82.) — *La chandelle à sa main.* (1730, 33.) — « Ceci, dit Auger, est une véritable *amende
honorable*, toute semblable à celle que les tribunaux infligeaient autrefois.
George Dandin est presque *en chemise*, car ses soupçons jaloux l'ont éveillé
au fort de son sommeil, et il est sorti sans prendre le temps de s'habiller;
la chandelle qu'il tient à la main, figure très-bien *la torche au poing;* et enfin
on exige qu'il demande pardon *à genoux.* Il n'y manque absolument que *la
corde au cou.* »

2. GEORGE DANDIN, *à genoux, une chandelle à la main.* (*A part.*) O Ciel!
(*A M. de Sotenville.*) Que faut-il dire? (1734.)

3. M. DE SOTENVILLE, *à George Dandin.* (1734.) — Dans l'édition originale
et dans celle de 1674, il y a trois fois, ici et en tête des deux reprises suivantes : Mᵉ DE SOTENVILLE. Cette faute a été corrigée dans nos autres textes.

MONSIEUR DE SOTENVILLE.

Voilà le jour qui va paroître. Adieu.[1] Rentrez chez vous, et songez bien à être sage.[2] Et nous, mamour, allons nous mettre au lit.

SCÈNE VIII.

GEORGE DANDIN[3].

Ah! je le quitte[4] maintenant, et je n'y vois plus de remède : lorsqu'on a, comme moi, épousé une méchante femme, le meilleur parti qu'on puisse prendre, c'est de s'aller jeter dans l'eau la tête la première.

1. *A George Dandin.* (1734.)
2. *A Mme de Sotenville.* (*Ibidem.*)
3.   SCÈNE DERNIÈRE.
        GEORGE DANDIN, *seul.* (*Ibidem.*)
4. J'y renonce (avec *le*, régime, pris, comme souvent *il*, sujet, au sens neutre). Nous avons vu le même tour au vers 421 du *Dépit amoureux* (tome I, p. 431), et à la scène VI de *la Critique de l'École des femmes* (tome III, p. 349).

FIN DE GEORGE DANDIN.

APPENDICE A *GEORGE DANDIN.*

Cet *Appendice* comprend deux pièces, dont la seconde a été plusieurs fois déjà réimprimée dans les Œuvres de Molière, et dont la première nous paraît y devoir plus opportunément encore être admise.

Cette première pièce est le programme du grand spectacle dans lequel fut encadrée la comédie de *George Dandin*, et qui, devant être distribué aux spectateurs[1], a été publié avant la fête[2]. Il n'y a pas à douter tout au moins qu'il n'ait été écrit sur les indications de Molière. Quelques mots du quatrième alinéa nous apprennent que le rédacteur du livret était si fort de ses amis, qu'il n'a pas cru convenable de porter un jugement sur la comédie. Cet ami si intime, forcé à tant de modestie pour l'auteur de *George Dandin*, serait-ce donc Molière lui-même? Il était bien naturel qu'il mît la main à ce programme, puisqu'il est l'auteur des vers qui en remplissent la plus grande partie[3]; ces vers et quelques idées chorégraphiques, dont l'invention lui doit aussi appartenir, servirent à composer l'opéra-ballet, où, à cette première et brillante représentation, furent intercalés, comme de simples intermèdes, les trois actes de la comédie; pour lui-même, pour le compositeur, pour l'ordonnateur de la fête il avait bien fallu tracer un plan d'ensemble, marquer en quelque sorte les points d'attache par où tenaient tant bien que mal l'une à l'autre l'action de la comédie et celle de la pastorale. Ces notes indispensables, ce rapide aperçu de l'œuvre mixte qui devait prendre une place importante dans les divertissements de la journée, c'est, en dehors des vers, tout le livret proprement dit; mais il est précédé de deux ou trois pages de préambule, et, dans ces premières pages, si les vers par lesquels elles commencent nous paraissent assez faibles pour que l'on hésite

---

1. Voyez ci-après, dans la *Relation* de Félibien, p. 620.

2. Chez Robert Ballard : c'est un in-4° de 20 pages, qui porte la date de 1668; nous en reproduisons le titre.

3. Voyez ci-dessus à la *Notice*, p. 478, le témoignage de Robinet; il ne parle que des vers mis en musique; il faut également remarquer que Félibien, qui a donné ceux-ci, a omis les premiers vers, l'hommage au Roi qui se lit en tête du programme.

beaucoup à les lui attribuer, la prose, à une certaine assurance de
ton, à une certaine gaieté et franchise de style, nous semblerait
pouvoir le faire reconnaître, particulièrement dans le passage qui
est à l'adresse du Roi, dans le passage aussi qui est à l'adresse de
son collaborateur Lully, et où, d'une si spirituelle façon et avec
un si aimable oubli de tout le mal que lui avaient donné des chanteurs et chanteuses peu habitués à se tenir et à agir en scène, ce
serait lui qui réclamerait pour eux, pour leur gaucherie de comédiens, l'indulgence des spectateurs. Si cette partie du livret n'est
pas tout entière de sa plume, ce qu'il serait téméraire d'affirmer,
nous avons peine à croire qu'il n'y ait rien là d'écrit sous sa dictée.
Il y a peut-être aussi quelque compte à tenir de ce fait que c'est
sous le titre de *Préface* que, au-devant de la copie de la comédie
et de la musique de *George Dandin*, Philidor a transcrit, avec les
premiers vers en l'honneur du Roi, les huit premiers alinéas du
programme.

La seconde pièce de cet *Appendice* est la relation qu'a donnée
de toute la fête du 18 juillet 1668, André Félibien, l'ami du
Poussin, l'historiographe des bâtiments et œuvres d'art appartenant
au Roi, l'auteur des *Entretiens sur les vies et sur les ouvrages des
plus excellents peintres*. Il avait aussi inséré dans sa description du
spectacle tous les vers de Molière; nous les y avons retranchés, mais
en indiquant la place qu'ils occupaient : nous ne pouvions les
imprimer deux fois et nous avons préféré les laisser dans leur
premier cadre du programme.

Il nous reste à dire que l'on conserve à la bibliothèque de l'Arsenal, dans les papiers Conrart, une autre relation complète de la
même fête royale[1]; elle est de l'abbé de Montigny, poëte et académicien, de ce futur « petit évêque de Léon » dont Mme de Sévigné[2] faisait tant de cas, et qu'elle regretta lorsqu'il mourut bien
jeune trois ans plus tard, en 1671. Cette narration est fort agréable
à lire, bien qu'elle soit presque aussi officielle que celle de Félibien,
ayant été faite par ordre de la Reine; mais nous n'avons pas songé
à en grossir cet *Appendice;* au milieu de beaucoup de redites on y
eût à peine trouvé un mot sur Molière[3]; son plus grand mérite

1. Voyez au tome IX in-f° des pièces manuscrites recueillies par Conrart,
p. 1109-1119, *la Fête de Versailles du 18ᵉ juillet* 1668, relation sous forme
de lettre, adressée à *M. le marquis de la Fuente;* c'est une copie; au haut de
la première page, à l'angle gauche, on lit cette apostille, d'une vieille écriture : « Par M. l'abbé de Montigny. » Il faut remarquer cette date du 18 juillet, conforme à celle que donne Félibien (voyez la *Notice*, p. 478).

2. Voyez ses *Lettres*, tome II, p. 319, 345, 375 et 376.

3. « La troupe de Molière, lit-on à la page 1111, y.... joua une *comédie* de sa

pour nous est de donner, à la fin, une liste des dames invitées,
peut-être dressée par l'une d'elles et beaucoup plus complète et
intéressante que la liste de l'autre compte rendu; nous avons relevé
là quelques noms que, sauf un ou deux, Molière lui-même, s'il
avait tenu à connaître la composition de son auditoire, n'aurait pas
lus avec indifférence [1].

La partition que Lully composa pour « la comédie en musique »
est contenue dans le volume de la collection Philidor numéroté 33
et qui a pour titre : « *George Dandin* ou *le Grand divertissement royal
de Versailles* dansé devant Sa Majesté le 15ᵉ juillet 1668 [2]. Recueilli
par Philidor l'aîné en 1690. » C'était, avant qu'il eût passé par les
mains qui l'ont brutalisé, mais ne l'ont du moins pas intérieurement
souillé, un très-bel in-folio, doré sur tranches, relié aux armes du
Roi. Une épître, bien souvent reproduite en tête de ces copies [3], l'a
plus expressément encore dédié au Roi; douze ans plus tard néanmoins, en 1702, une étiquette imprimée et parafée en constata le
retour dans la bibliothèque particulière du musicien copiste. Il est
d'une écriture admirable. Il comprend d'abord, sous le titre de
Préface, le préambule de notre *Iᵉʳ Appendice* [4], puis les paroles et la
musique de toutes les scènes, la musique de toutes les danses de la
pastorale, et tout le texte de la comédie (ce texte est d'intention,
croyons-nous, toujours conforme à celui de 1682). Quelques sou-
ches de feuillets lacérés peuvent être comptées avant le titre; mais
ce premier cahier, peut-être blanc, devait être tout à fait étranger
au Grand divertissement de *George Dandin;* après quatre feuillets
préliminaires précédant l'*Ouverture*, cent soixante-dix-sept pages
ont été chiffrées; six d'entre elles (103-108), au milieu de l'acte III
de la comédie (scène IV et partie de la scène V), ont été arrachées.

façon, nouvelle et comique, agréablement mêlée de récits et d'entrées de ballet,
où Bacchus et l'Amour s'étant quelque temps disputé l'avantage, s'accordoient
enfin pour célébrer unanimement la fête. »

1. Voyez ci-après, p. 630, note 2.

2. Cette date du 15 (au lieu du 18) est donnée par l'édition de 1682,
d'où Philidor paraît avoir transcrit le texte de la comédie en prose.

3. Voyez dans notre tome IV, p. 67 et 68.

4. Philidor a reproduit les premières seulement des courtes indications ou
analyses qui, dans le livret, à la suite de ce préambule, accompagnent les
scènes de la pastorale; en revanche, il a conservé, en tête de chaque acte de la
Comédie, un Argument assez étendu, que l'auteur du livret en avait retranché,
lors de l'impression, par un motif qu'il donne ci-après, p. 601, 2ᵈ alinéa.

Rien ne manque à la partition, et voici le catalogue des morceaux
dont elle se compose.

Une *Ouverture* instrumentale [1]. — Pour ce qu'on pourrait appeler
le premier acte de la Pastorale en musique : 1° un *Premier air* de
danse *pour les Bergers, joué alternativement par les violons* (les instruments à cordes seuls) *et par les flûtes* (il y a pour celles-ci deux
parties accompagnées d'une basse); 2° la Chansonnette chantée en
duo par *Climène et Cloris;* entre les deux couplets *les flûtes et les
violons jouent le même air;* 3° une scène intitulée *Dialogue* entre les
deux Bergères Climène et Cloris et les deux Bergers Tircis et
Philène; le dialogue est coupé de trois courtes *Ritournelles,* dont la
dernière, qui précède le chant des deux derniers vers, revient encore
après ce chant. — Au Ier INTERMÈDE (IIe acte ou partie de la pastorale) : une *Plainte en musique,* précédée d'une *Ritournelle,* écrite
pour deux violons (avec une basse chiffrée d'accompagnement);
cette longue ritournelle est redite avant le chant du second des
quatrains en grands vers, « Me puis-je pardonner.... »; les violons
répondent à la voix trois autres fois encore. — Au IIe INTERMÈDE
(IIIe acte ou partie de la pastorale): un air pour l'*Entrée des Bateliers.*
— Au IIIe INTERMÈDE (dernier acte de la pastorale) : 1° un *Rondeau*
joué par l'orchestre *pour les Bergers;* 2° un air pour *Cloris :* « Ici
l'ombre des ormeaux ; » après le premier couplet, l'orchestre reprenait le *Rondeau ci-devant;* le second couplet se chantait en double
(avec des variations); 3° un air pour *Climène* précédé et suivi d'une
Ritournelle, qui est redite encore après le second couplet; 4° une
phrase (sur deux vers) pour *Tircis,* une autre pour *Philène,* une
troisième chantée en duo et répétant les paroles d'abord chantées
par Philène; 5° un premier *Chœur* à quatre parties, dont la plus
basse est écrite pour voix de ténors, accompagné des cinq parties
ordinaires de violons : « Chantons tous de l'Amour le pouvoir adorable; » 6° un air ou plutôt un récitatif pour *M. d'Estival :* « Arrêtez, c'est trop entreprendre; » 7° un second *Chœur* à quatre parties, dont la plus basse descend à l'octave de la plus basse du chœur
précédent et que d'Estival et Gingant devaient soutenir de leurs
voix puissantes : « Nous suivons de Bacchus le pouvoir adorable; »
il est naturellement aussi accompagné par tout l'orchestre; 8° un
air pour *Cloris :* « C'est le printemps qui rend l'âme; » 9° un air
de basse profonde avec un accompagnement de deux violons (outre
la basse chiffrée) pour *un Suivant de Bacchus (Gingant);* 10° une

---

1. Mal placée par le calligraphe après le huitième alinéa de notre Ier *Appendice,* puisque cet alinéa donne le sujet de la première danse, dont la musique,
dans la copie même, succède à l'Ouverture.

sorte de dialogue entre les deux chœurs de Bacchus et de l'Amour opposés l'un à l'autre, et auquel met fin: 11° le récitatif mesuré d'*un Berger :* « C'est trop, c'est trop...; » 12° un Chœur final où sont unies les deux masses vocales jusque-là séparées, qui ne s'étaient du moins mêlées qu'à un seul moment de leur lutte: chanté une première fois avant une dernière *Entrée*, il était repris[1] pour produire ce grand effet d'ensemble dont parle Félibien, pour finir par ce concert et cette cadence de plus de cent personnes, instrumentistes, chanteurs, danseurs, que l'on vit à la fois réunies sur le théâtre.

Du dernier acte de cette pastorale, Lully fit plus tard le IIIe acte de son premier opéra, *les Fêtes de l'Amour et de Bacchus*, représenté en 1672 au jeu de paume de Bel-Air (près le Luxembourg), puis aux nouvelles fêtes de Versailles en 1674, et qui fut imprimé en 1717, trente ans après la mort du maître[2].

———

I

LE GRAND DIVERTISSEMENT ROYAL
DE VERSAILLES.

———

SUJET DE LA COMÉDIE QUI SE DOIT FAIRE A LA GRANDE FÊTE
DE VERSAILLES[3].

Du prince des François rien ne borne la gloire ;
A tout elle s'étend, et chez les nations
    Les vérités de son histoire
Vont passer des vieux temps toutes les fictions.
On aura beau chanter les restes magnifiques

1. Repris à partir du troisième vers entonné par tous^a, d'après la partition Philidor; repris à partir du premier vers, d'après la partition imprimée des *Fêtes de l'Amour et de Bacchus*, que nous allons mentionner.

2. Nous aurons à en reparler au tome suivant et à réparer une omission faite à la *Pastorale comique*.

3. La partie de ce livret qui en est comme l'introduction, c'est-à-dire les premiers vers et les huit alinéas suivants ont été transcrits par Philidor au-devant de sa copie de la partition et de la comédie; il a, comme nous l'avons dit, intitulé cette introduction *Préface*.

^a Voyez ci-après, p. 613, la dernière note de l'*Appendice I*.

De tous ces destins héroïques
Qu'un bel art prit plaisir d'élever jusqu'aux cieux :
On en voit par ses faits la splendeur effacée,
Et tous ces fameux demi-dieux
Dont fait bruit l'histoire passée
Ne sont point à notre pensée
Ce que Louis est à nos yeux.

Pour passer du langage des Dieux au langage des hommes[1], le Roi est un grand roi en tout, et nous ne voyons point que sa gloire soit retranchée à quelques qualités hors desquelles il tombe dans le commun des hommes. Tout se soutient d'égale force en lui; il n'y a point d'endroit par où il lui soit désavantageux d'être regardé[2], et de quelque vue que vous le preniez, même grandeur, même éclat se rencontre; c'est un roi de tous les côtés : nul emploi ne l'abaisse, aucune action ne le défigure, il est toujours lui-même, et partout on le reconnoît. Il y a du héros dans toutes les choses qu'il fait; et jusques aux affaires de plaisir, il y fait éclater une grandeur qui passe tout ce qui a été vu jusques ici.

Cette nouvelle fête de Versailles le montre pleinement : ce sont des prodiges et des miracles aussi bien que le reste de ses actions; et si vous avez vu sur nos frontières les provinces conquises en une semaine d'hiver[3], et les puissantes villes forcées en faisant chemin, on voit ici sortir, en moins de rien, du milieu des jardins, les superbes palais et les magnifiques théâtres, de tous côtés enrichis d'or et de grandes statues, que la verdure égaye, et que cent jets d'eau rafraîchissent. On ne peut rien imaginer de plus pompeux ni de plus surprenant; et l'on diroit que ce digne monarque a voulu faire voir ici qu'il sait maîtriser pleinement l'ardeur de son courage, prenant soin de parer de toutes ces magnificences les beaux jours d'une paix où son grand cœur a résisté, et à laquelle il ne s'est relâché que par les prières de ses sujets.

Je n'entreprends point de vous écrire le détail de toutes ces merveilles : un de nos beaux esprits[4] est chargé d'en faire le récit, et je m'arrête à la comédie dont, par avance, vous me demandez des nouvelles.

1. A celui des hommes. (*Copie Philidor.*)

2. D'endroit qui lui soit désavantageux d'être regardé. (*Ibidem.*)

3. La conquête de la Franche-Comté n'avait guère plus duré, au mois de février précédent : voyez ci-dessus, p. 354, note.

4. André Félibien, dans la *Relation* que nous donnons à la suite de ce programme.

C'est Molière qui l'a faite. Comme je suis fort de ses amis, je trouve à propos de ne vous en dire ni bien ni mal, et vous en jugerez quand vous l'aurez vue : je dirai seulement qu'il seroit à souhaiter pour lui que chacun eût les yeux qu'il faut[1] pour tous les impromptus de comédie[2], et que l'honneur d'obéir promptement au Roi pût faire dans les esprits des auditeurs une partie du mérite de ces sortes d'ouvrages.

Le sujet est un Paysan qui s'est marié à la fille d'un gentilhomme, et qui, dans tout le cours de la comédie, se trouve puni de son ambition. Puisque vous la devez voir, je me garderai[3], pour l'amour de vous, de toucher au détail, et je ne veux point lui ôter la grâce de la nouveauté, et à vous le plaisir de la surprise; mais comme ce sujet est mêlé avec une espèce de comédie en musique et ballet, il est bon de vous expliquer l'ordre de tout cela, et de vous dire les vers qui se chantent.

Notre nation n'est guère faite à la comédie en musique, et je ne puis pas répondre comme cette nouveauté-ci réussira. Il ne faut rien souvent pour effaroucher les esprits des François : un petit mot tourné en ridicule, une syllabe qui, avec un air un peu rude, s'approchera d'une oreille délicate, un geste d'un musicien qui n'aura pas peut-être encore au théâtre la liberté qu'il faudroit, une perruque tant soit peu de côté, un ruban qui pendra, la moindre chose est capable de gâter toute une affaire; mais enfin il est assuré, au sentiment des connoisseurs[4] qui ont vu la répétition, que Lully n'a jamais rien fait de plus beau, soit pour la musique, soit pour les danses, et que tout y brille d'invention. En vérité, c'est un admirable homme[5], et le Roi pourroit perdre beaucoup de gens considérables qui ne lui seroient pas si malaisés à remplacer que celui-là.

Toute l'affaire se passe dans une grande fête champêtre.

L'ouverture en est faite par quatre illustres Bergers, déguisés en valets de fêtes[6], lesquels, accompagnés de quatre autres Bergers qui jouent de la flûte[7], font une danse qui interrompt les rêveries

---

1. Qu'il faut avoir. (*Copie Philidor.*)

2. Comparez ce que Molière dit dans son avertissement *au Lecteur* mis au-devant de *l'Amour médecin* (tome V, p. 294) : « Je ne conseille de lire *cette comédie* qu'aux personnes qui ont des yeux pour découvrir dans la lecture tout le jeu du théâtre. »

3. Je me garderai bien. (*Copie Philidor.*)

4. Des connoisseux. (*Ibidem.*) Dans l'original on a imprimé *connoisseus*.

5. Philidor a relevé ces mots d'un point d'exclamation.

6. Beauchamp, Saint-André, la Pierre, Favier. — 7. Desconteaux, Philbert, Jean et Martin Hottère. (*Notes imprimées en marge de l'édition originale.*)

du Paysan marié, et l'oblige à se retirer après quelque contrainte.

Climène et Cloris[1], deux Bergères amies, s'avisent, au son des flûtes, de chanter cette

CHANSONNETTE[2] :

> L'autre jour d'Annette
> J'entendis la voix,
> Qui sur la musette
> Chantoit dans nos bois :
> « Amour, que sous ton empire
> On souffre de maux cuisants !
> Je le puis bien dire,
> Puisque je le sens[3]. »
>
> La jeune Lisette,
> Au même moment,
> Sur le ton d'Annette,
> Reprit tendrement :
> « Amour, si sous ton empire
> Je souffre des maux cuisants,
> C'est de n'oser dire
> Tout ce que je sens. »

Tircis et Philène[4], amants de ces deux Bergères, les abordent pour leur parler de leur passion et font avec elles une

SCÈNE EN MUSIQUE.

CLORIS.

Laissez-nous[5] en repos, Philène.

---

1. Mlle Hilaire. Mlle des Fronteaux. (*Note de l'original.*) Au lieu de ces deux noms, on lit dans la partition Philidor : au-dessus de la 1re partie, « M. Pa. », et au-dessus de la 2de, « M. Mat. » Nous ne savons quels noms représentent ces premières syllabes, ni pour quelle représentation du ballet ces deux rôles furent donnés à d'autres interprètes que les cantatrices qui les avaient créés le 18 juillet 1668.

2. Climène et Cloris s'avisent de chanter au son de ces flûtes la chansonnette suivante. (*Copie Philidor.*)

3. La chansonnette a deux reprises; au commencement de la seconde, le compositeur a répété le mot *Amour*.

4. Blondel. Gaye. (*Note de l'original.*) — 5. Laisse-nous. (*Partition Philidor.*)

CLIMÈNE.

Tircis, ne viens point m'arrêter.

TIRCIS et PHILÈNE.

Ah ! belle inhumaine,
Daigne un moment[1] m'écouter.

CLIMÈNE et CLORIS.

Mais que me veux-tu conter ?

LES DEUX BERGERS.

Que d'une flamme immortelle
Mon cœur brûle sous tes lois.

LES DEUX BERGÈRES.

Ce n'est pas une nouvelle,
Tu me l'as dit mille fois.

PHILÈNE.

Quoi ? veux-tu, toute ma vie,
Que j'aime et n'obtienne rien ?

CLORIS.

Non, ce n'est pas mon envie :
N'aime plus, je le veux bien.

TIRCIS.

Le Ciel me force à l'hommage
Dont tous ces bois sont témoins.

CLIMÈNE.

C'est au Ciel, puisqu'il t'engage,
A te payer de tes soins.

PHILÈNE.

C'est par ton mérite extrême
Que tu captives mes vœux[2].

CLORIS.

Si je mérite qu'on m'aime,
Je ne dois rien[3] à tes feux.

1. *Un moment* est répété dans le chant.
2. Mes yeux. (*Partition Philidor.*)
3. Je n'en dois rien. (*Ibidem.*)

LES DEUX BERGERS.

L'éclat de tes yeux me tue.

LES DEUX BERGÈRES.

Détourne[1] de moi tes pas.

LES DEUX BERGERS.

Je me plais dans cette vue.

LES DEUX BERGÈRES.

Berger, ne t'en plains donc pas.

PHILÈNE.

Ah ! belle Climène.

TIRCIS.

Ah ! belle Cloris.

PHILÈNE.

Rends-la pour moi plus humaine.

TIRCIS.

Dompte pour moi ses mépris.

CLIMÈNE, à Cloris.

Sois sensible à l'amour que te porte Philène.

CLORIS, à Climène.

Sois sensible à l'ardeur dont Tircis est épris.

CLIMÈNE.

Si tu veux me donner ton exemple, Bergère,
Peut-être je le recevrai[2].

CLORIS.

Si tu veux te résoudre à marcher la première,
Possible que je te suivrai[3].

CLIMÈNE, à Philène.

Adieu, Berger.

1. Il y a répétition de ce mot dans le chant, ainsi que, deux vers plus loin, du mot *Berger*.

2. Je te suivrai. (*Partition Philidor.*)

3. Dans le chant : « Possible, possible que je te suivrai. » — On a vu ce tour au vers 1309 du *Dépit amoureux*, et *possible* encore pour *peut-être* au vers 313 de *la Princesse d'Élide*.

CLORIS, à Tircis.

Adieu, Berger.

CLIMÈNE.

Attends un favorable sort.

CLORIS.

Attends un doux succès du mal qui te possède.

TIRCIS.

Je n'attends aucun remède,

PHILÈNE.

Et je n'attends que la mort.

TIRCIS et PHILÈNE.

Puisqu'il nous faut languir en de tels déplaisirs,
Mettons fin en mourant à nos tristes soupirs [1].

Ces deux Bergers s'en vont désespérés, suivant la coutume des
anciens amants, qui se désespéroient de peu de chose. Ensuite de
cette musique vient

LE PREMIER ACTE DE LA COMÉDIE qui se récite [2].

Le Paysan marié y reçoit des mortifications de son mariage; et
sur la fin de l'acte, dans un chagrin assez puissant, il est interrompu par une Bergère, qui lui vient faire le récit du désespoir
des deux Bergers; il la quitte en colère, et fait place à Cloris, qui
sur la mort de son amant vient [3] faire une

1. Le premier de ces deux vers est chanté deux fois, et le second trois
fois. L'un des chanteurs, qui dit d'abord seul le premier hémistiche du
second vers, « Mettons fin en mourant », y ajoute encore une fois, à la première répétition qu'il fait de ce vers, le second hémistiche, « à nos tristes soupirs ».

2. Dans la copie Philidor il y a simplement : « LE PREMIER ACTE. »

3. Au lieu de l'alinéa précédent, on lit dans la copie Philidor, d'abord,
avant le Ier acte de la comédie :

ARGUMENT DU PREMIER ACTE.

« Le Paysan marié, voulant rentrer chez lui, trouve un homme inconnu, qui
« lui apprend que sa femme écoute favorablement les propositions d'un jeune
« gentilhomme qui est amoureux d'elle. Il se plaint de cette perfidie à son
« beau-père et à sa belle-mère, et leur déclare le juste sujet qu'il a de se
« plaindre de leur fille, qui manque à la foi qu'elle lui a promise. Mais quel-

PLAINTE EN MUSIQUE [1].

Ah ! mortelles douleurs !
Qu'ai-je plus à prétendre ?
Coulez, coulez, mes pleurs :
Je n'en puis trop répandre.

Pourquoi faut-il qu'un tyrannique honneur
Tienne notre âme en esclave asservie ?
Hélas! pour contenter sa barbare rigueur,
J'ai réduit mon amant à sortir de la vie.

Ah! mortelles douleurs !
Qu'ai-je plus à prétendre ?
Coulez, coulez, mes pleurs :
Je n'en puis trop répandre.

Me puis-je pardonner, dans ce funeste sort,
Les sévères froideurs dont je m'étois armée ?
Quoi donc ? mon cher amant, je t'ai donné la mort :
Est-ce le prix, hélas! de m'avoir tant aimée ?

Ah! mortelles douleurs, etc. [2].

La fin de ces plaintes fait venir

LE SECOND ACTE DE LA COMÉDIE qui se récite.

C'est une suite des déplaisirs du Paysan marié[3], et la même Ber-

---

« que preuve qu'il en puisse avoir, il se trouve obligé de faire des excuses
« à celui qui lui a fait concevoir tant de jalousie. »
Puis après le Ier acte :

Ier INTERMÈDE.

« George Dandin, se voyant traiter si cruellement, entre dans un mortel
« déplaisir; mais il est interrompu.... (la suite comme ci-dessus). »

1. Cloris, qui.... vient chanter la plainte suivante. (Copie Philidor.)

2. Après que ce quatrain a été une troisième fois chanté et après une
courte ritournelle des violons, les deux derniers vers, « Coulez, coulez mes
pleurs », etc., en sont encore repris.

3. Au lieu des trois dernières lignes on lit dans la copie Philidor :

ARGUMENT DU SECOND ACTE (de la comédie).

« George Dandin se trouve encore mortifié dans cet acte de la vanité qu'il

gère ne manque pas de venir encore l'interrompre dans sa douleur. Elle lui raconte comme Tircis et Philène ne sont point morts,
et lui montre six Bateliers qui les ont sauvés[1]; il ne veut point s'arrêter à les voir, et les Bateliers, ravis de la récompense qu'ils ont
reçue, dansent avec leurs crocs et se jouent ensemble[2]: après quoi
commence

LE TROISIÈME ACTE DE LA COMÉDIE qui se récite,

qui est le comble des douleurs du Paysan marié. Enfin un de ses
amis lui conseille de noyer dans le vin toutes ses inquiétudes, et
part avec lui pour joindre sa troupe, voyant venir toute la foule
des Bergers amoureux, qui, à la manière des anciens Bergers, commencent à célébrer par des chants et des danses le pouvoir de
l'Amour[3].

« a eue d'épouser une Demoiselle. Elle lui parle avec une certaine hauteur
« qui le désespère, et pour comble de chagrin, il apprend que sa femme est
« avec son galant dans sa maison. Il en avertit son beau-père et sa belle-mère.
« Mais sa femme trouve moyen par son adresse de se justifier aux yeux de ses
« parents, et, prenant un bâton, elle en frappe son mari, au lieu du galant
« qu'elle fait semblant de maltraiter. »

1. Jouan, Beauchamp, Chicanneau, Favier, Noblet, Mayeu. (*Note de l'original.*)

2. Dans la copie Philidor, cette analyse du II^d acte de la Pastorale se lit
avec les différences suivantes :

IIe INTERMÈDE.

« Après cette dernière aventure, George Dandin demeure inconsolable et se
« plaint de son malheureux sort. La même bergère ne manque pas de venir
« l'interrompre,... lui raconte que Tircis..., et les Bateliers, ravis de la ré-
« compense qu'ils ont eue, dansent l'entrée suivante. »

A la suite de l'Entrée on lit :

ARGUMENT DU TROISIÈME ACTE (*de la comédie*).

« C'est ici le comble des douleurs du Paysan marié. Il s'aperçoit que sa
« femme est sortie de nuit avec son galant, et lorsqu'elle revient, il refuse
« de lui ouvrir la porte. La crainte qu'elle a de son père et de sa mère, qu'il
« a envoyé quérir pour les rendre témoins de cette aventure, lui fait avoir
« recours aux supplications les plus tendres du monde. Mais il persiste dans
« son refus jusqu'à ce que sa femme fait semblant de se tuer. Il descend avec
« une chandelle pour voir si elle n'en seroit point venue à l'effet, et dans ce
« temps-là sa femme, qui s'est cachée, rentre dans la maison et fait accroire
« à ses parents que son mari est ivre, de sorte que son beau-père le contraint,
« après beaucoup de menaces, de demander pardon à sa femme. »

3. Dans la copie Philidor, l'analyse du dernier acte de la pastorale offre
les différences suivantes :

IIIe INTERMÈDE.

« George Dandin, après une si fâcheuse disgrâce, prend la résolution de se

CLORIS.

Ici l'ombre des ormeaux
Donne un teint frais aux herbettes,
Et les bords de ces ruisseaux
Brillent de mille fleurettes,
Qui se mirent dans les eaux.

Prenez, Bergers, vos musettes,
Ajustez vos chalumeaux,
Et mêlons nos chansonnettes
Aux chants des petits oiseaux.

Le Zéphire entre ces eaux
Fait[1] mille courses secrètes,
Et les rossignols nouveaux
De leurs douces amourettes
Parlent aux tendres rameaux.

Prenez, Bergers, vos musettes,
Ajustez vos chalumeaux,
Et mêlons nos chansonnettes
Aux chants des petits oiseaux.

Plusieurs Bergers et Bergères galantes[2] mêlent aussi leurs pas à tout ceci, et occupent les yeux, tandis que la musique occupe les oreilles.

CLIMÈNE.

Ah! qu'il est doux; belle Sylvie,
Ah! qu'il est doux de s'enflammer!
Il faut retrancher de la vie

« jeter dans l'eau. Mais il en est empêché par un de ses amis qui lui con-
« seille.... part avec lui pour se joindre à sa troupe,... à célébrer par des
« chants le pouvoir de l'Amour. »
Philidor n'a pas transcrit les quelques lignes qui, plus loin dans ce livret, précèdent ou suivent encore les vers chantés.
1. Les Zéphirs.... font. (*Partition Philidor.*)
2. *Bergers*, Chicanneau, Saint-André, la Pierre, Favier. — *Bergères*, Bonard, Arnald, Noblet, Foignart. (*Note de l'original.*)

Ce qu'on en passe sans aimer[1].

CLORIS[2].

Ah ! les beaux jours qu'Amour nous donne
Lors que sa flamme unit les cœurs !
Est-il ni gloire ni couronne
Qui vaille ses moindres douceurs ?

TIRCIS.

Qu'avec peu de raison on se plaint d'un martyre
Que suivent de si doux plaisirs !

PHILÈNE.

Un moment de bonheur dans l'amoureux empire
Répare dix ans de soupirs[3].

TOUS ensemble.

Chantons tous de l'Amour le pouvoir adorable,
Chantons tous dans ces lieux
Ses attraits glorieux :
Il est le plus aimable
Et le plus grand des Dieux[4].

A ces mots, toute la troupe de Bacchus arrive, et l'un d'eux, s'avançant à la tête[5], chante fièrement ces paroles :

Arrêtez[6], c'est trop entreprendre :
Un autre Dieu dont nous suivons les lois,
S'oppose à cet honneur qu'à l'Amour osent rendre
Vos musettes et vos voix.
A des titres si beaux Bacchus seul peut prétendre,

1. Les deux premiers vers du quatrain sont ramenés, dans le chant, après les deux derniers. — Il en est de même au quatrain suivant, qui est un second couplet.

2. Dans la partition Philidor, le quatrain précédent et le suivant sont deux couplets d'une chanson donnés l'un et l'autre à la même voix.

3. Ce distique, chanté d'abord par Philène seul, est repris en duo par Philène et Tircis.

4. Ce chœur des Bergers amoureux forme deux reprises qui sont à redire ; les deux derniers vers ont servi, avec le tout dernier répété, à composer la seconde.

5. D'Estival. (*Note de l'original.*) — 6. Ce mot est répété dans le chant.

Et nous sommes ici pour défendre ses droits[1].

CHŒUR DE BACCHUS.

Nous suivons de Bacchus le pouvoir adorable ;
    Nous suivons en tous lieux
    Ses attraits glorieux :
    Il est le plus aimable
    Et le plus grand des Dieux[2].

Plusieurs du parti de Bacchus mêlent aussi leurs pas à la musique[3], et l'on voit ici un combat de danseurs contre danseurs, et de chantres contre chantres.

CLORIS.

    C'est le printemps qui rend l'âme
    A nos champs semés de fleurs,
    Mais c'est l'Amour et sa flamme
    Qui font revivre nos cœurs.

UN SUIVANT DE BACCHUS[4].

    Le soleil chasse les ombres
    Dont le ciel est obscurci,
    Et des âmes les plus sombres
    Bacchus chasse le souci.

CHŒUR DE BACCHUS.

Bacchus est révéré sur la terre et sur l'onde.

CHŒUR DE L'AMOUR.

Et l'Amour est un Dieu qu'on adore en tous lieux.

CHŒUR DE BACCHUS.

Bacchus à son pouvoir a soumis tout le monde.

CHŒUR DE L'AMOUR.

Et l'Amour a dompté les hommes et les Dieux.

1. Le compositeur a repris ce vers et, pour finir, encore employé le dernier hémistiche, « pour défendre ses droits. »

2. Ce chœur des partisans de Bacchus est aussi à deux reprises ; la première, de trois vers, commence par *Nous suivons* répété ; la seconde finit par le dernier vers tout entier répété.

3. *Suivants de Bacchus dansant,* Beauchamp, Dolivet, Chicanneau, Maycu. — *Bacchantes,* Paysan, Manceau, le Roy, Pesan. (*Note de l'original.*)

4. Gingan. (*Ibidem.*)

CHOEUR DE BACCHUS.

Rien peut-il[1] égaler sa douceur sans seconde ?

CHOEUR DE L'AMOUR.

Rien peut-il égaler ses charmes précieux ?

CHOEUR DE BACCHUS.

Fi[2] de l'Amour et de ses feux !

LE PARTI DE L'AMOUR.

Ah! quel plaisir d'aimer !

LE PARTI DE BACCHUS.

Ah[3]! quel plaisir de boire[4] !

LE PARTI DE L'AMOUR[5].

A qui vit sans amour la vie est sans appas.

LE PARTI DE BACCHUS[6].

C'est mourir que de vivre et de ne boire pas.

LE PARTI DE L'AMOUR.

Aimables fers !

LE PARTI DE BACCHUS.

Douce victoire[7] !

1. *Rien peut-il* est dit deux fois dans le chant de ce vers.

2. Le compositeur a employé trois fois cette exclamation.

3. Cet *Ah!* est à marquer *bis* la première fois que l'hémistiche se chante.

4. Ce vers, d'après la partition, n'est pas chanté par les chœurs : le premier hémistiche l'est par deux voix hautes (deux dessus) et le second par une voix très-basse ; puis la voix la plus haute reprend seule : « Ah! quel plaisir d'aimer! », et la voix basse : « Ah! quel plaisir, quel plaisir de boire! » Cependant voyez ci-après la note 7.

5. Un ténor seul, d'après la partition.

6. Une basse seule aussi.

7. Dans la partition, *le Ténor :* « Aimables fers! » — *La Basse :* « Douce victoire! » — *Le Ténor :* « Aimables fers! » — *Le Chœur de Bacchus :* « Douce, douce victoire! » — Ce n'est point sur des indications expresses que le chant de quelques passages de cette scène vient d'être attribué à des solistes ; il n'est pas impossible que ces passages aient été chantés par tous les dessus, par toutes les basses, par tous les ténors de l'un ou de l'autre chœur ; mais, d'une part, ils paraissent être d'une exécution plus difficile, et, d'autre part, l'accompagnement en est réduit à une bien moindre sonorité[a] ; il est tout à fait probable qu'ils étaient donnés aux virtuoses que Lully avait là,

[a] Au lieu des cinq parties d'instruments qui d'ordinaire soutiennent les voix du chœur, il n'y a plus d'écrit pour ces passages qu'une basse chiffrée.

LE PARTI DE L'AMOUR.

Ah ! quel plaisir d'aimer !

LE PARTI DE BACCHUS.

Ah ! quel plaisir de boire [1] !

LES DEUX PARTIS.

Non, non, c'est un abus.
Le plus grand Dieu de tous....

LE PARTI DE L'AMOUR.

C'est l'Amour.

LE PARTI DE BACCHUS.

C'est Bacchus [2].

Un Berger se jette au milieu de cette dispute [3], et chante ces vers
aux deux partis :

C'est trop, c'est trop, Bergers. Hé ! pourquoi ces débats [4] ?
Souffrons qu'en un parti la raison nous assemble.
L'Amour a des douceurs, Bacchus a des appas ;
Ce sont deux déités qui sont fort bien ensemble :
Ne les séparons pas [5].

LES DEUX CHOEURS ensemble.

Mêlons donc leurs douceurs aimables,

devant le Roi, à sa disposition ; le maître distinguait ainsi ceux dont le concours lui était le plus précieux, et ils prenaient, eux, tout naturellement le
rôle de coryphées, de chefs provoquant ou animant encore leur parti à la lutte.

1. Dans la partition, *le Chœur de l'Amour* : « Ah ! ah ! quel plaisir d'aimer ! » — *Le Chœur de Bacchus* : « Ah ! ah ! quel plaisir de boire, quel
plaisir de boire ! »

2. La fin de cette scène, à partir de : « Non, non, c'est un abus, » est
chantée par les deux chœurs, avec la disposition suivante. *Les voix des deux
Chœurs* répétant et mêlant de différentes manières les paroles : « Non, non,
c'est un abus. » — *Le Chœur de l'Amour* : « Le plus grand dieu de tous.... »
— *Le Chœur de Bacchus* : « Le plus grand dieu de tous.... » — « C'est
l'Amour. » — « C'est Bacchus. » — Cette fois seulement *le Ténor* ou *les Ténors*
seuls : « C'est l'Amour. » — « C'est Bacchus. » — « C'est l'Amour. » — « C'est Bacchus. » — « C'est l'Amour, c'est l'Amour. » — « C'est Bacchus, c'est Bacchus. »

3. Le Gros. (*Note de l'original.*)

4. Et pourquoi, et pourquoi ces débats ? (*Partition Philidor.*)

5. Ce dernier vers se chante deux fois.

Mêlons nos voix dans ces lieux agréables,
Et faisons répéter aux échos d'alentour
Qu'il n'est rien de plus doux que Bacchus et l'Amour[1].

Tous les danseurs se mêlent ensemble, à l'exemple des autres, et avec cette pleine réjouissance de tous les Bergers et Bergères finira le divertissement de la comédie, d'où l'on passera aux autres merveilles dont vous aurez la relation.

BERGERS.

Chœur d'Amour.

HEBERT.	HUGUENET.
BEAUMONT.	LA CAISSE cadet.
BONI.	LA FONTAINE.
FERNON le cadet.	CHARLOT.
REBEL.	MARTINOT père.
GINGAN le cadet.	MARTINOT fils.
LONGUEIL.	LE ROUX l'aîné.
COTTEREAU.	LE ROUX cadet.
JEANNOT, ⎫ pages.	GUENIN.
LAIGU, ⎭	LE GRAIS.
PIESCHE père.	BROUARD.
PIESCHE fils.	ROULLÉ.
DESTOUCHE.	MAGNY.
LA CAISSE cadet.	CHEVALLIER.
MARCHAND.	

1. Voici comment dans la partition sont distribuées et employées ces dernières paroles. *Les deux Chœurs :* « Mêlons donc leurs douceurs aimables. — *Le Chœur de l'Amour :* « Mêlons nos voix dans ces lieux agréables. » — *Les deux Chœurs :* « Mêlons nos voix, » etc. — *Le Chœur de l'Amour :* « Et faisons répéter aux échos d'alentour.» — *Les deux Chœurs :* « Et faisons, et faisons répéter aux échos d'alentour, et faisons répéter, et faisons répéter, aux échos, aux échos d'alentour, qu'il n'est rien, etc., qu'il n'est rien, » etc. — *Les voix de contralto du Chœur de l'Amour :* « Et faisons répéter. » — *Les voix de contralto du Chœur de Bacchus :* « Et faisons répéter.» — *Les mêmes voix du Chœur de l'Amour :* « Aux échos d'alentour. » — *Les mêmes voix de l'autre Chœur :* « Aux échos d'alentour. » —*Les deux Chœurs :* (*fort*[a]) « Et faisons répéter, (*doux*) et faisons répéter, (*fort*) aux échos d'alentour, (*doux*) aux échos d'alentour, qu'il n'est rien, » etc. (*quater* le dernier vers). — Tout le chœur, comme nous l'avons dit, ou la plus grande partie du chœur fut une seconde fois chantée après une dernière entrée des danseurs.

a Des *f* et des *d* marquent quelques-uns des effets d'écho dont parle Félibien ci-après, p. 624.

SATYRES.

Chœur de Bacchus.

<table>
<tr><td>Hedoin.</td><td>Chauderon.</td></tr>
<tr><td>Dom.</td><td>Favier.</td></tr>
<tr><td>Fernon l'aîné.</td><td>Bruslard.</td></tr>
<tr><td>Deschamps.</td><td>Balus.</td></tr>
<tr><td>Orat.</td><td>Des-Matins.</td></tr>
<tr><td>David.</td><td>Feugré.</td></tr>
<tr><td>Monier.</td><td>Du Pain.</td></tr>
<tr><td>Serignan.</td><td>L'Espine.</td></tr>
<tr><td>Sanson.</td><td>Camille.</td></tr>
<tr><td>Oudot.</td><td>Bernard.</td></tr>
<tr><td>Simon,</td><td>Bruslard.</td></tr>
<tr><td>Thiery, } pages.</td><td>Desnoyers.</td></tr>
<tr><td>Truslon,</td><td>S. Pere.</td></tr>
<tr><td>Augé,</td><td>Varin.</td></tr>
<tr><td>Jean</td><td>Mercier.</td></tr>
<tr><td>Louis } Hottere.</td><td>Chevalier.</td></tr>
<tr><td>Nicolas</td><td>Joubert.</td></tr>
<tr><td>Martin</td><td>La Place.</td></tr>
<tr><td>Dumanoir.</td><td>Fossart.</td></tr>
<tr><td>Mazuel.</td><td>Lique.</td></tr>
</table>

FIN.

II

RELATION DE LA FÊTE DE VERSAILLES

DU 18ᵉ JUILLET 1668[1].

Le Roi ayant accordé la paix aux instances de ses alliés et aux
vœux de toute l'Europe, et donné des marques d'une modération
et d'une bonté sans exemple, même dans le plus fort de ses con-

---

[1]. Nous suivons le texte de 1668, en y comparant la réimpression de 1679.
Cette dernière porte à la fin le nom de l'auteur de la *Relation*, FÉLIBIEN,
sur qui voici la note d'Auger (tome VII, p. 285): « André Félibien, né en
1619 et mort en 1695. Il fut historiographe des bâtiments (*du Roi, des peintures, sculptures, arts et manufactures royales*), secrétaire de l'Académie d'architecture, et un des huit qui formèrent, dans le principe, l'Académie des

quêtes, ne pensoit plus qu'à s'appliquer aux affaires de son royaume, lorsque, pour réparer en quelque sorte ce que la cour avoit perdu dans le carnaval pendant son absence, il résolut de faire une fête dans les jardins de Versailles, où, parmi les plaisirs que l'on trouve dans un séjour si délicieux, l'esprit fût encore touché de ces beautés surprenantes et extraordinaires dont ce grand prince sait si bien assaisonner tous ses divertissements.

Pour cet effet, voulant donner la comédie ensuite d'une collation, et le souper après la comédie qui fût suivi d'un bal et d'un feu d'artifice, il jeta les yeux sur les personnes qu'il jugea les plus capables pour disposer toutes les choses propres à cela. Il leur marqua lui-même les endroits où la disposition du lieu pouvoit par sa beauté naturelle contribuer davantage à leur décoration; et parce que l'un des plus beaux ornements de cette maison est la quantité des eaux que l'art y a conduites, malgré la nature qui les lui avoit refusées, Sa Majesté leur ordonna de s'en servir, le plus qu'ils pourroient, à l'embellissement de ces lieux, et même leur ouvrit les moyens de les employer et d'en tirer les effets qu'elles peuvent faire.

Pour l'exécution de cette fête, le duc de Créquy, comme premier gentilhomme de la chambre, fut chargé de ce qui regardoit la comédie; le maréchal de Bellefond, comme premier maître d'hôtel du Roi, prit le soin de la collation, du souper et de tout ce qui regardoit le service des tables; et M. Colbert, comme surintendant des bâtiments, fit construire et embellir les divers lieux destinés à ce divertissement royal, et donna les ordres pour l'exécution des feux d'artifice.

Le sieur Vigarani eut ordre de dresser le théâtre pour la comédie; le sieur Gissey d'accommoder un endroit pour le souper; et le sieur le Vau, premier architecte du Roi, un autre pour le bal.

Le mercredi[1] 18e jour de juillet, le Roi, étant parti de Saint-Germain, vint dîner à Versailles avec la Reine, Monseigneur le Dauphin, Monsieur et Madame; le reste de la cour, étant arrivé incontinent après midi, trouva des officiers du Roi qui faisoient

inscriptions. Il composa plusieurs ouvrages, dont le plus estimé a pour titre : *Entretiens sur les vies et sur les ouvrages des plus excellents peintres anciens et modernes* (1666, in-4°). Il eut deux fils, dont l'un hérita de son amour pour les arts, et de la plupart de ses emplois; et dont l'autre, religieux de l'ordre de Saint-Benoît, écrivit l'*Histoire de l'abbaye de Saint-Denis*, et commença l'*Histoire de la ville de Paris*, achevée par dom Lobineau, son confrère. »

1. Le mecredi. (1679.)

les honneurs et recevoient tout le monde dans les salles du château, où il y avoit, en plusieurs endroits, des tables dressées, et de
quoi se rafraîchir; les principales dames furent conduites dans des
chambres particulières, pour se reposer.

Sur les six heures du soir, le Roi ayant commandé au marquis
de Gêvres, capitaine de ses gardes, de faire ouvrir toutes les portes,
afin qu'il n'y eût personne qui ne prît part au divertissement, sortit
du château avec la Reine et tout le reste de la cour, pour prendre
le plaisir de la promenade.

Quand Leurs Majestés eurent fait le tour du grand parterre,
elles descendirent dans celui de gazon qui est du côté de la Grotte,
où après avoir considéré les fontaines qui les embellissent, elles
s'arrêtèrent particulièrement à regarder celle qui est au bas du petit
parc du côté de la pompe. Dans le milieu de son bassin l'on voit
un dragon de bronze, qui, percé d'une flèche, semble vomir le sang
par la gueule, en poussant en l'air un bouillon d'eau qui retombe
en pluie, et couvre tout le bassin.

Autour de ce dragon il y a quatre petits Amours sur des cygnes,
qui font chacun un grand jet d'eau et qui nagent vers le bord
comme pour se sauver : deux de ces Amours, qui sont en face du
dragon, se cachent le visage avec la main pour ne le pas voir, et
sur leur visage l'on aperçoit toutes les marques de la crainte parfaitement exprimées. Les deux autres, plus hardis parce que le
monstre n'est pas tourné de leur côté, l'attaquent de leurs armes.
Entre ces Amours sont des dauphins de bronze, dont la gueule
ouverte pousse en l'air de gros bouillons d'eau.

Leurs Majestés allèrent ensuite chercher le frais dans ces bos-
quets si délicieux, où l'épaisseur des arbres empêche que le soleil
ne se fasse sentir. Lorsqu'elles furent dans celui dont un grand
nombre d'agréables allées forme une espèce de labyrinthe, elles
arrivèrent, après plusieurs détours, dans un cabinet de verdure
pentagone [1], où aboutissent cinq allées. Au milieu de ce cabinet il
y a une fontaine, dont le bassin est bordé de gazon. De ce bassin
sortoient cinq tables en manière de buffets, chargées de toutes les
choses qui peuvent composer une collation magnifique.

L'une de ces tables représentoit une montagne, où dans plusieurs
espèces de cavernes on voyoit diverses sortes de viandes froides;
l'autre étoit comme la face d'un palais bâti de massepains et pâtes
sucrées. Il y en avoit une chargée de pyramides de confitures
sèches; une autre d'une infinité de vases remplis de toutes sortes
de liqueurs; et la dernière étoit composée de caramels. Toutes ces

1. Dans un cabinet de verdure, et de figure pentagone. (1679.)

tables, dont les plans étoient ingénieusement formés en divers compartiments, étoient couvertes d'une infinité de choses délicates, et disposées d'une manière toute nouvelle ; leurs pieds et leurs dossiers étoient environnés de feuillages mêlés de festons de fleurs, dont une partie étoit soutenue par des Bacchantes. Il y avoit entre ces tables une petite pelouse de mousse verte qui s'avançoit dans le bassin, et sur laquelle on voyoit dans un grand vase un oranger dont les fruits étoient confits : chacun de ces orangers avoit à côté de lui deux autres arbres de différentes espèces, dont les fruits étoient pareillement confits.

Du milieu de ces tables s'élevoit un jet d'eau, de plus de trente pieds de haut, dont la chute faisoit un bruit très-agréable : de sorte qu'en voyant tous ces buffets d'une même hauteur, joints les uns aux autres par les branches d'arbres et les fleurs dont ils étoient revêtus, il sembloit que ce fût une petite montagne du haut de laquelle sortît une fontaine.

La palissade qui fait l'enceinte de ce cabinet étoit disposée d'une manière toute particulière : le jardinier ayant employé son industrie à bien ployer les branches des arbres et à les lier ensemble en diverses façons, en avoit formé une espèce d'architecture. Dans le milieu du couronnement on voyoit un socle de verdure, sur lequel il y avoit un dé qui portoit un vase rempli de fleurs. Au côté du dé et sur le même socle étoient deux autres vases de fleurs ; et en cet endroit le haut de la palissade, venant doucement à s'arrondir en forme de galbe, se terminoit aux deux extrémités par deux autres vases aussi remplis de fleurs.

Au lieu de siéges de gazon, il y avoit tout autour du cabinet des couches de melons, dont la quantité, la grosseur et la bonté étoit surprenante pour la saison. Ces couches étoient faites d'une manière toute extraordinaire, et à bien considérer la beauté de ce lieu, l'on auroit pu dire autrefois que les hommes n'auroient point eu de part à un si bel arrangement, mais que quelques divinités de ces bois auroient employé leurs soins pour l'embellir de la sorte.

Comme il y a cinq allées qui se terminent toutes dans ce cabinet et qui forment une étoile, l'on trouvoit ces allées ornées de chacun côté [1] de vingt-six arcades de cyprès. Sous chaque arcade et sur des siéges de gazon il y avoit de grands vases remplis de divers arbres chargés de leurs fruits. Dans la première de ces allées il n'y avoit que des orangers de Portugal ; la seconde étoit toute de bigarreautiers et de cerisiers mêlés ensemble ; la troisième étoit bordée d'abricotiers et de pêchers ; la quatrième, de groseilliers [2] de Hol-

---

1. De chaque côté. (1679.) — 2. Dans les deux éditions : « groisilliers ».

lande; et dans la cinquième l'on ne voyoit que des poiriers de différente espèce. Tous ces arbres faisoient un agréable objet à la vue, à cause de leurs fruits qui paroissoient encore davantage contre l'épaisseur du bois.

Au bout de ces cinq allées il y a cinq grandes niches de verdure, que l'on voit toutes en face du milieu du cabinet. Ces niches étoient cintrées; et sur les pilastres des côtés s'élevoient deux rouleaux, qui s'alloient joindre à un carré qui étoit au milieu. Dans ce carré l'on voyoit les chiffres du Roi composés de différentes fleurs, et des deux côtés pendoient des festons qui s'attachoient à l'extrémité des rouleaux. A côté de la niche il y avoit deux arcades aussi de verdure, avec leurs pilastres d'un côté et d'autre; et tous ces pilastres étoient terminés par des vases remplis de fleurs.

Dans l'une de ces niches étoit la figure du dieu Pan, qui ayant sur le visage toutes les marques de la joie, sembloit prendre part à celle de toute l'assemblée. Le sculpteur l'avoit disposé dans une action qui faisoit connoître qu'il étoit mis là comme la divinité qui présidoit dans ce lieu.

Dans les quatre autres niches, il y avoit quatre Satyres, deux hommes et deux femmes, qui tous sembloient danser et témoigner le plaisir qu'ils ressentoient de se voir visités par un si grand monarque, suivi d'une si belle cour. Toutes ces figures étoient dorées et faisoient un effet admirable contre le vert de ces palissades.

Après que Leurs Majestés eurent été quelque temps dans cet endroit si charmant, et que les dames eurent fait collation, le Roi abandonna les tables au pillage des gens qui suivoient, et la destruction d'un arrangement si beau servit encore d'un divertissement agréable à toute la cour, par l'empressement et la confusion de ceux qui démolissoient ces châteaux de massepain et ces montagnes de confitures.

Au sortir de ce lieu, le Roi rentrant dans une calèche, la Reine dans sa chaise, et tout le reste de la cour dans leurs carrosses, poursuivirent leur promenade pour se rendre à la comédie, et passant dans une grande allée de quatre rangs de tilleuls, firent le tour du bassin de la fontaine des Cygnes, qui termine l'allée Royale vis-à-vis du château. Ce bassin est un carré long, finissant par deux demi-ronds; sa longueur est de soixante toises, sur quarante de large. Dans son milieu il y a une infinité de jets d'eau, qui, réunis ensemble, font une gerbe d'une hauteur et d'une grosseur extraordinaire.

A côté de la grande allée Royale il y en a deux autres qui en sont éloignées d'environ deux cents pas. Celle qui est à droit en montant vers le château, s'appelle l'allée du Roi; et celle qui est à gauche, l'allée des Prés. Ces trois allées sont traversées par une

autre qui se termine à deux grilles, qui font la clôture du petit
parc. Ces deux allées des côtés et celle qui les traverse ont cinq
toises de large ; mais à l'endroit où elles se rencontrent, elles forment un grand espace qui a plus de treize toises en carré. C'est
dans cet endroit de l'allée du Roi que le sieur Vigarani avoit disposé le lieu de la comédie. Le théâtre, qui avançoit un peu dans
le carré de la place, s'enfonçoit de dix toises dans l'allée qui monte
vers le château, et laissoit pour la salle un espace de treize toises
de face sur neuf de large.

L'exhaussement de ce salon étoit de trente pieds jusques à la
corniche, d'où les côtés du plafond s'élevoient encore de huit pieds
jusques au dernier enfoncement. Il étoit couvert de feuillée par
dehors, et par dedans paré de riches tapisseries, que le sieur du
Mets, intendant des meubles de la couronne, avoit pris soin de faire
disposer de la manière la plus belle et la plus convenable pour la
décoration de ce lieu. Du haut du plafond pendoient trente-deux
chandeliers de cristal, portant chacun dix bougies de cire blanche.
Autour de la salle étoient plusieurs siéges disposés en amphithéâtre,
remplis de plus de douze cents personnes ; et dans le parterre il y
avoit encore sur des bancs une plus grande quantité de monde.
Cette salle étoit percée par deux grandes arcades, dont l'une étoit
vis-à-vis du théâtre, et l'autre du côté qui va vers la grande allée.
L'ouverture du théâtre étoit de trente-six pieds, et de chaque côté
il y avoit deux grandes colonnes torses, de bronze et de lapis,
environnées de branches et de feuilles de vigne d'or : elles étoient
posées sur des piédestaux[1] de marbre, et portoient une grande corniche, aussi de marbre, dans le milieu de laquelle on voyoit les
armes du Roi sur un cartouche doré, accompagné de trophées ;
l'architecture étoit d'ordre ionique. Entre chaque colonne il y avoit
une figure : celle qui étoit à droit représentoit la Paix, et celle qui
étoit à gauche figuroit la Victoire, pour montrer que Sa Majesté est
toujours en état de faire que ses peuples jouissent d'une paix heureuse et pleine d'abondance, en établissant le repos dans l'Europe,
ou d'une victoire glorieuse et remplie de joie, quand elle est obligée
de prendre les armes pour soutenir ses droits.

Lorsque Leurs Majestés furent arrivées dans ce lieu, dont la
grandeur et la magnificence surprit toute la cour, et quand elles
eurent pris leurs places sur le haut dais qui étoit au milieu du
parterre, on leva la toile qui cachoit la décoration du théâtre, et
alors les yeux se trouvant tout à fait trompés, l'on crut voir effectivement un jardin de beauté extraordinaire.

1. Dans nos textes, *pieds d'estaux ;* au singulier, *pied d'estail.*

A l'entrée de ce jardin, l'on découvroit[1] deux palissades si ingénieusement moulées, qu'elles formoient un ordre d'architecture,
dont la corniche étoit soutenue par quatre Termes, qui représentoient des Satyres. La partie d'en bas de ces Termes, et ce qu'on
appelle gaîne, étoit de jaspe, et le reste de bronze doré. Ces Satyres portoient sur leurs têtes des corbeilles pleines de fleurs; et sur
les piédestaux de marbre qui soutenoient ces mêmes Termes, il y
avoit de grands vases dorés, aussi remplis de fleurs.

Un peu plus loin paroissoient deux terrasses, revêtues de marbre
blanc, qui environnoient un long canal. Aux bords de ces terrasses
il y avoit des masques dorés, qui vomissoient de l'eau dans le
canal, et au-dessus de ces masques on voyoit des vases de bronze
doré, d'où sortoient aussi autant de véritables jets d'eau.

On montoit sur ces terrasses par trois degrés; et sur la même
ligne où étoient rangés les Termes, il y avoit, d'un côté et d'autre,
une allée[2] de grands arbres, entre lesquels paroissoient des cabinets d'une architecture rustique : chaque cabinet couvroit un grand
bassin de marbre, soutenu sur un piédestal de même matière, et
de ces bassins sortoient autant de jets d'eau.

Le bout du canal le plus proche étoit bordé de douze jets d'eau,
qui formoient autant de chandeliers, et à l'autre extrémité on
voyoit un superbe édifice en forme de dôme. Il étoit percé de trois
grands portiques[3], au travers desquels on découvroit une grande
étendue de pays.

D'abord l'on vit sur le théâtre une collation magnifique d'oranges
de Portugal et de toutes sortes de fruits, chargés à fond et en
pyramides dans trente-six corbeilles, qui furent servies à toute la
cour par le maréchal de Bellefond, et par plusieurs seigneurs,
pendant que le sieur de Launay, intendant des menus plaisirs et
affaires de la chambre, donnoit de tous côtés des imprimés qui
contenoient le sujet de la comédie et du ballet.

Bien que la pièce qu'on représenta doive être considérée comme
un impromptu et un de ces ouvrages où la nécessité de satisfaire
sur-le-champ aux volontés du Roi ne donne pas toujours le loisir
d'y apporter la dernière main et d'en former les derniers traits,
néanmoins il est certain qu'elle est composée de parties si diversi-
fiées et si agréables, qu'on peut dire qu'il n'en a guère paru sur le
théâtre de plus capable de satisfaire tout ensemble l'oreille et les
yeux des spectateurs. La prose, dont on s'est servi, est un langage

1. On découvroit. (1679.)
2. Une longue allée. (*Ibidem.*)
3. Il étoit percé de trois portiques. (*Ibidem.*)

très-propre pour l'action qu'on représente ; et les vers qui se chantent entre les actes de la comédie conviennent si bien au sujet et expriment si tendrement les passions dont ceux qui les récitent doivent être émus, qu'il n'y a jamais rien eu de plus touchant. Quoiqu'il semble que ce soit deux comédies que l'on joue en même temps, dont l'une soit en prose et l'autre en vers, elles sont pourtant si bien unies à un même sujet, qu'elles ne font qu'une même pièce et ne représentent qu'une seule action.

L'ouverture du théâtre se fait par quatre Bergers [1], déguisés en valets de fêtes, qui, accompagnés de quatre autres Bergers [2] qui jouent de la flûte, font une danse, où ils obligent d'entrer avec eux un riche Paysan qu'ils rencontrent, et qui, mal satisfait de son mariage, n'a l'esprit rempli que de fâcheuses pensées : aussi l'on voit qu'il se retire bientôt de leur compagnie, où il n'a demeuré que par contrainte.

Climène [3] et Cloris [4], qui sont deux Bergères amies, entendant le son des flûtes, viennent joindre leurs voix à ces instruments, et chantent :

L'autre jour, d'Annette [5], etc.

Tircis [6] et Philène [7], amants de ces deux Bergères, les abordent pour les entretenir de leur passion, et font avec elles une scène en musique.

CLORIS.

Laissez-nous en repos, Philène, etc.

Ces deux Bergers se retirent, l'âme pleine de douleur et de désespoir, et ensuite de cette musique commence le premier acte de la comédie en prose.

Le sujet est qu'un riche Paysan s'étant marié à la fille d'un gentilhomme de campagne, ne reçoit que du mépris de sa femme aussi bien que de son beau-père et de sa belle-mère, qui ne l'avoient pris pour leur gendre qu'à cause de ses grands biens.

Toute cette pièce est traitée de la même sorte que le sieur de Molière a de coutume de faire ses autres pièces de théâtre : c'est-à-dire qu'il y représente avec des couleurs si naturelles le caractère des personnes qu'il introduit, qu'il ne se peut rien voir de plus ressemblant que ce qu'il a fait pour montrer la peine et les chagrins

1. Beauchamp, Saint-André, la Pierre, Favier. — 2. Descouteaux, Philbert, Jean et Martin Hottere. (*Notes de l'original.*)

3. Mlle Hylaire. — 4. Mlle des Fronteaux. (*Ibidem.*)

5. Voyez ci-dessus, dans le Ier *Appendice*, la suite de cette chansonnette, ainsi que la suite de toutes les poésies rappelées plus loin par leur premier vers.

6. Blondel. — 7. Gaye. (*Notes de l'original.*)

où se trouvent souvent ceux qui s'allient au-dessus de leur condition. Et quand il dépeint l'humeur et la manière de faire de certains nobles campagnards, il ne forme point de traits qui n'expriment parfaitement leur véritable image. Sur la fin de l'acte, le Paysan est interrompu par une Bergère qui lui vient apprendre le désespoir des deux Bergers; mais comme il est agité d'autres inquiétudes, il la quitte en colère, et Cloris entre, qui vient faire une plainte sur la mort de son amant :

> Ah! mortelles douleurs! etc.

Après cette plainte, commença le second acte de la comédie en prose. C'est une suite des déplaisirs du Paysan marié, qui se trouve encore interrompu par la même Bergère, qui vient lui dire que Tircis et Philène ne sont point morts, et lui montre six Bateliers [1] qui les ont sauvés. Le Paysan importuné de tous ces avis se retire, et quitte la place aux Bateliers, qui, ravis de la récompense qu'ils ont reçue, dansent avec leurs crocs, et se jouent ensemble: après quoi se récite le troisième acte de la comédie en prose.

Dans ce dernier acte l'on voit le Paysan dans le comble de la douleur par les mauvais traitements de sa femme. Enfin un de ses amis lui conseille de noyer dans le vin toutes ses inquiétudes, et l'emmène pour joindre sa troupe, voyant venir toute la foule des Bergers amoureux, qui commence à célébrer par des chants et des danses le pouvoir de l'Amour.

Ici la décoration du théâtre se trouve changée en un instant, et l'on ne peut comprendre comment tant de véritables jets d'eau ne paroissent plus, ni par quel artifice, au lieu de ces cabinets et de ces allées, on ne découvre sur le théâtre que de grandes roches entremêlées d'arbres, où l'on voit plusieurs Bergers qui chantent et qui jouent de toutes sortes d'instruments. Cloris commence la première à joindre sa voix au son des flûtes et des musettes.

CLORIS.
Ici l'ombre des ormeaux, etc.

Pendant que la musique charme les oreilles, les yeux sont agréablement occupés à voir danser plusieurs Bergers et Bergères [2] galamment vêtus; et Climène chante :

> Ah! qu'il est doux, belle Sylvie, etc.

. . . .

[1]. Jouan, Beauchamp, Chicanneau, Favier, Noblet, Mayeu. (*Note de l'original.*)

[2]. *Bergers :* Chicanneau, Saint-André, la Pierre, Favier. — *Bergères :* Bonard, Arnald, Noblet, Foignard. (*Notes de l'original.*)

PARIS. — IMPRIMERIE A. LAHURE

Rue de Fleurus, 9

TOUS ensemble.
Chantons tous de l'Amour le pouvoir adorable,

. . . .
Il est le plus aimable
Et le plus grand des Dieux.

A ces mots, l'on vit s'approcher du fond du théâtre un grand rocher, couvert d'arbres, sur lequel étoit assise toute la troupe de Bacchus, composée de quarante Satyres ; l'un d'eux [1], s'avançant à la tête, chanta fièrement ces paroles :

Arrêtez, c'est trop entreprendre, etc.
CHOEUR DE BACCHUS.
Nous suivons de Bacchus le pouvoir adorable, etc.

Plusieurs du parti de Bacchus mêloient aussi leurs pas à la musique, et l'on vit un combat des danseurs et des chantres de Bacchus, contre les danseurs et les chantres qui soutenoient le parti de l'Amour.
CLORIS.
C'est le printemps qui rend l'âme, etc.
UN SUIVANT DE BACCHUS [2].
Le soleil chasse les ombres, etc.

. . . .
LES DEUX PARTIS.
Le plus grand dieu de tous....
LE PARTI DE L'AMOUR.
C'est l'Amour.
LE PARTI DE BACCHUS.
C'est Bacchus.

Un Berger [3] arrive, qui se jette au milieu des deux partis pour les séparer, et leur chante ces vers :

C'est trop, c'est trop, Bergers. Hé pourquoi ces débats ? etc.
. . . .
LES DEUX CHOEURS ensemble.
Mêlons donc leurs douceurs aimables, etc.

Tous les danseurs se mêlent ensemble, et l'on voit parmi les Bergers et les Bergères quatre des suivants de Bacchus, avec des thyrses, et quatre Bacchantes [4], avec des espèces de tambours de

1. D'Estival. — 2. Gingan. — 3. Le Gros. (*Notes de l'original.*)
4. *Suivants de Bacchus* : Beauchamp, Dolivet, Chicanneau, Mayeu. — *Bacchantes* : Paysan, Manceau, le Roy, Pesan. (*Note de l'original.*)

basque, qui représentent ces cribles qu'elles portoient anciennement aux fêtes de Bacchus. De ces thyrses, les suivants frappent
sur les cribles des Bacchantes, et font différentes postures, pendant que les Bergers et les Bergères dansent plus sérieusement.

On peut dire que dans cet ouvrage le sieur de Lully a trouvé le
secret de satisfaire et de charmer tout le monde; car jamais il n'y
a rien eu de si beau ni de mieux inventé. Si l'on regarde les danses,
il n'y a point de pas qui ne marque l'action que les danseurs doivent faire, et dont les gestes ne soient autant de paroles qui se
fassent entendre. Si l'on regarde la musique, il n'y a rien qui n'exprime parfaitement toutes les passions et qui ne ravisse l'esprit des
auditeurs. Mais ce qui n'a jamais été vu, est cette harmonie de
voix si agréable, cette symphonie d'instruments, cette belle union
de différents chœurs, ces douces chansonnettes, ces dialogues si
tendres et si amoureux, ces échos, et enfin cette conduite admirable dans toutes les parties, où, depuis les premiers récits, l'on a vu
toujours que la musique s'est augmentée, et qu'enfin, après avoir
commencé par une seule voix, elle a fini par un concert de plus de
cent personnes, que l'on a vues, toutes à la fois sur un même
théâtre, joindre ensemble leurs instruments, leurs voix et leurs pas,
dans un accord et une cadence qui finit la pièce, en laissant tout le
monde dans une admiration qu'on ne peut assez exprimer.

Cet agréable spectacle étant fini de la sorte, le Roi et toute la
cour sortirent par le portique du côté gauche du salon, et qui rend
dans l'allée de traverse, au bout de laquelle, à l'endroit où elle
coupe l'allée des Prés, l'on aperçut de loin un édifice élevé de cinquante pieds de haut. Sa figure étoit octogone, et sur le haut de la
couverture s'élevoit une espèce de dôme d'une grandeur et d'une
hauteur si belle et si proportionnée, que le tout ensemble ressembloit beaucoup à ces beaux temples antiques dont l'on voit encore
quelques restes : il étoit tout couvert de feuillages, et rempli d'une
infinité de lumières. A mesure qu'on s'en approchoit, on y découvroit mille différentes beautés : il étoit isolé et l'on voyoit dans les
huit angles autant de pilastres, qui servoient comme de pieds-forts
ou d'arcs-boutants[1], élevés de quinze pieds de haut. Au-dessus de
ces pilastres il y avoit de grands vases ornés de différentes façons
et remplis de lumières. Du haut de ces vases sortoit une fontaine,
qui, retombant à l'entour, les environnoit comme d'une cloche de
cristal : ce qui faisoit un effet d'autant plus admirable, qu'on
voyoit un feu éclairer agréablement au milieu de l'eau.

1. Dans nos deux textes, *arboutans*.

Cet édifice étoit percé de huit portes. Au-devant de celle par où l'on entroit, et sur deux piédestaux de verdure, étoient deux grandes figures dorées qui représentoient deux Faunes, jouant chacun d'un instrument. Au-dessus de ces portes on voyoit comme une espèce de frise ornée de huit grands bas-reliefs, représentant par des figures assises les quatre saisons de l'année et les quatre parties du jour. A côté des premières il y avoit de doubles L, et à côté des autres des fleurs de lis. Elles étoient toutes enchâssées parmi le feuillage, et faites avec un artifice de lumière si beau et si surprenant, qu'il sembloit que toutes ces figures, ces L, et ces fleurs de lis, fussent d'un métal lumineux et transparent.

Le tour du petit dôme[1] étoit aussi orné de huit bas-reliefs, éclairés de la même sorte ; mais au lieu de figures, c'étoient des trophées disposés en différentes manières. Sur les angles du principal édifice et du petit dôme[2] il y avoit de grosses boules de verdure qui en terminoient les extrémités.

Si l'on fut surpris en voyant par dehors la beauté de ce lieu, on le fut encore davantage en voyant le dedans. Il étoit presque impossible de ne se pas persuader que ce ne fût un enchantement, tant il y paroissoit de choses qu'on croiroit ne se pouvoir faire que par magie. Sa grandeur étoit de huit toises de diamètre. Au milieu il y avoit un grand rocher, et autour du rocher une table de figure octogone, chargée de soixante-quatre couverts. Ce rocher étoit percé en quatre endroits ; il sembloit que la nature eût fait choix de tout ce qu'elle a de plus beau et de plus riche pour la composition de cet ouvrage, et qu'elle eût elle-même pris plaisir d'en faire son chef-d'œuvre : tant les ouvriers avoient bien su cacher l'artifice dont ils s'étoient servis pour l'imiter.

Sur la cime du rocher étoit le cheval Pégase : il sembloit, en se cabrant, faire sortir l'eau qu'on voyoit couler doucement de dessous ses pieds ; mais qui aussitôt tomboit avec abondance et formoit comme quatre fleuves. Cette eau, qui se précipitoit avec violence et par gros bouillons parmi les pointes du rocher, le rendoit tout blanc d'écume et ne s'y perdoit que pour paroître ensuite plus belle et plus brillante ; car, ressortant avec impétuosité par des endroits cachés, elle faisoit des chutes d'autant plus agréables, qu'elles se séparoient en plusieurs petits ruisseaux parmi les cailloux et les coquilles. Il sortoit de tous les endroits les plus creux du rocher mille gouttes d'eau, qui, avec celles des cascades, venoient à inonder une pelouse couverte de mousse et de divers coquillages, qui en faisoient l'entrée. C'étoit sur ce beau vert et à l'entour de

1. Le tour du dôme. (1679.) — 2. Et du dôme. (*Ibidem.*)

ces coquilles, que ces eaux, venant à se répandre et à couler agréablement, faisoient une infinité de retours, qui paroissoient autant de petites ondes d'argent, et, avec un murmure doux et agréable qui s'accordoit au bruit des cascades, tomboient, en cent différentes manières, dans huit canaux, qui séparoient la table d'avec le rocher et en recevoient toutes les eaux. Ces canaux étoient revêtus de carreaux de porcelaine et de mousse, au bord desquels il y avoit de grands vases à l'antique, émaillés d'or et d'azur, qui, jetant l'eau par trois différents endroits, remplissoient trois grandes coupes de cristal, qui se dégorgeoient encore dans ces mêmes canaux.

Au-dessous du cheval Pégase, et vis-à-vis la porte par où l'on entroit, on voyoit la figure d'Apollon, assise, tenant dans sa main une lyre; les neuf Muses étoient au-dessous de lui, qui tenoient aussi divers instruments. Dans les quatre coins du rocher et au-dessous de la chute de ces fleuves, il y avoit quatre figures couchées, qui en représentoient les divinités.

De quelque côté qu'on regardât ce rocher, l'on y voyoit toujours différents effets d'eau ; et les lumières dont il étoit éclairé étoient si bien disposées, qu'il n'y en avoit point qui ne contribuassent à faire paroître toutes les figures, qui étoient d'argent, et à faire briller davantage les divers éclats de l'eau et les différentes couleurs des pierres et des cristaux dont il étoit composé. Il y avoit même des lumières si industrieusement cachées dans les cavités de ce rocher, qu'elles n'étoient point aperçues, mais qui cependant le faisoient voir partout, et donnoient un lustre et un éclat merveilleux à toutes les gouttes d'eau qui tomboient.

Des huit portes dont ce salon étoit percé, il y en avoit quatre au droit des quatre grandes allées, et quatre autres qui étoient vis-à-vis des petites allées, qui sont dans les angles de cette place. A côté de chaque porte il y avoit quatre grandes niches, percées à jour, et remplies d'un grand pied d'argent; au-dessus étoit un grand vase de même matière, qui portoit une girandole de cristal, allumée de dix bougies de cire blanche. Dans les huit angles qui forment la figure de ce lieu, il y avoit un corps solide taillé rustiquement, et dont le fond verdâtre brilloit en façon de cristal ou d'eau congelée. Contre ce corps étoient quatre coquilles de marbre, les unes au-dessous des autres, et dans des distances fort proportionnées : la plus haute étoit la moins grande, et celles de dessous augmentoient toujours en grandeur, pour mieux recevoir l'eau qui tomboit des unes dans les autres. On avoit mis sur la coquille la plus élevée une girandole de cristal, allumée de dix bougies, et de cette coquille sortoit de l'eau en forme de nappe, qui, tombant dans la seconde coquille, se répandoit dans une troisième, où l'eau

d'un masque posé au-dessus venant à se rendre, la remplissoit encore davantage. Cette troisième coquille étoit portée par deux dauphins, dont les écailles étoient de couleur de nacre : ces deux dauphins jetoient de l'eau dans la quatrième coquille, où tomboit aussi en nappe l'eau de la coquille qui étoit au-dessus ; et toutes ces eaux venoient enfin à se rendre dans un bassin de marbre, aux deux extrémités duquel étoient deux grands vases, remplis d'orangers.

Le plafond de ce lieu n'étoit pas cintré en forme de voûte : il s'élevoit jusques à l'ouverture du petit dôme[1] par huit pans, qui représentoient un compartiment de menuiserie, artistement taillé de feuillages dorés. Dans ces compartiments, qui paroissoient percés, l'on avoit peint des branches d'arbres au naturel, pour avoir plus d'union avec la feuillée dont le corps de cet édifice étoit composé ; le haut du petit dôme[2] étoit aussi un compartiment d'une riche broderie d'or et d'argent, sur un fond vert.

Outre vingt-cinq lustres de cristal, chacun de dix bougies, qui éclairoient ce lieu, et qui tomboient du haut de la voûte, il y en avoit encore d'autres au milieu des huit portes, qui étoient attachés avec de grandes écharpes de gaze d'argent, entre des festons de fleurs, noués avec de pareilles écharpes, enrichies d'une frange de même.

Sur la grande corniche qui régnoit tout autour de ce salon, étoient rangés soixante-quatre vases de porcelaine, remplis de diverses fleurs ; et entre ces vases on avoit mis soixante-quatre boules de cristal, de diverses couleurs et d'un pied de diamètre, soutenues sur des pieds d'argent : elles paroissoient comme autant de pierres précieuses, et étoient éclairées d'une manière si ingénieuse, que la lumière, passant au travers, et se trouvant chargée des différentes couleurs de ces cristaux, se répandoit par tout le haut du plafond, où elle faisoit des effets si admirables, qu'il sembloit que ce fussent les couleurs mêmes d'un véritable arc-en-ciel. De cette corniche et du tour que formoit l'ouverture du petit dôme, pendoient plusieurs festons de toutes sortes de fleurs attachés avec de grandes écharpes de gaze d'argent, dont les bouts, tombant entre chaque feston, paroissoient avec beaucoup d'éclat et de grâce sur tout le corps de cette architecture, qui étoit de feuillages, et dont l'on avoit si bien su former différentes sortes de verdure, que la diversité des arbres qu'on y avoit employés, et que l'on avoit su accommoder les uns auprès des autres, ne faisoit pas une des moindres beautés de la composition de cet agréable édifice.

Au delà du portique qui étoit vis-à-vis de celui par où l'on

---

1. L'ouverture du dôme. (1679.) — 2. Le haut du dôme. (*Ibidem.*)

entroit, on avoit dressé un buffet d'une beauté et d'une richesse
toute extraordinaire. Il étoit enfoncé de dix-huit pieds dans l'allée,
et l'on y montoit par trois grands degrés en forme d'estrade : il y
avoit des deux côtés de ce buffet deux manières d'ailes, élevées
d'environ dix pieds de haut, dont le dessous servoit pour passer
ceux qui portoient les viandes ; sur le milieu de chacune de ces
ailes étoit un socle de verdure qui portoit un grand guéridon d'argent chargé d'une girandole, aussi d'argent, allumée de bougies de
cire blanche ; et à côté de ces guéridons, plusieurs grands vases
d'argent. Contre ce socle étoit attachée une grande plaque d'argent,
à trois branches, portant chacune un flambeau de cire blanche.

Sur la table du buffet il y avoit quatre degrés, de deux pieds de
large et de trois à quatre pieds de haut, qui s'élevoient jusques à
un plafond de feuillée, de vingt-cinq pieds d'exhaussement : sur
ce buffet et sur ces degrés l'on voyoit, dans une disposition agréable, vingt-quatre bassins d'argent, d'une grandeur extrême et d'un
ouvrage merveilleux ; ils étoient séparés les uns des autres par autant de grands vases, de cassolettes et de girandoles d'argent, d'une
pareille beauté ; il y avoit sur la table vingt-quatre grands pots
d'argent, remplis de toutes sortes de fleurs, avec la nef du Roi[1], la
vaisselle et les verres destinés pour son service. Au-devant de la
table on voyoit une grande cuvette d'argent, en forme de coquille,
et aux deux bouts du buffet quatre guéridons d'argent, de six
pieds de haut, sur lesquels étoient des girandoles d'argent allumées
de dix bougies de cire blanche.

Dans les deux autres arcades qui étoient à côté de celle-ci, étoient
deux autres buffets, moins hauts et moins larges que celui du
milieu : chaque table avoit deux degrés, sur lesquels étoient dres-
sés quatre grands bassins d'argent, qui accompagnoient un grand
vase, chargé d'une girandole allumée de dix bougies ; et entre ces
bassins et ce vase il y avoit plusieurs figures d'argent. Aux deux
bouts du buffet l'on voyoit deux grandes plaques, portant chacune
trois flambeaux de cire blanche ; au-dessus du dossier, un guéridon d'argent chargé de plusieurs bougies ; et à côté, plusieurs
grands vases, d'un prix et d'une pesanteur extraordinaire, outre
six grands bassins qui servoient de fond. Devant chaque table il
y avoit une grande cuvette d'argent, pesant mille marcs, et ces
tables, qui étoient comme deux crédences[2] pour accompagner le

1. « *Nef*, dit l'Académie en 1694, est aussi un certain vase en forme de
navire, ordinairement de vermeil doré, où l'on met les serviettes qui doivent
servir à la table du Roi, aux Reines, aux Enfants de France, etc. »

2. Par comparaison aux deux crédences qu' « il y a ordinairement.... aux

grand buffet du Roi, étoient destinées pour le service des dames.

Au delà de l'arcade qui servoit d'entrée du côté de l'allée qui descend vers les grilles du grand parc, étoit un enfoncement de dix-huit toises de long, qui formoit comme un avant-salon.

Ce lieu étoit terminé d'un grand portique de verdure, au delà duquel il y avoit une grande salle bornée, par les deux côtés, des palissades de l'allée, et, par l'autre bout, d'un autre portique de feuillages. Dans cette salle l'on avoit dressé quatre grandes tentes très-magnifiques, sous lesquelles étoient huit tables, accompagnées de leurs buffets, chargés de bassins, de verres, et de lumières disposées dans un ordre tout à fait singulier.

Lorsque le Roi fut entré dans le salon octogone, et que toute la cour, surprise de la beauté et de la disposition si extraordinaire de ce lieu, en eut bien considéré toutes les parties, Sa Majesté se mit à table, le dos tourné du côté par où Elle avoit entré, et lorsque Monsieur eut aussi pris sa place, les dames qui étoient nommées par Sa Majesté pour y souper prirent les leurs, selon qu'elles se rencontrèrent, sans garder aucun rang. Celles qui eurent cet honneur furent :

Mlles d'Angoulême [1].	Mme la maréchale d'Albret et Mademoiselle sa fille.
Mme Aubry de Courcy.	
Mme de Saint-Arbre.	Mme la maréchale d'Estrée.
Mme de Broglio.	Mme la maréchale de la Ferté.
Mme de Bailleul.	Mme de la Fayette.
Mme de Bonnelle.	Mme la comtesse de Fiesque.
Mme Bignon.	Mme de Fontenay-Hotman.
Mme de Bordeaux.	Mme de Fieubet.
Mlle Borelle.	Mme la maréchale de Grançay et
Mme de Brissac.	Mesdemoiselles ses deux filles.
Mme de Coulange.	Mme des Hameaux.
Mme la maréchale de Clérembaut.	Mme la maréchale de l'Hospital.
	Madame la lieutenante civile [2].
Mme la maréchale de Castelnau.	Mme la comtesse de Louvigny.
Mme de Comminge.	Mlle de Manicham.
Mme la marquise de Castelnau.	Mme de Mekelbourg.
Mlle d'Elbeuf.	Madame la Grande Maréchale [3].

côtés de l'autel », et que l'Académie (1694) définit ainsi : « Sorte de petite table.... où l'on met les burettes, le bassin et les autres choses qui servent à la messe ou à quelque cérémonie ecclésiastique. »

1. « Mlles d'Angoulême » manque dans l'édition de 1679.

2. La troisième relation dont nous avons parlé ci-dessus, la lettre de l'abbé de Montigny, donne le nom de la lieutenante civile : c'était Mme d'Aubray.

3. « Madame la grand maréchale de Pologne, » écrit l'abbé de Montigny ;

Mme de Marré.	Mme la présidente Tubeuf.
Mme de Nemours.	Mme la duchesse de la Vallière.
Mme de Richelieu.	Mme la marquise de la Vallière[1].
Mme la duchesse de Richemont.	Mme de Villacerf.
Mlle de Tresme.	Mme la duchesse de Virtem-
Mme Tambonneau.	berg et Madame sa fille.
Mme de la Trousse.	Mme de Valavoire[2].

Comme la somptuosité de ce festin passe tout ce qu'on en pourroit dire, tant par l'abondance et la délicatesse des viandes qui y furent servies, que par le bel ordre que le maréchal de Bellefond et le sieur de Valentiné, contrôleur général de la maison du Roi, y apportèrent, je n'entreprendrai pas d'en faire le détail : je dirai seulement que le pied du rocher étoit revêtu, parmi les coquilles et la mousse, de quantité de pâtes, de confitures, de conserves, d'herbages, et de fruits sucrés, qui sembloient être crûs parmi les pierres et en faire partie. Il y avoit sur les huit angles qui marquent la figure du rocher et de la table huit pyramides de fleurs, dont chacune étoit composée de treize porcelaines remplies de différents mets ; il y eut cinq services, chacun de cinquante-six grands plats ; les plats du dessert étoient chargés de seize porcelaines en pyramides, où tout ce qu'il y a de plus exquis et de plus rare dans la saison y paroissoit à l'œil et au goût d'une manière qui secondoit bien ce que l'on avoit fait dans cet agréable lieu pour charmer la vue.

Dans une allée assez proche de là, et sous une tente, étoit la table de la Reine, où mangeoient Madame, Mademoiselle, Madame la Princesse, Mme la princesse de Carignan. Monseigneur le Dauphin soupa au château, dans son appartement[3].

il s'agit de Marie-Casimire de la Grange d'Arquien, mariée en secondes noces, depuis 1665, au futur roi de Pologne Sobieski.

1. Belle-sœur de la précédente.

2. La lettre de l'abbé de Montigny fait connaître le nom de quelques autres dames qui furent conviées à la table du Roi. Il ne nous paraît pas sans intérêt de noter ici (car il y a des noms qu'on aime à trouver à côté de celui de Molière) que de ce nombre, du nombre par conséquent de celles qui venaient d'assister à la représentation de la comédie et de la pastorale, étaient « Mme et Mlle de Sévigny. » A une autre table, celle de la comtesse de Béhune, se trouvèrent assises Mmes d'Époisse et de la Troche, amies de l'illustre marquise comme Mme de la Fayette, Mme de la Trousse, Mme de Coulange dont on vient de lire les noms. Disons encore, d'après la même lettre, qu'à la table de la duchesse de Montausier furent réunies Mme de Montespan, Mme du Ludres (*de Ludre*), Mlle de Scudéry et Mme Scarron.

3. Il n'était encore que dans sa septième année.

Le Roi étoit servi par Monsieur le Duc, et Monsieur par le sieur de Valentiné. Les sieurs Grotteau, contrôleur de la bouche, Gaut et Chamois, contrôleurs d'offices, mettoient les viandes sur la table.

Le maréchal de Bellefond servoit la Reine; le sieur Courtet, contrôleur d'office, servoit Madame; le sieur de la Grange, aussi contrôleur d'office, mettoit sur table; les Cent-Suisses de la garde portoient les viandes; et les pages et valets de pied du Roi, de la Reine, de Monsieur et de Madame servoient les tables de Leurs Majestés.

Dans le même temps que l'on portoit sur ces deux tables, il y en avoit huit autres, que l'on servoit de la même manière, qui étoient dressées sous les quatre tentes dont j'ai parlé, et ces tables avoient leurs maîtres d'hôtel, qui faisoient porter les viandes par les gardes suisses.

La première étoit celle de Mme la comtesse de Soissons, de....... 20 couverts,
de Mme la princesse de Bade, de.......... 20 couverts,
de Mme la duchesse de Créquy, de........ 20 couverts,
de Mme la maréchale de la Mothe, de...... 20 couverts,
de Mme de Montausier[1], de................ 40 couverts,
de Mme la maréchale de Bellefond, de...... 65 couverts,
de Mme la maréchale d'Humières, de.... 20 couverts,
de Mme de Béthune, de............... 20 couverts.

Il y en avoit encore trois autres dans une petite allée à côté de celle que tenoit Mme la maréchale de Bellefond, de quinze à seize couverts chacune[2], dont les maîtres d'hôtel du Roi avoient le soin.

Quantité d'autres tables se servoient de la desserte de la Reine, et des autres, pour les femmes de la Reine et pour d'autres personnes.

Dans la grotte proche du château, il y eut trois tables pour les

1. De Mme la duchesse de Montausier. (1679.)
2. De quinze et seize couverts chacune. (*Ibidem.*)

ambassadeurs, qui furent servies en même temps, de vingt-deux couverts chacune.

Il y avoit encore en plusieurs endroits des tables dressées où l'on donnoit à manger à tout le monde; et l'on peut dire que l'abondance des viandes, des vins et des liqueurs, la beauté et l'excellence des fruits et des confitures, et une infinité d'autres choses délicatement apprêtées, faisoit bien voir que la magnificence du Roi se répandoit de tous côtés.

Le Roi s'étant levé de table pour donner un nouveau divertissement aux dames, et passant par le portique, où l'allée monte vers le château, les conduisit dans la salle du bal.

A deux cents pas de l'endroit où l'on avoit soupé, et dans une traverse d'allées, qui forme un espace d'une vaste grandeur, l'on avoit dressé un édifice de figure octogone, haut de plus de neuf toises et large de dix; toute la cour marcha le long de l'allée, sans s'apercevoir du lieu où elle étoit; mais comme elle eut fait plus de la moitié du chemin, il y eut une palissade de verdure, qui, s'ouvrant tout d'un coup de part et d'autre, laissa voir, au travers d'un grand portique, un salon rempli d'une infinité de lumières, et une longue allée au delà, dont l'extraordinaire beauté surprit tout le monde.

Ce bâtiment n'étoit pas tout de feuillages comme celui où l'on avoit soupé : il représentoit une superbe salle, revêtue de marbre et de porphyre, et ornée seulement en quelques endroits de verdure et de festons. Un grand portique, de seize pieds de large et de trente-deux de haut, servoit d'entrée à ce riche salon; il avançoit environ trois toises dans l'allée, et cette avance servoit encore de vestibule, et faisoit symétrie aux autres enfoncements qui se rencontroient dans les huit côtés. Du milieu du portique pendoient de grands festons de fleurs, attachés de part et d'autre. Aux deux côtés de l'entrée et sur deux piédestaux on voyoit des Termes représentant des Satyres, qui étoient là comme les gardes de ce beau lieu. A la hauteur de huit pieds, ce salon étoit ouvert, par les six côtés, entre la porte par où l'on entroit et l'allée du milieu : ces ouvertures formoient six grandes arcades, qui servoient de tribunes, où l'on avoit dressé plusieurs siéges en forme d'amphithéâtres, pour asseoir plus de six-vingts personnes dans chacune. Ces enfoncements étoient ornés de feuillages, qui, venant à se terminer contre les pilastres et le haut des arcades, y montroient assez que[1] ce bel endroit étoit paré comme à un jour de fête, puisque l'on y mêloit des feuilles et des fleurs pour l'orner; car les

1. Des arcades, montroient assez que. (1679.)

impostes et les clefs des arcades étoient marqués par des festons et des ceintures de fleurs.

Du côté droit dans l'arcade du milieu[1], et au haut de l'enfoncement, étoit une grotte de rocaille, où, dans un large bassin travaillé rustiquement, l'on voyoit[2] Arion porté sur un dauphin, et tenant une lyre : il avoit à côté de lui deux Tritons ; c'étoit dans ce lieu que les musiciens étoient placés. A l'opposite l'on avoit mis[3] tous les joueurs d'instruments : l'enfoncement de l'arcade où ils étoient formoit aussi une grotte, où l'on voyoit Orphée sur un rocher, qui sembloit joindre sa voix à celle de deux Nymphes assises auprès de lui. Dans le fond des quatre autres arcades il y avoit d'autres grottes, où par la gueule de certains monstres sortoit de l'eau, qui tomboit dans des bassins rustiques, d'où elle s'échappoit entre des pierres, et dégouttoit lentement parmi la mousse et les rocailles.

Contre les huit pilastres qui formoient ces arcades, et sur des piédestaux de marbre l'on avoit posé huit grandes figures de femmes, qui tenoient dans leurs mains divers instruments, dont elles sembloient se servir pour contribuer au divertissement du bal.

Dans le milieu des piédestaux il y avoit des masques de bronze doré, qui jetoient de l'eau dans un bassin. Au bas de chaque piédestal, et des deux côtés du même bassin s'élevoient deux jets d'eau qui formoient deux chandeliers. Tout autour de ce salon régnoit un siége de marbre, sur lequel, d'espace en espace, étoient plusieurs vases remplis d'orangers.

Dans l'arcade qui étoit vis-à-vis de l'entrée, et qui servoit d'ouverture à une grande allée de verdure, l'on voyoit encore, sur deux piédestaux, deux figures qui représentoient Flore et Pomone : de ces piédestaux, il en sortoit de l'eau comme de ceux du salon.

Le haut de ce salon s'élevoit au-dessus de la corniche, par huit pans, jusques à la hauteur de douze pieds ; puis, formant un plafond de figure octogone, laissoit dans le milieu une ouverture de pareille forme, dont l'enfoncement étoit de cinq à six pieds. Dans ces huit pans étoient huit grands soleils d'or, soutenus de huit figures, qui représentoient les douze mois de l'année, avec les signes du zodiaque : le fond étoit d'azur, semé de fleurs de lis d'or, et le reste enrichi de roses et d'autres ornements d'or, d'où pendoient trente-deux lustres, portant chacun douze bougies.

1. Du côté droit de l'arcade du milieu. (1679.)
2. On voyoit. (*Ibidem.*)
3. On avoit mis. (*Ibidem.*)

Outre toutes ces lumières, qui faisoient le plus beau jour du monde, il y avoit dans les six tribunes vingt-quatre plaques, dont chacune portoit neuf bougies ; et aux deux côtés des huit pilastres au-dessus des figures, sortoient de la feuillée de grands fleurons d'argent, en forme de branches d'arbres, qui soutenoient treize chandeliers disposés en pyramides. Aux deux côtés de la porte, et dans l'endroit qui servoit comme de vestibule, il y avoit six grandes plaques en ovale enrichies des chiffres du Roi : chacune de ces plaques portoit seize chandeliers, allumés de seize bougies.

L'allée qui aboutit au milieu de ce salon avoit plus de vingt pieds de large : elle étoit toute de feuillée[1] de part et d'autre, et paroissoit découverte par le haut ; par les côtés elle sembloit accompagnée de huit cabinets, où, à chaque encoignure, l'on voyoit, sur des piédestaux de marbre, des Termes qui représentoient des Satyres ; à l'endroit où étoient ces Termes, les cabinets se fermoient en berceau.

Au bout de l'allée il y avoit une grotte de rocaille, où l'art étoit si heureusement joint à la nature, que parmi les figures qui l'ornoient, on y voyoit cette belle négligence et cet arrangement rustique qui donne un si grand plaisir à la vue.

Au haut, et dans le lieu le plus enfoncé de la grotte, on découvroit une espèce de masque, de bronze doré, représentant la tête d'un monstre marin. Deux Tritons argentés ouvroient les deux côtés de la gueule de ce masque, duquel s'élevoit, en forme d'aigrette, un gros bouillon d'eau, dont la chute, augmentant celle qui tomboit de sa gueule extraordinairement grande, faisoit une nappe, qui se répandoit dans un grand bassin, d'où ces deux Tritons sembloient sortir.

De ce bassin se formoit une autre grande nappe, accompagnée de deux gros jets d'eau, que deux animaux d'une figure monstrueuse vomissoient en se regardant l'un l'autre. Ces deux animaux, qui ne paroissoient qu'à demi hors de la roche, étoient aussi de bronze doré. De cette quantité d'eau qu'ils jetoient, et de celle de ce bassin, qui tomboit dans un autre beaucoup plus grand, il se formoit une troisième nappe, qui, couvrant tout le bas du rocher et se déchirant inégalement contre les pierres d'en bas, faisoit paroître des éclats si beaux et si extraordinaires qu'on ne les peut bien exprimer.

Cette abondance d'eau, qui, comme un agréable torrent, se précipitoit de la sorte par différentes chutes, sembloit couvrir le

---

1. Tel est le texte de 1679. La 1re édition (1668), par une faute évidente, donne : « elle étoit toute défeuillée. »

rocher de plusieurs voiles d'argent, qui n'empêchoient pas qu'on ne vît la disposition des pierres et des coquillages, dont les couleurs paroissoient encore avec plus de beauté parmi la mousse mouillée, et au travers de l'eau qui tomboit en bas, où elle formoit de gros bouillons d'écume.

De ce dernier endroit, où toute cette eau finissoit sa chute dans un carré qui étoit au pied de la grotte, elle se divisoit en deux canaux, qui, bordant les deux côtés de l'allée, venoient à se terminer dans un grand bassin, dont la figure étoit d'un carré long, augmenté par les quatre côtés de quatre demi-ronds, lequel séparoit l'allée d'avec le salon ; mais cette eau ne couloit pas sans faire paroître mille beaux effets ; car, vis-à-vis des huit cabinets, il y avoit dans chaque canal deux jets d'eau, qui formoient de chaque côté seize lances, de douze à quinze pieds de haut ; et d'espace en espace, l'eau de ces canaux, venant à tomber, faisoit des cascades qui composoient autant de petites nappes argentées, dont la longueur de chaque canal étoit agréablement interrompue.

Ces canaux étoient bordés de gazon de part et d'autre : du côté des cabinets et entre les Termes qui en marquoient les encoignures, il y avoit, dans de grands vases, des orangers chargés de fleurs et de fruits, et le milieu de l'allée étoit d'un sable jaune, qui partageoit les deux lisières de gazon.

Dans le bassin qui séparoit l'allée d'avec le salon, il y avoit un groupe de quatre dauphins, dans des coquilles de bronze doré, posées sur un petit rocher : ces quatre dauphins ne formoient qu'une seule tête, qui étoit renversée, et qui, ouvrant la gueule en haut, poussoit un jet d'eau d'une grosseur extraordinaire. Après que cette eau, qui s'élevoit de plus de trente pieds de haut, avoit frappé la feuillée avec violence, elle retomboit dans le bassin en mille petites boules de cristal.

Aux deux côtés de ce bassin il y avoit quatre grandes plaques en ovale, chargées chacune de quinze bougies ; mais comme toutes les autres lumières qui éclairoient cette allée étoient cachées derrière les pilastres et les Termes qui marquoient les cabinets, l'on ne voyoit qu'un jour universel, qui se répandoit si agréablement dans tout ce lieu et en découvroit les parties avec tant de beauté, que tout le monde préféroit cette clarté à la lumière des plus beaux jours. Il n'y avoit point de jet d'eau qui ne fît paroître mille brillants ; et l'on reconnoissoit principalement dans ce lieu, et dans la grotte où le Roi avoit soupé, une distribution d'eaux si belle et si extraordinaire, que jamais il ne s'est rien vu de pareil. Le sieur Joly, qui en avoit eu la conduite, les avoit si bien ménagées, que, produisant toutes des effets différents, il y avoit encore une union

et un certain accord qui faisoit paroître partout une agréable
beauté, la chute des unes servant, en plusieurs endroits, à donner
plus d'éclat à la chute des autres. Les jets d'eau, qui s'élevoient de
quinze pieds sur le devant des deux canaux, venoient peu à peu
à se diminuer de hauteur et de force, à mesure qu'ils s'éloignoient
de la vue : de sorte que, s'accordant avec la belle manière dont
l'on avoit disposé l'allée, il sembloit que cette allée, qui n'avoit
guère plus de quinze toises de long, en eût quatre fois davantage :
tant toutes choses y étoient bien conduites.

Pendant que, dans un séjour si charmant, Leurs Majestés et
toute la cour prenoient le divertissement du bal, à la vue de ces
beaux objets, et au bruit de ces eaux, qui n'interrompoit qu'a-
gréablement le son des instruments, l'on préparoit ailleurs d'autres
spectacles dont personne ne s'étoit aperçu, et qui devoient surprendre tout le monde. Le sieur Gissey, outre le soin qu'il avoit
pris du lieu où le Roi avoit soupé, et des desseins (*sic*) de tous les
habits de la comédie, se trouvant encore chargé des illuminations
qu'on devoit mettre au château et en plusieurs endroits du parc,
travailloit à mettre toutes ces choses en ordre, pour faire que ce
beau divertissement eût une fin aussi heureuse et aussi agréable
que le succès en avoit été favorable jusques alors : ce qui arriva
en effet par les soins qu'il y prit ; car, en un moment, toutes les
choses furent si bien ordonnées, que, quand Leurs Majestés sortirent du bal, elles aperçurent le tour du Fer-à-Cheval et le château
tout en feu, mais d'un feu si beau et si agréable, que cet élément,
qui ne paroît guère dans l'obscurité de la nuit sans donner de la
crainte et de la frayeur, ne causoit que du plaisir et de l'admiration. Deux cents vases, de quatre pieds de haut, de plusieurs façons,
et ornés de différentes manières, entouroient ce grand espace qui
enferme les parterres de gazon, et qui forme le Fer-à-Cheval. Au
bas des degrés qui sont au milieu, on voyoit quatre figures représentant quatre Fleuves ; et au-dessus, sur quatre piédestaux qui
sont aux extrémités des rampes, quatre autres figures, qui représentoient les quatre parties du monde. Sur les angles du Fer-à-
Cheval et entre les vases, il y avoit trente-huit candélabres ou
chandeliers antiques, de six pieds de haut ; et ces vases, ces candélabres et ces figures, étant éclairées de la même sorte que celles
qui avoient paru dans la frise du salon où l'on avoit soupé, faisoient
un spectacle merveilleux. Mais la cour étant arrivée au haut du
Fer-à-Cheval, et découvrant encore mieux tout le château, ce fut
alors que tout le monde demeura dans une surprise qui ne se peut
connoître qu'en la ressentant.

Il étoit orné de quarante-cinq figures : dans le milieu de la

porte du château, il y en avoit une qui représentoit Janus ; et des deux côtés, dans les quatorze fenêtres d'en bas, l'on voyoit différents trophées de guerre. A l'étage d'en haut, il y avoit quinze figures, qui représentoient diverses vertus ; et au-dessus, un soleil avec des lyres et d'autres instruments ayant rapport à Apollon, qui paroissoient en quinze différents endroits. Toutes ces figures étoient de diverses couleurs, mais si brillantes et si belles, que l'on ne pouvoit dire si c'étoient différents métaux allumés, ou des pierres de plusieurs couleurs qui fussent éclairées par un artifice inconnu. Les balustrades qui environnent le fossé du château étoient illuminées de la même sorte ; et dans les endroits où, durant le jour, on avoit vu des vases remplis d'orangers et de fleurs, l'on y voyoit cent vases de diverses formes, allumés de différentes couleurs.

De si merveilleux objets arrêtoient la vue de tout le monde, lorsqu'un bruit qui s'éleva vers la grande allée, fit qu'on se tourna de ce côté-là : aussitôt on la vit éclairée, d'un bout à l'autre, de soixante et douze Termes, faits de la même manière que les figures qui étoient au château, et qui la bordoient des deux côtés. De ces Termes il partit, en un moment, un si grand nombre de fusées, que les unes, se croisant sur l'allée, faisoient une espèce de berceau, et les autres, s'élevant tout droit, et laissant jusques en terre une grosse trace de lumière, formoient comme une haute palissade de feu. Dans le temps que ces fusées montoient jusques au ciel et qu'elles remplissoient l'air de mille clartés, plus brillantes que les étoiles, l'on voyoit, tout au bas de l'allée, le grand bassin d'eau, qui paroissoit une mer de flamme et de lumière, dans laquelle une infinité de feux, plus rouges et plus vifs, sembloient se jouer au milieu d'une clarté plus blanche et plus claire.

A de si beaux effets se joignit le bruit de plus de cinq cents boîtes, qui, étant dans le grand parc, et fort éloignées, sembloient être l'écho de ces grands éclats dont les grosses fusées faisoient retentir l'air lorsqu'elles étoient en haut.

Cette grande allée ne fut guère en cet état, que les trois bassins de fontaines qui sont dans le parterre de gazon au bas du Fer-à-Cheval parurent trois sources de lumières. Mille feux sortoient du milieu de l'eau, qui, comme furieux et s'échappant d'un lieu où ils auroient été retenus par force, se répandoient de tous côtés sur les bords du parterre. Une infinité d'autres feux, sortant de la gueule des lézards, des crocodiles, des grenouilles, et des autres animaux de bronze qui sont sur les bords des fontaines, sembloient aller secourir les premiers, et se jetant dans l'eau sous la figure de plusieurs serpents, tantôt séparément, tantôt joints ensemble

par gros pelotons, lui faisoient une rude guerre. Dans ces combats, accompagnés de bruits épouvantables, et d'un embrasement qu'on ne peut représenter, ces deux éléments étoient si étroitement mêlés ensemble, qu'il étoit impossible de les distinguer : mille fusées qui s'élevoient en l'air, paroissoient comme des jets d'eau enflammés ; et l'eau qui bouillonnoit de toutes parts, ressembloit à des flots de feu, et à des flammes agitées.

Bien que tout le monde sût que l'on préparoit des feux d'artifices, néanmoins, en quelque lieu qu'on allât durant le jour, l'on n'y voyoit nulle disposition, de sorte que, dans le temps que chacun étoit en peine du lieu où ils devoient paroître, l'on s'en trouva tout d'un coup environné. Car non-seulement ils partoient de ces bassins de fontaines, mais encore des grandes allées qui environnent le parterre ; et en voyant sortir de terre mille flammes qui s'élevoient de tous côtés, l'on ne savoit s'il y avoit des canaux qui fournissent (*sic*) cette nuit-là autant de feux comme pendant le jour on avoit vu de jets d'eau qui rafraîchissoient ce beau parterre. Cette surprise causa un agréable désordre parmi tout le monde, qui, ne sachant où se retirer, se cachoit dans l'épaisseur des bocages et se jetoit contre terre.

Ce spectacle ne dura qu'autant de temps qu'il en faut pour imprimer dans l'esprit une belle image de ce que l'eau et le feu peuvent faire quand ils se rencontrent ensemble et qu'ils se font la guerre ; et chacun croyant que la fête se termineroit par un artifice si merveilleux, retournoit vers le château, quand, du côté du grand étang, l'on vit tout d'un coup le ciel rempli d'éclairs, et l'air d'un bruit qui sembloit faire trembler la terre : chacun se rangea vers la grotte pour voir cette nouveauté, et aussitôt il sortit de la tour de la pompe qui élève toutes les eaux, une infinité de grosses fusées, qui remplirent tous les environs de feu et de lumière. A quelque hauteur qu'elles montassent, elles laissoient attachée à la tour une grosse queue qui ne s'en séparoit point que la fusée n'eût rempli l'air d'une infinité d'étoiles qu'elle y alloit répandre : tout le haut de cette tour sembloit être embrasé, et, de moment en moment, elle vomissoit une infinité de feux, dont les uns s'élevoient jusques au ciel, et les autres, ne montant pas si haut, sembloient se jouer par mille mouvements agréables qu'ils faisoient; il y en avoit même qui, marquant les chiffres du Roi par leurs tours et retours, traçoient dans l'air de doubles L, toutes brillantes d'une lumière très-vive et très-pure. Enfin, après que de cette tour il fut sorti à plusieurs fois une si grande quantité de fusées que jamais on n'a rien vu de semblable, toutes ces lumières s'éteignirent, et comme si elles eussent obligé les étoiles du ciel à se retirer, l'on

s'aperçut que, de ce côté-là, la plus grande partie ne se voyoit plus, mais que le jour, jaloux des avantages d'une si belle nuit, commençoit à paroître.

Leurs Majestés prirent aussitôt le chemin de Saint-Germain avec toute la cour, et il n'y eut que Monseigneur le Dauphin qui demeura dans le château.

Ainsi finit cette grande fête, de laquelle si l'on remarque bien toutes les circonstances, on verra qu'elle a surpassé, en quelque façon, ce qui a jamais été fait de plus mémorable. Car, soit que l'on regarde comme en si peu de temps l'on a dressé des lieux d'une grandeur extraordinaire pour la comédie, pour le souper, et pour le bal; soit que l'on considère les divers ornements dont on les a embellis, le nombre des lumières dont on les a éclairés, la quantité d'eaux qu'il a fallu conduire, et la distribution qui en a été faite, la somptuosité des repas, où l'on a vu une quantité de toutes sortes de viandes qui n'est pas concevable, et enfin toutes les choses nécessaires à la magnificence de ces spectacles et à la conduite de tant de différents ouvriers, on avouera qu'il ne s'est jamais rien fait de plus surprenant et qui ait causé plus d'admiration.

Mais comme il n'y a que le Roi qui puisse en si peu de temps mettre de grandes armées sur pied et faire des conquêtes avec cette rapidité que l'on a vue, et dont toute la terre a été épouvantée, lorsque dans le milieu de l'hiver il triomphoit de ses ennemis, et faisoit ouvrir les portes de toutes les villes par où il passoit[1] : aussi n'appartient-il qu'à ce grand prince de mettre ensemble avec la même promptitude autant de musiciens, de danseurs et de joueurs d'instruments, et tant de différentes beautés. Un capitaine romain[2] disoit autrefois qu'il n'étoit pas moins d'un grand homme de savoir bien disposer un festin agréable à ses amis, que de ranger une armée redoutable à ses ennemis : ainsi l'on voit que Sa Majesté fait toutes ses actions avec une grandeur égale, et que, soit dans la paix, soit dans la guerre, Elle est partout inimitable.

Quelque image que j'aie tâché de faire de cette belle fête, j'avoue qu'elle n'est que très-imparfaite, et l'on ne doit pas croire que l'idée qu'on s'en formera sur ce que j'en ai écrit approche en aucune façon de la vérité. L'on donnera au public les figures des

---

1. Dans l'édition originale, de 1668, les verbes *triomphoit* et *passoit* sont précédés du sujet *Elle*, comme si, au lieu des mots : « le Roi, » il y avait plus haut : « Sa Majesté. »

2. Paul Émile : voyez sa *Vie* dans Plutarque, vers le dernier quart (chapitre xxviii).

principales décorations[1]; mais ni les paroles, ni les figures ne
sauroient bien représenter tout ce qui servit de divertissement
dans ce grand jour de réjouissance[2].

1. Ces figures, on les a données, en effet, au nombre de cinq, dans l'édition
de 1679, où, par suite, les mots : « L'on donnera au public », sont remplacés
par ceux-ci : « On peut voir ici ». — Voici les inscriptions de ces planches,
qui furent gravées par le Pautre, les quatre premières en 1678, la dernière
en 1679 :

I. Collation donnée dans le petit Parc de Versailles. — *Comessatio ante
cœnam data in Hortis Versalianis.*

II. *Les Fêtes de l'Amour et de Bacchus*, comédie en musique représentée
dans le petit Parc de Versailles. — *Festum Cupidinis et Bacchi, comœdia ad
perpetuum vocum et tibiarum cantum acta in Hortis Versalianis*[a].

III. Festin donné dans le petit Parc de Versailles. — *Cœnaculum implexis
ramis concameratum, et Regiæ cœnæ adumbratio in Hortis Versalianis.*

IV. La Salle du bal donné dans le petit Parc de Versailles. — *Aula frondibus
et virgultis septa, ad saltationes et choreas ducendas parata, in Hortis Versalianis.*

V. Illuminations du Palais et des Jardins de Versailles. — *Nocturnæ illu-
minationes, vasis statuisque incluso igne pellucentibus, ad Palatii Versaliani
fenestras, et per omnes hortorum areas et xystos apte dispositis.*

2. Dans l'édition de 1679, la *Relation* est signée, au-dessous de la dernière ligne, du nom de Felibien.

a Deux personnages portant calotte et tenant de grands chapeaux sur
leurs genoux sont en vue, presque en face l'un de l'autre, sur les gradins qui
s'élèvent des deux côtés du théâtre ; ce sont sans doute les cardinaux men-
tionnés à la *Notice*, p. 476.

FIN DE LA RELATION DE LA FÊTE DE VERSAILLES.

TABLE DES MATIÈRES

CONTENUES DANS LE SIXIÈME VOLUME.

FIN DE LA TABLE DES MATIÈRES.

PARIS. — IMPRIMERIE A. LAHURE
Rue de Fleurus, 9